위험한 관계

위험한 관계

피에르 쇼데를로 드 라클로 지음 | 박인철 옮김

문학사상

차 례

《위험한 관계》의 등장인물

◆ 메르테유 후작 부인__ 미덕의 가면을 쓴 악녀. 쾌락과 욕망을 충족시키기 위해 과거의 애인 발몽과 짜고 흉계를 꾸며 순진한 처녀와 정숙한 부인을 타락의 나락으로 밀어넣으며 즐긴다.

◆ 발몽 자작__ 방탕한 바람둥이. 용의주도하게 계획을 세우고, 목표로 정한 여자는 모두 자신에게 푹 빠지게 만들며 농락한다.

◆ 투르벨 법원장 부인__ 전형적인 정숙한 여성의 거울이라고 할 만한 존재. 발몽이 집요하게 유혹하려고 하는 대상으로 떠올라 정절을 지키려고 안간힘을 쓰지만 역부족으로 고민한다.

◆ 세실 볼랑주__ 순진무구한 금발의 처녀. 당스니와 서로 사랑하는 사이이나 발몽에게 걸려들어 사냥감의 대상으로 악운에 시달린다.

◆ 당스니 기사__ 순정적인 청년. 발몽의 간교한 계략에 말려든 것을 깨닫고 발몽과 결투를 벌인다.

◆ 볼랑주 부인__ 세실의 어머니이자 투르벨 부인의 친구. 세상의 도덕을 대변하는 존재로, 발몽을 증오한다.

◆ 로즈몽드 부인__ 발몽의 백모.

※ 이 소설의 배경은 약 220년 전의 프랑스 귀족사회- 귀족의 다섯 등급으로 나누어진 작위 서열을 보면 다음과 같다. 첫째가 공작公爵, 둘째가 후작侯爵, 셋째가 백작伯爵, 그리고 넷째가 자작子爵, 마지막 다섯째가 남작男爵의 순이다.

위험한 관계

혹은

사교계에서 수집하여 사람을 교화하고자 간행한 서간집

우리 시대의 풍속을 보고 이 서간집을 세상에 내놓는다.

―장 자크 루소, 〈신新 엘로이즈〉 서문에서

책을 엮어내면서—발행인의 말

　　독자 여러분께 우선 다음과 같은 사실을 알려드려야 할 것 같다. 즉 이 책의 제목이 어떻든, 그리고 이 책의 편집자가 머리말에서 무어라 말했든 간에 우리는 이 책의 사실 여부를 보증할 수 없다는 것이다. 더욱이 우리는 이 책이 단지 한 편의 허구적인 소설이라는 것에 대한 유력한 증거까지도 갖고 있다. 게다가 사실성을 추구한 듯한 저자가 자신이 발표하고자 한 내용의 시대 설정에 있어서 스스로, 그리고 매우 서툴게 사실성을 파괴했기 때문에 이 책은 더더욱 허구적인 소설처럼 보인다.

　　실상 작가가 등장시킨 인물들은 대다수가 품행이 너무 지나치게 자유분방하여 과연 이런 인물들이 이 시대에 실제로 존재했으리라고는 믿기 어렵다. 빛이 세상 곳곳을 비추고, 누구나 알고 있듯이 남자들은 모두 점잖고, 여자들은 모두 정숙하고 신중한 이 계몽의 시대에 말이다.

　　따라서 우리는 이 책에 나오는 사건들이 설사 어떤 사실에 근거를 두고 있다 하더라도, 이 사건들은 다른 나라, 다른 시대에서나 일어날 수 있는 것이라고 생각하고 있다. 그렇기 때문에 우리는 작가가 독자의 흥미를 끌기 위해 우리나라와 우리 시대를 설정하여 우리의 옷을 입히고 우리의 관습으로 위장하여 우리에게는 낯선 풍속을 대담하게 그려낸 것을 유감스럽게 여기고 있다.

　　우리가 주변에서 흔히 볼 수 있는, 쉽게 믿는 독자가 이러한 사실에 충격받는 것을 되도록 피하게 하기 위해 우리는 우리의 견해를 분명히 밝히고자 한다. 이 확실한 증거는 이의가 있을 수 없고 믿을 수 있기 때문에 우리는 이렇게 자신을 갖고 말할 수 있다. 즉 모름지기 같은 원인은 같은 결과를 가져오는 법이지만, 그렇다고 해서 연금 6만 리브르를 가진 처녀가 수녀가 된다든가, 젊고 아름다운 법원장 부인이 비통함을 이기지 못하고 미쳐 죽는다는 것은 이 시대에서는 결코 볼 수 없는 일이라고.

편집자의 머리말

　　독자 여러분은 이 저작, 아니 이 서간집을 매우 방대하다고 생각할지도 모른다. 하지만 이 서간집은 주고받은 전체 편지 중에서 얼마 안 되는 분량을 추려낸 것에 지나지 않는다. 나는 이 편지를 입수한 사람들로부터 이것을 정리해 달라는 부탁을 받았다. 이 사람들이 편지를 발간하고자 하는 의향을 갖고 있다는 것을 알고 있었기 때문에 나는 내 수고의 대가로 내게 불필요하게 보이는 것을 삭제할 수 있도록 허락해 달라고 요청했다. 사실 나는 사건의 이해나 성격의 발전을 위해 필요한 것처럼 보이는 편지들만을 추려내는 데 힘썼다. 이 대수롭지 않은 일 외에 내가 한 일은 추려낸 편지들을 거의 날짜 순으로 배열하고, 인용한 출전을 밝힌다거나, 몇몇 편지들을 삭제한 이유를 밝히기 위해 이따금 주를 붙이는 것이었는데, 이러한 작업이 이 저작에 대해서 내가 한 일의 전부이다. 나의 임무는 이 이상을 넘지 않는다.* 나는 사실 이보다 더욱 많은 정정을 요구했었다. 그것들은 거의 모두 올바른 어법이나 문체에 관련된 것으로, 독자는 이에 어긋난 부분을 많이 발견하게 될 것이다.

　　나는 또한 지나치게 긴 편지들을 줄일 수 있는 권한을 갖기

---

* 나는 또한 이 편지들 속에서 문제가 될 만한 모든 사람들의 이름을 삭제하거나 고쳤다. 그러나 이름을 바꾼 사람 가운데 혹 어느 누구의 이름과 같은 경우가 있다 하더라도, 그것은 오직 나의 잘못이고, 이를 결코 문제 삼을 필요가 없을 것이다.

를 바랐다. 이러한 편지들의 대부분은 서로 관련이 전혀 없는 사건들을 산만하게 그리고 거의 일관된 맥락도 없이 다루고 있기 때문이다. 이 작업은 허용되지 않았다. 그러한 일을 벌인다고 해서 아마 이 책의 가치가 더 돋보이게 되지는 않겠지만, 적어도 이 책의 부분적인 결점을 제거하는 데에는 보탬이 되었을 것이다.

　　그 사람들이 내게 한 반대란 이렇다. 즉 자기들이 발표하고자 하는 것은 편지 그 자체이지, 이 편지를 소재로 쓴 작품이 아니라고. 또 편지를 쓴 여덟 내지 열 사람이 모두 한결같이 올바른 문장을 썼으리라는 것은 있을 수 없는 일이라는 것이다. 이에 대해서 나는 결코 그렇지가 않다, 사람들이 반드시 비난하리라고 믿어지는 중대한 잘못을 범하지 않은 사람은 하나도 없다고 말했다. 그들은 이에 대해서도 이러저러한 훌륭한 작가들이 이제까지 발간한 모든 서간집이나 심지어 몇몇 아카데미 회원들이 발간한 서간집조차 이러한 비난을 완전히 면할 수 있는 것은 하나도 없을진대, 하물며 보통 사람들의 서간집에서 어느 정도의 잘못을 발견하는 것쯤은 사리를 아는 독자라면 누구나 당연하게 생각할 것이라고 응수했다.

　　이런 종류의 논리는 나를 납득시키지 못했으며, 나는 이것이 말하기는 쉬우나 받아들이기는 어려운 논리라고 생각했다. 지금도 내 생각에는 변함이 없다. 하지만 나는 내 마음대로 할 수 있는 처지에 있는 것이 아니라서 입을 다물고 말았다. 다만 나는 이와 같은 논리에 항의하고, 그것이 내 생각이 아니라는 것을 피력할 기회를 기다리고 있었는데, 이제 그 뜻을 이루게 된 것이다.

　　이 책이 지니고 있는 가치에 대해서 나로서는 이렇다 저렇다 말할 수 있는 입장이 아닌 것 같다. 내 견해가 누구에게 영향을 줄 수도 없고 그래서도 안 되기 때문이다. 그런데 이 책을 읽기 전에 나의 견해에 대해서 기꺼이 알고 싶은 독자들은 다음 이야기들을 계속 들어주기 바란다. 그렇지 않은 독자들은 바로 본문을 읽는 것이 좋을 것이다. 이 책에 대한 예비지식은 이것으로 충분하기 때문이다.

우선 내가 말할 수 있는 것은, 내 뜻이 이 편지들을 발표하는 데 있긴 하지만, 그렇다고 해서 이것이 호평을 받으리라는 기대는 추호도 없다는 것이다. 그리고 나의 이런 솔직한 말을 작가가 으레 하는 겸양의 표시로 받아들이지 않기를 바란다. 왜냐하면 역시 솔직한 심정으로 고백하는 바이지만, 이 서간집이 내게 세상에 내놓을 가치가 없는 것으로 비쳤다면, 나는 이런 일에 아예 손도 대지 않았을 것이기 때문이다. 그러면 일견 모순된 것처럼 보이는 이 두 가지 진술을 조리 있게 풀어보기로 하자.

무릇 작품의 가치는 그 효용성이나 흥미로 이루어진다. 물론 이 두 가지 요소를 다 갖추는 경우도 있을 수 있다. 그러나 어떤 작품이 성공을 거두었다고 해서 반드시 그 작품이 훌륭한 가치가 있다고는 할 수 없다. 한 작품의 성공은 그 짜임새보다는 주제의 선택에, 사건을 다루는 방법보다는 사건들 전체에 좌우되는 경우가 흔하기 때문이다. 그런데 이 서간집은, 그 제목이 말해 주는 바와 같이, 어느 사교계 전체의 편지들이 담겨 있고, 관심사가 모두 각양각색인 터라 독자의 흥미는 그만큼 줄어들게 마련이다. 더욱이 여기에 표현되어 있는 감정들은 모두 거짓이거나 감추어진 것이기 때문에 호기심에서 비롯된 흥미만을 끌 뿐이다. 호기심에서 비롯된 흥미는 감정에서 비롯된 흥미에 비해 뒤떨어지는 것이며, 특히 후자만큼 관대하지 못하다. 그리고 호기심에서 비롯된 흥미는 세부 사실에서 발견되는 결점에 더욱 민감한데, 이것은 세부 사실이 독자를 만족시키고자 하는 욕망과 끊임없이 충돌하기 때문에 더더욱 그렇다.

이러한 결점은 역시 이 작품의 성격에서 비롯되는 장점을 통해서 어느 정도 상쇄된다고 생각해 볼 수도 있다. 이 장점이란 바로 문체의 다양성이다. 이것은 보통 작가들이 도달하기 어려운 장점인데, 이 작품에서는 자연스럽게 이루어지고 있다. 이 때문에 이 작품은 단조롭지도 않고 지루하지도 않다. 또한 많은 사람들이 이 편지들 속에 새롭거나 아니면 거의 알려져 있지 않은 꽤 많은 관찰들이 여기저기 산재해 있음을 발견할 것이다. 이러한 점 역시 이 서간집에서 기대할 수 있는 흥미로운 부분이며, 또한 이를 호의적으로 평가할 수도 있지 않을까 하고 나는 생각한다.

이 작품의 효용성에 대해서는 나름대로 이의를 제기할 사람들이 훨씬 많겠지만, 나로서는 증명하기가 한결 쉽게 보인다. 적어도 나는 품행이 방정한 사람들을 타락시키기 위하여 악인들이 사용하는 방법들을 폭로하는 것은 풍속에 이바지하는 것이라고 생각한다. 그리고 나는 이 서간집이 이러한 목적을 효과적으로 달성할 수 있을 것이라고 믿는다. 아울러 이 서간집에서는 두 가지 중요한 진리에 대한 증거와 실례가 발견될 것이다.

이 두 가지 진리는 거의 실행되지 않은 것으로 미루어보아 등한시되었다고 생각될 수 있다. 그 하나는 어떤 여자든 방탕한 남자와 교제하면 끝내 그 희생물이 된다는 것이며, 다른 하나는 자기 이외의 사람이 자기 딸의 신뢰를 얻는 것을 보고도 묵인하는 어머니는 무릇 경솔하다는 비난을 면하기 어렵다는 것이다. 남녀를 가릴 것 없이 젊은 사람들은 여기서 행실이 나쁜 사람들이 아무렇지도 않게 호의를 보일 경우 이것은 자신의 행복에 대해서나 품행에 대해서 치명적이고 가공할 함정에 지나지 않는다는 사실을 알게 될 것이다. 나는 선행 곁에 늘 가까이 따라다니는 이러한 해악을 크게 두려워한다.

따라서 나는 이러한 읽을 거리를 젊은이에게 권하는 것보다 오히려 멀리하게 하는 것이 상책이라고 생각한다. 이러한 책이 위험하지 않고 유용하게 될 시기는 언제일까? 내가 보기에는, 여성의 경우, 어느 어머니가 잘 파악한 것 같다.

이분은 재치가 있을 뿐 아니라 양식도 겸비한 어머니였는데, 이 서간집의 초고를 읽고 내게 이렇게 말했다.

"나는 딸이 결혼할 때 이 책을 주면 매우 유익하리라고 생각한다"라고.

만약 모든 어머니들이 그렇게 생각한다면, 나는 이 책을 발간한 것에 대해 영원히 만족하게 생각할 것이다.

그러나 설사 이런 유리한 가정으로부터 출발하긴 했지만, 이 서간집은 일반 사람들에게는 별로 환영을 받지 못할 것이라고 나는 늘 생각하고 있다. 타락한 남녀일수록 자기에게 불리한 책을 헐뜯는 것이 유리할 것이다. 그들은 또한 교활하기 때문에 여기에 기탄없이 제시된 나쁜 습속習俗을 두려워하는 도학자들을 자기 편으로 끌어들일지도 모른다.

이른바 무신앙인들은 신앙심이 두터운 여자에게는 별 관심을 안 가질 것이고, 또 신앙심이 두텁다는 이유로 이러한 여자를 소심한 여자라고 생각할 것이다. 그 반면 신앙이 두터운 사람은 정숙한 여자가 타락하는 것을 보고 분개하고, 종교가 아무런 힘도 발휘하지 않는 것에 대해 개탄할 것이다.

그리고 섬세한 안목을 가진 사람들은 편지들 대부분이 너무 단순하고 어법에 맞지 않는 문장으로 써진 것을 보고 혐오감을 가질 것이다. 그 반면, 평범한 독자들은 무릇 활자화된 것은 모두 수고의 결실로 생각하고, 어떤 편지들 속에서는 등장인물 배후에 드러나 있는 작가의 애쓴 흔적을 볼지도 모른다.

끝으로 다음과 같은 말도 꽤 널리 언급될지 모른다. 즉 어떤 물건이든 적재적소에 있을 때만 그 참된 가치가 발휘된다고. 그리고 흔히 작가의 손이 지나치게 간 문장은 사교편지의 우아함을 손상시키게 마련인데, 여기에 수록된 편지들은 너무 제멋대로 써져서 그대로 인쇄되면 읽을 수 없을 정도로 결점투성이라고.

나는 이런 비난들이 모두 근거가 있다고 솔직하게 인정한다. 이런 비난들에 대해서 머리말의 양을 넘지 않고 대답할 수도 있다. 그러나 이런 비난 하나하나에 대해서 꼭 대답을 해야 한다면, 그것은 이 책이 무엇에도 대답할 힘이 없기 때문에 그런 것이 아닌가 하고 독자는 생각할 것이다. 그리고 나 역시 그렇게 판단했었다면 아마 머리말도, 그리고 심지어 이 책 자체를 없애버렸을지도 모른다.

제1부
황홀한 사랑의 불장난

순 진 과   정 숙 이 란   딱 지   붙 은   사 냥 감

아무런 저항도 하지 않고 내게 몸을 맡길 그런 철부지 아가씨를 유혹하
란 말씀이신가요? 상냥한 말 한마디를 던지기만 해도 금방 녹아떨어지
고, 사랑보다는 오히려 호기심에 이끌리는 그런 아가씨 말인가요?
　　　　　　　　　　　　　　—제4신, 발몽 자작이 메르테유 후작 부인에게

제1신

세실 볼랑주가

성 우르술라 수녀원 내 소피 카로네에게

어때? 너한테 약속한 대로지. 나는 모자하고 꽃장식을 하는 데만 시간을 허비하지는 않아. 너를 위해 내줄 시간은 늘 있을 거야. 그런데 오늘 하루 동안 나는 우리가 함께 지낸 4년보다 더 많은 장신구를 보았단다. 이번에 처음으로 수녀원을 찾아가면 난 거만한 탕빌(같은 수녀원의 학생)을 면회할 거야. 그 여자는 정장을 하고 우리를 찾아올 때마다 우리의 기를 죽였다고 생각했겠지만, 나를 보면 더 기가 죽을걸. 엄마는 어떤 일이나 다 나하고 의논한단다. 예전처럼 나를 수녀원 여학생으로 대하지 않는 거지. 내 시중을 드는 몸종도 있단다. 내 마음대로 쓸 수 있는 방과 화장실도 있고. 그리고 지금 나는 아주 예쁜 책상 위에서 이 편지를 쓰고 있어. 책상 열쇠는 내가 갖고 있으니까, 내 마음에 드는 것은 모두 여기에 간수할 수 있어. 엄마는 매일 아침 잠이 깨면 인사를 드리러 오라고 하셨고, 우리 둘만 있으니까 머리는 점심 전에 땋으면 된다고 하셨어. 그리고 매일 오후 몇 시에 엄마한테 가면 좋은지 말씀하시겠대. 나머지 시간은 자유시간이라서 나는 수녀원에서처럼 하프를 뜯거나 그림을 그리거나 독서를 한단다. 다만 나한테 야단을 치는 페르페튜 수녀님이 옆에 없다는 것과 아무 일도 안 해도 된다는 게 차이가 날 뿐이야. 하지만 같이 이야기하고 웃고 지낼 네가 없으니 무엇인가 하는 편이 더 좋은 것 같아.

아직 5시가 안 되었구나. 엄마한테는 7시에 가면 되니까 아

직 충분한 시간이 있어. 무슨 이야깃거리라도 있으면 좋을 텐데! 그런데 나는 아직 아무 말도 듣지 못했어. 결혼 준비하는 것을 내 눈으로 보지 않고 있다면, 그리고 나를 위해 많은 재봉사들이 오지 않았더라면, 나는 조제핀 할멈(수녀원의 수위 할멈)이 말한 것을 농담으로 여겼을 거야. 하지만 엄마가 지체 있는 집안의 규수는 결혼하기 전까지는 수녀원에 있어야 한다고 자주 말씀하셨고, 또 나를 수녀원에서 나오게 하셨으니 조제핀 할멈의 말이 틀림없을 거야. 방금 마차 한 대가 문 앞에 멈춰섰어. 그리고 엄마에게서 곧 오라는 전갈이 왔어. 만일 그이가 와서 나를 부르신 것이라면? 옷치장도 제대로 되어 있지 않아서 손이 떨리고 가슴이 뛰는구나. 시중 드는 하녀에게 엄마 방에 있는 사람이 누군지 아느냐고 물었더니 "C님이 틀림없을 거예요"라고 말하며 웃지 않겠어. 오! 틀림없이 그분일 거야. 무슨 일이 일어났는지 돌아와서 이야기해줄게. 어쨌든 그런 이름을 가진 분이야. 기다리게 해서는 안 되니까, 잠깐만 있어봐. 안녕.

　　　이 가엾은 세실을 너는 얼마나 비웃을까! 정말 너무 부끄러웠어. 하지만 너도 그 자리에 있었더라면 속았을 거야. 엄마 방엘 들어가보니 검은 옷을 입은 신사 한 분이 엄마 곁에 서 있었어. 나는 할 수 있는 한 정중하게 인사를 하고 꼼짝 않고 서 있었지. 물론 너도 짐작하겠지만 나는 그 사람을 자세하게 살펴보았어. 그는 나한테 인사를 하면서 엄마에게 "부인, 정말 아름다운 아가씨군요. 이렇게 호의를 베풀어주셔서 감사합니다"라고 말하는 게 아니겠니. 이 노골적인 말을 듣고 나는 너무 떨려 몸을 제대로 가눌 수가 없었어. 그래서 황급히 의자를 찾아 주저앉고 말았지. 얼굴은 홍당무가 되고 정말 어쩔 줄 모르고 있었지 뭐야.

　　　그런데 내가 자리에 앉자마자 이 자가 내 무릎에 얼굴을 들이대는 거야. 너의 가엾은 세실은 그만 정신이 아찔해졌지 뭐니. 엄마 말로는 내가 그때 아주 겁에 질려 있었대. 나는 날카로운 고함을 지르면서 그 자리에서 벌떡 일어났어. 왜 그때 있지 않니, 벼락 치던 날에 그랬던 것처럼 말이야. 엄마는 깔깔 웃으시면서 이렇게 말씀하셨단다. "애, 왜 그러니? 앉아서 이분께 발을 보여드려라." 애, 그 사람은 알고 보니까 구두장이였지 뭐니. 그때 얼마나 창피했는지 도저히 네게 설명할 수 없을 정도란다. 그 자리에 엄마밖에 없었으니 그래도 다행이었지. 결혼하면 그런 구두장이하곤 절대 상대 안 할 거야.

우린 정말 얼마나 철부지니. 그럼, 안녕. 6시가 다 되었어. 몸종이 옷을 입어야 한다고 그러는구나. 안녕, 소피. 기숙사에 있을 때처럼 변함없이 너를 좋아한다.

추신 : 이 편지를 누구를 통해 보내야 할지 모르겠어. 조제핀이 올 때까지 기다릴게.

17××년 8월 4일, 파리에서.

제2신

메르테유 후작 부인이

××저택의 발몽 자작에게

자작님, 어서 돌아오세요. 그 늙은 백모 댁에서 무얼 하고 계시는 거죠? 그 댁에서 무슨 볼일이 있으시다는 거죠? 백모의 재산은 모두 당신에게 물려주기로 되어 있는 게 아닌가요? 얼른 떠나세요. 당신이 보고 싶어요. 사실 내게 좋은 생각이 떠올라서 그 실행을 당신에게 맡기려고 합니다. 이 정도로 말해도 충분할 거예요. 그러니 당신에게 이런 좋은 기회를 마련해 준 것을 영광스럽게 생각하셔서 어서 달려와 무릎을 꿇고 내 말을 들어야 하지 않겠어요? 그런데 당신이란 분은 내 호의가 이젠 필요없게 되었는데도 여전히 내 호의를 누리고 있군요. 당신을 영원히 증오하느냐, 아니면 한없이 용서해 주느냐 둘 중에 하나를 선택해야 되는 마당에 나의 호의가 이기고 있으니 당신은 참 행복한 분이군요. 그래서 나는 이렇게 당신에게 내 계획을 밝히려는 겁니다. 그러니 당신은 충실한 기사로서 이 계획을 마무리지을 때까지 바람을 피우는 따위의 일일랑 하지 않겠다고 맹세해야 해요.

이 일은 소설의 주인공에게 잘 어울리는 일입니다. 말하자면 당신은 사랑과 복수를 위해 봉사를 하는 것이지요. 이것은 당신의 회상록에 '사기'* 라는 사건을 하나 더 써넣는 일이 될 것입니다. 그래요, 바로 당신의 회상록 안에요. 이 회상록이 언젠가 출판이 되기를 나는 바라고 있으니까요. 집필은 내가 하기로 하지요. 자, 이런 이야기는 이쯤 해두기로 하고 본론으로 들어가 봅시다.

볼랑주 부인은 딸을 시집보내려 하고 있어요. 아직 누구한테도 알려지지 않았지만, 어저께 부인이 내게 말해 주더군요. 그 부인이 사윗감으로 누구를 골랐는지 아세요? 제르쿠르 백작이랍니다. 내가 제르쿠르의 사돈이 되리라는 것을 그 누가 알았겠어요? 나는 화가 나서 미칠 것 같아요······. 그래! 이렇게 얘기해도 당신은 무슨 말인지 아직 모르겠어요? 아! 머리가 참 둔하기도 하신 분이셔. 아니 당신은 지사 부인의 사건이 있었는데도 그 자를 용서해 주었다는 말인가요? 그리고 나도 그 자를 원망할 이유가 이젠 없다는 말인가요? 정말 당신은 지독

---

* 이 '사기rouerie' 라는 단어는 다행히 기품 있는 사람들의 노력으로 이제는 사용되지 않게 되었지만, 이 편지들이 쓰였던 시기에는 빈번하게 통용된 단어였다.

한 분이시군요.* 하지만 진정해야 되겠지요. 이제 복수할 기회가 왔다고 생각하니 내 마음도 가라앉는군요.

　　당신도 나처럼 제르쿠르가 장래의 자기 아내를 대단하게 여기고 있고, 남편으로는 피할 수 없는 운명을 자기만은 피할 수 있다는 그 어리석은 거만함을 보고 울화가 치민 적이 한두 번이 아니었지요? 당신도 그 자가 수녀원 교육에 대해 갖고 있는 가소로운 편견, 그리고 이보다 더 가소롭지만 금발 여인에 대해 갖고 있는 선입견을 알고 계시겠죠? 사실 볼랑주 양이 6만 리브르라는 연금이 있다 하더라도, 그 여자가 갈색 머리거나, 수녀원에서 교육을 받지 않았더라면 그 자는 결코 이번 결혼을 승낙하지 않았으리라는 것을 장담할 수 있어요. 그러니 우리는 그가 얼빠진 자라는 것을 만인에게 보여줍시다.

　　그는 아마 언젠가는 그렇게 될 것입니다. 그 점에 대해선 나는 조금도 걱정을 안 하지만, 그가 애초부터 그랬다는 것에 재미가 있다는 것이죠. 결혼 이튿날 그가 으스댈 것은 틀림없겠죠. 그런 소리를 들으면 우리는 정말 재미있을 겁니다! 그런데 당신이 그 처녀를 농락하고도 이 제르쿠르라는 자가 다른 사람처럼 파리의 웃음거리가 되지 않는다면 그야말로 불행은 우리에게 있는 것이지만 말이에요.

　　게다가 이 새로운 소설의 여주인공은 당신이 손봐줄 보람이 있는 처녀랍니다. 나이는 이제 겨우 열다섯, 그야말로 장미꽃 봉오리지요. 사실 이 아가씨는 사교적인 면이 서툴고 점잔 빼는 구석은 전혀 없습니다. 하지만 당신과 같은 부류의 사람은 이런 점에 개의치 않겠죠. 그뿐 아니라 이 처녀의 사랑스런 시선은 정말 황홀할 정도입니다. 내가 추천하는 여자니까 믿어도 돼요. 당신은 그저 내게 감사하고 내 말을

---

* 이 대목을 이해하기 위해서는 다음과 같은 사실을 알아둘 필요가 있다. 즉 제르쿠르 백작은 ××지사 부인과 눈이 맞아 메르테유 후작 부인을 버렸고, 지사 부인은 발몽 자작을 버렸다. 이때부터 후작 부인과 자작은 관계를 갖기 시작했다. 이 사건은 이 서간집 속에 문제가 되고 있는 사건들보다 훨씬 이전에 생긴 일이기 때문에, 이에 관련된 편지는 모두 생략해도 무방하다고 생각했다.

따르기만 하면 됩니다.

　이 편지는 내일 아침이면 도착할 거예요. 부디 저희 집에 내일 저녁 7시에 와주세요. 8시까지는 누구의 방문도 사절하겠어요. 그 잘난 기사에게도 그렇게 하겠어요. 아무리 봐도 이 기사는 이런 큰일을 치를 수 있는 위인이 되지 못하니까요. 보시다시피 나는 사랑 때문에 눈이 멀어 있진 않아요. 8시에는 당신을 놓아주겠어요. 그리고 10시에 그 아름다운 아가씨와 야식을 드시러 오세요. 모녀와 함께 우리 집에서 야식을 들기로 되어 있으니까요. 그럼 이만. 정오가 지났어요. 조금 지나면 이제 당신 일에 신경을 쓸 수 없게 돼요.

17××년 8월 4일, 파리에서.

세실 볼랑주가

소피 카로네에게

　나는 아직 뭐가 뭔지 통 모르겠어, 소피. 사실 어제 엄마가 많은 사람들을 저녁에 초대했거든. 남자들은 특히 눈여겨볼 만했지만, 정말 따분했어. 남자나 여자나 줄곧 나를 보면서 서로 귀엣말로 소곤거리지 않겠니. 나를 두고 얘기하는 것은 뻔한 일이잖아. 얼굴이 빨갛게 달아오르는데, 아무리 그러지 않으려고 해도 소용이 없었어. 그러지 않았으면 얼마나 좋았을까. 다른 여자들은 남자들이 쳐다보아도 태연하니까 말이야. 아니면 그 여자들도 당황했을 테지만 볼연지를 바르고 있어서 겉으로 나타나지 않았는지도 몰라. 남자가 유심히 처다보는데 우리 같은 여자가 얼굴이 붉어지지 않는 것은 도저히 있을 수 없는 일인 것 같으니까 말이야.

사람들이 나에 대해 어떻게 생각하는지, 그것을 모른다는 게 제일 마음에 걸렸어. 하긴 두세 번 "예쁜데"라는 말을 들은 것 같아. 그런데 "사교성이 모자란다"는 말은 분명하게 들었어. 이 말은 사실일 거야. 그 말씀을 하신 부인은 어머니하고 친척이고 친한 분이니까. 그런데 그분은 곧 내게 호의를 가진 것 같아. 어제 야회夜會 때 나한테 잠시나마 말을 건 사람은 그분밖에 없었어. 엄마하고 나는 내일 그분 댁에 저녁식사 초대를 받았단다.

식사 후에 어떤 남자가 확실히 나에 대해서 다른 남자에게 "이 상태 그대로 무르익게 놔두어야 해. 이번 겨울이 되면 얼마나 성숙했는지 알 수 있을 거야"라고 말하더구나. 아마 이 말을 한 사람하고 결혼할지도 몰라. 그런데 이제 겨우 넉 달밖에 남지 않은 셈이야! 혼담이 어디까지 진행되었는지 정말 알고 싶어.

조제핀 할멈이 왔어. 아주 바쁘다고 서둘러. 너에게 내가 저지른 우스꽝스런 이야기를 하나 하고 싶어. 정말 그 부인 말이 옳아.

식사 후에 놀이가 시작됐어. 나는 어찌된 셈인지 엄마 곁에서 그만 곧 잠이 들었지 뭐니. 왁자지껄하게 웃는 소리에 잠이 깼단다. 사람들이 나 때문에 웃었는지도 몰라. 아마 그래서 웃었을 거야. 엄마가 내 방으로 가도 좋다고 하는 바람에 정말 살 것 같았어. 그때 벌써 11시가 넘었으니 무리도 아니지. 안녕, 소피. 늘 너의 세실을 사랑해줘. 사교계는 분명 우리가 상상했던 것만큼 즐거운 곳은 아닌 것 같아.

제4신

발몽 자작이

파리의 메르테유 후작 부인에게

당신의 지시는 매력이 있습니다. 당신이 지시를 내리는 어투는 더욱 매력이 있구요. 나는 당신의 횡포를 좋아하지 않을 수 없습니다. 당신도 아시다시피 내가 이제 당신의 노예가 아님을 유감스럽게 생각한다는 것은 새삼스러운 일이 아닙니다. 비록 당신은 나를 '괴물'이라고 하시지만, 당신이 나를 이보다 더 부드러운 이름으로 불러주신 때를 생각하면 늘 황홀합니다. 심지어 그 이름에 손색없는 사람이 다시 되고 싶기도 하고, 당신과 함께 세상 사람들에게 변함없는 사랑의 본보기를 보여주고 싶은 적이 한두 번이 아닙니다. 그런데 더욱 중요한 일이 우리를 부르고 있다고요? 정복하는 것, 그것은 우리의 운명입니다. 이 운명을 따라가지 않으면 안 되죠. 이렇게 운명을 따라가다 보면 결국에 가서 우리 두 사람은 다시 만날 겁니다. 왜냐하면 당신의 마음에 거슬리지 않게 말씀드리는 것이지만, 아름다운 후작 부인이시여, 당신은 항상 나를 쫓아오시니까요. 그리고 세상 사람들의 행복을 위해 우리가 헤어지고 각자가 자기 주변에서 신앙을 전파한 이래로 이 사랑의 전도사업에 있어서 부인은 나보다 더 많은 신자를 만드셨으니까요. 나는 당신의 열의와 끓어오르는 정열을 알고 있습니다. 그리고 만일 사랑의 신이 우리가 이루어놓은 업적에 따라 우리를 심판하신다면, 부인은 언젠가 어느 큰 도시의 수호신이 되고, 당신의 친구는 기껏해야 조그만 마을의 성자쯤 되겠지요. 나의 이런 말투에 당신은 놀라시겠지요? 하지만 지난 일주일 전부터 나는 이런 말투밖에는 듣지도 못했고 말하지도 않았습니다. 그리고 당신의 명령을 거역하지 않을 수밖에 없는 것도 이런 말투에 익숙해지기 위해서입니다.

　　제발 노여워하지 마시고 내 말을 들어주십시오. 내 마음의 비밀을 낱낱이 알고 계시는 부인에게 나는 이제껏 품어본 적이 없었던 원대한 계획을 털어놓겠습니다. 그런데 부인은 내게 무슨 일을 제안하시려는 겁니까? 그저 세상물정 모르는 한갓 철부지 아가씨, 아무런 저항도 하지 않고 내게 몸을 맡길 그런 철부지 아가씨를 유혹하란 말씀이신가요? 상냥한 말 한마디를 던지기만 해도 금방 녹아떨어지고, 사랑보다는 오히려 호기심에 이끌리는 그런 아가씨 말인가요? 그런 아가씨를 유혹하는 일이라면 나 아닌 다른 남자들도 능히 할 수 있을 것입니다. 그러나 지금 내가 계획하고 있는 일은 그런 것과는 다릅니다. 그것이 성공하는 날에는 명예도 쾌락도 한 몸에 지닐 수 있는 그러한 일입니다.

　　나를 위해 왕관을 준비하고 있는 사랑의 여신도 내게 도금한 양을 줄까, 월계수를 줄까 망설이고 있습니다. 아니 차라리 사랑의 여신은 나의 승리를 찬양하기 위해서 이 두 가지 꽃을 다 주실 것입니다. 당신도 경건한 마음을 갖고 열광적으로 외치실 것입니다. "이 사람이야말로 내 마음에 드는 사람이다"라고요.

　　당신도 투르벨 법원장 부인을 알고 계시죠? 신앙심이 두텁고 정숙하고 마음씨 곧은 그 법원장 부인 말입니다. 바로 이 부인을 정복하려는 것입니다. 이 부인이야말로 내가 상대할 가치가 있는 적, 이룩할 가치가 있는 목표입니다.

　　비록 내 일이 성공을 하지 못하더라도, 시도한 것만으로도 영광이 있을지어다.

비록 나쁜 시구라도 대시인(라 퐁텐)의 손에서 나온 것이라면 인용해도 무방하겠지요.

한 가지 당신에게 알려드리고 싶은 것은, 법원장은 중요한 소송사건 때문에 지금 부르고뉴 지방에 있답니다(나는 그보다 더 큰 소송으로 그를 패소시키려고 하고 있지요). 위로받을 길 없는 부인은 이곳에서 날마다 적적하게 독수공방할 수밖에 없게 되었습니다. 매일 미사에 참석하고, 군郡 내의 빈민 방문, 아침저녁의 기도, 홀로 하는 산책, 내 늙은 백모님과 나누는 종교 이야기, 그리고 이따금 하는 재미없는 위스크 놀이(카드놀이의 일종), 이러한 것들만이 부인의 위안거리입니다. 저는 부인을 위해 이보다 훨씬 효과 있는 위안거리를 준비하고 있습니다. 나의 수호천사가 부인의 행복을 위해, 그리고 나의 행복을 위해 나를 이곳으로 인도한 겁니다. 어리석게도 나는 격식대로 예의에 소비한 스물네 시간을 아깝게 여기고 있습니다. 지금 나를 억지로 파리에 돌아오라고 한다면 그처럼 괴로운 일은 없을 것입니다. 다행히 위스크 놀이를 하려면 네 사람이 있어야 합니다. 이곳에는 마을 신부밖에 없어서 백모님은 나보고 여기서 며칠을 희생해 달라고 간곡히 부탁하시는 것입니다. 물론 내가 동의했다는 것은 말씀드리지 않아도 짐작하시겠지요. 그때부터 백모님이 얼마나 나를 애지중지하시는지, 그리고 내가 규칙적으로 백모님과 함께 기도회와 미사에 참석하는 것을 보시고 얼마나 감동하시는지 당신은 상상하지 못할 것입니다. 백모님은 거기서 내가 여신을 찬미하고 있음을 꿈에도 생각해 보지 않았을 겁니다.

이처럼 나는 나흘 전부터 어떤 강렬한 정념에 사로잡혀 있습니다. 당신은 내가 얼마나 열렬한 욕망을 갖고 있고, 온갖 난관들을 얼마나 잘 무찌르는지 알고 계실 것입니다. 그러나 고독이 얼마나 욕망을 부채질하는지 당신은 모르실 것입니다. 나는 지금 단 한 가지 일만 생각하고 있습니다. 나는 낮에는 온전한 사고로, 밤에는 꿈속에서 이 일을 생각하고 있습니다. 나는 이 여자를 짝사랑한다는 웃음거리가 되지 않기 위해서 이 여자를 정복해야 합니다. 왜냐하면 욕망이 방해를 받으면 이 욕망이 우리를 어디로 이끌어갈지 모르기 때문입니다. 오, 이 무슨 감미로운 쾌락이란 말입니까! 나는 그대에게 나의 행복과 특히 나의 휴식을 위해 애원하고 있습니다. 여자들이 자기 몸을 지키는 데 그렇게 나약하다는 것은 우리 남자들에게는 얼마나 행복한 일인가요. 그렇지 않다면 우리들은 여자들 곁에서 단지 무기력한 노예로 지낼 것입니다. 나는 지금 쉽게 무너지는 여자들에게 감사한 마음을 느끼고 있습니다. 이 감사의 마음은 나를 자연스럽게 당신의 발밑으로 이끌어가고 있습니다.

　　　나는 당신의 발밑에 엎드려 당신의 용서를 받으려고 합니다. 그리고 당신 발밑에서 이 긴 편지를 마칠까 합니다. 그럼 이만. 아름다운 그대여, 부디 원망 마시기를.

17××년 8월 7일, 파리에서.

제5신

메르테유 후작 부인이

발몽 자작에게

　　　아시겠어요, 자작님? 당신의 편지는 너무 오만불손해서 정말 화가 날 뻔했어요. 그러나 그 편지는 당신의 머리가 돌아버렸다는 것을 명백하게 증명하고 있었기 때문에 나는 당신에 대한 노여움을 거두어들였어요. 관대하고 다정한 벗으로서 나는 당신에게 욕을 퍼붓는 것도 잊은 채 오직 당신의 위험만을 염려하는 것입니다. 그리고 설교하는 것이 귀찮긴 하지만, 지금 당신에게는 그것이 필요하니 어쩔 수 없군요.

아니, 당신이 법원장 부인을 손아귀에 넣으려 하다니, 그 무슨 어리석은 환상인가요! 그런 환상을 품다니, 당신 정말 머리가 돌아버리지나 않았는지 모르겠군요. 당신은 도저히 얻을 수 없다고 생각되는 것만을 바라고 있군요! 도대체 그 여자가 어떤 여자지요! 이목구비는 반듯하다고 합시다. 하지만 전혀 표정이 없지 않아요? 몸매는 그런 대로 잡혀 있지만 멋이 없어요. 언제나 우스꽝스러운 옷차림을 하고 있어요. 가슴에는 숄이 늘어뜨려져 있고, 옷은 턱까지 올라와 있어요. 친구로서 말하지만, 그런 여자를 두 명도 손에 넣기 전에 당신의 위신은 땅에 떨어질 거예요.

그 여자가 성 로크 성당에서 의연금을 모으던 그날을 생각해 보세요. 그날 당신은 그런 구경거리를 보여줘서 나한테 고맙다고 하셨죠? 지금도 눈에 선합니다. 머리가 긴 그 껑다리 남자에게 손을 맡기고, 걸음을 내디딜 때마다 쓰러질 듯하면서, 기다란 자루가 달린 연보 주머니로 연방 그 근방의 사람들 머리를 건드리며, 인사할 때마다 얼굴을 붉히던 그 모습을 말입니다. 당신이 그런 여자를 원하리라고 누가 꿈에라도 생각할 수 있었을까요? 자, 자작님, 당신도 부끄러워하시고 정신을 차리세요. 이번 일은 비밀로 해드리겠어요.

게다가 당신을 기다리고 있는 여러 가지 불쾌한 일들을 생각해 보세요. 당신이 싸우지 않으면 안 될 상대가 누구라고 생각하세요? 바로 그 여자의 남편이에요! 이 말을 듣기만 해도 당신은 수치스러움을 느끼지 않나요? 만일 당신이 실패한다면 그 무슨 창피일까요! 그리고 설사 성공하더라도 대단한 명예는 되지 않을 겁니다.

그뿐 아니라 그런 여자한테는 전혀 쾌락을 기대할 수 없어

요. 정숙한 여자를 두고 하는 말인데, 이런 여자는 자신이 쾌락을 즐기면서도 소심하기 때문에 충분한 쾌락을 주지 못하지요. 자신을 완전히 내맡기고, 격정에 쾌락마저 순수하게 정화되는 그 미칠 듯한 희열, 사랑의 그 갖가지 재미, 이와 같은 것들을 그런 여자는 모릅니다.

　　미리 말해 두지만, 아무리 좋게 추측해 보더라도 당신의 법원장 부인은 당신을 자기 남편처럼 다루고 당신에게 정성을 다했다고 생각할 겁니다. 그리고 아무리 다정한 부부처럼 서로 마주 대하고 있다 하더라도 두 사람은 여전히 남남일 것입니다. 그리고 당신에게 더욱 나쁜 것은 당신의 정숙한 부인은 신앙이 깊은 여자라는 것입니다. 이런 여자의 황당무계한 신앙심은 사람을 영원히 어린아이 상태로 머물게 하지요. 설사 그런 장애를 물리칠 수 있다 하더라도 그것을 완전히 없앨 수 있을 거라고 기대해서는 안 될 것입니다. 왜냐하면 설사 신의 사랑은 이길 수 있다 하더라도 악마의 공포를 이길 순 없기 때문입니다. 그리고 당신의 애인을 부둥켜안고 그녀의 가슴이 뛰는 것을 느낄 때에도, 그것은 두려움 때문이지 사랑 때문에 뛰는 것은 아닙니다.

　　만일 당신이 그 여자를 더 일찍 알았더라면 아마 당신은 그 여자를 조금 나은 여자로 만들었을지 몰라요. 그러나 그 여자는 벌써 나이가 스물둘입니다. 그리고 결혼한 지 거의 2년 가까이 되지요. 아시겠어요, 자작님. 여자가 그 정도로까지 '굳어져' 버린다면, 되어가는 대로 맡길 수밖에 없어요. 결국 이런 여자는 '쓸모없는 여자'가 될 수밖에 없는 거지요.

　　그런데 당신은 그런 알량한 여자를 위해 내 말을 거역하고, 무덤 같은 당신 백모 집에 몸을 파묻고, 그지없이 감미로운 모험, 당신의 명예를 위해 더할 나위 없는 모험을 포기하시다니요. 제르쿠르가 항상 당신보다 한 수 위이니 대체 어찌된 운명일까요? 아시겠어요. 나는 화가 나서 이렇게 말하고 있는 게 아니란 말이에요. 하지만 이제 당신은 당신의 명성에 어울리는 사람이 못 된다는 생각이 자꾸 드는군요. 특히 당신에 대한 나의 신뢰를 이만 거두어들이고 싶어요. 투르벨 부인의 애인 같은 사람에게 나의 비밀을 밝히고 싶은 마음이 전혀 나지 않는군요.

하지만 이것만은 알려드리죠. 저 볼랑주 아가씨가 벌써 한 남자의 머리를 돌게 했다는 사실을요. 당스니 군이 그녀에게 홀딱 빠져버렸단 말이에요. 이 청년은 그녀와 함께 노래를 불렀어요. 그런데 그 아가씨의 노래에는 수녀원 여학생의 티가 전혀 보이지 않더군요. 두 사람은 열심히 이중창을 연습할 테죠. 그리고 그 아가씨는 기꺼이 같은 노래를 부를 테죠. 그러나 이 당스니라는 청년은 사랑을 하기에는 아직 풋내기라 사랑하는 데만 시간을 허비할 뿐, 결코 끝을 맺지는 못할 것입니다. 그리고 이 아가씨도 퍽 내숭을 떨어서 어떤 일에서든 당신이 해주는 것보다는 훨씬 재미가 없으리라는 것은 뻔할 테죠. 그렇기 때문에 나는 화가 나는 거예요.

나의 기사님이 오면 나는 대들 거예요. 그리고 기사님보고 얌전하게 굴라고 하겠어요. 왜냐하면 이제 그 사람과 헤어진다 하더라도 나는 결코 괴롭지 않을 테니까요. 그리고 이제 와서 내가 현명하게 그 사람과 헤어진다면 그이는 분명 절망할 거예요. 그리고 사랑에 절망하는 것을 보는 것처럼 재미있는 일도 없답니다. 그 사랑은 나를 배신자라고 부르겠지요. 하기야 이 배신이라는 말을 나는 매우 좋아해요. 이 말은 여자의 귀에는 잔인한 여자라는 말 다음으로 듣기 좋은 말이지요. 그리고 그런 여자에게 어울리는 짓을 행하는 것은 별로 힘든 일이아니죠. 진지하게 나는 그 남자와의 이별을 생각해 보려고 해요. 하지만 이것도 다 당신이 원인이란 말이에요! 그러니 당신은 가슴에 손을 얹고 이 점을 잘 생각해 보세요. 그럼 이만. 당신의 법원장 부인한테 나를 위해 기도를 올려달라고 부탁이나 해주세요.

제신

발몽 자작이

메르테유 후작 부인에게

　　　　여자란 일단 권력을 손에 넣으면 그것을 마음대로 휘두르지 않으면 견디지 못하나 보지요. 당신도 마찬가지입니다. 내가 곧잘 관대한 벗이라고 불렀던 당신도 이젠 관대한 마음을 버리고 내가 사모하는 여인을 그처럼 거리낌없이 공격하시는군요. 투르벨 부인을 그렇게밖에는 표현할 수 없나요? 이런 오만불손함을 보고 목숨을 걸고 보복하지 않을 남자가 있을까요? 당신이었으니 망정이지 다른 여자가 그랬다면 아마 악랄한 보복을 당했을는지도 모릅니다. 제발 더 이상 나를 괴롭히지 마십시오. 나는 참을 수 있다고 장담할 수가 없군요. 악담을 하고 싶더라도 그 여인을 손에 넣을 때까지 제발 기다려주십시오. 쾌락만이 사랑에 먼 눈을 뜨게 해줄 권리가 있다는 것을 당신은 모르시나요?

　　　　뭐라고 말하면 좋을까요? 투르벨 부인에게는 환각이 필요하다고 할까요? 아닙니다. 사랑을 받기 위해서 그녀는 있는 그대로의 모습이면 됩니다. 당신은 그녀가 옷을 잘 못 입는다고 비난하시는데, 나도 그 점은 동감합니다. 몸을 치장하면 오히려 그녀의 아름다움이 망가집니다. 그녀가 정말 매혹적으로 보일 때는 아무렇게나 옷을 입었을 때입니다. 마침 날씨가 몹시 더워서 그녀는 리넨 옷만 걸쳤었는데, 그 속으로 그녀의 토실토실하고 부드러운 상반신이 보였습니다. 한 겹으로 된 엷은 모슬린이 그녀의 젖가슴을 가리고 있었는데, 슬쩍 봤지만 날카로운 내 시선은 이미 그 젖가슴의 황홀한 형체를 간파했던 것입니다.

당신은 그녀의 얼굴에 표정이 없다고 말씀하셨지만, 그녀의 가슴에 속삭여주는 말이 전혀 없을 때 그녀의 얼굴은 무엇을 나타낼까요? 그녀는 교태를 부리는 여자들처럼 때론 남자를 홀리기는 하지만 늘 다른 사람을 속이는 그 기만적인 눈빛을 전혀 가지고 있지 않습니다. 그녀는 대화가 중단될 때에도 억지로 꾸민 미소를 지을 줄 모릅니다. 그리고 이 세상에서 가장 아름다운 치아를 갖고 있지만, 그녀는 재미있다고 생각하지 않으면 웃지도 않습니다. 그러나 유쾌한 놀이를 할 때에는 그녀가 얼마나 천진난만하고 쾌활한지, 그리고 열심히 도와주는 가난한 사람들 앞에서 그 시선은 얼마나 순수한 기쁨과 따뜻한 동정으로 빛나는지 당신에게 보여주고 싶군요. 특히 조금이라도 칭찬을 듣거나 아첨하는 소리를 들으면 그 해맑은 얼굴에 드러나는 결코 꾸미지 않은 겸손에서 우러나오는 그 당황하는 감동적인 표정을 보여드리고 싶군요. 그 여자가 정숙하고 신앙심이 깊다고 해서 당신은 그 여자를 차갑고 활기가 없는 여자라고 판단하시는 건가요? 나는 그렇게 생각하지 않습니다. 그녀의 감수성은 자기 남편에게도 미치는데, 집을 비우기가 일쑤인 사람을 한결같이 사랑하려면 그 얼마나 놀라운 감수성이 필요하겠습니까? 이 이상 분명한 증거를 어떻게 당신은 바랄 수 있겠습니까? 하지만 나는 또 다른 증거를 손에 넣을 수 있었습니다.

　　나는 산책하는 도중에 뛰어넘어야만 건널 수 있는 도랑이 있는 곳까지 그녀를 교묘하게 끌고 갔습니다. 부인은 몸이 아주 가볍기는 하지만 그래도 몹시 수줍음을 타더군요. 당신은 무릇 정숙한 여자라면 도랑을 넘는 것을 두려워하는 법이다(당시 유행하기 시작하고 그 후 몹시 발전한 말장난의 악취미가 여기에 나타나고 있다)라고 단언하시겠지요. 그래서 부인은 내게 몸을 맡기지 않으면 안 되었습니다. 나는 이 정숙한 여인을 나의 두 팔로 안았습니다. 그 쾌활한 신앙가는 우리의 준비동작과 백모님이 건너시는 폼이 우습다고 깔깔 웃었는데, 내가 그녀를 붙잡는 순간 교묘한 서투름이었다고나 할까, 두 사람의 팔이 서로 엉키고

말았습니다. 나는 부인의 가슴을 내 가슴으로 강하게 눌렀습니다. 그러자 이 짧은 순간 동안 나는 부인의 가슴이 훨씬 빨리 두근거리는 것을 느꼈습니다. 사랑스러운 홍조가 부인의 얼굴을 물들이고, 수줍게 난처해하는 부인의 모습을 보고 나는 분명하게 알았습니다. '그녀의 심장은 두려움 때문에 두근거리는 것이 아니라 사랑 때문에 두근거린다' 는 사실을 말입니다. 그런데 백모님은 당신과 마찬가지로 "어린애가 겁이 나서"라고 말을 걸었으나, 이 수줍고 귀여운 '어린애' 는 거짓말을 할 수 없었습니다. 부인은 순진하게 "아니에요, 그래서 그런 것이 아니라……"라고 대답하고 만 것입니다. 단지 이 말을 듣고서 나는 깨달았습니다. 그때부터 괴로운 불안은 사라지고 달콤한 희망이 내 마음을 차지했습니다. 나는 이 여자를 차지하고 말 겁니다. 나는 부인을 욕되게 하는 남편으로부터 부인을 빼앗고야 말 겁니다. 나는 부인이 찬미하는 신으로부터도 감히 부인을 빼앗고 말 겁니다. 부인의 뉘우침의 대상이 되고 이어 뉘우침의 정복자가 되는 것은 그 얼마나 즐거운 일이겠습니까! 부인을 괴롭히는 편견을 지워버리려는 생각은 내게는 추호도 없습니다! 이 편견은 도리어 나의 행복과 명예에 보탬이 돼줄 것입니다. 부인은 정조를 믿겠지만 나를 위해 희생할 것입니다. 자신의 과오를 보고 두려워해도 그 때문에 망설이지는 않을 것입니다. 갖가지 일에 공포를 느껴 떨어도 내 품에서는 그것을 잊고 떨쳐버릴 수 있을 겁니다. 그때 가서야 나는 부인을 받아들이고, 부인은 내게 "저는 당신을 사랑합니다"라고 말할 것입니다. 부인만이 이 세상의 모든 여인들 중에서 그 말을 할 자격이 있는 유일한 여인이 될 것입니다. 나는 진정 그 부인이 사랑하게 될 신이 될 것입니다.

솔직하게 이야기해 봅시다. 냉정하기도 하고 수월하기도 한 우리의 인간관계에서 우리가 흔히 행복이라고 부르는 것은 쾌락이라고는 거의 할 수 없는 것입니다. 당신에게 솔직하게 말해 볼까요. 나는 내 가슴이 메말라버렸다고 생각했었습니다. 그리고 나한테 남은 것이라곤 감각밖에 없기 때문에 너무 일찍 늙어버린 나 자신을 한탄했습니다. 그런데 투르벨 부인이 내게 청춘의 즐거운 환상을 되돌려주었습니다. 그부인 곁에 있으면 나는 향락을 찾지 않아도 행복합니다. 다만 내 마음에 걸리는 것은 이 일에 너무 시간이 걸린다는 것입니다. 그 이유는 내가 이러저러한 수완을 아무렇게나 발휘할 수 없기 때문입니다. 예전의대담한 수완이 생각나기도 합니다만, 그것을 실행할 결심이 서지는 않습니다. 진정 내가 행복하게 되기 위해서는 부인이 스스로 내게 몸을내맡겨야 합니다. 그리고 이것은 쉬운 일이 아닐 것입니다.

　　당신은 분명 이런 나의 신중함을 칭찬해 주시겠죠. 아직 사랑이라는 말을 입에 올릴 단계는 아니지만, 우리는 이미 믿는다든가 관심을 갖는다는 말을 하기에 이르렀습니다. 부인을 되도록 속이지 않기위해서, 그리고 특히 부인의 귀에 들어올 소문의 영향을 미연에 방지하기 위해서 나는 마치 고해라고 하듯이 유명했던 나의 일을 몇 가지 내입으로 고백했습니다. 부인이 얼마나 순진한 태도로 나를 설교했던지당신도 그것을 보았더라면 웃음을 터뜨렸을 겁니다. 나를 개심시키려고 그랬답니다. 하지만 그렇게 하기 위해서는 얼마나 많은 희생을 치러야 하는지 부인은 모르고 있었습니다. 부인의 표현을 빌면 "내가 파멸시킨 불행한 여인들을 위해 변호하고 있다"고 하지만, 이 말이 미리 자신에 대한 변호가 될 것이라고는 꿈에도 생각하지 못하고 있는 듯합니다. 이 생각은 어제 부인의 설교를 듣다가 문득 떠오른 것이었는데, 나는 너무 재미있어서 나도 모르게 부인의 말을 중단시키고는 "당신은 마치 예언자처럼 말씀하시는군요"라고 말해 주었답니다. 그럼 이만. 당신도 보시다시피 나는 대책 없이 헛수고를 하고 있는 것은 아닙니다.

　　추신 : 그런데 당신의 가엾은 기사님은 실연에 절망하여 자살이라도 했습니까? 정말 당신은 나보다도 몇백 배나 나쁜 사람입니다. 만일 나에게 자존심이 있다면 당신을 보고 굴욕을 느낄 것입니다.

17××년 8월 7일, ××에서.

제7신

세실 볼랑주가

소피 카르네에게*

　　너한테 결혼에 관한 이야기를 전혀 하지 않은 것은 그것과 관련해서 첫날보다 더 알게 된 내용이 없어서 그랬어. 이젠 결혼에 대해선 생각하지 않게 되었고 현재의 생활에 매우 만족하고 있어. 나는 노래와 하프를 열심히 연습하고 있단다. 선생님한테 배우지 않게 된 뒤부터 오히려 노래와 하프가 더 좋아진 것 같아. 아니 사실 나는 더 훌륭한 선생님이 생겼는데, 그분은 당스니 기사님이야. 언젠가 너에게 얘기한 적 있지? 메르테유 부인 댁에서 나와 함께 노래를 불렀다는 분 말이야. 그분은 참 좋은 분이셔. 그분은 노래는 물론이고, 작곡도 잘하시고 작사도 잘하신단다. 몰타 섬의 기사로 있기에는 너무 아까운 분이야. 그분의 아내가 될 여자는 참 행복할 거야……. 그분은 정말 다정한 분이셔. 결코 아첨하는 것 같지 않은데도 그분이 하시는 말씀은 모두 기분 좋게만 들려. 그분은 음악에 대해서나 그 밖의 일에 대해서 늘 나한테 꾸지람을 하시는데, 그 꾸지람이라는 게 재미있고 명랑해서 그분에게 감사하는 마음을 안 가질 수 없게 해. 그분이 나를 바라보면 내게 무언가 즐거운 말을 하는 듯이 보여. 그리고 무엇을 하든 항상 여러 가지

---

*독자의 지루함을 덜기 위해 매일매일의 편지 중 많은 수의 편지를 생략하고, 이 사교계에서 일어난 사건들의 이해에 필요한 것처럼 보이는 편지들만을 게재한다. 똑같은 이유로 소피 카르네가 보낸 편지들 전부와 이 사건에 관련된 사람들의 편지들 몇 통을 생략했다.

일에 신경을 써주셔. 어제만 하더라도 그분은 큰 음악회에 초대를 받았는데, 나하고 같이 있는 게 더 좋다고 저녁 내내 우리 집에서 지내셨어. 나는 정말 기뻤어. 그분이 계시면 함께 노래도 부르고 이야기도 하지. 그분은 항상 화제를 갖고 계셔. 내가 좋아하는 분은 그분과 메르테유 부인뿐이란다. 그럼 이만. 오늘까지 소곡을 익혀두기로 약속했는데 반주가 아주 어려워. 약속을 어기기 싫거든. 그분이 오실 때까지 부지런히 연습할 작정이야.

17××년 8월 9일, ××저택에서.

제8신

투르벨 법원장 부인이

볼랑주 부인에게

부인께서 저를 믿으시고 그동안의 사연을 말씀해 주신 데 대해 참으로 감사를 드립니다. 볼랑주 양의 혼인에 대해 남 못지않게 걱정하고 있으며 따님이 행복하기를 진심으로 기원하고 있습니다. 그리고 부인께서 하시는 일도 잘 될 거라고 굳게 믿고 있습니다. 저는 제르쿠르 백작이란 분에 대해서 전혀 아는 바가 없으나, 부인이 선택하신 분이니 틀림없이 좋은 분이라고 믿고 있습니다. 이제 저는 다만 따님의 결혼이, 부인께서 힘써 주신 덕분에 늘 감사하고 있는 저의 결혼처럼 행복하게 되기를 빌고 있습니다. 따님의 행복이 부디 부인이 제게 베풀어주신 행복의 보답이 되고, 존경하는 부인께서 누구보다도 행복한 어머니가 되시기를 기원합니다.

저의 간절한 소망을 직접 찾아뵙고 말씀드리지 못하고, 게다가 볼랑주 양과 친한 사이도 아니라서 정말 유감이군요. 부인께서 저를 친딸처럼 자상하게 대해 주셨으니 저도 따님을 언니로서 다정하게 대할 수 있으면 합니다. 아무쪼록 그럴 때가 오기를 기다리면서 부인께서 미리 따님께 저의 마음을 알려주시기 바랍니다.

저는 남편이 안 계시는 동안 이곳 시골에 계속 머무를 작정입니다. 이 기회에 저는 로즈몽드 노부인과 가까이 지내고 있습니다. 노부인은 언제 뵈어도 좋으신 분입니다. 연로하신데도 기억력이 좋으시고 쾌활함을 잃지 않고 계십니다. 몸은 비록 여든넷이라 하더라도 마음만은 이십대 못지않습니다.

우리는 노부인의 조카인 발몽 자작 덕에 이곳 시골에서 퍽 유쾌하게 지내고 있습니다. 그분은 우리들을 위해 며칠간 이곳에 머무르고 계십니다. 저는 그분에 대한 소문을 들어온 터라 이 이상의 교제는 별로 원하고 있지 않았는데, 실상 소문보다는 좋은 분 같았습니다. 이곳에서는 번잡스런 사교계에 시달리지 않아서 그런지 그분은 거리낌 없이 바른말을 하시고, 자신의 잘못을 보기 드물게 솔직히 털어놓으십니다. 그분이 저를 믿고 말씀하셨기 때문에 저도 신랄한 설교를 해드렸습니다. 부인께서도 그분을 잘 알고 계시니 제가 그분을 개심시킨다면 제 공을 인정해 주시리라 믿습니다. 하지만 아무리 굳게 약속했다 해도 파리에서 일주일만 지내면 제 설교 따위는 잊어버리겠지요. 이곳에 계실 때만이라도 최소한 평소의 행실에서 멀어지셨으면 합니다. 그리고 제 생각으로는 아무 일도 하지 말고 그저 가만히 지내시는 것이 더 나을 듯 여겨집니다. 지금 제가 부인께 편지 쓰는 것을 아시고 그분은 부인에게 안부를 전해 달라고 부탁하시는군요. 아무쪼록 변함없는 호의로 저의 경의를 받아주시기를 마음으로 빌어 마지않습니다.

17××년 8월 11일, ××에서.

제9신

볼랑주 부인이

투르벨 법원장 부인에게

젊고 아름다운 나의 벗, 투르벨 부인! 나는 이제껏 당신이 내게 보여주신 우정이나, 나에 관한 일을 변함없이 염려해 주신 호의에 대해 단 한순간이라도 의심한 적이 없습니다. 더구나 이런 일이 지금 우리 사이에서 새삼 문제가 될 수 없겠지요. 제가 지금 당신 편지에 답장을 보내는 것은 이 점을 확실히 해두려는 데 있는 것이 아닙니다. 하지만 당신에게 발몽 자작에 관해 이야기하지 않을 수 없는 심정이군요.

솔직히 말씀드리자면, 나는 그 사람의 이름을 당신 편지 속에서 보리라고는 꿈에도 생각지 못했습니다. 그 사람과 당신 사이에 어떤 공통점이라도 있습니까? 당신은 그 사람이 어떤 사람인지 모르십니다. 방탕아의 본성을 부인이 어떻게 아시겠어요? 당신은 "보기 드물게 솔직히"라고 말씀하셨는데요, 하긴 그렇죠. 발몽의 솔직한 모습은 사실 극히 드문 일이니까요. 상냥하고 매력이 있어 보이긴 하지만 그보다는 더 음흉하고 위험한 인물입니다.

그는 아주 젊었을 때부터 계획 없이는 어떤 일도, 어떤 말도 하지 않았던 자이며, 그 자가 품은 계획치고 파렴치하고 사악하지 않은 것이 하나도 없었습니다. 부인은 나를 잘 알고 계시니까 하는 말이지만, 내가 가장 소중히 여기는 미덕은 관용이라는 것을 알고 계시겠죠. 그러므로 발몽이 넘치는 욕정에 못 이겨 행동했고, 다른 젊은이들처럼 그 나이에 빠지기 쉬운 과오에 빠져들었다면 나는 그의 행실은 탓하더라도 그 사람을 미워하지는 않았을 것입니다. 그리고 그가 마음을 잡아 점잖은 사람들의 존경을 받을 날을 조용하게 기다렸을 것입니다. 그러나 발몽은 그런 위인이 못 됩니다. 그의 행실은 자기가 세운 원칙에서 비롯하는 것입니다. 그는 자신은 결코 다치지 않으면서 온갖 끔찍한 일을 자행할 수 있는 방법을 알고 있습니다. 그리고 그는 아무런 위험 없이 잔인하고 간악한 짓을 하기 위해서 여자를 희생자로 택했습니다. 그가 유혹한 여자들의 수는 이루 헤아릴 수 없을 정도인데, 그들 중에 상처를 입지 않은 여자가 과연 얼마나 될까요?

부인은 세상에서 떨어져서 조용하게 살고 계시기 때문에 그런 추악한 일들을 모르고 계십니다. 당신을 몸서리치게 할 그러한 일들을 이야기해 줄 수도 있지만, 내가 쓴 글을 보고 당신의 마음처럼 맑은 시선이 더럽혀질까 우려되는군요. 부인은 발몽이 부인에게 결코 위험한 사람이 아닐 거라고 믿고 계시니까 부인의 몸을 지키기 위해서 그러한 무기가 필요없겠지요. 다만 이 점만은 당신에게 말씀드리지요. 발몽이 유혹했던 여자들 중에서 그 결과가 어떻든 그를 원망하지 않은 여자는 하나도 없다는 사실입니다. 다만 메르테유 후작 부인만은 예외였습니다. 그 부인만이 그에게 저항하고 그의 사악한 마음을 굴복시킬 수 있었습니다. 부인의 그 같은 행동은 그녀 자신을 위해서는 더할 나위 없이 명예로운 것이었다고 생각됩니다. 처음 혼자 몸이 될 무렵 사람들에게 비난받을 만한 경솔한 일도 있긴 했지만, 이 일만으로도 모든 사람에게 부인의 올바름을 충분히 증명할 수 있습니다(이 볼랑주 부인의 오해는 발몽이 악당답게 자기 공모자의 이름을 밝히지 않았음을 보여준다).

부인, 어쨌든 내 나이나 경험, 특히 우정으로 보아 나는 부인에게 이 점은 말씀드릴 수 있다고 생각합니다. 즉 사람들이 발몽이 사교계에 모습을 보이지 않는 것에 관심을 갖기 시작했다는 것입니다. 그리고 그가 얼마 동안 제삼자로서 그의 백모와 당신 사이에서 지냈다는 것이 알려진다면, 부인의 평판은 그의 손아귀 안에 잡히는 셈이 되고 맙니다. 이것은 그야말로 한 여자에게 일어날 수 있는 가장 불행한 일입니다. 그러니 부인께 충고하건대 그의 백모님께 그가 더 이상 머무르지 않게 해달라고 권해 보세요. 만일 그가 계속 머물러 있겠다고 고집을 부린다면, 부인이 지체 없이 거기서 떠나시는 것이 나을 듯합니다. 그런데 발몽은 왜 거기 머무르고 있나요? 그 자는 도대체 그런 촌구석에서 무엇을 하고 있나요? 당신이 사람을 시켜 그의 거동을 조사해 보게 하면, 분명 그는 주변에서 무슨 흉계를 꾸미기 위해 적당한 은신처를 마련하고 있다는 것을 알게 될 것입니다. 그렇지만 악행을 막는 것은 우리 힘으로는 불가능하니까, 악행으로부터 우리 자신의 몸이나마 지켜야 하지 않겠어요?

그럼 부인, 안녕히 계세요. 딸의 결혼은 얼마 동안 연기되었답니다. 이제나저제나 기다리다가 제르쿠르 백작으로부터 그의 연대가 코르시카 섬으로 이동하게 되었다는 소식을 들었습니다. 그리고 아직도 전쟁이 계속되고 있으므로 겨울 전까지는 돌아오지 못한다고 합니다. 난처한 일이긴 하지만, 그 때문에 결혼식 때 부인을 뵐 수 있게 되었군요. 그렇지 않아도 부인 없이 결혼식을 올릴 것을 섭섭하게 여기던 참이었습니다. 그럼 이만. 나는 언제나 당신의 곁에 있음을 가식 없이 그리고 기탄없이 말씀드립니다.

추신 : 로즈몽드 부인에게도 항상 흠모하고 있다고 안부 말씀 전해 주시기 바랍니다.

제10신

메르테유 후작 부인이

발몽 자작에게

　　자작님, 나를 원망하시나요? 아니면 죽어버리셨나요? 아니
면 죽은 거나 다름없는 일이지만, 이제는 당신의 법원장 부인만을 위해
살고 있나요? 당신에게 '청춘의 환상'을 돌려주신 그 부인은 역시 우
스꽝스럽기 짝이 없는 청춘에 대한 편견도 돌려주겠지요. 당신은 벌써
소심해지고 노예가 되고 말았군요. 그 정도라면 사랑에 빠져 있다고 할
만하군요. 당신은 '대담한 수완'을 버리셨다고요? 이제 당신은 원칙
없이 행동하시고, 모든 일을 되는 대로, 아니 차라리 변덕스럽게 처리
하고 계신다고요? 사랑은 의술처럼 '다만 자연력을 돕는 기술에 지나
지 않는다'는 사실을 잊어버리고 계신가요? 나는 이처럼 당신의 무기
로 당신을 공격하고 있습니다. 그렇다고 해서 이것을 별로 자랑스럽게
여기지도 않습니다. 그것은 저항하지 못하는 상대를 공격하는 일과 다
름없으니까요. "부인이 스스로 몸을 내맡겨야 한다"고 당신은 말씀하
셨죠? 아마 그렇게 될지도 모르죠. 그 여자도 다른 여자들처럼 당신에
게 몸을 내맡길지도 모르지요. 다만 마지못해 몸을 내맡기는 점이 다르
다고 하겠지만 그녀로 하여금 스스로 몸을 내맡기게 하려면 우선 여자
를 구슬리는 일이 중요하겠네요. 어리석게도 이 두 가지를 구분하는 것
은 그야말로 사랑의 당치 않은 헛소리입니다. 나는 사랑이란 말을 했는
데, 그건 당신이 사랑하고 있기 때문이에요. 만일 당신이 그렇지 않다
고 항변한다면, 그것은 당신을 속이고 당신의 병을 감추는 것이 될 거

예요. 그럼 사랑에 번민하는 당신에게 묻건대, 당신은 당신이 정복한 여자들을 모두 폭력을 써서 정복했다고 생각하시나요? 그러나 아무리 품에 안기고 싶어 안달이 날지라도 무언가 구실은 있어야 하는 법입니다. 그리고 우리 여자들에게 완력에 굽히는 것처럼 보이는 것보다 더 편리한 구실이 또 있겠어요? 사실 나도 제일 좋아하는 것은 모든 일이 정연하게, 그리고 신속하게 진행되는 잘 짜인 맹렬한 공격이지요. 이러한 공격은 본래 우리가 이용했어야 할 서투른 짓을 힘겹게 고치지 않아도 되게 하며, 이쪽에서 허락하는 것도 겉으로는 폭력 때문에 강요당하는 것처럼 보이게 해서 여자가 좋아하는 두 가지 정념, 이를테면 방어의 자랑과 패배의 기쁨을 한꺼번에 교묘하게 만족시켜 주지요. 좀처럼 보기 드문 이러한 재능은 늘 나를 기쁘게 한답니다. 그래서 이런 재능을 갖고 있는 남자를 만나면 심지어 이 남자가 나를 유혹하지 않더라도 단지 상賞을 준다는 명목으로 굴복하는 경우도 내게는 이따금 있는 일이랍니다. 옛날에 마상시합에서 미녀가 용기와 기술에 대해서 상을 주었던 것처럼 말이에요.

하지만 이제 예전의 당신이 아닌 당신은 마치 성공하는 것이 두려운 것처럼 행동하고 계시는군요. 언제부터 당신은 하룻길을 조금씩, 그것도 지름길을 택해 여행을 하셨죠? 자작님, 목적지에 도착하려면 역마차를 타고 큰길로 가셔야지요. 이 이야기는 이 정도로 그치지요. 이 이야기를 계속하면 자꾸 화만 나고, 당신을 만난다는 즐거움을 앗아가니까요. 그것보다도 저한테 좀더 자주 편지 주세요. 그리고 일이 얼마나 진행되고 있는지도 알려주세요. 당신이 벌써 2주 이상을 그 어리석은 연애에 정신이 팔려 이쪽 사람들을 등한히 하고 있다는 것을 알고 계신가요?

당신의 태만에 대해 말씀드리자면, 당신은 친구를 병문안하려고 줄곧 사람을 보내지만, 정작 그 소식은 들으려고 하지 않는 사람 같아요. 당신은 저번 편지 끝에 나의 기사님이 죽기라도 한 게 아니냐고 물었지요? 그러고는 내가 회신을 하지 않았는데도 당신은 그 이상 신경을 쓰지 않았어요. 나의 애인이 당신의 죽마고우라는 사실을 이젠 잊어버렸나요? 하지만 안심하세요. 그분은 죽지 않았어요. 아니 그분이 설사 죽었더라도 그건 기쁨에 지쳐서 그랬을 테니까요. 이 가엾은 기사님은 얼마나 상냥하신지! 사랑을 하기 위해 세상에 태어나신 것 같은 분! 정말 감수성이 예민하기도 하신 분! 나는 정말 홀딱 빠져버렸답니다. 진정 그분은 나의 사랑을 받는 것을 더할 나위 없는 행복으로 여겨서 그 때문에 나도 정말 그분한테 끌리고 있어요.

그분과 헤어지려 한다고 당신한테 편지를 쓴 바로 그날, 나는 얼마나 그분을 행복하게 해주었던지! 아무튼 나는 그분을 절망에 빠뜨리려고 갖가지 수단을 찾고 있는 중이었는데, 그때 그분이 오셨다는 전갈을 받았어요. 변덕에서인지 아니면 제정신에서인지 그때만큼 그분이 그렇게 훌륭하게 보인 적은 없었어요. 하지만 나는 그분을 신경질적으로 맞아들였어요. 그분은 초대받은 손님들이 오기 전에 두 시간 정도 나와 함께 지내고 싶어했나 봐요. 나는 외출하려는 참이라고 그랬지요. 그분은 나보고 어디에 가느냐고 물었어요. 나는 가르쳐주지 않았지요. 한사코 그분이 묻기에, 나는 "어디든 당신이 없는 곳으로요"라고 독살스럽게 말했지요. 그 대답을 듣고 그분은 아연실색했으나, 그것이 차라리 그분을 위해선 다행스런 일이었지요. 왜냐하면 그분이 입이라도 열었더라면, 그 결과는 어쩔 수 없이 내가 계획한 대로 서로 헤어지는 장면이 연출됐을 테니까요. 그분의 침묵에 놀라서 나는 솔직히 말해서 어떤 표정을 하고 있나 보려고 무심코 그분을 슬쩍 보았지요. 그분의 얼굴에는 심각하고도 부드러운 슬픔의 빛이 떠돌더군요. 당신도 그런 표정에는 어쩔 도리가 없다고 하셨지요? 같은 원인은 같은 결과를 낳기 때문에 나는 또 지고 말았어요. 그래서 나는 혹시라도 나의 실수를 눈치 채지 않게 하기 위해서 이것저것 구실을 찾으려고 했어요. 나는 "일이 있어서 나가요"라고 좀더 부드럽게 말했어요. "이 일은 당신에게도 관계가 있는 일이에요. 하지만 지금은 묻지 마세요. 저녁식사는 집에서 하니까 그때 오세요. 그때 가르쳐드릴게요."

그러자 그분은 다시 말을 꺼내려고 했어요. 하지만 나는 말을 가로막고 "지금 매우 바빠요. 나를 내버려두세요. 밤에 오세요"라고 계속 말했어요. 그분은 내 손에 입을 맞추고 나가셨어요.

그분의 상한 기분을 풀어드리고, 상한 내 기분도 풀 겸해서 나는 곧 그분이 모르고 있었던 나의 별장을 알려드리려고 결심했어요. 그래서 내 충실한 하녀인 빅투아르를 불렀어요. 나는 머리가 아파서 집 안 사람들에게는 잔다고 일러두었어요. 마침내 나의 충복인 하녀하고만 있게 되자, 그 애는 마부로 변장하고 나는 하녀로 꾸몄지요. 하녀가 곧이어 정원 문 앞에 마차를 대어놓았고 우리는 함께 떠났어요. 그 사랑의 신전에 도착해서 나는 가장 요염한 옷으로 갈아입었어요. 그것은 아주 멋진 옷으로 내가 고안해 낸 것이었지요. 그 옷은 살이 비쳐 보이지는 않았지만 모든 것을 짐작하게 해주거든요. 당신의 법원장 부인께도 견본으로 한 벌 보내드리지요. 부인을 그것을 입어도 어울리는 여자로 당신이 만들었을 때 말이에요.

이런 준비를 끝내고 빅투아르가 자질구레한 일들을 하고 있는 동안 나는 〈긴 의자〉 제1장과 〈엘로이즈〉에 나오는 서간문 한 통, 그리고 라 퐁텐의 이야기 두 편을 읽으면서 이제부터 내가 흉내 낼 어조를 미리 연습했지요. 그동안 나의 기사님은 여느 때처럼 서둘러서 우리 집에 오셨어요. 문지기는 그분이 집 안으로 들어오는 것을 막고 내가 아프다고 말했죠. 이것이 첫 번째 사건이에요. 그와 동시에 문지기는 나의 편지를 전했죠. 하지만 이 편지는 나의 신중한 원칙에 따라서 내 손으로 쓴 것은 아니지요. 그분은 편지를 뜯고 그 속에 빅투아르가 쓴 "정각 9시에 가로수가 있는 큰길가 카페 앞에서"라는 글을 읽었지요. 그래서 그분은 그곳으로 갔는데 웬 알지 못하는 키 작은 마부가 하나 서 있었지요. 당연히 그분은 그 사람을 알아보지 못했는데, 그가 바로

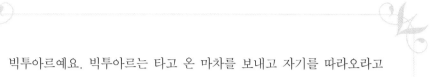

빅투아르예요. 빅투아르는 타고 온 마차를 보내고 자기를 따라오라고 했지요. 이런 소설적인 일의 진행 때문에 그분은 흥분하게 되었지요. 하기야 흥분했다고 해서 해로울 건 없어요. 그분은 마침내 도착했고, 놀라움과 사랑하는 마음에 정말 어안이 벙벙해 있었어요. 그분의 마음을 가라앉게 하려고 나는 그분과 함께 잠시 숲속을 거닐었답니다. 그리고 우리는 다시 집으로 돌아왔어요. 먼저 두 사람 분의 식사, 이어 잘 꾸며진 침대 하나가 그분의 눈에 들어왔어요. 우리는 잘 꾸며진 침실로 갔지요. 거기서 나는 반은 의식적으로, 그리고 반은 감정에 얽매여 두 팔로 그분을 부둥켜안고 그만 그분의 무릎에 쓰러지고 말았어요. 나는 이렇게 말했어요.

"여보! 이 뜻하지 않은 순간을 당신에게 마련해 주기 위해 짐짓 화난 척해서 당신을 상심케 해서 미안해요. 잠시나마 내 마음을 당신에게 감추어서 미안해요. 제 잘못을 용서해 주세요. 사랑의 힘으로 제 잘못의 대가를 치르겠어요."

당신은 이 감상적인 이야기의 효과를 알 수 있을 거예요. 행복한 기사님은 나를 일으켜 세웠어요. 그리고 당신과 내가 즐겁게 지냈고, 또 우리들의 영원한 이별이 새겨진 바로 그 긴 의자 위에서 나의 사과가 받아들여졌지요.

함께 지낼 수 있는 시간이 여섯 시간이나 되는 데다가, 그분을 위해서 그 시간을 즐겁게 해드리려고 결심했기 때문에 그분의 흥분을 가라앉히려고 나는 사랑의 애무를 퍼붓는 대신 교태를 부렸지요. 이제껏 남을 기쁘게 하기 위해 그토록 정성을 쏟았거나, 혹은 그처럼 나 자신에게 만족한 적은 한 번도 없었을 거예요. 저녁을 들고 나서 어린애처럼 굴다가는 점잖은 체하고, 명랑했다가는 다감해지고, 때로는 음탕하게 굴면서 그분에게는 할렘의 군주 역할을 하게 하고 나는 밤마다 바뀌는 총희寵姬의 역할을 하면서 마음껏 즐겼답니다. 그래서 그분이 거듭 바치는 찬사의 말은 단 한 사람의 여자를 향한 것이었지만 늘 다른 여인이 받는 것 같은 착각을 불러일으켰지요.

마침내 날이 밝고 헤어져야 할 때가 왔습니다. 그분은 헤어지고 싶지 않다고 말씀하셨지만, 가야 할 필요도 있었고 또 더 붙잡고 싶지도 않았지요. 밖에 나가면서 나는 마지막 작별인사로 이 행복한 거처의 열쇠를 집어 그분의 손에 쥐어주면서 "이 열쇠는 당신만을 위해서 만든 것이에요. 마땅히 당신이 이 열쇠의 주인이 되셔야 해요. 신전은 제물을 바치는 사람이 마음대로 쓰는 것이지요"라고 말했답니다. 별장을 가지고 있다는 것 자체가 의심을 사기 쉽지만, 이렇게 해서 그분이 이것저것 추측하는 것을 미연에 방지했지요. 나는 그분을 잘 알고 있기 때문에, 그분은 분명 나 이외의 사람을 위해서 그 열쇠를 사용하지 않을 거라는 걸 알지요.

그리고 그분 없이 나 혼자 그곳에 가고 싶으면 복사된 열쇠가 또 하나 있으니까 별문제는 없어요. 그분은 다시 이곳에 올 날짜를 정하자고 고집을 부렸지만 나는 그분을 너무나 사랑하기 때문에 빨리 노쇠하게 하고 싶지는 않아요. 빨리 헤어지고 싶은 상대가 아니라면 너무 지나치면 좋지 않지요. 그분은 이런 일은 몰라요. 하지만 그분의 행복을 위해 나는 두 사람 몫을 알고 있지요.

이제 보니 벌써 새벽 3시가 되었군요. 한마디만 쓰려고 한 것이 그만 책 한 권의 분량이 되고 말았군요. 바로 이런 것들이 마음 통하는 우정의 힘이 아닌가 싶어요. 이런 우정이 있기 때문에 당신은 늘 내가 가장 좋아하는 친구지요. 하지만 나는 나의 기사님이 더 좋답니다.

제11신

투르벨 법원장 부인이

볼랑주 부인에게

부인, 부인께서 제게 말씀해 주신 무서운 일보다 마음을 놓을 수 있는 일이 더 많지 않았더라면 부인의 준엄한 편지를 읽고 저는 겁에 질렸을 것입니다. 뭇 여성들의 공포의 대상인 그 무서운 발몽님은 아마 이 별장에 들어오시기 전에 자신의 살인적인 무기를 어디엔가 맡겨두신 것 같습니다. 여기서는 나쁜 계획을 꾸미기는커녕 야심을 품었을 거라는 아무런 흔적도 찾아볼 수 없습니다.

그리고 그분의 적들까지도 인정하는 남자로서의 매력은 거의 사라지고, 다만 남은 것은 말 잘 듣는 어린애의 모습입니다. 아마 시골 공기가 이런 기적을 낳았나 봅니다. 부인을 안심시킬 수 있는 것은 그분은 늘 나와 함께 있으면서 이것을 기쁘게 생각하시지만, 그렇다고 해서 남녀간의 정에 관한 말씀은 한마디도 하는 일이 없다는 사실입니다. 그분은 세상 남자들이 하는 허튼소리조차 하는 일이 없습니다. 오늘날 정숙한 여자라면 주변 남자들의 감정을 자제시키기 위해 몸가짐을 바르게 해야 하지만, 이분 앞에서는 그럴 필요가 없습니다. 그분은 사람의 마음을 들뜨게 만들지만 그렇다고 그것을 야비하게 이용하는 일도 없습니다. 그분은 어느 정도 달콤한 말을 하시기는 하지만, 아주 섬세하게 표현해서서 정숙한 여자들까지도 이분의 찬사에는 쉽게 익숙해지게 마련입니다. 만일 제게 동생이라도 하나 있다면 저는 동생이 지금의 발몽님을 닮았으면 하고 바랄는지도 모릅니다. 아마 남자에게 지나친 친절을 바라는 여자들이 많겠지요. 하지만 저는 그분이 저를 그런 여자들처럼 보지 않는 것에 대해 무한한 감사를 드리고 있습니다.

이 초상화는 아마 부인께서 제게 그려 보내신 것과 많은 차이가 날지도 모릅니다. 그러나 시기를 정해서 구분해 보면 부인이 그리신 초상화나 제가 그린 초상화 사이에 비슷한 점도 있을 것입니다. 그분 자신도 자신이 저지른 많은 과오를 인정하고 계십니다. 그리고 그중에는 남의 과오를 뒤집어쓴 것도 있고요. 하지만 저는 그분만큼 정숙한 여자에 대해서 그토록 존경심을 품고―아니, 차라리 열광이라고나 할까요―말하는 남자를 이제껏 본 적이 거의 없습니다.

부인의 편지만 보더라도 적어도 이 점에 대해선 전혀 거짓이 아닌 것 같습니다. 메르테유 부인에 대한 그분의 행실이 이를 증명하고 있습니다. 그분은 우리에게 그 부인에 대해서 많은 말씀을 해주셨습니다. 그분은 늘 많은 찬사와 진정으로 애정을 품은 어조로 말했기 때문에 저는 부인의 편지를 받기 전까지는 그분이 두 사람 사이의 관계를 교우관계라고 부르지만 실상 애정관계가 아닌가 하고 생각했었죠. 이것은 저의 그릇된 판단이었습니다. 더욱이 그분이 몇 번이나 후작 부인의 결백함을 변호했었던 만큼 저의 과오는 더 크다 하겠습니다.

솔직하게 말씀드리자면, 그분의 친절을 술책이라고만 생각했습니다. 저는 잘 모르겠습니다만, 그처럼 훌륭한 후작 부인에 대해 변함없는 우정을 지닐 수 있는 분을 어떻게 구제할 길 없는 방탕아라고 할 수 있겠습니까? 게다가 부인께서 추측하신 것처럼 그분이 여기서 몸가짐을 바르게 하고 있는 것이 이곳에서 무엇인가를 꾸미기 위한 것인지는 잘 모르겠습니다. 이 주변에도 시선을 끌 만한 부인이 몇몇 있습니다. 하지만 외출을 거의 하지 않으며, 외출도 오전 중에만 하는데, 그것도 사냥하러 가기 위해서라고 합니다. 사실 그분은 거의 빈손으로 집에 옵니다. 그분 스스로가 자기는 사냥에 매우 서투르다고 말씀하시긴 하지만, 그분이 밖에서 무엇을 하든 저는 별로 신경이 쓰이지 않습니다. 제가 그분의 거동을 알고 싶다 하더라도, 그것은 다만 제가 부인의 의견에 접근하느냐, 아니면 부인에게 저와 같은 의견을 갖게 하느냐의 두 가지 중 하나를 택해야 할 이유를 발견하고자 하는 것에 불과하니까요.

발몽님이 여기서 머무르는 날을 단축시키도록 조처하라고 부인께서 제안하셨지만, 그분의 백모님께 자기 조카를 댁에 놓아두지 말라고 부탁하는 것은 제게는 너무 어려운 일처럼 보입니다. 더구나 노부인은 그분을 애지중지하고 계시니까요. 하지만 꼭 기회를 보아 노부인에게 아니면 그분에게 직접 부탁을 드리겠습니다. 지금 곧 그럴 필요는 없지만 부인을 공경하는 마음을 저버릴 수 없으니까요. 저는 남편에게는 그분이 돌아오실 때까지 여기 머무를 작정이라고 알려드렸습니다. 그리고 제가 거처를 옮기면 그분은 틀림없이 저의 가벼운 행동에 대해서 놀라실 것입니다.

사연이 너무 길어졌습니다만, 발몽님에 대한 유리한 증언을 하는 것이 진실에 대한 저의 의무라고 생각했고, 발몽님도 부인에게 그러한 증언이 필요하다고 생각하셨을 겁니다. 그러나 충고해 주신 부인의 우정에는 진실로 감사를 드립니다. 또한 따님의 결혼이 연기된 것을 다행이라고 말씀하신 것도 다 저에 대한 호의에서 나오신 것이라 생각되어 진심으로 감사를 드립니다. 그리고 결혼식에 참석하는 것이 커다란 즐거움이긴 하지만, 저는 볼랑주 양이 조금이라도 빨리 행복하게 된다면 이 즐거움도 기꺼이 희생하겠습니다. 따님이 사랑과 존경을 한 몸에 받을 만한 어머니 곁을 떠난다 하더라도 더욱 행복할 수 있다면 말입니다. 저도 따님과 마찬가지로 사랑과 존경으로써 부인을 흠모하고 있습니다. 부디 저의 마음을 기꺼이 받아주시기를 기원합니다.

제12신

세실 볼랑주가

메르테유 후작 부인에게

아주머님, 어머님께서는 편찮으셔서 외출을 하실 수가 없으므로 제가 간호를 해드려야 합니다. 그래서 저는 오페라 극장에 동행할 수 없게 되었습니다. 오페라를 못 보게 된 것보다 아주머님과 함께 있지 못하게 된 것이 더 섭섭해요. 제 말을 믿어주세요. 아주머님을 너무 좋아하니까요.

당스니 기사님께 일전에 말씀하신 가곡집을 제가 갖고 있지 않으니까 내일 갖고 오신다면 정말 고맙겠다고 전해 주시겠어요? 오늘 오신다 하더라도 우리는 부재중이라고 집안 사람들이 말할 겁니다. 그러나 실은 엄마가 아무도 맞아들이고 싶어하지 않기 때문이지요. 내일이면 완쾌하시리라고 믿습니다.

17××년 8월 13일, ××에서.

제13신

메르테유 후작 부인이

세실 볼랑주에게

　　너를 만나는 기쁨을 빼앗겨서 정말 섭섭하구나. 그리고 그 이유를 알고 나니 마음이 울적해지는구나. 다시 만날 기회가 오리라고 믿는다. 당스니 기사에게 네가 한 부탁 잊지 않고 전해 줄게. 기사님도 어머님이 편찮으신 걸 알면 울적해하실 거야. 만일 내일 어머님께서 맞아주시겠다면, 내가 가서 말동무가 돼줄게. 어머니와 나는 카드놀이에서 벨르로슈 기사(메르테유 후작 부인의 편지에 나오는 문제의 인물)를 집중 공격해서 돈을 따겠어. 그리고 이보다 더 즐거운 것은 네가 저 친절한 선생님과 함께 노래하는 것을 듣는 일이란다. 선생님께는 내가 부탁해 볼게. 어머님이나 네가 괜찮게 생각한다면 두 기사들을 데리고 갈게. 그럼 이만, 세실.

　　어머님께 안부 전해 다오. 너에게 정다운 키스를 보낸다.

제14신

세실 볼랑주가

소피 카르네에게

　　소피, 어제는 편지를 쓰지 못했구나. 하지만 즐거운 일이 있어서 그런 건 아니었어. 정말이야. 엄마가 편찮으셔서 하루 종일 엄마 곁을 떠나지 못했단다. 저녁이 되어 내 방에 돌아왔을 때는 아무것도 하기 싫었단다. 그리고 곧장 자리에 누웠단다. 이날 하루가 빨리 끝난 것을 나 자신에게 알려주기 위해서 말이야. 오늘처럼 하루가 이렇게 길게 느껴진 것은 처음이었던 것 같아. 엄마가 싫어서 그런 건 아니지만, 나도 왜 그런지 모르겠어. 메르테유 후작 부인하고 오페라 좌座에 가기로 했었거든. 당스니 기사님도 같이 가기로 했었어. 너도 알다시피 두 분은 내가 제일 좋아하는 분이야. 지금이면 내가 거기에 있을 시간이라 생각하니 정말 왠지 모르게 내 가슴이 미어졌단다. 모든 게 싫어지고, 눈물이 나오는데 참으려고 해도 자꾸 나오는 거야. 다행히 어머니는 누워 계셔서 내가 우는 것을 볼 수 없으셨어. 분명 당스니 기사님도 나처럼 섭섭하게 생각했을 거야. 그분은 오페라 장면이나 관객들을 보면서 마음을 풀 수 있었을 테지만, 나는 달라.

　　다행히 오늘은 엄마가 회복이 돼서 메르테유 후작 부인이 다른 사람과 당스니 기사님을 동행해서 오시기로 했어. 하지만 메르테유 후작 부인이 늘 늦게 오시는 바람에 혼자 너무 오랫동안 있게 돼서 아주 지루해. 지금은 겨우 11시야. 사실 지금 하프 연습을 해야 해. 그리고 화장하는 데 약간 시간이 걸릴 거야. 오늘은 머리를 잘 단장해 두고 싶거든. 페르페튜 선생 말이 맞는 것 같아. 사교계에 출입하면 예뻐지고 싶게 되거든. 요 며칠처럼 예뻐지고 싶어했던 적은 이제껏 없었던 것 같아. 나는 생각했던 것만큼 예쁜 것 같지 않아. 그리고 볼연지를 바른 여자들 옆에 있으면 완전히 시들어버리는 것 같아. 가령 메르테유 후작 부인 같은 분을 남자들은 나보다 훨씬 예쁘다고 생각한단다. 그래도 그렇게 기분이 나쁜 것은 아니야. 그분은 나를 아주 좋아하시니까.

그리고 메르테유 후작 부인 말씀에 따르면, 당스니 기사님은 내가 그분보다 더 예쁘다고 생각하신대. 그분 자신이 그런 말을 나한테 직접 하시다니 그분은 정말 좋으신 분이야. 그리고 그 얘기를 아주 기쁜 듯 말씀하셨어. 나는 그런 것을 이해할 수 없지만 말이야. 메르테유 부인이 그토록 나를 좋아하신다니! 그리고 그 기사님 말씀도……. 나는 정말 기뻤단다. 정말 그분을 바라보고 있는 것만으로도 나는 예뻐지는 느낌이 들어. 그분의 눈길과 마주칠 적마다 마음이 두근거리지만 않는다면 그분만 바라보고 있으련만. 그분을 쳐다볼 때마다 가슴이 두근거려서 당황하기도 하고 괴롭기도 하지만, 실은 대수롭게 여기진 않는단다.

그럼 이만. 이제부터 화장을 하겠어. 나는 너를 언제나처럼 사랑한단다.

제15신

발몽 자작이

메르테유 후작 부인에게

비운에 빠져 있는 나를 그대로 버려두지 않으신 데 대해 감사를 드립니다. 나의 이곳 생활은 너무 평온하고 무미건조하고 단조로워서 정말 지겨워 못 견디겠습니다. 즐겁게 보낸 하루의 상황을 자세히 써보낸 당신의 편지를 읽고, 일이 있다는 구실을 내세워 당신이 있는 곳으로 날아가서 나를 위해, 요컨대 행복해질 자격조차 없는 당신의 기사님을 배반해 주십사고 부탁하고 싶은 마음이 몇 번이나 일어났는지 모릅니다. 덕분에 그 남자를 질투하게 되었군요. 당신은 왜 나에게 영원한 이별이라고 말씀하셨나요? 흥분한 상태에서 내뱉은 말이므로 나는 그때 한 맹세를 취소합니다. 그것이 지켜지지 않으면 안 될 맹세였다면 우리는 맹세할 자격도 없었을 것입니다. 그 기사의 행복이 갑자기 나에게 가져다준 본의 아닌 원한을 언젠가는 당신의 품 안에서 풀어볼 작정입니다. 사실 그 자가 머리를 사용하기는커녕 아무런 고생도 하지 않고 단지 본능에 이끌려 내가 얻어낼 수 없었던 행복을 얻었다고 생각하니 얼마나 울화가 치밀어 올랐는지 모릅니다. 그 자가 누린 행복을 나는 기필코 짓밟아버리고 말 겁니다. 허락해 주실 테죠? 아니 당신 부끄럽지 않으신가요? 당신은 그 남자를 속이려고 애쓰고 있는데, 당신보다 오히려 그 사람이 더 행복하다니! 그가 당신의 손아귀에 들어 있다고 생각하다니! 바로 당신이 그 기사의 손아귀에 들어가 있는 것입니다. 그가 편안하게 잠들고 있는 동안, 당신은 그의 쾌락을 위해 밤을 새우고 있습니다. 노예라 할지라도 그 이상은 하지 않을 테죠.

당신이 여러 남자들과 사귀는 한 나는 결코 질투는 하지 않습니다. 당신의 연인들은 나 혼자 지배했던 그 왕국을 유지할 수 없으니 알렉산더 대왕의 후계자들일 뿐입니다. 그런데 당신은 후계자들 중의 한 사람에게 왕국 전체를 바치시다니요! 나 말고 나만큼 행복한 남자가 또 있다니요! 이것은 정말 용서할 수 없는 일입니다. 내가 그런 일을 용서하리라고 기대하지 마십시오. 나를 전과 다름없이 상대하시든지, 아니면 다른 사람을 택하십시오. 한 사람한테만 열을 올려 두 사람이 맹세했던 범할 수 없는 우정을 배반하지 마십시오.

마음대로 되지 않는 사랑을 탄식하는 것만으로도 벅찬 일입니다. 나는 이제 당신의 뜻에 따라 나의 과오를 솔직히 인정합니다. 소유하고 싶은 것을 소유하지 않으면 살 수 없고, 그것을 위한 것이라면 시간도, 쾌락도, 생명도 희생하는 것이 사랑이라면, 나는 지금 정말 사랑하고 있습니다. 그러나 그것을 인정하더라도 거의 진전을 보지 못했습니다. 나로 하여금 생각하게 만든 사건이 생기지 않았더라면 당신에게 이 일에 대해서 알려드릴 만한 일이 하나도 없었을 것입니다. 그런데 저는 이 사건을 걱정해야 좋을지, 아니면 희망을 걸어야 좋을지 아직 판단이 서지 않습니다.

당신도 저의 하인을 알고 계시죠? 꾀가 많고 희극에서 진짜 몸종 역을 맡을 수 있는 놈 말입니다. 나는 이놈에게 부인의 하녀를 유혹하고 하인들을 술로 매수하여 환심을 사라고 분부를 내렸습니다. 그놈은 나보다 더 운이 좋은 놈입니다. 벌써 그 일에 성공했으니까요. 투르벨 부인이 하인 한 놈에게 나의 거동을 감시하고 심지어는 아침에 외출하는 나를 되도록 눈에 띄지 않게 미행하라는 임무를 내렸다는 사실을 최근 알아냈습니다. 이 여자가 대체 무엇을 하려는 심사일까요? 그렇게 정숙한 여자가 남자들도 감히 하지 못하는 짓을 하려 들다니 말입니다. 맹세코 나는……

하지만 여자의 잔꾀에 대해 복수하기 전에, 이 잔꾀를 우리에게 유리하게 역이용하는 방법부터 강구해 봅시다. 지금까지 의심받았던 문제의 외출은 아무런 목표도 없었으나, 이제 목표를 하나 세우지 않으면 안 되겠습니다. 이것이야말로 깊이 생각해 볼 문제라 잘 생각해보기로 하고 이만 줄이겠습니다. 그럼 안녕. 나의 아름다운 벗이여!

17××년 8월 19일, ××에서.

세실 볼랑주가

소피 카르네에게

아! 그리운 소피, 알려줄 게 많아. 너에게 말해서는 안 될지도 모르지만, 누구한테건 말하지 않으면 못 견디겠어. 그 당스니 기사 말이야. 마음이 산란해서 쓸 수가 없구나. 무슨 말부터 써야 하지. 그래, 일전에 당스니 기사와 메르테유 부인이 우리 집에서 즐거운 저녁을 보냈다고 너한테 얘기했지.* 그날 저녁에 일어난 일을 너한테 얘기하지 않았는데, 그건 아무한테도 말하기 싫어서 그랬어. 하지만 그 일이 줄곧 머리에서 떠나지 않는구나. 그 후로 그분이 몹시 우울해하셔서 나도 견딜 수 없었

---

* 이날 저녁에 대해 이야기한 편지는 끝내 발견되지 않았다. 이것은 메르테유 후작 부인의 편지에서 제안되고, 앞의 세실 볼랑주의 편지에서 언급된 저녁일 가능성이 많다.

단다. 그래서 내가 이유를 물으니까 아무 일도 아니라고 하시더구나. 하지만 내가 보기에는 틀림없이 그러신 것 같았어. 여느 때보다도 더 우울해 보였어. 그럼에도 불구하고 그분은 평상시처럼 기꺼이 나와 함께 노래를 불렀단다. 하지만 그분이 나를 쳐다볼 적마다 가슴이 미어지는 것 같았어. 노래를 다 부르고 나서 그분은 내 하프를 케이스 안에 집어넣고는 나한테 열쇠를 주면서 그날 밤 혼자 있게 되면 꼭 하프를 연습해 보라고 당부하셨어. 나는 무슨 곡절이 있으리라곤 짐작하지 못했고, 하프를 켜고 싶지도 않았지만 그분이 하도 신신당부하시기에 그렇게 하겠다고 했지. 거기에는 그럴 만한 이유가 있었어. 아니나 다를까 내 방으로 돌아와서 내 몸종이 나간 다음에 하프를 가지러 갔는데, 줄 사이에 봉인되지 않고 그냥 접히기만 한 편지가 끼워 있지 않았겠니. 물론 그분이 쓴 편지야. 아! 편지에 무슨 사연이 씌어져 있는지 아니? 그분의 편지를 읽고 나서 나는 하도 기뻐 다른 일은 생각할 겨를이 없었단다. 나는 단숨에 네 번이나 읽고 나서 편지를 책상 속에 넣어두었어. 완전히 외워두고 있어서 자리에 누워서도 잠잘 생각은 하지 않고 여러 번 편지 사연을 속으로 되뇌었단다. 눈을 감으면 그분의 모습이 떠올라 내가 읽은 사연을 직접 말씀해 주시는 것 같았어. 늦어서야 잠이 들었는데 눈을 뜨자마자(그것도 아주 이른 시간에) 다시 편안히 읽어보려고 편지를 침대로 갖고 와서 편지에 입을 맞추었단다. 마치 ……하는 것처럼. 그렇게 편지에 입을 맞추는 것이 나쁜 일일지도 모르지만, 그렇게 하지 않고는 견딜 수가 없었단다.

　　나는 지금 아주 기쁘긴 하지만, 한편으로는 당황하고 있단다. 왜냐하면 이 편지에 회답을 해서는 안 된다는 것을 잘 알고 있지만 그분이 회답을 요구하고 있으니까 말이야. 하지만 내가 회답을 안 하면 그분은 분명 더 우울해하실 거야. 그분에게는 얼마나 불행한 일이겠니. 어떻게 하면 좋지? 하기야 넌들 어떻게 알겠니. 그래서 나를 귀여워하시는 메르테유 부인에게 상의해 보려고 해. 당스니님을 위로는 해드려야겠고, 그렇다고 나쁜 짓을 하고 싶지는 않거든. 어른들은 우리에게 친절한 마음씨를 가지라고 하면서 대상이 남자일 때는 친절을 베푸는 것을 금하니 얼마나 부당한 일이야. 그렇지 않니? 남자도 여자에 못지않게, 아니 그 이상으로 우리와 가깝지 않니? 누구나 어머니가 있으면 아버지도 있고 누이가 있으면 형제가 있는 게 아니니? 그런데 내가 만일 편지를 쓴다면 오히려 당스니님이 나를 좋게 생각하지 않을지도 몰라. 아! 그러니 그분을 우울하게 내버려두는 것이 더 좋을 거야. 그리고 아직 시간이 있으니까. 어제 그분이 편지를 썼다고 해서 오늘 꼭 회답을 줄 필요는 없지 않니? 그리고 오늘 저녁 메르테유 후작 부인을 만나기로 했으니까 용기가 나면 그분에게 모두 이야기해 보려고 해. 그분이 일러주시는 대로 하면 흠 잡히는 일은 하지 않게 될 거야. 그리고 아마 메르테유 부인은 당스니님이 슬퍼하지 않도록 간단한 회답이라도 하라고 말씀하실지 몰라. 아! 정말 괴로워 죽겠어.

　　그럼 안녕. 네가 생각하는 게 있으면 언제든 일러줘.

17××년 8월 18일, ××에서.

제17신

당스니 기사가

세실 볼랑주에게

　　세실 양, 당신에게 편지를 쓰는 기쁨, 아니 욕망에 사로잡히기 전에 우선 드릴 말씀이 있으니 들어주시기 바랍니다. 나의 감정을

감히 고백하기 전에 당신의 관대함이 필요하다는 느낌이 듭니다. 단지 내 감정을 변명하고자 한다면 당신의 관대함은 필요하지 않을지도 모릅니다. 결국 당신에게 당신으로 말미암아 내게 일어난 결과를 보여드리는 것 외에 무엇을 할 필요가 있을까요? 나의 시선, 나의 당황, 나의 태도, 심지어 나의 침묵이 나의 말보다 그 이상의 것을 말하고 있으니 또 무슨 말을 할 필요가 있나요? 아! 당신이 내게 불러일으킨 감정에 대해 어떻게 당신을 탓할 수 있겠습니까? 당신 때문에 생긴 감정은 당신에게 바치는 것이 적합할 듯합니다. 그것은 나의 영혼처럼 타오르고, 당신의 영혼처럼 순수합니다. 아름다운 얼굴, 마음을 끄는 재능, 마음을 황홀하게 하는 우아한 자태, 그리고 이런 귀중한 자질을 돋보이게 하고 마음을 뭉클하게 하는 순수함에 매료되는 것도 죄가 되나요? 아닐 것입니다. 그러나 죄가 없다 하더라도 사람은 불행해질 수 있나 봅니다. 그리고 당신을 그리워하는 내 마음을 받아주지 않는다면, 저를 기다리고 있는 것은 불행한 운명 외에는 아무것도 없을 것입니다. 이것이야말로 내 마음으로부터 바치는 최초의 존경입니다. 당신이 없었더라면, 행복하지는 못하더라도 마음은 편했을 겁니다. 당신을 만난 순간부터 마음의 평화는 멀리 사라져버리고, 행복은 기약 없는 것이 되고 말았습니다. 하지만 당신은 내가 우울해하는 것을 보고 놀라시면서 그 원인을 말해 달라고 하시더군요. 당신도 그 때문에 상심하시더군요. 아! 그러면 한마디 말씀이라도 해주십시오. 나의 행복은 당신의 손에 달려 있습니다. 그러나 말씀하시기 전에 그 한마디가 역시 나를 불행의 구렁텅이로 빠뜨릴 수 있다는 것도 염두에 두십시오. 그러니 내 운명의 심판자가 되어주십시오. 내가 영원토록 행복해지느냐 아니면 불행해지느냐 하는 것은 당신에게 달려 있습니다. 더없이 사랑스런 이의 손 말고 누구에게 이 엄청난 일신상의 문제를 맡길 수가 있을까요?

　　　편지의 첫머리에서 그랬던 것처럼 나는 당신이 관대함을 가지시기를 간절히 빕니다. 나는 당신에게 내 말을 들어달라고 부탁했습니다. 나는 한걸음 더 나아가서 감히 또 한 가지 청을 드리고자 합니다. 제발 제게 회답을 해주세요. 이를 거절하신다면 나는 당신의 마음이 상했다고 생각할 것입니다. 그래도 당신을 향한 나의 존경심은 결코 당신에 대한 사랑에 뒤지지 않는다는 것을 맹세합니다.

　　　추신 : 회답을 주시려면 내가 당신에게 이 편지를 전했던 것과 같은 방법을 이용해 주세요. 그것이 안전하기도 하고 편리할 것 같아서요.

　　　　　　　　　　　　17××년 8월 20일, ××에서.

제18신

세실 볼랑주가

　　　　　　　　　　소피 카르네에게

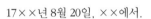

　　　소피야, 너는 내가 하려는 것을 처음부터 나무라고 있구나! 그렇지 않아도 걱정거리가 한두 가지가 아닌데 너 때문에 하나 또 느는구나. 너는 내가 회답을 해서는 안 된다고 했는데, 정말 너는 남의 속도 모르고 너 편한 대로 말하고 있어. 하긴 너는 내 사정이 어떤지 정확하게 모르고 있으니까. 만일 네가 내 입장에 있다면 너도 분명 나처럼 행동했을 거야. 물론 보통 경우라면 회답을 해서는 안 되지. 어제 준 편지에서 밝혀 두었으니 너도 잘 알고 있지 않니? 나도 처음에는 그러고 싶지 않았다니

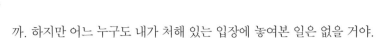

까. 하지만 어느 누구도 내가 처해 있는 입장에 놓여본 일은 없을 거야.

더욱이 나는 완전히 혼자서 결정하지 않으면 안 돼. 학수고대하던 메르테유 부인도 어제 저녁에 오지 않으셨어. 무엇 하나 제대로 되는 일이 없어. 내가 당스니님을 알게 된 것도 그 부인 때문이야. 그리고 그분을 볼 때나 이야기를 나눌 때도 거의 늘 그 부인이 옆에 있었어. 메르테유 부인을 원망하는 것은 아니지만, 이렇게 곤란한 처지에 있는데 모른 체하고 있다니. 아! 정말 괴롭구나.

어제 당스니님이 평소 때처럼 오셨으니, 생각해 봐, 나는 너무 당황해서 그분을 뵐 용기가 나지 않았어. 엄마가 옆에 계셨기 때문에 그분도 나한테 말을 걸 수 없었지. 회답을 쓰지 않은 것을 알게 되면 기분이 상할 게 뻔해서 나는 어떻게 해야 할지 모르고 있었단다. 조금 있다가 그분이 내 하프를 갖고 와도 괜찮겠냐고 물으셨어. 가슴이 너무 뛰어서 나는 겨우 "네"라는 대답밖에는 할 수 없었단다. 그분이 하프를 가지고 오신 후에는 분위기가 더 나빠졌어. 나는 슬쩍 곁눈질을 해서 그분을 보았지. 그분은 나를 보진 않았지만 마치 병든 사람처럼 보였어. 그 모습을 보니 내 마음이 더욱 아파지더구나. 그분은 하프의 음을 조율하시고 나서 그것을 나에게 갖고 오시더니 "아! 세실 양……" 하고 말씀하셨어. 그분은 이 말밖에는 하지 않았지만 그 어조 때문에 나는 더욱 당황했단다. 나는 하프로 전주를 타고 있었지만 나 자신도 내가 무엇을 하고 있는지 몰랐단다. 엄마는 우리에게 노래를 청했어. 그분은 몸이 편치 않다고 하시면서 양해를 구했지만, 나는 구실을 붙일 게 없어서 하는 수 없이 노래를 불러야 했지. 나는 그때 내가 차라리 음치였다면 좋았을 거라고 생각했어. 나는 일부러 모르는 곡을 택했단다. 아는 곡을 부르면 내가 제대로 부르지 못해 사람들이 수상히 여길 게 뻔할 테니까 그랬지. 다행히 그때 손님이 오셨단다. 그래서 마차가 집 안으로 들어오는 소리를 듣자 나는 노래를 그치고 그분한테 하프를 제자리에 갖다 놓아 달라고 부탁했어. 혹 그분이 그러고 나서 바로 떠나지 않을까 염려했었는데 다시 돌아오셨어.

　　엄마가 새로 온 부인과 이야기를 하고 있는 동안 나는 한 번 더 그분을 슬쩍 쳐다보았는데 그분의 눈과 마주쳤기 때문에 차마 눈을 돌릴 수가 없었어. 나는 곧 그분의 눈에서 눈물이 흐르는 것을 보았고 그분은 눈물을 보이지 않으려고 황급히 고개를 돌렸어. 나도 참을 수가 없었어. 울음이 터져 나올 것 같았어. 그래서 방에서 나와 곧 종이쪽지 위에 연필로 "제발 그렇게 슬퍼하지 마세요. 꼭 당신한테 답장을 쓸게 요"라고 썼단다. 이 정도의 일 갖고 너도 나쁘다고 말하진 않겠지. 그리고 나로서는 어떻게 할 수 없었단다. 나는 그분이 했던 것처럼 종이쪽지를 하프 줄 사이에 끼워놓고 다시 거실로 돌아왔어. 그러니까 마음이 가라앉더구나. 그리고 아까 그 부인이 빨리 돌아가기를 바랐는데, 다행히 인사만 하러 왔기 때문에 곧 가시더구나. 그 부인이 떠나자마자 나는 당스님한테 하프를 다시 뜯고 싶으니 갖다 달라고 부탁했어. 그때 그분은 아무것도 눈치 채지 못한 표정이었으나, 돌아오셨을 때는 아! 그 얼굴에 희색이 감돌고 있었어. 하프를 내 앞에 세워놓고 엄마가 보지 못하게 자리를 잡고는 내 손을 잡았어. 그 손길이 얼마나 부드러웠던지! 짧은 순간이었지만 그때의 내 기분이 어땠는지 말로 표현할 수 없구나. 하지만 나는 곧 손을 뺐어. 그러니 마음에 꺼릴 것은 없어.

　　일단 약속한 이상 그분에게 편지를 쓰지 않을 수 없게 된 것을 너도 이해하겠지. 그리고 나는 더 괴로우니까 말이야. 만일 그것이 나쁜 일을 꾸미기 위해서라면 아예 회답을 쓰지 않겠지만, 그것이 무엇보다도 어떤 사람을 불행에서 구해 내는 것이라면 편지를 쓰는 게 그렇게 나쁜 일이 아니지 않니? 다만 곤란한 점은 내가 편지 쓰는 솜씨가 서투르다는 거야. 그러나 그분은 그것이 내 탓이 아니라는 것을 잘 이해해 주실 거야. 그리고 나는 내가 쓴 편지만 있으면, 그것으로 그분은 기쁘게 여길 거라고 생각한단다.

　　소피야, 그럼 이만. 만일 내게 잘못된 점이 있다면 말해 다오. 그분한테 편지를 써야 하는 시간이 다가옴에 따라 왠지 모르게 가슴이 설레는구나. 하지만 약속했으니까 써야지. 잘 있어.

17××년 8월 20일, ××에서.

제19신

세실 볼랑주가

당스니 기사에게

어제는 당신이 너무 우울해하셔서 저도 괴로워 어쩔 수 없어서 당신의 편지에 답장을 드리겠다고 약속했어요. 하지만 오늘은 그래서는 안 된다는 생각이 들어요. 하지만 약속을 했으니 어기고 싶지는 않아요. 그리고 이것만으로도 당신에 대한 저의 우정을 증명하고도 남음이 있을 거예요. 이제 당신도 이 점을 아셨으니까 앞으로 저한테 더 이상 편지를 써달라고 부탁하지 않으시면 좋겠어요. 사람들에게 알려지면 분명 저는 야단을 맞을 테고 그야말로 괴로움을 겪게 되니까요. 그리고 특히 저를 나쁘게 생각하지 말아주세요. 그러시면 저는 전보다 더 고통을 받게 될 거예요. 제가 오로지 당신에게만 환심을 사고 싶어 한다는 것을 믿어주세요. 제발 예전처럼 슬퍼하지 마세요. 그러시면 당신을 뵙는 기쁨이 완전히 없어지고 말 거예요. 제가 진정한 마음으로 말씀드리고 있다는 것을 알아주시리라 생각해요. 당신과의 우정이 언제까지나 계속되기를 빌어요. 하지만 편지만은 하지 말아주세요.

17××년 8월 20일, ××에서.

제 20 신

메르테유 후작 부인이

발몽 자작에게

    이 형편없는 양반, 그래 나한테 조롱을 당하는 게 무서워서 그런 아첨을 떨다니! 좋아요, 당신을 용서하겠어요. 당신의 사연이 너무도 기가 막혀 법원장 부인에게 끌려 점잖게 지내고 있는 것도 용서하지 않을 수 없군요. 하지만 나의 기사님은 나만큼 아량을 갖고 있지 않을 거예요. 그분은 우리가 계약을 갱신하는 것을 동의하지도 않을 분이며, 당신의 가당치 않은 생각에 흥미를 가지지도 않을 거예요. 하지만 나는 당신의 편지를 읽고 너무나 웃었어요. 정말 혼자서 웃을 수밖에 없는 게 아까울 정도였어요. 만일 당신이 그 자리에 있었더라면 나는 더욱 재미있어 했을 거예요. 하지만 차분히 생각할 시간을 갖고 난 다음 나는 냉정해지기로 결심했어요. 그렇다고 영원히 거절하는 것은 아니고 다만 연기할 뿐이에요. 거기에는 그럴 만한 까닭이 있습니다. 나는 거기에 나의 자존심을 걸게 되겠지요. 일단 도박을 하면 어디서 멈출 수 있을지 알 수 없으니까요. 나는 당신을 다시 한 번 손아귀에 넣을 수도 있고, 당신의 법원장 부인도 단념케 할 수 있는 여자예요. 하지만 내겐 자격도 없는 미덕을 당신으로 하여금 혐오하게 한다면 그 무슨 추잡한 짓이겠어요. 이런 위험을 피하기 위해 나는 당신에게 몇 가지 조건을 내세우겠어요.

    당신이 그 아름답고 신앙심 깊은 여자를 정복하고 그 증거를 댈 수 있게 되면 곧 나한테 오세요. 나는 당신의 것이 되겠어요. 그러나 아시다시피 중대한 일에는 서류를 갖춰야 증거가 성립되지요. 이렇게 함으로써, 한편으로 나는 당신의 실연의 위로물이 아니라 성공에 대한 포상이 되고, 또 이와 같이 생각하는 게 나로서는 한결 더 기분이 좋아지죠. 다른 한편, 당신의 성공은 불륜의 관계를 맺은 게 될 테니 더욱 짜릿할 거예요. 그러니 어서 빨리 당신 승리의 전리품을 갖고 오세요. 마음에 둔 여인에게 빛나는 승리의 전과戰果를 바치러 오는 옛날의 기사들처럼 말이에요. 진지하게 하는 말이지만 나는 정숙한 여인이 그와 같은 일을 겪고 나서 어떻게 편지를 쓰고, 자기 몸에 걸쳤던 것을 벗어던진 여자가 말할 때는 어떤 너울을 걸치는지 알고 싶어요. 내가 스스로에게 그렇게 높은 가격을 매겼는지 아닌지는 당신이 판단하실 문제예요. 하지만 나는 한 푼도 깎아드릴 수 없다는 것을 미리 알려드립니다. 자작님, 그때까지 다소 괴로우실지라도 내가 나의 기사님에게 정절을 지키고, 그분을 행복하게 해드리는 것을 낙으로 삼는 것을 따뜻한 시선으로 봐주세요.

그런데 내가 품행이 단정치 못한 여자였다면 나의 기사님은 지금 무서운 경쟁자를 가질 뻔했어요. 그것은 다름 아니라 볼랑주의 딸이에요. 나는 이 애를 미칠 듯이 좋아하고 있답니다. 그것은 진실한 감정이에요. 아마 내 짐작이 틀리지 않는다면 이 애는 사교계에서 가장 인기 있는 여자가 될 거예요. 나는 이 아이의 어린 마음이 점점 성숙해 가고 있는 것을 지켜보고 있는데, 그 모습이 정말 훌륭한 한 폭의 그림 같아요. 이 애는 이미 당스니를 미칠 듯이 좋아하고 있으면서도 그것을 아직 의식하지 못하고 있어요. 당스니 자신도 이 애를 사랑하고 있지만 나이가 어려서 수줍음을 타는지 자기 마음을 고백하지 못하고 있어요. 두 사람 모두 나를 숭배하고 있지요. 특히 세실은 나한테 비밀을 털어놓고 싶어 안달하고 있어요. 더욱이 며칠 전부터 나는 그 애가 그 비밀에 짓눌려 괴로워하고 있기에 조금 도와줄까 생각했으나 아직 철부지라 끼어들고 싶지 않군요. 당스니는 나한테 좀더 분명하게 말했지만,

이 기사에 대한 내 마음은 이미 정해진 터라 들어주고 싶지 않군요. 세실이라면 길들여보고 싶은 마음이 자주 생겨요. 이것은 제르쿠르에게 봉사하고 싶은 내 뜻이기도 하지요. 그 자가 10월까지 코르시카에 있기로 했다니 나한텐 아직 시간이 있는 셈이죠. 나는 이 시간을 이용해서 세실을 순진한 기숙사 여학생이 아니라 완전히 성숙한 여인으로 만들어서 그에게 바칠 작정입니다. 자기를 원망하고 있는 여자가 아직 복수를 하고 있지 않은 마당에 편안하게 잠자고 있다니 이 남자의 태연자약함은 알 수가 없군요. 만일 세실이 지금 여기에 있다면 무슨 말을 해야 할지 모를 거예요.

　　　자작님, 그럼 이만. 안녕히 계세요. 그리고 성공을 빕니다. 하지만 제발 일을 빨리 추진하세요. 만일 당신이 그 여인을 정복하지 못한다면, 당신이 정복했던 여인들이 수치스럽게 생각할 겁니다.

17××년 8월 20일, ××에서.

제21신

발몽 자작이

　　　　　　　　메르테유 후작 부인에게

　　　나의 아름다운 벗이여, 나는 마침내 일보 전진했습니다. 그것도 대단히 커다란 진전이지요. 이 때문에 아직 내가 목표에 다다르지는 못했지만, 적어도 내가 제 갈 길을 가고 있음을 알았으며 혹시 내가 길을 잘못 들지나 않았나 하는 두려움은 말끔히 가셨습니다. 드디어 나는 부인에게 사랑을 고백하고 말았습니다. 부인은 집요하게 침묵을 지켰지만, 그러나 나는 부인에게 분명하고도 호의가 가득한 대답을 들었습니다. 그러나 사건의 경과를 미리 짐작하는 걸 방지하기 위해 처음부터 이야기하기로 하지요.

부인이 사람을 시켜 나의 거동을 감시하고 있다는 사실을 당신도 기억하고 계시지요. 그래서 나는 이 추잡한 일을 민중 교화의 방법으로 바꾸려고 했습니다. 그것은 다음과 같이 이루어졌습니다.

나는 내 충복에게 근처에 도움이 필요한 불행한 사람을 물색해 보라고 시켰습니다. 이러한 일은 별로 어려운 것도 아니죠. 어제 오후에 하인은 이런 내용의 보고를 해왔는데, 인두세人頭稅를 납부하지 못한 한 가족이 오늘 오전 중에 가구를 차압당한다는 것이었습니다. 나는 혹시 그 집에 나이로 보나 얼굴로 보나 내 행동을 의심스럽게 할 만한 처녀나 부인이 없나 확인해 보았습니다. 그럴 만한 여자들이 없다는 것을 확인하고 저녁식사 때 내일 사냥 계획이 있다고 발표했습니다. 여기서 법원장 부인을 변호해 두어야 하겠습니다. 아마 부인은 자신이 내린 명령을 다소 후회하고 있는 것 같았습니다. 그렇다고 호기심을 억누르지는 못했는지 마지못해 내가 하는 일을 막으려고만 했습니다. 날씨가 너무 더워 병이 날지도 모른다든가, 아니면 사냥거리가 없어서 공연히 몸만 피곤할 것이라든가 하는 이유를 내세워서 내 계획을 막으려고 했습니다. 이렇게 말을 주고받는 동안에 부인이 원하는 바를 아주 잘 말해 주는 부인의 눈은 내가 그 하찮은 이유들을 믿기 원한다는 것을 알려주고 있었습니다. 그러나 아시다시피 나는 이것으로 물러서지 않고, 사냥이나 사냥꾼에 대한 사소한 혹평에도, 저녁 내내 언짢은 기분 때문에 그 천사 같은 얼굴이 어두워진 것에도 아랑곳하지 않았습니다. 다만 부인의 명령이 취소되지 않을까, 부인의 조심성 때문에 일이 망쳐지지나 않을까 걱정이 됐습니다. 하지만 이것은 여자의 호기심이 얼마나 강한지 미처 계산에 넣지 않은 나의 착오였습니다. 그날 밤 나는 하인의 말을 듣고 안심이 돼서 만족한 기분으로 잠자리에 들었습니다.

날이 새자 나는 일어나서 출발했습니다. 별장에서 한 오십 보쯤 갔을까요. 나는 그때 내 뒤를 쫓아오는 스파이를 눈치 챘습니다. 나는 사냥을 하기 위해 들판을 가로질러 목표한 마을로 향했습니다. 도중에서의 즐거움은 오직 나를 뒤쫓아오는 놈을 달리게 하는 일밖에는 없었습니다. 그 자는 내가 가는 길을 벗어나서는 안 되었기 때문에 나보다 몇 배나 빨리 뛸 수밖에 없었습니다. 그놈을 골탕먹인 탓으로 나도 몸이 더워져서 나무 그늘에 앉아서 쉬었습니다. 그러니까 그놈도 뻔뻔스럽게 나에게서 스무 걸음도 채 안 떨어진 곳에 있는 수풀 뒤로 기어 들어가지 않겠어요? 한순간 그놈한테 총을 한 방 날려줄까 하는 생각도 들었습니다. 아무리 산탄이기는 하지만 호기심을 갖는 게 얼마나 위험한 짓인가를 가르치기 위해서는 충분하죠. 그놈에게는 다행스럽게도 그놈이 나의 계획에 유익하고 필요하다는 사실이 생각이 났어요. 그렇게 생각을 고쳐먹었기에 다행이지 그렇지 않으면 그놈은 황천길로 갔을 겁니다.

그러는 동안에 나는 그 마을에 닿았죠. 떠들썩한 소리가 들렸습니다. 나는 앞으로 나가서 어떻게 된 거냐고 물어보았습니다. 자초지종을 들은 다음 세금 징수원을 불렀습니다. 그리고 깊은 동정심에 사로잡힌 나는 다섯 명의 가족을 빈곤과 절망의 구렁텅이에 빠뜨리려고 하는 56리브르라는 돈을 점잖게 지불했습니다. 나의 간단한 연기를 보고 내 주위에 모인 구경꾼들이 지른 찬사의 함성이 어떠했는지는 상상하기 어려울 겁니다. 늙은 가장의 두 눈에서는 감사의 눈물이 펑펑 흘러내리고, 바로 조금 전까지만 하더라도 절망에 빠져 아주 험상궂게 보였던 그의 얼굴에는 화색이 돌았습니다. 나는 이 광경을 잠자코 바라보고만 있었습니다.

이때 그보다 훨씬 젊은 농부 하나가 자기 아내와 두 명의 자식을 이끌고 내가 있는 쪽으로 황급히 와서는 이렇게 말하는 게 아니겠습니까? "모두 구세주 같은 이분 앞에 무릎을 꿇자"라고요. 그러자 그 집 식구들은 나를 둘러싸고 무릎을 꿇었습니다. 내 마음이 약하다는 것을 고백해야겠군요. 내 눈에 눈물이 글썽거리고 나도 모르게 뭉클한 감정이 일어났습니다. 자비를 베풀었을 때 느끼는 이 희열에 나도 놀랐습니다. 그리고 이른바 자선가라는 사람들도 흔히 세상 사람들이 칭찬하는 만큼의 자격이 있는 것은 아니라는 생각이 들더군요. 어쨌든 나는 이 불쌍한 사람들이 내게 베풀어준 희열에 대한 감사의 표시를 하는 것이 좋다고 생각했습니다. 마침 10루이가 있어서 그들에게 줬더니 그들은 또 연방 나한테 감사하다는 말을 했습니다. 하지만 그들은 먼저처럼 감격하지는 않더군요. 그도 그럴 것이 당장 필요한 돈은 큰 효과를 일으킬 수 있었지만, 그 나머지 돈은 과분한 기부금에 대한 감사와 놀람을 자아내는 것에 그쳤기 때문이죠.

　　　하지만 가족들의 감사의 말에 둘러싸여 나는 마치 대단원의 장면에서 연기하는 연극의 주인공 같았지요. 이 구경꾼들 속에는 무엇보다도 충실한 미행자가 섞여 있다는 것이 중요한 사실이지요. 소기의 목표가 달성되었으므로 나는 그들을 뿌리치고 별장으로 돌아왔습니다. 내가 생각해 보아도 참 훌륭한 착상이었던 것 같습니다. 그 부인은 그 정도의 노력을 기울일 가치가 있으며, 언젠가는 이 노력이 부인에 대한 권리증서가 될 테니까요. 그리고 말하자면 값을 미리 치른 셈이 되니까 나는 아무런 비난을 받지 않고 부인을 내 마음대로 다룰 수 있는 권리를 얻었다고나 할까요.

　　　아 참, 내가 아까 그 사람들에게 내 계획의 성공을 위해 기도해 달라고 부탁했었다는 것을 잊어버리고 당신에게 말하지 않을 뻔했군요. 그들의 기도가 어느 정도 이루어졌는지 들어보세요……. 그런데 공교롭게도 저녁식사가 준비되었다는 전갈이 왔군요. 식사 후에 계속 편지를 쓴다면 오늘 편지를 보낼 수 없을 테니 '뒷이야기는 다음으로'

미룹니다. 뒷이야기가 더 재미있는데 못 해드려서 유감이군요. 그럼 이만, 나의 아름다운 벗이여. 당신 때문에 그 부인과 만나는 기쁨을 조금 뺏겼습니다.

17××년 8월 20일, ××에서

제22신

투르벨 법원장 부인이

볼랑주 부인에게

부인, 이제껏 사람들이 표현한 발몽님과는 거리가 먼 발몽님의 인품을 아시게 되면 부인께선 아마 마음이 퍽 놓이실 것입니다. 어떤 사람이든 그 사람의 단점만을 생각하는 것은 무척 마음 아픈 일입니다. 그리고 미덕을 사랑하는 데 필요한 온갖 자질들을 갖추고 있는 사람들에게서 악덕만을 찾으려고 하는 것도 슬픈 일입니다. 부인께서는 관용을 베푸는 것을 좋아하시니 너무 가혹한 판단을 취소할 만한 이유를 들으시면 대단히 기뻐하시리라고 믿습니다. 발몽님은 일종의 호의라고 할까요, 굳이 말씀드린다면 정당한 평가를 받을 만한 분이라고 저는 생각합니다. 그 이유는 다음과 같습니다.

발몽님은 오늘 아침에 여느 때처럼 말을 타고 산책을 나가셨습니다. 이 근처에서 무엇인가를 꾸미고 있을지도 모른다는 부인의 생각처럼 저 역시 조급하게 그런 생각을 했습니다.

그런데 그분에게도 다행스러운 일이지만, 우리에게도 다행한 것은 — 왜냐하면 우리들로 하여금 그릇된 판단에서 벗어나게 해주었기 때문이지요 — 저희 집 하인 하나가 우연히도 그분과 같은 길을 가게 되었답니다(투르벨 부인은 그것이 자기의 명령이었다는 것을 감히 말할 수 없었다). 그 때문에 저의 비난받을 만한 호기심도 만족스런 방향으로 충족되었습니다. 하인이 보고한 바에 따르면 ××라는 마을에서 세금을 체납하여 가구가 경매 처분의 대상이 된 어떤 불행한 가족을 발견하고 그분이 그 자리에서 이 불쌍한 사람들의 체납금을 지불해 주었을 뿐만 아니라, 심지어는 그들에게 상당한 돈을 주었다는 것입니다. 제 하인이 이 덕행을 두 눈으로 똑똑히 보았답니다. 그리고 농부들 사이에서 오가는 말을 들으니 어제 하인 한 사람이 와서 도움이 필요한 마을 사람이 있나 조사하고 갔는데, 마을 사람들과 저희 집 하인의 짐작으로 그 하인은 발몽님의 하인 같더랍니다. 만약 그것이 사실이라면, 그것은 일시적인 동정이 아닌 자선을 베풀려는 계획에 따라 이루어진 일입니다. 그것은 가장 아름다운 마음이며, 가장 아름다운 미덕입니다. 우연이든 계획적인 것이든, 그것은 어떻든 칭찬받을 훌륭한 행동입니다. 저는 그 이야기를 듣는 것만으로도 벅찬 감격에 눈물을 흘리기까지 했습니다. 발몽님은 더욱이 이 일에 대해서 한마디 말씀도 하시지 않았습니다. 오히려 제가 그분의 고결한 행동에 대해 말을 꺼내자, 그분은 처음에는 부인하다가 나중에야 그것을 인정했을 때도 자신의 행동을 하찮은 것으로 여기는 듯한 태도였습니다. 그분의 겸손함이 그 선행을 더욱 값지게 만든 셈이지요.

　　자, 부인, 사정이 이런데도 발몽님이 과연 구제할 길 없을 만큼 방탕한 사람일까요? 만일 그분이 방탕한 사람인데도 그렇게 선행을 베풀 수 있다면 착한 사람이 할 수 있는 일은 도대체 무엇이 남아 있을까요? 악한 사람도 자선을 행함으로써 선한 사람들과 같은 성스러운 기쁨을 맛볼 수 있을까요? 정직한 집안이 극악무도한 자한테 구제를 받고 그 행위를 하느님께 감사드린다면, 하느님은 그것을 받아들일까요? 그리고 착한 사람의 입에서 악인을 축복하는 말을 들으신다면 하느님은 기뻐하실까요? 그럴 리는 없습니다. 저는 설사 발몽님이 오랫동안 과오를 범했을지라도 그분이 영원히 그러리라고는 믿지 않습니다. 선행을 행하는 사람이 미덕의 적일 수는 없는 것입니다. 발몽님은 아마 남녀관계의 위험을 보여주는 한 예에 지나지 않을지도 모릅니다. 저는 그렇게 생각하고 싶습니다. 저의 이런 생각은 한편으론 부인으로 하여금 발몽님이 착한 사람이라는 것을 믿게 하고, 다른 한편으론 부인과 저 사이의 영원한 우정을 더욱 소중하게 만드는 역할을 할 것입니다.

그럼 이만 줄이겠습니다.

추신 : 로즈몽드 노부인과 저는 곧 그 착하고 불행한 가족을 방문하여 뒤늦게나마 발몽님의 선행에 한몫 낄 작정입니다. 발몽님도 모시고 가서 그들에게 발몽님을 한 번 더 보는 기쁨을 주려고 합니다. 그분이 저희들에게 남겨놓은 일은 아마 이것뿐인 것 같습니다.

제23신

발몽 자작이

매르테유 후작 부인에게

먼젓번 편지에서는 내가 집으로 돌아온 데까지 썼습니다. 그러면 그 뒤를 계속 이야기하지요.

나는 재빨리 간단하게 옷매무새를 갖추고 응접실로 갔습니다. 거기서 나의 연인은 편물을 짜고 있었고, 교구의 신부는 백모님께 신문을 읽어드리고 계셨습니다. 나는 편물기 옆에 자리를 잡았습니다. 여느 때보다도 훨씬 부드럽고 마치 애무하는 듯한 부인의 시선을 보고 나는 부인이 이미 나를 미행했던 하인의 보고를 들었다는 것을 단번에 알아차렸습니다. 아니나 다를까, 호기심에 찬 사랑스러운 나의 여인은 내게서 앗아간 비밀을 더 이상 오랫동안 간직할 수 없었던지 마치 설교하듯 신문을 읽고 계시는 존경할 만한 신부님은 아랑곳하지 않고, "제게도 드릴 소식이 있답니다"라며 내가 한 일을 이야기하는 것이었습니다. 그 이야기가 얼마나 정확했던지 그것을 보고한 하인의 머리를 존경하고 싶을 정도였죠.

내가 얼마나 겸손을 떨었는지 상상해 보십시오. 그러나 그 의도도 모르고 자기 기분에 못 이겨 마구 칭찬해 대는 여인을 그 누가 말릴 수 있겠습니까? 나는 그대로 하게 내버려두었습니다. 마치 그녀는 성자를 찬양하는 설교를 하는 듯했습니다. 그동안 나는 부인의 활기찬 시선, 훨씬 자유로워진 몸짓, 그리고 특히 그 뚜렷한 어조의 변화를 통해 마음의 감동을 나타내는 목소리 등으로 미루어 보건대 사랑의 앞

날이 약속된 것 같아 기대로 가슴이 벅찼습니다. 부인이 말을 마치자마자 로즈몽드 백모님은 나에게 "이리 오렴, 너한테 입을 맞출 수 있게"라고 말씀하셨습니다. 이쯤 되면 나의 귀여운 설교가도 나의 키스를 피할 수 없으리라는 생각이 들었습니다. 처음에 그녀는 피하려고 했습니다만, 곧 내 품 안에 안기고 말았습니다. 그녀는 저항하기는커녕 그냥 서 있을 힘조차 없는 것 같더군요. 이 여인은 보면 볼수록 소유하고 싶어집니다. 부인은 서둘러서 편물기로 돌아갔고, 다시 편물을 시작한 것처럼 다른 사람들의 눈에 비쳤을지 모르지만, 나는 부인의 손이 떨려서 일을 계속하지 못하는 것을 눈치 챘습니다.

점심식사가 끝난 후 부인들은 내가 구제해 준 불행한 가족을 방문하려고 했습니다. 나는 동행을 했지요. 감사와 칭찬을 받은 이 두 번째 장면을 묘사하면 지루할 테니까 생략하기로 하지요. 나는 달콤한 추억에 사로잡혀 한시라도 빨리 집으로 돌아가고 싶었습니다. 평상시보다 더욱 꿈속에 잠긴 듯한 나의 아름다운 법원장 부인은 집으로 가는 도중 한마디 말도 하지 않았습니다. 나도 침묵을 지켰지요. 백모님만이 말씀을 하셨는데, 거기에 대해선 두 사람이 짧게 대꾸했으므로 백모님도 퍽 지루하셨을 것입니다. 그러나 그것이 바로 나의 계획이었고, 이 계획은 성공했습니다. 마차에서 내리자 백모님은 나와 나의 연인을 어두컴컴한 객실에 남겨둔 채 방으로 들어가셨습니다. 소심한 사람을 대담하게 만들어주는 부드럽고 어두운 방에 우리 두 사람만이 남게 된 것입니다.

나는 화제를 어렵지 않게 내가 목적하는 쪽으로 이끌어갔습니다. 나의 기교보다도 나의 사랑스런 설교가의 열성이 더 훌륭한 역할을 했기 때문이죠.

"그렇게 훌륭한 일을 하실 수 있는 분이 어떻게 그런 나쁜 짓을 하고 살아왔어요?"라고 그녀는 내게 부드러운 눈짓을 보내며 말을 건넸습니다. 나는 이렇게 대답했습니다.

"저는 그런 칭찬을 받을 만한 자격도 없고, 그렇게 비난받을 만한 짓도 하지 않았습니다. 당신처럼 현명하신 분이 아직도 저를 파악하지 못했다고는 생각지 않습니다. 제 마음을 터놓아서 설혹 그것이 당신에게 비난을 받을지라도 당신을 신뢰할 수 있는 분이라고 생각하니 도저히 터놓고 말씀드리지 않을 수 없군요. 내 행동을 이해할 수 있는 열쇠는 지나치게 나약한 저의 성격에 있습니다. 행실이 나쁜 사람들에 둘러싸여 나는 그들의 악덕을 흉내 냈습니다. 자존심 때문에 저는 그들을 뛰어넘으려고 했는지도 모릅니다. 이곳에서는 미덕의 본보기에 이끌려 당신의 수준에 도달할 엄두는 내지 못할지라도, 적어도 당신의 뒤를 따르려고 애썼습니다. 아! 그러니 오늘 당신이 칭찬하시는 저의 행위도 그 진정한 동기를 아시게 되면 당신 눈엔 한푼의 가치도 없을 것입니다!"(어떻습니까, 내 이야기가 본심에 가깝지 않습니까?)

　　나는 계속 말했습니다. "그 불쌍한 사람들이 저의 구제를 받았다고 하더라도 제 덕택에 그런 것은 아닙니다. 당신이 훌륭한 행위라고 생각하시는 것도 사실은 당신을 기쁘게 하려는 데서 비롯한 것입니다. 솔직히 말씀드린다면, 저는 제가 존경하는 신의 나약한 앞잡이에 지나지 않습니다.(여기서 그녀는 내 말을 가로막으려고 했지만 나는 틈을 주지 않았습니다) 지금 이렇게 제 마음의 비밀을 털어놓는 것도 다 제가 나약하기 때문입니다. 사실 저는 당신에게 그 사실을 말하지 않으려고 속으로 다짐했었습니다. 저는 당신의 덕德과 당신의 매력에 당신이 눈치 채지 않게 순수한 경의를 표하는 것을 행복으로 삼아왔습니다. 그러나 당신처럼 순결한 분을 눈앞에 두고 도저히 속일 수가 없군요. 이렇게 제 비밀을 털어놓았으니 이제 당신에 대해 거짓의 죄를 지었다고 자책하지 않아도 되겠군요. 하지만 제가 끔찍한 야심을 품어서 당신을 욕되게 하려는 생각은 추호도 없다는 사실을 믿어주십시오. 저는 저 자신이 앞으로 불행하게 되리라는 것을 잘 알고 있습니다. 그러나 저의 불행의 고통은 제게는 소중한 것입니다. 그것은 저의 끓어오르는 사랑을 증명해 줄 테니까요. 저는 당신의 발 아래, 당신의 가슴에 저의 고뇌를 바칩니다. 그리고 그 속에서 더욱더 괴로워할 수 있는 힘을 얻겠습니다. 여기서 저는 당신의 따뜻한 동정을 발견하겠습니다. 그리고 당신의 동정을 얻음으로써 저는 위로를 받았다고 생각하겠습니다. 아! 부인, 저는 당신을 사랑합니다. 부디 제 말을 들어주시고, 저를 불쌍히 여겨주시고, 저를 구원해 주십시오."

이렇게 말하고 나서 나는 부인의 무릎 아래 꿇어앉아 부인의 두 손을 쥐었습니다. 하지만 부인은 손을 뿌리치고 절망에 가득 찬 표정으로 두 눈을 가리며, "아! 나는 정말 불행한 여자예요"라고 외치고는 와락 울음을 터뜨렸습니다. 다행히 나의 감정도 그와 같은 상태가 되어 나도 눈물을 흘렸습니다. 나는 부인의 손을 다시 잡고 그녀의 손을 눈물로 젖게 했습니다. 이런 용의주도함은 필요한 것이었습니다. 왜냐하면 그녀는 완전히 자신의 고통에 사로잡혀 이러한 방법을 쓰지 않으면 나도 괴로워하고 있다는 것을 전혀 눈치 채지 못하기 때문입니다. 더욱이 그렇게 함으로써 나는 눈물이 지닌 강력한 매력으로 더욱 아름다워진 이 매혹적인 얼굴을 마음껏 구경할 수 있었습니다. 나는 아주 흥분해서 이 기회를 이용해 볼까 하고 생각할 정도로 자신을 주체할 수가 없었습니다.

만일 내가 오래전부터 품어온 계획을 버리고 너무 일찍 승리를 거두어서 오랜 시간에 걸친 투쟁의 매력과 상대방의 쓰라린 패배의 전모를 맛볼 수 있는 기회를 상실한다거나, 투르벨 부인의 정복자가 노력의 결실로 얻은 것이 다만 젊은 나이의 정욕에 이끌린 한 여자에 불과하게 된다면, 사람의 마음이란 것이 이 얼마나 약한 것이고, 그때 그때의 상황이란 것이 얼마나 강한 힘을 지닌 것일까요? 아! 그녀가 항복하기를, 하지만 싸워주기를 나는 바랍니다. 나를 패배시킬 힘은 없다 하더라도, 적어도 나에게 대항할 힘은 갖고 있기를, 그리고 자신의 무력함을 천천히 맛본 다음 어쩔 수 없이 자신의 패배를 인정하게 되기를 나는 간절히 바라고 있습니다. 발견한 사슴을 매복해 있던 바로 그 자

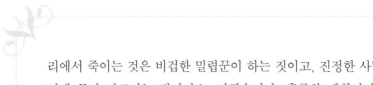

리에서 죽이는 것은 비겁한 밀렵꾼이 하는 짓이고, 진정한 사냥꾼은 궁지에 몰아 사로잡는 법이지요. 어떻습니까, 훌륭한 계획이지요? 하지만 나의 이러한 신중함도 우연의 손길이 도와주지 않았다면 계획을 추진하지 못해서 지금쯤은 후회하고 있었을 겁니다.

　　　이때 무슨 소리가 들렸고 누군가 객실로 오고 있었습니다. 깜짝 놀란 투르벨 부인은 황급히 일어나 촛대를 하나 들고 방을 나갔습니다. 나는 그저 보고만 있을 수밖에 없었죠. 그것은 하인이었습니다. 마음을 놓은 나는 곧 부인의 뒤를 쫓아갔습니다. 몇 걸음 다가갔을 때, 부인은 내가 쫓아오는 것을 알았는지, 아니면 막연히 겁이 나서 그랬는지 걸음을 빨리 해서 방 안으로 몸을 던졌다는 표현을 써야 할 만큼 재빨리 들어가서 방문을 닫았습니다. 나는 문 앞으로 다가갔습니다. 방문은 열쇠로 잠겨 있더군요. 그러나 노크는 하지 않았습니다. 그렇게 하면 너무나 쉽게 저항할 기회를 줄 테니까요. 열쇠 구멍을 통해 들여다보아야겠다는 간단한 묘책이 떠오르더군요. 구멍으로 보니 이 사랑스런 여인은 무릎을 꿇고 눈물을 흘리며 열렬하게 기도를 드리고 있더군요. 어떤 신에게 기도를 드리고 있을까요? 사랑의 신보다 더 강한 신이 있을까요? 이제 와서 다른 곳에서 구원을 청해도 부질없는 짓이지요. 왜냐하면 그녀의 운명을 지배하는 것은 바로 나이기 때문이지요.

　　　오늘은 이 정도로 충분하다고 생각하고 내 방으로 돌아와 당신에게 편지를 쓰기 시작했습니다. 나는 저녁때 그녀를 보고 싶었습니다만, 몸이 불편해서 누워 있다는 전갈이 왔습니다. 로즈몽드 백모님이 부인의 방에 올라가 보려고 했지만 부인은 두통 때문에 아무도 만나고 싶지 않다고 했답니다. 저녁식사 후의 한담閑談은 빨리 끝났고 나도 머리가 아파서 내 방으로 돌아왔습니다. 그리고 당신의 매정함을 원망하는 장문의 편지를 쓰고, 내일 아침에 전하리라 생각하면서 잠자리에 누웠습니다. 그러나 이 편지의 날짜를 보면 아시겠지만, 난 잠을 제대로 이룰 수가 없었습니다. 나는 자리에서 일어나 내가 쓴 편지를 다시 읽어보았습니다. 그래서 느꼈지만 그 속에는 사랑보다는 걱정이, 슬픔보다는 불쾌한 감정이 더 나타나 있더군요. 편지를 다시 고쳐 써야 하겠지만, 그러기 위해서는 마음을 차분히 가라앉히지 않으면 안 되겠더군요.

날이 밝아오는군요. 새벽의 선선함이 나를 잠으로 인도할 것입니다. 그럼 다시 잠을 청해 보겠습니다. 이 여인의 힘이 아무리 강하더라도 당신을 생각할 여유가 없을 정도로 열중하지는 않겠다고 약속합니다. 그럼 이만.

17××년 8월 21일, ××에서.

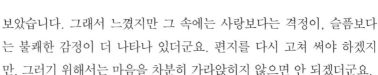

발몽 자작이

투르벨 법원장 부인에게

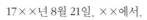

부인! 부디 제 산란해진 마음을 진정시켜 주십시오. 제가 무엇을 기대해야 하고 무엇을 두려워해야 하는지 가르쳐주십시오. 지나친 행복과 지나친 불행 사이에 놓여 있는 불안이란 참으로 처참한 고통입니다. 어떻게 하면 저는 제 속마음을 털어놓지 않을 수 없게 한 당신의 강한 매력을 거역할 수 있었을까요? 그저 말없이 당신을 사모하면서도 최소한 연정은 즐길 수 있었습니다. 이 순수한 감정은 당시 당신이 괴로워하는 모습을 보아도 조금도 흐려지지 않았고, 저는 충분히 행복할 수 있었습니다. 그러나 이 행복의 샘은 당신이 눈물을 흘리시는 것을 본 이후 절망의 샘으로 뒤바뀌었습니다. "아! 나는 정말 불행한 여자예요"라는 그대의 애절한 말은 오랫동안 제 심금을 울릴 것입니다. 하지만 그 무슨 운명 때문에 모든 감정들 중에서도 가장 부드러운 이 감정이 당신에게 두려움을 불러일으킬 수밖에 없었나요? 도대체 이 두려움은 무엇일까요? 그러나 연정을 공유하려는 데서 오는 두려움이 아닌 것은 분명합니다. 저는 잘 모르긴 하지만 당신의 마음은 사랑을 위해 만들어져 있지는 않습니다. 당신이 늘 비난하시는 제 마음만이 사랑의 가련함을 이해할 줄 아는 유일한 마음입니다. 당신의 마음에는 동정심이 조금도 없습니다. 그렇지 않다면 당신은 당신에게 자신의 고통을 이야기하는 불행한 자에게 단 한마디 위로의 말을 하는 데 그렇게 인색할 수 없었을 것입니다. 당신의 모습을 보는 것을 유일한 즐거움으로 삼고 있는 사람의 시선을 피하지는 않았을 것입니다. 아프다고 하면서도 병문안을 허락하지 않음으로써 남자의 불안을 잔인하게 희롱하지는 않았을 겁니다. 당신에게는 그 밤이 단지 열두 시간의 휴식에 지나지 않았겠지만 그 불행한 남자에게는 일세기—世紀나 되는 고통의 시간이라는 것을 모르고 계실 것입니다.

　　　왜 제가 당신에게 그처럼 비참하게 박대를 받아야 했는지 말씀해 주십시오. 저는 당신의 심판을 두려워하지 않습니다. 대체 제가 무엇을 했지요? 저는 다만 당신의 아름다움을, 그리고 당신의 덕을 흠모해서 생긴 자연스러운 감정을 억누르지 못했을 따름입니다. 이 감정은 항상 당신에 대한 존경심 때문에 자제되어 왔고, 저의 그런 감정을 순진하게 고백했을 때만 하더라도, 그것은 신뢰에서 비롯된 것이었지 어떤 희망에서 비롯된 것은 아니었습니다. 당신은 당신이 제게 허용하신, 그래서 저도 무턱대고 품은 그 신뢰를 배반하려고 합니까? 아니, 저는 그렇게 생각할 수 없습니다. 그렇게 생각한다면 당신에게 과오가 있음을 전제하는 것이며, 저로선 당신에게서 단 한 가지의 과오라도 발견했다는 사실이 생각만 해도 견딜 수 없는 일입니다. 당신에 대한 지금까지의 비난을 취소하겠습니다. 저는 이것을 편지로 쓸 수는 있었지만, 차마 생각할 수는 없습니다. 제발 제가 당신을 완전한 분이라고 생각할 수 있게 해주십시오. 그것만이 제게 남은 유일한 기쁨입니다. 제게 온화함과 관대함을 베풀어 당신이 그런 분이시라는 것을 증명해 주십시오. 저만큼 당신의 구원을 필요로 하는 불행한 남자도 없을 것입니다. 저를 미칠 것 같은 상태로 몰아놓고 저를 버리지 마십시오. 저의 이성을 빼앗아 가셨으니 당신의 이성을 저에게 주십시오. 저를 교정한 이상 저를 이끌어주십시오.

저는 당신을 속이고 싶지 않습니다만, 당신은 결코 당신에 대한 저의 연정을 억누를 수는 없을 것입니다. 하지만 당신은 제게 연정을 자제하는 법을 가르쳐주실 수는 있을 것입니다. 저의 행동을 이끌어주시고, 저의 말을 지도해 주심으로써 적어도 당신의 마음을 상하게 하는 끔찍한 불행에서 저를 구원해 줄 수 있을 것입니다. 무엇보다도 그런 절망적인 고통에서 벗어나십시오. 제발 저를 용서해 주시고 저를 가련하게 여겨주십시오. 당신의 관용을 제게 보증해 주십시오. 제가 필요로 하는 관용을 당신은 전혀 지니고 있지 않은지도 모릅니다. 하지만 저는 제게 필요한 관용을 요구하는 바입니다. 당신은 그것을 거절하시겠습니까?

그럼 부인, 안녕히 계십시오. 아무쪼록 저의 진심을 친절하게 받아주십시오. 이는 결코 당신에 대한 저의 존경심을 해치는 것이 아닙니다.

제 25 신

발몽 자작이

메르테유 후작 부인에게

어제의 경과 보고는 다음과 같습니다.

11시에 나는 로즈몽드 백모님의 방에 갔습니다. 그분 덕에 나는 꾀병 환자의 방에 들어갈 수 있었습니다. 부인은 아직도 침대에 누워 있었는데, 대단히 피로해 보였습니다. 부인도 나처럼 제대로 잠을 자지 못한 것 같았습니다. 나는 로즈몽드 백모님이 잠깐 몸을 돌리는 틈을 보아 나의 편지를 전하려고 했습니다. 부인이 편지를 받으려고 하지 않아서, 나는 그것을 침대 위에 놓았지요. 그러고는 '나의 귀여운 아기' 곁에 있고 싶어하는 백모님의 마음을 알아챈 척하면서 의자를 침대 쪽으로 끌어당겼지요. 수치스러운 일을 당하지 않으려면 부인은 편지를 숨기지 않을 수 없었지요. 환자는 어리석게도 열이 조금 있는 것 같다는 말을 했습니다. 백모님은 나의 의학 지식을 대단히 칭찬하면서 나한테 부인의 맥을 짚어보라고 권했습니다. 나의 연인은 이렇게 해서 나한테 팔을 내밀지 않으면 안 된다는 것과, 자기의 거짓말이 폭로되리라는 이중의 고통을 겪게 되었습니다. 나는 한 손으론 그녀의 손을 잡고, 다른 손으론 그녀의 싱싱하고 포동포동한 팔을 어루만졌습니다. 이 교활한 여인은 아무런 반응도 보이지 않았으므로 나는 자리를 뜨면서 "맥박은 정상인데요"라고 말했습니다. 이 말에 부인이 분명 곱지 않은 눈으로 나를 쳐다보리라는 생각이 들었지만 일부러 나는 부인의 눈을 피했습니다. 조금 있다가 부인이 일어나고 싶다고 말해서 우리는 부인을 남겨두고 방에서 나왔습니다. 부인은 점심식사 때 나타났으나 활기 없는 식사였습니다. 부인은 식사 후에 산책하러 나가지 않겠다고 했는데, 그것은 나한테 말할 기회를 주지 않겠다는 것과 다름없는 말이었습니다. 그래서 나는 한숨을 내쉬며 괴로운 표정을 지어야 할 필요를 느꼈습니다. 아마 그녀는 내가 그러기를 기다렸는지도 모릅니다. 왜냐하면 내가 하루 중 부인과 시선을 마주칠 수 있는 때는 산책 때뿐이니까요. 아무리 정숙하다 하지만 그녀도 다른 여자처럼 작은 술책 정도는 쓸 줄 아는 여자입니다. 나는 기회를 보아 그녀에게 "제발 제 운명을 알려줄 수 있습니까?"라고 물었더니, 그녀는 놀랍게도 "네, 자작님. 편지를 썼어요"라고 말하는 게 아니겠습니까. 나는 한시바삐 그 편지를 손에 넣고 싶었으나 여전히 술책을 부려서 그랬는지, 아니면 서툴러서, 아니면 수줍어서 그랬는지 저녁때 자기 방으로 돌아갈 때야 비로소 나한테 주더군요. 부인에게 보낸 편지의 초고와 함께 이 편지를 당신한테 보내니 잘 읽어보시고 판단을 내려주십시오. 나는 그 반대임을 확신하고 있는데 그 얼마나 훌륭한 거짓말로 나를 조금도 사랑하고 있지 않다고 말하는지 보십시오. 이렇게 먼저 나를 속여놓고, 나중에 가서야 나에게 속은 것을 알면 그녀는 분명 분개할 것이 뻔합니다. 부인, 아무리 교활한 남자라 할지라도 여자와 겨루려면 그 여자가 아주 정직한 여자라야 겨룰 수 있습니다. 왜냐하면 정숙한 여자는 까다롭게 구는 것을 좋아하니까요. 하지만 그런 허튼소리라도 믿는 척해서 지칠 정도로 절망에 빠져버려야 합니다. 이런 엉큼한 짓에 어떻게 복수를 하지 않을 수 있겠습니까? …… 아, 하지만 참아야지요. 쓸 말은 아직도 많지만 이만 줄이려 합니다.

그런데 저 무정한 사람의 편지는 돌려주시기 바랍니다. 이러한 사소한 것에도 대단한 가치를 둘 날이 올지도 모르니까요. 치밀해야 할 필요가 있습니다.

볼랑주 양에 대한 이야기는 다음에 만나서 합시다.

제26신

투르벨 법원장 부인이

발몽 자작에게

　　자작님, 어제 저녁 그런 어리석은 행위를 저질렀으므로 오늘은 굳이 당신에게 해명하지 않을 수 없게 되었군요. 그렇지 않았더라면 이런 편지를 당신에게 드리지 않았을 거예요. 그래요, 저는 눈물을 흘렸어요. 그리고 아마 당신이 그토록 정성스럽게 인용하는 말을 했을지도 모릅니다. 눈물과 말, 당신은 이것을 모두 똑똑하게 주의해서 보고 들었습니다. 그러므로 저는 이 모든 것을 해명하지 않으면 안 됩니다.

　　지금까지 저는 부정한 감정을 품어본 일도 없고, 얼굴을 붉히고 들어야 하는 이야기를 들은 적도 없습니다. 따라서 저는 평온하게 살아왔고, 건방지게 들릴지도 모르지만, 저는 그렇게 살아도 마땅하다고 생각합니다. 저는 제가 느끼는 감정을 감출 줄도, 또 그것과 싸울 줄도 모릅니다. 당신의 행동을 보았을 때의 저의 놀람과 당혹함, 제게는 전혀 어울리지 않는 상황에 처해 있을 때의 딱 꼬집어 말할 수 없는 두려움, 당신이 경멸하는 여자들과 똑같이 경박하게 취급당한 데서 오는 역겨움, 이러한 원인들이 모두 합쳐져서 저로 하여금 눈물을 흘리게 했고, 자신이 불행한 여자라고 말하게 했던 것입니다. 그런 말을 해도 당연하다고 생각합니다.

　　불행한 여자라는 표현을 당신은 상당히 강한 의미로 생각하겠지만, 만일 저의 눈물과 말이 다른 동기를 갖고 있다면, 그리고 저를 모욕하는 감정을 부인하는 대신 그런 감정을 공감하는 것을 두려워하고 있다면, 차라리 그 표현은 매우 약하다고 하겠지요.

그렇지 않습니다, 자작님. 저는 두려워하지 않았습니다. 만일 두려워했다면, 당신의 손이 미치지 않는 곳으로 달아나서 아무도 없는 곳에서 당신을 알게 된 불행을 한탄했을 것입니다. 당신에게 연애감정을 품지 않으리라는 확신은 서 있지만, 어쩌면 저는 친구들의 충고를 좇아서 당신이 제게 접근하지 못하게 하는 것이 좋았을지도 모릅니다.

당신을 있는 그대로 보고, 당신의 좋은 점을 인정하는 것만을 원했고, 비록 당신의 끔찍한 고백으로 모욕은 당했지만 당신을 변호해 왔던 정숙한 여인을 당신이 존중해 주리라고 저는 믿었던 것입니다. 하지만 그렇게 믿었던 것이 저의 과오였습니다. 당신은 저를 모르고 계십니다. 네, 자작님, 당신은 저를 모르고 계십니다. 그렇지 않고서야 자신의 과오를 당연한 권리처럼 생각할 수 있을까요? 제가 들어선 안 될 말을 당신이 했다고 해서, 제가 읽어선 안 될 편지를 써도 좋으리라고 생각하지 않았을 것입니다. 당신은 제게 "나의 행동을 이끌어주고 나의 말을 지도해 달라"고 하셨지요. 그럼 그것을 말씀드리지요, 자작님. 침묵과 망각, 이것이 제가 당신에게 할 수 있고, 당신이 따르기에도 적합한 충고일 것입니다. 그렇게 된 후라야 당신은 제게 관용을 얻을 권리를 가질 수 있으며, 당신이 행하시는 바에 따라 저의 감사를 구할 수 있는 권리를 가질 수 있을 것입니다……. 아니에요. 저는 저를 전혀 존중해 주지 않는 사람에게 무엇이든 부탁할 생각은 추호도 없습니다. 평온한 생활을 어지럽히는 사람에게 어떻게 신뢰의 표시를 보일 수 있겠어요? 당신은 저로 하여금 당신을 두려워하게 하고, 증오하게 하고 있습니다. 저는 본래 그런 감정은 없었습니다. 저는 당신을 제가 가장 존경하는 분의 조카로만 생각하고 싶었습니다. 당신을 비난하는 세상 사람들의 말을 저는 우정 어린 말로 막아주었습니다. 그렇지만 당신은 모든 것을 파괴해 버리고 말았습니다. 그리고 당신은 분명 어느 것 하나 보상하려 하지 않을 것입니다.

자작님, 이것만은 분명하게 말씀드리겠습니다. 당신의 감정은 저의 기분을 상하게 했고, 당신의 고백은 저를 모욕했다는 것을 말입니다. 그리고 특히 이런 일에 대해서 당신이 침묵을 지키지 않는다면, 당신의 감정을 공유하기는커녕, 앞으로 두 번 다시 당신을 보지 않을 것입니다. 저는 당신의 침묵을 기대할 권리가, 아니 오히려 그것을 요구할 권리가 있다고 생각합니다. 당신에게 받은 편지를 동봉합니다. 그리고 이 편지도 보시고 돌려주시기 바랍니다. 있어서는 안 될 사건의 흔적이 조금이라도 남으면 정말 곤란하기 때문입니다. 그럼 이만 줄이겠습니다.

17××년 8월 23일, 파리에서.

제27신

세실 볼랑주가

메르테유 후작 부인에게

아주머님, 아주머님은 정말 좋으신 분이에요! 말로 하는 것보다 글로 쓰는 것이 훨씬 쉽다는 것을 잘 알고 계시니까요. 사실 아주머님께 제가 말씀드리고자 하는 것은 매우 곤란한 일이기는 하지만, 그래도 아주머님은 제 편이시니까요. 안 그래요? 아! 물론이지요. 제 편이시죠. 그래서 저는 터놓고 말하려고 해요. 제겐 아주머님의 충고가 꼭 필요하답니다. 저는 걱정이 있어요. 모두가 제가 무엇을 생각하고 있는지 알고 있는 것 같으니까요. 특히 그분이 옆에 계실 때 사람들이 쳐다보면, 저는 얼굴이 빨개진답니다. 어제 아주머님은 제가 울고 있는 것을 보셨죠. 사실 아주머님께 말씀드리려고 했는데 웬일인지 할 수 없었어요. 그리고 아주머님께서 제게 무슨 일이냐고 물으셨을 때에도 아무리 참으려고 해도 눈물이 쏟아져 나왔어요. 단 한마디의 말도 할 수 없을 정도였어요. 아주머님이 안 계셨더라면 엄마가 눈치 채셨을 테고, 그러면 저는 어떻게 되었을까요? 저는 이렇게 살고 있어요. 특히 나흘 전부터 더욱 그래요.

바로 그날이에요, 아주머님. 그날 사실 당스니 기사님이 저한테 편지를 주셨거든요. 물론 그 편지를 보았을 때는 그것이 무엇을 뜻하는지 전혀 몰랐어요. 그러나 사실을 고백하자면 저는 그 편지를 읽고 정말 기뻤어요. 만일 그분이 저한테 편지를 쓰지 않았더라면 저는 평생 그분이 편지를 보내지 않은 것에 대해 슬퍼했을 거예요. 하지만 저는 그분께 그런 생각을 말해서는 안 된다는 것을 알고 있었어요. 오히려 저는 그 편지 때문에 기분이 나빴다고 말씀드렸으니까요. 하지만 그분은 자기도 어쩔 수 없다고 하셨어요. 저도 그렇게 생각해요. 왜냐하면 저도 그분에게 답장을 쓰지 않으려고 했는데 쓰지 않고는 못 배겼으니까요. 저는 그분한테 딱 한 번만 편지를 썼어요. 그것도 앞으로는 저한테 편지를 쓰지 말라는 말을 하기 위해서였어요. 그런 일이 있었는데도 그분은 계속 제게 편지를 쓰세요. 그리고 제가 답장을 주지 않으니까 상심하는 빛이 역력하세요. 그래서 저는 더욱 마음이 아프답니다. 저는 이제 더 이상 어떻게 하면 좋을지 몰라서 정말 괴롭답니다.

아주머님, 제발 가르쳐주세요. 그분이 편지를 쓰지 않는 것은 물론이고, 두 사람이 예전처럼 지내기로 스스로 결심할 때까지 그분에게 이따금 답장을 하면 안 될까요? 왜냐하면 이대로 지속된다면 제가 어떻게 될지 알 수 없으니까요. 그분의 지난번 편지를 읽고서 저는 하염없이 눈물을 흘렸어요. 그리고 제가 그분에게 답장을 하지 않으면 우리 두 사람은 틀림없이 괴로워할 거예요.

　　그분의 편지나 아니면 사본을 동봉할 테니 아주머님께서 읽어보시고 판단해 주세요. 그분이 원하시는 것이 나쁜 것이 아니라고 아주머님도 생각하실 거예요. 아주머님께서 만류하신다면 저는 결코 편지를 쓰지 않겠다고 약속드리지요. 하지만 아주머님도 저처럼 그렇게 하는 것이 나쁘지 않을 거라고 생각하실 겁니다.

　　아주머님, 이왕 말이 나온 김에 한 가지 더 여쭤보겠어요. 이성을 사랑하는 것이 나쁘다고들 말하는데 왜 그렇지요? 제가 왜 이런 질문을 하냐면, 당스니 기사님이 그것은 결코 나쁜 짓이 아닐뿐더러 거의 모든 사람이 사랑을 하고 있다고 말씀하셨거든요. 만약 그렇다고 한다면 왜 저만이 사랑해서는 안 되는지 이유를 알 수가 없어요. 아니면 처녀들은 사랑을 해서는 안 되기 때문에 그런 것일까요? 왜냐하면 엄마가 D××라는 부인과 M×× 씨라는 분이 서로 연애를 하고 있다고 말씀하시는 것을 들은 적이 있는데, 그것이 나쁜 짓이라는 투로 말씀하시지는 않았거든요. 하지만 엄마는 제가 당스니님에게 행여 우정이라도 품고 있다는 것을 눈치 채시게 되면 분명 노발대발하실 거예요. 엄마는 저를 늘 어린애로 취급하시고 아무것도 말씀해 주시 않으세요. 엄마가 수녀원에서 저를 나오라고 하셨을 때 저를 결혼시킬 생각이라는 것을 알고 있었거든요. 그런데 지금 분위기로 보아서는 그렇지 않은 것 같아요. 결혼에 대해 걱정하는 건 아니에요. 하지만 아주머님은 엄마와 친하시니까 일이 어떻게 돌아가는지 아시고 계시겠지요. 그리고 만약 알고 계신다면 저한테 알려주세요.

　　퍽 긴 사연이 됐군요. 그러나 편지를 써도 좋다고 하셔서 이렇게 다 말씀드렸습니다. 저에 대한 아주머님의 호의를 믿어요. 그럼, 안녕히 계세요.

제28신

당스니 기사가

세실 볼랑주에게

　　세실 양, 당신은 여전히 내게 답장을 거절하고 있군요. 저로선 당신의 마음을 도저히 돌릴 수 없나 봅니다. 날마다 저는 기대와 실망 속에 지내고 있습니다. 당신은 우리들 사이에는 우정이 존재한다고 했습니다. 그런데 이 우정이 당신으로 하여금 제 고통을 느끼게 할 만한 힘을 갖고 있지 않다면, 상대방은 끌 수 없는 열정 때문에 타오르는 고통을 겪고 있는데 이 우정이 당신을 냉정하고 조용하게 만들어버린다면, 신뢰감을 불어넣기는커녕 동정심조차 일으키지 않는다면 당신이 말하는 그 우정은 도대체 무엇입니까? 친구는 고통을 겪고 있는데 어떻게 당신은 그를 구원하기 위해 손가락 하나 까딱하지 않을 수 있을까요? 당신의 친구는 단 한마디 말만 원하고 있는데 그것을 거절하시다니요. 당신은 친구보다 평범한 감정만으로 만족하라고 하면서 이 감정조차 보증하려고 하지 않습니다.

　　세실 양, 당신은 어제 우정을 저버리고 싶지 않다고 말했습니다. 그러나 세실 양, 우정으로 사랑에 보답하는 것은 우정을 저버리는 것을 두려워하는 것이 아니라 다만 그렇게 보이는 것을 두려워하는 것에 지나지 않습니다. 그런데 나의 감정이 당신과 아무 관계가 없다면, 나는 당신에게 단지 짐만 되는 그런 감정을 당신에게 이야기할 용기가 더 이상 나지 않는군요. 따라서 나는 나의 감정을 극복할 때까지 적어도 그것을 나 자신 속에서나마 간직해야 하겠지요. 나는 이 일이 얼마나 힘든 것인지 잘 알고 있습니다. 그러기 위해서는 나의 모든 정력이 필요하겠지요. 나는 모든 방법을 동원해 볼 겁니다. 그중에서도 내게 가장 괴로운 방법은 당신은 무정한 사람이라고 끊임없이 나 자신에게 되풀이하는 것입니다. 나는 심지어 당신을 만나는 횟수를 줄이려 하고 있습니다. 그에 대한 그럴듯한 구실도 이미 찾아놓고 있습니다.

아! 나는 매일 당신을 만나는 즐거운 습관을 잃어버리게 될 것입니다. 정말 이것만은 영원토록 아쉬워할 겁니다. 그토록 부드러운 사랑의 대가가 바로 영원한 고통인 셈이군요. 그리고 그것은 당신이 원하신 것이고, 당신이 그렇게 만든 것입니다. 결코 나는 두 번 다시 오늘 잃은 행복을 찾지 못할 것입니다. 내가 사랑을 바칠 분은 오로지 당신밖에 없었습니다. 오직 당신만을 위해 살겠다는 맹세를 할 수 있다면 나는 더할 나위 없이 기쁜 마음으로 할 수 있으련만, 당신은 그 맹세를 받아주려 하지 않습니다. 당신의 침묵은 당신이 무정한 여인이라는 것을 잘 말해 주고 있습니다. 당신의 침묵은 당신의 무관심에 대한 가장 확실한 증거이며 당신의 무관심을 나타내는 가장 잔인한 방법입니다. 그럼 이만, 세실 양.

나는 이 이상 당신의 회답을 기대할 용기는 없습니다. 당신의 마음에 연정이 있다면 만사를 제쳐놓고 편지를 쓸 수 있고, 우정이 있다면 기쁜 마음으로, 연민이 있다면 동정하는 기분으로 쓸 수 있으련만, 연정도 우정도 연민도 당신의 마음과는 동떨어진 것이니까요.

17××년 8월 24일, ××에서.

제29신

세실 볼랑주가

소피 카르네에게

소피야, 내가 말한 대로야. 편지를 쓸 수 있는 경우가 있다고 그랬잖아. 솔직히 말하지만 나는 네 의견을 좇은 것을 후회하고 있단다. 너 때문에 당스니 기사님과 내가 그렇게 고통을 받고 있지 뭐니. 내 생각이 옳았다는 증거는 그런 문제를 잘 알고 있는 메르테유 부인도 결국 내 생각에 동의했으니까 말이야.

나는 그분께 모든 사실을 털어놓았어. 그분도 처음에는 너처럼 말씀하시더라. 그러나 내가 모든 사실을 숨김없이 고백하니까 그렇다면 사정이 다르다는 점을 인정해 주셨단다. 그리고 메르테유 부인은 내 편지들과 당스니 기사님의 편지들을 모두 보여달라고 그랬어. 왜냐하면 내가 필요한 사연 이외의 것을 쓰지 못하도록 하기 위해서란다. 이렇게 돼서 나는 지금 마음이 아주 편안해. 메르테유 부인은 정말 훌륭한 분이셔. 더 말할 나위가 없는 분이셔.

이제 당스니님에게 편지를 쓸 수 있게 되었으니 그분은 얼마나 기뻐하실까! 그분은 이제 상상하신 것보다 더 기뻐하실 거야. 왜냐하면 지금까지는 그분에 대한 나의 우정만을 이야기했지만, 그분은 내가 사랑의 표현을 하기를 원하셨거든. 나는 둘 다 똑같은 것이라고 생각하는데, 그런 말을 할 용기가 없었어. 하지만 그분은 그것을 원하시거든. 그런 사정을 메르테유 부인에게 말씀드렸더니 그분은 내 생각이 옳다고 하시며, 누구나 더 이상 참을 수 없을 때 사랑하고 있다는 것을 인정해야 한다고 말씀하시더구나. 그러나 분명 나는 이 이상 참을 수 없을 거야. 요컨대 우정이나 애정이나 다 마찬가지니까, 내가 애정이라고 말하면 당스니님은 더욱 기뻐하실 거야.

　　메르테유 부인은 또 나한테 애정문제를 다룬 책을 빌려주신다고 하셨어. 이런 책을 읽으면 자기가 처신해야 할 방법과 훨씬 능숙하게 편지 쓰는 방법을 배울 수 있다고 그러셨어. 그분은 나의 결점은 무엇이나 다 말씀해 주신단다. 이것이 그분이 나를 정말 좋아하고 있다는 증거야. 다만 그분은 자기가 그런 책을 빌려주었다고 엄마한테 말하지는 말라고 하셨어. 그러면 엄마가 공연히 딸의 교육을 등한히 했다고 생각하셔서 기분이 상하실지도 모른다는 거야. 그분 말씀대로 하려고 그래.

　　그런데 참 이상한 일 아니니? 동기간도 아닌데 그분이 엄마보다 나한테 더 신경을 써주시니까 말이야. 어쨌든 그분을 알게 된 것은 나에겐 퍽 다행스러운 일이야.

　　게다가 메르테유 부인은 엄마한테 모레 오페라 좌의 특별 관람석에 나를 데리고 가고 싶다는 부탁을 하셨단다. 메르테유 부인은 거기서는 우리 둘만 있으므로 누가 들을까봐 걱정할 것 없이 마음 놓고 이야기할 수 있을 거라고 하셨어. 나는 오페라 좌에 가는 것보다 그 말이 훨씬 마음에 들어. 부인 말에 따르면 내가 가까운 장래에 결혼하는 건 사실인 것 같아. 하지만 그때는 그 이상의 이야기는 하지 않았단다. 그런데 엄마가 결혼문제에 대해서 일언반구 말이 없으니 네가 생각하기에도 이상하지 않니?

　　그럼 잘 있어, 소피야. 당스니 기사님한테 편지를 쓸 작정이야. 그래, 나는 지금 정말 기분이 좋단다.

17××년 8월 24일, ××에서.

제30신

세실 볼랑주가

당스니 기사에게

      기사님, 저는 마침내 편지를 쓰기로 했습니다. 당신에게 저의 우정과 저의 '사랑'을 다짐하겠습니다. 이렇게라도 하지 않으면 당신이 불행해지기 때문입니다. 당신은 제게 매정한 여자라고 하셨지요. 저는 당신이 틀렸다고 분명하게 말할 수 있어요. 이젠 제 마음을 의심하지 않으리라고 생각해요. 당신은 제가 답장을 안 해서 괴롭다고 하시지만 저라고 괴롭지 않았겠어요? 제가 편지를 드리지 않은 것은 어떤 일이 있더라도 절대로 나쁜 짓은 하지 않기 위해서랍니다. 더욱이 제가 마음을 억제할 수 있었다면 저는 분명 제 사랑을 인정하지 않았을 겁니다. 그러나 당신이 슬퍼하시는 것을 보고 저는 너무나 마음이 아팠답니다. 이젠 제발 그러지 마세요. 그리고 지금부터는 우리도 행복해질 거라고 생각해요.

      오늘 저녁 당신을 뵙게 돼서 정말 기뻐요. 일찍 와주시는 거죠? 아무리 일찍 오셔도 저에겐 늦게 오시는 것이지만요. 엄마는 집에서 저녁을 드시니까 아마 그때까지 집에 계시라고 하실 거예요. 그저께처럼 당신에게 약속이 없었으면 좋겠어요. 지난번 저녁식사 때는 참 즐겁지 않았나요? 아마 예정보다 일찍 오셔서 그랬나 봐요. 이젠 이런 이야기는 하지 말기로 해요. 제가 당신을 사랑한다는 것을 알고 계시니까 당신이 가능한 한 저와 함께 있었으면 좋겠어요. 저는 당신하고 같이 있을 때에만 행복하니까요. 당신도 저와 같았으면 해요.

당신이 지금 이 순간에도 슬퍼하고 계시다고 생각하니 화가 나요. 하지만 그것은 제 잘못이 아니니까요. 당신이 편지를 곧 받을 수 있도록 당신이 오자마자 하프를 타고 싶다고 부탁하겠어요. 그 밖에 달리 좋은 방법은 없을 것 같아요.

그럼 이만. 저는 정말 당신을 진심으로 사랑한답니다. 사랑한다고 말하면 말할수록 저는 기쁘답니다. 당신도 그러리라고 믿어요.

17××년 8월 25일, ××에서.

제31신

당스니 기사가

세실 볼랑주에게

그렇습니다. 우리는 행복해질 수 있을 겁니다. 당신이 나를 사랑하므로 나의 행복은 이제 확실해졌습니다. 당신이 내 마음속에 불어넣은 연정이 지속되는 한 당신의 행복도 영원할 것입니다. 아! 당신이 나를 사랑하고, 나에게 '사랑'을 맹세하는 것을 두려워하지 않는다구요. "사랑한다고 말하면 말할수록 기쁘다구요!" 당신 손으로 쓴 "저는 당신을 사랑합니다"라는 그 기쁜 문장을 읽고 나니 당신의 아름다운 입에서 다시 한 번 되풀이되는 고백을 들을 수 있습니다. 애정의 고백으로 더 한층 아름다워진 당신의 매력적인 눈이 나를 응시하고 있는 것을 보았습니다. 영원히 나를 위해 살겠다는 당신의 맹세를 나는 받았습

니다. 오! 나의 전 생애를 당신의 행복을 위해 바치고자 하는 나의 맹세도 받아주십시오. 부디 내 맹세를 받아주십시오. 그리고 결코 이 맹세를 배반하지 않겠다는 저의 결심도 믿어주십시오.

어제 우리는 얼마나 행복한 하루를 보냈는지요! 아! 어제 메르테유 부인은 당신 어머님께 둘이서만 할 이야기가 있다고 하면서 어머니를 다른 곳으로 모셔 갔는데, 왜 그런 일이 매일 생기지 않을까요? 지금 나는 즐거운 회상에 젖어 있음에도 불구하고, 왜 다른 사람이 우리를 방해할지도 모른다는 생각이 떠오를까요? 왜 나는 내게 "저는 당신을 사랑해요!"라는 말을 써내려 간 그 귀여운 손을 한없이 애무하고, 그 손에 수없이 입을 맞춤으로써 나에게 애정의 표시를 거절한 당신에게 보복할 수 없을까요?

사랑하는 나의 세실, 어제 어머니가 다시 방으로 들어오셨을 때, 어머니가 계셔서 우리 둘이 서로 무관심한 시선만을 주고받을 수밖에 없었을 때, 그리고 사랑에 대한 약속만 하고 그에 대한 증거를 보여주지 않아 당신이 더 이상 나를 위로해 줄 수 없게 되었을 때 당신은 후회를 하지 않았나요? '단 한 번의 키스로 그이를 행복하게 할 수 있고, 그이에게 이 행복을 빼앗은 것은 나다'라고 생각해 보지는 않았나요? 세실, 그러한 기회가 오면 무정하게 대하지 않겠다고 약속해 주십시오. 나는 그 약속에 힘입어 우리 두 사람을 둘러싸고 있는 어떤 장애도 견딜 수 있는 용기를 갖게 될 것입니다. 그리고 내게 아무리 잔혹한 일이 생기더라도 당신이 그 고통을 함께한다고 생각한다면 나에게서 고통은 줄어들 것입니다.

그럼 이만, 사랑하는 세실. 당신 집에 가야 할 시간이 왔습니다. 당신을 만나러 가기 위한 것이 아니라면 좀처럼 펜을 놓기가 싫군요. 그럼 이만, 그토록 사랑하는 그대여! 내 사랑은 날이 갈수록 강렬해질 것입니다.

17××년 8월 24일, ××에서.

제32신

볼랑주 부인이

투르벨 법원장 부인에게

　　부인, 당신은 내가 발몽의 미덕을 믿기를 원하고 있나요? 솔직히 말해서 나는 결단을 내릴 수가 없습니다. 평판이 좋은 사람에게서 단 하나의 과오를 보았다고 해서 그 사람을 악한 인간이라고 간주하는 게 어려운 일이 듯이, 당신이 말한 단 한 가지 사실만으로 발몽을 선한 인간이라고 판단하는 것도 어려운 일이군요. 인간성이란 선善도 아니고 악惡도 아닌, 본래 불완전한 것이 아닐까요? 선한 사람에게도 약점이 있듯이, 악한 사람에게도 미덕은 있는 법입니다. 이와 같은 진리를 믿어야 할 필요가 있다고 생각합니다. 왜냐하면 선인에 대해서와 마찬가지로 악인에 대해서도 관용을 베풀어야 한다는 것은 바로 그러한 진리에 근거를 두고 있는 것이고, 이것이야말로 선인은 자만에 빠지지 않게 하고, 악인은 절망에서 헤어날 수 있게 하기 때문이지요. 당신은 아마 지금 내가 입으로만 관용을 운운하면서 실제로는 관용을 베풀고 있지 않다고 생각할는지도 모릅니다. 그러나 관용에만 얽매여 악인과 선인을 똑같이 취급한다면, 관용에서 찾을 수 있는 것은 한갓 위험한 약점뿐일 것입니다.

　　저는 발몽 씨의 행위의 동기를 군이 따지고 싶지는 않습니다. 그 행위나 동기, 모두 훌륭하다고 믿고 싶습니다. 그러나 그는 여태까지 그러한 행위보다는 오히려 남의 가정에 불화와 치욕, 그리고 수치스러운 일을 가져왔던 장본인이 아닙니까? 그가 구제해 준 불행한 가족의 목소리를 듣는 것은 좋아요. 하지만 그가 제물로 삼은 숱한 희생자들의 원성도 듣지 않으시면 안 됩니다. 부인의 말처럼, 발몽 씨가 남녀간의 위험한 관계의 한 예에 지나지 않는다고 하더라도 그가 위험한 사람임엔 틀림없습니다. 당신은 발몽 씨가 개심할 여지가 있다고 생각하십니까? 그와 같은 기적이 일어났다고 가정해 보지요. 그렇지만 역시 그에겐 세상의 구설수가 따라다니고 있지 않습니까? 인간이 참회할 때 그 죄를 용서하는 것은 하느님만이 할 수 있는 일입니다. 하느님만이 사람의 마음속을 들여다볼 수 있습니다. 하지만 우리 인간은 겉으로 드러나는 행동을 보고서 그 사람의 생각을 판단할 수 있습니다. 일단 세상 사람의 존경을 받지 못하게 되면, 누구나 불신을 사게 되고, 그 때문에 명예의 회복은 한층 더 어렵게 됩니다. 부인, 특히 염두에 두어야 할 것은, 사람의 존경을 대수롭지 않게 여기는 것만으로도 쉽게 존경을 받지 못하게 되는 일이 일어난다는 것입니다. 이런 가혹한 말을 불공평하다고 생각하지 말아주십시오. 왜냐하면 이런 귀중한 권리를 주장할 수 있음에도 불구하고 그것을 제 스스로 포기할 사람은 없다고 생각하면서도 그 강한 억제로부터 벗어나 있는 그러한 사람은 사실 거의 나쁜 짓을 하는 것이나 다름없습니다. 유감스럽게도 당신과 발몽 자작의 친숙한 관계 역시 아무리 결백한 것이라 할지라도 이러한 양상을 띠고 나타날지 모릅니다.

　　　당신이 그렇게 열렬하게 발몽 자작을 변호하는 데 놀란 나머지 이렇게 서둘러서 당신의 예상되는 반박에 미리 대처하고 있는 것입니다. 당신은 메르테유 부인을 예로 들어서, 사람들은 그 부인과 발몽 씨의 관계를 이미 용서하지 않았느냐고 반문할지 모르겠군요. 당신은 왜 내가 발몽 씨를 우리 집에 맞아들이는지 의아해할지도 모르겠군요. 당신은 그가 점잖은 사람들에게 배척당하기는커녕, 오히려 받아들여져 이른바 상류사회에서 인기를 끌고 있지 않으냐고 말할지도 모르겠군요. 나는 이런 모든 의문들에 대해서 답변을 할 수 있습니다.

우선 메르테유 부인에 대해서 말하기로 하지요. 부인은 실상 매우 훌륭한 분이지요. 다만 자신의 힘을 과신하는 것이 약점이라면 약점이라고 할까요. 험악한 산길에서 마차를 모는 경우엔 훌륭한 마부가 될 수 있겠지요. 물론 그 성공 여부만이 마부의 능력을 가늠하겠지만 말입니다. 여하튼 이분을 칭찬하는 것은 정당하다 하더라도 그 뒤를 따르는 것은 경솔한 일입니다. 그분 자신도 이 점을 알고 단점으로 인정하고 있어요. 이러저러한 세상일을 겪으면서 사물을 바라보는 태도가 훨씬 엄격해졌어요. 이제는 그분도 나처럼 생각하리라고 자신을 갖고 말할 수 있어요.

다음은 나의 경우라고 할 수 있는데, 나만이 옳다고 주장하지는 않으렵니다. 물론 나는 발몽 씨가 우리 집을 드나들게 했어요. 그리고 그는 도처에서 환영을 받고 있지요. 이것 또한 사교계를 지배하고 있는 수많은 모순 중의 하나입니다. 아시다시피 사교계의 사람들은 이러한 모순을 알고 개탄하면서도 빠져들고 맙니다. 훌륭한 가문에 막대한 재산, 여러 가지 장점을 두루 갖춘 발몽 씨는 사교계에서 군림하기 위해서는 찬사와 조소의 두 가지 방법을 교묘하게 다룰 줄 알면 충분하다는 사실을 일찍부터 깨닫고 있었습니다. 이 두 가지 방법을 능숙하게 다루는 데 그를 능가할 사람은 아무도 없습니다. 그는 찬사로 사람들을 유혹하고 조소로 사람들을 위협합니다. 사람들은 그를 존경하지는 않지만 아첨은 합니다. 용기보다는 신중함을 내세우는 것이 사교계이다 보니 그와 맞서기보다는 차라리 그의 비위를 거스르려고 하지 않는 사람들 속에서 그는 살아온 셈입니다.

그러나 메르테유 부인은 말할 것도 없고 그 어떤 여자도 시골에서 그와 같은 사람과 거의 머리를 맞대고 지내려는 용기는 없을 것입니다. 그런데 여자 중에서도 가장 현명하고 가장 정숙한 분이 그런 경솔함의 본보기를 보여주시는군요. 경솔함이란 단어를 쓴 것을 용서해 주기 바랍니다. 나의 우정에서 나온 것이니까요. 부인, 부인 자신이 정숙하기에 부인은 안전하다고 믿고 있지만, 바로 그 때문에 당신은 화禍를 입을 수도 있습니다. 부인을 판단하려는 사람이 어떤 사람들인지를 한번 생각해 보세요. 한편으로는 자기네 부류들 속에서 그런 본보기가 없기 때문에 미덕 따위는 믿으려 하지 않는 경박한 사람들일 테고, 다른 한편으로는 부인이 미덕을 갖고 있는 것을 시기하여 미덕 따위는 믿으려 하지 않는 심술궂은 사람들일 것입니다. 부인은 지금 어떤 부류의 사람들도 감히 할 수 없는 그런 행동을 하고 있다는 것을 고려해서야 합니다.

　　　발몽 자작을 신처럼 떠받드는 젊은이들 중에서 현명한 사람들은 그와 너무 가깝게 관계하는 것을 두려워하고 있다는 사실을 나는 알고 있습니다. 그런데 당신은 그 사람을 두려워하지 않고 있단 말입니다! 아무쪼록 정신을 차리십시오. 나의 간절한 소원입니다……. 이렇게 사리를 밝혔음에도 내 말을 믿지 못하겠다면 나의 우정을 보아서라도 믿어주세요. 이러한 간청을 거듭 드리는 것도 우정에서 비롯하는 것이고, 그것을 정당화하는 것도 우정입니다. 이런 우정은 너무 엄하다고 생각하실는지도 모릅니다. 나도 이런 종류의 우정이 소용없기를 바랍니다. 하지만 무관심하다고 원망을 받기보다는 우정에서 우러난 염려라고 생각해 주신다면 오히려 나로서는 기쁘겠습니다.

제33신

메르테유 후작 부인이

발몽 자작에게

　　자작님, 당신이 성공할까봐 두려워하고, 당신의 계획이 스스로에게 불리한 무기를 대주면서, 승리보다는 전투를 바라는 것을 보니 나는 이제 아무 할 말이 없군요. 당신의 행동은 신중함이 낳은 걸작입니다. 또 반대로 가정한다면, 그것은 어리석음이 낳은 걸작이라고도 할 수 있겠습니다. 솔직히 말씀드린다면, 나는 당신이 무엇인가 착각하고 있지나 않나 하는 생각이 들어요. 그렇다고 해서 나는 당신이 기회를 전혀 이용하지 못한다고 비난하는 것은 아닙니다. 왜냐하면 나는 그런 기회가 오는지도 잘 모르고, 또 누가 뭐라고 하든 서둘러서 망친 일은 회복할 수 없지만 기회는 한번 놓치더라도 다시 찾을 수 있기 때문입니다.

　　그러나 당신의 완전한 실책은 다름이 아니라 당신이 앞뒤를 재보지 않고 편지를 썼다는 데 있습니다. 사태가 이렇게 된 이상, 나는 당신의 실책이 어떤 결과를 가져올지 예상할 수 없을 것이라고 단언합니다. 혹 당신은 법원장 부인에게 항복을 해야 한다는 것을 증명이라도 해주고 싶어하지나 않았나요? 그러나 그것은 감정상의 진리지, 이론적으로 증명할 수 있는 진리라고는 생각하지 않습니다. 그리고 진리를 받아들이게 하기 위해서는 상대방을 감동시키는 게 문제지 이론을 늘어놓아서는 안 된다고 생각합니다. 그런데 상대방을 편지로 감동시키려고 해보았자 무슨 소용이 있나요? 상대방의 감동을 이용하는 데 당신은 통 마음이 없는 것 같으니 말이에요. 당신의 아름다운 문장이 상대방을 사랑의 도취에 젖게 할 때, 당신은 혹 상대방이 사랑의 고백을 할 만큼 반성할 시간의 여유를 가질 수 없을 정도로 그 도취가 오래갈 것이라고 기대하고 있지는 않은지요? 편지를 쓰는 데 걸리는 시간과 그것을 전해 줄 때 걸리는 시간을 생각해 보세요. 그리고 특히 신앙심 깊은 당신의 연인처럼 자기 주장이 뚜렷한 여자가 자기가 결코 원하지 않는 것을 얼마나 오랫동안 원할 수 있는지 눈여겨보세요. 그러한 수법은 "나는 당신을 사랑합니다"라고 쓰면 그것이 "나는 항복합니다"라는 말을 의미하는 줄 모르는 어린아이들에게나 통용될지 몰라요. 그러나 투르벨 부인처럼 머리 좋은 여자는 그러한 표현들의 의미쯤은 충분히 알고 있으리라고 생각합니다. 따라서 비록 당신이 회화會話에서는 우세할지 몰라도, 편지에서는 당신이 그 여자에게 못 당할 것입니다. 아시겠어요? 사람이란 단순히 싸움을 하는 것만으로도 상대방에게 지기 싫어하는 법이지요. 그럴듯한 이유는 찾으려 한다면 쉽게 발견될 뿐 아니라, 곧 그것을 내세우게 되지요. 그리고 그것을 굽히려고도 하지 않습니다. 그이유가 합당해서가 아니라 그것을 취소하고 싶지 않기 때문이죠.

　　그리고 또 한 가지, 당신은 뜻밖에도 무심코 넘기고 있는 일인데, 연애를 하는 데 마음에도 없는 말을 쓴다는 것이 얼마나 어려운 일인지 당신은 모르고 있는 것 같아요. 내 말은 당신이 그럴듯하게 쓰지 않는다는 것이지요. 진실한 편지의 경우에는 설사 당신이 쓴 것과 같은 단어들을 쓰더라도 당신처럼 말을 배열하는 게 아니라 그냥 늘어놓지요. 그렇게 하는 것만으로도 충분해요. 하지만 당신의 편지를 다시 읽어보세요.

　　거기에는 너무나 질서가 정연해서 오히려 문장 하나하나에 당신의 속셈이 드러나 보이고 있어요. 당신의 법원장 부인이 그것을 눈치 채지 못할 만큼 세련되지 않기를 바라지만 무슨 소용이 있겠어요. 결과는 실패니까 말이에요. 소설에서 흔히 보는 결점도 그런 것이지요. 작가는 혼자 흥분해서 별별 수단을 다 쓰지요. 하지만 그래서 뭐 합니까? 독자는 냉담한데. 다만 〈엘로이즈〉(장 자크 루소의 작품)만은 예외입니다. 작가의 재능은 탁월하지만 이러한 관점에 따르면 그 소설의 내용은 참되다고 여겨집니다. 회화를 할 경우에는 사정이 다릅니다. 말을 할 때에는 늘 신체기관도 따라서 움직이기 때문에 자연스럽게 말 속에 감정을 띠게 되지요. 더욱이 눈물도 마음대로 작용합니다. 욕정의 표현은 보는 사람의 눈에는 애정의 표현으로 받아들여집니다. 마지막으로 일관성 없는 말이 도리어 진정 사랑의 웅변이라 할 수 있는 혼란되고 무질서한 분위기를 훨씬 쉽게 표현해 줍니다. 그리고 특히 사랑하는 상대가 눈앞에 있기 때문에 생각할 여유를 못 갖게 되고, 정복당하고 싶어집니다.

자작님, 상대가 더 이상 편지를 쓰지 말아달라고 했지요? 이것을 이용해서 당신의 과실을 만회하고 대화를 나눌 수 있는 기회를 기다리십시오. 그 여자는 내가 생각했던 것보다는 훨씬 강합니다. 방어도 훌륭하고요. 그 여자의 장문의 편지, 그리고 감사 운운한 대목에서 본론에 들어가기 위해 쓴 그럴싸한 핑계만을 제외한다면, 그녀의 본심을 내보이는 일은 전혀 하지 않은 것 같습니다.

하지만 그래도 당신의 성공 가능성에 대해서 당신을 안심시키고 싶은 일은 그 여자가 한꺼번에 너무나 많은 힘을 기울인다는 점입니다. 말꼬리를 잡히지 않으려고 너무 힘을 기울인 나머지 정작 일이 닥쳐 방어해야 할 때에는 완전히 지쳐버리지나 않을까 하는 생각이 드는군요.

당신이 보낸 두 통의 편지는 돌려보냅니다. 만일 당신이 신중한 분이라면, 행복한 그 순간이 오기까지는 편지를 보내지 않으리라고 봅니다. 시간이 늦지 않았다면 볼랑주 양에 대해서 이야기할 수도 있을 텐데. 여하튼 이 애는 퍽 진전이 빨라서 나도 대단히 만족하고 있답니다. 당신보다도 내가 더 먼저 일을 끝낼 것 같아요. 당신도 그것을 기쁘게 생각하리라고 믿습니다. 그럼 오늘은 이것으로 안녕.

17××년 8월 25일, ××에서.

제34신

발몽 자작이

메르테유 후작 부인에게

참 훌륭한 말씀이시군요. 하지만 당신은 왜 누구나 뻔히 알고 있는 사실을 그렇게 열을 올리며 증명하려고 하지요? 연애문제에 있어서 빨리 일을 성취하려면 말로 하는 것이 편지를 쓰는 것보다 백배 낫다, 이것이 바로 당신 편지의 요점이지요? 물론이지요! 하지만 그것은 유혹의 가장 초보적인 기술에 지나지 않는 것 같습니다. 당신은 이 원칙에 어긋나는 단 한 가지 예외만을 제시하고 있지만, 두 가지 예외가 있다는 것을 지적해 보기로 하지요. 수줍은 성격 탓으로 쉽게 유혹에 빠지고 무지한 소치로 몸을 내맡기는 풋내기들도 있지만, 자존심 때문에 걸려들고, 허영심 때문에 함정에 걸려드는 교양 있는 여자들을 더 첨가하지 않으면 안 됩니다. 예를 들면 B××백작 부인입니다. 부인은 나의 첫 편지를 받고 쉽게 답장을 주었으나, 당시 서로 연애감정은 없었습니다. 부인은 다만 자신의 명예를 세울 수 있는 주제를 다루는 기회만을 보았을 따름입니다.

어쨌든 만약 이 경우에 변호사라면 "원칙은 이 문제에 적용되지 않음"이라고 말할지도 모릅니다. 당신은 글로 쓰는 것이나 말로 하는 것이나 선택은 모두 나에게 달려 있다고 전제하고 있지만, 사실은 그렇지 않습니다. 20일의 사건이 있은 다음 나의 무정한 여인은 변함없이 방어 자세를 취하고 있고, 나와 마주치는 것을 피하기 위해서 교묘한 수단을 쓰고 있어서 내가 세워놓은 작전은 온통 뒤죽박죽이 되고 말았습니다. 만일 이러한 사태가 계속된다면 세력을 만회하기 위한 방법을 진지하게 강구해 보지 않으면 안 될 것입니다. 왜냐하면 나는 어떤 점에서건 결코 그 여자에게 지고 싶지 않기 때문입니다. 나의 편지만 하더라도 일종의 전쟁놀이입니다. 답장을 보내지 않을 뿐만 아니라 그 여자는 내 편지를 받는 것조차 거절하고 있습니다. 한 통의 편지를 전하는 데도 새로운 술책이 필요하며, 그렇다고 매번 성공하는 것도 아닙니다.

첫 번째 편지를 전할 때에는 참으로 간단했다는 사실을 당신은 기억하겠지요. 두 번째 편지를 전할 때에도 비교적 무난했습니다. 두 번째 편지를 받고 부인은 자기 편지를 돌려달라고 했습니다. 그래서 그 편지 대신에 눈치 채지 못하게 나의 세 번째 편지를 주었습니다. 그런데 속은 것이 분했던지, 아니면 변덕이 나서 그랬던지, 아니면 결국 그렇게 믿을 수밖에 없게 되었지만 원래 정숙해서 그런지 아무튼 부인은 이 세 번째 편지는 완강히 거절했습니다. 부인이 거절했기 때문에 나는 궁지에 몰리긴 했지만, 이것을 빌미로 앞으로 그녀에게 본때를 보여주자고 별렀습니다.

이 편지는 아주 쉽게 전달된 것이기 때문에 그녀가 설사 받지 않으려고 했어도 나는 별로 놀라지 않았습니다. 선뜻 받아버린다면 벌써 무엇인가를 허용한 셈이 되니까요. 더욱이 나는 꽤 장기적인 방어전을 기대하고 있었습니다. 한번 시험 삼아 해본 방법이 실패하자 나는 편지를 다른 봉투에 넣었습니다. 그리고 로즈몽드 백모님과 하녀가 화장하는 시간을 틈타서 나의 충실한 하인을 통해 그 편지를 부인에게 보냈습니다. 하인에게는 "이것은 부인이 부탁하신 서류입니다"라고 말하면서 그 편지를 전하라고 일러두었지요. 거절하려면 거추장스러운 변명을 늘어놓아야 하는데, 부인이 이러한 것을 두려워한다는 것을 나는 이미 짐작하고 있었습니다. 내 생각대로 부인은 편지를 받았습니다. 하인에게는 그때의 부인의 표정을 잘 살펴보라고 일렀는데, 그놈은 잘 보고 돌아와서 부인의 얼굴이 약간 붉어졌고 분노라기보다는 당황한 기색을 나타내더라고 했습니다.

이제 부인이 편지를 간직하든가, 그게 아니라 만일 편지를 돌려주려면 나와 단둘이 있을 때가 아니면 안 됩니다. 그렇게 되면 부인은 어쩔 수 없이 나와 이야기를 해야 한다고 생각하면서 만족하고 있었습니다. 그리고 나서 거의 한 시간 정도 지났을까요, 부인의 하인이 내 방에 들어와서 부인이 보낸 것이라면서 내가 준 봉투와는 다른 봉투를 주는 것이었습니다. 봉투에 쓴 필적은 그토록 고대했던 부인의 필적이었습니다. 서둘러서 봉투를 뜯어보니…… 그 안에는 펴보지도 않은 채 두 겹으로 접혀진 내 편지만 있는 게 아닙니까? 내가 혹시 자기만큼 추문에 대해 개의치 않을까 두려워 이런 교활한 술책을 쓰고 있는 것입니다.

당신은 나라는 인간을 잘 알고 있으므로 새삼 내가 얼마나 분노에 떨었는지 말씀드릴 필요는 없겠지요. 하지만 냉정을 되찾고 새로운 수단을 강구하지 않으면 안 되었습니다. 내가 찾아낸 수단이란 다음과 같습니다.

이 집에서는 매일 아침 여기서 거의 3킬로미터 떨어진 우체국에 편지를 가지러 갑니다. 우편함 열쇠는 우체국장과 로즈몽드 백모님이 각각 하나씩 갖고 있습니다. 누구나 하루 중 자기가 편리할 때 그 안에 편지를 넣지요. 저녁때 우편함을 우체국으로 가져가고, 아침에 도착한 편지를 가지러 갑니다. 하인들은 모두 순번을 정해서 이 일을 합니다. 아직 내 하인의 차례는 아니지만 그 근방에 일이 있다는 구실을 만들어 우체국에 가도록 해두었습니다.

나는 편지 한 통을 썼습니다. 겉봉의 주소는 필체를 바꾸어 쓰고, 디종 시市의 소인을 위조해서 그려 넣었습니다. 디종 시를 택한 이유는, 나도 부인의 남편과 동일한 권리를 요구하고 있는 이상, 부인의 남편이 있는 곳에서 편지를 쓰는 것이 훨씬 재미있다고 생각했으며,

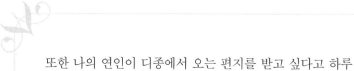

또한 나의 연인이 디종에서 오는 편지를 받고 싶다고 하루 종일 떠들어 대기에 그녀를 기쁘게 해주는 것이 당연하다고 생각했기 때문이지요.

이 정도 준비해 두면 그 다음 이 편지를 다른 편지들과 섞는 것은 일도 아니지요. 더욱이 이런 술책 때문에 나는 부인이 편지를 받을 때 함께 있을 수 있는 이점도 얻게 됩니다. 왜냐하면 여기서는 점심 식사 시간에 함께 모이면 편지가 도착하기 전까지는 자리를 뜨지 않는게 습관처럼 되어 있으니까요. 마침내 우편함이 도착했습니다.

로즈몽드 백모님이 우편함을 열었습니다. 백모님은 "디종에서 편지가 왔네" 하시며 편지를 투르벨 부인에게 주었습니다. "이것은 남편의 필적이 아닌데." 부인은 급히 봉투를 뜯으며 걱정스런 투로 말했습니다. 단번에 부인은 알아차렸지요. 표정의 변화가 너무 심해서 로즈몽드 백모님이 이상하게 여겨 부인에게 "무슨 일이에요?"라고 물어보았습니다. 나도 가까이 가서 "그렇게도 끔찍한 편지입니까?"하고 물었습니다. 내성적이고 신앙심이 깊은 그 여자는 시선을 편지에서 떼지 않은 채 한마디 말도 없이, 당황하는 기색을 보이지 않으려고 도저히 읽을 상태가 못 되는데도 편지를 읽는 척했습니다.

나는 부인이 당황하는 모습을 보니 즐겁기도 하고 조금 골려주는 것도 괜찮겠다 싶어서 "조금 침착해진 것을 보니 슬픈 사연이 아니고 뜻밖의 편지인가 싶어 다행입니다"라고 덧붙였습니다. 그러나 분노의 감정이 부인에게 영감을 불어넣었는지, 신중히 생각하고 있다면 도저히 나올 것 같지 않을 정도로 훌륭하게 "이 편지는 저를 모욕하고 있어요. 감히 이렇게 쓸 수 있다니 놀라울 뿐이에요"라고 대답하지 않겠어요. "대체 누가 보낸 편진데요?"라고 로즈몽드 백모님이 물으니까, "서명이 되어 있지 않아요"라고 노기를 띤 부인이 대답했습니다. "하지만 이 편지나 이 편지를 쓴 작자 모두 경멸해요. 더 이상 이 편지에 대해서 말하지 않았으면 해요"라고 말하며 부인은 이 뻔뻔스러운 편지를 찢어 편지 조각을 주머니에 집어넣고 자리에서 일어나 방에서 나가버렸습니다.

화를 냈지만 부인은 여하튼 내 편지를 받은 셈입니다. 그 편지를 전부 읽었는지는 부인의 호기심에 맡기기로 하겠습니다.

오늘 있었던 일을 자세히 이야기하려면 끝이 없을 겁니다. 이 편지에 부인에게 보낸 문제의 편지 두 통의 초고를 동봉합니다. 읽어보시면 이해하시게 될 겁니다. 편지의 내용을 알려면 초고의 글씨를 판독하는 데 익숙해질 필요가 있을 것입니다. 내가 쓴 편지를 다시 쓰는 것은 딱 질색이니까요. 그럼 이만.

17××년 8월 21일, ××에서.

제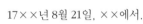신

밥몽 자작이

투르벨 법원장 부인에게

부인, 저는 당신이 내리신 분부를 따르지 않으면 안 되겠지요. 하지만 당신이 저한테서 발견한 숱한 과오들 중에는 적어도 비난받을 수 없는 섬세함과 어떤 고통스러운 희생이라도 감수할 수 있는 용기가 있다는 것을 또한 부인에게 증명하지 않으면 안 된다고 나는 생각합니다. 당신은 저에게 침묵을 지키고 잊어버리라는 분부를 내리셨습니다. 좋습니다. 저는 당신에 대한 저의 사랑에 대해 침묵을 지키겠습니다. 그리고 가능하다면 저의 사랑에 대한 당신의 가혹한 대우도 잊어버리겠습니다. 아마도 당신에게 사랑받고 싶다고 해서 사랑을 요구할 권리가 제게는 없나 봅니다. 당신의 관용이 필요하다고 해서 그것이 당신의 관용을 얻을 수 있는 구실이 되지는 않나 봅니다. 그러나 당신은 저의 사랑을 모욕이라고 생각하고 있습니다. 하지만 저의 사랑이 죄라고 한다면, 그 죄의 원인은 당신한테 있으며, 또 그것을 용서해 줄 수 있는 사람도 당신이라는 것을 잊고 계시는 것 같습니다. 아울러 비록 제게 화가 미칠지라도 당신에게 늘 마음을 열어 보였던 터라 이제 더 이상 저는 저를 사로잡고 있는 감정을 감출 수 없다는 사실을 잊고 계시는 것 같습니다. 당신은 저의 진심에서 우러나온 행위를 대담성이 빚어낸 결과라고 생각하고 있습니다. 더할 수 없이 부드럽고, 더할 나위 없이 존경에 가득 차 있고, 더할 나위 없이 참된 사랑에 대한 보답으로 당신은 저를 멀리 물리쳤습니다. 심지어 저를 증오한다고까지 말씀하셨습니다……. 이처럼 모욕을 당하고도 분개하지 않을 사람이 저 이외에 또 있겠습니까? 저니까 받아들입니다. 저니까 모든 것을 견디며 조금도 원망하지 않는 것입니다. 당신은 제게 상처를 주었습니다. 하지만 저는 당신을 숭배합니다. 당신이 제게 떨치는 그 막강한 위력으로 당신은 제 마음을 지배하는 절대적인 지배자로 군림하고 계십니다.

다만 저의 사랑만이 당신에게 저항하고 있으니 당신이 그 사랑을 꺾을 수 없는 것은, 이 사랑이 제 탓이 아니라 당신이 이루어놓은 것이기 때문입니다

저는 이제껏 사랑의 보답을 받으리라는 은근한 기대를 가져 본 적도 없고 또 요구하지도 않습니다. 저는 또 이따금 당신이 베풀어 주는 호의를 보고 당신의 동정을 기대했으나 이제는 기대하지도 않습니다. 그러나 저는 당신의 공정한 판단만은 요구해도 상관없으리라고 믿고 있습니다.

부인, 당신이 생각하시기에 누군가가 저를 중상中傷하고 있는 것 같다고 일러주셨지요. 만일 당신이 친구들의 충고를 믿었다면, 당신

은 제가 당신에게 접근하지 못하게 했을 거라고 하셨죠. 도대체 그 친절한 친구들은 누구입니까? 그처럼 엄격하고, 그처럼 꿋꿋한 도덕심을 가진 양반들이라면 이름을 밝히는 것을 꺼리지 않을 것입니다. 비열한 중상자들처럼 자신을 은폐하려고 하지 않을 것입니다. 나는 그들의 이름과 그들이 저를 비방한 내용을 알고 싶습니다. 부인, 당신이 저를 그 사람들의 말에 근거를 두고 판단한 이상, 그들의 이름을 하나하나 알 권리가 있다고 생각합니다. 죄상을 말하지도 않고, 고발자의 이름을 밝히지도 않고 죄인을 벌할 수는 없는 법입니다. 그 밖의 다른 소원은 없습니다. 저는 저의 무죄를 증명하고, 저를 비방한 사람들이 자기가 한 말을 취소하게 하겠다는 것을 미리 약속드리는 바입니다.

저는 별로 대단치 않은 무리들의 하잘것없는 비방은 충분히 멸시할 수 있지만, 당신의 저에 대한 평가는 도저히 멸시할 수 없습니다. 저는 평생을 저에 대한 당신의 존경에 어긋나지 않게 살려고 하는데, 이렇게 가만히 앉아서 저에 대한 당신의 존경을 빼앗기는데야 어떻게 잠자코 있을 수 있겠습니까? 저에 대한 당신의 존경심 여하에 따라서, 당신 말대로, '당신의 고마움을 바라는 권리'를 제가 얻을 수 있다고 하시니까요. 그만큼 그 존경심은 제게 소중한 것입니다. 저는 당신의 고마움을 요구하고 싶은 마음은 추호도 없습니다. 만약 당신의 마음에 들 수 있는 기회를 제게 주신다면, 저는 그 권리를 고맙게 받겠습니다. 아무쪼록 앞으로는 저를 공평하게 대해 주시고 저에 대해서 바라고 있는 것을 말씀해 주십시오. 내가 짐작할 수 있는 것이라면 굳이 말할 필요가 없겠지요. 당신을 뵐 수 있는 기쁨에 당신을 섬길 수 있는 행복을 덧붙여 주신다면, 저는 당신의 관용에 깊이 감사드리겠습니다. 그런데 대체 당신은 무엇을 꺼리는 것입니까? 물론 거절당하지나 않을까 하고 두려워하시는 것은 아니겠지요? 만일 그렇다면 저는 당신을 원망하지 않을 수 없을 것입니다. 당신의 편지를 돌려드리지 않는 것은 거절이 아닙니다. 저는 당신보다 그 편지가 더 소용없게 되기를 바라고 있습니다. 그러나 평소에 당신을 부드러운 마음을 가진 분이라고 생각해 왔던 터라, 저는 편지에서만 당신이 그렇게 보였으면 하고 바라는 그러한 모습을 발견할 수 있습니다. 저를 다정하게 대해 달라고 애원해도 당신은 그 편지 속에서 소원을 들어주기는커녕 제게서 천리만리 달아나고 있습니다. 당신의 모든 것이 저의 사랑을 북돋우고 정당화할 때도 이 편지는 제 사랑이 당신을 모욕하고 있다는 사실을 되풀이해 가르쳐주고 있습니다. 당신을 보고 이 사랑이 이 세상 최고의 행복이라고 여겨질 때, 그것이 얼마나 끔찍한 고통인가를 느끼기 위해서 당신의 편지를 읽어볼 필요가 있습니다. 이제 당신은 제가 그 저주스러운 편지를 돌려드릴 수 있게 되면, 그것이 곧 저의 최상의 행복을 의미한다는 것을 이해하시겠지요. 여전히 편지를 돌려달라고 하신다면, 저는 이제 편지 내용을 믿지 말라는 뜻으로 해석하겠습니다. 하루빨리 편지를 돌려드리고 싶은 저의 심정을 믿어 의심치 마시기를 간절히 빕니다.

17××년 8월 23일, ××에서.

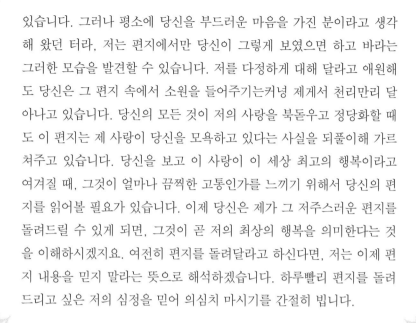

제36신

발몽 자작이

투르벨 법원장 부인에게(디종 시의 소인이 찍힘)

부인, 부인의 매정함은 날이 갈수록 더해 가는군요. 감히 말씀드린다면, 당신은 공정함을 보이는 것보다 관용을 베푸는 것을 더 두려워하시는 것 같습니다. 제 말씀은 듣지도 않고 저에게 유죄를 선고하는 것을 보니 부인은 저의 해명에 대답하는 것보다 그 해명을 읽지 않는 편이 훨씬 쉬운 일이라고 생각하고 계신 게 틀림없습니다. 당신은 제가 보낸 편지를 완강하게 거절하셨습니다. 그리고 그것을 경멸하면서 돌려주셨습니다. 저의 목적은 단지 저의 성실성을 믿게 하는 것이었는데, 그것을 전하는 데도 저로 하여금 술책을 쓰지 않으면 안 되게끔 하셨습니다. 당신 덕분에 자신을 변호할 처지에 놓여 있기 때문에, 저는 이를 위해 어떤 수단을 취하더라도 양해가 될 줄 알고 있습니다. 더욱이 제 감정이 진지하기 때문에 그 정당성을 인정받기 위해선 그것을 당신에게 알리기만 해도 충분하다고 생각했으므로 이런 가벼운 술책을 써도 무방하리라고 생각했습니다. 그리고 당신도 그것을 용서해 주리라고 믿었습니다. 그리고 사랑이 교묘하게 일어나고, 냉담은 사랑을 교묘하게 물리친다고 해도 당신은 별로 놀라시지 않겠지요.

부인, 제발 제 마음을 남김없이 고백하게 해주십시오. 제 마음은 당신 것이니 당신이 제 마음을 알아야 하는 게 당연하지 않습니까?

제가 로즈몽드 백모님 댁에 갔을 때만 해도 거기서 저를 기다리고 있는 운명을 전혀 예견하지 못했습니다. 당신이 그곳에 계시는 것도 몰랐죠. 그리고 본래의 제 성격대로 솔직하게 말하건대 설사 그 사실을 알았다 해도 그 때문에 저는 그다지 동요하지 않았을 것입니다. 그것은 누구나 다 인정하는 당신의 미모를 제대로 평가하지 못해서가 아닙니다. 그것은 본래 저라는 인간은 욕정에만 이끌려 살아왔고, 소망대로 이루어질 수 있는 욕정에만 열중해 와서 아직 사랑의 고통을 모르고 있었기 때문입니다.

로즈몽드 백모님이 나를 이곳에 머물게 하셨을 때, 당신도 직접 보셨지요. 나는 이미 당신과 함께 하루를 지냈습니다만, 계속 머무른 것은 다만 연로한 백모님을 위로해 드린다는 지극히 자연스럽고 지극히 당연한 기쁨에 따랐을 뿐이고 지금도 그렇습니다. 이곳에서의

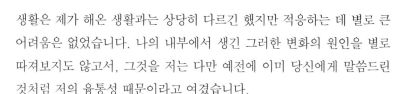

생활은 제가 해온 생활과는 상당히 다르긴 했지만 적응하는 데 별로 큰 어려움은 없었습니다. 나의 내부에서 생긴 그러한 변화의 원인을 별로 따져보지도 않고서, 그것을 저는 다만 예전에 이미 당신에게 말씀드린 것처럼 저의 융통성 때문이라고 여겼습니다.

불행하게도(왜 이것이 불행이어야 합니까?) 당신을 더 잘 알게 되면서 저는 단지 그것만으로도 저를 감탄하게 만드는 당신의 아름다운 미모가 당신의 장점들 중에서 가장 작은 부분에 지나지 않는다는 사실을 깨달았습니다. 당신의 천사 같은 마음이 저를 뒤흔들었으며, 제 마음을 유혹했습니다. 이제까지 저는 아름다움을 사랑해 왔으나 이제 미덕을 우러러보게 된 것입니다. 당신을 제 것으로 만들려는 생각은 추호도 없습니다. 저는 다만 당신과 나란히 설 수 있는 인간이 되려고 노력했습니다. 제 과거에 대한 당신의 관용을 요구하면서, 미래에 대한 동의를 당신에게서 갈구했습니다. 저는 그것을 당신의 말에서 구하려 했고 당신의 시선에서 찾으려 했지만, 그 눈에서는 위험한 독소만이 발산되었습니다. 이 독소는 무심결에 퍼뜨려지고 아무런 의심 없이 받아들여졌기 때문에 더욱 위험했습니다.

그때 저는 사랑을 알게 되었습니다. 그러나 저는 결코 사랑을 탄식하지 않았습니다. 이 사랑을 영원한 침묵 속에 파묻어버리기로 결심하고 저는 두려움 없이, 그리고 주저하지 않고 이 황홀한 감정에 젖어 있었습니다. 그러나 당신을 사모하는 마음은 날로 커가기만 했습니다. 곧 당신을 뵙는 기쁨은 욕구로 변했습니다. 잠시라도 당신의 모습이 보이지 않으면 제 가슴은 슬픔으로 조여드는 것 같았습니다. 그리고 당신이 집으로 돌아오는 소리가 들리면 제 가슴은 기쁨으로 뛰었습니다. 저는 오로지 당신에 의해서만, 그리고 당신을 위해서만 존재하고 있었습니다. 하지만 당신을 증인으로 내세워 묻고 싶습니다. 가벼운 놀이나 진지한 대화에 열중하고 있을 때 혹시 제 입에서 제 마음의 비밀을 드러내는 말 한마디 나온 적이 과연 있었습니까?

마침내 저의 불행이 시작되는 날이 찾아왔습니다. 야릇한 운명의 장난 때문에 올바른 행위가 불행을 초래하는 신호가 되고 만 것입니다. 그렇습니다, 부인. 제가 구제해 준 불행한 사람들에 둘러싸여 당신의 아름다움이 더욱 돋보이고 덕성에 가치를 더해 준 거룩한 감정에 젖어 있는 당신의 모습이 이미 사랑에 도취되어 있었던 제 마음을 뒤흔들어놓고 말았던 것입니다. 당신은 혹 집으로 돌아오면서 제가 얼마나 깊은 상념에 젖어 있었던지 기억하고 계시는지요. 아! 그때 저는 억누를래야 억누를 수 없는 감정과 싸우고 있었습니다.

　　이 승산 없는 싸움에 기력을 다 소모한 뒤에 뜻하지 않았던 우연으로 당신과 단둘이 있을 기회가 찾아왔습니다. 솔직히 말씀드리면 그때 저는 감정과의 싸움에서 이미 무너진 상태였습니다. 가슴이 벅차서 저는 말도 눈물도 억제할 수가 없었습니다. 그런데 그것을 과연 죄라고 할 수 있습니까? 만일 그것이 죄라면 이제껏 제가 겪은 격심한 고통으로 이미 충분히 벌을 받은 게 아닐까요?

　　희망 없는 사랑에 가슴이 갈가리 찢긴 저는 당신에게 연민을 호소했지만 제가 받은 것은 당신의 증오였습니다. 당신을 보는 것 외에는 아무런 기쁨도 남아 있지 않은 저는 저도 모르는 사이에 당신의 모습을 찾으려 했고, 그러면서도 정작 당신의 시선과 부딪치면 두려움 때문에 떨었습니다. 당신으로 말미암은 이 쓰라린 고통 속에서 저는 낮에는 고통을 감추고 밤에는 고통에 젖어 하루하루를 살고 있습니다. 그런데 당신은 조용하고 평온하게 살고 계십니다. 저의 이러한 고통을 아시면서도 그 고통을 불러일으킨 것을 다만 즐기고 계십니다. 그럼에도 불구하고 한탄하는 사람은 당신이고, 용서를 구하고 있는 사람은 저입니다.

　　부인, 바로 이것이 당신이 제 과오라고 한 것의 진상입니다. 차라리 제 불행이라고 부르는 것이 더 정당할지 모릅니다. 순수하고 진실한 사랑, 결코 배신하지 않는 존경, 완전한 복종, 바로 이것이 당신이 제 마음에 불러일으킨 감정입니다. 저는 이것을 하느님께 바친다 해도 조금도 주저하지 않았을 겁니다. 하느님께서 창조하신 가장 아름다운 작품이신 그대여! 부디 하느님의 관대함을 모방하십시오! 저의 잔인한 고통에 연민을 가져주십시오. 특히 절망과 지고至高의 행복, 양 극단 사이에 놓여 있는 당신의 첫 한마디로서 영원히 제 운명이 결정된다는 사실을 고려해 주시기 바랍니다.

17××년 8월 25일, ××에서.

제37신

투르벨 법원장 부인이

볼랑주 부인에게

부인, 저는 부인의 우정 어린 충고를 따르겠습니다. 제가 무슨 일이건 항상 부인의 의견에 따르는 것은 부인의 의견이 언제나 사리에 근거를 두고 있다고 여겨지기 때문입니다. 발몽님이 여기서 위선적인 행위를 하지만 마음속은 여전히 부인이 말씀하신 바와 같다면 그분은 더할 나위 없이 위험한 분임에 틀림없을 것입니다. 여하튼 부인께서 그토록 충고하셨으니 저는 그분을 멀리하려고 합니다. 적어도 제가 할수 있는 한의 노력을 할 작정입니다. 이렇게 말씀드리는 것은 결국 따지고 보면 내용이 아주 간단한 일도 그 절차가 꽤 까다로울 수 있기 때문입니다.

제가 그분의 백모님께 그런 부탁을 드리기는 아무리 생각해 보아도 어려울 것 같습니다. 그런 부탁은 그분의 백모님에게나 그분에게나 감정을 해치게 할 소지가 많기 때문이지요. 저 자신이 떠나는 것역시 마음이 내키지 않습니다. 언젠가 말씀드린 남편에 관계되는 이유외에도 제가 떠나서 발몽님의 기분이 상하게 된다면, 오히려 그 때문에발몽님이 파리까지 쫓아오지 않을까 해서지요. 그리고 그분이 파리로돌아온 것이 저 때문이라고 한다면, 그분의 친척이기도 하며 저도 가까이 지내는 사이라는 것을 누구나 다 아는 로즈몽드 부인 댁에서 우연히서로 만났다는 것보다 더 이상하지 않을까요?

그래서 그분 스스로 떠나는 것을 바라는 것 외에는 다른 방도가 없는 것 같습니다. 이런 제안을 그분한테 하는 것이 힘들긴 하지만, 그분도 자신이 사람들이 생각하는 것보다 더 점잖다는 것을 진심으로 제게 보여주고 싶어하는 이상, 그 제안의 성공이 완전히 절망적이라고는 생각하지 않습니다. 그러한 일을 시도해 보는 것도 과히 나쁘지않다고 생각합니다. 왜냐하면 그분이 입버릇처럼 지금까지 자기가 정숙한 여자에 대해 비난받을 만한 짓을 한 적도 없었고 앞으로도 그러지않을 것이라고 한 말이 진실인지 판단해 볼 기회도 되니까요. 만일 그분이 제가 바라는 대로 떠나신다면 저는 그것을 저에 대한 존경심으로생각하겠습니다. 왜냐하면 그분은 가을의 대부분을 여기서 지낼 작정인 것 같기 때문입니다. 만일 저의 청을 거절하고 한사코 머무르고자한다면, 저는 언제라도 떠날 수 있다는 것을 부인께 약속드리지요.

부인, 이것이 부인의 우정이 저에게 요구하는 바라고 생각합니다. 저는 기꺼이 그 요구에 부응하려고 합니다. 그리고 비록 제가 발몽님을 '열심히' 변호했지만 그래도 저는 가까운 분들의 충고에 귀를기울이고, 나아가서 그것을 좇을 자세가 언제나 돼 있다는 것을 부인에게 보여드리겠습니다.

제38신

메로테유 후작 부인이

발몽 자작에게

　　자작님, 당신이 보낸 큼직한 소포는 조금 전에 받았어요. 이 날짜대로라면 하루 전에 받았어야 하지만, 어쨌든 그것을 다 읽다가는 답장할 시간도 없겠어요. 그러니 소포를 받았다는 사실만 알리고 다른 이야기를 해봅시다. 나 자신에 대해 할 말이 없어서 그런 게 아니에요. 가을이 되면 파리에는 그럴듯하게 생긴 남자라곤 거의 볼 수 없어요. 그래서 나는 요즘 한 달 동안 너무도 얌전하게 지내고 있어요. 나의 기사님이기에 망정이지 다른 사람 같으면 나의 정숙함에 아마 싫증을 냈을 겁니다. 별로 할 일이 없으므로 볼랑주의 딸과 지내면서 심심함을 달래고 있습니다. 사실 내가 이야기하고 싶었던 것은 바로 이 아이에 관한 것이에요.

　　당신이 이 아가씨를 맡지 않았던 것은 생각한 것 이상으로 당신에게는 아쉬운 일이에요. 이 아가씨는 정말 멋있어요! 성격이 까다롭지도 않고 완고하지도 않아요. 이 아가씨와 함께 지내면 기분 좋고 편안할 거예요. 이 애는 감정이 예민해 보이지는 않지만 감각이 퍽 신선한 것 같아요. 재치나 섬세함은 없으나 어찌나 새침을 떠는지 나 자신도 놀랄 정도랍니다. 더욱이 천진난만한 얼굴을 하고 있어서 이 새침데기는 성공하리라고 봅니다. 본래 붙임성이 있는 아이여서 가끔 재미있는 일도 생깁니다. 대수롭지 않은 말에도 얼굴이 곧잘 빨갛게 됩니다. 몹시 알고 싶어하는 게 있어도 거기에 대해서 전혀 아는 것이 없어서 얼굴이 붉어졌을 때에는 더욱 재미있답니다. 그럴 때는 웃음이 날 정도로 안달을 부리지요. 이 애는 웃기도 하고, 화를 내기도 하고, 울기도 하다가, 나중에는 가르쳐주지 않을 수 없을 만큼 진지하게 부탁한답니다. 사실 말이지 이런 즐거움을 독차지할 남자에게 질투가 날 정도예요.

말씀드렸는지는 모르겠으나 나는 4, 5일 전부터 이 애의 조언자 노릇을 하고 있답니다. 물론 처음에는 엄격한 체하지요. 그러나 이 애는 보잘것없는 이유를 내세워 나를 납득시킨 것처럼 생각하고 있어요. 내가 그것이 옳다고 생각하는 척하면 이 애는 자기가 말을 잘해서 나를 설득시켰다고 생각하지요. 여하튼 내 명예에 흠이 안 가도록 하기 위해서는 그 정도의 조심은 해야죠. 나는 이 애에게 "나는 당신을 사랑합니다"라는 말을 해도 좋고 글로 써도 좋다고 허락했습니다. 그리고 바로 그날 이 애가 눈치 채지 않게 이 애가 당스니와만 함께 있게 일을 꾸몄습니다. 그러나 당스니라는 사람은 얼마나 바본지, 그때 이 애한테 키스 한번 못했으니까요. 그래도 시詩는 곧잘 쓰는 남자인데, 이른바 재사才士라는 것도 별수 없군요. 당스니의 얼간이 같은 짓은 정말 기가 막힐 정도예요. 이런 남자는 정말 달리 어떻게 해볼 도리가 없지요.

이럴 때야말로 나에겐 당신이 필요해요. 당신은 당스니와 아주 가까운 사이이니까 그의 마음속 이야기를 들을 수 있을 겁니다. 그렇게 된다면 우리의 일은 빨리 진척될 수 있을 거예요. 당신의 법원장 부인 일을 빨리 해치우세요. 왜냐하면 나는 제르쿠르가 무사한 걸 원하지 않거든요. 게다가 어제 나는 이 애한테 제르쿠르에 대한 얘기를 해주었지요. 대단히 교묘하게 그 자를 묘사했기 때문에, 설사 이 애가 그 자와 10년 동안 부부생활을 했더라도 그 이상 그를 싫어하지 못할 정도였으니까요. 하지만 나는 이 애한테 부부간의 정절에 대해서도 충분하게 설교를 했답니다. 이 점에 대해선 어떤 사람도 나를 따를 수 없을 겁니다. 이렇게 해서 이 애에게 미덕에 있어서의 나의 명성을 다시 한 번 확인시켜 주었습니다. 너무 관대하게 다루다 보면 나의 명성도 소용없게 돼 버리니까요. 아울러 나는 제르쿠르에게 보답하려는 나의 증오를 이 애의 마음속에 증폭시켜 놓았습니다. 끝으로 연애에 열중할 수 있을 때도 처녀시절 한때뿐이라고 믿게 했으니까 이 애도 이 순간을 헛되이 보내지 않으려면 빨리 결심하리라고 생각해요.

자작님, 그럼 이만. 이제 화장을 할 시간인데, 화장을 하는 동안 당신의 편지를 읽겠어요.

17××년 8월 27일, ××에서.

제39신

세실 볼랑주가

소피 카르네에게

소피야, 나는 슬프고 걱정이 되어 거의 온밤을 눈물로 지새웠단다. 지금 이 순간 행복해서가 아니라, 이 행복이 오래 지속되지 않을 것 같아서 그래.

어제 나는 메르테유 부인과 함께 오페라 좌에 갔었어. 우리는 거기서 내 결혼에 대해서 많은 것을 이야기했지만, 좋은 말은 하나도 듣지 못했어. 나의 결혼 상대자는 제르쿠르 백작이며 10월에 결혼식을 올리기로 되어 있다고 하는구나. 그분은 부자고 인격자이며…… 연대장이래. 여기까지는 좋은데, 우선 나이가 많으셔. 서른여섯 살이라지 뭐니! 메르테유 부인 말로는 우울하고 엄한 분이라서 내가 그런 사람하고 같이 살면 불행해지지나 않을까 걱정이래. 부인은 그러리라고 생각하면서도 내가 상심할까봐 분명한 말은 하지 않으셔.

부인은 그날 밤 거의 남편에 대한 아내의 의무에 대해서만 말씀하셨단다. 부인은 제르쿠르님이 결코 상냥하지는 않지만 그래도 나는 그분을 사랑해야 한다고 하셨어. 그리고 부인은 일단 결혼하면 당스니 기사님을 더 이상 사랑하면 안 된다고 하시지 않겠니. 어떻게 그럴 수 있담! 나는 당스니님을 언제까지라도 사랑할 테야. 차라리 나는 결혼하지 않는 편이 좋을 것 같아. 그 제르쿠르란 분은 잘 알아서 하시겠지. 어차피 내가 스스로 찾은 상대는 아니니까. 그분은 지금 여기서 아주 멀리 떨어진 코르시카 섬에 있다고 하는구나. 거기서 한 십 년쯤 머물러 있었으면 좋겠어. 수녀원으로 다시 돌아가는 것이 두렵지 않다면, 엄마한테 그런 사람은 남편감으로 싫다고 말씀드리고 싶지만, 그렇게 되면 일은 더욱 난처하게 될 거야. 나는 정말 어떻게 하면 좋을지 모르겠어.

나는 지금처럼 당스니님이 좋은 적이 없었던 것 같아. 지금처럼 지내는 생활도 이제 한 달밖에 남아 있지 않다고 생각하니 마냥 눈물이 나오는구나. 다만 메르테유 부인의 호의만이 유일한 위안이라고 할까. 그분은 참 마음이 좋으셔. 그분과 함께 있으면 슬픔도 가신단다. 게다가 나는 그분한테 얻는 게 많아. 나는 모르는 게 많은데 부인이 다 가르쳐주셔. 그리고 친절하시기 때문에 내가 생각하고 있는 것을 부끄러움 없이 전부 말씀드려. 내 생각이 좋지 않다고 생각할 때는 이따금 꾸중도 하시지만 아주 부드럽게 하셔. 그런 일이 있고 나면 나는 메르테유 부인이 화를 푸실 때까지 진심으로 키스를 하지. 적어도 그분만은 내가 원하는 한 사랑할 수 있는 분이며, 또 그렇게 해서 나쁜 것도 없지. 그래서 나는 기뻐. 하지만 사람들 앞에서, 특히 엄마 앞에서 내가 부인을 좋아하는 티를 내지 않기로 서로 정해 놓았단다. 그렇게 하면 엄마가 나와 당스니 기사님과의 관계를 의심할지 모르니까 말이야. 언제나 지금처럼 살 수 있다면 나는 정말 행복할 거라고 믿어. 그 불쾌한 제르쿠르 같은 사람만 없다면! ……하지만 이제 더 이상 그 사람 얘기는 하지 않을게. 그러면 다시 슬퍼지니까 말이야. 그보다도 당스니 기사님에게 편지를 쓸 테야. 그분께는 내 슬픔 따위를 이야기하지 않고 사랑한다는 말만 할 거야. 그분을 괴롭히긴 싫거든.

그럼 안녕, 소피. 이것으로 이제 나를 질책하지는 않겠지. 네 말대로 내가 아무리 '바쁘더라도' 너를 사랑하고 너한테 편지를 쓸 시간을 가질 거야.*

* 세실 볼랑주와 당스니 기사 사이에 오고 간 편지들은 흥미도 적고 아무런 새로운 사건도 전해 주지 않기 때문에 계속 생략하기로 한다.

17××년 8월 27일, ××에서.

제40신

발몽 자작이

메르테유 후작 부인에게

나의 무정한 여인은 내 편지에 회답은 고사하고 받는 것조차 거절한 채 내 앞에 모습도 드러내지 않고, 또 나보고 떠나라고 요구하고 있습니다. 더욱이 내가 이런 박정한 대우를 받으면서도 이것을 참고 받아들이고 있으니 더더욱 놀라운 일이죠? 당신은 나를 비난하겠지요?

하지만 나는 이렇게 명령을 받을 수 있는 기회를 놓쳐서는 안 된다고 생각합니다. 왜냐하면 한편으론 명령을 내리는 자는 책임을 져야 한다고 믿기 때문이며, 다른 한편으로 여자가 즐기게 내버려두는 일종의 거짓 권위가 실은 여자에게는 가장 피하기 어려운 함정이라고 생각했기 때문입니다. 게다가 그녀가 나와 단둘이 있는 것을 피하기 위해 사용하는 술책이 나를 극히 어려운 입장에 놓이게 했지요. 그래서 나는 무슨 일을 해서라도 여기서 빠져나가야 한다고 생각했습니다. 왜냐하면 항상 그녀와 함께 있으면서도 나의 사랑에 관심을 갖게 하지 못한다면, 나를 보아도 예사로 대하는 데 익숙해지지 않을까 하는 두려움이 생기기 때문입니다. 일이 그 정도로 되면 원상복구시키기가 얼마나 어려운지 당신도 잘 알고 있으리라고 생각합니다.

물론 내가 아무런 조건 없이 복종하고 있는 것은 아닙니다. 그러기는커녕 나는 승낙하기가 불가능한 한 가지 조건을 내세웠습니다. 그것은 내가 약속을 지키거나 안 지키거나 자유로운 입장에 놓이게 하기 위해서이며, 또 나의 연인이 지금보다 더 나에게 만족하게 되고 나를 자기에게 만족하게 만들고 싶을 때, 말을 통해서나 아니면 글을 통해 논의를 하기 위해서입니다. 나의 요구가 아무리 받아들일 수 없는 것이라 하더라도 만일 이 요구를 단념할 경우, 이것을 회복할 수 있는 수단을 발견할 수 없으면 나는 얼마나 바보 같은 인간이 되겠습니까?

이 기다란 서론에서 내가 해명하고 싶은 것은 충분히 전달되었다고 여겨지기 때문에 이제 최근 이틀간의 사건을 이야기해 드리기로 하지요. 그리고 증거품으로 내 연인의 편지와 내 답장을 첨부하지요. 당신은 나처럼 정확한 역사가는 흔하지 않다는 사실을 인정할 것입니다.

그저께 '디종'의 소인이 찍힌 편지가 야기시킨 결과를 당신도 기억하고 계시겠지요. 그 나머지 하루는 그야말로 파란만장했습니다. 귀엽고 정숙한 여인은 점심때만 모습을 나타냈는데, 그녀는 심한 두통을 호소했습니다. 여자라면 흔히 있는 심히 불쾌한 기분의 발작을 감추고자 하는 구실이지요. 부인의 얼굴은 그 때문에 평소와는 아주 달랐습니다. 당신도 알고 계시는 그 부드러운 표정은 토라져 있었는데, 이것 또한 그녀에게서 이제껏 볼 수 없었던 새로운 아름다움이었습니다. 나는 앞으로도 이 새로운 아름다움의 발견을 위해 때로는 부드러운 애인을 토라지게 하여 그 아름다움을 맛보고자 합니다.

　　　나는 점심식사 후의 울적한 분위기를 짐작하고 그 지루함을 피하기 위해 써야 할 편지가 있다는 핑계를 대고 내 방으로 갔습니다. 6시쯤 되어 거실로 내려가니까 로즈몽드 백모님이 산책을 하자고 제안하시기에 받아들였습니다. 그러나 마차에 오르려는 순간 이 꾀병쟁이는 지독한 심술을 부려 아마 내가 모습을 나타내지 않은 것에 대해 복수를 하려 했는지 두통이 더 심해졌다는 구실을 내세워 매정하게도 나와 늙으신 백모님을 마주 앉게 하고는 집 안으로 들어가 버렸습니다. 이 마녀에게 퍼부은 저주가 이루어졌는지는 모르겠으나, 여하튼 돌아와보니 그녀는 침대에 누워 있더군요.

　　　그 다음 날 아침식사 때 그 여자는 본래의 상냥한 얼굴로 돌아왔기 때문에 나는 그녀가 나를 용서한 줄로 생각했습니다. 식사가 거의 끝나갈 무렵 이 상냥한 여인은 슬픈 표정을 지으며 자리에서 일어나더니 정원으로 나가더군요. 물론 나는 그녀의 뒤를 쫓아갔습니다. "어째서 산책할 마음이 나셨나요?"라고 다가가서 물으니까, 그녀는 "오늘 아침에 편지를 많이 썼기 때문에 머리가 조금 피로한 것 같아요"라고 대답했습니다. "그 피로가 제 탓이라고 생각해도 되는지요?"라고 나는 재차 물었습니다. 그녀는 "당신에게 편지를 썼어요"라고 대답하면서, "하지만 당신한테 편지를 주어도 될까 망설여져요. 부탁의 내용을 담은 편지인데 평소의 당신으로 보아 과연 제 부탁을 들어주실지 의심스럽군요"라고 했습니다. "제가 할 수 있는 일이라면 물론이죠"라고 내가 말하니까, 그녀는 대뜸 "아주 쉬운 일이에요. 당신이 당연히 들어주셔

야만 하지만, 들어주신다면 저는 정말 당신한테 감사드리겠어요"라고
말하며 나에게 그 편지를 내밀었습니다. 편지를 받으면서 그녀의 손을
잡았더니 그녀는 손을 빼더군요. 하지만 화를 내는 기색은 없었고 급히
서두른다기보다는 당황하는 태도였습니다. 그녀는 "생각보다 덥군요.
집에 들어가야겠어요"라고 말하고는 저택으로 향한 길 쪽으로 걸어갔
습니다. 나는 계속 산책을 하자고 권유해 보았으나 소용없었습니다. 나
또한 단지 대화만을 나누려고 하는데 남의 눈에 띌 경우를 고려하지 않
으면 안 되었죠. 그녀는 일언반구의 말도 하지 않고 집 안으로 들어갔
습니다. 그래서 나는 이 거짓 산책이 나에게 편지를 전해 줄 목적밖에
없다는 사실을 깨달았습니다. 그녀는 집 안에 들어와서 자기 방으로 올
라갔고 나도 그 편지를 읽으려고 내 방으로 갔습니다. 우선 이 편지와
나의 답장을 읽으신 다음 제 이야기를 읽어보시죠…….

17××년 8월 26일, ××에서.

제41신

투르벨 법원장 부인이

발몽 자작에게

　　자작님, 당신의 저에 대한 행동을 보면, 당신은 당신에 대한
나의 원망을 날로 더해 주는 데만 애쓰시는 것 같은 생각이 듭니다. 제
가 듣고 싶지도 않고 또 들어서도 안 되는 감정을 집요하게 말하려고

하시는 것, 당신의 편지를 전하려고 아무 거리낌 없이 저의 성의나 수줍은 성격을 이용하시는 것, 그리고 특히 저의 명예를 위태롭게 할 수 있다는 것은 조금도 개의치 않고 지난번에 편지를 건네기 위해 쓴, 솔직히 말씀드려서 좀 비열한 방법 등 이 모든 것이 저로 하여금 강경하고도 정당한 비난을 당신에게 하게끔 하는 것입니다.

그러나 저는 이런 불평거리는 되풀이해서 말하지 않겠습니다. 저는 다만 극히 간단하고 또 정당한 한 가지 부탁만을 당신에게 드리려고 합니다. 만약 제 부탁을 들어주신다면, 이제까지의 모든 일은 불문에 부치기로 하겠습니다.

자작님, 당신 자신의 입으로 말했지요. 제가 부탁한 것을 들어주신다고요. 그리고 당신 스스로의 모순 때문에 이 말을 한 다음 저에게 할 수 있는 단 한 가지 거절이 있었지만(35신 참조), 바로 며칠 전에 명확히 한 그 약속은 반드시 지켜주리라고 믿습니다.

저는 당신이 제발 제게서 멀리 떨어지고, 이 저택에서 떠나주셨으면 바라고 있어요. 당신이 더 이상 이곳에 머무르시면 저에 대한 세상 사람들의 평판만 나쁘게 할 뿐이에요. 사람들은 곧잘 남의 일을 나쁘게 생각하려는 경향이 있고, 또 당신은 늘 당신과 교제하는 여인들이 사람들의 주목을 받게 했지요.

저는 오래전부터 그러한 위험을 친구들로부터 주의받았지만, 나는 그들의 말을 귀담아듣지 않았고 심지어는 그들의 의견과 싸우기도 했습니다. 당신이 당신을 원망하지 않을 수 없었던 숱한 여자들처럼 나를 취급하려 하지 않는다는 것을 저에 대한 당신의 행동을 보고 믿었던 동안만은 말이에요. 이제 당신이 저를 그러한 여자들처럼 취급하고, 저도 이제 그것을 잘 알고 있는 이상, 세상 사람들, 제 친구들, 그리고 저 자신의 생각에 따라 그런 결심을 하지 않으면 안 됩니다. 그리고 저의 부탁을 거절하신다 하더라도 당신에게는 아무런 이득이 없을 것이라는 사실을 덧붙이겠습니다. 왜냐하면 당신이 한사코 이곳에 계속 머무르시면, 저 자신이 이곳을 떠나기로 결심했으니까요. 하지만 저는 당신이 저의 부탁을 들어주심으로써 제가 당신에게 감사한 마음을 갖게 되리라고는 생각하지 않습니다. 그리고 제가 이곳을 떠나지 않을 수 없게 되면, 그것은 당신이 제 계획을 방해하는 것과 다름없다는 사실을 당신도 알아주셨으면 합니다.

　　자작님, 당신이 누누이 말씀하신 것처럼 정숙한 여자라면 결코 당신을 원망할 필요가 없다는 것을 제발 제게 증명해 주십시오. 아니면 정숙한 여자에게 해를 끼치셨다 하더라도 당신은 적어도 그것을 보상할 수 있는 분이라는 것을 증명해 주십시오.

　　저의 부탁이 정당하다는 것을 증명할 필요가 있다면 이렇게 말씀드리면 충분하리라고 생각합니다. 즉 당신은 이런 부탁이 당연할 만한 생활을 하셨다는 것과, 또 저로서는 그런 부탁을 하지 않을 수 없다는 것입니다. 하지만 제가 잊고 싶어하는 일들을 또다시 되살리게 하지는 말아주세요. 그렇게 되면 모처럼 당신에게 저의 감사를 받을 기회를 주는 이 마당에, 당신에게 가혹한 판단을 내릴 수밖에 없게 되기 때문이지요. 그럼 이만. 당신의 행동이 당신에 대해 일생 동안 제가 어떠한 감정을 품어야 하는지 가르쳐줄 것입니다.

제42신

발몽 자작이

투르벨 법원장 부인에게

부인, 당신이 제시한 조건이 아무리 가혹하더라도 받아들이지 않을 수 없군요. 당신이 바라시는 것을 거스를 수는 없을 것 같습니다. 당신의 제안을 받아들였으니까 저도 당신에게 무언가 부탁하는 것을 허용해 주시기 바랍니다. 저의 부탁은 당신 부탁보다 들어주기가 훨씬 쉽고, 또 당신의 의지에 제가 완전히 따름으로써 이루어질 수 있는 부탁입니다.

그 하나는—당신의 정의심도 그것을 요구하기를 기대하지만—당신에게 저를 비방한 사람들의 이름을 알려달라는 것입니다. 그들이 저에게 적지 않은 고통을 준 이상, 저도 그들의 이름을 알 권리가 있다고 생각합니다. 다른 하나는 당신의 너그러움에 기대를 거는 것으로 어느 때보다도 더 가련하게 될 저의 사랑을 바칠 기회를 이따금 달라는 것입니다.

비록 그 때문에 제 행복이 희생되는 한이 있더라도 저는 기꺼이 당신의 뜻에 따르겠습니다. 한 가지 더 말씀드리고 싶은 것은, 비록 당신의 뜻은 알지만, 사실 당신이 제가 떠나는 것을 바라는 것은 단지 당신에게 부당한 행위를 한 대상을 보는 게 괴로워서 이를 외면하기 위함이라고 여겨진다는 것입니다.

부인, 당신은 당신을 늘 존경해 왔기 때문에 당신에게 부당한 판단을 내릴 리가 없는 세상 사람을 두려워하는 게 아니라, 비난하는 것보다는 처벌하기가 훨씬 쉬운 나 같은 남자가 눈앞에 있는 것이 거북하시지요? 당신은 구제해 주고 싶지 않은 불행한 사람을 외면하듯 저를 멀리하고 있습니다.

그러나 당신과 떨어져 있다면 나는 더욱 견딜 수 없게 될 텐데, 당신 말고 누구에게 제 고통을 호소하며, 당신 말고 누구에게 제게 꼭 필요한 위로를 기대할 수 있습니까? 바로 당신이 제 고통의 원인인데, 당신은 제게 위안을 거절하려 하십니까?

떠나기에 앞서 당신이 제게 불어넣어 준 감정을 밝히고, 아울러 떠나라는 명령을 당신 앞에서 직접 듣지 않으면 당신과 헤어질 용기가 생기지 않는다고 말씀드려도 당신은 별반 놀라지 않으실 겁니다.

이런 두 가지 이유 때문에 저에게 잠시 동안 이야기할 기회를 마련해 주셨으면 합니다. 편지로 대화를 대신하는 것은 무익할 것 같습니다. 장문의 편지를 쓴다 한들 단 15분만의 대화로도 충분한 것을 잘 설명할 수 없기 때문입니다. 그 정도의 시간이라면 어렵지 않게 내주실 수 있으리라고 봅니다. 급히 당신의 명령을 따르려고 해도 로즈몽드 백모님은 초가을까지는 제가 이곳에 머무를 작정이란 것을 알고 계시기 때문에, 꼭 떠나지 않으면 안 될 구실을 마련하기 위해서는 적어도 어디선가 오는 편지를 기다리지 않으면 안 되기 때문입니다.

그럼 부인, 안녕히 계십시오. 이 말이 지금처럼 괴로운 적은 없군요. 이 안녕이라는 말이 저로 하여금 이별의 슬픔에 젖게 하는군요. 이별이 얼마나 저를 괴롭히는지 이해하신다면, 당신의 뜻에 따르는 것에 대해 제게 감사해야 할 것입니다. 아무쪼록 관대한 마음으로 진실되고 존경 어린 제 사랑의 맹세를 받아주시기를 기원합니다.

17××년 8월 27일, ××에서.

제 40 신에 이어지는 편지

발몽 자작이

메르테유 후작 부인에게

부인, 이제 신중하게 따져봅시다. 당신도 나처럼 신중하고 정숙한 투르벨 부인과 같은 분이 나의 첫 번째 요구를 들어주어 나를 비방한 사람들의 이름을 댐으로써 친구들의 신뢰를 배신하지 않으리라는 것은 다 아시겠죠. 그러므로 그러한 조건을 내걸고 어떤 약속을 하더라도 결과적으로 저는 아무런 약속도 하지 않은 셈이 되지요. 그러나 그 여자가 첫 번째 요구를 거절하면, 이쪽에서는 두 번째 요구를 들어달라는 명목이 생기는 것입니다. 이렇게 되면 설사 멀리 떨어져 있다 하더라도 그녀의 동의 하에 서로 규칙적으로 편지를 교환할 수 있는 이점을 얻어낼 수 있는 것이지요. 차라리 이 편이 더 좋은 것은 사실 그녀가 요구하는 대답을 나는 별로 중요하게 생각하지 않고 있으며, 정작 내 쪽에서 대답이 필요할 때 거절하지 못하게 미리 길들이기 위한 것 외에는 다른 목적이 없기 때문입니다.

떠나기 전에 해두어야 할 단 한 가지 일은 그 여자에게 나를 중상모략한 사람이 누구인지를 알아두는 일입니다. 내 추측으로는 그 여자의 남편 같은데, 그렇다면 그것은 내가 원하는 바입니다. 남편의 공격은 나의 욕망을 자극시킬 뿐만 아니라, 나의 연인이 내게 편지 쓰기를 동의하는 순간, 그녀는 이미 남편을 속일 수밖에 없으므로, 나는 이미 그녀의 남편 따위는 두려워할 필요가 없게 되니까요.

그러나 그녀에게 돈독한 신뢰를 얻을 정도로 아주 친한 친구

가 있어서 이 사람이 나를 중상한 것이라면, 그때는 두 사람 사이에 금이 가게 하지 않으면 안 될 것입니다. 이런 일쯤이야 물론 성공할 자신은 있지만, 우선 그 사람이 누구인지 알아두어야겠어요.

어제는 그 사실을 알 것 같은 느낌도 들었습니다. 그러나 이여자는 하는 행동이 보통 여자와 다르더군요. 백모님과 나는 그 여자의 방에 있었습니다. 그때 저녁식사가 준비되었다는 전갈이 왔습니다. 화장이 겨우 끝나가고 있었으므로 그녀는 허겁지겁 미안하다고 하면서 책상서랍의 열쇠를 그대로 놔두었습니다. 나는 이것을 눈여겨보았지요. 그리고 나는 그녀가 자기 방 열쇠를 그대로 꽂아두는 습관이 있다는 것을 알고 있었습니다. 나는 식사를 하면서도 그것만을 생각하고 있었는데, 때마침 하녀가 내려오는 소리가 들려서 나는 곧 결심을 했습니다. 나는 코피가 난 척하면서 방에서 나와 부인의 책상으로 달려갔습니다. 그러나 서랍은 모두 열려 있는데 서류라곤 한 장도 보이지 않더군요. 그렇다고 지금이 종이를 태울 계절도 아닌데, 대체 이 여자가 받은 편지를 어떻게 처리했는지 도무지 알 수가 없었어요. 하지만 그 여자는 편지를 수시로 받고 있거든요. 나는 빠뜨린 곳 없이 열어볼 만한 곳을 전부 열어보았지만 아무것도 발견하지 못했습니다. 그래서 결국 귀중품을 넣어두는 곳은 부인의 주머니일 거라는 결론을 내릴 수밖에 없었습니다.

어떻게 하면 그 편지를 끄집어낼 수 있을까 하고 어제부터 곰곰이 생각해 보았으나 별 신통한 방법이 생각나지 않더군요. 그러나 그 욕망을 억제할 수는 없습니다. 소매치기하는 솜씨가 없는 것이 아쉽군요. 소매치기는 여자를 호리려는 사람의 교과과정에는 꼭 들어가야되지 않을까요? 경쟁자의 편지나 초상화를 훔친다든가, 정숙한 여자의 주머니에서 그 여자의 본색을 폭로하는 물건을 끄집어낸다는 것은 정말 재미있는 일이 아닐까요? 그러나 우리의 부모님들은 이러한 면에는 통 어두운가 봅니다. 이것저것 다 머리를 짜보았지만 내가 서투르다는

생각만 들 뿐 어떻게 해볼 도리가 없더군요.

　　어쨌든 나는 심통이 잔뜩 나서 다시 식당으로 돌아가 내 자리에 앉았습니다. 하지만 나의 연인이 나의 꾀병에 관심을 보여주어서 내 기분도 조금 긴장되었습니다. 그래서 이 틈을 놓치지 않고 요즘 며칠 전부터 격심한 흥분 탓으로 건강이 좋지 않다고 말했지요. 그 원인이 자기에게 있는 것을 알고 있다면 그 여자는 양심껏 그 흥분을 진정시키려고 노력해야 하지 않습니까? 그러나 신앙심이 깊은지는 몰라도 이 여자는 자비심이라곤 눈곱만큼도 없더군요. 사랑의 보시布施라곤 하나도 베풀지 않는 거예요. 그렇다면 내가 편지를 훔치는 것도 당연한 일이 되고 말지요. 하지만 이것으로 그치려고 합니다. 당신에게 편지를 쓰면서도 그 몹쓸 편지 생각이 줄곧 내 머리에서 떠나지 않아서요.

17××년 8월 27일, ××에서.

제43신

투르벨 법원장 부인이

밤몽 자작에게

　　자작님, 당신은 왜 제가 감사히 여기려는 마음을 약하게 만들려고 하십니까? 왜 흐지부지한 복종 때문에 올바른 행동을 하는 것을 주저하십니까? 당신에게 제가 그와 같은 행동의 가치를 아는 것만으로는 부족하단 말인가요? 당신은 많은 것을 요구할 뿐만 아니라 불가능한

일을 요구하고 있어요. 사실 제 친구들이 제게 당신 얘기를 했다 하더라도, 그것은 오로지 저를 위해서 그랬던 것입니다. 설혹 제 친구들이 틀렸다 할지라도 그 의도는 나쁜 것이 아니에요. 그런데 당신은 그들에 대한 호의의 표시로 그 비밀을 밝혀달라고 하시다니요! 당신에게 그것을 입 밖에 낸 것은 저의 실수였어요. 그리고 당신은 지금 그 사실을 뼈저리게 느끼게 하고 있어요. 다른 사람에 대해선 순진한 짓에 불과한 것도 당신에 대해선 경솔한 짓이 되고 맙니다. 그리고 당신의 요구에 응하게 된다면 저는 비열한 짓을 하는 것이 됩니다. 저는 당신 자신, 당신의 도덕심에 호소를 합니다. 당신은 과연 제가 그러한 짓을 할 수 있는 사람이라고 생각하십니까? 당신이 그러한 요구를 제게 할 수 있습니까? 아마 그렇게 할 수는 없을 것입니다. 곰곰이 잘 생각하신다면 당신은 두 번 다시 그런 요구를 하지 않으리라고 저는 확신합니다.

당신이 저에게 편지를 쓰는 것을 허락해 달라는 부탁도 저는 들어줄 수가 없습니다. 그리고 당신이 올바르게 생각하신다면, 당신은 그것을 제 탓으로 돌릴 수는 없을 겁니다. 저는 당신의 기분을 상하게 하고 싶은 마음은 조금도 없어요. 하지만 당신도 조금은 인정하는 당신의 평판을 알고 있다면, 그 어떤 여자가 당신과 편지를 교환하고 있다고 고백할 수 있겠습니까? 하물며 어떤 정숙한 여자가 숨기지 않으면 안 되는 일인 줄 알면서 그렇게 하려고 결심하겠습니까?

하지만 당신의 편지가 혹 저한테 골칫거리가 되지 않고, 또 받아서 꺼림칙한 것이 아니라면, 그때는 나를 이끄는 것이 증오가 아니라 이성이라는 것을 당신에게 보여주기 위해 방금 말한 여러 이유들을 제쳐놓고 도리를 넘어서까지 이따금 제게 편지를 쓰는 것을 용납할지도 모릅니다. 당신이 진정 그것을 원하신다면 제가 승낙하기 위한 조건을 기꺼이 따라주실 거라고 생각합니다. 그리고 제가 지금 당신에게 허락할 것에 대해 당신이 조금이라도 고맙다는 마음이 들면 이곳을 떠나는 것을 늦추지 마세요.

이 점을 지적하는 것을 허락해 주십시오. 즉 당신은 오늘 아침 편지를 받았는데도 당신이 약속한 대로 그것을 로즈몽드 부인에게 출발을 알리는 구실로 쓰지 않았다는 것입니다. 이제 당신이 한 약속을 지키는 것을 막는 것은 아무것도 없다고 생각합니다. 그러니 요구하신 대답을 기대하지 마세요. 저는 그런 요구에 절대로 응할 수가 없습니다. 당신이 당신에게 꼭 필요하다고 주장하신 명령 말고 제가 당신에게 거듭 드리는 이 부탁만으로 만족하시기를 기원합니다. 그럼 안녕히.

17××년 8월 28일. ××에서.

제44신

발몽 자작이

메르테유 후작 부인에게

부인, 기뻐해 주십시오. 나는 사랑받고 있습니다. 나는 마침내 그 완고한 마음을 이긴 것입니다. 이제 그 여자는 자기 마음을 숨기려 해도 소용이 없습니다. 나의 교묘한 술책이 그녀의 비밀을 간파하고 말았으니까요. 적극적인 조치를 취한 덕분에 나는 내가 알고 싶어하는 것을 모두 알아내고 말았습니다. 어젯밤부터, 행복한 그날 밤부터 나는 본래의 기분을 되찾았습니다. 나는 나의 생명을 되찾았습니다. 사랑과 부정不貞의 두 가지 비밀을 알아낸 이상, 나는 사랑을 즐기는 한편 부정에 복수하려고 합니다. 오직 쾌락만이 있을 뿐입니다. 그런 생각만 해도 내 기분은 하늘로 올라가는 것 같아서 평소의 신중함을 유지하기가 어려울 지경이군요. 지금 당신에게 할 이야기를 차분하게 쓰는 일도 힘들 것 같습니다. 하지만 이야기해 보기로 하지요.

바로 어저께였습니다. 당신에게 편지를 쓰고 나는 저 천사 같은 정숙한 여인에게 편지 한 통을 받았습니다. 그 편지를 보내드리지요. 그 여자가 가능한 한 교묘한 말투로 자기에게 편지를 써도 좋다고 허락한 사실을 당신은 알 것입니다. 그러나 그 여자는 나에게 출발을 계속 재촉하고 있으므로, 나도 출발을 너무 지연시키면 나 자신에게 이롭지 못하다는 것을 느꼈습니다.

하지만 나를 비방한 편지를 쓴 자가 누구인지 알고 싶어 견딜 수가 없어서 나는 떠날 결심을 할 수가 없었습니다. 그래서 하녀를 매수해 주인마님의 주머니에 든 것을 가져오게 하려고 했습니다. 밤에 그것을 훔쳐서 아무 의심도 받지 않고 아침에 갖다 놓는 일 정도야 누워서 떡 먹기라고 생각했기 때문이죠. 이런 손쉬운 일에 나는 10루이를 걸었으나, 하녀는 새침데기에다가 의심이 많고 소심하다고 할까, 좋은 말로 구슬리고 돈을 주어도 먹혀들지 않았습니다. 하녀를 계속 설득하고 있는데, 그때 저녁식사를 알리는 종이 울려서 하녀를 놓아줄 수밖에 없었습니다. 비밀을 지키겠다는 다짐을 받아서 마음이 놓이긴 했지만 그래도 미덥지가 않더군요.

그때처럼 마음을 졸인 적도 없었습니다. 나는 위험을 느꼈고, 밤새도록 나의 경솔한 행동을 후회했습니다.

내 방으로 돌아왔지만 여전히 마음이 불안해서 나는 하인에게 말했습니다. 이놈이라면 그 하녀의 애인이니까 어느 정도 신용도 있겠거니 하고 생각했기 때문이지요. 나는 내 하인을 통해 법원장 부인의 하녀에게 내가 아까 부탁한 일을 하게끔 하든지, 아니면 적어도 비밀을 지키겠다는 다짐을 얻어내려고 했습니다. 하지만 평소에는 매사에 자신만만한 이 친구도 이런 종류의 협상에는 자신 없어 하는 눈치였습니다. 그러고는 나도 놀랄 만한 진지한 말을 늘어놓았습니다.

"주인님이 저보다 더 잘 아시겠지만, 여자와 잠자리를 같이 한다는 것은 여자가 좋아하는 것을 하게끔 하는 것이지, 우리가 바라는 것을 여자에게 시키는 것과는 거리가 멀지요."

하인의 상식은 때로는
우리를 놀라게 하는지고.(피롱의 〈작시벽作詩癖〉)

하인은 이어 이렇게 말했습니다.

"그 여자에게는 정부가 있는 것 같아요. 저야 시골에서 심심풀이 역할에 불과한 터라 더더욱 주인님의 청을 받아들이기가 곤란합니다. 주인님의 충복으로서의 열의가 없었더라면 그런 계집하고는 단 한 번으로 그쳤을 겁니다. 이놈은 정말 훌륭한 충복입니다."

이어서 내 하인은 이렇게 말했습니다.

"비밀 운운하는 것 말입니다. 그 계집이 우리를 속이려고 마음만 먹으면 얼마든지 그럴 수 있는데, 구태여 비밀을 지키겠다는 약속을 받아내서 무슨 소용이 있습니까? 오히려 이쪽에서 자꾸 그것에 대해 말을 하게 되면 그것이 중요한 일인 줄 알고 자기 주인에게 고자질할지도 모릅니다."

하인의 생각이 이치에 어긋나지 않으니 그만큼 나는 더욱 불안해졌습니다. 이제 이놈은 신이 나서 떠들기 시작했습니다. 하지만 나는 이놈이 필요했으므로 마음대로 떠들게 내버려두었습니다. 이놈이 하녀와의 관계를 이야기하는 것을 들으니까 하녀의 방과 여주인의 방 사이에는 얇은 벽 하나만 있어서 옆방에서 조금만 소리가 나더라도 다 들리기 때문에 둘은 밤마다 이 녀석의 방에서 만난다는 것을 알 수 있었습니다. 그래서 나는 즉시 계획을 짜서는 하인을 통해 이 계획을 실행에 옮겨 성공을 거두었습니다.

나는 새벽 2시가 되기를 기다려서 약속한 대로 등을 들고 그 들이 밀회하는 방으로 갔습니다. 여러 번 초인종을 눌러도 대답이 없다 는 구실로 말입니다. 연기 능력이 탁월한 내 충복은 대경실색하여 주인 에게 용서를 비는 장면을 썩 잘 연기했습니다. 그래서 나는 물을 마시 고 싶은 척하면서 물을 끓여오라고 하인을 보내는 것으로 연극을 마쳤 습니다. 한편 내 하인이 계획보다 한술 더 떠서 하녀에게 여름철이긴 하지만 변명할 여지가 없는 옷차림을 하게 해서 마음 약한 하녀는 더욱 더 부끄러워하고 있었지요.

그 계집이 부끄러워하면 할수록 쉽게 다룰 수 있다고 생각했 기 때문에 나는 그 계집애가 자리를 뜨는 것도 옷을 입는 것도 허락하 지 않았습니다. 그리고 나서 나의 시종에게는 내 방에서 기다리라고 이 른 다음, 나는 꽤 어지럽혀진 침대에 그 하녀와 나란히 앉아서 이야기 를 시작했습니다. 이 상황이 내게 가져다준 지배력을 계속 유지하고 싶 었으므로 나는 절제력으로 유명한 스키피오에 못지않은 냉정함을 가졌 지요. 하녀의 싱싱한 자태나 상황으로 보아 당연히 그래도 좋겠지만, 나는 그녀를 희롱하는 것을 자제하고 마치 검사가 논고를 하듯 침착하 게 용건을 얘기했습니다.

나는 그 다음 날 이맘때 여주인의 주머니를 넘겨준다면 비밀 을 지키겠다는 조건을 내세웠습니다. 그리고 "게다가 어제 주겠다고 한 10루이도 주겠다. 너의 약점을 이용할 생각은 없으니까"라는 말도 덧붙 였습니다. 예상하셨겠지만 하녀는 모두 승낙했으므로 나는 행복한 두 사람의 잃어버린 시간을 메워주기 위해 자리를 떴습니다.

그리고 이내 잠자리에 들었습니다. 눈을 뜨자 서류를 조사하 려면 밤에 하지 않으면 안 될 것 같기에 그때까지는 연인에게 회답을 하지 않을 구실로 사냥을 하기로 작정했습니다. 그래서 거의 하루를 사 냥으로 보냈습니다.

집에 돌아오자 나는 퍽 냉담한 대우를 받았습니다. 아마도 내가 얼마 남지 않은 시간을 진지하게 보내지 않아서 기분이 언짢았나 봅니다. 여느 때보다도 상냥한 편지를 보내고 난 다음이라서 더욱 그랬을 테지요. 내가 그렇게 생각한 데는 이유가 있습니다. 왜냐하면 로즈몽드 백모님이 내가 오랫동안 집을 비웠던 것을 나무라자, 나의 연인은 약간 가시 돋친 말투로, "자작님을 너무 야단치지 마세요. 그것이 이분이 여기서 할 수 있는 유일한 오락거리인데요"라고 말했기 때문입니다. 나는 이런 부당함에 대해 항의했습니다. 그리고 이 기회를 이용하여 나는 당신들과 함께 지내는 것이 좋으며, 그래서 꼭 써야 할 편지도 못 쓰고 있다고 말해 주었습니다. 아울러 나는 며칠 밤 제대로 잠을 자지 못했으므로 몸이 피로해지면 잠이라도 올까 해서 그랬다고 했습니다. 그리고 내 눈이 편지의 주제와 불면의 원인을 충분히 설명해 주고 있었죠. 나는 그날 저녁 내내 애써 우울한 표정을 지었는데, 퍽 성공적이었습니다. 그런 표정으로 부인이 내게 집요하게 감추려고 하는 비밀을 손에 넣는 시간을 기다리는 초조감을 은폐했습니다. 드디어 모두들 자리를 비웠습니다. 그리고 조금 있으니까 하녀는 충실하게도 내가 비밀을 지켜준 대가로 약속한 것을 갖고 왔습니다.

드디어 이 보물을 손에 넣자 나는 당신도 잘 알고 계시는 신중한 태도로 내용물을 조사하기 시작했습니다. 모든 것을 이전의 상태로 돌려놓는 게 중요하기 때문이죠. 먼저 손에 잡힌 것이 부인의 남편이 보낸 두 통의 편지였습니다. 소송의 자세한 경위와 부부간의 다정한 사연이 뒤죽박죽 섞여 있는 것으로 읽기가 역겨웠으나 그래도 나는 참을성을 갖고 끝까지 다 읽었습니다. 하지만 거기에는 나와 관련된 말은 한마디도 없더군요. 나는 불쾌해져서 두 통의 편지를 제자리에 놓았습니다. 그러나 나의 불쾌한 기분은 디종의 소인이 찍힌 예의 편지 조각들이 조심스럽게 다시 붙여져 있는 것을 보고 누그러지고 말았습니다. 나는 이 편지를 다시 읽어보고 싶은 충동이 생겼습니다. 이 편지 속에서 신앙심 깊은 그 여인의 뚜렷한 눈물자국을 발견했을 때 나의 기쁨이 어떠했는지 상상해 보시기 바랍니다. 솔직히 말씀드려 나는 젊은이 같은 감정에 사로잡혀 내게는 이제 사라져버렸다고 생각하고 있었던 벅찬 감격으로 그 편지에 입을 맞추었습니다. 나는 아주 기분 좋은 상태로 계속해서 편지를 조사했습니다. 그랬더니 내가 보낸 편지들이 모두 날짜에 따라 정리되어 있는 게 아니겠습니까?

그리고 한층 나를 기쁘게 하면서 놀라게 만든 것은 내가 보낸 제일 처음 편지, 그러니까 매정하게 돌려받았던 그 편지가 부인의 친필로 그대로 복사된 것을 발견했을 때였습니다. 그리고 글씨가 고르지 않았던 것은 편지를 베낄 때의 부인의 마음의 동요를 여실히 나타내고 있는 증거가 아니고 무엇이겠습니까?

그때까지 나는 감미로운 사랑에 젖어 있었지만, 이 감정은 곧 격분으로 바뀌고 말았습니다. 내가 열렬히 사랑하는 이 여인에게 나의 명예를 실추시키려고 한 자가 누군지 아십니까? 그런 음모를 꾸밀 만큼 악랄한 복수의 여신이 과연 누구라고 당신은 생각하십니까? 그 여자는 당신도 잘 알고 있는 여성입니다. 그 여자는 당신의 친구이기도 하고 친척이기도 한 볼랑주 부인입니다. 이 무서운 복수의 여신이 나에 대해서 얼마나 끔찍한 말을 늘어놓았는지 당신은 상상도 못하실 겁니다. 천사 같은 여인의 평온한 마음을 흔들어놓은 것은 바로 그 여자, 오로지 그 여자 한 사람뿐입니다. 내가 어쩔 수 없이 물러나게 된 것도 다 그 여자의 충고, 독기 서린 의견 때문인 것입니다. 결국 이 여자 때문에 나는 희생이 되고 만 것입니다. 아! 그러니 그 여자의 딸을 유혹하지 않으면 안 됩니다. 하지만 그것으로 충분하지 않습니다. 그 여자를 파멸의 구렁텅이로 밀어버려야 합니다. 저 저주스런 여자의 육체는 나이가 많아서 공격할 필요가 없기에 나는 그 여자의 애정의 대상에 공격을 가하려 합니다.

그 여자가 내가 파리로 가는 것을 원하고 있다니! 그리고 그것을 강요하고 있다니! 좋아요, 가고말고요. 그러나 내가 돌아간다면

그 여자에게는 통곡할 일이 생기고 말 겁니다. 당스니가 이 사건의 주인공인 게 유감입니다. 본바탕이 점잖은 친구라 우리에게는 다소 거북하긴 합니다. 하지만 그 친구는 지금 사랑에 빠져 있으니까 그를 자주 만날 작정입니다. 그렇게 함으로써 이쪽에서 이점을 얻을 수 있을지도 모릅니다. 너무 격분한 나머지 오늘 일어난 일을 당신에게 얘기한다는 것을 잊을 뻔했군요. 이제 화제를 바꿉시다.

오늘 아침 나는 나의 다감하고 정숙한 여인을 만났습니다. 그토록 아름답게 보인 적이 없을 정도로 부인은 아름다웠습니다. 아마도 이런 이유에서였을 겁니다. 즉 여자가 가장 아름다울 때, 우리가 늘 말하지만 지금까지 거의 겪어보지 못한 저 영혼의 도취를 여자가 남자에게 불러일으킬 때, 그것은 우리가 여자의 사랑을 확신하면서도 정작 그 호의를 얻지 못할 때라서 그런 것 같습니다. 이것은 바로 내가 처한 상황이기도 하지요. 그리고 앞으로 그녀를 보는 기쁨이 이제 사라진다는 생각도 그녀를 한층 아름답게 보이게 했는지 모르겠습니다. 당신이 27일 날 보낸 편지를 받아서 읽어보니 과연 내가 약속을 지켜야 하는지 망설여지더군요. 하지만 그 여자의 시선과 마주치자 그것을 거부할 수가 없었습니다.

그래서 나는 나의 출발을 예고했습니다. 잠시 후에 로즈몽드 백모님은 우리 두 사람만을 남겨두고 밖으로 나가셨습니다. 나는 이 수줍음을 잘 타는 여인에게 기껏해야 네 발자국 정도 떨어진 곳까지밖에 가지 않았는데, 이 여자는 겁에 질려 일어나면서 "안 돼요. 제발 그러지 마세요, 자작님"이라고 말하는 게 아니겠습니까. 자신의 감정을 드러내는 여인의 열렬한 애원은 나를 더욱 흥분시키기만 할 따름이었습니다. 이미 나는 그녀의 곁에 가 있었습니다. 나는 그녀의 두 손을 잡았고, 그녀도 완전히 감동한 표정으로 내 손을 잡았습니다. 이제 그녀에게 막 애정의 호소를 하려는 참인데, 아니 그때 웬 악마의 농간인지 로즈몽드 백모님이 나타나는 게 아니겠습니까? 마음 약한 나의 연인은

실상 두려워할 만한 이유가 있었으므로 이것을 기회로 물러나려고 했습니다.

그러나 내가 악수를 청하자 그녀는 내 손을 잡았습니다. 오랫동안 나타내지 않았던 이 상냥한 행동을 좋은 징조로 여기고 나의 호소를 되풀이하면서 그녀의 손을 꽉 잡으려고 했습니다. 그녀는 처음에는 손을 빼려고 했으나, 내 간절한 애원을 물리칠 수 없었던지 순순히 내 행동에 따랐고, 내 호소에 대답은 하지 않았지만 가만히 손을 내맡기고 있었습니다. 방문 앞에 이르러 헤어지기 전에 나는 그녀의 손에 입을 맞추려고 했습니다. 그녀는 처음에는 완강하게 저항했으나, 내가 애절하게 "이제 떠나는 저를 조금이라도 생각해 주세요"라고 말하자 완강했던 저항도 조금 약해지더군요. 겨우 키스를 하려고 하는데 부인은 손을 빼낼 힘을 되찾아 그만 하녀가 기다리고 있는 자기 방으로 들어가 버리고 말았습니다. 이것이 내 얘기의 전부입니다.

당신은 아마 내일 ××장군 댁에 가는 모양인데, 나는 거기로 당신을 찾아뵐 생각은 없습니다. 우선 만나자마자 당신과 함께 처리할 일, 특히 볼랑주 양의 문제가 있으니까 먼저 당신에게 이 편지를 띄우기로 했습니다. 퍽 긴 편지이기는 하지만 우체국에 보낼 때까지 봉하지 않으려고 합니다. 이제 떠날 때가 되었으므로 상황이 어떻게 변할지 모르니까요. 자 이제 상황을 엿보기 위해 펜을 놓겠습니다.

추신 : 저녁 8시입니다.

새로운 일은 아무것도 없습니다. 단둘이 자유롭게 있을 시간은 전혀 없고 오히려 그 여자는 애서 그것을 피하려 하고 있습니다. 하지만 적어도 자기의 품위가 허락하는 범위에서 우울한 표정을 짓고 있습니다. 한 가지 지나칠 수 없는 사건은 로즈몽드 백모님에게서 볼랑주 부인에게 시골에 잠시 놀러오라는 전갈을 전하라는 부탁을 받은 것입니다.

그럼, 이만. 내일 아니면 늦어도 모레는 뵐 수 있겠군요.

17××년 8월 29일, ××에서.

제45신

투르벨 법원장 부인이

볼랑주 부인에게

부인, 발몽님은 오늘 아침 떠났습니다. 부인께서 그분의 출발을 대단히 바라고 계셨기 때문에 부인께 알리는 게 제 도리라고 생각했습니다. 로즈몽드 노부인은 조카가 떠난 것을 매우 섭섭하게 여기고 계십니다. 그분과 같이 지냈던 것이 노부인에게는 즐거웠나 봅니다. 노부인은 오전 내내 당신도 잘 알고 계시는 다정다감한 어조로 발몽님에 대해 말씀하시면서 침이 마르도록 그분을 칭찬하셨습니다. 사실 노부인의 말씀에 타당한 점이 많이 있어서 저는 그 말에 반박하지 않고 귀담아들었습니다. 더욱이 저는 그 이별의 원인이 제게 있으므로 자책감도 느끼고 있었습니다. 제가 노부인에게 빼앗은 즐거움을 보상할 길은 없다고 봅니다. 부인께서도 아시겠지만 저는 본래 쾌활한 성격이 못 되므로 이곳에서의 생활이 더 이상 밝아지리라고는 기대하지 않습니다.

만약 제가 부인의 충고를 따르지 않았더라면 혹 경솔한 행위를 저질렀을지도 모르겠어요. 왜냐하면 저 존경하는 노부인의 고통에 감동이 되어 저도 하마터면 눈물을 흘릴 뻔했기 때문이지요.

그래서 우리는 발몽님이 당신께 전할, 이곳에 잠시 지내러 오시라는 로즈몽드 노부인의 초대를 부인께서 받아들이시기를 기대하고 있습니다. 여기서 부인을 뵐 수 있으리라는 기대 때문에 제가 얼마나 기뻐하는지 충분히 짐작하시리라 믿습니다. 그리고 외람되지만 부인께서는 우리의 슬픔을 보상해야 할 의무가 있다고 저는 생각합니다.

이 기회에 좀더 빨리 볼랑주 양을 알게 되고, 부인께 날이 갈수록 더해 가는 제 감사의 마음을 직접 전할 수 있으면 참으로 기쁘겠어요.

17××년 8월 29일, ××에서.

제46신

당스니 기사가

세실 볼랑주에게

사랑하는 세실 양, 당신에게 무슨 일이 일어났습니까? 누가 당신에게 그토록 급속하고도 잔인한 변화를 가져오게 했습니까? 결코 변치 않겠다는 당신의 맹세는 어떻게 된 것입니까? 어제만 하더라도 당신은 기쁜 마음으로 그 맹세를 되풀이하지 않았던가요? 그런데 누가 오늘 당신으로 하여금 그것을 잊어버리게 했나요? 여러모로 생각해 보았으나 그 원인을 내 쪽에선 찾을 수가 없습니다. 그렇다고 당신에게서 찾는다는 것도 내겐 끔찍한 일입니다. 물론 당신은 경박하거나 사람을 속이는 분이 아닙니다. 그리고 심지어 이 절망적인 순간에도 나는 당신을 모욕하고 싶은 마음은 조금도 없습니다. 하지만 그 무슨 운명의 장난으로 당신은 다른 사람이 되고 말았습니까? 그렇습니다. 무정한 세실, 당신은 이제 본래의 당신이 아닙니다! 그토록 다정했던 세실, 나에게 맹세를 한, 내가 사랑하는 세실이라면 당신은 결코 나의 시선을 외면하지도 않았을 테고, 그대 곁에 있는 행운도 방해하지 않았을 겁니

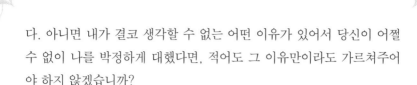

다. 아니면 내가 결코 생각할 수 없는 어떤 이유가 있어서 당신이 어쩔 수 없이 나를 박정하게 대했다면, 적어도 그 이유만이라도 가르쳐주어야 하지 않겠습니까?

오! 나의 세실, 당신이 오늘 나를 얼마나 괴롭혔는지, 그리고 지금 이 순간에도 내가 얼마나 괴로운지 당신은 모르실 테고, 앞으로도 영영 모르실 것입니다. 당신에게 사랑받지 못하고 내가 살 수 있으리라고 생각하십니까? 그런데 당신은 나의 불안을 가시게 하기 위해 한마디 말이라도 해달라는 부탁을 받았을 때도 대답은커녕 남이 들을까 두려워하는 표정을 지었습니다. 게다가 우리를 방해할 게 아무것도 없었음에도 당신은 일부러 사람들 있는 곳으로 자리를 옮겼습니다. 작별할 시간이 돼서 내일 몇 시에 만날 수 있냐고 물어도 당신은 못 들은 체했지요. 그래서 당신 어머님이 그 시간을 가르쳐주시지 않았나요? 이렇게 해서 당신 곁에 가까이 있기를 늘 고대하던 그 순간도 내일이면 불안을 낳게 하는 기회에 지나지 않게 됩니다. 이제까지는 그토록 즐겁게 느껴졌던 당신을 만나게 된다는 기쁨도 이제는 혹시 당신에게 성가신 존재가 되지 않을까 하는 두려움으로 바뀌고 말았습니다.

벌써 느끼고 있는 것이지만, 그런 두려움 때문에 걱정이 되어 나는 당신에게 사랑한다는 말을 할 용기도 없어지고 말았습니다. "나는 그대를 사랑합니다"라는 말, 그 말을 들을 수 있었을 때는 나 역시 즐겨 되풀이했던 이 말, 나를 행복하게 만들기에 충분했던 그토록 감미로웠던 이 말도, 그대가 변해 버리고 만다면 영원한 절망만을 가져다줄 뿐입니다. 하지만 나는 이 사랑의 주문呪文이 그 모든 힘을 상실해 버렸다고는 생각하지 않습니다. 나는 이 주문을 또 한 번 사용하려고 합니다(연애할 때 사용하는 단어나 표현의 가치를 이따금 느껴볼 기회가 없었던 분들은 이 문장에서 아무런 의미도 발견하지 못할 것이다). 네, 세실, '나는 그대를 사랑합니다'. 나의 행복의 표현을 나와 함께 되풀이해 주십시오. 당신은 나로 하여금 이 말에 익숙해지도록 만들었습니다. 그 말을 빼앗은 것은 곧 나를 고통 속에 빠뜨리는 것과 다름없는 일입니다. 그렇게 되면 나의 사랑처럼 이 고통도 내 생명이 다할 때까지 영원히 나를 떠나지 않을 것입니다.

17××년 8월 29일, ××에서.

제47신

발몽 자작이

메르테유 후작 부인에게

부인, 오늘도 역시 당신을 뵐 수 없을 것 같군요. 이유는 다음과 같으니 아무쪼록 관대한 마음으로 이해해 주시기 바랍니다.

어제 곧장 올라오지 않고 도중에 ××백작 부인 댁에 들러서 그곳에서 점심을 들었습니다. 파리에는 7시에야 겨우 도착했는데, 행여 당신을 만날까 해서 오페라 좌에 들러보았습니다.

오페라가 끝나고 나는 휴게실에 있는 친구들을 만나러 갔습니다. 거기서 많은 남녀들에게 둘러싸여 있는 나의 옛 애인 에밀리를 보았습니다. 그녀는 이 사람들에게 그날 저녁 P××에서 저녁을 대접하게 되어 있다더군요. 그들로부터 나는 곧 만장일치로 식사에 초대를 받았습니다. 또 키가 작고 뚱뚱한 남자 한 사람이 네덜란드 억양이 섞인 알아듣기 힘든 불어로 나를 초대했습니다. 알고 보니 이 자가 연회의 주인공이더군요. 나는 초대를 승낙했습니다.

초대받아 가는 도중에 연회가 열리는 집은 이 못생긴 남자에 대한 에밀리의 사랑의 대가이며, 이 연회는 사실 결혼식 피로연이라는 것을 알게 되었습니다. 이 작은 남자는 곧 자신이 누리게 될 행복에 대한 기대로 기쁨을 감추지 못했습니다. 그 모습이 너무도 희열에 넘쳐 있는 듯해서 그것을 방해하고 싶은 마음이 불현듯 생겨났습니다. 실제로 나는 내 생각을 실행에 옮겼습니다.

　한 가지 어려움은 에밀리를 결심시키는 일이었는데, 그녀는 이 남자의 재산에 눈독을 들이고 있어서 조금 주저하더군요. 하지만 그녀는 조금 거드름을 피우더니 내 계획에 찬성했습니다. 그 계획은 다름 아니라 맥주통같이 생긴 그 남자의 배를 포도주로 채워서 밤새도록 전투불능의 상태로 만드는 일이었죠.

　네덜란드 술꾼의 주량은 상당하다고 알고 있었으므로 우리는 알고 있는 수단을 모두 동원했습니다. 우리 두 사람이 일을 썩 잘 처리해서 디저트를 들 무렵이 되자 그는 술잔을 쥘 힘조차 남아 있지 않았습니다. 그러나 나와 에밀리는 서로 다투어가며 그 자에게 술을 따라주었습니다. 마침내 그는 식탁 밑으로 고꾸라지고 말았습니다. 그 취기로 보아 한 일주일은 가야 깨어날 것 같았습니다. 그래서 우리는 그를 파리로 보내기로 결정했습니다. 그 자가 이미 자기 마차를 보낸 후였기 때문에 그 자를 내 마차에 태우고, 대신 나는 그 자리에 남았습니다. 이어 사람들은 나의 성공을 치하하고 곧 그 자리를 떠났습니다. 전장의 주역은 이제 내가 된 셈이죠. 이런 유쾌한 기분에 더해 너무도 오랫동안 집안에 틀어박혀 있어서 그랬던지 에밀리가 너무 요염하게 보여서 나는 그 네덜란드인이 기운을 회복할 때까지 그녀와 함께 있겠다고 약속해 버리고 말았습니다.

　나의 이런 호의는 에밀리가 나에게 보인 호의, 즉 나의 신앙심 깊은 여인에게 편지를 쓰는 데 책상 역할을 해준 데 대한 답례였습니다. 침대 위에서 여자의 품에 안겨, 완전한 부정不貞에 이따금 중단되기도 하면서 나의 처지와 행동에 대해서 정확한 보고를 쓴 편지를 보내는 것도 재미있는 일이라고 여겨졌지요. 내 편지를 읽고 에밀리는 미친 듯 웃어댔죠. 당신도 이 편지를 읽고 에밀리처럼 웃으리라고 봅니다.

편지가 파리의 소인이 찍혀야 하므로 이 편지를 당신에게 보냅니다. 편지는 봉하지 않았습니다. 이 편지를 읽으시고 봉한 다음 우체국에 보내주셨으면 합니다. 특히 당신의 봉인을 사용하거나 어떤 사랑의 표시도 그 위에 하지 마시기 바랍니다. 위만 살짝 눌러주세요. 그럼 이만 줄입니다.

추신 : 편지를 조금 더 씁니다. 나는 에밀리에게 이탈리아 극장에 가자고 말해 놓았습니다. 이때를 이용해서 당신을 보려고 합니다. 아마 늦어도 6시에는 당신을 방문할 수 있을 겁니다. 당신도 괜찮으시다면 7시경에 볼랑주 부인 댁에 가는 것이 어떤지요. 로즈몽드 부인에게 부탁받은 초대 건을 빨리 전하는 것이 예의이기도 하고, 게다가 볼랑주 양을 만나보고 싶어요.

그럼 이만. 당신의 기사님이 샘날 정도로 당신에게 키스할 기쁨을 빨리 맛보고 싶군요.

제48신

발몽 자작이

투르벨 법원장 부인에게

눈 한번 못 붙이고 폭풍우 휘몰아치는 밤을 지새운 후입니다. 끊임없이 끓어오르는 불타는 정열과 내 정신력이 소진한 탓으로 완전한 허탈 상태에 빠져 나는 지금 절박한, 하지만 누릴 수 없는 평온을 당신 곁에서 찾고 있습니다. 사실 제가 지금 편지를 쓰고 있는 상태는 과거 어느 때보다도 저항할 수 없는 사랑의 힘을 절감케 합니다. 저는 지금 제 생각을 정돈할 만한 자제력을 지니기조차 힘든 상태에 있습니다. 그리고 이 편지를 다 쓸 때까지 어쩔 수 없이 중단해야 하는 사태도 일어날 것 같습니다. 아! 지금 이 순간 제가 겪고 있는 이 혼란을 언젠가 당신과 함께 나눌 수 있다는 희망을 가져서는 안 되는지요? 하지만 당신이 이 기분을 잘 아시게 되면 당신도 여자에 대해서 전혀 무감각하게 되지는 않으리라고 감히 생각하는 바입니다. 부인, 제 말을 믿어주십시오. 즉 죽음의 모습이라고 할 수 있는 냉정한 평온, 영혼의 고요함은 결코 인간을 행복으로 이끌어주지 않는다는 것입니다.

강렬한 정열에 의해서만 행복에 도달할 수 있습니다. 하지만 아무리 당신 때문에 괴로워하고 있다 하더라도 저는 지금 이 순간 당신보다 더 행복하다고 감히 단언할 수 있습니다. 매정하게 대해서 저를 괴롭히려고 하신들, 제가 사랑에 완전히 몸을 맡기고, 사랑의 희열 속에서 당신으로 말미암은 절망을 잊는 것을 막지는 못하실 것입니다. 이렇게 해서 저는 당신이 제게 선고한 유형流刑에 대한 복수를 하려고 합니다. 당신에게 편지를 쓰면서 이제껏 이런 기쁨을 맛본 적은 없었습니다. 이제껏 이토록 감미롭고 강렬한 감동을 느껴본 적은 없었습니다. 모든 것이 나의 격정을 증대시키고 있는 것 같습니다. 제가 숨쉬고 있는 이 공기도 쾌락으로 가득 차 있습니다. 편지를 쓰기 위해 처음으로 사용하고 있는 이 탁자도 제게는 성스러운 사랑의 제단으로 보입니다. 제 눈에는 이 탁자가 얼마나 아름답게 비치고 있는지 모르실 겁니다.

저는 이 제단 위에 당신을 영원히 사랑한다는 맹세를 쓰겠습니다! 부디 저의 이러한 무질서하고 관능적인 표현을 용서해 주십시오. 당신과 함께 하지 못하는 희열에 이렇게 몸을 맡겨도 좋은 일인지는 잘 모르겠습니다. 점점 더해 가는 억제할 수 없는 도취를 씻어버리기 위해 잠시 편지 쓰는 것을 멈추지 않으면 안 될 것 같습니다.

부인, 다시 당신에게 돌아왔습니다. 언제나 저는 이렇게 서둘러서 당신에게 돌아올 것 같습니다. 하지만 행복의 감격은 제게서 멀리 사라지고 남는 것은 쓰라린 허탈감뿐입니다. 당신을 설복시킬 수단을 발견하지 못했는데 이렇게 입으로만 제 감정을 이야기한들 무슨 소용이 있겠습니까? 그토록 여러 번 노력했기 때문에 이젠 자신감도 힘도 다 사라지고 말았습니다. 이렇게 계속 사랑의 기쁨을 되살려보는 것은 그것을 상실한 슬픔을 더욱 절실하게 느끼기 위해서입니다. 저는 이제 당신의 너그러움 외에는 달리 찾을 길이 없습니다. 그리고 지금 이 순간 당신의 너그러움을 그토록 갈망하고 있는 것을 보면, 그것이 얼마나 제게 필요한 것인지 잘 알 수 있습니다. 하지만 이제껏 저는 제 사랑을 이처럼 정중하게, 이처럼 당신 마음을 거슬리지 않게 표현한 적은 없습니다. 이 사랑은 도덕심이 아무리 강한 여자라도 결코 두려워할 필요가 없는 그러한 사랑이라고 저는 감히 말할 수 있습니다. 하지만 저는 제가 겪고 있는 이 고통을 너무나 오랫동안 당신에게 이야기하게 되지나 않을까 두려워지는군요. 이 고통을 불러일으킨 분이 고통을 함께 나누려고 하지 않는 이상, 그분의 호의에 너무 매달려서는 안 될 것 같군요. 그리고 더 이상 제 고통스러운 모습을 그려 보인다는 것은 당신의 호의에 매달려보겠다는 짓일 테지요. 저는 오로지 당신에게 답장을 해주십사고 애원하고 제 감정의 진실성을 믿어 의심치 마시라는 호의만을 구하고자 합니다.

17××년 8월 31일, ××에서.

제49신

세실 볼랑주가

당스니 기사에게

기사님, 저는 경솔하지도 않고 거짓말쟁이도 아닙니다. 제가 왜 저의 행동을 바꾸지 않으면 안 되었는지 당신에게 이해시키기 위해서는 제 행동의 의미를 밝히면 충분할 것입니다. 당신은 수도회에 소속돼 있습니다. 그러기에 당신에 대한 저의 사랑은 죄악입니다. 저는 하느님에게 당신에 대한 제 사랑을 희생할 수 있을 때까지 제 태도를 바꾸는 것을 희생으로 바치겠다고 맹세했습니다. 저는 이것이 저에게 고통스러운 일이라는 것을 잘 알고 있습니다. 솔직히 말씀드리지만 그저께부터 저는 당신을 생각할 때마다 울음이 터져 나와요. 그러나 저는, 하느님께서는 아침저녁으로 기원하는 대로 저에게 당신을 잊기 위한 필요한 힘을 주실 거라고 믿고 있어요. 저의 이러한 결단을 흔들리게 하지 않기를 당신의 호의와 선량함에 기대하고 있겠어요. 따라서 이제부터는 부디 제게 편지를 보내지 마세요. 저도 답장을 드리지 않을 것입니다.

그렇게 되지 않을 경우 저는 엄마에게 이제껏 일어났던 일을 모두 말씀드리지 않으면 안 될 거예요. 그렇게 되면 당신을 보게 되는 기쁨도 완전히 사라져버리고 말 거예요.

하지만 저는 허용되는 범위 안에서 당신에 대한 애정을 간직하겠어요. 그리고 진심으로 당신의 행복을 빌겠어요. 그렇게 해야만 저를 사랑하는 당신의 마음도 식게 되고, 저보다 더 나은 여자를 사랑하게 될 것입니다.

그리고 그것은 하느님과 앞으로 제가 섬겨야 할 남편에게 드려야 할 제 마음을 당신에게 준 저의 과오에 대한 속죄라고 생각합니다. 하느님의 자비심은 저의 연약함을 동정하시고 제가 감내할 수 없는 고통은 주지 않으시리라 믿어요.

그럼 이만. 만일 저에게 그 누군가를 사랑할 수 있는 일이 허용된다면, 그것은 당신밖에 없어요. 하지만 이것이 제가 당신에게 할 수 있는 말의 전부이며, 아니 어쩌면 허용될 수 있는 말 이상인지도 모르겠습니다.

제50신

투르벨 법원장 부인이

발몽 자작에게

      자작님, 당신은 이따금 주시는 편지를 받기로 승낙한 조건을 나에게 이런 식으로 이행할 수 있나요? 설사 그것이 의무에 벗어나지 않을 뿐만 아니라 나 자신이 그럴 수 있다 하더라도, 차마 두려워서 생각조차 못하는 그러한 감정만을 말씀하시니 내가 '불만을 품지 않을 수가' 있을까요?

      게다가 이런 유익한 두려움을 계속 지니기 위해 새로운 이유가 필요하다면, 그 이유는 일전의 당신 편지에서나 찾을 수 있을 듯합니다. 당신은 사랑의 변호를 하고 있다고 믿으시는 것 같은데, 그것이 사람의 두려운 번뇌가 아니고 무엇이겠습니까? 이성을 희생하고 찰나의 쾌락에 양심의 가책은 아니더라도 후회가 뒤따르는 그런 행복을 그 누가 얻고자 바라겠습니까?

      당신은 그런 위험한 쾌락에 빠지는 것이 습관처럼 돼버린 탓에 그 효과도 별로 느끼지 못하십니다. 하지만 당신 자신도 쾌락을 억제할 수 없다는 것을 인정하고, 그것을 일으키는 뜻밖의 괴로움을 개탄하지 않으셨나요? 그렇다면 순진하고 민감한 마음에 쾌락은 얼마나 무서운 화를 미치게 될까요? 그 화는 막대한 희생을 뒤따르게 하기 때문에, 그만큼 쾌락의 위력은 더욱더 커지게 마련입니다.

      자작님, 당신은 사랑이 인간을 행복으로 인도한다고 믿고 계십니다. 아니 그렇게 믿고 있는 척하십니다. 하지만 저는 사랑이 저를 불행하게 만든다고 굳게 믿고 있기 때문에 사랑이라는 말은 듣기도 싫습니다. 사랑이라는 말만 해도 마음이 어지러워요. 제 성향 때문에, 그리고 제 의무 때문에 그러니 제발 그 점에 대해선 침묵을 지켜주시기 바랍니다.

어쨌든 이제 당신은 이런 부탁을 쉽게 받아들일 수 있을 겁니다. 파리로 돌아가셨으니, 여태까지 당신이 집착해 왔던 생활 태도, 그리고 한편으로는 시골의 무료한 생활 때문에 더욱 절실해진 그런 감정을 잊을 수 있는 충분한 기회를 거기서 발견할 수 있을 겁니다. 당신이 나를 그토록 무관심하게 대한 곳도 그곳이 아닙니까? 거기서는 한 걸음만 내디뎌도 변하기 쉬운 당신의 마음을 엿볼 수 있지 않습니까? 그리고 저보다 훨씬 사랑스럽고, 당신의 찬사를 받을 권리가 있는 여인들이 당신 주위에 많이 있지 않습니까? 제게는 여성들이 비난받고 있는 허영심은 없어요. 또 세련된 자만심에 지나지 않는 거짓 겸손함도 없어요. 그래서 저는 사랑을 받을 만한 수단이 전혀 없다고 솔직하게 말할 수 있어요. 설사 그러한 수단을 모두 가졌다 하더라도, 저는 그것이 당신을 붙들어놓기에 충분하다고는 생각하지 못했을 거예요. 따라서 저를 잊어달라고 부탁하는 것은, 당신이 이제껏 해왔고, 제가 당신에게 설사 그러지 말라고 하더라도 금세 그렇게 할 것이 틀림없는 일을 이제부터 하라고 말씀드리는 것입니다.

이 진실을 제가 명확히 알고 있는 것만으로도 제게는 당신 말을 듣지 않아도 되는 충분한 이유가 되지요. 또 다른 이유도 많이 있습니다. 하지만 이런 논의는 길게 할 필요가 없거니와 또한 들을 필요도 없습니다. 더욱이 대답할 필요도 없는 그러한 감정을 더 이상 운운하시지 않기를 다시 한 번 부탁드립니다.

제2부
덫에 걸린 희생양들

여인의 마음은 유혹의 마술에 흔들린다

자작님, 속이 비치는 잠옷만을 입고 살금살금 조심스런 발걸음으로 걸어가 떨리는 손으로 정복자에게 문을 여는 나의 모습이 눈에 보이지 않으세요? 프레방은 나를 보자 전광석화처럼 달려들었어요. 뭐라고 말하면 좋을까요? 그를 제지하거나 나를 방어하기 위한 말을 꺼내기도 전에 나는 당했어요. 완전히 당했어요.

　　　　　　　　　　　　—제85신, 메르테유 후작 부인이 발몽 자작에게

제51신

메르테유 후작 부인이

발몽 자작에게

　　자작님, 당신은 정말 끔찍한 사람이군요. 나를 마치 당신의
정부라도 되는 양 경솔하게 대하고 있으니 말이에요. 화라도 내야겠어
요. 아세요? 이 순간에도 내가 얼마나 화가 나 있는지. 그런데 당신은
내일 아침에 당스니를 만나기로 되어 있지 않나요? 그와 만나기 전에
내 말을 듣는 게 얼마나 중요한지 모른단 말인가요? 그런데도 당신은
태평하게 어디론지 사라져서 하루 종일 나를 기다리게 했단 말이에요.
당신 때문에 나는 '무례하게도' 볼랑주 부인 댁에 늦게 도착해서 늙은
마나님들이 나보고 '대단한 여자' 라고 부르는 것을 들어야 했어요. 그
부인들의 비위를 거슬려서는 안 되지요. 젊은 사람들의 평판은 그들의
손에 좌우되니까요.

　　지금은 새벽 1시예요. 졸려 죽겠는데 잠도 자지 못하고 당신
에게 이 긴 편지를 써야만 하는군요. 편지 쓰는 게 힘들어서 더 졸려
요. 당신을 야단칠 시간이 없다는 것을 다행으로 생각하세요. 그렇다고
내가 당신을 용서하고 있다는 생각일랑 하지 마세요. 당신을 야단치지
않는 것은 급해서 그런 거예요. 그럼 내 말을 들어보세요. 빨리 쓸 테
니까.

　　당신이 아무리 재치가 없다 하더라도 내일은 당스니의 속내
이야기를 듣게 될 거예요. 지금은 당스니에게는 불행한 때이고, 그래서
남에게 의지하고 싶어하니까요. 그 아가씨는 마치 어린애처럼 다 털어

놓았다고 합니다. 그 후부터 그녀는 악마가 무서워 괴로워하고 있어서 당스니와 완전히 절교하려나 봐요. 그 애는 나에게 자기의 조그만 양심의 가책조차 모두 얘기했는데, 하도 격렬하게 말해서 그 애가 얼마나 흥분하고 있는지 알 수 있었어요. 그 애는 나에게 절교 편지를 보여줬는데, 그것은 그야말로 따분한 설교투성이였어요. 그 애는 한 시간 동안이나 수다를 떨었는데 이치에 맞는 말은 한마디도 없었어요. 하지만 나도 난처하게 되었어요. 그렇게 머리가 나쁜 아이한테 이쪽 생각을 마음 놓고 말할 수는 없으니까요.

하지만 수다스럽게 이야기하는 가운데서도 그 아가씨가 여전히 당스니를 사모하고 있다는 사실을 알 수 있었어요. 그리고 그 아가씨는 사랑하는 사람이면 어김없이 빠져들고 마는 술책에 재미있게 걸려들고 말았어요. 한편으론 애인에게 홀딱 빠지고 싶어하면서, 다른 한편으론 그렇게 되면 벌을 받는다는 두려움 때문에 괴로워서 하느님께 애인을 잊게 해달라고 기도를 드릴 생각이 났나 보지요. 하루에도 몇 번씩 기도를 드리니 결국 애인을 줄곧 생각하는 셈이 되지요.

당스니보다 좀더 '약삭빠른' 남자라면 이 정도의 일은 오히려 훨씬 유리하게 만들었을 텐데. 하지만 당스니는 너무 감상적인 사람이라, 우리가 도와주지 않으면 이런 하찮은 장애를 극복하는 데도 시간이 걸릴 겁니다. 그렇게 되면 우린 계획을 실행에 옮길 시간이 없어질 거예요.

당신 말이 옳아요. 당스니가 이 연애사건의 주인공이라는 게 유감이에요. 나는 당신처럼 화가 나요. 하지만 당신은 어떻게 할 거예요? 기왕 이렇게 된 것이니 어쩔 수가 없어요. 모두 당신 탓이에요. 나는 답장(이 편지는 찾아볼 수 없다)을 보여달라고 했지요. 그 편지를 보니 볼랑주 양이 딱해 죽겠어요. 그 애의 애인은 애절하게 이론을 펴고 있는데, 그의 편지에 의하면 무의식적인 감정은 죄가 될 수 없다는 말이었어요. 마치 무의식적인 감정과 싸우기를 멈추는 순간, 이 감정은 무의식적이 되고 만다는 식으로요! 이런 생각은 어린 볼랑주 양도 가졌던 단순한 생각이지요. 당스니는 자신의 불행을 퍽 감동적인 말투로 한탄했습니다. 하지만 그의 고통이 아주 감동적이고 또 너무도 강렬하고 진지해서, 여자가 한 남자를 위험하지 않게 이 정도까지 절망시킬 수 있는 기회를 가질 수 있다면 한번 그렇게 해보지 않고는 못 견딜 겁니다.

끝으로 그는 아가씨가 생각하는 것처럼 수도사가 아니라고 설명했더군요. 어때요? 참 더할 나위 없이 훌륭한 말이지요? 어차피 수도사와 연애하는 것이라면 몰타의 기사님들 따위는 택할 가치가 없을 테니까요.

아무튼 내게 해가 될지도 모르고 아가씨가 이해하기도 힘든 이론을 이야기하는 데 시간을 허비하는 대신, 나는 아가씨에게 절교 계획에 찬성한다고 했습니다. 하지만 이러한 경우에는 편지로 쓰는 것보다 직접 말로 하는 것이 더 예의 바른 행동이라고 말해 줬지요. 그리고 또 남자에게서 받은 편지나 물건은 돌려주는 것이 관례라고 가르쳐줬지요. 이렇게 그 아가씨의 뜻에 동의하는 것처럼 보이면서 나는 그 애가 당스니와 만날 약속을 하게 만들었지요. 우리는 즉시 그 방법을 의논했어요.

나는 그 애 어머니를 혼자 외출하게 만들 작정입니다. 내일 오후가 그 결정적인 순간입니다. 당스니에겐 이미 말해 두었어요. 하지만 당신도 기회가 닿으면 이 아름다운 목동에게 기운을 차리도록 마음을 움직이게 해보세요. 그리고 그에게는 모든 걸 말해 주어야 하니까, 양심의 가책을 극복하는 방법은 양심의 가책을 느끼는 사람에게 그 양심의 가책을 잃지 않게 하는 것이라고 가르쳐주세요.

더욱이 이런 우스꽝스런 장면이 더 이상 되풀이되지 않게 하기 위해서 나는 고해신부가 비밀을 엄수할 수 있을지에 대해 이 아가씨에게 의심을 품게 하는 것을 잊지 않았습니다. 이 아가씨는 자신의 고해신부가 자기 어머니에게 다 고자질하지 않을까 하는 두려움으로 내

게 불러일으킨 두려움의 대가를 치르고 있습니다. 그런 말을 이 아가씨에게 몇 차례 더 했으니까, 앞으로 이 아가씨는 아무에게나 자기의 바보 같은 이야기를 하지는 않을 거예요.*

자작님, 그럼 이만. 당스니를 맡아서 잘 지도해 주세요. 두 풋내기를 못 다룬다면 정말 우리의 수치일 거예요. 만일 우리가 생각했던 것만큼 일이 쉽지 않게 된다 하더라도 우리의 열성을 돋우기 위해 당신은 그 아가씨가 볼랑주의 딸이고, 나는 그 아가씨가 제르쿠르의 아내가 될 여자라는 사실을 잊지 말기로 합시다. 안녕.

---

*독자는 이미 메르테유 부인의 행동을 보고 그녀가 종교를 멸시하고 있다는 것을 짐작했을 것이다. 이 구절을 모두 삭제하려고 했지만 사건의 결과와 아울러 원인도 알리고자 모두 실었다.

17××년 9월 3일, ××에서.

제52신

발몽 자작이

투르벨 법원장 부인에게

부인, 당신은 저에게 저의 사랑에 대해 말하지 못하게 하고 있습니다. 하지만 당신에게 복종하기 위해 필요한 용기는 어디서 찾을 수 있습니까? 감미로워야 하건만 당신 때문에 그토록 비참해진 감정에 시달리며, 당신이 나에게 선고한 유형에 쇠약해진 채 결핍과 회한만 맛보면서, 또 당신의 냉담만을 기억할 수밖에 없기 때문에 그만큼 더욱더 고통스러운 번민에 사로잡혀 있는데, 제게 남아 있는 유일한 위안마저 잃어버려야 합니까? 당신의 고통과 쓰라림으로 이 영혼을 채워버렸는데 당신 말고 그 누구에게 이 마음을 열어 보여야 합니까? 당신 때문에 흐르는 이 눈물을 보지 않으려고 당신은 저를 외면하려 하십니까? 당신은 당신이 요구한 희생을 바치는 것마저 거부하려 하십니까? 기품 있고 친절한 마음씨를 가진 당신에게 있어서 오직 당신 때문에 불행하게 된 사람을 동정해 주는 것이, 부당하고 가혹한 당신의 거절로 그를 더욱 고통스럽게 만드는 것보다 더 어울리지 않을까요?

　　당신은 마치 사랑을 두려워하고 있는 척하십니다. 그리고 당신이 비난하고 계신 사랑의 번뇌가 오직 당신 탓이라는 것을 알려고 하지 않습니다. 아! 사랑을 불어넣어 준 상대자가 이 감정을 함께 나누지 않는다면 그 사랑은 고통스러울지도 모릅니다. 하지만 서로가 사랑해서 행복을 얻지 못한다면 어디서 사랑을 찾을 수 있을까요? 부드러운 우정, 감미롭고 거리낌없는 유일한 신뢰, 진정되는 고통과 커가는 기쁨, 부풀어가는 희망, 그리고 달콤한 추억, 이 모든 것들을 사랑 말고 또 어디서 찾을 수 있겠습니까? 당신은 사랑이 주는 이 모든 기쁨을 누릴 수 있는데도 사랑을 비난하고 거부하려고만 합니다. 하지만 저는 사랑을 변호하느라고 지금 겪고 있는 고통도 잊습니다.

　　당신 때문에 나는 나 자신을 변호하지 않을 수 없습니다. 왜냐하면 저는 당신을 숭배하려고 온 힘을 다 바치는데, 당신은 저의 결점을 찾는 데만 진력하고 계시기 때문입니다. 벌써 당신은 저를 경솔하고 거짓말 잘하는 자라고 전제하고 계십니다. 그리고 제가 고백한 과오를 역이용해서 과거의 저와 현재의 저를 혼동하고 계십니다. 당신과 멀리 떨어져서 사는 괴로움에 저를 빠뜨려놓은 것도 부족한지, 또 당신이 얼마나 쾌락을 무감하게 만들었는지 잘 아시면서도 당신은 저의 약속도, 저의 맹세도 믿지 않으십니다. 하지만 당신에게 보여드릴 증거가 하나 있습니다. 이것만은 의심하지 않으실 겁니다. 그것은 바로 당신 자신입니다. 저는 다만 당신이 당신 자신에게 성실하게 물어봐 주실 것을 부탁하겠습니다. 만일 당신이 나의 사랑을 믿지 못하신다면, 만일 당신이 한순간이라도 내 마음을 지배하는 것은 오직 당신뿐이라는 것을 의심하신다면, 만일 당신이, 실상 지난날에는 경박했던 제 마음을 꼭 잡고 있다는 것에 확신이 서지 않는다면 저는 기꺼이 그러한 과오의 벌을 받겠습니다. 고통스럽겠지만, 그렇다고 그 벌에 이의를 제기하지는 않겠습니다. 그러나 그와 반대로 우리가 우리 자신을 공정하게 평가한다면, 당신은 지금이나 또 앞으로나 사랑의 경쟁자가 없으리라는 것을 수긍하실 겁니다. 그러니 부디 저로 하여금 쓸데없는 걱정과 싸우게 하지 마십시오. 그리고 제발 당신을 사랑하는 감정이 일생 동안 변치 않으리라는 것을 추호도 의심하지 않는 당신을 보는 위안만을 허락해 주십시오. 부인, 부디 이것에 대해서만은 긍정적으로 대답해 주시기를 간청합니다.

하지만 당신이 그토록 가혹하게 생각하시는 저의 과거생활을 버리는 것은 제게 그것을 변호할 이유가 없어서 그런 것은 결코 아닙니다.

요컨대 제 잘못이라고 한다면, 소용돌이 속에 던져진 제가 여기에 저항하지 않은 것뿐입니다. 젊고 아무런 경험이 없이 사교계에 들어가, 제가 자기들에게 불리할 것 같은 생각을 하면 서둘러서 못하게 막아버리는 그러한 여자들의 손에, 말하자면 정신없는 제가 어떻게 결코 당해 보지 않은 저항에 대한 본보기를 보일 수 있었겠습니까? 아니면 저 자신이 이 일시적인 과오를 처벌해야 했었나요? 이 과오라는 것도 아무런 소용이 없는 것인 줄 알면서도 항상 남들이 저질러놓은 조롱거리에 불과한 게 아닙니까? 수치스러운 선택을 했다는 것을 증명하기 위해 즉시 절교해 버리는 것 말고 어떤 방법이 있었을까요?

그러나 저는 이렇게 말할 수 있습니다. 그런 관능의 도취, 그

런 지나친 허영심은 제 마음까지는 미치지 못했다고요. 뜨거운 정사情事
도 일시적으로만 저를 즐겁게 해주었을 뿐, 사랑을 하기 위해 태어난
제 마음을 사로잡지는 못했습니다. 매력은 있으나 경멸할 수밖에 없는
여자들에 둘러싸여 있었지만 제 마음에 드는 여자라고는 단 한 명도 없
었습니다. 사람들은 저에게 쾌락을 제공했지만, 저는 미덕을 찾고 있었
습니다. 그리고 마침내 저는 섬세하고 예민하게 생각한 끝에 스스로를
줏대가 없는 놈이라고 믿게 되었습니다.

　　　　당신을 보고 저는 깨달았습니다. 사랑의 매력이라는 것은 바
로 영혼의 장점에서 비롯되는 것으로서 이것만이 사랑의 도度를 높일
수 있으며 정당화한다는 것을 말입니다. 그리고 당신을 사랑하지 않는
것도 불가능하고 당신 아닌 다른 사람을 사랑하는 것도 불가능하다는
것을 느꼈습니다.

　　　　부인, 이것이 바로 당신이 마음을 주기 꺼리는 사람의 심정
입니다. 그리고 그 사람의 운명은 당신이 말씀하시는 것에 달려 있습니
다. 하지만 당신이 제게 부여하는 운명이 어떠한 것이든 간에 당신을
사모하는 제 마음은 바꾸지 못할 것입니다. 제 마음은 이 마음을 태어
나게 한 미덕처럼 결코 변할 수 없는 것입니다.

제53신

발몽 자작이

메르테유 후작 부인에게

당스니를 만났습니다. 하지만 속내 이야기는 별로 듣지 못했습니다. 그는 특히 내가 볼랑주 양의 이름을 말하지 못하게 애썼습니다. 그는 볼랑주 양이 아주 얌전하고, 심지어는 경건한 여자인 것처럼 이야기했습니다. 이 점을 제외하고는 그는 자신의 연애담, 특히 최근의 사건에 대해선 진실하게 얘기했습니다. 나는 그의 섬세함과 소심함을 놀리면서 가능한 한 그를 흥분시켰습니다. 하지만 그 친구는 계속 그런 태도를 보이더군요. 나는 그를 떠맡을 수 없을 것 같습니다. 하지만 모레쯤에는 그에 관해서 당신에게 훨씬 자세하게 말할 수 있을지도 모릅니다. 내일 그를 데리고 베르사유에 갈 작정입니다. 가는 길에 그에게서 열심히 이것저것 캐내려고 합니다.

오늘 하기로 되어 있는 시간 약속도 나에겐 약간 낙관적으로 보입니다. 모든 게 우리의 기대에 어긋나지 않게 진행될 수 있을 겁니다. 지금 우리가 할 일은 그 만남의 고백을 끌어내고 거기서 증거를 입수하는 것밖에는 없을 것 같습니다. 이러한 일은 나보다는 당신이 하기가 더 쉬울 겁니다. 그 아가씨는 그녀의 신중한 애인보다는 남을 훨씬 쉽게 믿고, 또 같은 말이지만 쉽게 입을 여니까 말이에요. 하지만 나도 나름대로 최선을 다하겠습니다.

부인, 그럼 이만. 저는 무척 바쁘답니다. 오늘 저녁에도, 내일도 당신을 뵐 수 없을 것 같습니다. 만일 당신 편에서 뭔가 알고 계신 것이 있으면 내가 돌아올 때까지 한마디 적어 보내주세요. 틀림없이 파리에 자러 올 테니까요.

17××년 9월 4일, ××에서.

제54신

메르테유 후작 부인이

발몽 자작에게

물론이에요! 뭔가 알아내려면 당스니에게 자초지종을 들어야 하고말고요! 당신에게 그것을 말했다면 그는 허풍을 떨었을 거예요. 사랑하는 데 있어서 그처럼 바보 같은 사람은 처음 보았어요. 나는 점점 더 우리가 그에게 호의를 가졌던 것을 후회한답니다. 글쎄, 그 자 때문에 내 명예가 손상될 뻔했다고요! 그 자는 완전히 실패작이에요. 그래요, 나는 그에게 복수할 거예요. 약속합니다.

어제 볼랑주 부인을 데리러 갔는데 부인은 외출하고 싶어하지 않더군요. 몸이 불편한 모양이었어요. 부인의 마음을 돌리기 위해 나는 한바탕 웅변을 해야 했어요. 당스니가 올 시간이 다가왔어요. 전날 그에게 볼랑주 부인이 외출할 거라고 말했기 때문에, 그때 그가 왔다면 일은 정말 난처해졌을 거예요. 아가씨와 나는 그야말로 바늘방석 위에라도 앉아 있는 기분이었습니다. 결국 우리는 나갔어요. 아가씨가 내게 작별인사를 하면서 하도 내 손을 정답게 잡기에, 나는 그 아가씨의 진심 어린 절교 계획에도 불구하고 그날 저녁에는 좋은 일이 벌어지겠구나 하고 짐작했어요.

　　하지만 불안감이 다 가신 것은 아니었습니다. ××부인 집에 간 지 30분도 채 될까 말까 한데 볼랑주 부인은 실제로 몸이 좋지 않았어요. 정말 심각한 상태였어요. 당연한 일이겠지만 부인은 집으로 돌아가려고 했어요. 그러나 나는 우리가 집으로 돌아가서 젊은 남녀가 벌이는 짓이 발각될까봐 ― 틀림없이 그러리라고 단언하지만 ― 부인이 댁으로 가는 것을 꺼렸지요. 나는 부인의 건강상태를 근심하는 척하면서 부인에게 겁을 주었지요. 그것은 다행하게도 어려운 일이 아니었습니다. 나는 덜컹거리는 마차를 타고 있으면 부인에게 좋지 않다고 짐짓 걱정하는 체하면서 곧 집에 돌아가게 하지 않고 한 시간 반 정도 부인을 붙들어놓았습니다. 우리는 마침내 적당한 시기에 집으로 돌아왔어요. 집에 돌아왔을 때 수줍어 하는 아가씨의 얼굴을 보니 적어도 내 수고가 헛되지는 않았구나 하는 기대를 가질 수 있었습니다.

　　일이 어떻게 되었는지 궁금해서 나는 들어오자마자 자리에 누운 볼랑주 부인 곁으로 갔다가 부인의 침대 옆에서 저녁을 들고는 휴식이 필요하다는 구실을 대면서 일찌감치 부인을 자리에 남겨놓고 아가씨 방으로 갔죠. 아가씨는 내가 기대했던 것을 모두 해치웠어요. 양심의 가책은 사라지고, 영원히 사랑한다는 맹세를 하는 등등⋯⋯. 결국 아가씨는 기꺼이 해치운 셈이죠. 하지만 그 바보 같은 당스니는 예전의 상태에서 단 한 발자국도 뛰어넘지 못했어요. 아! 그런 자하곤 사이가 뒤틀어져도 쉽게 화해할 수 있을 거예요. 무릇 화해는 위험한 일이 아니지요.

　　아가씨는 당스니가 그 이상의 것을 원하고 있는 것을 알고 있으면서도 자신의 몸을 잘 지켰다고 합니다. 나는 아가씨가 자기 자랑을 하고 있든지, 아니면 그 자를 용서하고 있든지 둘 중의 하나라고 생각해요. 사실 나는 아가씨가 어떻게 자기 몸을 지켰는지 알고 싶어져서, 마치 순진한 여자처럼 아가씨를 조금씩 조금씩 ××한 상태에까지 가도록 흥분시켜 주었지요. 감각이 이 애처럼 예민한 여자도 없을 거예요. 이 애는 정말 사랑스러워요! 이 애는 다른 애인을 가질 만도 해요. 아니면 적어도 좋은 여자친구 하나쯤은 가질 수 있겠죠. 내가 진정 이 애를 좋아하니까 말이에요. 나는 아가씨의 좋은 친구가 돼주겠다고 약속했어요. 그리고 나는 내 약속을 지킬 자신도 있고요. 가끔 나는 속내 이야기를 할 수 있는 여자친구가 있었으면 했어요. 그런 여자라면 다른 여자보다 훨씬 정이 갈 것 같아요. 하지만 아가씨가…… 꼭 그렇게 되어야 할 ……이 되지 않는 한 나는 아무것도 할 수 없을 거예요. 그러니 당스니가 더 원망스러워질 수밖에 없잖아요?

자작님, 그럼 이만. 아침이면 몰라도 내일은 우리 집에 오지 마세요. 나의 별장에서 저녁을 보내자는 기사님의 간청에 굴복하고 말았거든요.

17××년 9월 4일, ××에서.

제55신

세실 볼랑주가

소피 카르네에게

소피야, 네가 옳았어. 너의 충고보다 너의 예언이 더 맞았어. 당스니님은 네가 예상했던 대로 고해신부보다도, 너보다도, 그리고 나보다도 더 강한 분이셨어. 이렇게 해서 우리는 정확히 원점으로 돌아가 버리고 말았단다. 그렇다고 해서 나는 조금도 후회하지 않아. 그리고 너는 나를 야단칠지도 모르지만, 그것은 당스니님을 사랑한다는 게 얼마나 기쁜 일인지 몰라서 그러는 거야. 네 입장에서 내가 어떻게 처신해야 하는지 말하는 것은 쉬운 일이야. 넌 아무런 거리낌도 없이 그렇게 할 수 있겠지. 하지만 자기가 사랑하는 사람의 슬픔이 얼마나 우리를 마음 아프게 하며, 어떻게 그의 기쁨이 우리의 기쁨이 되며, 그렇다고 말하고 싶을 때 아니라고 말하는 것이 얼마나 어려운지를 너도 경험했다면 넌 별로 놀라지 않을 거야. 난 이런 사실을 느꼈지만 아직도 잘 모르겠어. 예를 들어, 너는 당스니님이 우는 것을 보고 내가 울지 않을 수 있다고 생각하니? 그런 일은 불가능하다고 나는 자신 있게 말할 수 있어. 그리고 그분이 만족하면 나도 그분처럼 행복해져. 너는 어떻게 말할지 모르지만 누가 뭐라고 해도 있는 그대로의 사실은 어쩔 수 없어. 나는 그렇다고 확신해.

　　나는 네가 내 입장이 돼보았으면 해……. 아니야, 내가 말하고 싶은 것은 그게 아니야. 나는 지금 내 처지를 다른 누구에게도 내주고 싶지 않으니까. 하지만 네가 누군가를 사랑했으면 해. 그렇게 해서 네가 나를 더 잘 이해해 달라거나, 나를 덜 나무라주길 바라서 그러는 것만은 아니야. 사랑을 하면 더 행복해질 테니까, 아니 이렇게 말할 수 있지, 그때야 비로소 행복해지기 시작하니까. 그래서 하는 말이야.

　　우리끼리의 장난, 웃음, 이런 것은 모두 어린애 장난에 지나지 않아. 그런 건 지나가고 나면 남는 게 없거든. 그러나 사랑, 오! 사랑은…… 단 한마디의 말에서, 단 한 번의 눈길 속에서 그것을 알 수 있거든. 그래, 그것이 행복이지. 당스니님을 보면, 난 그 이상 아무것도 원하지 않아. 그이를 보지 못할 때는 난 그이밖에 바라지 않아. 내가 왜 그런지 모르겠어. 마치 나를 기쁘게 하는 것은 모두 그에게서 오는 것 같아. 그이와 같이 있지 않으면 난 그이를 생각해. 다른 생각은 하지 않고 오직 그이만 생각할 수 있을 때, 예를 들면 완전히 나 혼자 있을 때도 역시 나는 행복해진단다. 눈을 감으면 곧 그이를 보는 것 같아. 나도 모르게 한숨이 나와. 그러고 나면 마음은 뜨거워지고 흥분하게 돼…… 난 안절부절못해. 그것은 마치 고문 같아. 그리고 이 고문은 말할 수 없는 기쁨을 안겨준단다.

나는 일단 사람이 사랑을 하게 되면, 그 사랑이 우정에까지 영향을 미친다고 생각해. 하지만 너에 대한 우정은 변하지 않았어. 나의 우정은 수녀원에 있을 때와 똑같아. 그런데 메르테유 부인과 함께 있을 때도 내가 너에게 말한 것은 느낀단다. 나는 그 부인을 당스니만큼, 그리고 너만큼 사랑하고 있단다. 때로는 그분이 당스니님이었으면 하고 바라는 적도 있어.

그것은 아마 부인과의 우정이 너와 나의 우정처럼 어린애의 우정이 아니기 때문인지도 몰라. 아니면 내가 그 두 분을 거의 늘 함께 보아서, 그 두 분을 혼동해서 그러는지도 모르고. 아무튼 두 분이 다 나를 행복하게 해주는 것은 사실이야. 그리고 따지고 보면 내가 뭐 대단한 잘못을 저지르고 있는 것 같지는 않아. 그래서 나는 지금 상태가 계속 유지되기를 바라고 있어. 나를 괴롭게 하는 것은 그 결혼에 대한 생각밖에 없어. 왜냐하면 제르쿠르님이 사람들이 말한 대로라면, 그리고 나도 그렇게 믿고 있지만, 난 어떻게 될지 모르겠거든. 안녕, 소피. 늘 진심으로 너를 사랑한다.

17××년 9월 5일, ××에서.

제56신

투르벨 법원장 부인이

발몽 자작에게

　　자작님, 당신이 저에게 요구한 회답이 당신에게 무슨 소용이 있다고 그러십니까? 당신의 감정을 믿는다는 것은 한층 더 그것을 두려워하는 이유가 되지 않을까요? 그 감정의 진실성을 비난하거나 변호하지 않는다면, 제가 그 감정에 대답하기를 원하지도 않고, 해서도 안 된다는 사실을 아는 것만으로도 제게나 당신에게나 충분하지 않을까요?

　　당신이 진정 저를 사랑한다고 가정해 봅시다(제가 이러한 가정에 동의하는 것은 단지 이 일에 대해서 더 이상 언급하지 않기 위해서입니다). 그렇다고 해서 당신과 저 사이를 갈라놓는 장애를 극복하기가 더 쉬워질까요? 그리고 나로서 할 수 있는 것은 당신이 하루빨리 이 사랑을 극복하는 것을 염원하고, 서둘러 당신에게 모든 희망을 빼앗음으로써 제 힘을 다해 당신이 저에 대한 사랑을 버리는 것을 도와드리는 일밖에는 없는 것 같습니다. 당신 자신도 '사랑을 불어넣어 준 상대자가 이 감정을 함께 나누지 않는다면 그 사람은 괴로운 법'이라는 것을 인정하시죠. 그런데 당신도 제가 그런 감정을 함께 나눌 수 없다는 것을 잘 알고 계실 테죠. 그리고 그런 감정을 당신과 함께 나누는 불행이 제게 닥친다면, 저는 훨씬 가련한 여자가 될 터이고, 당신도 그 때문에 불행하게 될 것입니다. 당신이 이 점을 한순간이라도 의심하지 않을 정도로 저에 대한 경의를 가지고 있기를 바랍니다. 그러니 평온한 마음을 어지럽히려는 짓일랑은 제발 그만두십시오. 당신을 알게 된 걸 후회하게 만들지 마세요.

　　사랑하고 존경하는 제 남편에게 사랑과 귀여움을 받는 제가 해야 할 일은 제 의무와 쾌락을 한곳에 쏟는 일입니다. 저는 행복하고 또 마땅히 그래야만 합니다. 이보다 더 강렬한 쾌락이 있다 하더라도 저는 바라지 않습니다. 저는 그런 걸 조금도 알고 싶지 않습니다. 스스로 평화를 얻고, 평온한 나날을 지내며, 편안한 마음으로 잠자고, 회한 없이 잠을 깨는 것, 이보다 더 감미로운 것이 어디 있겠습니까? 당신이 행복이라고 하시는 것은 한갓 관능의 소란에 지나지 않으며, 그 광경은 멀리서 보더라도 끔찍하기 짝이 없는 정념情念의 뇌우雷雨에 지나지 않습니다. 그런데 어떻게 이런 폭풍우와 맞설 수 있습니까? 수천 수만의 난파선 조각들로 덮인 바다에 어떻게 감히 배를 띄울 수 있겠어요? 그리고 누구와 함께요? 아닙니다, 자작님. 저는 육지에 머무르겠습니다. 저는 제 몸을 육지에 묶어주는 이 끈을 소중히 여기렵니다. 설령 이 끈을 끊을 수 있다 하더라도, 나는 결코 그러기를 원치 않습니다. 만일 제게 이 끈이 없다면 서둘러 찾아서라도 잡을 거예요.

　　왜 그렇게 당신은 제 발을 붙잡고 늘어지지요? 왜 그렇게 당신은 제 뒤를 짓궂게 쫓아다니지요? 당신의 편지는 이따금 와야 하는데, 왜 이렇게 연달아 빨리 오는지 모르겠어요. 편지에서 당신이 말하는 것은 오직 당신의 그 미치광이 같은 사랑뿐이에요. 예전에 당신은 저를 당신의 몸으로 둘러싸더니, 이제는 당신의 환상으로 둘러싸고 있군요. 하나의 형태를 물리치니까, 당신은 또 다른 모습으로 둔갑해서 나타나는군요. 당신은 제가 더 이상 말하지 말라고 부탁한 것을 단지 다른 방식으로 되풀이해서 말하고 있어요. 당신은 사람을 홀리는 궤변으로 저를 당황하게 하는 것을 즐기고 있어요. 당신은 제가 주장한 것은 다 잊고 있어요. 나는 당신에게 답장을 쓰고 싶지 않으니, 앞으로는 결코 쓰지 않을 거예요…… 당신이 예전에 유혹했던 여자들을 대하는 태도를 보면 정말 기가 막힐 정도예요. 당신은 그 여자들을 경멸하는 투로 말하고 있어요. 어떤 여자들은 경멸을 받아도 마땅할지 몰라요. 하지만 그 모든 여자들이 그렇게 당신의 경멸을 받아야 하나요? 아! 어쩌면 그럴지도 모르지요. 죄스러운 사랑에 몸을 맡기기 위해 의무를 저버렸으니까요. 그 순간부터 그 여자들은 모든 것을, 모든 것을 희생한 상대방 남자의 존경까지도 잃어버렸어요. 그 여자들이 벌을 받는 것은 당연해요. 하지만 그 생각을 하기만 해도 몸서리가 쳐지는군요. 그런데 따지고 보면 대체 그게 저하고 무슨 상관이 있단 말이죠? 왜 제가 그러한 여자들과 당신에게 신경을 써야 하지요? 당신은 무슨 권리로 저에게 와서 제 평온을 깨뜨리려고 하나요? 제발 저를 내버려두세요. 더 이상 저를 볼 생각도 하지 마시고, 더 이상 편지도 쓰지 마세요. 제발 부탁이에요. 강력하게 요구하는 바입니다. 이 편지가 당신에게 보내는 마지막 편지입니다.

17××년 9월 5일, ××에서.

제57신

발몽 자작이

메르테유 후작 부인에게

어제 집에 돌아와서 당신 편지를 보았습니다. 당신이 화내는 걸 보니 정말 기분이 좋더군요. 당스니가 당신에게 잘못을 저질렀다면,

당신은 그렇게까지 화를 내지는 않았을 겁니다. 당스니의 애인에게 바람 피우는 것을 가르쳐주려고 하는 것도 복수심 때문이지요? 당신은 정말 나쁜 사람입니다! 네, 그리고 매력적이기도 하고요. 그 아가씨가 당스니보다 당신에게 저항을 덜 느낀다 해도 놀라운 일이 아닙니다.

마침내 나는 당스니를 속속들이 다 알게 되었습니다. 이 소설의 주인공은 이제 나에게 비밀이 없어요. 수차 나는 그에게 순수한 사랑은 최상의 행복이며, 순수한 연애감정은 열 번의 정사보다 나으며, 나 자신도 지금 사랑에 빠져 내성적이 되었다고 말했습니다. 그는 마침내 자기처럼 생각하는 사람을 발견하고, 내가 순진하다는 사실에 놀라워하면서 모든 것을 터놓고 진실한 우정을 맹세했어요. 그렇다고 우리의 계획이 조금이라도 진전을 본 것은 아니지요.

우선 그의 생각은 처녀는 부인보다 더 신중하게 다루어야 한다는 것 같아요. 처녀가 부인보다 잃을 것이 많아서 그렇게 생각하나 보죠. 특히 그는 남자 쪽보다 재산이 훨씬 많은 여자를 결혼하지 않을 수 없게 만들어놓거나, 명예를 손상시키는 일이 남자에게는 허용되지 않는다고 생각하고 있어요. 지금 그가 처해 있는 경우가 그렇지요. 어머니의 안심, 딸의 순진함. 모두가 그를 겁나게 하고 주춤거리게 만들고 있어요. 이러한 논리가 아무리 참되다고 하더라도 이것을 쓰러뜨리는 것은 별로 큰 어려움이 아니죠. 약간의 술책을 부리거나 상대방의 정열을 이용하면 그런 논리는 쉽게 부숴버릴 수 있지요. 그런 논리는 남의 웃음을 사기가 십상이고, 이쪽 생각은 관례를 따른 것이니까요. 그러나 그를 마음대로 다루는 것을 방해하는 것은 그가 현재의 상태를 행복하게 생각하고 있다는 것입니다. 사실 첫사랑은 훨씬 순진하게 보이고, 사람들이 말하듯 순수하게 보이고, 또 사랑의 진전이 매우 느린 것은, 흔히 사람들이 생각하듯 섬세함과 수줍음 때문에 그런 것은 아니죠. 그것은 마음이 이제껏 느끼지 못했던 감정에 놀라서 황홀한 기분을 즐기기 위해, 말하자면 한 걸음 한 걸음 내디딜 때마다 멈추기 때문에 그렇죠. 그리고 이 황홀한 기분은 첫사랑을 경험하는 사람에게는 너무도 강한 것이라 그 밖의 다른 기쁨을 다 잊어버리게 할 정도로 그를 사로잡지요. 이것은 정말 진실입니다. 그래서 사랑에 빠진 탕아도 ― 만일 탕아도 사랑을 할 수 있다면 말입니다 ― 이러한 순간에는 쾌락을 즐기는 것을 서두르지 않습니다. 따라서 당스니가 볼랑주 양을 대하는 태도나 저 정숙한 투르벨 부인에 대한 나의 태도 사이에는 별반 차이가 없는 것입니다.

　　우리의 젊은 친구를 열에 들뜨게 하려면 그가 이제껏 겪어보지 못한 장애물이 있어야 할 것입니다. 특히 그는 더욱더 신비의 필요성을 느껴야 합니다. 왜냐하면 신비는 사람을 대담하게 만들기 때문이지요. 저도 당신처럼 당신이 그를 잘 대해 주기 때문에 결국 우리가 피해를 보았다고 생각합니다. 당신의 행동은 욕망밖에 모르는 닳고 닳은 남자에게나 좋을지 모르죠. 하지만 당신은 점잖고 사랑에 빠진 젊은이에게 가장 큰 호의의 표시는 사랑을 증명하는 데 있고, 따라서 자신이 사랑받고 있다는 것에 확신을 가지면 가질수록 그만큼 덜 대담해진다는 것을 당신이 예상할 수 있어야 했을 것입니다. 이제 어떻게 해야 할지 나는 모르겠습니다. 나는 아가씨가 결혼 전에 정복당하기를 원치 않습니다. 그렇게 되면 우리는 헛수고만 하게 되는 셈이니까요. 유감이지만 달리 어찌할 수가 없군요.

　　내가 지금 이론을 늘어놓고 있는 동안 당신은 기사님과 재미를 보고 있겠군요. 그리고 보니 당신이 나를 위해 그를 배반하겠다고 약속했던 일이 생각나는군요. 나는 당신의 약속을 편지로 가지고 있고, 또 이것을 공수표로 만들고 싶지는 않습니다. 지불기한이 아직 다가오지 않은 것은 알고 있습니다. 그러나 그 기한을 앞당기면 어떨지요? 그 이자는 내가 생각해 두겠습니다. 어떻게 생각하십니까? 그 기사님이 싫증날 때도 된 것 같은데요. 그 기사님이 그렇게 좋은가 보죠? 아! 내게 맡겨두십시오. 당신이 그 기사한테서 어떤 매력을 발견했다는 것은,

말하자면 나를 잊어버렸기 때문이라는 것을 인정하셔야 합니다.

그럼, 이만. 내가 당신을 원하는 만큼 당신에게 키스를 보냅니다. 기사님의 키스를 다 합해도 나의 이 뜨거운 키스에 미치지 못할 것입니다.

17××년 9월 7일, ××에서.

제58신

발몽 자작이

투르벨 법원장 부인에게

부인, 저의 어떤 점 때문에 제가 당신으로부터 그러한 비난을 받아야 하고 또 분노의 대상이 되어야 합니까? 가장 강렬하고 존경심을 품은 애정, 당신의 사소한 뜻에도 따르려고 하는 복종심, 이 두 마디 말로써 저의 감정과 행동은 요약될 수 있습니다. 불행한 사랑의 고통에 짓눌려 있는 저는 당신을 보는 것 외에 다른 위안은 없습니다. 당신은 그것을 버리라고 명령했고 저는 불평 한마디 하지 않고 당신 명령에 따랐습니다. 이 희생의 대가로 당신은 저에게 편지 쓰는 걸 허락했습니다. 그런데 이제 당신은 제게 남은 이 유일한 기쁨마저 빼앗으려 하고 있습니다. 아무런 방어도 할 수 없는 제게서 이 기쁨을 빼앗아도 됩니까? 안 됩니다. 어떻게 이 위안이 제게 소중하지 않을 수 있겠습니까? 제게 남아 있는 것은 오직 그것뿐이고, 그것도 당신이 주신 것입니다.

당신은 제가 편지를 너무 자주 한다고 하십니다. 가혹한 유형이 계속되던 지난 열흘 동안 저는 한순간도 당신 생각을 하지 않은 적이 없었습니다. 그럼에도 불구하고 당신은 이제껏 저한테서 단 두 통의 편지만을 받지 않았습니까? 당신은 제가 '사랑에 관한 것만을 쓴다'고 하셨습니다. 도대체 제가 생각하고 있는 것 외에 무엇을 이야기할 수 있겠습니까? 제가 할 수 있는 것은 고작해야 그 표현을 약하게 하는 것밖에 없었습니다. 그리고 저는 감출래야 감출 수 없는 것만을 썼을 뿐입니다. 그런데 당신은 제게 더 이상 회답을 안 주시겠다고 위협하고 계십니다. 당신은 누구보다도 당신을 사랑하고, 또 사랑하는 것 이상으로 당신을 존경하는 사람을 매정하게 대하는 것도 부족해서 멸시까지 하고 계시는군요. 도대체 당신의 위협과 분노의 원인은 어디에 있습니다. 당신은 무엇 때문에 그래야 했습니까? 심지어 당신이 부당한 명령을 내려도 저는 복종하지 않았던가요? 제가 혹시라도 당신이 바라는 일을 거역할 수 있다고 생각하시는지요? 그렇지 못하다는 것은 이미 증명되지 않았습니까? 그러나 당신은 저에 대한 지배력을 남용하시는 게 아닙니까? 저를 불행하게 만들고 저에게 부당하게 한 다음, 당신에게 그렇게 필요하다고 주장하는 그 평온함을 누리시려고 합니까? 당신은 이렇게 생각하실 수는 없습니까? 즉 그는 나에게 자기의 운명을 맡겼는데 나는 그를 불행하게 만들었다, 그는 나에게 도움을 간청하고 있다, 그런데 나는 그를 매정하게 외면하고 있다라고요. 당신은 나의 절망이 어디까지 이를 것인지 알고 계시나요? 아니오, 모르실 겁니다.

제가 얼마나 불행한지 알기 위해서는 제가 얼마나 당신을 사랑하고 있는지 아셔야 될 겁니다. 그런데 당신은 제 마음을 몰라주십니다.

당신은 저를 있지도 않은 공포의 희생물로 삼을 작정입니까? 도대체 누가 당신에게 그런 공포를 심어놓았나요? 당신을 사모하는 자입니다. 그는 당신이 끊임없이 절대적인 지배력을 행사할 수 있는 자입니다. 당신은 무엇을 두려워하십니까? 무엇 때문에 당신은 당신 마음대로 다룰 수 있는 감정을 두려워하십니까? 하지만 당신의 공상은 괴물을 만들어내고, 이 괴물이 불러일으키는 공포를 당신은 사랑 탓이라고 하십니다. 조금이라도 신뢰를 가지신다면 이 유령은 사라지고 말 것입니다.

한 현인賢人은 두려움을 불식시키기 위해서는 그 원인을 깊이 캐내면 된다고 했습니다.* 이 진리는 특히 사랑의 경우에 잘 들어맞습니다. 사랑하십시오. 그러면 당신의 두려움은 사라질 것입니다. 당신을 두렵게 하는 대상 대신에, 당신은 감미로운 감정, 다정다감하고 복종하는 연인을 발견할 것입니다. 그리고 나날이 행복에 젖어 당신은 무관심하게 보낸 날들을 후회하실 겁니다. 저 자신도 옛날의 과오를 청산하고 당신을 향한 사랑을 위해서만 살기로 한 이후로 관능적인 쾌락에 탐닉하며 지낸 날들을 후회하고 있습니다. 그리고 저를 행복하게 해줄 수 있는 사람은 당신뿐이라고 느껴집니다. 하지만 당신에게 편지를 쓰면서 느끼는 기쁨이 당신을 불쾌하게 만들지 않을까 하는 두려움으로 혼동되지 않기를 빕니다. 저는 당신을 거역하고 싶지 않습니다. 당신에게 복종함으로써 얻었지만, 이제는 빼앗으려고 하는 행복을 다시 돌려주십사 하고 애원합니다. 저는 당신에게 외칩니다. 제 기도를 들어주시고, 제 눈물을 보아달라고요. 오! 부인, 당신은 정녕 저를 거부하시겠습니까?

---

* 이 현인은 〈에밀〉의 저자인 루소 같다. 하지만 이 인용은 정확하지 않다. 그리고 발몽은 이 인용을 잘못 적용하고 있다. 그리고 투르벨 부인이 과연 〈에밀〉을 읽었는지는 의심스럽다.

제59신

발몽 자작이

메르테유 후작 부인에게

당신이 당스니의 횡설수설이 무엇을 의미하는지 알고 계시면 나에게도 가르쳐주세요. 무슨 일이 일어났지요? 대체 그가 무엇을 잃었다는 말이지요? 그의 애인이 그의 영원한 사랑에 화라도 냈단 말입니까? 하기야 그렇지 않아도 화를 낼 법하지요. 그런데 그가 오늘 저녁에 만나자고 해서 그러자고 했는데 그에게 뭐라고 말하지요? 그의 하소연이 우리에게 아무 이득이 없으면, 나는 그따위 말을 듣느라고 시간을 허비하지는 않으렵니다. 사랑하는 사람의 탄식은 불가결한 서창(敍唱, 오페라나 오라토리오 등에서 마치 이야기하듯이 노래하는 부분)에서나 당당한 소영창小詠唱에서 들어줄 만하지요. 그러니 사태가 어떠한지, 그리고 내가 어떻게 해야 하는지 가르쳐주세요. 그렇지 않으면 불을 보듯 뻔한 지겨움을 피하기 위해 달아날 겁니다. 오늘 아침 당신을 뵙고 이야기를 나눌 수 있을까요? 만일 당신이 바쁘시면 최소한 나에게 한마디 말이라도 적어 보내주세요. 그리고 제가 할 역할을 가르쳐주세요.

도대체 당신은 어저께 어디에 있었지요? 요즘은 당신을 보기가 쉽지 않군요. 사실 9월에 나를 파리에 붙들어놓을 필요는 없었어요. 빨리 결정하세요. 왜냐하면 B××백작 부인으로부터 시골로 자기를 보러 오라는 매우 긴급한 초대를 받았거든요. 그리고 백작 부인이 나에게 알린 재미있는 표현에 따르면, '제 남편은 세상에서 가장 아름다운 숲을 갖고 있는데, 친구들의 즐거움을 위해 잘 손질해 놓고 있다'

는 거예요. 제가 이 숲에 대해서 어느 정도의 권리가 있다는 것을 당신도 알 수 있겠죠? 만일 내가 당신한테 필요가 없다면 그 숲을 보러 갈 작정입니다. 그럼 이만. 당스니가 우리 집에 4시쯤 온다는 사실을 염두에 두시길 바랍니다.

17××년 9월 8일, ××에서.

제60신

당스니 기사가

발몽 자작에게 (앞 편지 안에 동봉된 것임)

아! 자작님, 저는 절망에 빠져 있습니다. 저는 모든 것을 잃어버리고 말았습니다. 제 고통의 비밀을 차마 편지로 털어놓을 용기가 나지 않는군요.

하지만 저는 충실하고 믿을 수 있는 친구의 가슴에 이 고통을 쏟아놓지 않으면 안 될 것 같습니다. 몇 시쯤에 당신을 뵙고 당신에게서 위안과 충고를 얻을 수 있을까요? 당신에게 제 마음을 털어놓았던 날만 해도 저는 행복했습니다! 그러나 지금은 얼마나 달라졌는지! 모든 게 저에게는 다 변해 버렸습니다. 제가 괴로워하고 있는 것은 저의 모든 고통에 비한다면 극히 사소한 것에 지나지 않습니다. 제가 가장 소중히 여기는 사람이 겪고 있는 불안, 바로 이것이 제가 견딜 수 없는 것입니다. 저보다 더 행복한 당신은 그녀를 만날 수 있습니다. 저와의 우정을 봐서라도 당신은 그녀를 만나달라는 저의 부탁을 거절하지 않으실 줄 믿고 있습니다. 하지만 그 전에 제 사정 이야기를 해야겠습니다. 저를 불쌍히 여겨서 저를 도와주십시오. 저는 오직 당신에게만 희망을 걸고 있습니다. 당신은 다정다감하시고, 사랑이 무엇인지 알고 계십니다. 그리고 당신만이 제가 속내 이야기를 할 수 있는 유일한 분이십니다. 제발 도와주십시오.

　　　자작님, 그럼 이만. 이렇게 괴로운 가운데서도 당신과 같은 친구가 제게 남아 있다고 생각하는 것이 저의 유일한 위안입니다. 제가 당신을 몇 시에 만나볼 수 있는지 가르쳐주십시오. 오늘 아침이 곤란하시다면 오후 이른 시간이라도 뵐 수 있었으면 합니다.

　　　　　　　　　　　　　　　　17××년 9월 7일, ××에서.

제61신

세실 볼랑주가

　　　　　　　　　　소피 카르네에게

　　　소피야, 너의 세실을, 너의 가엾은 세실을 동정해 다오. 세실은 정말 불행하단다! 엄마가 모든 걸 다 알아버리고 말았어. 나는 엄마가 어떻게 알 수 있었는지 짐작조차 가지 않지만, 여하튼 모든 걸 알아내셨어. 어제 저녁에 엄마는 아주 화가 난 것처럼 보였어. 하지만 나는 별로 신경 쓰지는 않았단다. 더군다나 엄마의 게임이 끝날 때까지 기다리면서 그날 우리 집에서 저녁을 드신 메르테유 부인과 즐겁게 이야기를 나누었단다. 우리는 당스니님에 대해서 많은 이야기를 나누었는데, 그렇다고 누가 우리 얘기를 엿들은 것 같지는 않았거든. 부인은 댁으로 돌아가시고, 나는 내 방으로 돌아왔단다.

옷을 벗고 있는데 엄마가 들어오시더니 몸종을 내보내셨어. 엄마는 내 책상 열쇠를 달라고 하시는데, 그 말투 때문에 난 너무도 떨려서 몸을 제대로 가눌 수가 없었단다. 나는 열쇠를 못 찾는 척했지만, 결국 복종하지 않을 수 없었어. 엄마가 첫 번째로 연 서랍은 바로 당스니 기사님의 편지가 들어 있는 서랍이었어. 너무 정신이 없어서 엄마가 그 편지가 무엇이냐고 물었을 때, 나는 아무것도 아니라는 대답밖에 할 수 없었어. 엄마가 첫 번째 편지를 읽는 것을 보기 시작했을 때야 겨우 안락의자로 가서 주저앉을 수 있을 뿐이었어. 나는 너무 고통스러워 의식을 잃고 말았단다. 내가 정신이 들자 엄마는 곧 몸종을 부르더니 나보고 자라고 말씀하시고는 나가셨어. 당스니님이 보낸 편지를 모두 갖고 말이야. 엄마 앞에 불려갈 것을 생각하면 그때마다 몸이 떨리는구나. 나는 온밤을 눈물로 지새웠단다.

나는 조제핀이 오리라는 생각을 하며 새벽에 이 편지를 쓰고 있단다. 만일 조제핀을 만날 수 있다면 지금 쓰려고 하는 짤막한 편지를 메르테유 부인에게 전해 달라고 부탁하려고 해. 그게 여의치 않으면, 그것을 네 편지 안에 넣을 테니 네가 부쳐주려무나. 지금 내가 위안을 받을 수 있는 사람은 그분밖에 없는 것 같아. 이제 더 이상 당스니님을 만날 수가 없으니 메르테유 부인하고라도 그분에 대해서 얘기해야겠어. 나는 정말 불행해! 메르테유 부인이라면 아마 당스니님에게 보내는 편지를 맡아주실지 몰라. 나는 편지를 조제핀에게 맡길 용기가 나지 않아. 몸종에게는 더더욱 그렇고. 아마 그 애가 내 책상 속에 문제의 편지들이 들어 있다고 고자질했는지도 모르겠어.

너에게 쓰는 편지는 이것으로 그칠게. 왜냐하면 메르테유 부인에게 편지 쓸 시간이 필요해서 그래. 그리고 당스니님에게도 편지를 써야 해. 부인이 편지를 맡아주시겠다면 다 써놓아야 하니까. 편지를 다 쓴 다음 다시 누워 있을래. 방에 누가 들어와도 잠자리에 있다는 걸 보여주기 위해서야. 엄마 방에 불려가지 않아도 되게끔 아프다고 말할 거야. 하지만 순전한 거짓말은 아니야. 확실히 열이 있는 것 이상으로 아프니까 말이야. 너무 울어서 눈이 타는 것 같아. 숨도 못 쉴 정도로 가슴이 막혀 있단다. 당스니님을 앞으로 못 보게 된다고 생각하니 죽고만 싶구나. 그럼 이만, 소피야. 눈물 때문에 가슴이 메어 더 이상 너한 테 편지를 쓸 수 없구나.*

---

* 세실 볼랑주가 후작 부인에게 보낸 편지는 생략한다. 앞의 편지와 똑같은 내용을 간략하게 썼기 때문이 다. 당스니 기사에게 보낸 편지는 발견되지 않았는데, 그 이유는 메르테유 부인이 자작에게 보낸 제63신 에서 볼 수 있다.

17××년 9월 7일, ××에서.

제62신

볼랑주 부인이

당스니 기사에게

기사님, 당신은 어머니의 신뢰와 어린 딸의 순진함을 악용했 기 때문에 이제 저희 집 출입을 삼가달라는 부탁을 들어도 아마 놀라지 않으실 겁니다. 당신은 가장 진지한 호의의 표시에 대해 예절과는 거리

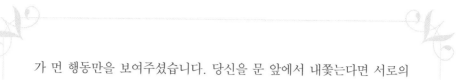

가 먼 행동만을 보여주셨습니다. 당신을 문 앞에서 내쫓는다면 서로의 체면 문제도 있고, 하인들의 입에도 오르내릴 테니, 그보다는 차라리 당신이 다시는 우리 집에 오시지 않는 편이 좋겠습니다. 당신 편에서도 내가 이런 수단을 취하지 않게끔 처신하시기를 바랍니다. 그리고 당신에게 미리 말씀드리는데, 만일 금후에라도 내 딸을 예전처럼 현혹하고자 하는 모습이 조금이라도 눈에 띄는 날엔 차라리 그 애에게 영원히 엄격한 수녀원 생활을 시켜 당신의 손이 미치지 못하게 하겠습니다. 당신이 아무 두려움 없이 내 딸의 명예를 손상시켰던 것처럼, 또 아무 두려움 없이 그 애를 불행하게 할지 안 할지는 모두 당신 손에 달렸습니다. 내가 취할 길은 이미 정해졌고, 나는 그것을 딸애에게 이미 알렸습니다.

　　　여기 당신이 보낸 편지들을 동봉합니다. 내 딸의 편지도 모두 보내주시기 바랍니다. 그리고 나로서는 분노 없이는, 내 딸로서는 수치심 없이는, 그리고 당신으로서는 후회 없이는 기억할 수 없는 이 사건에 대해서 어떤 흔적도 남겨두시지 않기를 바랍니다. 그럼 이것으로 그칩니다.

제63신

메르테유 후작 부인이

발몽 자작에게

　네, 좋아요. 당신한테 당스니의 편지 건에 대해 설명해 드리겠어요. 그가 그런 편지를 쓰게끔 작용한 동기가 된 사건은 내가 꾸민 짓이에요. 어찌 되었든 나의 걸작이지요. 당신의 지난번 편지를 받고 내가 시간을 허비한 셈은 아니죠. 저 아테네의 건축가가 말한 것처럼 "그가 말한 것을 나는 이룩할 것이다"라고 나는 말할 수 있어요.

　이 소설의 미남 주인공에게는 장애물이 필요한데 행복하게 잠자고 있었어요. 나한테 실컷 의지하라지요. 실컷 고생을 하게 만들어 놓을 테니. 내 계산이 틀림없다면 그는 더 이상 제대로 잠을 이룰 수 없을 거예요. 그에겐 정말 시간의 가치를 가르쳐줘야 했어요. 장담하지만, 그는 이제 자기가 허비한 시간을 후회하고 있을 거예요. 또 그에겐 더욱 많은 신비가 필요하다고 하셨죠? 이 요구는 그에게 부족하지 않을 거예요. 나는 자신의 과오를 지적받으면 그것을 메우기 전까지는 조금도 편치 않습니다. 그것이 저의 장점이지요. 그러면 내가 어떻게 했는지 들어보세요.

　그저께 아침에 집에 돌아와서 당신 편지를 읽었어요. 당신의 편지는 훌륭했어요. 당신에게 병의 원인을 정확하게 지적당했다고 믿고 나는 그 병을 치료할 방법을 찾는 데 골몰했어요. 나는 우선 잠부터 자려고 했죠. 지칠 줄 모르는 기사님이 나를 잠시도 못 자게 했기 때문이죠. 그런데 막상 잠을 자려고 하니까 전혀 잘 수가 없었어요. 당스니

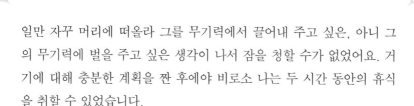

일만 자꾸 머리에 떠올라 그를 무기력에서 끌어내 주고 싶은, 아니 그의 무기력에 벌을 주고 싶은 생각이 나서 잠을 청할 수가 없었어요. 거기에 대해 충분한 계획을 짠 후에야 비로소 나는 두 시간 동안의 휴식을 취할 수 있었습니다.

　　그날 저녁 나는 볼랑주 부인 댁을 방문했습니다. 그리고 계획했던 대로 따님과 당스니 사이는 틀림없이 위험한 관계일 것 같다고 털어놓았지요. 당신을 비난할 때는 그토록 통찰력을 발휘했던 그 여자도 자기 딸 문제에 대해서는 얼마나 바보 같았는지 "그럴 리가 없어요. 분명 당신이 잘못 보셨을 거예요. 우리 딸은 아직 어린애인 걸요"라고 대답하지 않겠어요? 나는 두 사람의 관계에 대해서 내가 알고 있는 것을 모두 말할 수는 없었지만, '나의 도덕심으로나 우정으로' 염려하지 않을 수 없는 서로의 눈길이나 대화에 대해서 늘어놓았죠. 나는 마치 신앙심이 깊은 여자처럼 말을 했죠. 그리고 결정타를 한 방 먹이려고 심지어는 두 사람이 편지를 주고받는 것을 본 것 같다고 말했답니다. 그러고는 이렇게 덧붙였습니다. "그러고 보니 생각나는 것이 하나 있어요. 언젠가 따님이 제 앞에서 책상 서랍을 열었는데, 그 속에는 소중히 간직하고 있는 듯한 편지들이 많이 보였습니다. 따님과 자주 편지를 주고받는 사람이라도 있나요?" 여기까지 이르자 볼랑주 부인의 안색이 변하더니 눈물까지 흘리며 내 손을 잡고는 "고마워요, 부인. 기필코 조사해 보겠어요"라고 말하는 것이었습니다.

　　의심받지 않게 서둘러 대화를 끝낸 다음 딸에게 다가갔습니다. 나는 딸과도 곧 헤어져서 다시 그 어머니한테 가서 내가 일러바친 사실을 딸에게 말하지 말라고 당부했습니다. 딸이 나에게 터놓고 이야기하고, 또 내가 딸에게 늘 '나의 현명한 충고'를 줄 수 있을 정도로 내게 신뢰를 가질 수 있다면 더할 나위 없이 기쁘겠다고 말했더니, 부인은 기꺼이 약속을 지키겠다고 했습니다. 부인이 약속을 지킬 것이 틀림없는 까닭은, 딸 앞에서 자기의 통찰력을 자랑하고 싶을 게 뻔하기 때

문이죠. 이렇게 해서 나는 볼랑주 부인의 눈에도 거짓처럼 보이지 않고
—이것은 내가 꺼리는 일입니다— 동시에 딸에게는 여느 때와 다름없
이 친근하게 대할 수 있게 되었습니다. 더욱이 앞으로는 내 마음대로
오랫동안, 그리고 은밀하게 그 어머니의 의심을 받지 않고 딸하고 같이
있을 수 있는 이점도 생겨났습니다.

　　　　나는 그날 저녁부터 이 이점을 이용했죠. 하던 놀이가 끝나
자 나는 딸을 구석진 곳으로 끌고 가서 당스니 얘기를 하기 시작했죠.
당스니 얘기만 나오면 그 애는 수다가 그치질 않아요. 나는 장난 삼아
내일 당스니를 만나면 어떻게 하겠냐고 꼬여 그 애를 잔뜩 흥분시켰어
요. 그 애의 입에서 나오는 소리는 한결같이 황당무계한 것이었지요.
현실에서 빼앗은 것을 희망 속에 돌려주지 않으면 안 될 판이었죠. 이
모든 것은 틀림없이 그 애를 한층 민감하게 만들었을 겁니다. 그리고
이 아가씨는 고통을 받으면 받을수록 기회가 있으면 그 보상을 받으려
고 서두를 것이 분명해요. 게다가 장래에 대단한 정사를 치르기로 되어
있는 아이에게 미리부터 이런 큼직한 사건에 길들게 하는 것도 좋은 일
이 아니겠어요?

　　　　결국 아가씨는 당스니를 손에 넣는 기쁨의 대가로 눈물 몇
방울쯤은 흘려도 좋지 않겠어요? 그 아가씨는 당스니에게 푹 빠져 있
어요. 나는 그 애에게 그 소원이 이루어지도록 하겠어요. 그것도 폭풍
우가 없었을 때보다 훨씬 빨리 말이에요. 이것도 깨고 나면 감미로운
악몽입니다. 결국 그 아가씨는 나에게 감사를 드려야 할 거예요. 사실
조금 짓궂은 장난을 쳤지만 그래도 즐길 것은 즐겨야지요.

　　　　어리석은 자들은 우리들을 즐겁게 하기 위해 이 세상에 존재
하느니라. (그르세의 희곡 〈심술궂은 사내〉)

　　　　나는 크게 만족하고 물러나면서 이렇게 생각했습니다. 당스

니는 장애물에 부딪혀 자극을 받아 연정을 배가시킬 것이다. 그렇게 되면 가능한 한 그에게 도움을 주자, 아니면 때때로 그런 생각이 들듯이 그가 정말 바보라면 절망한 나머지 손을 들지도 모른다. 이 경우에는 내가 바라던 대로 복수를 한 셈이고, 그와 동시에 그 어머니의 존경과 딸의 존경, 그리고 두 사람의 신뢰를 한 몸에 받게 되는 셈이라고 생각했죠. 내가 제일 신경 쓰는 제르쿠르의 경우 현재도 그렇고 앞으로도 그렇겠지만, 내가 장래 그의 아내가 될 사람을 마음대로 주무를 수 있는데도 불구하고 그녀를 내가 원하는 대로 만들 수단을 발견하지 못한다면 나는 그야말로 불행하든가 아니면 수완이 없는 여자가 되든가 둘 중의 하나일 거예요. 나는 이런 즐거운 생각에 젖어 잠자리에 들어 실컷 늦잠을 잤지요.

일어나 보니 두 통의 편지가 와 있더군요. 하나는 그 어머니에게서 온 것이고, 다른 하나는 딸에게서 온 것이었어요. 그리고 두 편지에서 문자 그대로 '제가 위안을 기대하는 것은 오직 당신뿐입니다'라는 문장을 보고 얼마나 웃었는지 몰라요. 정반대되는 이해관계의 조정역을 맡으면서 한쪽에는 나쁘게 말하고 다른 한쪽은 위로해 줄 입장이니 정말 재미있는 일이 아니겠어요? 무분별한 사람들의 상반된 소원을 들으면서, 자신의 뜻은 털끝만큼도 바꾸지 않는 내가 마치 하느님이라도 된 기분이에요. 하지만 나는 이 엄숙한 역할을 버리고 위로하는 천사 역할을 떠맡기로 했답니다. 그래서 하느님의 가르침에 따라 상심하고 있는 친구들을 찾아갔습니다.

엄마 쪽을 먼저 찾아갔는데, 수심에 싸인 부인의 얼굴을 보니, 이 여자가 당신의 정숙한 부인을 통해서 당스니에게 가한 괴로움은 어느 정도 복수한 셈입니다. 만사가 순조롭게 진행되었습니다. 내가 걱정한 것은 오직 볼랑주 부인이 이것을 기회로 해서 혹 딸에게 신뢰를 얻지나 않을까 하는 것이었습니다. 이것은 정말 쉬운 일로, 딸에게 애정과 호의가 넘치는 말을 한다든가, 사리에 맞는 충고라 하더라도 관대하고 애정 어린 태도와 어조로 하기만 하면 되거든요. 다행히 그녀는 엄격한 태도를 취했습니다. 그리고 내가 박수갈채를 보내지 않을 수 없을 정도로 서툰 짓을 했습니다. 사실 볼랑주 부인은 딸을 수녀원에 보냄으로써 우리의 모든 계획을 깨뜨려버리려고 했습니다만, 나는 이 공격을 재빨리 피하기 위해, 만일 당스니가 계속 볼랑주 양을 따라붙을 경우, 그런 조치를 취하겠다고 위협하는 것으로 그치라고 권유했습니다. 이것 역시 두 사람에게 신중함을 갖게 해 일의 성공을 도모하기 위함이죠.

그 다음 나는 딸에게로 갔습니다. 슬픔이 그 애를 얼마나 아름답게 만들었는지 당신은 상상도 못하실 겁니다. 만일 그 애가 조금이라도 애교를 부릴 줄 알게 되면 눈물깨나 흘릴 것은 틀림없어요. 지금은 순진하게 그저 울고만 있지만요……. 이제까지 그 애한테서 발견하지 못했던 이 새로운 매력에 감동을 받아 나는 황홀한 기분으로 쳐다보면서 처음에는 괴로움을 진정시키기는커녕 오히려 가중시키는 서툰 위로만 해주고 있었어요. 그래서 그 애는 정말 질식할 상태에 이르고 말았어요. 그 애가 더 이상 울지도 못하는 바람에 나는 그 애가 경련을 일으키지 않을까 겁이 났었지요. 그 애보고 눕는 게 좋겠다고 하니까 그 애는 내 말을 순순히 따랐고, 나는 하녀 노릇을 했죠. 그 애는 몸단장을 하지 않고 있어서 급기야는 흩어진 머리카락이 어깨와 완전히 드러난 젖가슴 위로 흘러내렸습니다. 키스를 해주니까 내 팔에 안긴 채 키스를 받다가 또다시 눈물을 흘리는 것이었습니다. 아! 얼마나 아름다운지! 아! 막달라 마리아가 그런 모습이었더라면 죄 지은 여자로서보다 오히려 회개했을 때 더 위험했을 것입니다.

비탄에 젖은 미인이 잠자리에 눕자, 나는 진심으로 위로를 하기 시작했어요. 우선 수녀원에 갈 걱정은 안 해도 된다고 안심시키고, 그 애 마음속에 당스니를 비밀리에 만날 수 있다는 희망을 불어넣어 주었죠. 나는 침대에 걸터앉아 "만일 당스니가 여기에 있다면"이라는 말로 시작해서 뒷이야기를 아름답게 꾸며 기분전환을 시키고 슬픔을 잊게 해주었지요.

만일 그 애가 나에게 대신 당스니에게 편지를 보내달라고 부탁만 하지 않았더라면 우리는 서로 아주 만족한 상태에서 헤어질 수 있었을 겁니다. 나는 편지를 전해 주는 일은 한사코 거절했어요. 그 이유는 다음과 같은데, 아마 당신도 동의해 주시리라고 믿어요.

첫째, 당스니가 나를 나쁘게 생각할 것 같아서 그래요. 볼랑주 양에게는 그 이유밖에 댈 수 없으나 당신과 나 사이에는 달리 많은 이유가 있지요. 이 젊은이들에게 그들의 고통을 누그러뜨리는 손쉬운 방법을 일찍부터 가르쳐준다면 애써 수고한 일이 수포로 돌아가지 않겠어요? 그리고 그들로 하여금 이 사건에 하인들을 끌어들이게 하는 것도 나쁘지 않다고 생각해요. 왜냐하면 내가 바라는 대로 이 사건이 제대로 돌아간다면, 이 사실이 아가씨가 결혼한 다음에 곧 세상에 알려져야 하니까요.

소문을 내는 데는 하인을 이용하는 것만큼 확실한 방법이 없지요. 그리고 행여 하인들이 퍼뜨리지 않는다면 우리가 퍼뜨리지요. 그리고 비밀이 누설된 것을 하인들 탓으로 돌린다면 문제는 없어요.

따라서 당신은 오늘 이런 제 생각을 당스니에게 가르쳐주지 않으면 안 됩니다. 그리고 볼랑주 양의 몸종은 신용할 수 없고, 또 그 애도 의심하고 있으니까 나의 충실한 하녀인 빅투아르가 있다는 것을 알려주세요. 빅투아르에게는 내가 미리 일러두겠어요. 편지 왕래는 우리들에게는 유익해도 그들에게는 전혀 그렇지 않기 때문에 이 생각은 더욱더 내 마음에 듭니다. 아직 내 이야기가 끝나지 않았으니까 이야기를 더 들어주세요.

나는 아가씨의 편지를 맡아 전하는 것을 거절하면서도 혹 그 애가 우체국을 이용하겠다고 말하지나 않을까 시종 노심초사했지요. 그것은 내가 말릴 수 없는 일이니까요. 다행히도 그 애는 머리가 어지러워서 그랬는지, 아니면 그것을 몰라서 그랬는지, 아니면 우체국을 통하면 답장을 받을 수 없는 데다 보내는 편지보다는 답장을 더 소중하게 생각해서 그랬는지, 그 얘기는 전혀 하지 않더라구요. 그러나 그러한 생각이 떠오르지 않게끔, 아니면 그러한 생각을 갖더라도 실행에 옮길 수 없게끔 나는 즉시 마음을 정하고 그 애 어머니의 방으로 갔습니다. 나는 그 어머니한테 딸을 시골로 데려가서 당분간 떼어놓는 게 좋을 것 같다고 열심히 권유했지요. 그 시골이 어딘지 아세요? 벌써 기뻐서 마음이 두근거리지 않으세요? 당신의 백모님인 로즈몽드 노부인 댁이에요. 부인은 오늘 중으로 그 사실을 로즈몽드 노부인 댁에 알릴 겁니다. 이렇게 해서 당신은 당신의 신앙심 깊은 여인을 당당하게 만나러 가는 거예요. 이제 그 여자도 당신과 함께 있으면 소문이 나쁘게 난다는 이유로 당신을 배척하지는 못할 겁니다. 그리고 내가 한 수고 덕에 볼랑주 부인도 당신에게 저지른 과오를 스스로 보상받게 되는 것입니다.

그러나 내 말을 잘 들으세요. 당신 일에만 열중한 나머지 이번 일을 잊어서는 안 돼요. 이번 일은 나와 관계되는 일이니까요.

당신은 두 젊은이의 대리인 겸 충고자가 되어주세요. 이 여행을 당스니에게 알려주고 그에게 도움을 자청하세요. 아가씨에게 신임장을 건네주는 일에만 난색을 보이세요. 그리고 내 몸종을 통하면 가능할 거라고 말해서 즉시 장애를 제거하세요. 당스니는 틀림없이 승낙할 겁니다. 그리고 당신은 수고의 대가로 청순한 마음을 그대로 털어놓는, 재미있는 이야기를 들을 수 있을 것입니다. 가엾은 아이! 첫 편지를 당신에게 건네주면서 얼마나 얼굴을 붉힐까! 사실 상담역이란 대체로 귀찮은 것이라는 선입견을 갖고 있지만, 다른 목적이 있다면 기분전환도 할 겸 아주 좋을 것 같아요. 당신은 이 경우 아주 적합한 인물이에요.

이 연극이 어떤 결말을 맺을지는 당신 노력 여하에 달려 있습니다. 배우들을 언제 부딪치게 하면 적합한지 생각해 보세요. 시골은

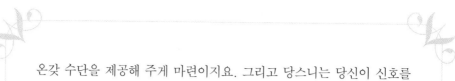

온갖 수단을 제공해 주게 마련이지요. 그리고 당스니는 당신이 신호를 보내기만 하면 곧 내려갈 게 분명해요. 밤에 변장을 하고 창문을 뛰어 넘어서…… 나는 다는 모르겠어요. 그러나 여하튼 아가씨가 처녀의 몸으로 돌아오면, 그때는 당신을 비난하겠어요. 당신 생각으로 내가 그 애를 격려해 줄 필요가 있다면 나에게 말씀하세요. 그 애에게 편지를 간직해 두고 있는 것이 얼마나 위험스러운 일인지는 이미 가르쳐주었다고 생각해요. 그리고 지금 그 애는 당스니에게 편지를 쓸 용기는 없는 듯해요. 나는 늘 그 애를 내 제자로 만들고 싶답니다.

　　　당신에게 말한다는 것을 잊고 있었는데 편지 왕래가 누설된 사실을 그 애는 처음엔 자기 몸종 때문이라고 생각했으나 고해신부에게 의심을 돌리게 했지요. 일석이조라 하겠습니다.

　　　자작님, 그럼 이만. 꽤 오랜 시간 동안 이 편지를 쓰고 있었기 때문에 점심시간이 늦어졌어요. 그러나 자존심과 우정 때문에 이렇게 편지를 길게 쓰지 않을 수 없었어요. 어쨌든 이 편지는 3시에 당신 손에 들어갈 테니 당신이 필요한 것은 얻은 셈이죠.

　　　자, 이래도 나에게 불만이 있으면 얼마든지 말해 보시지요. 그리고 가시고 싶으면 백작의 숲을 보러 가세요. 백작이 친구들을 위해 손질해 두었다고요? 그분은 당신에게 세상에 둘도 없는 친군가 보군요. 그럼 이만. 배가 고파요.

제64신

당스니 기사가

볼랑주 부인에게
(자작이 후작 부인에게 보내는 66신에 동봉한 초고)

    부인, 저는 자신의 행위를 변명할 생각도 없으며, 부인의 행위가 부당하다고 말씀드릴 생각도 없습니다. 다만 저는 마땅히 행복해야 할 세 사람에게 불행을 초래한 사건에 대해 마음 아파할 따름입니다. 제가 이 사건의 희생자라기보다는 장본인이라는 것에 슬퍼한 나머지 어제부터 부인에게 몇 번이나 회답을 드리려고 했으나 차마 그럴 용기가 나지 않더군요. 하지만 부인께 드릴 말씀이 태산 같아서 이렇게 용기를 내어 쓰는 것입니다. 이 편지가 두서없더라도 제 심정이 얼마나 고통스러운지 헤아려주셔서 부디 너그럽게 보아주시기 바랍니다.

    우선 부인의 편지의 첫 구절에 대해 이의를 제기하는 것을 용서해 주십시오. 저는 결코 부인의 신뢰와 볼랑주 양의 순진함을 악이용한 적이 없었다는 사실을 믿어주시기 바랍니다. 저는 행동을 통해 신뢰와 순진함에 대한 존경을 나타냈습니다. 이 행동은 저의 의지에서 비롯한 것입니다. 그런데 의지에 근거를 두지 않은 감정의 책임을 저에게 지우신다면 저도 무어라 말씀드리지 않겠습니다. 하지만 부인의 따님이 제게 불어넣어 준 감정이 설사 부인의 마음에 들지 않는다 하더라도, 결코 부인을 욕되게 한 것이 아님을 저는 단언할 수 있습니다. 부인께는 말씀드릴 수 없으나, 저를 감동시킨 이 감정을 아무쪼록 공정하게 판단해 주시고 제 편지들을 그 증거로 삼아주십시오.

    부인께서는 금후 제가 댁을 출입하는 것을 금하셨습니다. 물론 저는 이 점에 관해서는 부인의 말씀을 따르고자 합니다. 그러나 제가 갑작스럽게 완전히 모습을 나타내지 않는다면 저를 문밖으로 쫓아내라는 명령만큼이나 부인이 우려하시는 하인들의 소문이 나돌지 않을까요? 이것은 저보다는 볼랑주 양에게 더욱 중대한 일인 만큼 특히 강조하는 바입니다. 바라옵건대 이 모든 일들을 충분히 고려하셔서 지나치게 엄격한 나머지 신중함을 등한시하지 않으시기를 바랍니다. 부인의 결심은 모두 따님에 대한 배려라 생각되므로 부인께서 새로운 지시를 내려주실 것을 기대하겠습니다.

하지만 부인께서 제게 이따금 인사를 드리러 갈 기회를 주신다면, 저는 그 기회를 이용하여 볼랑주 양에게 말을 걸거나 편지를 전하는 따위의 짓을 결코 하지 않겠다고 약속드립니다(이 약속은 꼭 지키겠습니다). 따님의 명예에 누를 끼칠 일을 하지나 않을까 하는 두려움 때문에 저 역시 그런 희생쯤은 감수하겠습니다. 따님을 뵙는다는 기쁨만이라도 저에겐 위로가 될 것입니다.

이것이 제 행동을 보고 부인께서 따님에게 내릴 조치를 결정하시겠다는 데 대한 저의 대답입니다. 이 이상의 약속을 한다면, 그것은 부인을 속이는 일이 될 것입니다. 유혹을 일삼는 비열한 자는 상황에 따라 계획을 바꾸고, 그때그때의 일을 보아 계산합니다. 그러나 저를 움직이고 있는 사랑은 오직 두 가지 감정, 즉 용기와 지조뿐입니다.

아니, 제가 볼랑주 양에게 잊혀지고, 또 저보고 따님을 잊으라고 하시다니요! 안 됩니다. 저는 결코 그럴 수는 없습니다. 저는 따님께 충실하렵니다. 따님은 저의 그러한 맹세를 받았고, 오늘도 저는 그 맹세를 되풀이합니다. 죄송합니다. 제가 그만 엉뚱한 소리를 했군요. 본론으로 돌아가겠습니다.

의논드릴 문제가 아직 하나 남아 있습니다. 그것은 제게 요구하신 편지 건입니다. 그렇지 않아도 부인에게 책망을 받고 있는데 부인의 요구를 거절할 수밖에 없으니 정말 괴롭습니다. 하지만 부디 그 이유를 들으시고, 그 옳고 그름을 판단하는 데 있어서 부인의 호의를 잃은 저의 불행을 위로해 주는 것은 오직 부인의 멸시를 받지 않겠다는 소망뿐이라는 점을 아무쪼록 유의해 주십시오.

볼랑주 양에게 받은 편지는 저에게는 언제나 소중하지만 지금의 제게는 한층 더 소중합니다. 따님의 편지는 제게 남은 유일한 재산입니다. 제게 살아가는 보람을 주는 것은 오직 따님의 편지밖에 없습니다. 하지만 부인을 위해서라면 저는 조금도 주저하지 않고 그것마저 희생하겠습니다. 편지를 빼앗기는 슬픔도 부인에 대한 저의 존경심을 표시하려는 소망보다 강하지 못합니다. 그러나 강력한 이유 때문에 저는 망설이고 있습니다. 부인께서도 이 이유에 대해선 비난하지 않으시리라고 믿습니다.

부인께서는 이제 따님의 비밀을 알고 계십니다. 그러나 이렇게 말씀드리는 것을 용서해 주십시오. 부인께서 따님의 비밀을 알게 되신 것은 따님을 급습해서 그렇게 된 것이지, 따님의 신뢰에서 비롯된 것은 아니라 여겨집니다. 그렇다고 어머니의 염려에서 나온 행동을 비난할 의도는 조금도 없습니다. 저는 어머니의 권리를 존중합니다. 그렇다고 해서 저는 그 때문에 저의 의무를 등한시해야 한다고 생각하지는 않습니다. 가장 신성한 의무는 신뢰를 배반하지 않는다는 것입니다. 오직 저에게만 알리고 싶었던 비밀을 다른 사람의 눈에 띄게 하는 것은 신뢰를 배신하는 일일 것입니다. 따님이 부인에게 비밀을 고백할 작정이라면 따님이 직접 말하면 될 테니, 따님의 편지는 부인에게는 소용이 없겠죠. 이와 반대로 따님이 비밀을 간직하고 싶어한다면 제가 자진해서 부인께 그 사실을 알릴 일도 없겠죠. 아마 부인께서도 이 점에 대해서는 기대하시지 않는 편이 좋을 것입니다.

이 일을 표면화하지 말라는 부탁에 대해선 안심하셔도 됩니다. 볼랑주 양에 관계된 일이라면 저도 어머니의 마음 못지않다고 자부할 수 있습니다. 부인의 불안을 불식시켜 드리기 위해 저는 만사에 대비해 두었습니다. 지금까지 '태워 없앨 서류'라고 표기해 둔 귀중한 위탁품에는 '볼랑주 부인 소유의 서류'라고 적어놓았습니다. 혹시 이 편지 속에 부인께서 개인적으로 불만을 가질 수 있는 감정이 조금이라도 발견될까 두려워서 제가 편지의 반환을 거부하고 있는 것이 아니라는 사실은 이것으로 충분히 증명되었다고 생각합니다.

　　　　　대단히 긴 편지가 되고 말았습니다. 하지만 저의 솔직한 심정과, 부인을 기분 나쁘게 해드려서 진심으로 후회하고 있다는 것과 아울러 부인을 진심으로 존경하고 있다는 사실에 대해서 추호의 의심이라도 남겨두었다면 이것으로도 아직 부족할 것입니다.

17××년 9월 9일, ××에서.

제65신

당스니 기사가

세실 볼랑주에게
(자작의 편지 66신과 함께 개봉한 채 메르테유 후작 부인에게 보낸 편지)

　　　　오! 세실 양. 이제 우리는 어떻게 되는 거죠? 어떤 신이 지금 우리를 위협하고 있는 이 불행에서 우리를 구해 주실까요? 사랑의 여신이 이 불행을 견딜 수 있는 힘을 주셨으면! 돌아온 나의 편지들을 보고 당신 어머님의 편지를 읽고 내가 얼마나 놀라고 절망했는지 글로써는 이루 형언할 수 없군요. 누가 우리를 배반했을까요? 당신이 보기에 의심이 가는 사람은 누구지요? 혹 당신이 경솔한 행동을 저지르지는 않았는지요? 지금 당신은 무엇을 하고 계십니까? 사람들로부터 무슨 말을 들었습니까? 모든 것을 알고 싶건만 나는 아무것도 모르고 있습니다. 아마 당신도 나처럼 알고 있는 것이 없나 봅니다.

어머님의 편지와 나의 회답의 사본을 당신한테 보냅니다. 제가 어머님께 말씀드린 것을 당신도 동의해 주리라고 믿습니다. 아울러 그 저주할 사건이 일어난 이래로 내가 취해야 할 행동에 대해서도 당신이 인정해 주기를 바랍니다. 그것은 모두 당신의 소식을 알고, 당신에게 내 소식을 전할 목적에서 그랬던 것입니다. 누가 알겠습니까? 당신을 또 뵙고 이전보다 더 자유롭게 만날 수 있게 될지.

세실 양, 우리가 재회하여 변치 않을 사랑을 다시 맹세하고, 이 맹세가 거짓이 아님을 눈으로 보고 마음으로 느낀다는 것이 얼마나 기쁜지 아십니까? 이런 감미로운 순간이 있다면 지금 우리의 괴로움도 잊혀질 수 있지 않을까요? 아! 그런데 그런 순간이 곧 나타날 것 같습니다. 그것은 내가 당신에게 인정해 주기 바란 바로 그 노력의 덕택입니다. 아니 그보다 그것은 온정 있는 친구의 수고 덕분입니다. 그리고 나의 한 가지 부탁은 그 친구를 당신의 친구로 받아달라는 것입니다.

당신의 허락도 없이 당신의 비밀을 털어놓는 것이 좋지 않을지도 모르겠습니다. 하지만 변명을 한다면 지금의 불행과 상황의 긴박함 때문에 어쩔 수 없이 그랬습니다. 나로 하여금 그렇게 행동하도록 한 것은 사랑입니다. 이 사랑은 당신에게 관용을 요구하며, 어쩔 수 없이 고백한 것에 대해 당신의 용서를 구하고 있습니다. 그렇지 않았더라면 우리는 영영 헤어져 있을지도 모릅니다.* 당신도 내가 이야기하고 있는 친구를 알고 있을 겁니다. 그는 당신이 가장 좋아하는 부인의 벗인 발몽 자작입니다.

---

* 당스니는 사실을 숨기고 있다. 그는 이 사건이 일어나기 전에 이미 발몽에게 속내 이야기를 한 것이다. 제57신 참조.

처음 발몽님에게 이 이야기를 한 것은, 당신에게 보낼 편지를 메르테유 부인을 통해 전해 달라는 부탁을 드려볼까 하는 심산에서 그랬지요. 그러나 발몽님은 이 방법이 좋은 것 같지 않다고 하면서, 메르테유 부인이 하지 못하더라도 부인의 몸종은 그분에게 오래전부터 은혜를 입고 있는 터라 염려하지 않아도 된다고 그랬어요. 그래서 이 편지는 바로 그 하녀가 전해 줄 것입니다. 그리고 당신도 이 하녀를 통해 답장을 보낼 수 있을 겁니다.

그러나 하녀를 이용하는 것도 발몽님이 생각하는 것처럼 당신이 곧 시골로 떠나게 된다면 거의 쓸모없게 될 것입니다. 그러나 그때는 바로 발몽님이 우리를 도와주겠답니다. 당신이 방문할 부인은 발몽님의 친척분이랍니다. 발몽님은 이것을 구실로 당신과 때를 같이하여 그곳에 갈 겁니다. 그리고 우리들 사이의 편지 왕래는 발몽님을 통해 이루어질 겁니다. 심지어 발몽님이 당신이 잠자코 맡겨만 준다면 당신에게 아무런 피해도 없이 우리가 거기서 만날 수 있도록 조치를 취해 주겠다고 하는군요.

세실 양, 사정이 이러하니 만일 당신이 나를 사랑하고 있다면, 나의 불행을 가련하게 여기고, 나와 슬픔을 같이한다면 앞으로 우리의 수호천사가 될 분을 신뢰하는 것을 마다하지 않겠죠? 그분이 없었더라면 나는 당신에게 준 슬픔을 덜어줄 수 없는 나머지 절망에 빠졌을지도 모릅니다. 당신의 슬픔은 언젠가는 끝날 것입니다. 그러나 세실 양, 너무 슬픔에 젖은 나머지 제발 좌절감일랑 갖지 말아주세요. 당신이 고통을 받고 있다고 생각만 하면 나는 견딜 수가 없답니다. 당신을 행복하게 하는 일이라면 이 목숨까지도 바치겠습니다! 당신도 잘 알고 있을 겁니다. 사랑받고 있다는 확신이 당신의 마음에 위안을 가져다주기를! 내 마음의 소망은 당신이 겪고 있는 고통이 사랑에서 비롯한 것이기에, 이 사랑을 용서한다는 말을 듣는 것입니다.

세실 양, 그럼 이만. 나의 다정한 연인이여.

17××년 9월 9일, ××에서.

제66신

발몽 자작이

메르테유 후작 부인에게

부인, 여기 동봉한 두 통의 편지를 보시면 내가 과연 당신의 계획을 잘 수행했는지 아닌지를 알 수 있을 겁니다. 두 통 모두 오늘 날짜로 되어 있으나 사실은 어제 우리 집에서 내가 보는 앞에서 써진 것입니다. 아가씨에게 주는 편지에는 우리가 바라던 일이 모두 들어 있습니다. 당신의 술책이 성공했다는 생각이 드니 새삼 당신의 탁월한 선견지명에 머리가 숙여질 뿐입니다. 당스니는 몸이 완전히 달아올랐습니다. 그리고 앞으로 기회가 생기기만 한다면, 그는 이제는 당신에게 책잡힐 행동은 안 할 겁니다. 만일 그 처녀가 얌전히 말만 들어준다면, 당스니가 시골에 도착한 지 얼마 지나지 않아서 만사가 끝날 것입니다. 나는 수많은 조치를 마련해 두고 있습니다. 당신이 수고하신 덕분에 나는 완전히 '당스니의 친구'가 되었습니다. 이제 남은 것은 그 친구가 '왕자'로서 군림하는 것뿐입니다(볼테르의 어떤 시구와 관계되는 표현).

이 당스니라는 친구는 아직도 풋내기더군요. 내가 아무리 말해도 그 자는 볼랑주 부인에게 사랑을 포기하겠다는 약속을 안 하니 말입니다. 어차피 지키지 않겠다고 작정한 다음에야 그까짓 약속쯤 하는 게 뭐 그리 대단한 일입니까? 그런데 그 친구는 그렇게 되면 거짓말을 하는 것이라고 계속 되풀이하고 있습니다. 처녀를 유혹하는 데 이런 양심의 가책을 운운하다니 참 대단하지 않습니까? 남자란 바로 이런 것인가 보죠? 계획을 짤 때는 한결같이 악랄하면서 정작 실행단계에 이

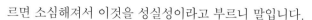

르면 소심해져서 이것을 성실성이라고 부르니 말입니다.

볼랑주 부인이 이 젊은이가 편지에 쓴 경솔한 말에 화나지 않게 하는 것은 당신이 하실 일입니다. 딸을 수녀원으로 보내게 해서는 안 됩니다. 아울러 볼랑주 양의 편지를 돌려달라는 부탁도 단념하게 해 주십시오. 당스니는 결코 그것을 돌려주고 싶은 마음이 없어요. 나도 같은 의견이고요. 여기서 사랑과 이성은 일치를 보는군요. 아가씨가 보낸 편지를 읽어보았는데 지겨워서 혼났어요. 하지만 이 편지 또한 우리에게 유익할지도 몰라요. 그 이유를 설명해 드리죠.

비록 우리가 신중을 기하고 있지만 소문이 날지도 모릅니다. 그러면 결혼은 취소될지도 모르고, 그렇게 되면 제르쿠르에 대한 우리의 계획은 수포로 돌아가게 되고 말지요. 그러나 나로선 볼랑주 부인에게 복수를 해야만 하므로, 그렇게 될 경우엔 딸의 명예를 손상시키려 합니다. 이 편지들을 잘 엄선해서 그 일부를 발표하면 마치 볼랑주의 딸이 먼저 수작을 걸고 몸을 내맡긴 것처럼 보일 겁니다. 이 중에는 그 어머니도 말려들게 되어, 적어도 어머니로서는 용서할 수 없는 부주의 때문에 '명예를 더럽힐 수 있는' 편지도 몇 통 있습니다. 당스니는 소심한 친구라 처음에는 반대했지만, 어쨌든 자기 자신이 공격을 받게 된 것이므로 나중에 가서는 잘할 것입니다. 이렇게 될 가능성은 거의 희박하지만, 그래도 여러 가지 경우를 고려해 둘 필요는 있습니다.

부인, 그럼 이만. 내일 ××원수元帥 댁 만찬에 참석해 주시면 좋겠는데요. 나는 거절할 수가 없어서 그 댁에 갑니다.

볼랑주 부인에겐 내가 시골에 내려간다는 사실을 비밀로 해 두는 것이 좋을 듯합니다. 그 사실을 알게 되면 아마 파리에 남아 있으려고 할지도 모르니까요. 일단 시골에 도착하면 그 다음 날로 떠나려 하지는 않을 겁니다. 만일 그녀가 우리에게 일주일의 여유를 준다면 만사는 내가 책임지겠습니다.

제67신

투르벨 법원장 부인이

발몽 자작에게

　　자작님, 저는 더 이상 당신에게 회답을 쓰고 싶지 않습니다. 지금 이 글을 쓰면서 느끼고 있는 난처한 기분은 아마 회답을 주어서는 안 된다는 것을 증명하고 있는지도 모르겠습니다. 하지만 당신에게 저에 대한 불만의 소지를 남겨놓지 않게 하기 위해서 이렇게 펜을 들었습니다. 제가 당신을 위해 최선을 다했다는 것을 납득시키고 싶군요.

　　당신은 제가 당신이 제게 편지를 보내는 것을 허락했다고 말씀하셨습니다. 저도 그 사실에는 동의합니다. 당신은 이 사실을 저에게 상기시키고 있지만, 그렇다면 제가 어떤 조건으로 허락했는지 알고 계십니까? 당신이 그 조건에 충실하지 못했는데 저만 그것을 지켰다면 당신은 저에게 단 한 통의 회답도 받지 못했을 것입니다. 하지만 지금 세 번째의 회답을 받고 계십니다. 그리고 당신은 시종일관 나로 하여금 어쩔 수 없이 편지 왕래를 못하게 하는 일만 하고 계신데, 저는 그것을 계속할 수 있는 방법을 강구하고 있어요. 그 방법은 하나 있습니다. 그리고 오직 하나뿐입니다. 그리고 당신이 이 방법을 따르지 않는다면, 그것은 당신이 뭐라고 변명하든지 간에 당신이 이 편지 왕래를 얼마나 하찮게 여기고 있는가를 증명하는 것이 될 겁니다.

　　제발 제가 들을 수도 없고 듣고 싶지도 않은 그런 말씀은 삼가주세요. 저를 모욕하고 저에게 두려움을 주는 그러한 감정을 버려주세요. 그리고 그런 감정을 당신과 나 사이를 갈라놓는 장애라고 생각하셔서, 그런 감정에 집착하시지 않는 게 좋으리라고 생각합니다. 도대체 당신이 알고 계시는 감정은 연애감정밖에 없나요? 그리고 연애감정은 우정을 배제하는 그런 단점도 갖고 있나요? 당신은 다정한 감정을 갖기를 바라는 당신 친구에 대해서 우정이 배제된 감정을 갖고 싶어하시나요? 저는 그렇게 생각하고 싶지 않습니다. 그런 모욕적인 것은 생각만 해도 역겨워서 당신과 나를 영원히 갈라서게 하고 말 것입니다.

자작님, 당신에게 우정을 느낀다면, 저는 당신에게 제가 지닌 모든 것, 제가 지닐 수 있는 모든 것을 드릴 수 있습니다. 이 이상 당신은 그 무엇을 바랄 수 있습니까? 이토록 부드럽고 제 마음에 꼭 맞는 기분에 잠기기 위해서 저는 당신의 승낙만을 기다리고 있습니다. 그리고 우정만 있으면 행복하다는 말씀이 바로 제가 당신에게 기대하고 있는 겁니다. 그렇게만 된다면 사람들이 저에 대해 뭐라고 말했건 간에 다 잊을 것입니다. 저는 저의 선택이 틀리지 않았다는 것을 당신이 보여주시기를 기대하고 있습니다.

저는 이처럼 솔직하답니다. 이것으로써 당신에 대한 저의 신뢰가 증명되리라고 믿습니다. 이 신뢰를 더욱 증대시키는 것은 오직 당신 마음에 달려 있습니다. 그러나 미리 말씀드릴 것은 당신에게서 사랑이라는 말이 나오는 순간, 이 신뢰는 영원히 깨지고, 저는 온갖 종류의 두려움만을 갖게 될 것입니다. 그 말은 저에게는 당신에 대한 영원한 침묵의 신호가 되고 말 것입니다.

당신의 말씀대로 당신이 '개심' 하셨다면, 죄를 범한 여자의 후회의 대상이 되기보다는 차라리 정숙한 여자의 우정의 대상이 되는 것을 원해야 하지 않습니까? 그럼 이만 줄이겠어요. 이 정도까지 말씀드렸으니 당신의 회답이 있기 전까지는 이 이상 아무것도 드릴 말씀이 없습니다.

제68신

밭몽 자작이

투르벨 법원장 부인에게

부인, 편지는 잘 받아 보았습니다. 어떻게 대답하면 좋겠습니까? 솔직히 말하면 당신을 잃게 될 테니 과연 어떻게 진실을 말할 수 있겠습니까? 그래도 상관없습니다. 대답해야지요. 저는 그럴 용기가 있습니다. 저는 당신을 얻는 것보다 오히려 당신이 높이 사는 사람이 되는 게 좋다고 거듭 생각하고 있습니다. 그리고 언제나 바라고 있는 행복을 당신이 거절한다 하더라도 적어도 저의 마음은 행복을 받을 만하다는 것을 당신에게 증명하지 않으면 안 되겠습니다.

제가 '개심' 한 것이 지금 와서 얼마나 유감스러운지 모르겠군요. 그렇지 않았더라면 오늘쯤 전율을 느끼며 그에 대한 회답을 쓰고 있는 당신의 편지를 얼마나 기쁘게 읽었을까요? 당신은 편지 속에서 '솔직' 하게 말씀하셨고, 당신의 '신뢰' 를 나타내셨으며, 끝으로 '우정' 을 바치셨습니다. 이 얼마나 대단한 선물입니까, 부인? 그리고 이 선물을 이용할 수 없으니 얼마나 원통한 일입니까? 왜 제가 이전의 제가 아닌지요?

만일 제가 이전의 저라면, 만일 제가 평범한 관심, 말하자면 유혹과 쾌락의 소산이기는 하나 오늘날 사랑이라고 부르는 그 경박한 관심만을 당신에게 가졌다면, 얻을 수 있는 모든 것을 재빨리 이용했을 것입니다. 성공할 수만 있다면 수단을 가리지 않고 당신의 마음을 간파하기 위해 당신의 솔직함을 부추기고, 신뢰를 저버리기 위해 당신의 신

뢰를 구하고, 우정을 그르치기 위해 우정을 받아들일 것입니다……. 아니, 부인. 이 묘사가 끔찍하다고요? …… 아! 하지만 제가 단순히 당신의 친구가 된다는 것을 인정할 경우, 이것이 참다운 저의 모습입니다…….

나 같은 사람이 당신의 영혼에서 비롯된 감정을 다른 사람과 나누어 갖는 것에 동의할 수 있다고 생각하시나요? 만일 제가 그런 말을 한다면, 그때부터는 더 이상 저를 믿지 마십시오. 그렇게 된다면 저는 당신을 속이려 들 것입니다. 당신을 계속 원할지는 모르겠습니다만, 이미 당신을 진정으로 사랑하지 않는 것은 확실합니다.

당신의 고마운 솔직함, 부드러운 신뢰, 다정한 우정이 제게 대수롭지 않기 때문에 그런 것은 아닙니다……. 그러나 오! 사랑, 당신이 내 마음속에 일으킨 진정한 사랑은 이 모든 감정을 한데 묶고 활력을 불어넣어 주기 때문에, 그러한 감정들처럼 비교 선택하는 것을 인정하는 마음의 평온이나 냉정과는 어울리지 않습니다. 아닙니다, 부인. 저는 결코 당신의 친구가 되지 않으렵니다. 저는 당신을 더할 나위 없이 존경하지만 당신을 가장 부드럽고, 가장 열렬한 연정으로 사랑하렵니다. 당신은 이 사랑을 절망에 빠뜨릴 수는 있어도 없앨 수는 없을 것입니다.

당신은 사랑의 표시를 거절하면서 무슨 권리로 제 마음을 좌우하시려고 합니까? 당신을 사랑하는 행복마저 빼앗으려고 하시니 당신의 잔인함은 너무도 철저합니다. 이 행복은 저의 것이고 당신하고는 아무런 상관도 없습니다. 저는 이 행복을 지킬 것입니다. 설사 그것이 제 고통의 근원이라 할지라도, 동시에 이것을 고쳐주는 약이기도 합니다.

싫습니다. 다시 한 번 더 말하지만, 싫습니다. 계속 잔인하게 거절하십시오. 그러나 저의 사랑은 상관하지 말아주십시오. 당신은 저를 불행하게 만드는 것을 즐기고 있습니다! 좋습니다. 그렇게 하십시오. 제 용기를 꺾어놓으십시오. 하지만 저는 적어도 당신이 제 운명을 결정하게 할 수 있을 겁니다. 그리고 언젠가는 제가 옳다고 인정하실 겁니다. 언젠가는 당신의 사랑을 받으리라 기대하기 때문이 아닙니다. 이치를 따져서가 아니라 마음으로 당신이 저를 잘못 판단했다고 생각할 날이 올 거라고 믿기 때문입니다.

보다 적절히 말하면, 당신은 당신 자신에 대해서 부당하십니다. 당신을 알면서 당신을 사랑하지 않는 것, 당신을 사랑하면서도 마음을 바꾸는 것, 이 두 가지는 모두 불가능합니다. 그리고 아무리 겸손한 당신일지라도 당신이 불러일으킨 감정에 놀라시는 것보다도 그것을 비난하는 일이 훨씬 쉬운 것처럼 보입니다. 저로서는 당신을 옳게 평가하는 것이 저의 유일한 장점이므로, 이 장점을 잃고 싶지 않습니다. 따라서 저는 당신의 미묘한 제의를 승낙하는 게 아니라 오히려 당신을 영원히 사랑하겠다는 맹세를 당신의 발아래 바칩니다.

17××년 9월 10일, ××에서.

제69신

세실 볼랑주가

당스니 기사에게
(연필로 쓴 것을 당스니가 복사한 것)

제가 무엇을 하고 있는지 물으셨지요? 저는 당신을 사랑하고 있고 울고 있습니다. 어머니는 이제 제게 아무 말도 걸지 않고, 저한테서 종이와 펜, 그리고 잉크를 빼앗아 갔습니다. 다행히 연필 하나가 남아 있어서 당신이 보낸 편지 여백에 이 글을 쓰고 있습니다. 당신이 하신 일에 저도 동의하지 않을 수 없습니다. 저는 당신을 너무 사랑하기에 당신 편지를 받고 제 편지를 전하기 위해 어떤 수단이라도 붙들려고 합니다. 저는 발몽님을 좋아하지 않았고, 또 그분이 당신과 그렇게 친하리라고는 생각하지도 않았습니다. 그러나 앞으로는 그분과 친해지려고 노력함은 물론이고 당신을 위해 그분을 좋아하겠습니다. 저는 누가 우리들을 배신했는지 모릅니다. 틀림없이 저의 몸종 아니면 고해신부 둘 중에 한 사람일 거예요. 저는 정말 불행하답니다. 어머니와 저는 내일 시골로 떠나요. 거기서 얼마 동안 머무를지 모릅니다. 아! 이제 당신을 뵐 수 없다니! 이제 남은 여백이 없습니다. 그럼 안녕, 제 글을 잘 읽어주세요. 연필로 쓴 이 글자들은 사라질지도 모르지만 제 마음속에 새겨진 사랑의 마음은 결코 지워지지 않을 겁니다.

17××년 9월 11일, ××에서.

발몽 자작이

메르테유 후작 부인에게

부인, 당신에게 중대한 정보를 알려드려야 하겠습니다.
당신도 아시다시피 나는 ××원수 댁에서 저녁을 들었는데,

거기서 당신에 대한 이야기가 나오더군요. 나는 당신에 대해서 내가 평소에 생각했던 당신의 장점 아닌 장점들을 늘어놓았죠. 모두들 제 의견에 동조하는 것처럼 보였습니다. 가까운 사람을 칭찬할 때에는 늘 그런 법이지요. 이때 반대자가 나타났습니다. 프레방이라는 자였어요. 그는 자리에서 일어나 이렇게 말했습니다.

"메르테유 부인이 정숙하다는 점에 대해서는 저는 결코 의심하지 않습니다. 하지만 부인이 정숙함을 유지하는 것은 부인의 도덕심 때문이 아니라 경망스러워서 그런 거라고 생각합니다. 아마 부인의 마음에 들기는 쉬워도 부인을 뒤쫓는 것은 어려운가 봅니다. 한 여자를 뒤쫓다 보면 도중에서 다른 여자들을 만나는 일이 흔하죠. 그런데 어떤 점을 고려해 보아도 다른 여자들이 메르테유 부인만큼의 가치가 있거나, 아니면 더 낮거든요. 이래서 남자들은 뭔가 색다른 맛에 끌리기도 하고, 어떤 남자들은 부인을 뒤쫓는 일에 싫증이 나서 포기해 버리고 맙니다. 부인은 모름지기 파리에서 남자에게 저항할 필요가 전혀 없는 여자일지도 모릅니다."

몇몇 부인이 미소를 지으니까 이 자는 더욱 신이 나서 계속 말을 하더군요.

"저로선 부인을 유혹하기 위해 여섯 필의 말이 지쳐서 죽을 때까지 바꿔 탈 때에야 비로소 부인의 정숙함을 믿을 수 있을 겁니다."

대체로 남을 비방하는 농담이 그렇듯, 이 질이 나쁜 농담도 성공을 거두었습니다. 좌중을 한바탕 웃겨놓고는 프레방은 제자리에 앉았습니다. 화제는 바뀌었습니다. 그런데 이 회의주의자 곁에는 두 명의 백작 부인이 있었는데, 이 세 사람은 아까 그 얘기를 하고 있었습니다. 다행히도 내 자리에서 그들이 하는 이야기를 엿들을 수 있었지요.

그 자가 당신을 유혹해 보겠다고 하자 모두들 동의했습니다. 그는 일의 진행에 대한 자초지종을 이야기해 주겠다고 약속했습니다. 그가 한 여러 가지 약속 가운데 이것만은 반드시 지켜질 것입니다. 당

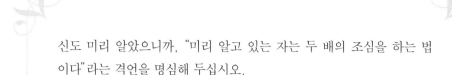

신도 미리 알았으니까, "미리 알고 있는 자는 두 배의 조심을 하는 법이다"라는 격언을 명심해 두십시오.

더 말해 두어야 할 것은, 이 프레방이라는 자는 당신이 모르고 계시지만, 꽤 상냥하고 게다가 수완깨나 있는 친구입니다. 내가 가끔 반대 의견을 말한 것은 단지 그 자가 싫어서 그랬던 것이고, 그의 성공을 방해하는 게 즐거워서 그랬던 것입니다. 그리고 현재 인기 있는 30여 명의 부인네들에게 내 의견이 얼마나 큰 비중을 차지하고 있는지 알고 있었기 때문이죠.

사실 나는 오랫동안 이런 방법으로 그가 이른바 등용문에 등장하는 것을 방해해 왔습니다. 그래서 그는 비록 놀랄 만한 일을 해냈으나 별로 명성을 얻지는 못했죠. 그러나 최근 삼중 연애를 벌여서 세인의 주목을 끌어 소문이 자자해지자 이제껏 지니지 못했던 신뢰를 얻게 되면서 가공할 인물이 되고 말았던 것입니다. 그리하여 이제 나에게 사랑의 적수로 두려운 자는 이 자밖에 없습니다. 그렇기 때문에 당신의 관심이야 어떻든 당신이 이 자를 웃음거리가 되도록 해주시면 고맙겠습니다. 이 자를 유능한 사람의 손에 맡겼으니 내가 시골에서 돌아왔을 때에는 이 자가 이미 볼장 다 본 자가 되어 있기를 기대합니다.

그 대신 당신 제자의 연애사업이 성공하도록 나의 정숙한 연인에게 신경 쓰는 것처럼 당신 제자에게도 신경 쓸 것을 약속합니다.

나의 정숙한 여인은 조금 전에 드디어 항복의 뜻을 비친 편지를 보내 왔습니다. 편지 어느 곳을 보아도 속고 싶은 마음이 뚜렷하게 나타나 있더군요. 속는 데 있어서 이보다 더 편리하고 상투적인 방법을 쓰는 것은 불가능할 겁니다. 부인은 내가 '자기의 벗'이 되기를 원하고 있습니다. 그러나 새롭고 어려운 방법을 즐기는 나로서는 그렇게 호락호락하게 그 여자를 용서해 줄 수 없습니다. 평범한 유혹으로 끝장나는 일이었더라면 그런 노력은 들이지도 않았을 겁니다.

그러기는커녕 오히려 나의 계획은 그 여자가 나에게 바치는 하나하나의 희생의 가치와 영향을 절실하게 느끼도록 하는 데 있습니다. 양심의 가책을 느끼지 않을 수 없을 정도로 너무 빨리 끌고 가지 않으면서, 그 여자를 천천히 괴롭히면서 정조를 함락시키는 것입니다. 그리고 그 애절한 광경을 그 여자에게 끊임없이 보여주면서 더 이상 그러고 싶은 욕망을 감출 수 없게끔 한 다음에야 비로소 내 품에 안길 수 있는 행복을 준다는 것입니다. 요컨대 내가 그 여자에게 갈망할 만한 가치가 없는 남자라면, 나는 별로 쓸모가 없는 자에 불과할 것입니다. 그리고 사랑한다는 고백을 수치로 여기는 그런 여자에게 복수하기 위해서는 그 정도는 약과입니다.

나는 그래서 그 소중한 우정을 거절하고 연인의 자격을 고집했습니다. 이 자격은 언뜻 보면 표현상의 문제에 불과한 것 같지만, 이것을 획득하는 것이야말로 중요한 문제이므로 나는 편지를 쓰는 데 온갖 세심한 배려를 다 기울였습니다. 이를테면 나는 무질서하게 글을 썼습니다. 이러한 방법만이 그와 같은 감정을 표현할 수 있기 때문이지요. 그리고 마지막에는 가능한 한 이치에 닿지 않는 말만 썼습니다. 왜냐하면 이치에 닿는 말은 애정이 결여되어 있기 때문이죠. 바로 여성이 남성보다 연애편지를 쓰는 데 훨씬 탁월한 것은 바로 그러한 이유에서인 것 같습니다.

나는 아첨하는 말로 편지의 마지막을 맺었습니다. 이것 역시 나의 오랜 관찰의 결과에서 비롯된 것이지만, 여자의 마음이란 얼마 동안 괴로워한 다음에는 휴식이 필요한 법이니까요. 그리고 어떤 여자에게라도 아첨이 가장 부드러운 베개라는 것을 나는 알고 있습니다.

부인, 그럼 안녕히 계십시오. 나는 내일 떠납니다. 만일 ×× 백작 부인에게 전할 말이 있으면 적어도 점심때에는 부인 댁에 들르기로 하죠. 당신을 뵙지 못하고 떠나니 유감이군요. 아무쪼록 훌륭한 지시를 해주십시오. 그리고 중요한 시기에 당신의 현명한 충고로 나를 도와주십시오.

특히 프레방으로부터 당신의 몸을 지켜주십시오. 그 희생에 대해서는 언젠가는 보상해 드리겠습니다. 그럼 이만.

17××년 9월 13일, ××저택에서.

제71신

발몽 자작이

메르테유 후작 부인에게

얼빠진 하인 녀석이 파리에다 내 서류봉투를 두고 왔지 뭡니까. 내 연인의 편지랑 볼랑주 딸에게 보내는 편지랑 다 필요한 것인데 두고 왔다고 하지 않겠어요? 하인은 바보 같은 짓의 대가를 치르기 위해 지금 파리로 떠나려 하고 있습니다. 말안장을 올려놓는 동안 당신에게 오늘 밤에 일어났던 일을 이야기해 드리죠. 내가 시간을 허비하면서 살고 있지 않다는 사실을 믿어주십시오.

사건 자체는 별로 대단한 것은 아닙니다. M×× 자작 부인과의 옛 관계를 되풀이하는 일에 불과했으니까요. 그러나 재미있는 것은 이 사건의 세부적인 사실들입니다. 게다가 내가 여자를 파멸시키는 재주뿐만 아니라, 원한다면 여자를 구해 줄 능력도 겸비하고 있음을 당신에게 보여주게 되어서 기쁘기도 하고요. 가장 어렵고도 가장 유쾌한 길을 택하는 것이 내가 항상 취하는 방침이지요. 나를 단련시키고 즐겁게 하는 일이라면 나는 선행도 마다하지 않습니다.

여하튼 나는 여기서 자작 부인을 만났습니다. 모두들 나보고 이 저택에서 자고 가라고 하는데 특히 자작 부인의 부탁은 대단하더군요. 그래서 나는 그녀에게 이렇게 말했습니다. "당신과 밤을 함께 보낸다면 동의를 하지요." 그랬더니 그녀는 "그것은 곤란해요. 브레삭이 와 있거든요"라고 대답하는 게 아니겠습니까? 지금까지 나는 자작 부인에게 예의 바른 말만 했으나 안 된다는 말을 듣자 버릇대로 화가 치밀어 올랐습니다. 브레삭 같은 사내 따위에게 내가 희생당한다는 것은 수치스러운 일이죠. 그래서 결코 참을 수 없다는 생각에 단연코 머무르기로 작정했습니다.

　　하지만 상황은 여러 가지로 내게 불리했습니다. 이 브레삭이라는 자는 서툰 짓을 해서 자작의 의심을 사고 있었습니다. 그래서 자작 부인은 더 이상 그를 자기 집에 들여놓을 수 없게 되었죠. 마음 좋은 백작 부인 댁에 오게 된 것도 실은 두 사람이 이곳에서 며칠 밤을 즐기려고 서로 의논해 둔 일이었던 것입니다.

　　자작은 여기서 브레삭을 만나게 되자 처음에는 언짢아 했으나, 질투보다는 사냥을 더 좋아한 탓인지 여기에 눌러 있기로 했습니다. 아시다시피 한결같은 백작 부인은 자작 부인에게 복도에 딸린 방을 배정하고 그 양쪽 방에 각각 남편과 정부를 들여보내서 서로 알아서 하라는 식으로 해두었습니다. 그런데 내가 맞은편에 있는 방을 배정받았으니 그들에게는 운이 나빴던 셈이죠.

　　바로 그날, 그러니까 어저께지요. 당연한 일이지만, 브레삭은 자작에게 아첨을 떨어서 비록 자신은 사냥을 좋아하지 않지만 자작과 함께 사냥을 하러 갔습니다. 제딴에는 하루 종일 자작에게 시달린 만큼, 밤이 되면 애인의 품 안에서 기분을 풀려는 심산이었겠지요. 하지만 나는 그도 휴식을 필요로 할 것이라고 생각해서, 자작 부인이 자기 애인에게 휴식 시간을 갖게끔 마음을 쓰도록 하는 데 별별 수단을 다 동원했습니다.

나는 술책을 부려, 브레삭이 사냥에 따라나선 것은 물론 부인을 위해서 한 것이었는데, 부인이 이 사냥을 트집잡아 그에게 싸움을 걸게 만들었습니다. 구실로서는 나쁜 것이지만, 이치를 따지는 대신에 화를 내고 억지를 쓰는 통에 달래기 어려운 여자들이 공통적으로 갖고 있는 이러한 재능 면에 있어서 자작 부인만큼 탁월한 여자는 없을 것입니다. 또 때도 때인 만큼 언쟁을 하기에 적합하지도 않고요. 단 하룻밤만을 원했으므로 나는 이 두 사람이 그 다음 날 화해하는 데는 이의가 없었지요.

　　브레삭이 돌아오자 부인은 그를 화난 얼굴로 대했습니다. 그는 이유를 물었으나 부인은 싸움을 걸었습니다. 그가 해명을 하려고 했으나, 자작이 그 자리에 있어서 대화가 중단될 수밖에 없었지요. 그는 결국 남편이 없는 틈을 타서 부인에게 그날 밤 자기 말을 들어줄 수 있냐고 간청했습니다. 자작 부인의 탁월한 재능이 나타난 것은 바로 이때였습니다. 그녀는 남자들의 뻔뻔스러움에 대해 화를 터뜨렸습니다. 남자들은 여자에게 호의를 받는 것을 가지고, 여자가 그것 때문에 불만을 갖고 있는데도 그 호의를 이용할 권리를 갖고 있는 것처럼 행동한다는 것이 그 이유이지요. 이어 부인은 교묘하게 화제를 바꾸어 섬세하고 다감하게 이야기를 늘어놓아 브레삭은 아무 말 못하고 어리둥절해 있었습니다. 나 자신도 부인이 옳다고 느낄 정도였으니까요. 사실 나는 이 대화에 두 사람의 친구로서 제삼자로 끼어들고 있었거든요.

　　끝으로 부인은 브레삭에게 자기는 사냥의 피로에 사랑의 피로를 보태주고 싶지 않으며, 사냥의 유쾌한 즐거움을 망치게 해서 미안하다고 진심으로 말해 버렸습니다. 이때 남편이 들어왔지요. 대꾸할 자유조차 없어진 브레삭은 낙심해서 나한테 말을 건넸습니다. 그리고 그는 나도 뻔히 잘 알고 있는 이유를 장황하게 늘어놓고는, 자기 대신 나보고 자작 부인에게 얘기해 달라고 부탁했습니다. 약속했지요. 부인에게 말을 하긴 했으나, 그것은 부인에게 감사를 드리고 밀회 시간과 방법을 의논하기 위해서였었죠.

　　부인은 자기 방이 남편과 정부의 방 사이에 있으므로 안전을 기하기 위해 브레삭을 자기 방에 맞아들이는 대신 자기가 직접 간다고 하더군요. 그리고 내가 그녀의 맞은편 방에 있으니까 역시 자기가 나한테 오는 것이 안전할 것이라고 했습니다. 그녀는 몸종이 나가자마자 내 방으로 오겠다고 했습니다. 나는 문을 살짝 열어놓고 그녀를 기다리기만 하면 됐죠.

　　만사가 의논한 대로 진행되었죠. 부인은 밤 1시경에 찾아왔습니다.

　　……가벼운 옷을 걸치고
　　꿈에서 깨어난 아름다운 여인이여.(라신의 〈브리타니퀴스〉)

　　나는 자만심이라곤 조금도 없으므로 밤중에 일어난 일은 얘기하지 않겠습니다. 하지만 나 자신에 대해 만족했으니까 어떠했는지 짐작은 가실 겁니다.

　　새벽이 되자 헤어져야 합니다. 이제부터가 재미있습니다. 이 침착하지 못한 여자는 문을 조금 열어두었다고 생각했는데, 가보니 문이 닫혀 있었지요. 방문 열쇠는 안에 있었습니다. 자작 부인이 곧 "아! 난 끝장이에요"라고 내게 말했을 때, 그녀의 얼굴에 나타난 절망감이 어떠했는지 상상할 수 없을 겁니다. 부인을 그대로 내버려두었더라면 아주 재미있었을 것입니다. 그러나 한 여자가 나 때문에 그런 게 아니라 나를 위해 파멸할지도 모르는 것을 내가 눈뜨고 볼 수 있겠습니까? 그리고 이럴 때 다른 사람처럼 허둥지둥해서야 되겠습니까? 따라서 무슨 방법이라도 강구해야 했지요. 당신이라면 이때 어떻게 하겠습니까? 나는 다음과 같은 수법을 썼고, 결국 성공했습니다.

　　나는 곧 한바탕 소란을 피우면 문제의 문은 열릴 수 있다고

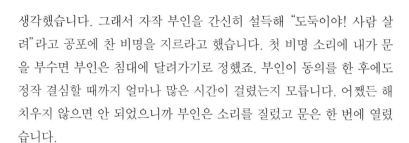

생각했습니다. 그래서 자작 부인을 간신히 설득해 "도둑이야! 사람 살려"라고 공포에 찬 비명을 지르라고 했습니다. 첫 비명 소리에 내가 문을 부수면 부인은 침대에 달려가기로 정했죠. 부인이 동의를 한 후에도 정작 결심할 때까지 얼마나 많은 시간이 걸렸는지 모릅니다. 어쨌든 해치우지 않으면 안 되었으니까 부인은 소리를 질렀고 문은 한 번에 열렸습니다.

자작 부인이 그 다음 재빨리 행동했기에 망정이지 그렇지 않았다면 큰일 날 뻔했습니다. 왜냐하면 바로 그 순간에 자작과 브레삭이 복도에 나타났고, 몸종도 여주인의 방으로 달려왔으니까요.

침착한 것은 나뿐이었지요. 나는 여전히 타고 있는 등불을 끈 다음 그것을 바닥에 엎어놓았답니다. 방에 불이 켜져 있는데 그런 난리를 부리는 것이 얼마나 우스꽝스러운 일인지 생각해 보세요. 비명 소리를 듣고 달려가 문을 부수는 데 족히 5분은 걸렸는데, 그때까지도 세상 모르게 잘 수 있느냐고 나는 오히려 부인의 남편과 정부를 책망했습니다.

부인은 침대에 들자 용기를 되찾아 나를 교묘하게 도우면서 틀림없이 방에 도둑이 들어왔다고 단언했습니다. 그녀는 심각한 어조로 생전에 이렇게 무서워해 본 적은 처음이라고 말했어요. 우리는 구석구석을 다 찾아봤지만 아무것도 발견할 수가 없었습니다. 그때 뒤집혀진 등불을 보고 나는 아마 쥐가 부인에게 공포를 일으킨 것 같다고 결론을 내렸습니다. 모두가 나의 견해에 찬동을 하고 쥐에 대한 해묵은 재담을 몇 마디 던졌습니다. 자작은 아내에게 앞으로는 조용한 쥐를 키우라고 당부하고 제일 먼저 자리를 떠서 방으로 돌아갔습니다.

우리들과 함께 남은 브레삭은 자작 부인에게 다가가 그건 사랑의 신의 복수라고 다정하게 말했습니다. 이 말에 그녀는 나를 쳐다보면서 이렇게 대꾸했습니다.

"비너스 신은 대단히 노하셨나 보죠. 대단한 복수를 하셨으니까 말이에요. 하지만 저는 너무 피곤해서 이제 자고 싶어요."

나는 감사의 마음이 생겨 헤어지기 전에 브레삭을 변호해 주고 두 사람을 화해시켰습니다. 두 연인은 서로 키스를 했고, 나는 두 사람의 키스를 받았습니다. 하지만 솔직히 말해 자작 부인의 키스는 그저 그렇지만 브레삭의 키스가 더 흐뭇하더군요. 우리는 함께 그 방에서 나왔습니다. 서로 장황한 감사의 말을 주고받은 후 각자 자러 갔습니다.

이 이야기가 재미있다는 생각이 들면 퍼뜨려도 좋습니다. 나는 이제 실컷 즐겼으니까 다른 사람들도 그것을 즐겨야겠지요. 지금은 이 사건만 이야기하고 있지만, 머지않아 나의 여주인공에 대해서도 이야기할 날이 오지 않을까요?

그럼 이만. 하인이 한 시간 전부터 기다리고 있군요. 당신에게 키스를 보내며, 이제 프레방을 특히 경계해 달라고 부탁할 시간밖에 남아 있지 않습니다.

17××년 9월 11일, 파리에서.

제72신

당스니 기사가

세실 볼랑주에게(간신히 14일에 전달된 것)

오! 세실! 나는 발몽의 처지가 얼마나 부러운지 모릅니다. 그는 내일 당신을 만납니다. 그는 이 편지를 당신에게 건네줄 것입니다. 그리고 나는 당신과 멀리 떨어져 사랑에 번민하며 그리움과 고통 속에 괴로운 나날을 보내지 않으면 안 되겠지요. 세실, 사랑하는 세실, 나의 이 괴로움을 동정해 주세요. 당신이 겪고 있는 불행을 생각하니 용기조차 꺾입니다.

그대를 불행하게 만든 장본인이 바로 나이니 얼마나 끔찍한 일입니까? 나만 아니라면 당신은 행복하고 평온하게 살 수 있을 것입니다. 당신은 나를 용서하십니까? 제발 말씀해 주세요, 나를 용서해 준다고. 그리고 저를 사랑한다고, 영원히 사랑한다고 말씀해 주세요. 나는 그 말을 되풀이해서 듣고 싶습니다. 당신이 나를 사랑한다는 것을 의심해서 그런 것은 아닙니다. 그러나 그렇게 확신하면 할수록 그 말을 되풀이해서 듣는 것이야말로 저의 기쁨입니다. 당신은 나를 사랑하시지요? 그렇고말고요. 당신은 마음을 바쳐 나를 사랑하고 있습니다. 나는 그것이 당신이 해준 최후의 말이라는 것을 잊지 않고 있습니다. 그 말을 나는 얼마나 굳게 내 마음속에 받아들였는지요! 그 말은 얼마나 깊이 내 마음속에 새겨졌는지요! 그리고 그 말에 대답했을 때, 내 마음은 얼마나 감격했었는지요!

아! 행복했던 지난날엔 나는 끔찍한 운명이 우리를 기다리고 있으리라고는 꿈에도 생각하지 못했습니다. 세실, 이 운명을 달랠 수단을 서로 강구해 봅시다. 발몽의 말을 믿는다면, 당신이 그를 신뢰하기만 하면 그것으로 목적은 이루어질 것입니다.

사실 나는 당신이 발몽을 나쁘게 생각하고 있는 것 같아서 괴로웠습니다. 그렇게 된 데는 당신 어머님의 편견이 작용한 것이 아닐까 합니다. 내가 한동안 그를 무시한 것도 어머니의 의견에 따르기 위해서였죠. 하지만 발몽은 정말 친절한 사람이고, 지금은 나를 위해 어떤 일도 마다하지 않습니다. 당신 어머님이 우리들 사이를 떼어놓자 발몽은 우리를 결합시켜 주려고 애쓰고 있습니다. 그러니 제발 그를 호의 어린 눈으로 보아주십시오. 그는 나의 친구이자, 또 당신의 친구가 되기를 원하고 있으며, 나에게 당신을 만날 수 있는 행복을 줄 수 있습니다. 만일 이러한 이유에도 당신이 납득하지 않는다면, 그것은 내가 당신을 사랑하는 만큼 당신이 나를 사랑하지 않기 때문입니다. 아! 만일 당신의 애정이 식어버리게 된다면……. 아니 그런 일은 있을 수 없습니다. 세실의 마음은 내 것, 죽을 때까지 내 것이니까요. 그리고 설사 불행한 사랑의 고통을 두려워하지 않으면 안 된다 하더라도, 세실의 마음이 변치 않는다면, 배반당한 사랑의 번뇌는 맛보지 않을 것입니다.

　　그럼 이만, 내 사랑스런 연인이여. 나는 고통을 당하고 있으며, 나를 행복하게, 완전히 행복하게 할 수 있는 사람은 오직 당신뿐이라는 사실을 잊지 마십시오. 내 마음의 진심을 들어주시고, 더할 수 없는 사랑의 이 감미로운 키스를 받아주십시오.

17××년 9월 14일, ××저택에서.

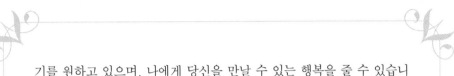

제73신

발몽 자작이

세실 볼랑주에게(앞 편지에 동봉된 것)

　　아가씨를 도와주려는 친구는 당신이 편지를 쓰기 위해 필요한 도구가 없음을 알고 미리 준비해 놓았습니다. 당신이 머물고 있는 방의 옆방 왼쪽에 있는 큰 옷장 아래 종이와 펜과 잉크를 갖다 놓았습니다. 원하시면 더 갖다 드리겠으며, 그것들을 둘 마땅한 장소가 없으면 그곳에 놔두어도 괜찮을 것입니다.

　　　사람들이 모여 있을 때 설사 내가 당신에게 별로 신경을 쓰지 않거나 당신을 어린애처럼 대해도 기분 나쁘게 생각하시지 않기를 바랍니다. 주위 사람들의 시선을 끌지 않고 제 친구인 당스니와 당신의 행복을 위해 효과적으로 일을 하려면 그렇게 행동해야 할 것 같으니까요. 만일 당신에게 알려줄 것이 있거나 당신에게 건네줄 것이 있으면, 당신에게 말을 건넬 기회를 마련해 보도록 힘쓰겠습니다. 그리고 당신이 성의를 갖고 나를 도와준다면 반드시 성공하리라고 생각합니다.

　　　그리고 편지를 받으시면 차례차례 내게 돌려주셨으면 합니다. 혹 당신에게 위험이 생길지도 모르니까요.

　　　만일 당신이 나를 믿는다면, 나는 너무도 무정한 당신의 어머니가 두 사람에게 가한 박해의 고통을 덜어주기 위해 최선을 다할 것입니다. 한 사람은 나의 둘도 없는 친구이며, 그리고 다른 한 사람은 진심으로 호의를 베풀 만한 분으로 생각합니다.

17××년 9월 15일, 파리에서.

제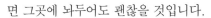신

메르테유 후작 부인이

발몽 자작에게

　　　이봐요, 당신 언제부터 그렇게 겁쟁이가 되었나요? 그 프레

방이란 사내가 그렇게 두렵습니까? 하지만 나는 매우 단순하고 조심성 있는 여자예요. 나는 훌륭한 사랑의 정복자와 자주 마주치긴 했지만 거들떠본 적은 거의 없답니다. 당신의 편지가 없었더라면 그 사람을 주의 깊게 바라볼 마음조차 나지 않았을 거예요. 나는 그에 대한 나의 부당함을 어제 시정했지요. 그는 오페라 좌에 있었는데, 나와 거의 마주 보고 앉아 있었어요. 나는 그를 보자 홀딱 반해 버렸어요. 그는 미남, 정말 나무랄 데 없는 미남이에요. 그 섬세하고 우아한 이목구비란! 가까이서 보면 더 멋있을 것 같아요. 그 사람이 나를 원한다고요? 정말 그런 말을 했다면 내게는 더할 나위 없는 영광이고 기쁨이기도 합니다. 솔직하게 말씀드리면, 나는 마음이 동했어요. 그래서 내가 먼저 수작을 걸었다는 것도 이 자리에서 고백하지요. 성공할지는 모르지만, 이야기는 다음과 같아요.

　　오페라 좌에 나올 때 프레방은 나와 아주 가까운 거리에 있었어요. 그래서 나는 ××후작 부인에게 금요일에 원수 부인 댁 만찬에서 보자고 큰 소리로 말했지요. 그곳이 그를 만날 수 있는 유일한 장소라고 생각되었기 때문이죠. 그는 틀림없이 내 말을 들었을 거예요. 그런데 그가 내 마음도 몰라주고 안 온다면? 어때요? 당신 생각으론 그가 올 것 같아요? 만일 오지 않는다면 나는 그날 저녁 내내 언짢게 지낼 거예요. 당신도 알게 되겠지만 그가 '나를 뒤쫓아오는 데'는 별로 어려움이 없을 거예요. 그리고 당신에게는 더욱 놀랄 사실이겠지만, '내 마음에 들기란' 더욱 쉬울 거예요. 나를 유혹하기 위해서는 여섯 필의 말이 지쳐 죽을 때까지 바꿔 타야 한다고 그랬지요? 나에겐 그렇게 오랫동안 기다릴 끈기가 없답니다. 당신도 아시겠지만, 일단 마음을 정하면 지루하게 시간을 끌지 않는 것이 나의 주의니까요. 나는 그 사람 쪽으로 마음을 정해 두었어요.

　　어때요? 나한테 충고를 해준 게 보람 있지 않아요? 당신이 내게 준 '귀중한 정보'는 대단한 성공을 거두지 않았나요? 나도 어쩔

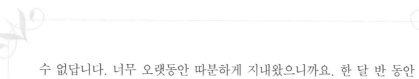

수 없답니다. 너무 오랫동안 따분하게 지내왔으니까요. 한 달 반 동안 재미 한번 보지 못하고 지내왔어요. 여기 재미있는 상대가 눈앞에 나타 났으니 어떻게 거절할 수 있겠어요? 상대방은 그럴 만한 가치가 있는 사람이 아닌가요? 그보다 더 재미있는 사람이 또 어디 있겠어요? 이 '재미있는' 이라는 말을 당신이 어떤 뜻으로 해석하든 말이에요.

당신만 하더라도 그 사람의 장점을 인정하고 있어요. 당신은 그 사람을 칭찬하는 것 이상으로 그 사람을 질투하고 있어요. 그렇다 면, 내가 두 사람 사이에서 심판이 되겠어요. 그러기 위해선 먼저 사실 을 알고 있지 않으면 안 됩니다. 그것을 지금부터 하려고 해요. 나는 완 벽한 심판이 돼서 두 사람을 같은 저울에 놓고 저울질해 보겠어요. 당 신의 기록은 갖고 있으므로 당신 사정은 내가 이미 훤히 알고 있죠. 그 러니 이번에는 상대방을 조사해 봐야 정당하지 않겠어요? 자, 친절하 게 가르쳐주세요. 먼저 그 사람이 주인공인 그 삼중 연애가 무엇인지 제발 가르쳐주세요.

당신은 마치 내가 그것을 알고 있는 듯이 말하지만 나는 그 게 무엇인지 전혀 모릅니다. 아마 내가 제네바를 여행할 때 일어났던 일 같은데, 당신이 질투심 때문에 내게 이야기하지 않았나 보죠. 가능 한 한 빨리 이 과오를 보상하세요. '그 사람과 관련된 일은 내게는 무 관하지 않다' 는 사실을 명심해 주세요. 사실 내가 여행에서 돌아왔을 때만 해도 그 사건에 대해서 이야기가 도는 것 같았지만, 그때 나는 다 른 일로 바빴었고, 그런 유의 일은 극히 최근의 일이 아니라면 좀처럼 듣는 성격이 아니라서요.

설사 나의 부탁이 당신 마음에 거슬린다 하더라도 이제껏 내 가 당신을 위해 베푼 수고에 비한다면 지극히 사소한 보답이 아니겠어 요? 바보짓을 저질러 법원장 부인과 소원疏遠하게 된 것을 다시 가깝게 해준 것이나, 볼랑주 부인의 신랄한 중상모략에 대해 복수할 대상을 당 신 손아귀에 넣어준 것도 다 나의 도움 덕택이 아니었나요? 당신은 너무 자주 엽색행각을 벌이려고 허비한 시간이 아깝다고 한탄했었어요. 이제 그러한 일들은 당신 마음대로 할 수 있게 되었어요. 그것이 사랑이든 증오든, 선택은 당신 하기에 달렸어요. 두 가지 모두 한 지붕 아래 있으니까요. 당신은 한 손으론 애무하고, 다른 한 손으론 타격을 가하는 이중생활도 할 수 있을 겁니다.

자작 부인의 일만 하더라도 역시 내 덕분인 줄 아세요. 그 일에 대해 나는 꽤 흥미를 갖고 있어요. 하지만 당신이 말씀하신 대로 그 일은 소문이 나야 돼요. 그때의 상황 때문에 당신은 당분간 그 일을 소문내는 것보다는 묻어버리고 싶겠지만, 그 여자는 그런 훌륭한 대우를 받을 만한 가치가 없는 여자예요.

더욱이 나도 그 여자에게 원한이 있답니다. 벨르로슈 기사는 내가 샘낼 만큼 그 여자를 미녀라고 생각하고 있답니다. 그리고 그 밖에 다른 이유로 그 여자와 절교할 구실이 생기면 아주 기쁠 거예요. 그런데 절교할 구실로 그 여자한테 "너 따위 여자하고는 더 이상 교제할 수 없다"고 말하는 것보다 편한 방법은 없을 것 같아요.

자작님, 그럼 이만. 지금 당신이 놓인 처지에서 보면 시간은 금이에요. 나는 내 시간을 프레방을 행복하게 해주는 데 사용하겠어요.

제75신 *

세실 볼랑주가

소피 카르네에게

이 발몽이라는 분은 정말 훌륭한 분이셔. 엄마는 이분에 대해서 나쁘게 말씀하시지만, 당스니 기사님은 대단히 칭찬하셔. 내 생각으로도 당스니님의 말씀이 옳으신 것 같아. 나는 그분처럼 수완이 있는 사람은 보지 못했어. 글쎄 그분이 사람들이 모여 있는 와중에 나한테 당스니님의 편지를 아무도 모르게 건네주지 않겠니. 더구나 나는 사전에 아무 얘기도 들은 바가 없어서 무척 겁이 났단다. 그렇지만 이제는 만반의 준비가 되어 있어. 이제 당스니님에게 회답을 보내기 위해서 내가 어떻게 하기를 그분이 바라고 있는지 잘 알겠어. 그분과는 쉽게 통할 수 있을 것 같아. 그분의 눈을 보면 그분이 무엇을 생각하는지 알 수 있으니까 말이야. 어떻게 그렇게 할 수 있는지 모르겠어. 내가 말한 편지에서 그분은 엄마 앞에서는 나한테 신경을 쓰는 눈치를 보이지 않겠다고 하셨어. 실제로 그런 것 같아. 그런데 그분의 눈을 찾으려고 하면 늘 어김없이 그분의 시선과 부딪친단다.

이곳엔 지금까지 내가 몰랐던 엄마의 친구분이 계셔. 발몽님이 친절하게 대하는데도 이분 역시 발몽님을 그다지 좋아하는 것 같지 않아. 발몽님이 이곳 생활에 곧 싫증이 나서 파리로 돌아가지 않을까

---

* 이 편지에서 세실 볼랑주는 독자가 제2부의 앞부분, 그러니까 제59신 이하에서 본 여러 가지 사건들 중에서 자기와 관련된 것을 매우 자세하게 언급하고 있다. 따라서 이 편지에서 중복된 것은 생략되었다.

걱정이 되는구나. 그렇게 되면 정말 곤란해. 당스니님과 나를 위해 일부러 이곳까지 오셨다니 정말 좋은 분이셔! 그분께 고맙다는 표시를 해야 할 텐데 어떻게 그분에게 말을 걸어야 할지 모르겠구나. 하지만 설사 그런 기회가 온다고 하더라도 너무 부끄러워서 무슨 말을 해야 좋을지 모르게 될 거야.

나의 연애에 관해서 자유롭게 말할 수 있는 분은 메르테유 부인밖에는 없어. 너한테는 무엇이든 다 터놓고 애기하지만, 정작 너와 마주 보고 이야기하면 나도 무척 거북스러울 거야. 심지어 당스니님과 같이 있더라도 내가 생각하고 있는 것을 낱낱이 애기하려고 하면 왠지 모르게 일종의 두려움 같은 것이 느껴져.

지금은 내가 그랬던 것을 탓하고 있어. 그분한테 단 한 번만이라도 좋으니 얼마나 그분을 사랑하고 있는지 말할 수만 있다면 무슨 일이든 못하겠니. 만일 내가 지시대로 따른다면 당스니님과 만날 기회를 마련해 주겠다고 그분이 약속하셨나 봐. 무엇이든 발몽님이 원하는 대로 하겠지만, 그것이 가능할 것 같지는 않아.

그럼 이만.

더 이상 쓸 자리가 없어. *

---

* 앞으로 보면 알게 되겠지만, 볼랑주 양이 의논 상대를 바꾸었으므로, 이후 그녀가 수녀원 친구에게 쓴 편지는 독자에게 아무런 도움도 되지 않아서 이 서간집에서는 빼놓기로 한다.

제76신

발몽 자작이

메르테유 후작 부인에게

당신의 편지는 야유인지 아닌지 도무지 이해할 수가 없군요. 아니면 당신은 내게 편지를 쓰면서 극히 위험한 착란 상태에 빠져들었나요? 어쨌든 내가 당신을 잘 알고 있었기에 망정이지 그렇지 않았더라면 나는 정말 두려워했을 겁니다. 하지만 당신이 어떻게 말하든 간에 나는 그렇게 호락호락하게 겁을 먹을 사람은 아닙니다.

당신 편지는 몇 번이고 읽어보아도 좀처럼 이해가 가지 않습니다. 쓰인 그대로의 뜻으로 이해하려고 해도 도무지 이해할 수가 없습니다. 도대체 당신이 말하고자 하는 것은 무엇입니까?

두려워해야 할 대상에 대해 그렇게 걱정하지 않아도 된다는 말입니까? 그렇다면 당신은 잘못 생각하신 겁니다. 이 프레방이란 친구는 정말 매력적인 친구입니다. 그는 당신이 생각하고 있는 이상으로 매력적인 남자입니다. 특히 사람들이 모여 있는 곳에서 공개적으로 이야기할 기회를 잡으면 아주 교묘하게 자신의 연애담을 화제로 삼는 꽤 유능한 재능을 갖고 있습니다. 그런 경우 대다수의 여자들은 그의 함정에 걸려들어 대답을 하고 말지요. 왜냐하면 여자들은 대부분 자기가 섬세하다고 믿는 나머지 그것을 과시할 기회를 놓치고 싶어하지 않기 때문이지요. 그런데 당신도 아시다시피, 사랑을 얘기하는 여자는 급기야는 사랑에 빠져들든지 아니면 적어도 지금 자기가 사랑을 하고 있는 것처럼 처신하게 마련입니다. 그 자는 자기가 완성한 이 방법을 사용해서 자기에게 패배당한 여자를 증인으로 부르는 경우도 종종 있습니다. 이것은 나도 본 적이 있기 때문에 당신에게 말하는 것입니다.

　　나도 그때까지는 소문으로만 그 비밀을 알고 있었죠. 프레방과는 한 번도 교제가 없었기 때문입니다. 마침내 그 자와 같이 자리할 날이 오는데, 그 자리에는 여섯 명의 사람이 모여 있었습니다. P××백작 부인은 자기가 상당히 세련되기나 한 것처럼, 사정을 모르는 사람들에게는 일반적인 이야기로 보이게 하면서 자기가 프레방한테 함락당한 이야기며, 두 사람 사이에 일어났던 일을 우리에게 상세하게 들려주었습니다. 그 여자는 그 이야기를 하면서 우리들 여섯 사람이 모두 비웃었는데도 조금도 동요하지 않았습니다. 지금도 생각나지만, 그 중 한 친구가 양해를 구하며 부인이 하는 말이, 아니 하려는 이야기가 의심스럽다고 말하자, 그녀는 자기가 그 누구보다도 그 일을 잘 알고 있다고 하면서, 망설이지도 않고 프레방을 향하여 자기가 말한 게 한마디라도 틀렸냐고 물어보더군요.

　　그래서 나는 이 사내가 모든 사람에게 위험한 인물이라는 것을 깨달았습니다. 그런데 부인, 당신에게는 당신이 말씀하신 대로 그 자가 '미남, 나무랄 데 없는 미남'이라는 것만으로 충분하지 않습니까? 아니면 그가 훌륭하다는 그 이유만으로 당신이 기꺼이 상을 주고 싶은 그러한 공격을 그가 했다는 것으로도, 혹은 하찮은 이유로 당신이 항복하는 것도 재미있는 일이라고 생각하는 것으로 충분하지 않습니까? 아니면…… 당신은 여자의 머리를 지배하는 수많은 변덕 때문에 그러는지도 모릅니다.

　　그렇다면 당신도 여자에 불과합니다. 여하튼 당신은 위험을 경고받았으니까 잘 헤쳐나가리라고 믿습니다. 그렇다 하더라도 당신에게는 경고할 필요가 있지요. 그러면 본론으로 돌아가죠. 당신은 무엇을 말하려는 겁니까?

　　당신의 말이 단지 프레방에 대한 조롱에 불과한 것이라 하더라도, 그것은 너무 장황하고 나한테는 이롭지 않습니다. 그 사내를 웃음거리로 만들려면 사람들이 보는 앞에서 해주십시오. 이 일에 대해선 다시 한 번 더 부탁드립니다.

아! 이제야 나는 당신의 수수께끼 같은 말뜻을 알 듯합니다. 당신의 편지는 일종의 예언입니다. 그것은 당신이 앞으로 할 일에 대한 예언이 아니라, 당신이 꾸미고 있는 함정에 그가 걸려들었을 때, 그 자가 당신에게 기대하는 것에 대한 예언입니다. 나도 그러한 계획에는 동의하나, 이것은 신중함을 기할 필요가 있습니다. 당신도 나도 알고 있는 바와 같이 남자를 가졌다는 것과 남자의 친절을 받는다는 것은, 남자가 바보가 아닌 이상 다른 사람들의 눈엔 똑같은 것으로 보입니다. 그리고 프레방은 바보이기는커녕 아주 똑똑한 사내입니다. 그 자는 여자에게 조금이라도 친절을 받고 있다는 것을 포착하면 사람들 앞에서 자랑하면서 모든 사람들에게 알려버립니다. 바보들은 그 말을 믿을 터이고, 비뚤어진 자들은 믿는 척하겠지요. 자, 이렇게 되면 당신은 어떻게 되겠습니까? 걱정되는군요. 당신의 수완을 의심해서가 아니라, 원숭이도 나무에서 떨어질 때가 있다고 하니까요.

나는 자신이 멍청하다고 생각하지는 않습니다. 나는 여자를 욕보일 수단을 수없이 알고 있습니다. 하지만 정작 여자에게 그것을 모면할 방법을 찾으려고 할 때에는 두 손 들고 말죠. 당신만 하더라도 당신의 행동은 걸작이지만 그것은 당신의 수완이 좋아서가 아니라 운이 좋아서 그랬다는 생각이 듭니다.

그러나 결국 나는 없는 이유를 찾으려고 애쓴 것 같군요. 이렇게 한 시간 동안 당신의 농담에 불과한 이야기를 진지하게 논하다니 나 자신이 감탄스럽군요. 아마 당신도 나를 비웃겠죠. 좋습니다. 비웃으십시오.

하지만 이제 다른 일을 이야기하죠. 다른 일을요! 아닙니다. 여전히 같은 일입니다. 여전히 여자를 손에 넣느냐, 아니면 여자를 파멸시키느냐 하는 이야기입니다. 이 두 가지는 종종 같은 일이지만 말입니다.

당신이 잘 지적하신 것처럼, 나는 나 자신을 단련시키기 위해 두 가지 종류의 일을 같이 하고 있습니다. 하지만 두 가지가 다 쉽게 보이지는 않는군요. 아마 복수하는 편이 사랑을 얻는 것보다 더 쉬울지 모르겠습니다. 볼랑주의 딸은 항복했습니다. 그건 틀림없는 일입니다. 다만 기회가 문제인데, 그것은 내가 만들 것입니다. 그러나 투르벨 부인 쪽은 만만하지가 않습니다. 이 여자는 정말 골치가 아픕니다. 통 파악을 할 수 없거든요. 사랑하고 있다는 증거는 백 가지나 되는데, 저항하는 증거는 천 가지나 있습니다. 사실 이젠 달아나지나 않을까 그것이 걱정이 되는군요.

내가 이곳에 돌아왔을 때 보인 첫 반응은 꽤 낙관적이었습니다. 나는 그것을 스스로 판단해 보고 싶었습니다. 내 눈으로 부인의 반응을 보고 싶어서, 다른 사람보다 앞질러서 사람들이 식탁에 앉을 시간에 맞춰 도착하게끔 길을 조절했죠. 결국 오페라에서 클라이맥스에 도착하는 신처럼 나타나서 좌중을 깜짝 놀라게 하고 말았지요.

사람들의 시선을 끌 수 있도록 큰 소리를 냈기 때문에 나는 한눈에 백모님의 기뻐하는 얼굴, 볼랑주 부인의 언짢아 하는 표정, 볼랑주 딸의 당황하면서도 기뻐하는 표정을 볼 수 있었습니다. 나의 연인은 입구 쪽에서 보면 등만 보이는 자리를 차지하고 있었습니다. 그녀는 뭔가 칼로 써는 일에 골몰하고 있어서 고개조차 돌리지 않았습니다. 하지만 내가 로즈몽드 백모님한테 말을 걸자, 첫마디에 나의 예민하고 신앙심 깊은 연인은 내 목소리를 알아듣고 소리를 질렀지요. 이 목소리는 놀람과 두려움이라기보다는 오히려 애정이 담겨 있는 듯했습니다. 그때 나는 이미 그녀의 얼굴을 볼 수 있을 정도로 충분히 다가가 있었지요. 헝클어진 마음, 이성과 감정의 싸움이 그 얼굴에 여러 가지 형태로 나타나 있었습니다. 나는 부인과 나란히 식탁에 앉았지요. 부인은 자기가 무엇을 하는지, 무엇을 말하는지도 몰랐습니다. 식사를 계속하려 해도 안 됐지요. 마침내 15분이 채 못 되어 당황함과 기쁨을 억제하지 못했는지 간신히 생각한 게 그만 일어나야겠다는 양해를 구하는 것이었나 봅니다. 부인은 바람을 쐬고 싶다는 구실을 내세워 정원으로 나갔습니다. 볼랑주 부인이 동행하려고 했지만 나의 사랑스런 정숙한 여인은 거절했습니다. 혼자 있을 구실을 만들어 마음껏 즐거운 감동에 젖어보고 싶었나 보지요.

나는 가능한 한 빨리 식사를 끝마쳤습니다. 디저트가 나오자마자 그 귀찮은 볼랑주 부인은 한시라도 빨리 나를 방해하고 싶었는지 자리에서 일어나 그 귀여운 환자를 찾아가려 했습니다. 그러나 나는 그 계획을 미리 눈치 채고 곧 훼방을 놓았습니다. 나는 이 개인적인 행동을 전체적인 행동으로 간주하는 척했습니다. 그래서 나도 부인과 함께 일어나자 볼랑주 양과 지역 사제도 덩달아서 일어났습니다. 이제 식탁에 남은 사람은 로즈몽드 백모님과 T××라는 기사였는데, 이분들도 자리에서 일어나려고 했습니다. 이렇게 해서 우리들은 모두 나의 연인한테로 갔습니다. 부인은 저택에서 가까운 숲에 있었습니다. 부인은 산책을 하고 싶었던 게 아니라 혼자 있고 싶어했으므로 우리들과 함께 있기보다는 돌아오고 싶어했지요.

볼랑주 부인이 나의 여인에게 혼자 말을 걸 기회가 없을 것 같기에, 나는 당신의 지시사항을 이행해야겠다는 생각이 들어 당신 제자를 위해 일을 했습니다. 커피를 다 마시고 나는 내 방으로 올라갔습니다. 그리고 주위를 잘 알아두기 위해 다른 사람들의 방에도 들어갔죠. 나는 세실 양과 편지 왕래를 잘할 수 있게 여러 가지 준비를 해두었습니다. 이 첫 번째 선행을 끝낸 다음, 아가씨에게 이 사실을 알리고 신뢰를 구하는 짤막한 편지를 써서 이것을 당스니의 편지에 동봉했습니다. 나는 다시 거실로 내려갔습니다. 나의 연인은 소파에 몸을 파묻고 마음 편히 쉬고 있더군요.

이 광경을 보자 나의 욕망은 자극을 받았고 내 눈은 빛났습니다. 스스로 보기에도 나의 눈길이 부드럽고 강렬하리라는 것을 느꼈기 때문에 이 눈길을 잘 이용할 수 있는 위치에 자리를 잡았습니다. 그 첫 번째 효과는 나의 정숙한 여인의 크고 순수한 눈길을 내려뜨리게 한 것이었습니다. 나는 잠시 동안 이 천사 같은 얼굴을 주의 깊게 보았습니다. 이어 그녀의 몸 전체를 훑으면서 얇지만 방해가 되는 옷 너머에 있는 그 윤곽과 형태를 상상하는 즐거움에 잠겼습니다. 머리에서 발끝까지 훑어본 다음, 다시 발끝에서 머리까지 훑어보았죠……. 나의 아름다운 여인은 부드러운 눈길로 나를 쳐다보고는 곧 눈길을 다시 아래로 내리깔았습니다. 그러나 나는 부인이 나를 쳐다볼 수 있도록 눈을 돌렸지요. 이리하여 우리 두 사람 사이에는, 서로 쳐다보고 싶은 욕구를 충족시키기 위해 서로의 시선이 마주칠 때까지 번갈아 보기로 하는 묵계, 이를테면 수줍은 사랑의 첫 조약이 맺어졌습니다.

나의 연인이 이 새로운 쾌락에 잠겨 있다는 것을 감지한 나는 우리 두 사람이 안전한지 살펴보았습니다. 다행히 주위 사람들이 한창 이야기꽃을 피우고 있어서 우리를 주목하고 있지 않음을 확인하고 부인의 눈이 솔직하게 시선의 언어를 말할 수 있게끔 노력했습니다. 그러기 위해 나는 먼저 부인을 몇 번 훔쳐보았습니다. 그러나 아주 조심성 있게 쳐다보아서 신중을 기했지요. 그리고 수줍은 여인을 편하게 하기 위해 나도 부인처럼 당황하는 표정을 지었지요. 차츰 우리는 서로 마주 보는 것에 익숙해져서 그렇게 하는 시간이 더 길어졌고 마침내 서로 눈을 떼지 않게 되었습니다. 나는 부인의 시선 속에서 사랑과 욕정의 행복한 신호인 감미로운 슬픔을 엿볼 수 있었습니다. 그러나 그것도 한순간, 곧 자신으로 되돌아간 부인은 조금 부끄러워하면서 태도와 눈빛을 바꾸었습니다.

내가 부인의 여러 가지 심리적인 변화를 눈치 채고 있다는 것을 모르게 하기 위해 나는 서둘러 일어나서 근심 어린 표정을 지으며 몸이 편찮으냐고 물었습니다. 모두들 부인에게 다가가는 바람에 나는 사람들 뒤에 있었습니다. 그리고 볼랑주의 딸은 창가에서 옷감을 짜고 있어서 편물기에서 떠나려면 시간이 걸릴 것 같아 나는 이 틈을 타서 당스니의 편지를 아가씨에게 전해 주었습니다.

　　나는 아가씨와 조금 떨어져 있었습니다. 편지를 아가씨의 무릎에 던졌지요. 아가씨는 정말 어떻게 해야 할지 몰라 당황하더군요. 아가씨의 놀라고 당황하는 꼴을 보았더라면 당신은 눈물이 나도록 웃었을 겁니다. 하지만 나는 웃을 수가 없었지요. 서투른 짓을 했다가 탄로라도 나면 야단이니까요. 나는 분명한 눈짓과 몸짓으로 그 편지를 호주머니 안에 집어넣으라고 했습니다.

　　그 후 그날 일어난 일 중에 재미있는 일은 하나도 없었습니다. 이 일은 앞으로 당신도 만족하게 될 재미있는 사건을 낳게 될 것입니다. 적어도 당신의 피후견인에게 말이지요. 그러나 계획을 말하는 것보다는 실행하는 쪽에 시간을 써야겠지요. 더구나 이제 여덟 장이나 썼군요. 편지 쓰기에 지쳐서 이만 쓰렵니다.

　　당신에게 말하지 않더라도 아가씨가 당스니에게 편지를 썼다는 것을 당신도 알 것입니다(이 편지는 발견되지 않았다). 나는 나의 여인으로부터 도착한 다음 날 쓴 편지에 대한 회답을 받았습니다. 내 편지에 두 통의 편지도 동봉합니다. 읽든 안 읽든 당신 자유입니다. 이 끝없이 반복되는 이야기에는 나도 흥미를 잃었고, 관심 없는 사람에게는 틀림없이 무미건조할 테니까요.

　　다시 한 번 작별인사를 드립니다. 나는 늘 당신을 사랑합니다. 하지만 간절하게 부탁하니 다시 프레방에 대해서 이야기할 때에는 제가 알아듣게끔 해주십시오.

제77신

발몽 자작이

투르벨 법원장 부인에게

     부인, 왜 당신은 그토록 매정하게 저를 피하려고 하시나요? 진심에서 우러나온 저의 애정의 표시에 대해 어떻게 당신은 지독한 원한을 품은 사람이라도 대하는 듯한 태도를 보이실 수 있습니까? 저는 사랑 때문에 당신 곁으로 되돌아왔습니다. 뜻하지 않은 행운으로 당신 곁에 앉았건만, 당신은 제 곁에 있는 게 싫어서 아프다는 핑계를 대고 주변 사람들을 놀라게 하는군요. 당신은 어제 내게 단 한 번의 시선도 주지 않으려고 몇 번이나 외면하셨나요? 한순간 당신 눈길에서 다정한 기색을 보았지만 극히 순간적인 것이어서 나를 즐겁게 해주기는커녕 그 즐거움을 빼앗아버림으로써 오히려 실망을 안겨주려고 그런 것 같았습니다.

     굳이 말씀드리자면 부인의 그러한 태도는 사랑하는 사람이 받을 대접도 아니고 우정이 허용하는 대접도 아닙니다. 하지만 이 두 가지 감정 중에서 사랑이 내 마음을 얼마나 부채질하고 있는지 당신도 알고 계실 겁니다. 그리고 우정에 관해서는 당신이 그것을 제게 거절하지 않고 있다고 믿어도 상관없으리라고 생각합니다. 이 귀중한 우정을 제게 베푸신 것은 제가 당신의 우정을 받을 만한 자격이 있다고 생각했기에 그런 것이겠지요. 그런데 그 후 제가 무엇을 했기에 우정마저 잃어버렸습니까? 제가 당신을 신뢰한 것이 나빴나요? 당신은 나의 솔직함을 벌주려고 하십니까? 당신은 이 두 가지 감정을 두려워하기보다 오히려 악용하려 하십니까? 제가 마음속의 비밀을 털어놓은 것도 저의 벗인 당신의 가슴이 아닙니까? 지시하신 조건을 수락한 다음 그것을 지키지 않음은 물론, 심지어 필요에 따라서는 악용할 수도 있었는데, 그것을 거절할 수밖에 없다고 생각한 것은 다만 당신 때문이 아니었습니까? 부당하게도 저를 가혹하게 대해서 결국 당신의 너그러움을 얻기 위해서는 당신을 속일 수밖에 없다고 생각하게 하시렵니까?

저는 당신에 대해서나, 저 자신에 대해서 했던 행위에 대해 털끝만큼의 후회도 하지 않고 있습니다. 하지만 칭찬받을 행동을 해도 그것이 제게는 또 하나의 새로운 불행의 씨앗이 되니 이게 무슨 운명의 장난입니까?

당신에게 칭찬받을 행동을 했건만, 나는 그 때문에 처음으로 당신을 불쾌하게 했다는 불행에 슬퍼하지 않으면 안 되었습니다. 단지 당신의 난처함을 안심시켜 드리기 위해 당신과 만날 수 있는 행복을 버림으로써 당신에 대한 나의 완전한 복종심을 증명했는데, 당신은 나와의 편지 왕래까지도 일절 끊으려 했고, 당신이 요구한 희생에 대한 최소한의 보상도 빼앗으려 했으며, 심지어는 그것 때문에 당신이 나에게 그러한 희생을 요구할 수 있었던 사랑마저 빼앗으려 하고 있습니다. 사랑을 위해선 불리하게 되더라도 저는 당신에게 솔직하게 말했는데, 당신은 마치 제가 무슨 해로운 일을 저지른 위험한 색마色魔라도 되는 것처럼 피하고 계십니다.

당신은 끝까지 저를 부당하게 대하시렵니까? 제가 또 어떤 새로운 과오를 저질렀기에 당신이 그렇게 매정하게 대하시는지 가르쳐주십시오. 그리고 내가 따라야 할 지시를 내려주십시오. 틀림없이 그것을 이행할 생각이니 당신이 내린 명령의 취지를 부디 알려주십시오.

제78신

투르벨 법원장 부인이

발몽 자작에게

　　자작님, 당신은 저의 태도에 놀라신 것 같습니다. 그리고 당신은 제 태도를 비난할 권리라도 있는 양 저에게 그에 대한 해명을 요구하고 계십니다. 사실 놀라워하고 불만을 가져야 할 사람은 당신이 아니라 저라고 생각합니다. 그러나 일전에 당신이 주신 답장에서 당신은 우정을 거부했으므로 나는 단호하게 무관심한 태도를 취하기로 결심했습니다. 제 태도는 더 이상 비평이나 비난의 대상이 되지 않습니다. 하지만 당신이 해명을 요구하고 있고, 또 다행히도 해명하지 못할 하등의 거리낌도 없으므로 다시 한 번 당신에게 설명해 드리겠습니다.

　　당신의 편지를 읽어본 사람은 저를 불공평하거나 변덕이 심한 여자라고 여길지 모릅니다. 그러나 나는 누구에게도 그러한 생각을 품게 할 여자라고는 생각지 않습니다. 특히 누구보다도 당신은 나를 그러한 여자라고 생각하지 않을 것입니다. 아마 당신은 나의 해명을 요구하고 싶어질 때면 우리 사이에 일어난 일을 나한테 억지로라도 회상시키면 된다고 생각하고 있나 봅니다. 틀림없이 당신은, 지난 일을 검토하게 되면 반드시 당신에게 이득이 될 거라고 생각하셨을 겁니다. 그러나 저로서도, 적어도 당신에게는 떳떳하므로 당신이 그런 검토를 해도 두렵지 않습니다. 아마 그것이 누가 누구를 원망해야 하는지를 알 수 있는 유일한 방법일 것 같습니다.

　　자작님, 당신이 이 저택에 오신 날부터 제가 당신에게 조심

성 있게 대한 것은 당신의 평판으로 미루어 당연한 일이고, 당신에게 아주 냉정한 의례적인 말만을 했어도 지나치게 무뚝뚝한 여자라고 비난받을 우려가 없다는 것은 당신도 인정하리라고 믿어요. 당신 자신도 나를 관대하게 대해 주실 테고, 또 저처럼 미숙한 여자가 당신의 장점을 평가할 수 있는 충분한 능력을 갖지 않았다고 해도 그건 당연한 일로 여기시리라 믿습니다. 그렇게 하는 것만이 제가 할 수 있는 신중한 태도였습니다. 그리고 솔직히 말씀드려서 로즈몽드 노부인이 제게 당신이 여기에 온다는 사실을 말했을 때, 그 소식이 얼마나 저를 곤란하게 만들었는지 내색하지 않기 위해서 노부인에 대한 저의 애정, 그리고 당신에 대한 노부인의 애정을 생각하지 않을 수 없었습니다. 그렇다고 그만큼 신중한 태도를 취하는 것이 어려운 일은 아니었죠.

처음엔 당신이 상상외로 훌륭한 분으로 보였다는 것은 저도 기꺼이 인정합니다. 하지만 당신도 인정해 주어야 할 것은, 당신은 당신의 절제에 대해 제가 호감을 가지는 것만으로는 충분한 보상이 되었다고 생각하지 않았던지 그것에 곧 싫증을 느껴서 처음의 훌륭한 태도를 오래 견지하지 않았다는 사실입니다.

그때부터 당신은 나의 호의와 처지를 악용해서 의도적으로 나에게 모욕을 줄 만한 그러한 감정을 서슴지 않고 이야기했습니다. 하지만 저는 당신이 과오에 과오를 거듭하고 있음에도 불구하고 과오를 어느 정도라도 보상할 기회를 줌으로써 그 과오를 씻을 수 있는 방법을 모색했습니다. 저의 요구는 극히 정당한 것이었으므로 당신도 거부할 수 없다고 생각했습니다. 그러나 당신은 저의 관대함을 당연한 것으로 여기셨고, 그것을 이용해서 저로서는 허락할 수 없는 것을 요구하셨습니다. 물론 저는 허락했지만, 그 허락에 대한 조건을 당신은 하나도 지키지 않으셨습니다. 그리고 당신의 편지는 그 하나하나가 더 이상 회답을 해서는 안 된다는 의무를 저에게 부과하는 그런 편지였습니다. 당신의 완강한 태도 때문에 어쩔 수 없이 당신과 멀리 떨어져 있지 않으면

안 되었던 그때만 하더라도, 이런 호의는 비난받아야 마땅할지 모르지
만 저는 그래도 당신과 가까이할 수 있는 단 한 가지 수단을 시도했습
니다. 그러나 이런 올바른 저의 마음이 당신 눈에는 무슨 가치가 있어
보이겠어요? 당신은 우정을 멸시했습니다. 그리고 광적인 도취에 빠져
불행이나 수치 따위는 아랑곳하지 않고 당신은 오로지 쾌락과 희생만
을 추구하고 있습니다.

경솔한 행동과 앞뒤가 맞지 않는 비난을 일삼는 당신은 약속
을 하고도 잊어버린다기보다 오히려 깨뜨리는 것을 낙으로 삼고 있습
니다. 그리고 저와 멀리 떨어져 있는 것에 동의를 하고 나서도 이쪽에
서는 부르지도 않았는데 다시 오셨습니다. 저의 소원이나 이유도 고려
하지 않고, 또 미리 알리지도 않고 당신은 거리낌없이 저를 놀라게 했
어요. 그 결과가 비록 대수롭지는 않은 것이지만, 주위 사람들은 그것
을 저에게 불리하게 해석했는지도 모릅니다. 당신 때문에 비롯된 이 당
혹스런 순간을 당신은 풀어주거나 불식시키려 하기는 고사하고 오히려
증대시키려고 온갖 수단을 다 부렸습니다. 식탁에서도 당신은 고의로
제 곁에 자리를 잡았습니다. 심기가 불편해서 다른 사람보다 먼저 자리
를 떴는데, 혼자 있는 것이 못마땅한지 다른 사람들을 부추겨 방해하러
왔습니다. 거실에 들어와서도 제가 한 걸음이라도 발을 떼면 줄곧 제
곁에 따라다녔습니다. 어쩌다 한마디라도 하면 응수를 하는 사람은 늘
당신입니다. 아주 사소한 말도 당신은 그것을 구실로 삼아 듣고 싶지도
않을뿐더러, 심지어는 저를 위태롭게 할지도 모를 화제로 이끌어갑니
다. 왜냐하면 당신이 아무리 말주변이 좋다 하더라도 제가 이해하는 것
은 다른 사람도 이해할 수 있으니까요.

당신 때문에 저는 꼼짝 않고 입을 다물 수밖에 없습니다. 그
럼에도 불구하고 당신은 줄곧 제 뒤를 쫓고 있습니다. 눈을 들면 어김
없이 당신의 시선과 마주칩니다. 저는 쉴 새 없이 시선을 돌리지 않으
면 안 되었습니다. 그리고 도무지 당신이 왜 그러시는지 알 수 없지만,

저 자신도 보기 싫은 순간에조차도 당신은 주위 사람들의 시선을 제게 집중시키게 만들었습니다.

그런데도 당신은 저의 태도에 대해 원망하고 있습니다! 그리고 당신을 피하는 행동이 의외라고 여기고 계십니다. 아! 차라리 저의 너그러움을 비난하십시오. 당신이 이곳에 도착한 순간 제가 떠나지 않은 것을 의외의 일이라고 생각하십시오. 저로서도 떠나는 게 좋았을지 모릅니다. 그리고 만약 당신이 한사코 추근거린다면 심하긴 하지만 제가 떠나지 않을 수 없을 것입니다. 네, 저는 자신에 대한 의무와 제가 이룬 이 소중한 부부간의 인연을 존중함을 물론 잊지 않고 있으며, 앞으로도 결코 잊지 않을 것입니다. 만약 제가 이 인연을 희생하든가, 아니면 저 자신을 희생하든가 둘 중의 하나를 선택해야 하는 불행한 입장에 놓이게 된다면, 저는 한순간도 주저하지 않으리라는 것을 제발 믿어주십시오. 그럼 이만 줄입니다.

17××년 9월 18일, ××에서.

제79신

발몽 자작이

메르테유 후작 부인에게

오늘 아침 사냥을 하러 갈 생각이었으나 날씨가 좋지 않군요. 읽을 거리라곤 수녀원 원생들도 지겨워할 신간 소설이 한 권 있을 뿐입니다. 어제 긴 편지를 쓰긴 했지만, 점심때까지는 아직 두 시간 정도 남아 있어서 또 당신과 이야기하려 합니다. 이 이야기는 당신을 지루하게 하지 않으리라는 것을 보증합니다. '더할 나위 없이 미남인 프레방'에 관한 것이니까요. 끊을래야 끊을 수 없는 사이를 끊어놓은 그 유명한 사건을 당신은 어째서 모르시고 계시나요? 첫마디만 들어도 혹 기억이 날지 모릅니다. 여하튼 당신이 듣고 싶어하시니 한번 해보기로 하지요.

　　문제의 세 여자가 모두 미인인 데다, 똑같이 재능과 야심을 지니고 있었고, 사교계에 발을 들여놓은 후에 줄곧 친하게 지내 파리 사교계를 놀라게 했다는 것을 당신도 기억하고 계시겠지요. 처음에는 이 여자들이 수줍어서 그러려니 했지요. 그런데 남자들의 칭송을 받고 호의와 아부의 대상이 되면서 자신들의 가치를 인식하게 된 뒤에도 이들의 사이는 더욱 긴밀해졌습니다. 마치 한 사람이 성공을 거두면 다른 두 사람은 이를 자신의 승리라도 되는 것처럼 기뻐하는 것 같았습니다. 연애라도 하게 되면 최소한 경쟁의식이 싹트리라고 모두가 기대하고 있었습니다. 남자들은 자기가 불화의 씨앗이 되려고 서로 다투었습니다. 그 당시 명성을 떨치고 있던 ××백작 부인이 나의 애정의 표시에 대답을 하기 전에 외도를 허락했다면, 나 또한 입후보했을지도 모릅니다.

　　그런데 세 미녀는 소란스러운 사육제 기간에 서로 의논이라도 한 것처럼 애인을 선택했습니다. 그런데 기대하고 있던 불화가 일어나기는커녕, 서로 속내 이야기를 털어놓는 재미에 세 사람의 우정은 더욱 돈독해졌습니다.

　　그래서 세 여인들에게 차인 남자들과 이들을 질투하는 여자들이 합세하여 이 말 많은 여자들의 우정은 세상 사람들의 심판을 받게 되었습니다. 이 '삼총사(당시 사람들은 이 여인들을 이렇게 불렀답니다)' 사이의 기본 신앙은 공유재산제여서 연애도 이에 따른다고 주장하는 사람들이 있는가 하면, 이 여자들의 애인은 남자 경쟁 상대는 없겠지만 여자 경쟁 상대는 있음이 분명하다고 주장하는 사람들도 있었습니다. 이들은 단지 의례적으로 받아들여졌을 뿐이며, 사실 유명무실한 애인에 불과하다고까지 말하는 판이었죠.

이 소문이 옳든 옳지 않든 기대했던 효과는 자아내지 못했습니다. 그 반면 세 쌍의 남녀는 지금 헤어지면 끝장이라고 생각하고 세상 사람들의 열화 같은 비난에 저항할 각오를 굳게 했죠. 만사에 싫증이 나게 마련이라 사람들은 효과 없는 독설에 이내 싫증을 내고 말았습니다. 경박한 게 인정이라 사람들은 대상을 바꾸었습니다. 그러다가 변덕스러움이 고개를 들어 다시 이 문제로 돌아와서 이들에 대한 비난을 버리고 이제는 칭찬을 하기 시작했습니다. 사교계란 만사가 유행을 타는 세상이라 감격은 널리 퍼져 일종의 열광이 되고 말았습니다. 이때 프레방은 이 불가사의한 일의 진상을 밝혀서 여론과 자신의 견해를 확립하려고 했습니다.

그래서 그는 이 빈틈없는 세 쌍에게 접근했습니다. 쉽게 한 패가 될 수 있었던 그는 여기서 좋은 점괘를 뽑았습니다. 행복한 사람들은 남의 접근을 쉽게 허용하지 않는다는 사실을 그는 잘 알고 있었습니다. 아니나 다를까 그는 소문난 행복도 임금님의 행복처럼 선망의 대상이 되기는 하지만 바람직한 것이 아니라는 것을 곧 간파했습니다. 그는 이른바 이 삼총사들도 외부에서 쾌락을 찾기 시작하면서 거기서 기분전환을 하려는 것을 알아차렸습니다. 그래서 그는 결론을 내렸지요. 사랑이라든가 우정의 유대가 이미 느슨해졌거나 깨졌고, 단지 자존심이나 습관 때문에 이들의 유대가 겨우 지속되고 있다고요.

하지만 여자들은 필요에 따라 모임으로써 아직도 변함없이 사이가 좋다는 것을 가장하고 있었죠. 하지만 남자들은 여자보다 행동이 자유로우므로 이행하지 않으면 안 될 의무가 있다든가, 할 일이 있다는 핑계를 댔습니다. 이들은 이런 일들에 불평을 하면서도 나가서 일을 보았으므로 세 쌍이 함께 저녁을 보내는 날이 점점 드물어졌어요.

남자들의 이런 행동이 이들의 모임에 열심히 참석하고 있는 프레방에겐 도움이 되었습니다. 물론 그는 그날 혼자 있는 여자 곁에 앉았고, 경우에 따라 세 여자에게 교대로 똑같이 경의를 표할 수 있었지요. 그는 그 여자들 중 어느 하나를 택하면 그것이 곧 자신의 실패 원인이 된다는 것을 어렵지 않게 깨달았습니다. 왜냐하면 선택된 여자는 자기가 첫 번째로 바람을 피웠다는 부끄러움 때문에 겁을 집어먹을 터이고, 다른 두 여자는 상처받은 자존심 때문에 새로운 애인을 적으로 여겨, 이 사람에게 준엄한 도덕률을 끌고 나와 공격을 퍼부을 것이 틀림없기 때문입니다. 끝으로 아직도 마음을 놓을 수 없는 상대방은 질투심을 일으켜 예전의 상태로 돌아가려고 할지도 모르기 때문입니다. 모두가 다 장애물인 셈이었죠. 하지만 삼중 정사三重情事를 꾀하고 있는 그에게는 만사가 쉬워집니다. 여자들은 서로 관계가 있기 때문에 관대해질 것이고, 남자들은 자기와 관계가 없다고 생각하기 때문에 또한 관대하게 나올 테니까요.

　　프레방은 당시 애인이 한 사람뿐이었고 이 여자만 희생시키면 되겠지만, 운 좋게도 이 여자가 유명해졌습니다. 이 여자는 외국인인데다가 어느 대공大公이 보낸 경의敬意를 아주 능숙하게 거절했으므로 궁전과 장안의 주목을 한 몸에 받게 된 것입니다. 그 여자의 애인도 그 명예를 나누어 받았고 더욱이 자기의 새로운 애인들에게도 이용했던 것입니다. 단 한 가지 어려운 일은 세 여인과의 정사를 동시에 진행시키는 것이었는데, 그 진행은 어쩔 수 없이 진척이 가장 늦어질 수밖에 없었습니다. 사실 나도 그의 친구로부터 들은 것인데, 그는 다른 두 여자 말고 보름 전쯤에 한 여자와 정사를 벌일 수 있는 기회가 있었는데, 그것을 멈출 수밖에 없었던 것이 제일 고통스러운 일이었다고 하더군요.

　　마침내 그날이 왔습니다. 세 여자에게서 사랑의 고백을 들은 프레방은 이제 자기 뜻대로 행동할 수 있었습니다. 그래서 그는 다음과 같은 계획을 세웠습니다. 세 사람의 애인 중 한 사람은 부재중이고, 한

사람은 내일 새벽에 떠날 예정이고, 또 한 사람은 파리에 있었습니다. 세 여인은 얼마 후 혼자 있게 될 친구의 집에서 저녁을 먹기로 했습니다. 하지만 새로운 주인은 옛날의 종놈들은 초대하지 못하게 했습니다. 그날 아침, 그는 자기 애인한테 받은 편지들을 세 묶음으로 나누고, 그 하나엔 그 여자한테서 받은 초상화를 넣고, 다음 묶음에는 그 여자가 직접 그린 사랑의 머리글자를, 마지막 묶음에는 그 여자의 머리카락을 넣어서 세 여인에게 보냈습니다. 세 여인은 각자가 받은 이 3분의 1의 제물을 전부라 생각하고, 대가로 은총을 잃은 정부에게 화려한 절교장을 보낼 것을 승낙했죠.

이것만 해도 상당한 성과였지만 프레방은 이것으로 만족하지 않았습니다. 애인이 파리에 남아 있는 여자는 낮에만 자유로우므로 꾀병을 빙자해서 친구 집에서 저녁을 먹지 않고 저녁시간을 다 프레방에게 제공하기로 했습니다. 밤에는 애인이 부재중인 여자 집에서 지내기로 했죠. 새벽 시간은 애인이 출발하기로 되어 있는 세 번째 여인이 사랑의 시간을 약속해 주었습니다.

만사를 소홀히 하지 않는 프레방은 이어 아름다운 외국 여인에게 달려갔습니다. 거기서 언짢은 표정을 짓고 자기에게 필요한 만큼의 화를 상대방에게 불러일으키게 한 다음 싸움을 걸어 스물네 시간의 자유를 확보해 두었습니다. 이렇게 준비를 해놓고 그는 조금 휴식할 양으로 집으로 돌아왔죠. 집에 와보니 다른 사건들이 그를 기다리고 있었습니다.

은총을 잃은 남자들은 절교장을 받자 곧 짐작이 가는 데가 있었습니다. 세 사람 모두가 프레방 때문에 희생되었다는 것을 의심할 여지가 없다고 생각한 것입니다. 속았다는 원통함과 버림받았다는 수치감이 겹쳐 화를 억누르지 못한 세 남자는, 서로 연락을 주고받은 것은 아니지만 마치 의논이라도 한 듯 복수를 결심하고 이 행복한 연적戀敵에게 결투를 신청한 것입니다.

이렇게 해서 프레방은 자기 집에 돌아오자 세 통의 결투장을 받았지요. 그는 당당히 결투에 응했습니다. 하지만 쾌락과 이 사건의 전과戰果를 잃고 싶지 않았으므로 그는 결투 날짜를 이튿날 아침으로 정하고 세 사람에게 똑같은 장소와 똑같은 시간을 지정했습니다. 그것은 불로뉴 숲 입구였습니다.

저녁이 되자 프레방은 삼중 정사를 위해 줄달음쳐 세 곳에서 모두 성공을 거두었습니다. 그가 훗날 자랑 삼아 한 얘기에 의하면 새로운 그의 연인들은 각자가 세 번씩 그의 사랑의 표시와 맹세를 받았다고 합니다. 그러나 이것에 대한 증거는 없습니다. 공정한 역사가라면 의심 많은 독자들에게 다음 사실을 지적할 수밖에 없을 것입니다. 즉 허영심과 상상력이 격화되면 기적을 낳을 수 있다는 것과, 그처럼 빛나는 하룻밤을 지낸 아침에는 장래에 대한 말조심 따위는 잊어버려도 무방하다는 느낌이 든다는 것입니다. 아무튼 다음 사실은 앞의 것보다는 훨씬 확실한 것입니다.

프레방은 지정된 결투 장소에 정확한 시간에 맞춰 나갔습니다. 그곳에는 세 사람의 연적이 이미 나와 있었습니다. 이들은 함께 모인 것에 약간 놀라는 듯했으나, 서로가 불행의 동반자라는 것을 알고 어느 정도 위안을 받은 듯했습니다. 그는 이 세 남자에게 상냥하고 정중하게 다가가서 다음과 같은 연설을 했습니다. 이 말은 어떤 사람이 나에게 그대로 전해 준 것입니다.

"여러분, 이렇게 모이신 것을 보니 세 분 모두가 저에게 똑같은 불만을 갖고 계신 듯합니다. 저는 여러분과의 결투에 기꺼이 응하겠습니다. 여러분들 모두가 똑같은 권리를 갖고 있는 이 복수를 어느 분이 먼저 시작할 것인지 정하십시오. 나는 여기에 보조인도 입회인도 데리고 오지 않았습니다. 나는 여러분들을 모욕하는 데 누구의 힘도 빌리지 않았습니다. 그러니 그 대가를 치르는 데도 누구의 도움도 받지 않겠습니다."

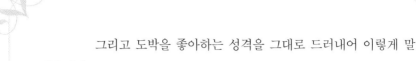

그리고 도박을 좋아하는 성격을 그대로 드러내어 이렇게 말했습니다.

"처음에 건 돈에 일곱 배를 걸어서 이기는 경우는 거의 드물다는 것을 저도 알고 있습니다. 그러나 내 앞에 어떤 운명이 기다리고 있든, 여자들에게선 사랑을, 남자들에게선 존경을 받았으므로 이젠 죽어도 여한이 없습니다."

그의 적들이 어리둥절해서 말없이 서로 마주 보며 3대 1의 결투는 공정하지 않다고 생각하고 있는 동안 프레방은 다시 입을 열었습니다. "제발 저에게 원기를 회복할 수 있게 해주시면 더할 나위 없이 감사하겠습니다. 이곳으로 식사를 갖고 오라고 일러두었으니 아무쪼록 함께 들어주시기를 바랍니다. 함께 식사를 합시다. 즐겁게 말입니다. 이따위 하찮은 일로 결투를 한다지만 그렇다고 해서 기분까지 잡쳐서야 되겠습니까?"

모두 식사를 같이하는 것을 승낙했습니다. 프레방이 이때처럼 친절하게 군 적은 없었다고 합니다. 그는 탁월한 수완을 발휘해서 누구의 체면도 손상시키지 않고, 그들도 그만한 성공쯤을 손쉽게 거둘 수 있으며, 그만한 기회쯤은 누구에게나 생길 수 있다는 것을 납득시켰습니다. 그의 연적들이 이러한 사실을 일단 수긍하니 만사는 순조롭게 풀려나갔습니다. 그래서 식사가 채 끝나지도 않았는데 그따위 여자들 때문에 자기들과 같은 신사들이 싸운다는 것은 말도 안 된다고 침이 마르도록 되풀이하는 지경까지 이르렀지요. 생각이 여기에 미치자 서로 친근감이 생겼고, 더욱이 취기 때문에 친근감은 더욱 강해졌습니다. 그래서 조금 지나자 원한 따윈 싹 가셨고 서로 굳은 우정을 맹세하기에 이르렀습니다.

프레방에게는 결말이 어떻게 되든 상관없는 일이었지만, 그렇다고 해서 자신의 명성에 상처를 입기는 싫었습니다. 그래서 교묘한 임기응변으로 세 피해자에게 이렇게 말했습니다.

"따지고 보면, 여러분들이 복수해야 할 대상은 제가 아니라 저 부정한 여자들입니다. 제가 여러분에게 그 기회를 제공하겠습니다. 나도 벌써부터 여러분이 받은 모욕을 받으리라는 예감이 드니까요. 그도 그럴 것이 여러분 각자가 한 여자를 잡아두지 못하는데, 어떻게 저 혼자서 세 여자를 모두 잡아놓을 수 있겠습니까? 여러분의 불화는 곧 저의 불화가 될 것입니다. 부디 오늘 저의 집에 오셔서 저녁을 들어주십시오. 지체 말고 복수하십시오."

　세 사람은 설명을 듣고 싶었으나, 프레방은 이러한 상황에 힘입어 자신만만한 말투로 "여러분, 여러분은 저에게 어느 정도의 수완은 있다는 것은 아셨을 것입니다. 저를 믿어주십시오"라고 대답했습니다. 그들은 모두 동의했습니다. 그리고 이 새로운 친구에게 키스를 하고 나서 저녁때 만나기로 하고 서로 헤어졌습니다. 약속의 결과가 어떻게 될지 기대하면서 말입니다.

　프레방은 지체 없이 파리로 돌아와서 관례대로 자기의 새로운 정복물들을 찾아가 세 여인 모두에게 그날 저녁 자기 집에서 '단둘이서' 저녁을 함께 하자는 승낙을 얻어냈습니다. 세 여자 중 둘은 조금 난색을 보였으나, 정사가 있고 난 다음 날인데 구태여 거절할 필요가 있었겠습니까? 그는 자기가 세운 계획에 필요한 시간을 얻고자 한 시간의 간격을 두고 만날 약속을 했습니다. 이렇게 준비를 마치고 돌아와서 이 사실을 세 사람의 공모자에게 알렸습니다. 네 사람은 희생자들을 기다리기 위해 즐거운 마음으로 떠났습니다.

　첫 번째 여자가 나타났습니다. 프레방은 혼자서 이 여자를 다정하게 맞이하고는 신전으로 인도했습니다. 여자는 그때까지만 해도 자기가 그곳의 여신이라고 믿고 있었죠. 그리고 프레방은 사소한 구실을 붙여 나온 다음 배신당한 연인을 대신 들여보냈죠.

　아직 정사의 모험에 익숙지 않은 여인의 당황함이 그 순간 남자의 승리를 얼마나 용이하게 했는지 당신도 짐작이 가실 겁니다. 여

자에게 질책이 가해지지 않았으므로 여자는 일종의 용서로 간주했습니다. 달아난 노예는 쇠사슬에 묶여 다시 옛 주인에게 인도되어 용서를 받게 되자 아주 행복에 넘쳐 있었습니다. 평화조약이 훨씬 조용한 장소에서 조인된 것이지요. 텅 빈 무대에는 다른 배우들이 차례로 나타나서 똑같은 연기를 했고, 똑같은 결말로 끝났습니다.

하지만 여자들은 각기 그 일이 여전히 저만의 일이라고 생각하고 있었지요. 그런데 저녁식사 때 세 쌍의 남녀가 한자리에 모였을 때, 여자들의 놀람과 당황은 점점 더해 갔습니다. 프레방이 좌중에 다시 나타나서 잔인하게도 부정한 세 여인에게 사과를 하고, 비밀을 폭로하고 이들이 지금까지 속아왔다는 것을 빠짐없이 가르쳐주었을 때, 여자들의 당혹은 절정에 다다랐습니다.

하지만 모두 식탁에 앉았습니다. 차츰 분위기도 안정을 되찾아갔지요. 남자들은 허심탄회하게 이야기했고, 여자들은 잠자코 듣기만 했습니다. 모두가 가슴속에 원한을 갖고 있었습니다. 하지만 대화는 부드러웠죠. 흥겨움은 욕망을 일깨우고, 욕망은 그 기분에 새로운 매력을 보태줍니다. 이 놀라운 주연酒宴은 새벽까지 계속되었습니다. 헤어질 때 여자들은 용서를 받았다고 믿었습니다. 하지만 원한을 잊지 않은 남자들은 그 다음 날 돌이킬 수 없는 절교를 선언했습니다. 이들은 경박한 정부들과 헤어지는 것에 만족하지 않고 그들의 부정을 소문냄으로써 톡톡히 복수를 해버렸습니다. 이 사실이 있은 후 한 여자는 수녀원으로 들어가 버렸고, 다른 여자 둘은 자신의 영지에 유배되어 따분한 나날을 보내고 있다고 합니다.

자, 이것이 프레방에 대한 이야기입니다. 당신이 그의 명성을 드높인 다음 그의 개선마차에 묶이든 아니든, 그것은 당신에게 달려 있습니다. 당신의 편지를 보니 걱정되는군요. 그래서 나는 일전에 보낸 편지에 대해 당신이 훨씬 현명하고 분명한 회답을 해주기를 간절히 기대하고 있습니다.

그럼, 안녕히 계십시오. 당신은 재미있고 괴상한 생각에 쉽게 끌려버리는 편이니 조심하십시오. 당신이 나아가는 길은 재치만으론 안 됩니다. 단 한 번의 경솔한 행위가 돌이킬 수 없는 불행이 된다는 사실을 명심해 주십시오. 나의 신중한 우정이 때론 당신이 쾌락의 안내역을 맡을 수 있도록 해주십시오.

그럼 이만. 무모한 당신이지만 그래도 당신을 사랑하고 있습니다.

17××년 9월 18일, ××에서.

제80신

당스니 기사가

세실 볼랑주에게

세실, 나의 세실, 우리가 언제 다시 만나게 될까요? 당신과 멀리 떨어져 있는 내 마음을 어떻게 하면 좋을지 그 누가 가르쳐줄 수 있을까요? 그 누가 내게 당신 없이 살 수 있는 힘과 용기를 줄 수 있을까요? 결코 나는 그대 없는 불행한 삶을 견딜 수가 없습니다. 나날이 나의 고통은 더해 갈 따름입니다. 그리고 이 고통은 언제 끝날지 알 수가 없습니다. 발몽은 내게 도움과 위로를 약속했건만 아무런 신경도 쓰고 있지 않습니다. 아마 그는 나를 잊어버리고 있는지도 모릅니다. 사랑하는 사람이 자기 가까이에 있으니, 사랑하는 사람들이 멀리 떨어져 있으면 얼마나 괴로운지 이제 그는 모르나 봅니다. 지난번 당신의 편지를 건네준 뒤로 그는 내게 소식 한 장 띄우지 않았습니다. 언제, 어떤 방법으로 당신을 만날 수 있는지 나한테 가르쳐주기로 되어 있는데 말입니다. 그렇다면 그는 나한테 아무 할 말도 없단 말입니까? 당신마저도 그 일에 대해 아무 말 없는 것을 보니, 이젠 나와 만나고 싶지 않다는 것입니까? 아! 세실, 세실, 나는 정말 괴롭습니다. 나는 어느 때보다도 그대를 사랑합니다. 그러나 나의 삶을 즐겁게 해준 사랑이 이제는 고통이 되고 말았군요.

나는 더 이상 이렇게 살 수 없습니다. 당신을 만나야만 합니다. 단 한순간만이라도. 아침에 일어날 때면, 나는 속으로 '오늘도 그녀를 보지 못하겠구나'라고 말합니다. 그리고 잠자리에 들 땐 '오늘도 그녀를 보지 못했구나'라고 말합니다. 이 기나긴 날들 중 행복한 때라고는 단 한순간도 없습니다. 나는 모든 것을 잃어버렸고, 남은 것은 아쉬움과 절망뿐입니다. 그리고 이 모든 고통은 나의 기쁨을 기대하고 있던 곳에서 비롯되고 있습니다. 죽음보다 더한 고통과 당신의 고통에 대한 나의 근심을 합치면, 당신은 내가 어떠한 상황에 처해 있는지 이해할 수 있을 것입니다. 끊임없이 당신을 생각하는 통에 한시도 마음이 안정되지 않습니다. 당신이 슬퍼하고 마음 아파하고 있다면, 나는 당신의 고통으로 인해 번민할 것이고, 당신이 고통이 가라앉은 조용한 상태에 있다면 나의 번민은 더해 갈 것입니다. 이 세상 모든 것이 나에게는 번민의 대상입니다.

아! 당신과 같은 곳에서 살고 있었을 때는 이렇지 않았습니다. 그때는 모든 것이 기쁨이었습니다. 당신을 확실히 만날 수 있다고 생각하면 당신과 떨어져 있는 순간도 아름답게 보였습니다. 당신과 떨어져 있는 시간도 흘러가면서 나를 당신에게 가까이 다가가게 해주었습니다. 당신과 떨어져 있을 때에도 모두 당신과 연관된 일을 했습니다. 내가 자신의 의무를 수행한다면, 그것이 나 자신을 당신에게 어울리는 사람으로 만들어주기를, 그리고 어떤 기량을 연마하면서도 그것이 당신을 더욱 기쁘게 해주기를 바랐습니다. 사교계의 잡다한 오락에 이끌려 당신과 멀리 떨어져 있을 때에도 내 마음은 한시도 당신과 떨어져 있지 않았습니다. 연극을 보아도 당신이 좋아할 장소를 찾으려 애썼고, 음악회에 가서도 당신의 재능이나 우리가 즐겁게 합주하던 모습을 생각했습니다. 사람들이 모인 곳에 있을 때나 산책을 할 때에도 조금이라도 당신과 비슷한 사람을 찾았습니다. 누구와 비교해 보아도 당신이 훌륭했습니다. 하루의 매 순간이 당신에 대한 새로운 찬사로 새겨지고, 매일 밤 감사하는 마음을 당신의 발앞에 바쳤습니다.

　　　그러나 이제 나에게 무엇이 남아 있습니까? 쓰라린 회한과 영원한 외로움밖에 없습니다. 그리고 한 줄기 남아 있는 희망도 발몽의 침묵 때문에 사라져가고, 당신의 침묵 때문에 불안으로 변해 버렸습니다. 불과 백 리 길이 우리 둘 사이를 갈라놓고 있건만, 단숨에 넘어갈 수 있는 이 공간은 내겐 극복할 수 없는 장애가 돼버리고 말았습니다. 그리고 이 장애를 극복하기 위해 나의 친구와 연인에게 애원해도 두 사람은 모두 냉정하고 태연할 뿐입니다! 나를 도와주지 않는 것은 고사하고라도 회답조차 하지 않습니다.

　　　발몽의 적극적인 우정은 대체 어떻게 된 것입니까? 그리고 특히 우리가 매일 만날 수 있는 방법을 그토록 재치 있게 찾아내던 당신의 그 다정한 마음은 어떻게 된 것입니까? 이따금 생각나기도 합니다. 만나고 싶은 마음은 굴뚝같은데 사정이나 의무 때문에 그것을 희생시키지 않으면 안 되는 때가 있었습니다. 그때 당신은 뭐라고 말했었죠? 여러 구실을 내세워 나의 이유를 반박하지 않았던가요? 세실, 제발 기억해 주세요. 나의 이유가 항상 당신의 소망에 따랐었다는 사실을 말입니다. 결코 그것을 나의 공적으로 삼으려고 그러는 것이 아닙니다! 나에게는 자신을 희생한 공적도 없습니다. 다만 나는 당신의 소망을 들어주려고 애썼을 뿐입니다. 이번에는 내가 부탁하겠습니다. 나의 부탁이란 게 무엇이겠습니까? 그것은 바로 당신을 잠시라도 만나서 변치 않는 사랑의 맹세를 다시금 나누는 일이 아니고 무엇이겠습니까? 당신에겐 이제 그것이 나처럼 행복하지 않단 말인가요? 나는 괴로움을 더할 뿐인 이런 절망적인 생각은 떨쳐버리렵니다. 그대가 나를 사랑하고 있고, 영원히 사랑할 것이라고 믿고 있습니다. 그렇지 않으리라고는 추호의 의심도 하지 않으렵니다. 그러나 나의 처지는 비참하기 짝이 없군요. 더 이상 견딜 수 없습니다. 그럼 이만, 세실.

17××년 9월 20일, ××에서.

제81신

메르테유 후작 부인이

발몽 자작에게

당신이 그렇게 겁을 집어먹고 있는 것을 보니 동정심이 일어나는군요! 그런 당신을 보니 내가 당신보다 한 수 위라는 것이 여지없이 드러나는군요. 그런데 당신이 나에게 이론을 늘어놓고 나를 지도하겠다고 하시다니! 아! 가엾은 양반, 당신과 나와는 하늘과 땅 차이입니다. 남자의 그 어떤 자만심도 두 사람 사이의 간격을 채울 수 없을 것입니다. 당신이 나의 계획을 시행할 수 없다고 해서 이를 불가능한 것으로 생각하시다니! 오만하고도 나약한 당신이 나의 수단을 따지고 나의 능력을 평가하려고 들다니! 솔직히 당신의 충고의 편지를 읽고 화가 났었는데 지금도 이 기분을 감출 수가 없군요.

당신이 법원장 부인한테 한 졸렬한 짓을 감추기 위해 당신을 사랑하는 그 내성적인 여인을 잠시 당황하게 한 것을 마치 승리라도 쟁취한 것처럼 떠벌리는 것도 좋아요. 그 여자로부터 한 번의 눈길, 단 한 번의 눈길을 받았다는 것을 승리의 표시로 여기는 것도 웃어넘기겠습니다. 당신의 행동이 별반 가치가 없다는 것을 깨닫고, 서로 만나고 싶어 몸이 달아 있는 두 어린아이―말이 나왔으니 말이지 이 두 사람이 그런 열렬한 욕망을 갖게 된 것도 다 나의 수고 때문인데―를 가깝게 해주려는 나의 훌륭한 노력을 칭찬함으로써 자신의 졸렬한 행동을 나한테 감추려 하는 것도 눈감아 주겠어요. 끝으로, 이런 눈부신 행위들을 내세워 내게 학자님 같은 어조로 '계획을 이야기하는 것보다 실행하는 데 시간을 쓰는 것이 더 좋으니라'고 말하는 그 허영심도 나는 아무렇지 않게 용서해 드리겠어요. 그러나 내가 당신의 신중함을 필요로 한다든지, 당신의 의견을 따르지 않으면 내가 탈선할 우려가 있다든지, 그 의견을 따르기 위해 쾌락이라든가 기발한 생각을 희생시키지 않으면 안 된다든지 하는 말을 하는 것을 보니, 당신은 내가 당신에 대해 품고 있는 신뢰에 지나치게 우쭐해져 있나 보군요.

아니 도대체 당신이 한 일 중에 나를 능가한 것이 있었나요? 당신은 숱한 여자들을 유혹하고 심지어는 파멸시키기까지 했습니다. 그런데 당신은 이런 여자들을 정복하는 데 도대체 무슨 고난을 겪었으며, 어떤 난관을 극복했습니까? 진정 당신 자신의 것이라 할 수 있는 장점이 어디에 있습니까? 당신이 미남이라는 점은 인정하기만, 그건 순전히 우연의 산물이에요. 우아한 몸가짐도 대개는 습관을 통해 익혀지는 것이죠. 확실히 재치가 있긴 하지만, 이런 것쯤 없다손 치더라도 남이 알아들을 수 없는 말을 하면 능히 보충될 수 있으니까요. 파렴치한 점은 대단히 훌륭하나, 그것도 아마 당신이 처음부터 너무 쉽게 승리를 거두어서 그럴 겁니다. 내 생각이 틀리지 않다면 당신의 수완은

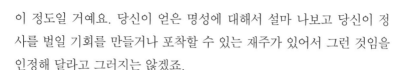

이 정도일 거예요. 당신이 얻은 명성에 대해서 설마 나보고 당신이 정사를 벌일 기회를 만들거나 포착할 수 있는 재주가 있어서 그런 것임을 인정해 달라고 그러지는 않겠죠.

　　신중함이나 섬세함에 대해서는 나를 제쳐두고라도 당신보다 뒤질 여자는 이 세상에 하나도 없어요. 당신의 법원장 부인만 하더라도 당신을 어린애 다루듯 하지 않아요?

　　자작님, 쓸데없는 재능을 얻으려는 사람은 거의 없어요. 남자는 위험 없는 싸움을 하기 때문에 몸조심을 하지 않고도 행동할 수 있습니다. 남자에게 있어서 실패는 단지 성공하지 못한 것에 불과합니다. 이런 불공평한 싸움에서, 여자에게는 패배하지 않은 것이 성공이라면, 남자에게는 승리하지 못한 것이 불행이지요. 남자들에게 여자와 똑같은 재능이 있다고 인정하더라도 여자는 이 재능을 항상 사용해야 하기 때문에, 그것만으로도 여자는 남자보다 월등하지 않으면 안 됩니다.

　　남자가 여자를 정복할 때, 여자가 자신의 몸을 방어할 때나 굴복할 때와 마찬가지의 수완을 쓴다고 가정해 봅시다. 그렇다 하더라도 일단 성공하면 여자는 남자에게 필요 없는 존재가 되고 만다는 것을 당신은 인정하실 겁니다. 남자는 새로운 맛에만 이끌려 여기에 두려워하지도 않고 거리낌없이 몰두합니다. 관계가 오래 지속되든 그렇지 않든 남자에게는 중요한 문제가 아닙니다.

　　사실 사랑의 밀담을 나누기 위해서 서로 주고받는 이 사슬을 남자들만이 자기가 하고 싶은 대로 조이거나 끊을 수 있습니다. 남자가 변덕이 생겨서 소문을 퍼뜨리지 않고 침묵을 지킨 채로 여자와 절교하는 것만으로 그치고, 전날의 우상을 다음 날의 희생으로 만들지 않는다면 그래도 여자에게는 다행입니다.

　　그러나 불운한 여자가 먼저 사슬의 무게를 느껴 거기서 벗어나려고 한다거나, 아니면 단지 그것을 감히 들어올리려고 한다면, 이 여자는 어떠한 위험을 무릅써야 하는지 모릅니다. 여자가 도저히 자기 마음에 들지 않는 남자를 멀리하고자 한다면 몸서리치는 짓을 하지 않으면 안 됩니다. 남자가 한사코 떨어지지 않으려 한다면, 여자는 애정을 담아두었던 마음을 공포의 손에 맡기지 않으면 안 됩니다.

여자의 마음은 닫혀 있더라도
그 품만은 여전히 남자를 향해 열려 있나니.

남자라면 쉽게 끊어버릴 수 있는 이 사슬을 여자는 신중하고 교묘하게 풀지 않으면 안 됩니다. 적의 손아귀에 들어 있으므로 만일 남자가 관대하지 않으면 여자는 어쩔 도리가 없습니다. 그런데 세상 사람들은 남자가 관대한 것을 이따금 칭찬하는 일이 있어도, 관대함이 없는 것에 대해선 결코 비난하는 일이 없으니 어떻게 남자에게 관대함을 바랄 수 있나요?

물론 당신은 너무 자명하기 때문에 평범한 것처럼 보이는 이 진리를 부정하지는 않을 겁니다. 하지만 내가 사건과 여론을 내 마음대로 주물러서 이 가공할 남자들을 나의 변덕이나 공상의 노리개로 삼고, 어떤 남자에게선 의지를 빼앗고, 어떤 남자에게선 나에게 상처를 주려는 힘을 빼앗는 것을 보았다면, 그리고 나의 변하기 쉬운 취향에 따라, '나의 노예가 되어버린 폐위된 폭군들' * 로 하여금 내 뒤를 좇게 하거나 멀리 내쫓아도 내 명성이 이 빈번한 혁명 속에서 조금도 흔들리지 않는 것을 보았다면, 당신은 여성을 위해 복수를 하고 남성을 지배하기 위해 태어난 내가 지금까지 없었던 수완을 창조하는 데 성공했다는 사

---

* 이 시구와 앞에 나온 '여자의 마음은 닫혀 있더라도……' 라는 시구가 잘 알려지지 않은 작품에서 인용된 것인지, 아니면 메르테유 부인 자신의 산문에 속하는 것인지는 알 수 없다. 후자의 견해가 신빙성이 있는 것은 이 서간집의 편지 전체를 통해 이런 종류의 오류가 많이 발견되고 있기 때문이다. 이러한 오류에서 벗어나 있는 것은 당스니의 편지밖에 없다. 그것은 이 기사가 이따금 시를 즐겨 읽었으므로 그의 훈련된 귀는 이러한 유의 오류를 쉽게 피할 수 있었을 것이다.

실을 인정해 주지 않을 수 없겠지요.

당신의 충고나 걱정은 열광에 빠지기 쉬운 여자나 '감상적'인 여자에게나 해주세요. 이러한 여자들의 격렬한 공상을 보다 보면 태어날 때부터 오관五官이 모두 머릿속에 들어 있는 듯한 느낌이에요. 이런 여자들은 결코 생각을 하지 않기 때문에 항상 사랑과 애인을 혼동하고, 허황된 환상 속에서 자기와 함께 쾌락을 추구하는 애인만이 사랑을 점지받고 있다고 믿게 마련이지요. 또 이런 여자들은 미신을 믿고 있어서 하느님께만 바쳐야 하는 존경과 신앙을 사제에게 바치지요. 당신의 충고와 염려는 이런 여자들에게나 해주세요.

그리고 조심성보다는 허영심이 강해서 필요할 때 버림받을 각오가 되어 있지 않은 여자들이나 걱정해 주세요.

특히 한가하면서도 적극적인 여자들, 말하자면 사랑에 쉽게, 그리고 강렬하게 빠져드는, 남자들은 '정에 끌리는 여자'라고 부르는 여자들이나 걱정해 주세요. 이런 여자들은 사랑이 즐겁지 않더라도 여전히 거기에 빠져들고 싶어하며, 끓어오르는 생각에 이끌려 달콤하기는 하지만 매우 위험한 편지를 써서 상대방에게 자기 약점을 드러내는 일을 하고 말지요. 이런 신중하지 못한 여자들은 오늘의 애인이 내일은 적이 된다는 사실을 모르지요. 이런 여자들이나 걱정해 주세요.

하지만 내게 이런 경솔한 여자들과 털끝만 한 공통점이라도 있습니까? 내가 스스로 정한 규칙에서 벗어나 혹시 나의 주의主義를 어긴 적이 있습니까? 나는 나의 주의라고 말했습니다. 그리고 그것은 고의로 말한 것이에요. 왜냐하면 나의 주의는 다른 여자들의 주의처럼 우연히 주어졌거나 검토 없이 받아들여 습관적으로 지키는 그러한 주의가 아니기 때문이죠. 나의 주의는 깊은 성찰의 결과입니다. 나는 이것을 나의 힘으로 창조했습니다. 나라는 인간은 나 자신이 형성한 것이라고 할 수 있습니다.

아직 숫처녀여서 말없이 얌전하게 지내지 않으면 안 되던 시절에 사교계에 발을 들여놓은 나는 자신의 이런 처지를, 주위를 관찰하고 사색하는 데 이용할 수 있었지요. 사람들은 자기들이 열심히 들려주는 이야기에 별로 귀를 기울이지 않는 나를 멍청하거나 산만한 아이라고 생각했지만, 실은 나는 사람들이 내게 감추려고 애쓰는 이야기를 열심히 듣고 있었지요.

이런 유익한 호기심은 나 자신의 교육에 도움을 주기도 했지만 자신을 감추는 방법도 가르쳐주었습니다. 내가 주의하는 대상을 주변 사람들의 눈에 감추어야 하는 경우가 많았기 때문에 나는 내 마음대로 눈길을 움직이려고 애썼지요. 그래서 나는 마음만 먹으면 무심한 척하면서 당신이 나를 칭찬하도록 하는 시선을 지을 수 있었습니다. 처음의 성공에 용기를 얻어 나는 내 얼굴 표정을 여러 모습으로 지으려고 노력했습니다. 속으로는 슬퍼도 겉으로는 밝고 심지어는 기뻐하는 표정을 짓는 방법을 연구했죠. 나는 일부러 슬픈 감정을 일으켜서 그동안에 기쁜 표정을 짓는 방법을 연구할 만큼 열심히 노력했습니다. 뜻하지 않은 기쁨의 표시를 억제하기 위해서도 같은 노력과 힘을 들여 연구했습니다. 이렇게 해서 나는 당신도 이따금 놀라던 표정을 지배하는 힘을 얻게 된 것입니다.

당시 나는 꽤 어렸고 어떤 일에도 거의 관심이 없었습니다. 그러나 나의 생각은 내 것이므로 내 생각을 빼앗긴다든가, 아니면 본의 아니게 간파당하면 화가 나곤 했습니다. 그래서 최초의 노력으로 얻은 무기를 이 방면에도 사용했지요. 그래서 내 생각을 간파당하지 않은 것에 더 이상 만족하지 않고 즐겨 나 자신을 여러 가지 모습으로 나타냈습니다. 몸짓에 자신이 생기자 나는 대화에 신경을 썼습니다. 그래서 나는 그때그때의 상황에 따라, 아니면 단지 기분에 따라 몸짓과 말을 조절하기에 이르렀죠. 이때부터 나의 생각은 나만을 위한 것이었고, 밖으로 내보여서 유익한 생각만을 나타내게 되었지요.

이런 자기훈련을 통해 나는 사람들의 얼굴 표정과 그 성격에

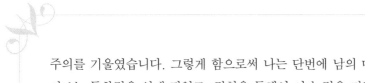

주의를 기울였습니다. 그렇게 함으로써 나는 단번에 남의 마음을 꿰뚫어보는 통찰력을 얻게 되었죠. 경험을 통해서 이 능력을 전적으로 믿어서는 안 된다는 것을 알게 되었으나, 그래도 어떤 경우에서든 틀리는 일은 거의 없었습니다.

그 덕분에 나는 그때 열다섯 살도 채 되지 않았지만, 많은 정치가들이 소유했던 명성과 재능을 이미 갖고 있었습니다. 하지만 내가 얻고 싶어했던 학문의 기본지식 수준밖에는 도달하지 못한 상태에 있었죠.

나도 다른 처녀들처럼 사랑과 그 쾌락의 수수께끼에 빠져보려 애썼습니다. 그러나 수녀원에 들어가 교육을 받은 일도 없고, 좋은 친구도 없었고, 엄한 어머니의 감시를 받고 있었으므로 단지 막연하고 걷잡을 수 없는 생각만 하고 있었습니다. 후에 생각해 보니 좋은 일이긴 했지만 자연조차 내게 아무런 징후를 주지 않았습니다. 마치 자연은 묵묵히 자기의 작품을 완성하는 데 몰두하고 있는 것 같았습니다. 내 머리만이 활발하게 움직이고 있었지요. 내가 원했던 것은 향락이 아니라 지식이었습니다. 자신을 교육시키고 싶은 욕망이 그 방법을 암시해 주더군요.

이 문제에 대해서 위험 없이 내가 이야기할 수 있는 상대는 나의 고해신부밖에 없다는 생각이 들었어요. 결심이 서자 부끄러움도 가시더군요. 그래서 나는 저지르지도 않은 과오를 떠벌리면서 '여자가 저지르는 일을 모두 저질렀다'고 참회했습니다. 말은 그렇게 했지만 사실 그것이 어떤 것인지는 몰랐지요. 나의 기대는 완전히 어긋나지도 않았고, 그렇다고 완전히 충족되지도 않았습니다. 내가 거짓말을 하고 있다는 것이 드러날까봐 자세하게 말할 수도 없었습니다. 하지만 신부가 나를 무척 가슴 아프게 했으므로 나는 그 쾌락이 대단한 것임에 틀림없을 거라는 결론을 내렸습니다. 이리하여 알고 싶은 욕망 대신에 그것을 맛보고 싶은 욕망이 생겨났습니다.

이 욕망을 억제하지 못했더라면 나는 어떻게 되었을지도 모릅니다. 그 당시는 경험도 없던 터라 단 한 번이라도 그런 기회를 가졌다면 나는 영영 파멸하고 말았을 거예요. 다행히 며칠 지나서 어머니로부터 내가 곧 결혼하게 된다는 사실을 알게 되었죠. 그 말을 듣자 이제 그 쾌락이 무엇인지를 알게 된다는 생각 때문에 호기심도 사라졌습니다. 그렇게 해서 나는 처녀의 몸으로 메르테유 후작 품에 안기게 된 것이지요.

나는 궁금했던 문제가 내게 밝혀지고 말 순간을 편안한 마음으로 기다리고 있었어요. 그리고 의식적으로 놀람과 두려움을 나타냈지요. 여자들이 흔히 매우 잔인하고도 달콤한 생각을 품는 첫날밤도 내겐 한갓 경험을 쌓는 기회에 지나지 않았어요. 고통과 쾌감, 이것을 나는 정확하게 관찰했습니다. 갖가지 감각도 내게는 수집하고 고찰해야 하는 사실에 지나지 않게 된 것이지요.

이러한 종류의 연구는 곧 나를 즐겁게 해주었습니다. 그러나 나의 주의에 충실하는 한편, 본능적으로 남편만큼 믿을 수 없는 사람은 없다고 느꼈습니다. 나는 다감한 여자이므로 남편에게는 오히려 냉정하게 보여야겠다고 결심했습니다. 이런 표면적인 냉정함은 후에 남편의 맹목적인 신뢰의 확고한 기초가 되었지요. 그리고 또 깊이 생각한 끝에 나의 냉정한 태도에 어린 나이 때문에 가능한 경솔한 태도를 합쳤습니다. 그래서 남편은 내가 아주 대담하게 그를 다룰 때만 나를 어린 아이로 취급했죠.

하지만 솔직히 처음에는 사교계의 소용돌이에 휘말려들어 무익한 오락에만 몰두했답니다. 그러나 몇 달이 지나서 남편이 나를 쓸쓸한 시골로 데리고 갔기 때문에 지루함을 두려워한 나머지 연구욕이 다시 살아났습니다. 이곳에서 나를 둘러싸고 있는 사람들은 나와는 관계가 먼 사람들이라서 나를 전혀 의심하지 않았기 때문에 나는 이것을 이용해서 경험의 영역을 한층 더 넓히기로 했습니다. 특히 당시에 나는, 우리가 사랑을 쾌락의 원인이라고 하지만, 실은 기껏해야 그에 대한 구실에 불과하다는 사실을 깨달았습니다.

　　메르테유가 병이 났기 때문에 그런 흥미 있는 일도 중단되었습니다. 치료를 받으러 파리로 떠나는 남편을 따라가지 않으면 안 되었기 때문이죠. 당신도 아시다시피 남편은 그 후 얼마 지나지 않아 세상을 떠났습니다. 어떤 면에서건 나는 남편에게 불만은 없었지만, 그럼에도 불구하고 그 후 과부생활이 내게 가져다준 자유의 가치만은 절실하게 느꼈어요. 나는 이 자유를 이용하려고 다짐했어요.

　　어머니는 내가 수녀원에 들어가거나, 아니면 자기와 함께 살려니 생각하고 있었죠. 나는 양쪽 다 거절했습니다. 그리고 아직도 연구할 거리가 남아 있는 바로 그 시골로 돌아갔습니다. 그것이 내가 품위를 유지할 수 있는 최선의 행동이었죠.

　　나는 독서를 통해 관찰한 사실들을 한층 견고하게 다졌습니다. 그러나 내가 한 독서는 당신이 상상하는 그런 유의 독서는 아니었어요. 나는 소설에서는 우리 시대의 풍속을, 철학서에서는 우리 시대의 사상을 연구했어요. 심지어 가장 엄격한 윤리학자들의 저서에서도 그들이 우리에게 무엇을 요구하는가를 찾으려고 했지요. 이렇게 해서 사람은 무엇을 할 수 있으며, 무엇을 생각해야 하며, 어떻게 처신해야 하는지 확실히 알게 되었습니다. 일단 세 가지 문제에 대해선 확신을 가졌지만, 다만 마지막 문제인 어떻게 처신해야 할 것인가는 실행하는 데 약간 곤란한 점이 있었지요. 나는 이 문제를 극복하기 위한 방법을 요모조모 생각해 보았지요.

　　나는 나의 활동적인 사고에 비해 너무 변화가 없는 시골생활에 이력이 붙기 시작했습니다. 나는 남자의 마음을 끌고 싶어서 사랑과 타협했습니다. 그러나 그것은 사실 사랑을 느껴보기 위해서가 아니라 다른 사람에게 사랑하고 싶은 욕망을 일어나게 하고, 나 자신은 짐짓 사랑에 빠진 사람처럼 보이기 위한 것이었죠. 이런 감정은 가장하기가 어렵다는 말을 들었고, 또 책에서도 보았지만, 여기에 도달하기 위해선 작가의 정신에 연극배우의 재능을 합치면 충분하다는 것을 알았죠. 나는 이 두 가지 분야를 연마해서 어느 정도의 성공을 거두었습니다. 하지만 나는 무대 위에서 헛된 갈채를 바라는 대신 많은 사람들이 자신의 허영심 때문에 희생되는 것을 나의 행복을 위해 이용하려고 마음먹었습니다.

한 해가 이럭저럭 지나갔습니다. 복상服喪 기간이 지나 다시 사교계 출입이 가능해진 나는 원대한 계획을 품고 파리로 올라왔습니다. 하지만 거기서 뜻밖의 장애에 부딪혔습니다.

오랫동안의 고독과 근엄한 은둔생활이 나에게 정숙한 여자라는 딱지를 붙여놓고 말았더군요. 이 때문에 멋쟁이 사내들은 겁을 집어먹고 나에게 구혼하는 따분한 남자들의 무리에 나를 넘겼습니다. 구혼을 거절하는 것이 어려운 일은 아니었으나, 친정에선 그 거절이 달갑지 않았지요. 나는 유용하게 쓰고자 했던 시간을 집안의 불만을 막는 데 쓰고 있었습니다. 그래서 마음에 드는 사람은 가까이하고, 그렇지 않은 사람은 멀리하기 위해서 일부러 나는 경솔한 태도를 보이거나, 명성을 보존하기 위해 이용하려고 했던 노력을 오히려 명성을 해치는 데 사용했습니다. 당신도 아시겠지만 나는 쉽게 목적을 달성했지요. 그러나 그런 일을 하면서도 나는 아무 정열 없이 내가 필요하다고 판단한 것만을 함으로써 경솔함의 정도를 신중하게 계산했지요.

바라고 있던 목표에 도달하자 나는 본래의 자신으로 되돌아와서 매력이 없기 때문에 정숙한 여자인 체하는 몇몇 여자들에게 내가 올바른 여자가 될 수 있었던 것은 당신네들 덕분이라고 말했지요. 이것은 실로 절묘한 수라서 기대 이상의 효과를 가져다주었어요. 이 까다로운 노파들은 고맙게도 나의 변호인들이 되었답니다. 그래서 자기들이 나를 사람으로 만들었다는 바로 그 이유 때문에, 조금이라도 내가 화제에 오르면 이 정숙한 여자들은 모두 입을 모아 분개하며 그것을 중상모략이니 비방이니 하면서 나를 맹목적으로 변호할 정도였으니까요. 똑같은 수단이 잘난 척하는 여자들에게도 큰 효과를 거두었지요. 이들은 내가 자기네들과 경쟁하는 것을 포기했다고 생각했는지 자기네들은 누구도 비방하지 않는다는 것을 증명하고 싶을 때마다 나를 칭찬의 대상으로 삼았지요.

하지만 예전의 행동 탓으로 애인들이 모여들었어요. 그리하여 나는 이 남자들과 나의 충실한 보호자들 사이에서 잘 처신하기 위해, 정은 있으나 까다로운, 지나치게 까다로운 성미를 연애에 대항하는 무기로 삼고 있는 여자로 행세했습니다.

이제 나는 지금까지 닦아온 기량을 화려한 무대 위에서 유감없이 발휘하기 시작했습니다. 최초의 일은 확고한 명성을 얻는 일이었습니다. 그러기 위해서 나는 전혀 내 마음에 들지 않는 남자들에게만 호의를 받는 척했습니다. 나는 이 남자들의 호의를 효과적으로 이용하여 저항의 명예를 얻는 한편, 좋아하는 연인에겐 두려움 없이 몸을 내맡겼죠. 그러나 이 연인도 내가 조심스런 태도를 꾸미는 바람에 사교장까지 쫓아오지 못했습니다. 그래서 사람들의 눈은 늘 불행한 연인에게 쏠릴 수밖에 없었습니다.

당신도 내가 얼마나 빨리 마음을 결정하는지 알고 계시죠. 나는 오랫동안 관찰한 결과, 여자가 비밀을 털어놓는 것은 거의 늘 옛날 일에 신경을 쓰기 때문이라는 것을 알았습니다. 무엇을 하든 성공하기 전과 성공한 후의 태도는 같을 수가 없습니다. 이러한 차이는 주의 깊은 관찰자의 눈을 피할 수는 없는 법이죠. 그래서 나는 속마음을 간파당하는 것보다는 잘못된 선택이 덜 위험하다고 생각했어요. 이를 통해서 나는 그럴듯한 외관을 버리는 능력을 얻었지요. 하지만 사람들은 대개 이 그럴듯한 외관을 보고 판단하거든요.

이러한 조심성과 아울러 나의 패배를 증명하는 어떤 편지도 쓰지 않는 조심성, 이 두 가지만 하더라도 극단적으로 보일지 모르겠지만, 내게는 결코 충분하다고 생각되지 않았어요. 그래서 내 마음속을 감히 깊이 들여다본 다음 다른 사람의 마음을 연구했지요. 이를 통해 나는 드러나서는 안 될 비밀을 간직하지 않은 사람은 하나도 없다는 사실을 알았습니다. 이 진리를 고대 사람들이 우리보다 훨씬 잘 알고 있는 것 같은데, 삼손의 이야기는 이에 대한 탁월한 상징이라고 할 수 있지요. 현대의 델릴라인 나는 옛날의 델릴라처럼 이 중요한 비밀을 알아내는 데 언제나 많은 노력을 기울였습니다. 아! 얼마나 많은 현대의 삼손들의 머리칼이 가위를 든 내 손아귀에 들어 있는지요! 나는 이 남자들을 끊임없이 위협하고 때로는 모욕을 주곤 했습니다. 그리고 그 밖의 남자들에겐 훨씬 모나지 않게 대했지요. 그들이 내가 바람기가 있다고 느끼지 않게끔 남자 스스로가 배반하는 기술이라든가, 거짓 호의나, 표면상의 신뢰, 그리고 각자가 자기만이 나의 애인이라고 믿도록 환상을 품게 하는 등의 방법을 통해서 나는 그들에게 비밀을 지키게 했습니다. 이런 방법이 실패했을 경우, 나는 절교를 예상하고 조롱한다거나 중상을 하거나 해서 위험한 남자들이 가지게 될지도 모를 신뢰를 미리 없애 버렸지요.

당신은 내가 지금까지 한 이야기를 끊임없이 실행해 온 것을 보지 않았나요? 그런데도 당신은 나의 신중함을 의심하고 있다니! 그럼, 당신이 내게 처음 접근했을 때를 생각해 보세요. 당신의 사랑의 호소만큼 나를 기쁘게 한 것은 없었어요. 나는 당신을 보기 전부터 당신을 내 것으로 만들고 싶었어요. 당신의 명성에 이끌려, 당신은 나의 명예를 위해 꼭 필요한 사람처럼 여겨졌습니다. 나는 진심으로 당신과 사랑의 격투를 벌이고 싶었어요. 그것은 잠시 동안이긴 했지만 나를 지배했던 유일한 욕망이었습니다. 그런데 그때 당신이 나를 패배시키고 싶어했다면, 당신이 발견할 수 있었던 방법은 어떠한 것이었을까요? 그것은 일단 발설하고 나면 아무런 흔적도 남지 않고, 당신의 명성 때문에 오히려 의심스럽게 보이는 황당한 이야기 아니면 있음직하지 않은 사실들의 연속으로, 아무리 진지한 이야기라도 엉성한 소설처럼 보였을 것입니다.

사실 그 후 나는 당신에게 모든 비밀을 털어놓았습니다. 하지만 우리가 어떤 이해관계로 맺어졌으며, 우리 둘 중 과연 내가 경솔하다고 하는 비난을 받아야 하는지를 당신은 잘 알고 있을 겁니다.*

어차피 당신에게 설명을 하고 있는 중이니 정확하게 말씀드리고 싶습니다. 당신은 내가 적어도 나의 몸종에게는 꼼짝할 수 없으리라고 말할지 모릅니다. 사실 나의 몸종은 내 감정의 비밀은 모를지라도 내 행동의 비밀은 알고 있습니다. 언젠가 당신이 내게 나의 몸종에 대해 말했을 때, 나는 그 애는 믿어도 좋다고 대답한 적이 있었지요. 그때 그 대답을 듣고 당신이 안심했던 증거로는, 당신이 그 애에게 퍽 위험한 부탁을 한 것을 보아도 알 수 있어요. 그러나 지금은 프레방에 대한 질투 때문에 당신 머리가 이상해져서 내 말을 더 이상 믿지 않게 됐으니 당신한테 진상을 알려드리지요.

우선 그 애는 나의 유모의 딸이에요. 이러한 관계는 우리에겐 대단한 것이 아니지만, 그런 신분을 가진 아이들에겐 상당한 힘이 되지 않을 수 없지요. 게다가 나는 그 애의 비밀을 손에 쥐고 있어요. 그리고 그보다 더한 것은 그 애는 사랑에 완전히 미쳐 있어서 내가 도와주지 않았더라면 완전히 파멸하고 말 뻔한 일도 있었습니다. 그 애의 부모는 집안 체면 때문에 그 애를 수녀원에 보내려고 했었죠. 그들은 나의 의견을 물었습니다. 나는 그들의 노여움이 내게는 매우 유용한 것임을 단번에 알아차렸습니다. 나는 그 노여움을 부채질해서 그 애를 당장 수녀원에 보내라는 명령을 내리게 했지요. 그리고 곧 부모의 마음을 누그러지게 하고, 늙은 신부한테서 얻고 있는 신용을 이용해서 그 명령

---

* 뒤에 나오게 될 152신에서 독자는 발몽의 비밀이 정확히 어떤 것인지는 몰라도 어떤 종류의 비밀인지 알게 될 것이다. 그리고 독자는 이 비밀을 더 이상 밝힐 수 없는 이유를 알게 될 것이다.

을 당분간은 나에게 맡기고, 딸의 금후의 행동을 보고 판단한 바에 따라 명령을 이행할 것인지 아닌지에 대한 결정을 나한테 위임하도록 했습니다. 그래서 그 애는 자기의 운명이 내 손아귀에 들어 있다는 것을 알고 있어요. 그리고 만일 이런 강력한 수단도 그 애를 제지하지 못하는 경우가 발생한다 하더라도 예전의 품행이 탄로 나서 엄중하게 처벌받게 된다면 아무도 그의 말을 신용하지 않게 될 것은 뻔한 일이 아니겠어요?

이런 근본적인 신중함과 아울러 또 그 밖의 신중함도 숱하게 있지요. 이런 것은 필요하게 되면 사고나 습관을 통해 발견될 수 있는 국부적인, 혹은 상황에 따라 생기는 신중함입니다. 세부적인 사실을 얘기하자면 한이 없겠지만, 그 실천이 중요하므로 만일 당신이 그것을 알고 싶다면 나의 행동을 모두 보고 판단해 주셔야 할 겁니다.

그러나 당신은 아무런 결과도 바라지 않고 내가 그러한 노력을 했다고 생각하십니까? 각고의 노력 끝에 뭇 여자들 위에 올라간 내가 이제 와서 그들처럼 경솔함과 수줍음 사이에서 기어 다니기를 승낙하리라고 생각하십니까? 그리고 특히 내가 도망가지 않으면 구원을 받을 수 없다고 생각할 정도로 남자를 두려워한다고 생각하시렵니까? 아닙니다, 자작님. 정복하든가 아니면 파멸하든가 둘 중의 하나입니다. 프레방에 관해서는 나는 그를 내 사람으로 만들고 싶고, 또 그렇게 될 것입니다. 그도 그렇게 말하고 싶겠지요. 하지만 어림도 없는 일이지요. 요컨대 이것은 우리들 사이의 소설입니다. 그럼 이만.

17××년 9월 21일, ××저택에서.

제82신

세실 볼랑주가

당스니 기사에게

아! 당신의 편지를 보고 얼마나 슬펐는지요! 그토록 애타게 기다렸던 편지인데 말이에요. 저는 위안이라도 받을 줄 알고 있었는데, 편지를 읽고 보니 받기 전보다 더 슬프답니다. 편지를 읽으면서 얼마나 울었는지 몰라요. 그렇다고 당신을 탓하는 것은 아니에요. 저는 당신 때문에 수없이 울었어요. 그렇지만 괴롭지는 않았어요. 하지만 이번에는 사정이 달라요.

당신의 사랑이 이젠 당신에게 고통으로 변했고, 더 이상 이렇게 살 수는 없으며 당신의 처지를 더 이상 견딜 수 없다고 그러시는데, 대체 그게 무슨 말씀이세요? 예전보다 즐겁지 못하다고 해서 이젠 저를 사랑하지 않겠다는 말씀이신가요? 저 역시 당신보다 더 행복하지 못하답니다. 전혀 그 반대예요. 하지만 저는 날이 갈수록 당신을 사랑하고 있어요. 발몽님이 당신에게 편지를 쓰지 않았다고 하더라도, 그건 제 잘못이 아니에요. 저는 그분에게 편지를 쓰라고 부탁할 처지는 못됩니다. 단둘이 있는 경우가 없음은 물론이고, 또 사람들이 있는 데서 서로 이야기하지 않기로 약속했거든요.

하지만 이것도 당신을 위한 것이에요. 당신이 원하시는 것을 가능한 한 빨리 이루기 위해서죠. 그렇다고 해서 내가 그것을 원하지 않는 것은 결코 아니라는 것을 당신도 믿어주리라고 생각해요. 그러나 어떻게 할 수 없는 일이잖아요? 대수로운 게 아니라고 여기신다면 그렇게 할 수 있는 수단이라도 제발 찾아주세요.

전에는 제게 전혀 잔소리를 안 하시던 어머니께 매일 야단 맞고 지내니 전들 기분이 좋겠어요? 지금 제 처지는 수녀원에 있을 때 보다 훨씬 더 나빠요. 하지만 이렇게 지내는 것도 다 당신을 위해서라 고 생각하고 위안을 삼고 있어요. 그리고 이따금 그런 위안 때문에 마 음이 편해지는 경우도 있어요. 그러나 저는 잘못한 것도 없는데 당신이 그렇게 화를 내신다면, 저로선 지금까지 일어난 어떤 일보다 마음이 아 픕니다.

그저 당신의 편지를 받는 일만 해도 여간 곤란한 게 아니에 요. 발몽님이 그처럼 친절하고 능숙하게 하지 않으셨다면 나는 어떻게 해야 할지 몰랐을 거예요. 그리고 당신에게 편지를 쓰는 일은 그보다 훨씬 힘든 일이에요. 오전 중에는 엄마가 내 곁에 계시고 수시로 제 방 에 들어오시니까요. 오후에는 노래나 하프를 연습한다는 구실을 대고 편지를 쓸 수도 있어요. 하지만 내가 연습하고 있다는 것을 알리기 위 해 겨우 한 줄을 쓰고는 펜을 놓지 않으면 안 됩니다. 다행히 몸종이 초 저녁부터 조는 일이 있기도 해서 그때는 혼자 자겠다고 이르지요. 그것 은 하녀가 등불을 남겨놓고 물러가게 하기 위해서랍니다. 그러고 나서 남들이 불빛을 못 보게 커튼 뒤에서 혹 누가 오면 모두 숨길 수 있도록 조그만 소리에도 귀를 기울이며 편지를 쓰지요. 이런 장면을 당신한테 도 보이고 싶어요. 사랑하지 않으면 이런 짓도 할 수 없을 거예요. 아무 튼 저는 제가 할 수 있는 일은 다 하고 있어요. 아니 그 이상의 일이라 도 하고 싶어요. 물론 저는 서슴지 않고 당신을 사랑하고 있으며, 영원 히 사랑하겠다고 말씀드릴 수 있어요. 이처럼 진심으로 말한 적은 없었 어요. 그런데도 당신은 화를 내고 계시다니! 하지만 제가 처음으로 당 신에게 사랑한다고 말하기 전에, 그 말만으로도 당신은 행복해진다고 말씀하시지 않았나요? 당신의 편지에 그렇게 쓰셨으니 부정하지 않으 실 거예요. 이젠 당신의 편지를 갖고 있지 않지만, 매일 읽고 있을 때와 마찬가지로 또렷하게 기억하고 있어요. 서로 이렇게 떨어져 있다고 해서 당신 마음이 변하신 건가요? 하지만 이렇게 떨어져 있는 것도 영원히 지속되지는 않을 거예요. 안 그래요? 아! 저는 너무도 괴로워요! 그리고 이건 다 당신 탓이에요!

편지 얘기가 나와서 그런데 엄마가 제게서 빼앗아 당신에게 되돌려준 편지는 간직해 두세요. 지금처럼 답답하지 않을 때가 반드시 올 거예요. 그때 그 편지들을 모두 저한테 돌려주세요. 아무도 못 보게 저 혼자만 그 편지들을 영원히 간직하고 있으면 얼마나 행복할까요! 지금은 편지를 발몽님에게 맡겨두고 있어요. 그렇지 않으면 위험하니까요. 하지만 편지를 그분께 맡길 때마다 늘 마음이 아프답니다.

안녕히 계세요. 저는 당신을 진심으로 사랑한답니다. 당신을 영원히 사랑할 거예요. 이젠 당신의 화가 풀렸으면 해요. 당신이 그러신다면 저도 화가 풀릴 거예요. 가능한 한 빨리 편지를 주세요. 편지를 받기 전까지는 슬픔이 사라지지 않을 거예요.

17××년 9월 23일, ××저택에서.

제83신

발몽 자작이

투르벨 법원장 부인에게

부인, 제발 부탁합니다. 불행하게 중단된 이야기를 계속하지요. 사람들이 당신에게 그려 보인 저의 끔찍한 모습이 본래의 제 모습과 얼마나 다른지 당신에게 증명할 수 있었으면 합니다. 그리고 무엇보다도 당신이 처음 제게서 느끼신 그 신뢰를 계속 받았으면 합니다. 당신은 당신의 미덕을 얼마나 매력 있게 만드시는지요! 당신은 모든 고귀한 감정을 얼마나 아름답게 보이게 하고 사랑하게 만드시는지요! 아! 그 점이 바로 당신의 매력입니다. 그것은 물리칠 수 없는 매력입니다. 그것은 강하고 동시에 존경할 만한 유일한 매력입니다.

　　　당신을 보기만 해도 당신의 마음에 들고 싶고, 사람들 속에서 당신이 말씀하시는 것을 들어도 이 욕망은 더욱 커집니다. 그리고 행복하게도 당신을 더욱 잘 알게 되고, 이따금 당신 마음속을 헤아릴 수 있는 남자라면 이내 고귀한 열광에 이끌리고, 사랑과 아울러 존경에 사로잡혀 당신을 모든 미덕의 우상으로 숭배하게 됩니다. 누구보다도 미덕을 사랑하고 미덕을 따르려고 태어났음에도 불구하고, 스스로를 미덕에서 멀어지게 하는 과오를 거듭해 온 저를 다시 미덕에 가깝게 하고, 그 매력을 다시 느끼게 한 것은 모두 당신입니다. 그런데 당신은 이 사랑을 죄악시하고 있습니다. 당신 때문에 생긴 이 감정을 당신이 탓하실 수가 있나요? 그것에 대해 당신이 지닌 흥미까지도 당신은 자책하시렵니까? 그처럼 순수한 감정에 어떤 불행을 두려워할 수 있겠습니까? 더구나 이 순수한 감정을 느낄 수 있다면 얼마나 감미로운 일이겠습니까?

　　　저의 사랑이 당신을 두렵게 합니까? 저의 사랑을 과격하고 광적인 것이라고 생각하십니까? 그렇다면 이 사랑을 보다 부드러운 애정으로 누그러뜨려 주십시오. 당신께 바치는 왕국을 거절하지 마십시오. 저는 맹세코 이 왕국의 신하가 될 것입니다. 그리고 이 왕국은 미덕을 위해서도 결코 무익하지 않을 것입니다. 당신의 마음이 그 가치를 보증해 주시리라는 것을 알기만 한다면, 그 무슨 희생이 고통스럽다 하겠습니까? 스스로 짊어진 고통을 감내하지 못하고, 억지로 빼앗은 향락보다도 허용된 말 한마디나 시선을 더 좋아하지 않을 만큼 불행한 남자가 어디 있겠습니까? 그런데 당신은 저를 그런 사람으로 생각하고 저를 두려워하고 계십니다! 아! 왜 제가 당신을 행복하게 해줄 수 없나요? 당신을 행복하게 만들어 그것으로 당신에게 복수를 하고 싶습니다. 그러나 이 감미로운 왕국은 황량한 우정으로는 이루어지지 않습니다. 그것은 오로지 사랑을 통해서만 세워질 수 있습니다.

이러한 말도 당신을 두렵게 하나요? 왜 그렇지요? 보다 다정한 애정, 보다 강한 결합, 일편단심, 동고동락 등 어느 하나라도 당신 마음에 어울리지 않는 것이 있습니까? 하지만 이것이 사랑입니다! 이것이 당신이 불어넣어 준 감정이며, 내가 느끼는 감정입니다. 그리고 특히 이해관계에 얽매이지 않고, 외면적인 가치에 따라서가 아니라 그 공덕에 따라서 행동을 평가할 수 있는 것도 바로 이 사랑입니다. 사랑은 다정다감한 영혼의 무궁무진한 보배입니다. 사랑을 통해, 그리고 사랑을 위해 만들어진 것은 모두 귀중합니다.

이렇게 쉽게 파악될 수 있고, 기쁘게 실행할 수 있는 진리가 왜 두렵습니까? 사랑하기 때문에 오직 당신의 행복만을 바라는 이 다감한 남자가 어째서 두렵단 말입니까? 당신의 행복이야말로 제가 품고 있는 유일한 소망입니다. 저는 이 소망을 성취하기 위해 이것을 불러일으킨 감정을 제외하고는 모든 것을 희생할 것입니다. 그러니 이 감정을 저와 함께 나누는 것에 동의해 주십시오. 그렇게 한다면 당신은 이 감정을 당신 뜻대로 조종할 수 있을 겁니다. 사랑이 우리 두 사람을 맺어주게 할망정 갈라놓게 하지 맙시다. 당신이 제게 베푸신 우정이 공허한 말에 그치는 것이 아니라면, 당신이 말씀하신 대로 우정이야말로 당신이 알고 계시는 가장 감미로운 감정이라면, 그 우정이 우리 둘 사이를 맺어준다 하더라도 저는 아무런 이의가 없을 것입니다. 그러나 사랑의 심판관으로서의 우정은 사랑이 하는 말에 귀를 기울여야 합니다. 그것을 거절하는 것은 공정하지 못한 일입니다. 우정은 결코 공정하지 않은 것이 아니니까요.

　　두 번째 담화도 첫 번째 담화처럼 곤란하지 않을 겁니다. 우연이라는 것이 또 기회를 마련해 줄지 모르니까요. 당신이 직접 그 시기를 지정할 수도 있겠지요. 하지만 제 생각이 틀렸겠지요. 저와 싸우기보다는 저를 인도해 줄 수 없을까요? 저의 복종심을 의심하시나요? 만일 그 귀찮은 제삼자가 우리 사이를 갈라놓지 않았다면, 아마 저는 완전히 당신 의견에 따랐을 겁니다. 당신의 힘이 어디까지 미치는지 알 수 없군요.

　　이런 말씀을 드려도 될까요? 감히 그 힘을 헤아려보지도 않고 그저 저 자신을 맡길 수밖에 없는 그 물리칠 수 없는 힘, 당신이 내 사고와 행동의 주인이게 하는 그 저항할 수 없는 매력, 이것들이 이따금 저를 두렵게 할 때가 있다는 사실을 말입니다. 아! 제가 청하는 담화를 두려워하는 것도 오직 저 혼자뿐일지도 모릅니다. 대화가 끝난 다음 제가 한 약속에 얽매여서 감히 당신의 구원을 바라지도 못하고 결코 꺼질 수 없는 사랑에 저만이 몸 달아 할지도 모릅니다. 아! 부인, 제발 당신의 지배력을 악용하지 마십시오! 하지만 만일 그렇게 해서 당신이 더 행복해진다면, 그리고 제가 당신에게 훨씬 값어치가 있는 사람으로 보이게 된다면, 어떤 고통도 이 달콤한 생각에 누그러질 겁니다. 네, 그렇게 될 겁니다. 이 이상 당신과 더 이야기를 하면, 그것은 당신에게 저와 대항할 더 막강한 무기를 주게 되는 것입니다. 그렇게 되면 저는 완전히 당신의 의지에 따르게 되겠지요. 당신의 편지에 대항하는 것이 훨씬 쉬운 일입니다. 편지도 당신의 말씀이긴 하지만, 면전에서 말씀하시는 것보다 힘이 덜할 테니까요. 하지만 직접 당신의 말씀을 듣는다는 기쁨이 저로 하여금 그 위험을 무릅쓰게 만듭니다. 적어도 저는, 심지어 제게 해가 되더라도 당신을 위해 모든 것을 다했다는 행복을 얻을 수 있을 겁니다. 그리고 저의 희생은 당신에 대한 저의 존경의 표시가 될 것입니다. 저 자신을 포함해서 당신이 제게 가장 소중한 분이고, 앞으로도 영원히 그러리라는 것을 제가 여러 면으로 느끼는 것처럼 여러 가지 방식으로 당신에게 증명할 수 있다면 그보다 더한 행복은 없을 것입니다.

17××년 9월 24일, ××에서.

제84신

발몽 자작이

세실 볼랑주에게

　　어제는 정말 난처했습니다. 하루 종일 아가씨에게 온 편지를 전하려고 해도 전할 수가 없었으니까요. 오늘은 수월할지 모르겠군요. 너무 열중한 나머지 서투른 짓을 저질러서 아가씨를 위험에 빠뜨리지나 않을지 걱정이 되는군요. 행여 내가 아가씨에게 치명적인 짓을 저질러 아가씨를 영원히 불행하게 함으로써 나의 친구를 절망케 한다면 나자신이 그런 경솔한 짓을 절대 용서하지 않을 것입니다. 하지만 나도 사랑하는 사람의 조바심이 어떠한 것인지 모르지는 않습니다. 아가씨의 처지에서 지금 아가씨가 받을 수 있는 유일한 위안이 조금이라도 늦어진다면 얼마나 고통스러울지 저도 잘 알고 있습니다. 우리 앞에 놓인 장애를 피할 수 있는 방법을 곰곰이 생각한 끝에 한 가지를 알아냈지요. 아가씨가 조금만 주의한다면 그것을 실행하는 것은 별로 어렵지 않을 것입니다.

복도로 향한 아가씨의 방문 열쇠는 항상 아가씨 어머니의 벽난로 위에 있는 것 같더군요. 이 열쇠만 있으면 만사가 순조로울 것이라는 사실은 당신도 알 수 있겠지요. 그 대신 그것과 비슷하게 생긴 열쇠 하나를 마련해 드리지요. 그러기 위해서는 진짜 열쇠를 한두 시간 정도 내가 빌리지 않으면 안 됩니다. 당신은 그것을 손에 넣을 기회를 쉽게 발견할 수 있을 겁니다. 열쇠가 없어진 것을 눈치 채지 않게 하기 위해서 편지와 함께 내 열쇠를 보냅니다. 내 열쇠는 당신 열쇠와 매우 비슷해서 직접 사용하지 않는다면 그 차이를 알 수 없을 겁니다. 더욱이 사용할 일은 없겠죠. 다만 거기에 아가씨의 것과 똑같은 파랗고 낡은 리본을 매달아놓기만 하면 됩니다.

　　그 열쇠를 내일이나 모레 아침식사 때까지 손에 넣기 바랍니다. 그 시간이 아가씨가 나한테 열쇠를 넘겨주기에 적합할 테고, 그래야 어머니가 열쇠에 주의를 기울이기 쉬운 때인 저녁 무렵이면 제자리에 가져다 놓을 수 있으니까요. 만일 우리가 손발이 잘 맞는다면 점심식사 때는 열쇠를 아가씨에게 돌려줄 수 있을 겁니다.

　　아시다시피 거실에서 식당으로 갈 때, 로즈몽드 백모님이 항상 맨 뒤에 가시지요. 나는 백모님의 손을 잡고 가겠습니다. 아가씨는 편물대에서 천천히 떠나거나 아니면 무엇인가를 떨어뜨려서 뒤에 잠시 남아 있기만 하면 됩니다. 그러면 내가 열쇠를 쥔 손을 등 뒤로 하고 있을 테니 그때 받으면 될 겁니다. 그리고 열쇠를 받으면 곧 로즈몽드 백모님께 다가가서 애교 있는 행동을 하세요. 혹 열쇠를 떨어뜨리는 경우가 있더라도 당황하지 마세요. 내가 떨어뜨린 척할 테니까요. 나머지 일은 내가 다 하겠습니다.

　　어머니께서 아가씨를 별로 신용하지 않고 또 지나치게 가혹하게 대하시니 이 정도의 사소한 속임수쯤은 대수로운 일이 아닐 것입니다. 더욱이 계속 당스니의 편지를 받고, 그에게 또 아가씨의 편지를 전달할 수 있도록 하려면 이 방법밖에는 없습니다. 그 밖의 다른 방법은 사실 위험해서 두 분에게 돌이킬 수 없는 화를 미치게 할지도 모르 니까요. 그렇게 되면 친구와의 우정에 금이 갈 것 같아 다른 방법을 이용할 마음이 나지 않습니다.

일단 열쇠를 손에 넣으면 자물쇠와 문에서 나는 소리만 조금 조심하면 됩니다. 예전에 편지지를 놓아둔 옷장 밑에 기름과 솔이 있습니다. 아가씨는 혼자 있을 때 가끔 그 방에 가는 것 같은데요. 그때를 이용해서 자물쇠와 경첩에 기름을 칠하십시오. 한 가지 당신에게 불리한 증거가 될지도 모를 기름자국에 주의하십시오. 또 밤이 될 때까지 기다리지 않으면 안 됩니다. 물론 아가씨는 그렇게 할 수 있겠지만, 이 일을 재치 있게 처리하고 나면 그 다음 날 아침에는 기름을 친 흔적이 나타나지 않을 테니까요.

만일 기름을 칠한 것이 발각되면 주저하지 말고 저택의 청소부가 했다고 그러십시오. 그럴 경우에는 정확한 시간과 청소부가 했음직한 말을 분명하게 전할 필요가 있습니다. 예컨대 자물쇠를 사용하지 않아서 녹스는 것을 방지하느라 손질하고 있다는 식으로요. 왜냐하면 그런 소란을 보고 당신이 그 원인을 묻지 않았다는 것은 있을 수 없는 일이니까요. 이런 조그만 것이 어떤 일을 사실인 것처럼 보이게 만드는 것입니다. 그리고 사실처럼 보이면 그것을 확인해 보고 싶은 마음도 사라져서 아무 탈 없이 거짓말을 할 수 있으니까요.

이 편지를 읽어본 다음 부디 한 번 더 읽어보시고 그 내용을 염두에 두십시오. 왜냐하면 우선은 자신이 정말 원하고 있는 것이 무엇인지를 알아야 하기 때문이고, 다음은 혹 내가 무엇인가 빠뜨린 것이 없나 확인해 보기 위해서지요. 나는 자신을 위해선 술책을 써본 일이 없으므로 이런 일에는 익숙하지 않습니다. 아무리 죄 없는 일이라 할지라도 나로 하여금 이런 방법을 쓰게 하는 것은 당스니에 대한 나의 뜨거운 우정과 아가씨에 대한 관심 때문입니다. 저는 어떤 종류의 거짓도 증오합니다. 그것이 나의 성격이죠. 하지만 아가씨의 고통이 너무 애처롭게 보였으므로 무슨 짓을 해서라도 위로해 주려는 마음이 생겼습니다.

일단 우리 둘 사이에 이런 연락방법이 이루어지면 아가씨가 염원하고 있는 당스니와의 만남도 훨씬 쉽게 이루어질 수 있을 듯합니다. 하지만 당분간 이 일에 대해선 그에게 아무 말도 하지 말아주십시오. 그것은 그의 조바심만 더 부추겨놓을 뿐이니까요. 그의 조바심을 가라앉힐 단계는 아직 오지 않았으므로, 아가씨는 그의 조바심을 진정시켜야지 부채질해서는 안 되겠지요. 이 점 아가씨의 섬세한 마음에 맡기겠습니다. 그럼 이만, 나의 귀여운 피후견인이여. 아가씨는 정말 내 피후견인이니까 아가씨의 후견인을 조금은 사랑해 주세요. 특히 이 후견인의 말을 따르십시오. 그러면 그러기를 잘했다는 생각이 들 겁니다. 나는 아가씨의 행복을 위해 여러모로 신경을 쓰고 있습니다. 그리고 아가씨의 행복이 곧 나의 행복이라는 것을 믿어주십시오.

17××년 9월 25일 저녁, ××저택에서.

제85신

메르테유 후작 부인이

발몽 자작에게

이제 당신은 마음을 놓으셔도 될 거예요. 그리고 특히 나의 진가를 인정하게 될 것입니다. 내 이야기를 들어보세요. 그리고 더 이상 나를 다른 여자들과 혼동하지 마세요. 나는 프레방과의 연애를 '끝

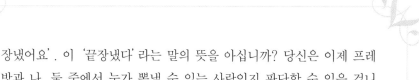

장냈어요'. 이 '끝장냈다'라는 말의 뜻을 아십니까? 당신은 이제 프레 방과 나, 둘 중에서 누가 뽐낼 수 있는 사람인지 판단할 수 있을 겁니 다. 이 이야기는 실제만큼 재미있지 못할 거예요. 게다가 이 사건에 대 해 잘잘못만을 따진 당신이 여기에 시간과 노력을 투자한 나와 똑같은 재미를 느낀다면 공평한 일이 아니지요.

하지만 당신에게 해야 할 중대한 일이 있거나, 아니면 이 위 험한 경쟁자가 나타나면 곤란해질 계획이라도 있다면 서슴지 말고 하 세요. 그는 적어도 당분간 당신에게 자유로운 활동무대를 남겨놓았으 니까요. 아니 그는 어쩌면 내가 가한 타격으로 영영 일어날 수 없을지 도 몰라요.

나 같은 사람을 친구로 두었으니 당신은 참으로 행복한 분이 에요. 나는 당신에게는 선녀와 같은 사람이지요. 당신은 당신을 사로잡 은 미녀와 멀리 떨어져 있어서 괴롭겠지요. 내 말 한마디면 또다시 그 녀 곁에 있을 수 있어요. 당신을 중상한 여인에게 복수를 하고 싶으시 죠. 나라면 당신에게 상대방의 급소를 일러줌으로써 당신 마음대로 처 분하도록 그 여자를 넘겨줄 수도 있습니다. 결투장에서 무서운 상대를 내쫓고 싶으면 내게 도움을 청하면 됩니다. 내가 그 소원을 들어줄 테 니까요. 사실 당신이 일생 동안 나에게 감사하지 않는다면 당신은 배은 망덕한 사람이 되고 말 거예요. 그러면 나의 연애담으로 되돌아와서 그 실마리부터 얘기하도록 하죠.

오페라 좌에서 나오면서 내가 큰 소리로 만날 약속을 할 때 (74신 참조) 기대한 대로 프레방은 원수 부인 댁의 만찬에 나왔더군요. 원수 부인이 그에게 정중하게 두 번이나 만찬에 참석해 줘서 고맙다고 치하하자, 그는 재치 있게 그곳에서 자유롭게 지내기 위해 화요일 저녁 때부터 숱한 약속을 거절했노라고 대답하더군요. "말귀를 알아듣는 자 에게는 득이 있을지니"라는 속담이 있지요. 하지만 나는 이처럼 열띤 아첨의 진정한 대상이 과연 나인지 아닌지 분명하게 알고 싶어서 이 새로운 구애자에게 나 아니면 그가 제일 좋아하는 취미 중 하나를 선택하라고 강요했습니다. 나는 카드를 못한다고 선언했지요. 상대방도 갖가지 구실을 붙여 카드를 하지 않았습니다. 이렇게 해서 나는 카드놀이를 놓고 첫 승리를 거두었지요.

　　　나는 대화 상대로 ××주교를 택했습니다. 내가 주교를 선택한 것은 이 주교가 그날의 주인공과 가까운 사람이었기 때문이지요. 그렇게 하면 프레방이 나한테 접근하기 쉽다고 생각했죠. 나는 또 필요할 때면 나의 행동과 말을 증언해 줄 수 있는 존경할 만한 증인을 얻어서 기뻤어요. 이 계획은 성공했습니다.

　　　막연하고 관례적인 이야기를 나눈 다음 프레방은 곧 대화의 주도권을 잡았습니다. 그는 내 마음에 들려고 여러 가지 말투를 쓰는 것 같더군요. 나는 감상적인 말투는 믿을 수 없다는 표정을 지었습니다. 그리고 심각한 표정을 지어서 초면에 너무 경박하게 보이는 그의 쾌활한 태도를 중지시켰지요. 그러자 그는 하는 수 없이 진중한 태도로 나왔습니다. 이렇게 해서 두 사람은 평범한 깃발 아래서 탐색전을 벌이기 시작했습니다.

　　　저녁식사 때 주교는 내려오지 않았습니다. 그래서 프레방이 나의 상대가 돼주었지요. 그는 식탁에서 자연스럽게 내 옆에 앉았습니다. 하지만 공정하게 말하지요. 프레방은 주위의 대화에 마치 자기가 중심 인물이라도 되는 것처럼 열중하면서 결국은 아주 교묘하게 두 사람만의 회화로 이끌어갔습니다. 후식 때 다음 월요일에 프랑스 극장에서 상연하기로 예정돼 있는 새 작품에 대한 이야기가 화제로 떠올랐습니다. 내가 그 극장에 나의 전용 관람석이 없는 것을 유감으로 생각한다고 말하자 그는 자기 관람석을 이용하라고 권유하더군요. 나는 우선 관례대로 거절했지요. 그는 내 말에 아주 재치 있게 응수했습니다.

　　　"제 말을 잘못 들으셨군요. 모르는 분에게 제 자리를 양보할 수는 없는 일이지요. 저는 다만 원수 부인께서 그 좌석을 마음대로 사

270

용하시라고 말했을 따름입니다."

부인도 이 농담에 맞장구를 치기에 나는 그의 제안을 받아들였습니다.

객실로 다시 돌아오자 당신도 짐작했겠지만 프레방은 전용 관람석에 자리를 하나 달라고 부탁하더군요. 그를 퍽 호의적으로 대하는 원수 부인이 '얌전하게 굴기만 하면' 자리를 주겠다고 약속하자, 그는 이 말을 기회로 삼아 당신도 그 재능을 칭찬했던 이중의 뜻이 담긴 대화를 하기 시작했습니다. 실제로 그는 무릎을 꿇고는, 그의 표현을 빌면 마치 고분고분한 어린아이처럼 원수 부인에게 의견을 구하고는 선처를 바라면서 아첨과 애정이 섞인 말을 늘어놓기 시작했는데, 사실 그것은 영락없이 나를 겨냥하고 하는 말이었어요. 저녁식사 후에는 카드놀이를 하는 사람이 별로 없었으므로 대화는 일반적인 화제로 흘러 싱거워졌습니다. 그러나 우리의 눈은 쉴 새 없이 이야기를 나누었습니다. 나는 우리의 눈이라고 말했는데, 실은 그의 눈이라고 하는 편이 옳을 겁니다. 왜냐하면 나의 눈은 단 하나의 언어, 즉 놀라움만 표현했을 뿐이니까요. 그는 내가 자기가 내게 미친 이상한 효과에 감동되어 그것에만 열중하고 있다고 생각했음에 틀림없어요. 나는 그를 매우 만족시키고 헤어졌다고 생각해요. 나도 그 사내에 못지않게 만족했고요.

다음 월요일에 나는 약속한 대로 프랑스 극장에 갔습니다. 당신은 문학에 대해서 흥미를 갖고 있겠지만 그날의 연극에 대해서 나는 이렇다 할 말이 없어요. 다만 프레방이라는 사내는 아첨에 대해선 천부적인 재능이 있다는 것과 그 작품은 실패작이었다는 것만을 알았을 따름이죠. 그날 저녁은 너무 재미있어서 그대로 끝내기가 아쉬워 좀더 연장시킬 목적으로 원수 부인을 만찬에 초대했답니다. 그것은 또한 이 사랑스러운 아첨꾼을 우리 집에 초대하기 위한 구실이기도 했죠. 그는 먼저 한 약속을 취소하기 위해 B××백작 부인에게 갔다 올 시간 여유를 달라고 했습니다(제70신을 참고할 것). 이 이름을 듣자 화가 치밀어

오르더군요. 그가 재빨리 보고를 하러 가는 게 뻔했으니까요. 당신이 내게 주신 현명한 충고가 떠올랐지요. 그래서 나는 이 일을 반드시 끝장내 보겠노라고 속으로 다짐했어요. 나는 그 자의 위험천만한 경솔함을 고쳐줄 자신이 있었으니까요.

그날 밤에는 손님도 적었고, 또 우리들의 모임에서는 낯선 사람이었으므로 프레방은 관례대로 내 시중을 들어주지 않으면 안 되었습니다. 그래서 저녁식사를 하러 가면서 그는 내 손을 잡게 되었지요. 그가 손을 잡는 순간 나는 일부러 손을 약간 떨었고, 걸을 때는 눈을 내리깔고 숨을 거칠게 쉬었습니다. 나는 패배를 예감해서 나의 정복자를 두려워하는 체했습니다. 그는 훌륭하게도 그것을 알아차렸습니다. 그래서 이 음흉한 자는 이내 말투와 태도를 바꾸더군요. 그는 지금까지의 정중한 태도를 버리고 다정하게 나왔습니다. 그러나 상황이 상황인지라 대화의 내용은 여전히 같았습니다. 그러나 날카로운 그의 시선은 애무하는 듯해졌고, 억양도 훨씬 부드러워지더군요. 세련된 미소로 바뀌었습니다. 마침내 대화도 재담才談기가 조금씩 가시더니 부드러운 기지로 변했어요. 어때요, 당신도 이 정도 할 수 있겠어요?

한편, 나는 사람들이 눈치 채지 않을 수 없도록 멍하니 꿈에 잠긴 듯한 표정을 짓고 있었지요. 누군가 그러한 나의 태도를 나무랐을 때, 나는 교묘하게 서투른 변명을 하면서 수줍고 당황한 눈길을 프레방에게 슬쩍 던졌지요. 혹시 그가 왜 내가 마음의 갈피를 잡지 못하고 있는지를 눈치 챌까봐 두려워하는 그러한 눈길을 말이죠.

저녁식사가 끝나자 나는 원수 부인이 늘 이야기를 해대는 시간을 이용해서 달콤한 몽상에 젖을 때면 으레 그렇게 되는 방심한 모습으로 소파에 앉아 있었죠. 프레방이 이러한 나의 모습을 보아도 나는 조금도 기분이 나쁘지 않았어요. 그는 실제로 내게 각별한 주의를 기울이면서 경의를 표했습니다. 나의 수줍은 눈길이 정복자의 눈길을 찾으려 하지 않았음은 당신도 충분히 짐작하시겠죠. 하지만 조심스럽게 그를 살펴보고 나서는 내가 일으키고자 했던 효과를 얻었다는 것을 즉각 알아차렸습니다. 그렇게 되면 나도 그 효과를 함께 공유하고 있다는 것을 그에게 납득시키지 않으면 안 되지요. 그래서 원수 부인이 집에 가겠다고 말했을 때 나는 부드럽고 달콤한 목소리로 "아! 정말 기분 좋은 밤이었어요"라고 큰 소리로 말했습니다. 하지만 나는 자리에서 일어났지요. 그리고 헤어지기 전에 부인의 일정을 물었습니다. 나의 일정을 말하고 내일모레는 집에 있을 생각임을 알리기 위해서였죠. 이렇게 해서 모두들 헤어졌답니다.

그래서 나는 이것저것 생각하기 시작했습니다. 나는 프레방이 내가 방금 한 시간 약속을 이용할 것이라는 것, 내가 혼자 있을 때 만나기 위해 이른 시간에 올 것이라는 것, 그리고 강력한 공격을 펼치리라는 것을 의심하지 않았지요. 하지만 그가 산전수전 다 겪은 여자들이나 풋내기 여자들 따위에게나 씀직한 경솔한 짓을 내게 해대지 않으리라는 것도 나는 확실히 알고 있었어요. 그가 만일 사랑한다는 말을 입 밖에 내거나, 아니면 나에게 그러한 말을 요구하면 내 성공은 틀림없다고 생각했죠.

당신들처럼 '주의 주장을 갖고 있는 사람들'을 대하기는 퍽 쉬워요. 하지만 상대방이 어리석은 연인일 경우에 당신 같은 사람들은 그 수줍음 때문에 맥 빠지게 되거나, 그 맹렬한 열정 때문에 당혹스러워지기도 하지요. 그것은 마치 열병과도 같아서 오한과 열이 나기도 하고, 때론 증상도 여러 가지로 나타나기도 하지요. 하지만 당신 같은 사람들의 틀에 박힌 행동은 얼마나 쉽게 알 수 있는지! 방문했을 때의 거동이나 말투, 화제 등 모든 것을 나는 전날부터 알고 있었지요. 그래서 나와 프레방의 대화를 이야기하지 않아도 당신은 쉽게 짐작할 수 있을 거예요. 다만 나는 방어를 가장해 그를 정성껏 도와주었다는 사실만을 알려드립니다. 당황한 척하며 그에게 말할 시간을 주었죠. 이치에 맞지 않는 말을 해서 일부러 져주기도 했죠. 두려워하고 믿지 못하겠다는 태도를 보임으로써 그의 항의를 유발시켰죠. 그러면 그쪽에서는 "제발, 한마디 말만 듣게 해주십시오"라는 틀에 박힌 말만 되풀이했지요. 나의 침묵은 그를 더욱 애타게 할 뿐이었습니다. 이러고 있는 동안에 상대방은 시종 내 손을 잡았고, 나는 항상 잡힌 손을 빼내긴 했지만 결코 거절하는 법은 없었지요. 우리는 하루 종일 이렇게 지낼 수 있었을지 모르지만 지루한 느낌을 가지며 한 시간 동안 그 짓을 했죠. 만일 그때 마차한 대가 안뜰에 들어오는 소리가 나지 않았더라면 계속 그러고 있었을지도 몰라요. 이 고마운 방해 때문에, 다행한 일이지만, 그의 요구는 더욱 강렬해졌어요. 그리고 나는 기습을 당하지 않아도 되는 시간이 온 것을 알고 긴 한숨을 지으며 뜸을 들이다가 마침내 귀중한 한마디 말을 해주었지요. 손님이 왔다는 전갈이 있은 지 얼마 안 되어 많은 손님들이 몰려들었습니다.

프레방이 다음 날 아침에 방문하겠다고 했으므로 나는 승낙했습니다. 하지만 자신을 방어해야겠다는 생각에서 몸종에게 그가 머무는 동안 줄곧 침실에 있으라고 일러두었죠. 당신도 알고 있듯이 여기서는 내 화장하는 방에서 일어나는 일을 모두 볼 수 있으니까요. 나는 이 방에서 프레방을 맞이했습니다. 마음대로 나눌 수 있고 둘 다 똑같은 욕망을 품고 있었으므로 우리는 즉시 의견의 일치를 보았습니다. 하지만 그러기 위해서는 침실에 있는 귀찮은 구경꾼을 쫓아내야만 했습니다. 나는 여기서 그를 기다리고 있었지요.

그래서 나는 그에게 나의 가정생활을 생각나는 대로 묘사함으로써, 우리는 한순간도 자유롭게 지낼 수 없으며, 어제 우리가 자유롭게 이야기를 나눈 것도 일종의 기적으로 생각해야 하며, 그것도 언제 사람이 불쑥 거실로 들어올지 모르니 나로서는 너무도 큰 모험이었다는 사실을 그에게 어렵지 않게 납득시켰습니다. 그리고 이런 생활방식은 오래전부터 확립되어 온 터라 이날 이때까지 한 번도 불편하게 느껴본 적이 없었다는 사실도 나는 잊지 않고 덧붙였습니다. 아울러 이런 생활방식을 바꾸면 하인들이 틀림없이 의심할 것이라고 우겼지요. 그는 애써 슬픈 표정을 지으며 화를 내기도 하고 나의 사랑이 부족하다고 투덜대기도 했습니다. 이러한 말이 나를 얼마나 감동시켰는지 당신도 아실 겁니다. 하지만 결정타를 날리기 위해 나는 눈물에 도움을 청했습니다. 그것은 정확히 "자이르, 너는 눈물을 흘리는구나(볼테르의 비극 〈자이르〉에서 회교군주인 오르스만이 연인이 된 자기의 포로 자이르에게 말하는 대사)"와 같은 격이었죠. 나에 대해서 행사하고 있는 지배력과 이를 통해 나를 자기 마음대로 함락시킬 수 있을 것이라는 희망이 오르스만의 사랑을 대신해 주었지요.

이 극적인 순간이 지나가자 우리는 다시 계획을 세웠습니다. 낮에는 불가능하므로 우리는 밤에 하기로 했습니다. 하지만 문지기가 처치 곤란한 훼방꾼이었습니다. 게다가 나는 문지기를 매수하는 것은 허용하지 않았죠. 그는 정원에 있는 작은 문이 어떻겠느냐고 했습니다. 하지만 그것 역시 예상하고 있었던 제안이었죠. 나는 낮 동안은 짖지 않고 조용히 있으나 밤만 되면 악마처럼 짖어대는 개가 정원에 있다고 꾸며댔죠. 내가 여러 가지 사실을 조목조목 거침없이 늘어놓자 그는 대담해졌습니다. 그래서 그는 아주 우스꽝스러운 궁여지책을 제시했는데, 나는 이것을 받아들였습니다.

우선 자기 하인은 자기처럼 신용할 수 있다고 하더군요. 이 점에 대해선 그가 틀리지 않았지요. 신용 면에서는 주인이나 하인이나 다 같으니까요. 그가 우리 집에서 성대한 만찬을 열자고 제안하더군요. 그러면 그도 여기에 참석하게 될 테고, 슬슬 시간을 보내다가 혼자 자리를 뜨면 빈틈없는 그의 충복이 마차를 불러서 문을 열지요. 그리고 프레방은 마차에 타지 않고 교묘하게 빠집니다. 마부가 눈치 챌 리가 없지요. 이렇게 해서 모든 사람에겐 떠난 것으로 되어 있지만 실은 우리 집에 남아 있는 셈인데, 문제는 그가 과연 내 방으로 올 수 있느냐 하는 것이지요. 사실 나는 처음에는 그가 물리칠 수 있을 정도로 이 계획에 반대하는 아주 졸렬한 이유를 갖다 댔지요. 그는 예까지 들면서 대꾸를 하더군요. 그의 말을 들어보면 그 방법은 아주 일반적인 것으로 그 자신도 이 방법을 써서 재미를 많이 보았고, 또 위험성이 적어 즐겨 썼다고 합니다.

　　이렇게 반박할 수 없는 주장에 설복당해 나는 내 방 가까이에 올 수 있는 비밀 계단이 있다는 사실과, 거기에 열쇠를 두겠으니 들어가 숨어 있으면 하녀들이 물러날 때까지 안전하게 기다릴 수 있을 것이라고 순진하게 말해 주었지요. 그리고 나의 동의를 더욱 그럴듯하게 보이기 위해 나는 곧 동의한 것을 번복했습니다. 이어 만일 그가 나에게 완전히 복종하고 신중하게 처신하면 다시 동의하겠다고 했죠. 아! 무엇에 대해 신중하라는 건지! 결국 나는 그에게 나의 사랑을 증명해 주려고 했지만, 그의 사랑을 만족시켜 주지는 않았습니다.

　　이야기하는 것을 잊었지만, 돌아갈 때는 정원의 작은 문을 이용하기로 했지요. 문제는 날이 새는 것을 기다리기만 하면 됩니다. 그러면 문지기는 아무 말도 하지 않을 테니까요. 그 시간에는 지나다니는 사람도 없을 테고, 하인들은 잠에 곯아떨어져 있을 겁니다. 당신은 이런 졸렬한 추리를 듣고 놀랄지 모르겠습니다만, 그건 당신이 우리 서로의 처지를 몰라서 그러는 거예요. 그보다 더 좋은 추리를 할 필요가 어디 있겠습니까? 프레방은 이 모든 일이 세상에 알려지는 것만을 바라고 있었고, 나는 나대로 이 사실이 알려지지 않으리라는 것을 확신하고 있었기 때문이죠. 약속한 날은 그 다음 날이었습니다.

　　중요한 것은 그 일이 이런 방식으로 결정되었고, 프레방과 내가 교제하는 것을 본 사람이 이제껏 아무도 없었다는 사실입니다. 나는 그를 내 친구 집에서 만났고, 그는 내 친구에게 새로운 작품의 관람을 위해 자기 관람석을 제공했고, 나는 그 가운데 자리 하나를 얻은 것이죠. 나는 연극이 상연되는 동안, 프레방 앞에서 내 친구를 저녁식사에 초대했죠. 물론 프레방도 초대하지 않을 수 없었지요. 그는 수락했고, 이틀 후에 관례대로 우리 집을 방문했습니다. 사실은 그 다음 날 아침이었습니다. 오전 중의 방문은 눈에 띄진 않았지만 나는 이 방문을 아주 무례하다고 생각했어요. 그리고 나는 실제로 그를 나와 별로 친하지 않은 사람들의 부류 속에 집어넣어 의례적인 만찬회 초대장을 고의로 보냈습니다. 나는 정말 아네트처럼 '하지만, 이것이 다예요!' 라고 말할 수 있을 거예요.

드디어 운명의 그날이 왔습니다. 이날은 나의 정절과 명성을 잃어버리게 되는 날이죠. 나는 나의 충성스런 하녀 빅투아르에게 여러 가지 지시를 해놓았고, 이 애는 당신이 곧 보시게 되겠지만, 나의 지시를 정확하게 시행했습니다.

그럭저럭 밤이 다가왔습니다. 프레방의 내방을 알렸을 때, 우리 집에는 이미 많은 사람이 와 있었습니다. 나는 그를 각별한 예의를 갖추고 맞아들였습니다. 이런 행동은 서로가 별로 친한 사이가 아니라는 것을 분명하게 나타내는 것이지요. 나는 프레방을 원수 부인의 친구들을 통해서 알게 되었으므로 그분들에게 그를 안내했어요. 그날 밤에 일어난 일이라곤 그 신중한 연인이 내게 짤막한 편지를 전해 준 것밖에 없었어요. 나는 그것을 평소의 습관대로 태워버렸지요. 편지의 사연인즉 자기를 믿어달라는 것이었습니다. 그리고 이 요점은 이런 종류의 고백에는 결코 빠뜨릴 수 없는 사랑이라든가 행복 같은 온갖 종류의 너절한 말로 치장되어 있었습니다.

자정이 되어 파티가 끝나갈 무렵 나는 짤막한 마세두안 놀이*를 하자고 제안했습니다. 그것은 프레방이 자리를 뜨기 쉽게 함과 동시에 사람들이 이 사실을 모두 알도록 하기 위한 속셈에서였죠. 그는 트럼프광으로 유명하므로 이 계획은 틀림없이 성공할 수 있었죠.

---

* 이것을 알지 못하는 독자들이 있을지 모른다. 이것은 여러 가지 도박들을 모은 것으로, 경기자는 자기가 선을 잡았을 때 그 가운데 하나를 선택할 수 있다. 당시에 고안된 놀이다.

또 필요에 따라선 내가 혼자 있으려고 서두르지 않았다는 사실을 사람들에게 알리는 것도 좋은 일이라고 생각했죠.

놀이는 내가 생각한 것보다 더 오래 끌었어요. 나는 초조하게 기다리고 있는 프레방을 위로해 주러 가고 싶어 못 견딜 정도였어요. 이렇게 나는 나의 파멸을 향해 달음질치고 있었지요. 그때 나는 문득 이런 생각을 했습니다. 일단 완전히 몸을 맡기고 나면, 나의 계획에 필요한, 단정한 옷차림으로 그를 붙잡을 수 있는 지배력이 없어진다고요. 나는 억지로 참으면서 가던 길을 멈추고 다시 돌아와 싫긴 했지만, 이 지칠 줄 모르는 놀이에 다시 뛰어들었지요. 결국 놀이도 끝나고 모두들 집으로 돌아갔습니다. 나는 하녀들을 불러 빨리 옷을 벗고 나서 하녀들을 모두 돌려보냈습니다.

자작님, 속이 비치는 잠옷만을 입고 살금살금 조심스런 발걸음으로 걸어가 떨리는 손으로 정복자에게 문을 여는 나의 모습이 눈에 보이지 않으세요? 프레방은 나를 보자 전광석화처럼 달려들었어요. 뭐라고 말하면 좋을까요? 그를 제지하거나 나를 방어하기 위한 말을 꺼내기도 전에 나는 당했어요. 완전히 당했어요. 그는 이런 경우에 어울리는 편한 자세를 취하고 싶어했어요. 그는 자기의 옷차림을 저주하면서 옷차림 때문에 나를 대하기가 어색하다고 했습니다. 말하자면 서로 같은 무기를 갖고 싸우자는 이야기였지요. 그러나 나는 극도로 수줍어하면서 이 계획에 반대했습니다. 그리고 부드럽게 애무해 주면서 그에게 말할 틈을 주지 않았습니다. 그래서 그는 작전을 바꾸었습니다.

그는 권리를 내세우고 다시 요구하기 시작했습니다. 그러나 나는 그에게 이렇게 말해 주었지요.

"들어보세요. 당신은 두 B××백작 부인과 다른 숱한 사람들에게 지금까지의 일은 재미있게 말할 수 있겠죠. 하지만 이 모험의 결말에 대해선 어떻게 이야기하겠어요?"

이렇게 말하면서 나는 있는 힘껏 초인종의 끈을 잡아당겼습니다. 이렇게 되자 이젠 내 차례였어요. 나의 행동은 그의 말보다 빨랐답니다. 그가 입속말로 우물우물하고 있는 사이에 빅투아르가 달려오고 그 애는 내가 이미 일러놓은 대로 자기 방에 붙들어놓고 있던 '하인들' 을 불렀습니다. 이때다 싶어 나는 목소리를 높여서 여왕과 같은 어조로 "나가세요, 그리고 두 번 다시 내 앞에 나타나지 마세요"라고 말했습니다. 이때 나의 하인들이 부리나케 방으로 들이닥쳤습니다.

　　　불쌍한 처지에 빠진 프레방은 벌컥 화를 냈습니다. 그리고 따지고 보면 하찮은 장난에 지나지 않는다고 생각했던 것이 함정이라는 것을 알고 칼을 뽑으려 했습니다. 하지만 불쌍하게도 용감하고 힘센 나의 하인이 그를 낚아채서 바닥에 넘어뜨렸습니다. 솔직히 말해서 나는 너무나 무서웠으므로 그만 하라고 외치고는, 그 사람이 집에서 나가는 것을 확인하면 되니까 자기 발로 돌아가게 해주라고 일렀죠. 하인들은 내 말에 따랐습니다. 그러나 그들은 웅성거리면서 감히 '우리 정숙한 마나님'께 그러한 짓을 하다니 하고 분개했습니다. 하인들은 내가 바라던 대로 왁자지껄한 소리를 내며 그 불행한 기사를 따라갔습니다. 빅투아르만이 그 자리에 남아 있었는데, 그동안에 우리는 어지러워진 침대를 정돈했지요.

　　　하인들이 떠들썩하게 올라왔습니다. 나는 '여전히 흥분한 상태에서' 어떻게 다행히도 아직까지 자지 않고 있었느냐고 물었죠. 그러자 빅투아르가 두 사람의 친구에게 저녁을 대접하며 자기 방에서 이야기하고 있었다는 것, 그리고 그 밖에 우리가 함께 짜두었던 사실을 이야기했습니다. 나는 모두에게 고맙다는 말을 하고 물러가라고 한 다음, 그중 한 하인에게 즉시 나의 주치의를 불러오라고 일렀습니다. '죽을 것 같은 놀람' 의 결과를 두려워하는 것은 당연하다고 여겼기 때문이죠. 그리고 그것은 이 사건의 소문을 퍼뜨리는 확실한 방법이기도 했죠.

　　　의사가 와서 나를 대단히 동정하면서 단지 안정을 취하기만 하면 된다고 했습니다. 게다가 나는 빅투아르에게 내일 아침 일찍부터 이웃에 소문을 퍼뜨리라고 했습니다.

　　만사가 순조롭게 돌아가서 우리 집에서는 그제야 겨우 눈들을 뜨기 시작했지만, 점심 전에 정숙한 나의 이웃집 여자는 벌써 병문안을 와서 이 끔찍한 사건의 내막에 대해 알려고 했습니다. 나는 부득이 한 시간가량을 이 여자와 함께 이 시대의 타락을 개탄하지 않을 수 없었습니다. 잠시 후에 원수 부인으로부터 짤막한 편지를 받았는데 이 편지에 동봉하지요. 5시 전에 놀랍게도 나는 ××씨(프레방이 소속해 있는 부대의 대장)의 내방을 받았습니다. 그는 자기 부대의 장교가 내게 그처럼 엄청나고 무례한 짓을 저지른 데 대해 사과의 뜻을 표하기 위해 왔다는 거예요. 자기는 원수 부인 댁에서 점심식사를 하면서 이 사실을 알았는데, 그 말을 듣자마자 즉각 프레방을 영창에 보내라고 명령했답니다. 나는 사면을 부탁했으나 그는 거절했습니다. 그래서 나는 공범자로서 내 편에서 자신을 처벌하여 적어도 엄하게 근신하려고 마음을 먹었습니다. 나는 방문을 사절하고 몸이 불편하다는 말을 전하게 했습니다.

　　당신이 이처럼 긴 편지를 받을 수 있는 것도 다 면회사절 덕분이지요. 볼랑주 부인에게도 한 통 쓰려고 합니다. 부인은 분명 이 편지를 여러 사람 앞에서 낭독하겠지만, 당신도 알게 되겠듯이, 그 편지는 여러 사람에게 이야기해도 되게끔 적었습니다.

　　이 이야기를 한다는 것을 잊어버릴 뻔했군요. 벨르로슈는 이 사건을 듣자 분격해서 프레방과 결투를 벌이겠다고 야단입니다. 가엾은 양반 같으니라구! 다행히 그를 진정시킬 수 있는 틈은 있을 것 같습니다. 그때까지는 내 머리를 식히기로 했어요. 이 글을 쓰느라고 무척 지쳐 있으니까요. 안녕히 계세요, 자작님.

제86신

×× 원수 부인이

메르테유 후작 부인에게(앞 편지에 동봉한 편지)

맙소사! 부인, 어쩌면 그런 일이 있을 수 있지요? 프레방 같은 남자가 어떻게 그런 추잡한 짓을 저지를 수가 있나요? 그것도 당신 같은 분에게 말이에요. 이래서야 어떻게 살 수 있지요? 자기 집에서도 맘 놓고 살 수 없으니 말이에요. 사실 이러한 사건들을 보면 나이를 먹은 것이 조금 위안이 되기도 합니다. 그러나 그런 괴물을 당신 집에 받아들인 것이 내게도 어느 정도 책임이 있기 때문에 지금은 전혀 자위할 수 없군요. 내가 들은 것이 사실이라면, 맹세코 앞으로는 두 번 다시 그 자가 우리 집에 발도 들여놓을 수 없게 하겠어요. 그러한 조치가 점잖은 사람들이 마땅히 해야 할 일이라면, 그 자에게 그렇게 해도 당연한 일이라고 생각돼요.

들자 하니 몹시 편찮다고 그러시는데, 부인의 건강이 걱정이 되는군요. 내게 소식을 알려주세요. 그리고 그럴 형편이 못 된다면 하녀를 통해서라도 소식을 알려주세요. 단 한마디 말씀만 들어도 내 마음이 놓일 테니까요. 오늘 아침에라도 당신에게 달려가고 싶지만 목욕을 거르면 안 된다는 의사의 다짐도 어길 수 없고, 또 조카 일로 오후에는 늘 베르사유에 가야 하기 때문에 그럴 수가 없군요.

그럼 안녕히 계세요. 나의 우정은 영원히 변하지 않을 것입니다.

17××년 9월 26일, 파리에서.

제87신

메르테유 후작 부인이

볼랑주 부인에게

　　부인, 저는 지금 잠자리에서 이 편지를 쓰고 있습니다. 도저히 예기치 못한 불쾌한 사건이 일어나서 놀람과 슬픔 때문에 몸이 아프답니다. 하기야 제게도 잘못이 없었던 것은 아닙니다. 그러나 여자로서의 정숙함을 간직하려고 하는 한 소박한 여자에게 사람들의 주목을 받는 일이 생긴다는 것은 너무나 고통스러운 일입니다. 그래서 이런 불행한 사건을 미처 피할 수 없었다는 게 원통하기도 하고, 소문이 잠잠해질 때까지 시골에 가서 요양이나 할까 하는 생각도 하고 있습니다. 문제의 사건은 이렇습니다.

　　나는 ××원수 부인 댁에서 프레방이라는 남자를 만났습니다. 부인께서도 그 사람의 이름을 알고 계시겠지요. 저도 이름만은 알고 있었으니까요. 이 사람을 원수 부인 댁에서 보고 저는 그 사람을 괜찮은 사람으로 믿어도 무방하리라고 생각했습니다. 외모도 반듯하고 교양도 있어 보였어요. 모두 트럼프 놀이에 열중하고 있는 동안 나는 놀이가 재미없기도 하고 또 우연이 겹쳐서, 여자는 나 혼자서 그 사람과 함께 ××사제와 상대하게 되었답니다. 우리는 저녁식사가 시작되기 전까지 함께 이야기를 나누었지요. 식탁에서 새로 나온 연극 작품이 화제로 떠올랐는데, 프레방은 자기 전용 관람석을 이용하라고 원수 부인에게 제안했어요. 원수 부인은 이 제안을 수락하고 제게도 자리를 하나 주었지요. 그날은 지난 월요일이었고, 장소는 프랑스 극장이었습니다. 연극이 끝나고 나서 원수 부인이 저희 집 만찬에 오기로 되어 있으므로 나는 그분도 함께 초대했습니다. 물론 그분도 왔습니다. 이틀이 지난 후 그는 관례대로 지나가는 길에 저의 집을 방문했으나, 그때는 별로 눈에 띄는 일이 생기지 않았습니다. 그런데 그 사람은 그 다음 날 아침에도 찾아왔어요. 저는 좀 뻔뻔스럽다고 생각했지만, 그래도 내 기분을 그 사람이 느끼게 하기 위해선 차갑게 맞이하는 것보다 예의를 차림으로써 자기가 생각하고 있는 것처럼 두 사람 사이가 가까운 것이 아니라는 사실을 가르쳐주는 것이 더 좋을 것이라는 생각이 들었습니다. 그래서 저는 바로 그날 그에게 아주 딱딱하고 의례적인 만찬회 초대장을 보냈지요. 만찬회는 그저께였습니다. 그날 저녁 내내 나는 그에게 네 번밖에 말을 걸지 않았습니다. 한편 프레방은 파티가 끝나자 곧 자리를 떴습니다. 그때까지는 아무런 사건도 일어날 낌새가 엿보이지 않았습니다. 파티가 끝나고 우리는 마세두안 놀이를 거의 밤 2시까지 했지요. 그러고는 간신히 잠자리에 들 수 있었습니다.

　　하녀들이 물러간 지 족히 30분쯤 지났을 무렵, 집에서 소리가 들렸습니다. 떨리는 손으로 커튼을 젖히니까 내 방으로 통하는 문으로 웬 남자가 들어오는 것이 보였습니다. 나는 외마디 소리를 질렀지요. 등불을 비춰보니 프레방이었습니다. 그는 뻔뻔스럽게도 내게 이렇게 말했습니다.

　　"놀라지 마십시오, 부인. 제가 왜 이런 행동을 하는지 그 비밀을 곧 말씀드리겠습니다. 제발 소리를 내지 말아주십시오."

　　이렇게 말하면서 그 자는 초에 불을 붙였습니다. 나는 말도 제대로 안 나올 만큼 겁에 질려 있었습니다. 그가 침착한 태도를 보였으므로 나는 오히려 몸이 얼어붙는 듯했습니다. 그러나 그가 하는 몇 마디 말을 듣자 그 자가 말한 '비밀'의 정체가 무엇인지 깨달았습니다. 그러니 저의 대답이 어떠했는지 부인께서도 짐작하셨겠지요. 저는 초인종의 끈을 잡아당겼습니다.

뜻하지도 않던 요행으로 하인들이 자지 않고 모두 한 하녀 방에서 놀고 있었습니다. 제 방으로 달려온 하녀가 내가 소리 높여 말하는 것을 듣고 겁에 질려 그 자리에 있던 사람을 모두 불렀던 것입니다. 일대 소동이 벌어지고 말았습니다. 하인들은 모두 격분해 있었습니다. 나의 시종은 프레방에게 덤벼들어 그를 죽이려고까지 했습니다. 사실 당시에는 사람들이 많이 와주어서 기뻤지만, 지금 생각해 보니 내 몸종만 있었으면 더 좋았을 것 같더군요. 그러면 이런 달갑지 않은 소문을 피할 수 있었을는지도 모르니까요.

　　그러기는커녕 이 소란이 이웃 사람들을 깨우고 하인들이 사방에 떠들고 다녀서 어제부터는 온 장안의 소문거리가 되고 말았습니다. 프레방 씨는 소속 부대 대장의 명령으로 영창에 갇혔습니다. 이 대장은 친절하게도 사과하러 저의 집을 방문해 주셨습니다. 그가 영창에 들어가 있기 때문에 소문은 더 커질 거예요. 그래서 제발 그렇게 하지 말아달라고 간청했으나 소용이 없었어요. 저는 일절 면회를 사절하고 있으므로 장안에 있는 사람이나 궁정에 있는 사람이 오면 대문에 있는 방명록에 서명을 하고 돌아가 달라고 일러두었어요. 제가 만난 몇몇 지인知人들은 사람들이 모두 내가 옳다고 인정하고 있다는 것과, 프레방에 대한 분노가 극에 달해 있다는 사실을 전해 주었습니다. 물론 그 사람에게는 그러한 대우가 마땅하지만, 그렇다고 해서 이 사건이 제게 일으킨 불쾌함은 사라지지 않겠지요.

　　더욱이 프레방도 틀림없이 친구들을 갖고 있겠지요. 이 친구들도 그처럼 나쁜 사람들임에 틀림없을 겁니다. 이들이 나를 해치기 위해 어떤 중상모략을 꾸밀지 누가 알겠습니까? 오! 젊은 여자라는 사실 자체만으로도 얼마나 불행한지요! 욕설을 당하지 않는 것만으론 부족합니다. 중상모략에 대항하지 않으면 안 되니까요.

　　부인께서 제 입장에 처해 있다고 한다면 어떻게 하실지 제발 가르쳐주시기 바랍니다. 그리고 아무것이라도 생각나시면 알려주세요.

저는 부인으로부터 언제나 친절한 위안과 가장 현명한 조언을 받아왔으니까요. 또 부인께서 그렇게 해주시는 것이 저는 무엇보다도 기쁩니다.

　　안녕히 계세요. 부인을 영원히 흠모하는 저의 마음을 잘 아실 것입니다. 부인의 사랑스런 딸에게도 안부 전해 주십시오.

제3부
불륜의 나락은 깊다

쾌락과 사랑의 틈새에서 벌이는 위험한 줄다리기

저는 당신의 사랑에 빠져들고 말았어요…… 결코 응해서는 안 될 당신의 사랑에 말이에요. 아! 제발 저에게서 멀리 떨어져주세요. 헤어진다고 해도 당신에 대한 저의 감정은 결코 변하지 않을 테니 그 점은 염려하지 마세요. 보시다시피 저는 당신에게 모든 것을 드렸잖아요.

—제90신, 투르벨 법원장 부인이 발몽 자작에게

제88신

세실 볼랑주가

발몽 자작에게

자작님, 당스니 기사님의 편지를 받는 것이 기쁘긴 하지만, 또 그분에 못지 않게 누구의 방해도 받지 않고 그분과 만나고 싶긴 하지만, 자작님이 제게 제안하신 일을 할 용기가 나지 않는군요. 우선 그것은 너무 위험해요. 사실 자작님이 바꿔치라고 하신 열쇠가 본래의 열쇠와 아주 닮긴 했지만 그래도 좀 다른 구석이 있어요. 그리고 엄마는 아주 세심한 분이라서 그런 일을 잘 들추어내신답니다. 더구나 우리가 이곳에 온 이후로 그 열쇠를 사용한 적은 없었지만, 만일 들키기라도 한다면 그때는 정말 큰일입니다. 들키기라도 한다면, 저는 영원히 끝장날 거예요. 게다가 그런 짓을 한다는 것은 매우 나쁜 일로 여겨져요. 말씀하신 대로 열쇠를 복사하는 일은 너무 지나친 것 같아요. 물론 자작님께서 책임을 지시겠다고 하셨지만, 그럼에도 불구하고 이 사실이 발각된다면, 자작님이 한 일은 결국 저를 위해 한 일이기 때문에, 저 역시 죄와 질책을 면하기 어려울 겁니다. 아무튼 저는 두 번이나 열쇠를 훔치려는 시도는 해봤어요. 만일 그것이 다른 것이었다면 아주 쉬웠을 거예요. 하지만 열쇠를 훔치려는 순간 손이 떨려서 감히 그럴 용기가 나지 않았어요. 그래서 저로서는 예전처럼 그대로 있는 편이 나을 것 같은 생각이 듭니다.

만일 자작님께서 이제까지 그러신 것처럼 늘 제게 친절을 베풀어주려고 하신다면 제게 편지를 전해 줄 순간은 언제라도 찾을 수 있

을 겁니다. 사실 지난번에 불행히도 자작님이 방법을 바꾸려는 생각만
안 했더라면, 그동안에 쉽게 성공했으리라고 봅니다. 자작님은 아마 저
처럼 그 일만을 생각하실 수는 없나 보지요. 그러나 저는 위험을 자초
하는 것보다 차라리 참고 기다리는 편이 더 좋을 듯합니다. 당스니님의
생각도 저와 같으리라고 믿습니다. 왜냐하면 그분은 자기가 원하는 일
이 어쩌다 제게 고통을 준다면 언제나 서슴지 않고 중지하셨거든요.

　　　저는 이 편지와 함께 자작님의 편지, 당스니님의 편지, 그리
고 당신이 주신 열쇠를 돌려드립니다. 사실 저는 정말 불행한 여자이
고, 자작님이 안 계셨더라면 더더욱 불행했을 겁니다. 하지만 문제는
저의 어머니예요. 그러니 인내를 가져야 한다고 생각합니다. 그리고 당
스니님이 언제나 저를 사랑하고, 자작님이 저를 돌보아주신다면 지금
보다 행복할 때가 찾아올 겁니다.

　　　자작님, 저는 감사하는 마음으로 당신이 하시는 말씀에 따를
것입니다.

17××년 9월 26일, ××저택에서.

제신

발몽 자작이

당스니 기사에게

부탁하신 일이 당신이 바라는 대로 빨리 진척되지 않는 것은

결코 제 탓이 아니니 제발 나를 원망하지 말아주십시오. 여기서 내가 극복해야 할 장애는 한두 가지가 아닙니다. 우선 볼랑주 부인의 경계가 엄하다는 것도 장애가 되는군요. 냉담하다고 할까 아니면 수줍어 한다고 할까, 아가씨는 내가 충고하는 대로 전혀 움직이려 하지 않는군요. 아가씨보다는 내가 무엇을 해야 할지 더 잘 알고 있는데도 말입니다.

　　　나는 당신의 편지를 전하고, 또 심지어는 당신이 원하는 만남을 용이하게 하기 위한 수월하고 확실한 방법을 발견했어요. 그러나 아가씨는 그 방법을 사용하려 하지 않는군요. 당신을 아가씨와 접근시킬 수 있는 다른 방법도 생각나지 않고, 또한 편지 교환만 하더라도 우리 셋이 처하게 될지도 모를 위험 때문에 늘 불안해하는 마당에 아가씨의 태도는 더욱더 유감스럽기만 하군요. 그런데 나로서는 그런 위험을 무릅쓰고 싶지도 않고, 또 당신들이 그런 경우를 당하는 것도 원하지 않습니다.

　　　하지만 당신 애인이 저를 별로 믿지 않기 때문에 당신에게 이로운 일을 못 해주어서 정말 가슴이 아프군요. 당신이 무어라 한마디 써주셨으면 합니다. 당신이 하려는 일을 잘 생각해 보십시오. 결정하는 일은 오직 당신 손에 달렸습니다. 왜냐하면 친구에게 성의를 다하는 것만으로 부족하니까요. 친구의 태도에 따라 성의를 보이는 일도 중요하니까요. 그것은 또한 아가씨가 당신에게 어떤 감정을 가지고 있는지 한번 확인해 보는 방법도 될 것입니다. 왜냐하면 자기의 뜻을 굽히지 않는 여자는 겉과 속이 다른 경우가 흔하니까요.

　　　그렇다고 내가 당신 애인의 마음이 변했다고 의심하는 것은 아닙니다. 하지만 아가씨는 너무 어렵습니다. 그리고 자기 어머니를 몹시 무서워하고 있어요. 더욱이 이 어머니란 분은 당신도 아시다시피 당신에 대해 나쁜 선입견만을 가지고 있으니까요. 그리고 너무 오랫동안 당신에 대한 아가씨의 무관심을 방치하면 위험할지도 모릅니다. 그러나 내가 당신에게 말한 것에 대해 너무 신경 쓰지 말아주십시오. 따지고 보면 그렇게 조심할 이유가 있는 것도 아니고, 내 말은 단지 친구로서의 노파심에서 나온 것이니까요.

자, 이만 그치겠습니다. 나도 나름대로 할 일이 있어서요. 내연애도 당신 연애처럼 별 진척을 못 보고 있습니다. 그러나 당신만큼 사랑하고 있으니까 그것으로 위안이 되는군요. 그리고 설사 내 일이 성공하지 못하더라도, 그것이 당신을 위해서 보탬이 된다면 헛되이 시간을 보냈다고는 생각하지 않을 겁니다. 그럼, 친구여, 안녕히 계십시오.

17××년 9월 27일, ××에서.

제90신

투르벨 법원장 부인이

발몽 자작에게

자작님, 이 편지가 부디 당신을 괴롭히지 않았으면 합니다. 설사 이 편지가 당신을 괴롭히는 일이 있다 하더라도, 제가 이 글을 쓰면서 느끼고 있는 고통을 생각하신다면 당신의 고통은 줄어들게 될 것입니다. 당신은 이제 저를 잘 알고 계시겠지만, 당신을 괴롭히려는 뜻은 조금도 없다는 것을 믿어주시겠죠. 그리고 당신도 아마 저를 영원한 절망의 구렁텅이에 빠뜨리고 싶지는 않으리라고 믿어요. 그래서 저는 제가 당신에게 약속한 따뜻한 애정의 이름으로 부탁드립니다. 아니 당신이 저에게 품고 있는 진지하지는 않지만 강렬한 감정의 이름으로 부탁드린다고 해도 좋습니다. 더 이상 서로 얼굴을 마주치지 말기로 하지요. 여기서 떠나주세요. 그리고 특히 그때까지 위험하기 짝이 없는 우리 두 사람만의 대화는 피해 주세요. 우리 두 사람이 이야기하고 있으면 저는 이상한 힘에 이끌려 당신한테 제가 하고 싶은 말도 못하고 다만 내가 들어서는 안 되는 당신의 이야기만 듣게 되니까요.

　　　어제만 해도 그렇습니다. 당신이 정원에 있는 저에게 다가왔을 때, 저는 당신에게 오직 지금 쓰고 있는 것만 이야기하려고 했어요. 그런데 저는 어떻게 했지요? 당신의 사랑에 빠져들고 말았어요……. 결코 응해서는 안 될 당신의 사랑에 말이에요. 아! 제발 저에게서 멀리 떨어져주세요.

　　　헤어진다고 해도 당신에 대한 저의 감정은 결코 변하지 않을 테니 그 점은 염려하지 마세요. 이제 더 이상 내 감정과 싸울 용기가 없는 다음에야, 제가 어떻게 그것을 극복할 수 있겠어요? 보시다시피 저는 당신에게 모든 것을 말씀드렸어요. 저는 제 약점을 고백하는 것보다 그 앞에 굴복하는 게 더 두렵습니다. 그러나 설사 감정에 대한 지배력은 잃었다 하더라도 제 행동에 대한 지배력은 잃지 않을 것입니다. 네, 저는 그러리라고 굳게 마음먹었어요. 제 목숨을 잃는 한이 있더라도 말이에요. 아! 얼마 전까지만 하더라도 저는 결코 이런 종류의 싸움은 하지 않으리라고 확신하고 있었어요. 저는 그런 생각을 다행으로 여기고 있었죠. 저는 어쩌면 그런 생각에 빠져 자만하고 있었는지도 몰라요. 하느님께서는 저의 이런 자만심에 천벌을, 잔인한 천벌을 내리신 겁니다. 그러나 우리를 벌하실 때에도 자비로 가득 찬 하느님은 제가 타락하기 직전까지 제게 주의를 주셨습니다. 그러니 저에게 이미 싸울 힘이 다 떨어진 것을 알면서도 여전히 신중하지 못한 행위를 저지른다면 저는 이중으로 죄를 범하는 일이 될 것입니다.

　　　당신은 제 눈물로 이루어진 행복은 원하지 않는다고 수없이 말씀하셨지요.

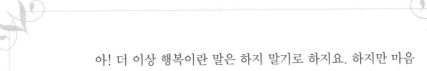

아! 더 이상 행복이란 말은 하지 말기로 하지요. 하지만 마음의 평정을 되찾게 제발 저를 내버려두세요.

저의 청을 들어주시면 당신은 제 마음에 대한 새로운 권리를 얻게 되실 겁니다. 그리고 이 권리는 덕德에 바탕을 두고 있기 때문에 제가 거절할 이유가 전혀 없지요. 그렇게 된다면 저는 즐거운 마음으로 당신에게 감사할 것입니다! 저는 당신 덕분에 뉘우침 없이 감미로운 감정을 맛보는 기쁨을 가지게 될 것입니다. 지금은 그와 정반대로 저의 감정과 저의 생각에 너무 당황한 나머지 당신을 생각하는 일이나 저를 생각하는 일이나 모두 저를 두렵게 합니다. 당신 생각을 하기만 해도 두려워집니다. 그 생각을 피할 수 없어서 저는 싸우지 않으면 안 되고, 그 생각에서 벗어날 수 없어서 그것을 떨쳐버리지 않으면 안 되기 때문입니다.

우리 두 사람을 위해 이런 불안하고 고통스런 상태를 멈추게 하는 것이 좋지 않을까요? 과오를 범하는 와중에서도 늘 다감한 마음을 갖고 계신 당신을 미덕과 한편이라고 저는 믿겠어요. 당신은 저의 가련한 처지를 존중해 주고, 저의 애원을 거절하지 않으실 겁니다. 이런 격렬한 마음의 동요가 물러가고 나면, 훨씬 부드러운 호의가 생기게 될 거예요. 그렇게 되면 당신의 호의에 힘입어 되살아난 저는 삶을 소중히 여기게 되고, 환희에 넘쳐 "제가 지금 느끼고 있는 이 평온은 제 벗 덕분입니다"라고 말할 수 있을 것입니다.

사소한 희생을 치름으로써—그것은 제가 당신에게 강요하는 것이 아니라 부탁하는 것이에요—당신은 저의 고통을 없애주는 대가가 너무 비싸다고 생각하시지나 않는지요? 아! 만일 당신을 행복하게 만들기 위해서라면 저는 불행을 감수하겠어요. 제 말을 믿어주세요. 저는 단 한순간도 주저하지 않을 겁니다……. 그러나 죄를 저지르는 일이라면! …… 아! 안 돼요. 정말 안 돼요. 그러기보다는 차라리 저는 천 번이라도 죽는 편이 더 낫겠어요.

뉘우치기 전에 수치심에 사로잡혀 저는 다른 사람은 물론 저 자신을 보기가 두려워요. 사람들이 모인 곳에 있으면 얼굴이 붉어지고, 혼자 있으면 몸을 떤답니다. 저는 이제 고통 속에 살고 있습니다. 이제 당신의 동의 없이는 마음의 평화를 얻기가 불가능해졌어요. 아무리 대견한 결심을 해보아도 도저히 저의 마음을 가라앉힐 수 없어요. 어제부터 저는 이런 결심을 했어요. 하지만 저는 온밤을 눈물 속에 지새웠답니다.

　　당신이 사랑하는 벗이 어쩔 줄 모르고 애원하며 당신에게 안정과 동정을 구하고 있는 것을 보십시오. 아! 당신만 안 계셨더라면 저는 이렇게까지 수치스러운 부탁을 드리는 일은 없었을 거예요. 하지만 저는 결코 당신을 비난하지 않습니다. 거역할 수 없는 감정에 맞선다는 것이 얼마나 어려운지 저 자신이 잘 느끼고 있으니까요. 하소연은 불평의 소리가 아니니까요. 제가 의무 때문에 하는 일을 너그러운 마음으로 이해해 주시기 바랍니다. 그러면 저는 당신이 제게 불어넣어 준 모든 감정에 영원히 감사하는 마음을 덧붙일 겁니다. 안녕히 계세요, 자작님.

제91신

발몽 자작이

투르벨 법원장 부인에게

당신의 편지를 읽고 너무 놀란 나머지 어떻게 답장을 써야 할지 모르겠군요. 당신의 불행과 저의 불행 중 어느 하나를 선택해야 한다면, 물론 제가 희생이 되어야겠지요. 그 점에 대해선 저는 확고합니다. 그러나 그렇게 중대한 문제는 무엇보다도 서로의 충분한 이야기를 통해 명확히 밝혀져야 한다고 생각합니다. 그런데 우리가 더 이상 서로 만나지도 못하고 이야기하지도 못한다면 어떻게 문제를 해결할 수 있겠습니까?

아! 가장 감미로운 감정이 우리 두 사람을 맺어주고 있는데, 까닭 없는 두려움 때문에 왜 우리가 헤어져야 합니까? 그것도 영원한 이별이 될지도 모르는데요. 부드러운 애정과 열렬한 사랑으로 제 권리를 주장해도 소용이 없겠지요. 그 하소연은 결코 들리지 않을 테니까요. 왜 그런지 아십니까? 당신을 위협하는 그 절박한 위험은 대체 무엇입니까? 아! 제 말을 믿어주십시오. 그런 두려움을 경솔하게 느낀다는 것 자체가 이미 그것이 별로 대수롭지 않다는 것을 뜻하지 않습니까?

외람된 말씀이지만, 여기서도 역시 저는 당신이 풍문으로 들어온 저에 대한 나쁜 인상의 자취를 볼 수 있습니다. 존경하는 사람을 두려워할 까닭이 어디 있습니까? 특히 벗으로 사귈 수 있다고 생각한 사람을 물리칠 까닭이 어디 있습니까? 무서워하고 멀리해야 할 대상은 바로 위험한 남자입니다.

그런데 저만큼 당신을 존경하고 당신 말을 따르는 사람이 어디 있습니까? 당신이 이미 보았듯이 저는 단 한마디 말에도 조심하고 있지 않습니까? 제 마음속에서 끊임없이 은밀히 불러보는 그토록 감미롭고 사랑스러운 당신의 이름을 이제는 쓰지 말란 말인가요? 저는 이제 다정다감한 벗의 충고와 위안을 받는 충실하고 불행한 애인이 아니라 판사 앞에 선 피고이며, 주인 앞에 선 노예입니다. 이 새로운 명칭은 물론 새로운 의무를 부과하겠지요. 저는 그 의무를 완전히 이행할 것을 맹세합니다. 제 말씀을 들어주십시오. 그리고 나서 당신이 저에게 벌을 내리시면, 그 선고宣告에 복종하고 떠나겠습니다. 저의 약속은 이것뿐만이 아닙니다. 제 변명을 듣지 않고 판결을 내리는 전제專制를 원하십니까? 불공평을 두려워하지 않는 용기를 갖고 계십니까? 그러면 명령을 내리십시오. 당신의 명령에 따르겠습니다.

하지만 당신의 판결, 아니 당신의 명령을 직접 당신의 입으로 듣게 해주십시오. 이번에는 부인이 그 이유를 물으실지 모릅니다. 아! 부인께서 그런 질문을 하신다면, 부인은 사랑이라는 것을, 그리고 제 마음을 모르시는 것입니다. 다시 한번 부인을 보는 것을 부인은 부질없는 일이라고 생각하십니까? 설사 부인이 제 마음속에 절망을 심어놓더라도 부인의 위로하는 눈길은 제 마음이 절망에 굴복하는 것을 막을 것입니다. 끝으로, 제가 생명으로 여기고 있는 사랑과 우정을 버려야 한다면, 적어도 부인은 부인 자신이 마련한 결과가 어떤 것인지 볼 수 있게 될 것입니다. 그리고 저에 대한 부인의 동정심도 계속 살아남게 되겠지요. 이 정도의 호의를, 제가 설령 받을 만한 자격이 안 된다 하더라도, 그것을 얻기 위해서라면 어떤 값비싼 희생도 치를 수 있을 것입니다.

부인은 정말 저를 부인으로부터 떼어놓으려고 하시는군요! 부인은 그렇게 해서 우리가 서로 남남이 되기를 원하시는군요! 부인께서는 서로 헤어져 있다고 해도 부인의 감정은 조금도 변하지 않을 거라고 다짐하고 계심에도 불구하고, 저의 출발을 재촉하는 것은 이 감정을 훨씬 수월하게 잊기 위해서 그러시는 것이 분명합니다.

부인은 그러한 감정을 이미 감사한 생각으로 바꾸겠다는 식으로 말씀하시는군요. 어느 알지 못하는 사람이 부인에게 사소한 친절을 베풀어서 아니면 심지어 당신의 적이 당신에게 해를 끼치는 것을 중지해서 얻은 그런 정도의 감사하는 마음을 제게 베푸시려고 하다니요! 그리고 저보고 그것으로 만족하라고 하시다니요! 부디 잘 생각해 보십시오. 만일 어느 날 당신은 화를 내며 이렇게 말씀하시지나 않을는지요? "돌아가세요. 당신은 은혜를 모르는 사람입니다"라고요.

저는 여기서 이만 줄이고, 다만 당신의 너그러움만을 요구하겠습니다. 부인께서 제게 불러일으킨 괴로운 심정을 이렇게 늘어놓은 것에 대해 용서해 주시기 바랍니다.

그러나 그렇게 생각한다고 해서 부인에 대한 저의 복종심이 없어지는 것은 아닙니다. 하지만 이번에는 제가 부인이 요구하신 다정한 감정의 이름으로 간청하겠습니다. 부디 만나서 제 말씀을 직접 들어주십시오. 그리고 부인 때문에 생긴 이 죽을 것 같은 고통을 부디 가엾게 여기시고 그 순간을 늦추지 말아주십시오.

제신

당스니 기사가

발몽 자작에게

당신의 편지를 읽고 나는 소스라치게 놀랐습니다. 세실……
아! 대체 이런 일이 가능합니까? 세실이 이젠 나를 사랑하지 않는다니
말입니다. 그렇습니다. 나는 당신의 우정이 감싸는 베일을 통해 이 끔
찍한 사실을 알고 있습니다. 당신은 내가 이 치명적인 타격을 극복할
수 있도록 준비시켜 주었습니다. 그 배려에 감사드립니다. 그러나 사랑
을 이길 수는 없는 법입니다. 사랑은 사랑을 하고 있는 사람보다 더 빨
리 달립니다. 사랑은 그 사람의 운명을 가르쳐주지는 않지만 그것을 짐
작하게 합니다. 나는 더 이상 자신의 운명을 의심하지 않습니다. 분명
히 말씀해 주십시오. 당신은 할 수 있습니다. 제발 부탁입니다. 어째서
의심이 생겼으며, 그것을 확인시켜 주는 증거가 무엇인지 모두 말씀해
주십시오. 아무리 사소한 일이라도 소중합니다. 특히 세실 양이 했던
말을 잘 기억해 보십시오. 한마디만 틀려도 말 전체의 뜻이 달라질 수
있으니까요. 하나의 단어가 때로는 두 가지 뜻을 가질 수 있으니까
요……. 당신의 착각일 수도 있겠죠. 아! 나는 아직도 실없는 기대를
가지려고 애쓰고 있군요. 세실이 당신에게 뭐라고 말했나요? 무엇인가
저에 대해 나쁘게 말하던가요? 아니면 자신의 과오에 대해 변명 같은
것도 하지 않던가요? 그렇지 않아도 그녀가 걸핏하면 까다롭게 구는
데, 나도 진작 그런 변화를 눈치 챘어야 했을 것입니다. 사랑하는 마음
이 있으면 아무리 장애가 많아도 중요하지 않은데 말입니다.

나는 어떤 결심을 해야 하는지요? 당신은 내게 어떤 충고를 하시겠습니까? 어떻게 해서든지 그녀를 만나본다면? 과연 그것은 불가능한 일인지요? 서로 떨어져 있다는 사실은 이처럼 잔인하고 슬픈 일입니다. 그런데 세실이 나를 만날 수 있는 수단을 거절하다니요! 그 수단이 무엇인지 당신은 편지에 쓰지 않았더군요. 만일 그 수단이 실제로 그렇게 위험한 것이라면, 세실은 내가 평소에 그녀가 위험한 일에 말려드는 것을 원치 않는다는 것을 잘 알고 있습니다. 하지만 나는 당신이 얼마나 신중한 분인가도 알고 있으니까요. 게다가 당신의 신중함을 믿지 않을 수 없는 것이 나의 불행입니다.

　이제 나는 어떻게 하면 좋겠습니까? 편지로 세실에게 무슨 말을 하면 좋을까요? 만일 내가 그녀를 의심하는 내색이라도 비친다면 그녀는 상심할 것입니다. 만일 나의 의심이 정당하지 않은 것이라면, 그녀를 상심시킨 내 행위를 나 스스로가 용서할 수 없을 것입니다. 만일 나의 의심을 그녀에게 감춘다면, 그것은 세실을 속이는 일이 됩니다. 나는 세실을 속이지는 못합니다.

　아! 내가 얼마나 괴로워하고 있는지 안다면, 그녀도 나와 함께 괴로워해 줄 것입니다. 세실은 민감한 여자이고 마음이 착한 여자입니다. 세실이 나를 사랑한다는 증거는 무수하게 갖고 있습니다. 너무 겁이 많고 당황하는 성격이 탈이지만, 뭐 나이가 어리니까요. 그리고 그 어머니를 보세요. 딸을 얼마나 엄격하게 다루는지! 내가 스스로의 감정을 억제할 수 있다면 모든 것을 당신에게 맡기라는 말만 하려고 합니다. 설사 거절하는 일이 있더라도 내 부탁에는 화를 내지 않을 것입니다.

　친구인 당신에게 세실을 대신해서 거듭 사과를 드립니다. 나는 당신의 보살핌이 어떠한 것인지 그녀도 충분히 알고 감사하고 있으리라는 것을 확신합니다. 세실이 거절했던 것은 의심에서가 아니라 수줍음 때문이었을 겁니다. 부디 너그럽게 보아주십시오. 그것이 우정의 가장 아름다운 점이 아니겠습니까. 당신의 우정이야말로 내게는 가장 소중한 것입니다. 당신이 나를 위해 해주신 모든 일에 대해 어떻게 감사를 드려야 할지 모르겠습니다. 그럼, 안녕히 계십시오. 곧 편지를 쓸 작정입니다.

다시 불안해지는군요. 세실에게 편지를 쓰는 일이 이렇게 어려울 줄이야 누가 알았겠습니까. 아! 어제만 하더라도 편지 쓰는 일이 가장 큰 즐거움이었는데 말입니다.

그럼, 안녕히 계십시오. 계속 보살펴주십시오. 그리고 저를 동정해 주십시오.

17××년 9월 27일, 파리에서.

제93신

당스니 기사가

세실 볼랑주에게(앞의 편지에 동봉됨)

당신이 발몽을 여전히 믿지 않는다는 이야기를 듣고 얼마나 슬펐는지 모릅니다. 당신은 그가 나의 친구이며, 우리 두 사람을 만날 수 있게 해줄 수 있는 사람은 오직 그 사람밖에 없다는 사실을 잊지는 않았겠죠? 나는 이런 명목만으로도 발몽이 당신에게 신뢰를 얻기에 충분할 것이라고 믿었습니다. 하지만 지금은 내 생각이 틀린 것 같아 마음이 아프군요. 당신이 발몽을 믿지 않는 까닭을 내게 말해 줄 수 있습니까? 아직도 말 못할 까닭이 있나요? 하지만 당신 대답을 듣지 않고 선 당신이 왜 그런 태도를 취했는지 나로선 도저히 짐작할 수 없군요. 당신의 사랑을 의심할 용기는 내겐 없습니다. 아마 당신도 내 사랑을 배반하지는 못할 것입니다. 아! 세실……!

당신이 나를 만날 수 있는 방법을 거절했다고 하는데, 그것이 과연 사실입니까? 그것이 더욱이 '간단하고 편리하고 확실한'(당스니는 이 방법이 무엇인지 모른다. 그는 다만 발몽의 말을 되풀이하고 있을 뿐이다) 방법이라는데 말입니다. 그것이 나에 대한 당신의 사랑인가요? 서로 떨어져 지낸 지 얼마 되지도 않았는데 당신의 마음은 너무도 변하고 말았군요. 하지만 왜 나를 속이십니까? 왜 당신은 나를 언제까지나 더욱 깊이 사랑할 거라고 했나요? 당신의 어머니는 당신의 사랑을 파괴하다 못해 당신의 솔직함마저 파괴해 버렸습니까? 만일 당신 어머니께서 약간의' 동정심이라도 남겨두셨다면, 내가 당신 때문에 무척 괴로워하고 있다는 말을 듣고 당신은 나를 가엾게 생각할 것입니다. 아! 죽는 것도 이보다는 고통스럽지 않을 겁니다.

당신 마음은 영원히 닫혀진 채 나를 들여놓지 않을 건가요? 당신은 나를 완전히 잊어버리셨나요? 당신 때문에 당신이 내 하소연을 언제 들어줄지, 그리고 언제 대답을 들을 수 있는지도 모르게 되었군요. 발몽의 우정 덕분에 우리는 이제까지 서신을 교환할 수 있었습니다. 하지만 당신은 편지 왕래를 원하지 않고 있으며, 그것을 고통스럽게 여긴 나머지 횟수를 줄였으면 하고 바라고 있습니다. 나는 이제 더이상 사랑을, 성실을 믿지 못합니다. 세실이 나를 속인다면 나는 이제 누구를 믿어야 하나요?

그러니 제발 대답해 주십시오. 당신은 이제 정말 나를 사랑하지 않나요? 아닙니다. 그럴 리가 없습니다. 당신은 망상에 젖어 있는 것입니다. 당신은 자신의 마음을 속이고 있는 것입니다. 그것은 얼마 동안의 두려움이며, 일순간의 실망일 뿐, 사랑의 힘으로 곧 사라질 수 있는 것입니다. 그렇지 않나요, 세실? 아! 아마, 당신을 탓하는 것은 나의 잘못일지도 모릅니다. 정말 내가 틀린 것이라면 얼마나 좋을까요! 그렇다면 나는 당신에게 애정이 넘치는 사죄를 하고 싶습니다. 이 부당한 순간을 사랑이 넘치는 영원으로 보상하고 싶습니다!

세실, 세실, 부디 나를 가엾게 여겨주십시오! 부디 나와 만나겠다고 해주세요. 그럴 수 있는 모든 수단을 강구해 보십시오. 서로 떨어져 있으면 어떤 결과가 초래되는지 생각해 보십시오. 그것은 불안과 의심 그리고 냉담뿐일 것입니다! 하지만 이런 것들은 단 한 번의 눈길, 단 한마디의 말로 사라질 수 있고, 그래서 우리는 행복해질 수 있을 것입니다. 아니, 아직도 내가 행복이란 말을 쓸 수 있나요? 어쩌면 내게 행복은 영원히 사라져버렸는지도 모릅니다.

두려움에 괴로워하고, 부당한 의심과 잔인한 진실 사이에서 처참하게 짓눌려 나는 어떤 생각도, 결정도 할 수 없습니다. 오로지 괴로워하고 오로지 당신을 사랑하면서 이 삶을 이어가고 있을 뿐입니다. 아! 세실, 이 삶을 즐겁게 할 수 있는 권리를 가진 사람은 오직 당신밖에 없습니다. 행복이 다시 돌아올지 아니면 영원한 절망만이 확실할지는 모두 당신의 첫마디에 달려 있습니다.

제94신

세실 볼랑주가

당스니 기사에게

　　당신 편지를 읽고서 뭐가 뭔지 통 모르겠어요. 내가 알고 있는 것은 단 하나, 그 편지를 읽고 슬펐다는 것뿐이에요. 대체 발몽 자작님이 당신에게 무슨 얘기를 했나요? 어째서 제가 당신을 사랑하지 않는다는 거예요? 당신을 사랑하지 않는다면 나는 아마 정말 행복했을 거예요. 왜냐하면 분명 지금처럼 괴롭지는 않을 테니까 말이에요. 이렇게 제가 당신을 사랑하고 있는데, 당신은 늘 제가 잘못하고 있다고 생각하시고, 위로는커녕 오히려 쓰라리고 뼈저린 고통을 받아야 하다니 정말 견디기 어려운 일입니다. 당신은 제가 당신을 속이고 거짓말을 하고 있다고 믿고 계세요. 정말 당신은 저에 대해 엉뚱한 생각을 품고 계십니다. 그런데 당신이 저를 나무라듯 설사 제가 거짓말을 하고 있다 하더라도, 대체 제가 거짓말을 해서 무슨 이득이 있다는 거죠? 물론 이제 제가 당신을 사랑하지 않는다면, 단지 그렇다고 말하면 되겠지요. 그러면 모든 사람이 잘했다고 칭찬할 거예요. 그러나 불행하게도 저는 사랑하지 않을 수가 없답니다. 그리고 제가 사랑하는 사람은 저의 사랑에 대해서 조금도 기쁘게 생각하지 않는 사람이랍니다!

　　제가 대체 무슨 짓을 했다고 당신은 그토록 화를 내시죠? 제가 열쇠를 훔치지 못했던 것은 엄마한테 들켜서 민망한 상황에 처함은 물론이고 나 때문에 당신도 난처해질까봐 두려웠기 때문이에요. 그리고 그런 짓은 나쁘다는 생각이 들었기 때문이에요. 열쇠를 훔치라고 말한 것은 발몽 자작님뿐이에요. 당신은 그 사실에 대해선 아무것도 모르고 계시니까 당신이 내가 열쇠를 훔치는 것을 바라고 있는지 아닌지 알 도리가 없었거든요. 이제 당신이 그러기를 원하고 있다는 것을 아는 마당에 왜 제가 열쇠를 훔치는 것을 거부하겠어요? 내일이라도 훔치겠어요. 그리고 나서 하실 말씀이 있으면 하세요.

발몽 자작님이 당신에게 얼마나 대단한 친구인지는 모르겠지만, 적어도 그분이 당신을 사랑하는 만큼 저도 당신을 사랑하고 있어요. 그런데 그분만 옳으시고, 잘못은 언제나 저에게 있다고 하시니 정말 섭섭해요. 하지만 당신은 제 기분이 곧 가라앉으리라는 것을 알고 계시니까 제가 섭섭하건 말건 아랑곳하지 않으시겠죠. 하지만 이제 열쇠를 손에 넣기만 하면 당신과 내가 만나고 안 만나는 것은 제 마음에 달려 있어요. 당신에게 분명하게 말씀드리지만, 당신이 그처럼 행동하시면 저는 당신을 만나지 않을 거예요. 당신 때문에 괴로움을 받는 것보다는 차라리 혼자서 괴로워하는 편이 더 낫겠어요. 자, 어떻게 하실지 두고 보겠어요.

당신께서 바라시기만 한다면, 우리는 서로 물불을 가리지 않고 사랑할 수 있을 거예요. 그리고 우리는 적어도 남에게서 받는 괴로움 이외에 다른 괴로움은 없을 거예요. 제가 제 뜻대로 할 수 있다면 당신은 결코 제게 불평을 하지 않을 거예요. 하지만 당신이 저를 믿지 않으신다면 우리는 늘 불행할 겁니다. 그래도 그것은 제 탓이 아니죠. 머지않아 서로 만날 날이 올 거예요. 그러면 지금처럼 슬퍼하는 일은 없어지겠지요.

만약 이렇게 되리라는 것을 미리 알았더라면 곧 열쇠를 훔쳤을 거예요. 하지만 열쇠를 훔치지 않은 것은 잘한 일이라고 생각해요. 제발 저를 원망 마세요. 이젠 슬퍼하지 마시고 제가 당신을 사랑하는 것처럼 변함없이 저를 사랑해 주세요. 그러면 저는 정말 행복할 거예요. 안녕히 계세요.

제95신

세실 볼랑주가

밬몽 자작에게

　　자작님, 진짜 열쇠와 바꿔놓으라고 하셨던 그 열쇠를 제발 제게 되돌려주시기 바랍니다. 모두가 그러기를 원하니까 저도 승낙하지 않을 수 없네요.

　　저는 자작님이 왜 당스니님에게 제가 이제 그분을 사랑하고 있지 않다는 말씀을 하셨는지 모르겠어요. 저는 결코 그런 생각이 들만한 말을 한 적이 없다고 생각하는데요. 그 때문에 그분도 저도 무척 괴로워했답니다. 당신이 그분의 친구라는 사실을 저도 잘 알고 있습니다. 그렇다고 해서 그것이 그분이나 저를 슬프게 할 이유가 되지는 않을 것입니다. 이번에 그분께 편지를 쓰실 때는 그렇지 않다는 것과 당신께서도 확실히 그렇게 생각하신다는 것을 그분께 알려주시면 정말 기쁘겠어요. 왜냐하면 그분은 누구보다도 당신을 제일 믿고 있으니까요. 그리고 제가 어떤 말을 해도 상대방이 믿지 않는다면 저로선 더 이상 어떻게 해야 할지 모르겠습니다.

　　열쇠 건에 대해선 당신은 안심하셔도 될 겁니다. 당신이 편지에서 이르신 것을 저는 모두 기억하고 있어요. 그 편지를 지금 갖고 계시면, 그리고 그것을 열쇠와 함께 주실 수 있으면 주세요. 이번에는 반드시 주의해서 다시 읽어보겠어요. 만일 내일 점심식사 시간에 받게 된다면, 모레 아침식사 때 진짜 열쇠를 드릴게요. 그리고 이 열쇠는 처음과 같은 방식으로 저에게 돌려주세요. 시간이 오래 걸리지 않았으면 해요. 어머니가 발견하실 수 있는 시간이 짧으면 짧을수록 좋으니까요.

그리고 당신께서 이 열쇠를 손에 넣으시면 그것을 사용해서 제 편지를 받아주셨으면 합니다. 그렇게 하면 당스니님은 훨씬 자주 제 소식을 들을 수 있을 테니까요. 사실 그렇게 하는 편이 지금보다 훨씬 편리하겠지요. 하지만 처음에는 무척 겁이 났어요. 저를 용서해 주세요. 그리고 예전처럼 제게 호의를 가져주시기를 바랍니다. 만일 그렇게 해주신다면 그 은혜는 영원히 잊지 않겠어요.

자작님, 저는 감사하는 마음으로 당신이 하시는 말씀에 따를 것입니다.

17××년 10월 1일, ××저택에서.

제96신

발몽 자작이

메르테유 후작 부인에게

당신의 사건 이후로 틀림없이 당신은 매일 나에게서 감사와 찬사가 나오기를 기다리고 있었을 것입니다. 그리고 내가 오랫동안 소식을 전하지 않아 다소간 기분이 언짢아졌으리라는 것도 의심치 않습니다. 하지만 어쩌란 말입니까? 한 여자를 칭찬하지 않을 수 없을 때에는 그 여자를 신뢰하고, 그 대신 다른 일에 전념하자는 것이 나의 평소의 생각입니다. 여하튼 나를 위해 일을 해주신 것에 감사를 드립니다.

또 당신 일이 잘 끝난 것에 대해서도 축하의 뜻을 표하는 바입니다. 그리고 당신의 행복을 완전한 것으로 만들기 위해, 이번에는 기대 이상의 일을 했다는 것을 인정해 드리지요. 그러니 이번에는 내가 당신의 기대를 어느 정도라도 충족시켜 주었는지 봐주십시오.

투르벨 부인에 대한 이야기를 하자는 것은 아닙니다. 부인과의 일은 진척이 너무 느려서 당신 마음에 안 들지도 모릅니다. 당신은 눈앞에 제시된 일만을 좋아하니까요. 당신은 질질 끄는 장면에는 싫증을 내겠지만, 나는 지지부진하게 질질 끄는 일에 대해 더할 나위 없는 기쁨을 느낍니다.

나는 이 정숙한 여인이 일단 발을 들여놓으면 되돌아갈 수 없는 길로 자기도 모르는 사이에 들어서서, 어쩔 수 없이 가파르고 위험한 언덕을 미끄러져 내려와, 싫지만 내 뒤를 쫓아올 수밖에 없는 그 모습을 조용히 바라보고 있는 것이 즐겁습니다. 언덕 위에서 그 여자는 자신이 직면한 위험 때문에 겁에 질려 멈추려고 하나 그럴 수는 없는 노릇이지요. 주의도 해보고 수를 써서 보폭을 줄이기도 하지만, 그래도 한 걸음 한 걸음 계속 나가지 않으면 안 됩니다. 때론 위험을 직시할 용기가 없어서 두 눈을 감고 체념하여 내 보살핌에 몸을 맡기고 맙니다. 새로운 공포에 사로잡혀 다시 애쓰는 경우도 자주 있지요. 극도로 공포를 느낀 나머지 그녀는 다시 뒷걸음질치려고 시도합니다. 그러나 기력이 모자라 짧은 거리를 올라가는 데도 몹시 고통스러워합니다. 하지만 곧 불가사의한 힘의 지배를 받아 조금 전보다 더 위험한 곳에 가까이 갑니다. 이젠 달아나려고 해도 달아날 수가 없습니다. 이제 길의 안내자로 의지할 사람이라곤 나밖에 없으므로 바닥으로 떨어질 수밖에 없는 운명에 처해도 나를 탓할 생각도 못한 채, 이 여자는 추락을 늦추어 달라고 애원합니다. 열렬한 기도라든가, 겸손한 소원이라든가, 흔히 인간이 두려움에 떨 때 하느님에게 바치는 모든 것을 나는 그 여자에게서 받고 있는 것이죠. 그런데 당신은 내가 그 여자의 기도에 귀를 기울이지 않고 그 여자가 내게 보내는 예배를 파괴함으로써, 자기 몸을 지키기 위해 간청하고 있는 힘을 역이용함으로써 그 여자를 밀어 떨어뜨리기를 바라고 있다니요! 아! 사랑과 정조 사이의 이 감동적인 싸움을 천천히 지켜볼 수 있도록 나를 내버려두십시오.

당신은 이런 장면을 보려고 황급히 극장으로 달려가 열렬하게 박수갈채를 보내지 않습니까? 당신은 이런 장면이 현실에서 일어나면 재미있다고 생각하지 않나 보죠. 행복을 바라면서도 행복을 두려워하고, 저항할 수 없는데도 끊임없이 자신을 방어하는 순수하고 다감한 여자의 심정을 당신은 열광하면서 듣습니다. 이러한 감정은 이것을 일깨워준 남자 이외에는 아무런 가치도 없다는 말씀입니까? 아무튼 이 감미로운 희열을 천사 같은 여자가 매일 내게 베풀어주고 있습니다. 아! 그 여자가 결국 추락하여 품위를 잃어버림으로써 내게는 단지 평범한 여자에 지나지 않게 되는 사건이 너무 일찍 다가온 감이 없지 않습니다.

그 여자에 대한 이야기는 하고 싶지 않았는데 그만 하고 말았군요. 무언가 알 수 없는 힘이 심지어 그 여자에게 모욕을 주는 경우조차도 나로 하여금 줄곧 그 여자에게 이끌리게 하고 있습니다. 자, 이런 위험한 이야길랑 피하기로 하고, 본래의 나 자신으로 되돌아와서 좀 더 즐거운 이야기를 해보지요. 그것은 당신의 피후견인이었고 지금은 내 피후견인이 되어버린 볼랑주 양에 관한 일이랍니다. 이 이야기를 듣고 당신은 '과연 발몽이구나' 할 겁니다.

며칠 전부터 나는 나의 사랑스런 신앙심 깊은 여자로부터 꽤 좋은 대접을 받으며 그녀에게 신경을 덜 쓰게 되자, 볼랑주 양이 사실 아주 예쁘다는 생각이 들기 시작했습니다. 당스니처럼 앞뒤 가리지 않고 이 아가씨를 사랑하는 것도 바보짓처럼 여겨지지만, 독신인 내가 이 아가씨에게서 위안을 구하지 않는 것도 그에 못지않게 바보짓이라는 생각이 들더군요. 또 내가 이 아가씨를 위해 베푼 배려를 생각한다면 그에 대한 대가를 받아내는 것도 정당한 일이라고 생각했습니다. 게다가 당스니가 눈독 들이기 전에 당신이 먼저 이 아가씨를 나에게 제공했던 사실도 생각이 났고요. 그래서 내가 방치해 놓은 사이 당스니가 소유하게 된 이 보물에 대해 나도 어느 정도의 권리를 주장할 수 있다는 생각이 들었습니다. 이 아가씨의 귀여운 얼굴, 싱싱한 입술, 철부지 같은 태도, 그리고 심지어 그 어색한 태도를 보면 나의 이러한 생각이 더욱 확고해지더군요. 이렇게 해서 나는 행동하기로 결심했고, 또 이 계획은 훌륭한 성과를 거둔 것입니다.

당신은 내가 어떤 방법으로 그렇게 빨리 이 아가씨의 애인 자리를 차지했는지, 그 나이와 순진함에 어떤 식으로 대처하여 유혹했는지 알고 싶으시겠지요. 그런 수고는 안 하셔도 됩니다. 나는 유혹 따위의 방법을 쓰지 않았으니까요. 당신은 여성의 무기를 교묘하게 다루어 교활하게 성공했지만, 나는 남성의 절대적인 권리를 되찾아 권위로써 여성을 굴복시켰던 것입니다. 목표에 접근할 수만 있다면 그 목표물을 손에 넣을 수 있다는 확신이 있었기 때문에, 나는 그 아가씨에게 가까이 갈 수 있는 술책만 있으면 됐습니다. 하기야 내가 사용한 술책이란 것도 사실 술책이라고 할 수도 없는 것이었죠.

나는 당스니가 자기 애인에게 보낸 첫 편지를 받고는 지체 없이 그것을 이용했습니다. 편지는 우리 둘이 미리 짜둔 신호에 따라 전달되었는데, 그 후 나는 아가씨에게 편지를 전달해 주는 것이 아니라, 오히려 그 반대의 일을 하는 데 나의 솜씨를 발휘했지요. 그래서 아가씨의 애를 태워 놓고, 나 역시 애를 태우는 척하면서 곤경에 빠뜨린 다음에 그 해결책을 제시했지요.

아가씨의 방은 복도를 향해 문이 나 있습니다. 그런데 그 열쇠는 당연한 일이지만 그 어머니가 갖고 있었습니다. 이 열쇠를 손에 넣기만 하면 만사는 해결되는 셈이죠. 그런 일쯤이야 누워서 떡 먹기였습니다. 나는 그 열쇠를 단지 두 시간 정도만 빌려달라고 부탁하면서 똑같은 것을 만들어주겠다고 했습니다. 그렇게 하면 편지를 전달하는 일이라든가 서로 이야기를 나누는 일이라든가 밤에 밀회하는 일이라든가 모든 일이 편리하고 안전해지거든요. 그런데 어떻게 됐겠습니까? 수줍은 아이는 겁을 집어먹고 거절했지요. 다른 사람 같았으면 아마 당황했을 겁니다. 하지만 나는 오히려 더욱 짜릿한 기쁨을 맛볼 수 있는 기회로 본 거죠. 나는 당스니에게 편지를 써서 아가씨의 거절을 하소연했습니다. 내 하소연이 잘 먹혀들었는지 이 어리숙한 친구는 겁쟁이 제 애인에게 나의 요구를 받아들이고 내게 모든 것을 맡기라고 부탁했다기보다 차라리 강요했습니다.

이렇게 해서 우리는 서로의 역할을 바꾼 셈이죠. 즉 당스니가 내가 자기를 위해서 해주려니 하고 생각하고 있던 것을 그가 나를 위해 해주었다고 생각하니 정말 유쾌하더군요. 그렇게 생각하자 이 모험의 가치는 더욱 커지더군요. 따라서 그 귀중한 열쇠를 손에 넣자마자 나는 서둘러 그것을 이용했습니다. 그것은 어젯밤이었습니다.

저택 안이 완전히 조용해진 것을 확인하고 나서 나는 희미한 등불을 들고 시간과 상황에 맞는 가벼운 옷차림으로 당신의 피후견인에게 첫 문안을 올렸지요. 나는 소리를 내지 않고 들어갈 수 있게 아가씨에게 모든 준비를 시켜놓았답니다. 아가씨는 나이 탓인지 깊은 잠에 빠져 있었습니다. 그래서 나는 아가씨를 깨우지 않고도 침대까지 무사히 갈 수 있었지요. 나는 처음에 한 걸음 더 나아가 꿈에 나타난 것처럼 보이게 하고 싶었지만, 그러면 깜짝 놀라 소리를 지를까 두려워 귀엽게 잠자는 아가씨를 살며시 깨우기로 했습니다. 그렇게 해서 고함 소리를 미연에 방지할 수 있었지요.

우선 상대방의 공포심을 가라앉히고 나서, 이야기하러 그곳에 간 것은 아니니까 나는 몇 가지 대담한 행동을 취해 보았습니다. 여자가 아무것도 모르고 수줍어하기만 했을 때 어떤 위험을 당하는지, 또 기습을 안 당하려면 무엇을 지켜야 하는지를 수녀원에서는 가르쳐주지

않았나 보지요. 왜냐하면 아가씨는 모든 주의와 힘을 실은 위장공격에 지나지 않는 키스를 막는 데 집중했기 때문에 나머지 부분은 완전히 무방비 상태였습니다. 이 기회를 어떻게 이용하지 않을 수 있겠습니까! 그래서 나는 방향을 바꾸어 즉시 공격자세를 취했지요. 여기서 우리 둘은 모두 큰일날 뻔했습니다. 아가씨가 온통 겁에 질려 진짜 소리를 지르려고 했기 때문이죠. 다행히 그 소리는 눈물 속에 지워지고, 또 벨을 울리려고 끈에 달려들었으나, 나는 솜씨 좋게 때를 맞춰 아가씨의 팔을 눌러버렸습니다. 나는 그때 아가씨에게 이렇게 말했습니다.

"무얼 하려고 이러죠? 영원히 파멸하고 싶어요? 사람들이 오더라도 나는 상관이 없어요. 내가 아가씨 승낙 없이 들어왔다고 말했댔자 누가 믿겠소? 아가씨 말고 누가 내가 여기 들어올 수 있게 할 수 있단 말이오. 그리고 아가씨에게 얻은 이 열쇠, 아가씨가 아니라면 손에 넣을 수 없는 이 열쇠의 용도를 아가씨는 어떻게 설명할 수 있죠?"

이 짤막한 연설만으로는 아가씨의 고통이나 분노를 가라앉힐 수 없었지만, 복종은 시킬 수 있었습니다. 내가 웅변에 재주가 있는지 없는지는 모르겠습니다. 하지만 내가 웅변의 몸짓을 하지 않은 것은 사실입니다. 한쪽 손은 폭력을 위해, 그리고 다른 손은 사랑을 위해 열중하고 있었으니까요. 이러한 자세로 어떤 웅변가가 우아한 몸짓을 할 수 있겠습니까? 만일 당신이 내가 취한 자세를 머릿속에 그려보면, 이런 자세가 공격하기에 안성맞춤이라고 인정해 주시겠지만, 나는 이런 방면에는 아주 서툴러서, 당신이 말한 대로 여자 중에서 가장 단순하다고 하는 수녀원 출신의 학생에게 어린애 취급을 당할 지경이었으니까요.

이 아가씨는 슬퍼하면서도 무슨 결심이 섰는지 협상을 시작하더군요. 아무리 애원해 보아도 먹혀들어 가지 않는 이상 교환조건을 내세워야만 했던 것이죠. 당신은 내가 차지한 이 중요한 위치를 비싼 값에 팔았다고 생각하시겠죠. 아닙니다. 나는 오직 한 번만 키스해 주면 모든 것을 아가씨 뜻대로 해주겠다고 약속했습니다. 키스를 받고 나서 약속을 지키지 않은 것은 물론입니다. 거기에는 그럴듯한 이유가 있었습니다. 그 키스가 억지로 한 것인지 자진해서 한 것인지가 분명하지 않았던 것이죠. 옥신각신한 끝에 다시 두 번째 키스를 하기로 합의를 보았습니다. 그래서 나는 수줍어하는 아가씨의 양쪽 팔로 허리를 감게 하고, 나의 한쪽 팔로는 아가씨의 몸을 훨씬 더 사랑스럽게 끌어안아 부드러운 키스를 받게 했지요. 이번 키스는 완벽하게 받아들여졌습니다. 사랑의 신도 이보다 더 잘할 수 없을 정도로 말입니다.

아가씨가 그 정도의 성실성을 보인 이상 보상을 해주어야겠지요. 그래서 나는 즉시 아가씨의 청을 들어주었지요. 손을 풀어주었습니다. 그런데 이게 어찌된 일입니까? 내 몸이 여전히 그 자리에 있는 게 아닙니까? 당신은 내가 상당히 열중하여 매우 적극적인 자세를 취했을 거라고 생각하시겠죠? 하지만 전혀 그렇지 않습니다. 늘 말씀드리는 것이지만 나는 늑장부리는 것을 좋아합니다. 일단 목표에 도달하는 것이 확실한 이상 구태여 서두를 필요가 어디 있습니까?

사실 나는 다시 한 번 기회의 힘이라는 것이 얼마나 막강한지를 관찰할 수 있어서 매우 즐거웠습니다. 외부에 도움을 구할 우려도 전혀 없고요. 하지만 이런 기회가 주어졌는데도 아가씨는 당스니에 대한 사랑과 싸우고 있었습니다. 더욱이 이 사랑은 수줍은 수치심으로 지탱되어 있었고, 특히 나 때문에 기분이 무척 나빠져 있어서 다루기가 힘들었습니다. 손에 잡히는 것이라곤 오로지 기회뿐이었습니다. 그 기회는 언제든지 상관없다는 듯 바로 눈앞에 있었습니다. 그러나 사랑의 신은 없었습니다.

지금까지의 나의 관찰을 확인하기 위해 나는 짓궂게도 아가씨가 능히 물리칠 수 있을 정도의 힘밖에는 발휘하지 않았습니다. 단지 나의 귀여운 적이 나의 느슨한 힘을 만만히 여겨 내게서 도망갈 눈치를 보이기에 나는 이미 행복한 효과를 가져다준 예의 그 위협으로 그녀를 붙들어놓았지요. 그리하여 이 사랑스런 아가씨는 어떻게 된 영문인지 제가 한 맹세를 잊은 채, 굴복하여 마침내 승낙하고 말았습니다. 그렇지만 처음의 순간이 지나가자 원망의 말을 되풀이하며 계속 눈물을 흘리더군요. 이것이 정말인지 거짓인지 알 수가 없었어요. 하지만 내가 원망과 눈물을 짜내게 할 짓을 다시 하자마자 이번에는 원망과 눈물을 멈추고 마는 것이었습니다. 아가씨는 몸을 허락하고는 원망하고, 원망하고는 몸을 허락하고……. 그날 저녁 다시 밀회의 약속까지 하고 우리는 헤어졌답니다.

　　　방에 돌아와 보니 벌써 새벽녘이더군요. 피로하고 졸려서 완전히 지쳐 있었지만 그래도 꾹 참고 그날 아침식사에 참석했습니다. 그런 일을 치르고 난 다음 여자의 얼굴을 보는 것은 여간 재미있는 일이 아닙니다. 아가씨의 태도가 어땠는지 당신은 상상도 안 갈 것입니다. 그 거북스런 거동과 뒤뚱거리는 걸음걸이란! 눈은 아래로 떨군 채 퉁퉁 부어 있고 눈자위는 휑하니 들어가 있더군요! 둥그스름한 얼굴이 홀쭉하게 빠진 모습이란! 아! 이처럼 재미있는 일이 또 어디 있겠습니까. 그리고 그 어머니는 딸의 너무도 달라진 모습을 보고 깜짝 놀라 비로소 다정스러운 태도를 보이더군요. 그리고 법원장 부인마저 아가씨에게 친절을 베풀더군요. 그러나 이런 보살핌이야 빌려준 것에 지나지 않는 것이죠. 이 보살핌을 법원장 부인이 도로 받게 될 날이 머지않아 올 것입니다. 그럼 안녕히 계십시오.

제97신

세실 볼랑주가

메르테유 후작 부인에게

아! 어쩌면 좋지요, 아주머님. 저는 정말 슬퍼요! 저는 너무 나 불쌍해요! 누가 제 고통을 위로해 줄 수 있을까요? 어려운 처지에 빠져 있는 제게 누가 충고를 할 수 있을까요? 저 발몽 자작…… 그리고 당스니! 아니에요. 당스니를 생각하면 저는 절망에 빠져 미쳐버릴 것만 같아요……. 아주머님께 어떻게 이야기하면 좋을까요? 어떻게 말해야 될까요? ……저는 어떻게 하면 좋을지 모르겠어요. 그렇지만 가슴이 꽉 막혀서 못 견디겠는 걸요……. 누구한테고 털어놓아야 속이 풀릴 것 같아요. 그리고 용기를 갖고 제 사정을 털어놓을 수 있는 분은 아주머님밖에 없어요. 아주머님께서는 저를 무척 다정하게 대해 주셨으니까요! 그러나 지금은 다정하게 대해 주지 마세요. 저는 아주머님의 그 다정한 마음을 받을 만한 자격이 없으니까요. 뭐라고 말해야 좋을까요? 저를 다정하게 대해 주지 마세요.

이곳에 있는 모든 사람이 오늘 저에게 친절하시더군요……. 하지만 그럴수록 저의 고통은 커지기만 합니다. 그 친절을 받을 만한 자격이 없음을 저는 잘 알고 있으니까요! 저를 꾸짖어주세요. 저를 실컷 꾸짖어주세요. 저는 나쁜 짓을 저질렀으니까요. 그러나 꾸짖으신 다음에 저를 도와주세요. 만일 아주머님께서 친절을 베푸셔서 제가 어떻게 해야 할지 가르쳐주시지 않는다면, 저는 슬픈 나머지 죽어버릴 거예요.

사실은…… 아! 손이 떨려 글씨가 제대로 써지지 않아요. 얼굴이 후끈후끈 달아오르는 것 같아요……. 아! 부끄러워서 얼굴이 달아 오르는 거예요. 하지만 저는 부끄러움을 참겠어요. 제가 저지른 잘못에 대한 첫 번째 벌이니까요. 그래요, 아주머님께 모두 말씀드리겠어요.

사실 지금까지 당스니의 편지를 제게 전해 주던 발몽님께서 갑자기 편지를 전해 주는 일이 너무 어려워졌다고 하지 않겠어요? 그 분은 내 방 열쇠를 갖고 싶다고 하셨어요. 지금도 분명히 말할 수 있지 만 저는 싫다고 그랬어요. 그러자 그분은 그 사실을 당스니에게 편지로 알렸고, 당스니도 열쇠를 주라고 말하더군요. 나와 떨어져 있어서 한층 더 괴로워하고 있는 그분에게 무엇이든 거절하는 것은 저로서는 힘든 일이었어요. 그래서 저는 급기야 열쇠를 주는 일에 동의하고 말았답니 다. 그렇게 함으로써 제가 어떤 불행을 겪을지 행여 짐작이나 했겠어 요?

어제 발몽님은 제가 자고 있을 때 이 열쇠를 이용해서 제 방 에 들어왔습니다. 너무 뜻밖의 일이었으므로 그분이 저를 깨웠을 때에 는 정말 무서웠어요. 하지만 곧 말을 걸어왔기 때문에 나는 그분이라는 걸 알아보고 소리를 지르지 않았지요. 처음에는 그분이 당스니의 편지 를 갖고 왔으려니 하고 생각했어요.

그런데 그건 터무니없는 생각이었어요. 조금 있으니까 그분 은 저를 끌어안으려고 했어요. 물론 저는 방어했지만, 그분은 어찌나 능숙하신지, 나는 죽기보다 싫었지만…… 하지만 그분은 먼저 키스를 요구했어요. 승낙할 수밖에 없었어요. 사람을 부르려고 했지만, 그렇게 할 수 없었을뿐더러, 만일 누가 온다면 자기는 이 모든 것을 다 내 탓으 로 돌릴 수 있다고 그러니 어쩔 수 없이 키스를 승낙할 수밖에 없었어 요. 아닌 게 아니라 그 열쇠 때문에 발몽님이 그렇게 하기는 쉬웠을 거 예요. 그리고 나서도 그분은 물러서지 않았어요. 그분은 두 번째 키스 를 요구했어요.

그리고 그 키스가 어떤 것인지 모르지만 저를 온통 뒤집어놓고 말았어요. 그리고 그 다음에 일어난 일은 더욱 나쁜 것이었어요. 아! 그것은 정말 나쁜 일이었어요. 결국 그 후에는…… 그 다음 말은 못하겠으니 용서해 주세요. 정말 이처럼 슬픈 일은 없을 거예요.

가장 양심에 찔리는 일이면서도 말씀드리지 않을 수 없는 것은 왜 있는 힘을 다해 저항하지 않았나 하는 것이에요. 저는 어떻게 해서 그런 일이 일어났는지 모르겠습니다. 물론 저는 발몽님을 좋아하지 않습니다. 그러기는커녕 정반대이니까요. 그런데 마치 제가 그분을 사랑하는 것 같은 순간이 있었으니 말이에요. 그렇다고 해서 줄곧 거절을 하지 않았던 것은 아니에요.

그러나 제가 말한 대로 하지는 못했어요. 말하자면 제 힘으로는 어쩔 수 없었던 것입니다. 게다가 저는 완전히 착란 상태에 빠져 있었으니까요! 자신을 방어하는 일이 그처럼 어려운 것이라면, 이런 일에 여간 익숙해 있지 않으면 안 되겠더군요! 사실 발몽님은 말주변이 좋아서 어떻게 대답해야 좋을지 모르겠어요. 끝으로, 그분이 나가시려고 하자 저는 서운해져서 오늘 밤에 다시 만날 약속을 하고 말았지 뭐예요. 이 때문에 저는 한층 더 슬픕니다.

아! 하지만 저는 결단코 그분이 다시 제 방에 오지 못하게 하겠어요. 그분이 채 나가시기도 전에 저는 그분에게 그런 약속을 하는 게 아니었다고 진정으로 뉘우쳤어요. 그래서 저는 계속해서 울기만 했어요. 특히 당스니를 생각하면 견딜 수가 없었어요. 그이를 생각할 때마다 가슴이 메어지도록 눈물이 나와요. 줄곧 그이 생각뿐이에요……. 지금도 제가 울고 있는 것을 아실 수 있을 거예요. 이 종이가 온통 눈물로 젖어 있으니까요. 단지 그이 때문이라 하더라도 저는 결코 자신을 위로할 수가 없어요……. 아무튼 저는 기진맥진했어요. 하지만 저는 한잠도 자지 못했어요. 오늘 아침에 일어나서 거울을 보니 이래서 어쩌나 할 정도로 얼굴이 변해 있었어요.

엄마는 저를 보자 제 얼굴이 변한 것을 보고 어떻게 된 일이냐고 물었어요. 나는 곧 울음을 터뜨리고 말았어요. 저는 엄마가 저를 나무랄 줄 알았어요. 그랬다면 어쩌면 제 고통도 가라앉았을 거예요. 하지만 엄마는 나무라기는커녕 저에게 너무도 다정하게 말씀하셨어요. 저는 그런 대우를 받을 만한 자격이 없는데도 말이에요. 엄마는 제게 그렇게 슬퍼해서는 못쓴다고 말했어요. 엄마는 내가 왜 슬퍼하는지 모르시니까요. 그러다가 병난다고 말씀하시더군요. 차라리 죽었으면 하는 생각이 든 적도 있었어요. 저는 견딜 수 없어서 엄마의 품 안에 뛰어들었어요.

그리고 흐느끼면서 "아! 엄마, 저는 너무나 불행해요!"라고 말했어요. 엄마도 울음을 억제하지 못하셨습니다. 그래서 저는 더욱 슬퍼졌어요. 다행히 엄마는 제가 왜 그렇게 불행한지 묻지 않으셨어요. 만약 물으셨다면 무어라 대답해야 할지 몰랐으니까요.

아주머님, 제발 부탁입니다만 하루 속히 제게 편지를 써주세요. 그리고 제가 어떻게 해야 좋은지 말씀해 주세요. 저는 아무런 생각도 할 용기가 나지 않는답니다. 저는 몹시 슬프기만 해요. 편지는 발몽 님을 통해 보내주세요. 하지만 그분에게도 편지를 쓰신다면 제가 아주머님한테 한 이야기는 제발 쓰지 말아주세요. 그럼 안녕히 계세요. 이 편지에는 서명을 할 수 없군요.

17××년 10월 21일, ××저택에서.

제98신

볼랑주 부인이

메르테유 후작 부인에게

    얼마 전까지만 하더라도 부인이 제게 위로와 충고를 구했는데 이젠 제 차례군요. 제가 당신이 하신 것과 똑같은 부탁을 드려야 할 것 같습니다. 저는 정말 슬프답니다. 그리고 지금의 슬픔을 피하기 위해 저는 최선의 방법을 택하지 못한 것 같은 생각이 듭니다.

    제가 걱정하는 것은 다름 아니라 제 딸 때문입니다. 파리를 떠나온 후로 저는 그 애가 늘 우울해하는 것은 잘 알고 있었지만, 그것은 예상했던 일이라 마음을 단단히 먹고 필요한 만큼의 엄격함을 보였습니다. 저는 제 아이의 사랑이 진정한 사랑이기보다는 어린애의 과오로 생각하고 서로 멀리 떨어져서 쉬고 있으면 자연히 없어지겠거니 하고 생각했습니다. 그런데 이곳에 묵고 있는 동안 좋아지기는커녕 그 애는 오히려 점점 더 고약한 우울증에 빠져들고 말더군요. 정말 병이나 나지 않을까 걱정이에요. 특히 요 며칠 사이에 아이는 눈에 띄게 달라져 보였습니다. 특히 어제는 더 심했답니다. 여기 있는 사람들이 모두 진정으로 걱정할 정도였으니까요.

    딸애가 얼마나 괴로워하고 있는지는, 저에게 늘 보여주던 수줍음을 떨쳐버린 것만 보아도 알 수 있어요. 어제 아침에는 제가 단지 어디가 아프냐고 물었는데, 그 애는 내 품 안에 뛰어들면서 "저는 정말 불행해요"라고 말하면서 흐느껴 울지 않겠어요. 그걸 보고 제가 얼마나 괴로웠던지 이루 말할 수 없습니다. 저도 왈칵 눈물이 쏟아져나와 딸에게 안 보이려고 했지만, 얼굴을 돌릴 틈도 없었어요. 조심하느라고 아이에게 아무 질문도 하지 않았어요. 그 애도 더 이상 아무런 말도 하지 않았고요. 하지만 그 불행한 사랑이 그 애를 괴롭힌 것은 틀림없는 사실인 것 같아요.

그런데 이런 상태가 계속된다면, 저는 어떤 태도를 취해야 옳지요? 제 딸을 불행하게 해서는 안 되지 않습니까? 그 애가 인간의 영혼 가운데 가장 중요한 자질인 다정다감함과 성실함을 갖고 있다고 해서, 그것이 아이의 불행의 원인이 되게 할 수는 없지 않습니까? 어머니가 그렇게 할 수는 없는 노릇이지요. 그리고 제 자식의 행복을 바라는 이 극히 자연스러운 감정을 억누를 수 있다 해도, 또 제가 우리의 가장 성스러운 의무라고 여기고 있는 다정다감함과 성실함을 그와 정반대로 약점으로 생각하더라도, 딸에게 결혼 상대의 선택을 강요한다면 거기서 일어나는 불행한 결과에 대해 저는 책임이 없을까요? 자기 딸을 죄와 불행의 틈바구니 사이에 끼어들게 하는 것이야말로 모성이 지닌 권위의 남용이 아니고 무엇이겠습니까?

저는 제가 그토록 자주 비난해 왔던 행동을 모방하고 싶지는 않습니다. 하긴 제 딸의 결혼 상대를 골라주려고 했던 것은 사실이지만, 그것은 어디까지나 저 자신의 경험에 비추어 제 딸을 도와주려고 그랬던 것뿐이었으니까요. 저는 권리를 행사한 것이 아니라, 의무를 수행했을 따름입니다. 그와 반대로 제 힘으로 막을 수 없는 감정, 즉 제 딸도 저도 그 힘이 얼마나 강하고 얼마나 계속될지 모르는 그런 감정을 무시하고 딸을 제 마음대로 한다면, 그것은 오히려 의무에 위배되는 일이 아니겠습니까? 그렇습니다. 저는 그 애가 한 남자와 결혼하고 있으면서도 다른 남자를 사랑하는 따위의 일을 묵인할 수는 없습니다. 저는 제 딸의 정절을 더럽히는 것보다는 차라리 저의 권위를 더럽히는 편이 더 나으리라 생각합니다.

그래서 저는 제르쿠르님에게 한 약속을 취소하는 것이 현명한 결정이 아닌가 하고 생각하고 있습니다. 그 이유는 지금 읽으신 그 대로입니다. 더욱이 현 상태에서 약속을 이행하는 것은 오히려 약속을 깨뜨리는 일과 다름없다고 생각합니다. 왜냐하면 제가 딸 때문에 이 아이의 비밀을 제르쿠르님에게 밝히지 않는다 하더라도, 그분에게 알리지 않았기 때문에 그분이 모르는 약점을 이용하지 말아야 하고, 또 그분이 이 사실을 알게 된다면 그분이 틀림없이 하고 말 일을 제 편에서 하는 것이 적어도 저의 의무라고 생각하고 있으니까요. 그렇지 않고 저를 믿고 있는데 그분을 부당하게 배반하고, 영광스럽게도 저를 제2의 어머니로 선택했는데도, 장차 자기 아이들의 어머니가 될 여성을 선택하려는 그분을 속여서야 되겠습니까? 이것은 결코 부정할 수 없는 타당한 이치라서 이루 말할 수 없이 걱정스럽습니다.

이런 생각이 떠오를 때마다 저는, 끔찍한 불행과 자기가 좋아서 선택한 남편과 즐겁게 살아가는 의무밖에 모르면서 지낼 수 있는 딸의 행복을 비교해 봅니다. 제 사위 역시 만족스럽게 자기의 선택을 즐기면서 매일 매일을 살아갈 것입니다. 상대방의 행복이 곧 자신의 행복이 되고, 두 사람의 행복은 합쳐져서 저를 더욱 행복하게 만들 것입니다. 이처럼 즐거운 장래에 대한 희망이 쓸데없는 이유 때문에 희생되어야만 하겠습니까? 더구나 저를 주저하게 만든 것은 오직 이해타산에 대한 생각뿐이었으니까요. 부유한 가정에서 태어난 제 딸이 재물의 노예가 된다면 그것이 무슨 보람이 있겠습니까?

저도 제르쿠르님이 제 딸에게는 너무나 과분한 남편감이라는 사실을 인정합니다. 사실 저도 그분이 제 딸을 신부감으로 선택한 것을 자랑스럽게 생각했었으니까요. 하지만 당스니도 따지고 보면 그분에 못지 않은 가문 출신이며, 인간적인 자질 면에서 결코 뒤질 게 없는 사람이지요. 제 딸과 서로 사랑한다는 점에서는 제르쿠르님보다는 더 낫지요. 사실 재산은 없지만, 두 사람이 살 만큼의 재산은 제 딸이 갖고 있으니까요. 딸애가 사랑하는 사람을 부유하게 한다는 그처럼 즐거운 만족을 빼앗을 까닭이 어디 있겠습니까?

　　서로 어울리는 사람을 맺어주는 게 아니라 재산에 의한 이른바 정략결혼이라는 것이, 취미와 성격을 제외하고는 모든 것이 원만하다 하더라도, 사실 그러한 결혼이야말로 오늘날 너무도 빈번하게 일어나는 추문의 가장 풍요한 온상이 아니겠습니까? 저는 차라리 제 딸과 제르쿠르님의 결혼을 연기하고 싶습니다. 저는 아직도 딸의 본심을 모르는 상태이므로 그렇게 하면 적어도 딸을 관찰할 수 있는 시간 여유는 생기리라고 봅니다. 만일 딸애가 훨씬 확고한 행복을 얻을 수 있다면 지금 잠시 동안 그 애를 괴롭힐 수는 있겠지만, 그렇지 않다면 평생을 두고 절망에 빠뜨리는 일은 도저히 할 수 없군요.

　　이상으로 최근 저의 걱정거리를 말씀드렸는데, 이에 대해 부인과 상의를 하고 싶군요. 이런 번거로운 일들은 당신의 명랑한 성격과 너무나 동떨어져 있으며 당신 나이로 보아 맞지 않으시겠지만, 당신은 나이에 비해 분별력도 있으시고 게다가 당신의 우정이 당신의 신중함에 많은 보탬이 되리라고 생각됩니다. 당신의 신중함과 분별력의 도움을 받고자 하는 이 어미 된 사람의 부탁을 물리치지 않으리라고 생각합니다. 그러면 안녕히 계십시오.

제99신

발몽 자작이

메르테유 후작 부인에게

부인, 또다시 파란이 일어나고 있습니다. 하지만 단지 장면만 준비됐을 뿐 아직 행동은 나타나 있지 않습니다. 그러니 미리 참으시고 행동이 일어날 때까지 기다려주십시오. 얼마간 참고 기다리지 않으면 안 될 것입니다. 왜냐하면 나의 법원장 부인은 진척이 아주 더딘 반면, 당신이 뒤를 돌보아주는 아가씨는 뒤로 후퇴했기 때문이죠. 나로서는 이 점이 훨씬 더 나쁩니다. 하지만 나는 현명하게 이 비참한 상황을 즐기고 있습니다. 정말 나는 이곳에서 지내는 생활에 완전히 익숙해져 있습니다. 쓸쓸한 백모님의 저택에 머물면서 단 한순간도 지루한 적이 없었거든요. 사실 이곳에는 쾌락과 절제가 있고, 희망과 불확실이 있습니다. 이보다 더 큰 무대라고 해도 이 이상의 것은 없을 것입니다. 관객들 말입니까? 그것도 내게 맡겨주십시오. 관객들이야 없을라고요. 그들에게 일을 하고 있는 내 모습을 보여주지는 못하더라도, 일의 성과는 보여주렵니다. 그렇게 되면 관객들은 혀를 내두르고 박수갈채를 보낼 것입니다. 네, 관객들은 박수갈채를 보낼 것입니다. 왜냐하면 나는 마침내 저 근엄하기 짝이 없는 신앙심 깊은 여인이 타락하는 시기를 정확하게 예언할 수 있는 단계에 와 있으니까요. 나는 오늘 밤 정숙한 여인의 마지막 고뇌를 목격하고 말았던 것입니다. 이 고뇌가 지나가고 나면 이제 부드러운 연약함만이 그 여자를 지배할 것입니다. 그리고 그 시기는 다음에 만날 때라고 장담할 수 있습니다. 이렇게 말하면 당신은 나보고 교만하다고 하시겠지요? 그렇지만 진정해 주십시오. 나의 겸손함을 증명하기 위해 우선 실패담부터 말씀드리지요.

정말 당신의 피후견인은 알다가도 모를 아가씨더군요. 정말 어린 아이라서 그렇게 취급해야겠더군요. 나한테 용서를 받으려면 우선 지독한 벌부터 받지 않으면 안 되겠더군요. 생각해 보십시오. 그 아가씨와 나 사이에 엊그제 그런 일이 있었고, 또 어제 아침만 하더라도 그토록 정답게 헤어졌는데, 밤이 되어 약속한 대로 찾아가 보니 문이 안쪽으로 잠겨 있더란 말입니다. 어떻게 생각하십니까? 전날 같으면 이런 어린애 같은 짓을 할 수도 있다지만, 그런 일이 있고 난 다음에야! 정말 우습지 않습니까?

그러나 처음에는 어디 웃을 정신이나 났겠습니까. 나는 이때처럼 내가 가진 성격의 위력을 느껴본 적이 없었지요. 물론 나는 밀회 장소에 가긴 했지만, 마음에 내켜서가 아니라 단지 예의로 간 것뿐이었습니다. 그 순간에는 내 방의 침대야말로 다른 어떤 사람의 침대보다 더 정답게 여겨졌음에도 마지못해 내 침대에서 나왔던 것입니다. 하지만 뜻하지 않은 장애를 발견하자 이것을 뛰어넘고 싶은 생각이 들더군요. 특히 어린애한테 농락당했구나 싶어 모욕감을 느꼈습니다. 나는 매우 불쾌한 기분이 되어 내 방으로 돌아왔습니다. 그리고 앞으로는 이 바보 같은 아이와 이 아이의 일에 말려들어 가지 않겠다는 생각에서, 나는 즉시 아가씨의 가치를 정당하게 평가한다는 것을 골자로 편지를 한 통 써서 오늘 아침에 전달해 주려고 했습니다.

하지만 흔히 하룻밤 지나면 좋은 생각이 떠오른다는 말마따나, 오늘 아침이 되자 나는 이런 생각을 했습니다. 말하자면, 여기서는 마음대로 선택할 수 있는 즐길 거리가 없으니 이 아이를 그대로 두자고요. 이런 생각을 하고 나서 나는 신랄하게 쓴 편지를 찢어버렸습니다. 그런 생각을 하고 보니, 주인공을 파멸시키는 수단을 손에 넣기 전에 그런 모험을 끝내려던 내 생각에 스스로 어안이 벙벙해지더군요. 하지만 당시의 기분은 정말 무서웠습니다. 당신처럼 순간적인 기분에 결코 휩싸이지 않을 만큼 단련된 사람은 정말 행복하다고 하겠습니다. 여하튼 나는 복수를 연기하기로 했습니다. 제르쿠르에 대한 당신의 계획 때문에 이같은 희생을 치르고 있는 셈이죠.

분노의 감정이 사라진 지금 아가씨의 행동을 보면 그저 우스울 따름입니다. 사실 그 아가씨가 그래 가지고 무얼 얻겠다는 건지 정말 알 수가 없군요. 나는 뭐가 뭔지 모르겠습니다. 단지 자기 몸을 지키는 일이라면, 이제 와서 무슨 소용이 있습니까? 언젠가 아가씨 입으로 직접 이 수수께끼를 말하게 할 작정입니다. 정말 알고 싶어 못 견디겠군요. 혹 단지 피곤해서 그럴까요? 정말 어쩌면 그럴지도 모르겠습니다. 틀림없이 아가씨는, 사랑의 신이 쏜 화살은 아킬레스의 창처럼 그 화살 안에 상처를 치료할 수 있는 약을 지니고 있다는 사실을 아직도 모르고 있는 게 분명합니다. 아닙니다. 그 아가씨가 하루 종일 얼굴을 찌푸리고 있는 것을 보면 확실히 거기에는 후회의 빛이…… 글쎄 뭐라고 할까…… 정조관념이라고나 할까, 아무튼 그 비슷한 것이 깃들어 있습니다. 정조관념! …… 도대체 그 아이가 그런 걸 지니기에 어울린다고 생각하십니까? 그런 것은 정말 그것을 지키기 위해 태어난 여자에게 맡기면 되는 것입니다. 말하자면 정조관념을 미화하고 그것을 사랑할 줄 아는 여자에게 말입니다……. 아, 실례했습니다. 사실 투르벨 부인과 나 사이에 이제부터 이야기할 장면이 일어난 것은 바로 오늘 밤 조금 전의 일이었답니다. 그 때문에 지금도 마음이 울렁거립니다. 부인에게서 느낀 감정을 잠시 잊기 위해서는 여간 마음을 진정시키지 않으면 안 될 정도니까요. 그래서 지금부터 당신에게 편지를 쓰고 있는 겁니다. 사건이 일어난 직후에 쓰는 것이니만큼 아무쪼록 너그럽게 봐주시기 바랍니다.

이미 며칠 전부터 투르벨 부인과 나 사이에는 감정의 문제에 있어서는 일치를 보고 있습니다. 우리들은 단지 말씨름만 하고 있었지요. 사실 늘 부인은 '나의 사랑'에 '자기의 우정'으로 답하고 있습니다. 하지만 이런 인습적인 언어가 문제의 핵심을 바꿔놓지는 못하는 것이죠. 그러니 우리가 계속 이러한 상태에 있다고 하더라도, 일이 빨리 진척되지는 않았겠지만, 그 성공은 의심할 바 없는 것 아니겠습니까. 처음에 부인이 원했던 이별은 이제 문제도 안 되었지요. 그래서 우리가 날마다 나누는 대화도 내가 부인에게 그 기회를 만들어주려고 애쓰는 만큼이나, 부인도 그 기회를 잡으려고 애쓰는 그런 형편입니다.

　　대개 우리는 산책시간에 잠시 만나서 대화를 나누지만, 오늘은 하루 종일 날씨가 나쁜 탓으로 아무것도 기대할 수 없어서 정말 기분이 언짢았습니다. 그런데 이런 일이 얼마나 다행스러운 것이었는지 나는 꿈에도 생각조차 할 수 없었답니다.

　　산책을 할 수 없었으므로 사람들은 저녁식사를 마치고 카드놀이를 시작했습니다. 나는 카드놀이를 좋아하는 편도 아니고, 또 그 자리에 내가 필요할 것 같지도 않아서 내 방에 올라가 놀이가 끝날 시간을 기다렸습니다.

　　잠시 후, 사람들이 있는 곳으로 돌아가려고 하는데, 그때 나는 자기 방으로 들어가고 있는 사랑스런 부인과 맞부딪쳤습니다. 부인은 방심해서 그랬는지 아니면 긴장이 풀려서 그랬는지 부드러운 목소리로 내게 "어딜 가세요? 거실엔 아무도 없는 걸요"라고 말하지 않겠어요? 당신도 짐작하겠지만, 그 여자의 방에 들어갈 수 있는 절호의 기회였지요. 그리고 내가 예상했던 만큼의 저항도 없었고요. 하긴 처음엔 나도 문 앞에서는 주의를 하면서 사소한 얘기를 했지요. 하지만 방 안에 들어가 자리를 잡자마자 본론으로 들어가 '나의 벗에게 내 사랑'을 이야기하기 시작했습니다. 그녀의 처음 대답은 간단했지만, 제법 의미심장했습니다. 그녀는 "어머, 여기서 그런 이야기는 하지 말아주세요"라고 하더군요. 그러더니 그녀는 몸을 떨어댔습니다. 오! 가엾은 여인! 자신의 최후를 알아차린 거지요.

하지만 그녀가 두려워한 것은 잘못이었죠. 얼마 전부터 언젠가는 성공을 거두리라고 확신했고, 또 그녀가 쓸데없는 싸움에 힘을 소모하는 것을 보고 나는 내 힘을 아끼면서 그녀가 지쳐서 굴복해 올 때까지 편안하게 기다리기로 작정하고 있었으니까요. 아시다시피 나는 이제 완전한 승리를 필요로 할 뿐, 우연한 상황에 기대를 걸고 있지는 않으니까요. 그녀가 완강히 거절하는 사랑이라는 말을 입에 올린 것도 이러한 계획에 따른 것이었고, 또 너무 깊이 말려들지 않고 재촉하기 위함이었죠. 내가 열을 내고 있음은 그녀도 알고 있으니까 나는 좀더 부드러운 어조로 말했지요. 이젠 거절당한다고 해서 화가 나지는 않습니다. 차라리 슬퍼진다고나 할까요. 그래서 동정심 많은 그녀는 내게 어느 정도의 위안을 주지 않을 수 없었을 것입니다.

나를 위로하면서도 그녀의 한쪽 손은 여전히 내 손에 잡혀 있었습니다. 아름다운 그녀의 몸은 내 팔에 기대 있었고, 우리는 서로 바짝 붙어 있었습니다. 이런 상황에서는 저항이 무디어짐에 따라 요구와 거절이 얼마나 절박하게 오가는지, 얼굴을 돌리고 눈길을 피하고 있는 동안 말소리가 얼마나 작아지고, 또 말수는 얼마나 줄어드는지 당신은 잘 알고 계실 겁니다. 이런 귀중한 징후는 마음의 승낙을 분명하게 알리는 것입니다. 하지만 이 승낙이 감각에까지 미치는 경우는 극히 드물지요. 이 경우 너무 지나치게 유별난 행동을 시도하면 언제나 위험하다고 나는 믿고 있습니다. 왜냐하면 이렇게 몸을 맡긴 상태에서는 감미로운 쾌감이 뒤따르므로, 이런 상태에서 억지로 잡아끌면 상대방은 기분이 언짢아져서 틀림없이 방어자세를 취하게 되고 말기 때문이죠.

그러나 지금과 같은 경우에는 이러한 도취 상태가 달콤한 꿈에 잠긴 그녀를 혹 놀라게 할 수도 있는 만큼, 나는 더욱 조심스럽게 행동하지 않을 수 없었습니다. 따라서 내가 요구하던 사랑의 고백도 말로 듣고 싶지는 않았던 것입니다. 눈길만으로도 나한테는 충분했으니까요. 눈길 하나로 나는 행복해질 수 있었던 것입니다.

부인의 아름다운 눈은 아닌 게 아니라 나를 우러러보고 있었던 것입니다. 그리고는 그 천사 같은 입술에서는 "하지만, 정말, 나는……"이라는 말이 새어나오는 게 아닙니까. 그러나 갑자기 눈을 내리깔고, 말을 더듬거리면서 이 아름다운 여인은 내 품 안에 쓰러지고 말았습니다. 그러고는 내가 미처 품에 안기도 전에 그녀는 경련을 일으키듯 몸을 빼면서 눈을 감고 두 팔을 하늘에 올리고, "주여…… 오! 주여, 저를 구해 주십시오"라고 외치지 않겠습니까. 그리고 나서 그녀는 번개처럼 재빨리 내게서 열 발자국쯤 물러나서 무릎을 꿇었습니다. 금방이라도 질식할 것 같은 그녀의 목소리가 들려왔습니다. 내가 앞으로 나가 그녀를 부축하려고 하자 그녀는 내 두 손을 잡고 눈물로 적시고는 때때로 내 무릎을 끌어당기며, "그래요, 당신이에요. 저를 살려줄 수 있는 사람은 당신이에요! 제가 죽는 것을 바라지 않으면 저리로 가세요. 나를 살려주세요. 저리로 가세요. 제발 저리로 가세요"라고 하지 않겠습니까. 그리고 이처럼 앞뒤가 맞지 않는 이야기가 점점 더해가는 흐느낌 속에 겨우 알아들을 만큼 새어나오고 있었습니다. 하지만 그녀가 나를 하도 꼭 잡고 있어서 어디로 갈 수도 없었습니다. 그래서 나는 있는 힘을 다 내어 그녀를 안아 올렸습니다. 그러자 그녀는 울음을 그치더군요. 그녀는 이제 말도 하지 않은 채, 사지가 굳어져서 격렬한 경련이 그 폭풍우 뒤에 오더군요.

솔직히 말씀드리면, 나는 정말 감동했고 어쩔 수 없는 사정이 생기지 않았더라면 그녀의 부탁을 들어주었을 것입니다. 사실 그녀를 위로한 뒤에 그녀가 애원한 대로 나는 그 방에서 나왔고, 그 점에 대해선 나도 만족하고 있습니다. 그리고 나는 이미 그에 대한 보수를 거의 받았다고도 할 수 있지요.

나는 내가 처음으로 사랑의 고백을 했던 날에 그랬던 것처럼 그날 저녁 그녀가 모습을 나타내지 않으리라고 예상했습니다만, 그녀는 8시경에 객실에 내려와서 거기에 모여 있던 사람들에게 몸이 매우 불편했다고만 말했습니다.

풀이 죽어 있는 표정이었습니다. 목소리도 가냘펐고, 몸도 억지로 가누는 듯했습니다. 그러나 그녀의 눈길은 애정이 담겨 있었고, 자주 나를 바라보더군요. 그녀가 카드놀이에 끼는 것을 거절해서 부득이 내가 대신 참석했고 그녀는 내 곁에 자리 잡았습니다. 저녁식사 때에도 그녀는 혼자서 객실에 남아 있었습니다. 다시 객실에 돌아와보니 그녀는 어쩐지 운 듯했습니다. 내가 까닭을 알기 위해 아직도 몸이 편찮으냐고 물으니까, 그녀는 공손하게 "이 병은 그렇게 빨리 낫지 않아요"라고 대답하더군요. 이윽고 모두 자리에서 일어나게 되었을 때 나는 그녀의 손을 잡아주었습니다. 그리고 그녀 역시 자기 방문 앞에 이르자 내 손을 꼭 잡더군요. 사실 이런 행동은 내겐 무의식적인 것으로 비쳤지만 상관있습니까. 내 위력이 어떠하다는 것을 다시 한 번 증명해 주는 셈이니까요.

이제 그녀는 우리 사이가 이 정도까지 진전된 것에 기뻐하고 있음에 틀림없습니다. 모든 희생을 치를 대로 치른 뒤이므로 이제 즐기는 일밖에는 남지 않은 것이죠. 아마 내가 지금 이 편지를 쓰고 있는 동안에도 그녀는 이미 그 달콤한 생각에 젖어 있는지도 모릅니다! 그리고 설혹 그와 반대로 이 여자가 새로운 방어계획을 세우고 있다 하더라도 그 계획이 어떻게 될지는 뻔한 일이 아닙니까? 어떨까요? 그 계획이 다음에 그녀와 만날 때까지 계속될 수 있을까요? 하긴 서로 만날 약속을 신중히 하기 위해 그럴듯한 구실을 붙일는지는 모르겠지만, 그러나 별일은 없을 것입니다. 그녀처럼 소위 정숙한 여자는 한 걸음 내딛기가 어렵지 일단 내디디면 멈추기가 어려운 법이니까요. 그런 여자의 사랑이란 정말 폭발물과도 같은 것이죠. 억제하면 할수록 더욱 강해지거든요. 나의 신앙심 깊은 완고한 여자는 내가 뒤를 쫓아다니지 않으면 오히려 나를 쫓아다닐 겁니다.

아무튼 머지않아 나는 당신이 약속한 바 있는 그 보상을 받으러 가겠습니다. 이 일이 성공하면 당신이 내게 한 약속을 혹시 잊으시지는 않았겠죠? 당신의 기사님을 속인다는 그 약속 말입니다. 각오는 되어 있겠죠? 나는 지금 당신을 처음 만난 여자로 생각하고 마음이 설레고 있습니다. 하긴 당신을 알고 있다는 사실이 그 순간을 더욱 갈망하게 하는지도 모르죠.

　　　나는 정직하지만, 그렇다고 아첨꾼은 아니네.(볼테르의 희극 〈나닌〉에서)

　　　따라서 그것은 내가 어렵게 그녀를 손에 넣은 다음 범하게 되는 첫 번째 부정이 될 겁니다. 스물네 시간 안에 그녀 곁을 떠날 수 있는 구실이 생기면 곧 당신한테 달려가겠다고 약속하죠. 그것은 나를 당신과 너무 오랫동안 떼어놓은 것에 대한 벌이 될 것입니다. 두 달 이상을 이 일에 시달린 것을 당신도 알고 계시죠? 그렇습니다. 두 달 하고 사흘입니다. 하긴 내일이 가야 이 사건의 끝장을 볼 수 있으니 내일도 쳐서 계산한 것입니다. 그러고 보니 B×× 양이 꼬박 석 달 동안을 저항한 것이 생각나는군요. 요염한 편이 엄격한 정조보다 다루기 힘들다는 것을 알게 되니 매우 재미있군요.

　　　그럼, 안녕히 계십시오. 이제 밤도 늦었으니 펜을 놓아야 하겠습니다. 생각했던 것보다는 긴 편지가 되고 말았군요. 하지만 내일 아침 사람을 파리로 보내야 하므로 당신 친구의 기쁨을 하루라도 빨리 당신과 나눌 수 있게 하기 위해 이렇게 긴 편지를 쓴 것입니다.

제100신

발몽 자작이

메르테유 후작 부인에게

　　나는 속았습니다. 배신당했습니다. 깨끗이 당했습니다. 절망입니다. 투르벨 부인이 떠나버리고 만 것입니다. 그녀는 떠났는데, 나는 그것을 모르고 있었단 말입니다. 내가 만일 떠나는 것을 보았더라면 떠나지 못하게 붙잡아두고 그 가증스러운 배신을 힐책했을 텐데 말입니다. 아! 만일 내가 그 자리에 있었더라면 절대로 떠나게 내버려두지 않았을 것입니다. 설사 폭력을 쓰는 한이 있다 하더라도 나는 그녀를 못 떠나게 했을 것입니다. 그런데 이게 무슨 꼴이란 말입니까! 나는 마음 푹 놓고 편안하게 자고 있었으니 말입니다. 조용히 잠자다가 날벼락을 맞은 꼴이 되고 말았습니다. 무슨 이유로 그 여자가 떠났는지 도무지 짐작조차 할 수가 없습니다. 대체 여자란 존재는 통 알 수가 없군요.

　　어제, 아니 어제 저녁때만 하더라도! 그 부드러운 시선! 그 달콤한 목소리! 그리고 꼭 쥐어주던 손! 그런데 그동안 그녀는 도망갈 계획을 가슴에 품고 있었다니! 오 여자들이여, 그대들은 남자들에게 속아도 마땅할지니! 그렇고 말고요. 남자들이 쓰는 온갖 속임수는 다 여자에게서 훔친 것이니까요.

　　내가 그녀에게 복수할 수 있다면 얼마나 유쾌할까요! 나를 배신한 여자를 어떻게 해서든지 찾아내어 다시 눌러버리고 말겠습니다. 그녀를 지배할 수 있는 수단이란 지금까지 사랑만으로도 충분했지만, 이제 복수심도 곁들여졌으니 무엇인들 못하겠습니까? 그 여자는 다시 내 발밑에 무릎을 꿇은 채 몸을 떨고 눈물을 흘리며 그 거짓 목소리로 내게 용서를 빌 겁니다. 그러나 나는 추호도 동정하지 않을 것입니다.

그녀는 지금쯤 무엇을 하고 있을까요? 그녀는 나를 속여 넘긴 것을 손뼉을 치며 기뻐할 것입니다. 그리고 여성의 취미가 으레 그렇듯이 이런 일이 그녀에겐 가장 기쁘겠죠. 그처럼 뽐내던 덕이 이룩할 수 없었던 것을, 간사스런 꾀가 어렵지 않게 이룩하고 말았군요. 나는 바보였습니다! 그녀의 정숙함을 두려워했건만, 진정 내가 두려워해야 했던 것은 그녀의 불성실이었으니까요.

내 가슴속은 분노로 가득 찼건만, 원한을 꾹 참은 채, 사랑의 고통밖에는 드러낼 수 없고, 나의 지배에서 벗어나 내게 항거하는 여인에게 아직도 애원해야 하다니, 내가 이토록 모욕을 당해야 합니까? 그것도 겁 많고, 이런 종류의 싸움은 해본 적도 없는 여인에게 말입니다. 내가 나의 승리를 자랑했던 것 이상으로 만일 지금 그녀가 자기의 은신처에서 아주 마음 편하게 자신의 도피를 자랑하고 있다면, 내가 과거에 그녀의 마음속에 자리잡아, 온갖 사랑의 불길로 그 마음을 태우고, 관능이 눈을 뜨도록 어지럽혔던 일이 무슨 소용이 있겠습니까? 내가 그것을 어떻게 참고 견딜 수 있겠습니까? 당신은 내가 그것을 견디고 말 한심한 남자라고 생각하진 않겠죠. 혹시라도 내게 그렇게 모욕적인 생각은 하지 않겠죠! 그러나 전생에 무슨 죄가 있기에 내가 이토록 이 여자에게 집착해야 하나요? 내 사랑을 얻고 싶은 여자는 이 여자 말고도 수없이 있으며, 게다가 모두 기꺼이 내 사랑을 받아들여 줄 터이건만. 설사 그 여자와 맞먹을 수는 없더라도 제각기 나름대로의 매력과, 새로운 대상을 정복한다는 기쁨과, 그토록 많은 여자를 정복했다는 화려한 나의 역량이 내게 그윽한 쾌락을 안겨주고도 남음이 있지 않습니까?

왜 도망치는 쾌락을 쫓아다니면서, 눈앞에 있는 쾌락을 등한시해야 할까요? 아, 아, 왜? …… 나는 모릅니다. 하지만 그것을 절실히 느낍니다.

똑같은 격렬함으로 미워하고 사랑하는 이 여인을 소유하기 전까지는 이제 내겐 행복이나 마음의 평화는 없을 것입니다. 그녀의 운명을 내 손에 움켜잡기 전에는 나는 나의 운명을 견딜 수 없을 것입니다. 그렇게 되면 이번에는 지금 내가 느끼고 있는 것과 똑같은 번뇌에 시달리는 그녀의 모습을 조용한 마음으로 만족하면서 바라볼 것입니다. 그리고 그 외에도 숱한 다른 괴로움을 그 여자에게 퍼부어줄 것입니다. 희망과 공포, 의혹과 안도, 증오가 빚어내는 온갖 불행과 사랑이 베풀어주는 온갖 행복으로 그녀의 가슴을 채워주고 난 후에 내 마음대로 엇갈리게 할 작정입니다. 그때가 머지않아 올 것입니다. 하지만 그때까지 얼마나 많은 일을 꾸며야 하는지! 어제까지만 해도 그녀와 그렇게 가까웠는데, 오늘은 왜 이렇게 멀어졌는지요! 어떻게 하면 그녀에게 접근할 수 있는지요? 지금으로서는 어떤 방법도 꾀하고 싶은 용기마저 나지 않는군요. 결심을 하기 위해서는 훨씬 침착해야 하지만, 지금 내 혈관 속에는 피가 부글부글 끓고 있습니다.

더욱이 이번 사건의 원인이나 그 야릇한 점에 대해서 물어보아도 모두가 한결같이 냉정하게 대답하고 있으니 이 때문에 나는 더욱 괴롭답니다……. 모두가 아무것도 모른다는 것입니다. 또 아무것도 알고 싶어하지도 않습니다. 내가 화제를 바꾸는 것에 동의했다 하더라도 그런 식으로 말하지는 않았을 것입니다. 아침에 그 소식을 듣고 로즈몽드 백모님에게 달려가 보니, 백모님은 그 나이에 어울리는 냉정한 투로, "투르벨 부인이 어제 몸이 아파서 그랬나 본데 당연한 일이지. 부인은 병이 날까봐 두려워 집에 있는 편이 좋다고 생각한 모양이야. 이건 당연한 일이지. 나라도 아마 그랬을 거야"라고 말씀하시지 않겠습니까.

마치 이제 죽음을 눈앞에 두고 있는 백모님과 내 삶을 즐겁게 하거나 괴롭히는 그녀 사이에 어떤 공통점이라도 있다는 듯이 말입니다!

　　나는 처음에는 볼랑주 부인이 그녀와 공모하지나 않았나 의심했었습니다. 그러나 볼랑주 부인은 그 일에 대해서 투르벨 부인이 자기와 의논하지 않은 것을 원망하는 눈치더군요. 사실 부인이 내게 해를 끼치지 못한 것을 보니 기분이 좋더군요. 이것은 부인이 내가 두려워했던 것만큼 그 여자의 신뢰를 얻지 못한 것을 입증하는 셈이니까요. 어쨌든 적이 하나 줄어든 셈입니다. 바로 나 때문에 투르벨 부인이 도망갔다는 것을 알면 볼랑주 부인은 얼마나 기뻐했겠습니까! 만일 그것이 자기의 충고에 따른 것이었다면, 그 부인이 얼마나 우쭐댔을까요! 얼마나 뻐겼을까요! 아! 나는 볼랑주 부인이라면 이를 갑니다! 아! 나는 다시 그 딸과 관계를 맺어 그녀를 실컷 괴롭혀주렵니다. 그런 이유로 해서 나는 당분간 이곳에 머무를 작정입니다. 우선은 그렇게 결정했습니다.

　　나의 배신자는 사실 그렇게 분명한 태도를 취하긴 했지만 내가 앞에 나타나는 것을 두려워할 것이 틀림없습니다. 만일 그녀가 내가 자기 뒤를 쫓아갈지도 모른다는 생각을 했다면, 그녀는 분명 나를 집 안에 들여놓지 못하도록 일러두었겠지요. 나는 그런 모욕을 당하고 싶지도 않거니와, 그녀가 이런 방법을 즐겨 쓰지 않기를 바랍니다. 오히려 그와 반대로 내가 그대로 여기에 머물러 있는 것을 그녀에게 알리는 편이 더 좋을 듯합니다. 그리고 그녀가 이곳으로 다시 돌아오기를 간절하게 부탁할 작정입니다. 그래서 이제는 내가 나타나지 않으리라고 생각할 즈음에 그녀 집에 가보려고 합니다. 그래서 이 예기치 못한 만남을 어떻게 감당할지 두고 보겠습니다. 그리고 더욱 많은 효과를 보려면 그때 만나는 시간을 연장해야겠지요. 그런데 내가 그때까지 참고 기다릴 수 있을지 의문이군요. 나는 하루에도 몇 번이나 마차를 준비하라고 명하려고 했는지 모릅니다. 하지만 참아야지요. 당신 답장은 이곳에서 받기로 약속드리지요. 다만 답장이 너무 늦지 않았으면 합니다.

지금 무슨 일이 일어나고 있는지 모르고 있다는 점이 내게는 가장 난처한 일입니다. 그러나 지금 파리에 있는 내 하인이 투르벨 부인의 몸종에게 어느 정도 접근할 수 있는 권리가 있으니까 도움이 될 수 있을 겁니다. 내가 그에게 일러두고 싶은 내용을 담은 편지와 비용을 이 편지에 동봉하오니 아무쪼록 용서해 주시기 바랍니다. 또 당신 하인을 시켜서 그것을 본인에게 직접 전달할 수 있도록 해주셨으면 감사하겠습니다. 내가 왜 이런 주의를 하는가 하면, 녀석은 편지 속에 자기에게 귀찮은 일을 시키는 내용이 있으면 편지를 받은 일이 없다고 잡아떼는 버릇이 있고, 또 녀석은 내가 바라고 있는 만큼 자기가 정복한 하녀에게 열중하고 있지 않아서 그렇답니다. 그럼 안녕히 계십시오. 혹 내 일을 빨리 진척시킬 수 있는 묘안이나 방법이 생각나면 알려주시기 바랍니다.

　　　당신의 우정이 내게 얼마나 도움이 되는가는 한두 번 겪어본 바가 아니며, 지금도 절실하게 느끼고 있습니다. 지금도 당신에게 편지를 쓰면서 마음이 많이 가라앉아 있는 상태이니까요. 나는 적어도 나를 이해해 주는 사람에게 말하고 있는 것이니까요. 내가 오늘 아침부터 따분하게 접촉하고 있는 사람들과 얘기하는 것과는 다르니까요. 솔직히 말씀드리면 인생을 살면 살수록 이 세상에서 조금이라도 가치가 있는 사람은 당신과 나뿐이라는 생각이 절실히 듭니다.

17××년 10월 3일, ××저택에서.

제101신

발몽 자작이

하인 아졸랑에게(앞의 편지에 동봉된 것)

　　　자네가 오늘 아침 이곳을 떠나면서 투르벨 부인이 떠나는 것을 못 보았거나, 아니면 알고 있으면서도 나한테 알리러 오지 않았다면 자네는 정말 멍텅구리라고 아니할 수 없네. 무슨 일이 생겼는지 나한테 알려주지 않으면서, 내가 준 돈으로 하인들과 술이나 마시고, 나한테 시중들 시간에 하녀들하고 수작이나 부린다면 자네가 나에게 무슨 소용이 있겠나? 이번에도 자네는 실수를 한 걸세. 그러니 미리 경고해 두겠지만, 이번 일에도 이와 같은 일이 일어나면 자네는 끝장인 줄 알게나.

　　　자네는 투르벨 부인이 어떻게 지내고 있는지 나한테 샅샅이 보고해야 하네. 부인의 건강이 어떤지, 잠은 잘 자는지, 기분이 좋은지 나쁜지, 외출은 자주 하는지, 그리고 누구 집에 가는지, 집에 손님이 찾아오는지, 그리고 손님이 누군지, 무슨 일로 소일하고 있으며, 하녀들, 특히 이곳에 데리고 왔던 하녀들에게 잘 대해 주고 있는지, 혼자 있을 때 무얼 하며, 혹 책을 읽을 땐 단숨에 읽는지, 아니면 중간에서 멈추고 생각에 잠기는지, 그리고 편지를 쓸 때도 그런지 등등 말일세. 아울러 부인의 편지를 우체국으로 가져가는 하인하고도 친해져서 대신 심부름을 해주겠다고 여러 번 제의를 하게. 상대방이 승낙하면 자네가 보기에 대수롭지 않은 것은 발송하게 하고, 그렇지 않은 편지들, 특히 볼랑주 부인에게 보내는 편지는 나한테 보내게. 무슨 수를 써서라도 자네는 잠시 동안만이라도 줄리의 다정한 애인이 되어야 하네.

그리고 언젠가 자네가 생각했던 것처럼 줄리에게 다른 애인이 있다면 자네도 그녀의 애인이 되어 그녀에게 그 삼각관계를 인정하게 하도록 해야 하네. 그리고 쓸데없는 일로 싸움을 일으키진 말게. 자네보다 훌륭한 사람들에게도 그런 경우는 얼마든지 있으니까. 그런데 그 상대방이 너무 성가시게 굴면, 이를테면 그 자가 줄리를 하루 종일 끌고 다니는 통에 자기 주인 곁에 있는 시간이 줄어들게 되면, 무슨 수를 써서라도 그 자를 떼어놓게. 싸움을 걸어도 좋네. 내가 뒤는 돌보아줄 테니까. 특히 그 집을 떠나서는 안 되네. 무슨 일이든 열중해야 모든 것을 제대로 볼 수 있는 법이네. 혹 하인 중 누가 해고라도 되면, 나하곤 이제 손을 끊었다고 하고 대신 고용해 주길 부탁하게.

　　그런 기회가 오면 우리 집에서 나와서 조용하고 훨씬 안정된 집을 찾고 있었다고 말하게. 어떻게 해서든지 그 집에 들어가 일할 수 있도록 애써보게. 그동안에도 자네가 우리 집에 있었던 것과 마찬가지로 내가 돌보아줄 테니까. 옛날 ××공작 부인 댁과 똑같은 경우니까, 투르벨 부인은 나중에 자네에게 똑같이 보상해 줄 걸세. 자네가 수완과 열의만 있다면 이 정도의 주의만으로도 충분하겠지만, 그래도 자네의 수완과 열의를 북돋워주기 위해 돈을 보내네. 동봉한 편지를 갖고 가면 자네는 집사에게서 25루이를 받을 수 있을 걸세. 자네가 돈이 없으면 일하기가 어려울 것 같아서 주는 것이네. 이 돈 중에서 일부는 나와 편지를 주고받을 수 있도록 줄리의 마음을 움직이는 데 쓰고, 나머지는 하인들과 술을 마시는 데 쓰게. 문지기가 자네의 방문을 반가워할 수 있게 되도록 문지기 집에서 마셔야 하네.

　　하지만 자네보고 놀라고 주는 게 아니라 나에게 봉사를 하라고 주는 것이니까, 이 점을 명심해야 하네. 아무리 사소한 것이라도 모든 것을 주의해서 보고 낱낱이 아뢰는 습관을 줄리에게 붙여주도록 해야 하네.

　　흥미 없는 일 하나를 빠뜨리고 안 적는 것보다 하잘것없는 일을 열 줄 적는 편이 더 좋다네. 아무것도 아닌 것처럼 보이는 것이 사실은 그 반대일 경우가 자주 있으니까 말일세. 주의해 둘 만한 중요한 일이 생기면 내가 즉시 알아야 하기 때문에, 이 편지를 받는 대로 역마 편으로 필립을 곧 ××마을(파리와 로즈몽드 부인의 저택 중간에 있는 마을)에 머물게 하게. 무슨 일이 생겼을 때 중계인으로 할 테니까. 대단치 않은 편지는 우체국을 이용하면 되네.

　　　이 편지를 잃어버리지 않도록 주의를 하게. 여기에 씌어진 것을 잊어버리지 않기 위해서, 또 편지를 갖고 있다는 것을 확인하기 위해서 이 편지를 매일 읽어보게. 끝으로 나의 신임을 얻을 수 있도록 만사에 실수 없도록 하게. 자네도 알고 있듯이 내가 자네한테 만족하면 자네도 역시 나한테 만족하게 될 걸세.

17××년 10월 3일 새벽 1시, ××에서.

투르벨 법원장 부인이

　　　　　　　로즈몽드 부인에게

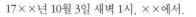

　　　부인, 이처럼 급히 댁을 떠난 것을 아시고 매우 놀라셨으리라 생각됩니다. 정말 이해할 수 없는 행동이라고 생각하시겠지만 그 이유를 부인이 아시게 된다면 더욱 놀랄 것입니다! 이런 말씀을 드리면 연로하신 분에게 필요한 고요한 마음을 어지럽히고, 부인에게 당연히

올려야 할 존경에 어긋나는 일인 줄 알면서도…… 그러니 제발 저를 용서해 주시기 바랍니다. 하지만 제 마음은 너무나 답답합니다. 어느 분이건 친절하고 분별력 있는 친구에게 제 고통을 털어놓을 수밖에 없는데, 제게는 부인밖에 없습니다. 저를 부인의 자식처럼 생각해 주시고 아무쪼록 어머니의 사랑을 베풀어주옵소서. 부탁입니다. 부인을 사모하기 때문에 저도 감히 그런 부탁을 드릴 수 있는 것입니다.

제가 지금 겪고 있는 끔찍한 괴로움을 마음에 깃들게 하고, 저항할 의무를 부과하면서도 동시에 그 저항력을 앗아가는 그러한 감정이라곤 전혀 모른 채 순진한 감정에만 잠겨 있던 그 시절은 어디로 가버렸나요? 아! 이 치명적인 여행 때문에 저는 파멸하고 말았습니다.

뭐라고 말씀드려야 좋을까요? 저는 사랑하고 있습니다. 그렇습니다. 그것도 미칠 듯이 말입니다. 아! 이 말은 지금 처음 써보는 말이지만 여태까지 몇 번씩이나 하소연을 들으면서도 끝내 승낙하지 않은 말입니다. 단 한 번만이라도 이 감정을 제게 불어넣은 분에게 들려줄 수 있다면 죽어도 한이 없겠습니다. 하지만 이 말을 입 밖에 내서는 안 됩니다! 그분은 여전히 제 마음을 의심하고 원망하시겠죠. 저는 정말 불행한 여자입니다. 그토록 제 마음을 지배했던 분이 왜 그렇게 제 마음을 알아주지 못하는지요? 만일 그분이 제가 얼마나 괴로워하고 있는지를 아신다면, 저도 이처럼 괴롭지는 않을 것입니다. 하지만 제가 이렇게 말씀드리는 부인께서도 제가 얼마나 고통을 받고 있는지 잘 모르실 것입니다.

조금 있으면 저는 그분에게서 도망쳐서 그분을 괴롭힐 것입니다. 그분은 아직 제가 곁에 있으려니 하고 생각하고 있는데, 그때는 이미 그분에게서 멀리 떨어져 있겠지요. 제가 날마다 그분을 뵈었던 시간에, 저는 그분이 전혀 온 적도 없고, 또 오셔도 안 되는 곳에 가 있을 것입니다. 이제 준비는 모두 끝났습니다. 모든 것이 제 눈앞에 있습니다. 어느 것이나 이 쓰라린 출발을 슬퍼하는 듯합니다. 모든 것이 준비되어 있건만, 저만은 준비가 되어 있지 못합니다. 제 마음이 출발을 거절하면 할수록 떠날 이유가 더욱 명확해집니다.

　　　저는 어떤 일이 있어도 떠날 것입니다. 죄를 범하고 사느니 차라리 죽는 편이 더 나으니까요. 이미 너무도 죄가 많은 사람입니다. 저는 다만 정조를 지켰을 뿐, 덕은 모두 사라졌습니다. 사실 제게 아직도 남은 것이 있다면, 그것은 모두 그분의 관대한 마음씨 덕분입니다. 그분을 보고 그 말씀을 듣는 즐거움과, 그분이 제 곁에 있다는 것을 느끼는 기쁨과, 그분을 행복하게 만들 수 있는 보다 커다란 행복에 취했던 저는 힘이고 뭐고 다 잃어버렸습니다. 싸울 기력은 조금 남아 있을지 몰라도 이제 더 이상 저항할 힘은 없습니다. 저는 위험에 두려움을 느끼면서도 거기서 도망칠 수는 없습니다. 그런데 그분은 저의 고통을 보고 가엾게 여기셨습니다. 그러한 분을 제가 어떻게 사랑하지 않을 수 있겠습니까? 그분에게 저는 생명 이상의 것을 빚고 있는 셈입니다.

　　　아! 그분 곁에 있으면서 다만 생명을 잃는 것만 두려워했더라면, 저는 결코 그분 곁을 떠나지 않았을 것입니다. 그분이 없으면 이 생명이란 것이 무슨 소용이 있겠습니까? 차라리 생명을 잃는 것이 더 행복할지도 모릅니다. 살아 있다는 것은 그분과 저를 영원히 불행하게 만드는 것입니다. 그러면서도 저는 자신을 슬퍼할 수도 없고, 그분을 위로할 수도 없습니다. 매일 그분의 의사에 반反해서, 그리고 저 자신의 생각을 물리치면서까지 제 몸을 지켜야 합니다. 그분의 행복을 위해 모든 노력을 바치고 싶건만, 그분을 괴롭히기 위해 노력해야만 하는 것입니다. 이렇게 살아가는 것은 너무나 괴로운 일입니다. 하지만 이것이 제 운명입니다. 그러나 저는 이 운명을 참고 견딜 것입니다. 저는 그럴 용기가 있습니다. 제가 어머니로 선택한 부인께서는 부디 이 맹세를 받아주십시오. 그리고 제가 행한 어떤 일도 부인께 감추지 않겠다고 맹세합니다.

　　　이 맹세를 받아주십시오. 제발 부탁입니다. 저는 없어서는 안 될 구원으로 부탁하는 것입니다. 이렇게 부인에게 모든 것을 고백하겠다고 맹세하고 나면 저는 항상 부인 앞에 있는 듯한 기분이 들 것입니다. 부인의 덕이 저의 덕을 대신하게 될 것입니다. 결코 저는 부인 앞에서는 얼굴을 붉힐 수치스러운 짓은 안 할 것입니다. 이 강력한 고삐에 이끌려 저는 부인을 너그러운 친구이자, 저의 나약한 마음을 털어놓을 수 있는 분으로 사모하면서, 저를 치욕에서 구해 주신 수호천사로 존경할 것입니다.

이런 부탁을 드린다는 것 자체가 부끄러운 일이군요. 이 역시 저의 교만함이 낳은 당연한 결과입니다. 이런 감정이 빚어질 것을 알면서도 왜 저는 일찍부터 두려워하지 않았을까요? 왜 저는 이런 감정쯤이야 제 마음대로 억제할 수 있고 정복할 수 있으리라고 자만했을까요? 아! 저는 어리석은 여자였습니다. 사랑이란 것에 대해선 아무것도 몰랐으니까요. 사랑과 좀더 애써서 싸웠더라면, 그처럼 사랑에 지배당하지도 않았을 것이고, 그처럼 떠나지도 않았을 것입니다. 아니면 설사 이 괴로운 결심에 따르더라도, 조금만 덜 만났더라도 충분히 유지될 수 있었던 이 관계를 완전히 끊지 않아도 되었을 것을……. 그러나 저는 모든 것을 한꺼번에 그리고 영원히 잃고 만 것입니다. 아! 부인!…… 정말 어떻게 해야 좋겠습니까! 부인께 편지를 쓰고 있는 이 마당에도 저는 죄스러운 욕망 속에서 아직도 갈팡질팡하고 있습니다. 하지만 떠나야지요, 떠나야지요. 부지중에 저지른 이 과오도 저의 희생으로 어느 정도는 갚을 수 있기를 빕니다.

그럼 안녕히 계십시오. 저를 부인의 딸처럼 사랑해 주십시오. 저를 부인의 딸로 삼아주세요. 설사 제 마음이 약해진다 하더라도 저는 부인의 선택에 어긋나는 행실을 보이기보다는 차라리 죽는 편이 더 나을 것입니다.

제103신

로즈몽드 부인이

투르벨 법원장 부인에게

부인이 떠난 것에 대해 마음 아프기는 하지만, 그 원인에 대해선 그다지 놀라지 않습니다. 오랫동안의 경험도 있고, 또 부인을 잘 알고 있기 때문에 부인의 심정이 어떤지 잘 알 수 있을 듯합니다. 사실 부인이 편지로 말씀하시지 않았다 하더라도 나는 어떤 사정이었는지 짐작이 갑니다. 만일 편지에 있는 내용만 알았더라면, 나는 부인이 사랑하는 남자가 누군지 알 수 없었을 것입니다. 부인은 줄곧 '그분'이라고 말하긴 했지만, 단 한번도 그 이름을 대지는 않았으니 말입니다. 그러나 그럴 필요도 없습니다. 부인이 사랑하는 사람이 누군지 잘 알고 있으니까요. 내가 이런 말을 할 수 있는 것은 그 말이 언제나 사랑의 어투라는 것이 생각났기 때문입니다. 예나 지금이나 변함이 없나 봅니다.

나는 내 나이와는 어울리지 않는 그렇게 먼 옛날의 일을 다시 회상하게 되리라곤 꿈에도 생각하지 못했습니다. 하지만 혹 당신에게 도움이 될까 싶어 사실 나는 어제부터 옛일을 여러모로 생각해 보았답니다. 그러나 나는 부인을 칭찬하고 동정할 수밖에 없습니다. 부인이 취한 현명한 결단을 나는 높이 삽니다. 그러나 한편으론 그런 결단을 염려합니다. 왜냐하면 내가 보기에도 부인은 결국 그렇게 하지 않으면 안 된다고 생각했기 때문입니다. 그러나 사태가 그 정도까지 이르면 그 사람과 늘 떨어져 지내는 것은 정말 어려운 일입니다. 사무치는 그리움이 끊임없이 우리를 그 사람에게 접근시키니까요.

하지만 용기를 잃지 마십시오. 부인의 착한 마음에 불가능한 일은 없습니다. 그리고 설령 부인이 불행하게도 무너지는 일이 있더라도(부디 그런 일이 없기를 바랍니다), 온 힘을 다해 싸웠다는 자위만은 지니셔야 합니다. 더욱이 인간의 지혜로는 어쩔 수 없는 일이라 하더라도, 하느님을 기쁘게 하는 일이라면 하느님은 은총을 내려주실 것입니다. 부인은 이제라도 하느님의 도움을 받을지 모릅니다. 그렇게 되면 무서운 싸움의 시련을 겪은 부인의 미덕은 더욱 순수하고 더욱 빛나는 모습으로 다시 태어나게 될 것입니다. 비록 오늘은 지니지 못한 힘이라도, 내일은 틀림없이 받을 수 있을 것입니다. 그러나 이 힘에 의지하려고 큰 기대를 가져서는 안 됩니다. 내 말은 다만 부인의 온 힘을 기울이라고 부인을 격려하기 위함이니까요.

부인의 위험은 내 힘으론 어쩔 수 없기 때문에, 부인을 구원하는 일은 하느님의 은총에 맡기기로 하고, 나는 할 수 있는 한 부인을 격려하고 위로하는 데 애쓰겠습니다. 부인의 고통을 덜어줄 수는 없지만, 그 고통을 함께 나누겠습니다. 바로 이러한 자격으로 나는 부인의 의논 상대가 되겠습니다. 부인은 틀림없이 마음에 맺힌 고통을 남에게 털어놓고 싶으실 것입니다. 내 마음을 당신에게 열어놓겠습니다. 나이를 먹었다고 해서 우정에 무감각할 정도로 내 마음이 식지는 않았으니까요. 언제나 부인을 맞아들이겠습니다. 부인의 고통에 비하면 별로 위로가 되지 않겠지만, 적어도 여기 부인과 같이 괴로워하는 사람이 또 하나 있다고 생각하시기 바랍니다. 그리고 이 불행한 사랑의 힘을 견디지 못해 털어놓고 싶어 못 견디실 때에는 '그분'보다는 저하고 이야기하는 편이 좋으실 겁니다. 아! 나도 당신처럼 '그분'이라고 말하는군요. 우리 둘 사이에서는 '그분'의 이름을 도저히 입 밖에 낼 수 없을 것입니다. 게다가 우리는 말하지 않아도 잘 알고 있으니까요.

이런 말을 해서 어떨지 모르겠습니다만, 그 사람은 당신이 떠나서 무척 상심한 것처럼 보이더군요. 이런 얘기를 당신에게 안 하는 것이 더 현명한 일인지도 모르겠으나, 자기와 친한 사람을 슬프게 하는 따위의 현명한 짓은 하기가 싫으니까요. 이젠 당신과 더 이상 이야기할 수가 없군요. 시력도 나쁘고 손이 떨려 펜을 잡고 긴 편지를 쓸 수 없어서요.

그럼 이만, 사랑스런 내 딸. 그래요, 나는 기꺼이 부인을 내 딸로 삼겠어요. 부인은 한 어머니를 자랑스럽게 할 수 있고 기쁘게 할 수 있는 모든 장점을 갖추고 있답니다.

17××년 10월 4일, 파리에서.

제104신

메르테유 후작 부인이

볼랑주 부인에게

부인, 부인의 편지를 읽고 자랑스러운 기분이 드는 것은 어쩔 수 없었습니다. 아! 영광스럽게도 저를 완전히 신뢰하시고, 더욱이 저에게 충고를 구하시는군요. 아! 제가 부인의 호의를 받을 만한 충분한 자격이 있고, 더욱이 이것이 우정의 겉치레가 아니라면 얼마나 기쁘겠습니까. 그리고 그 동기가 어떻든 부인의 호의는 제게는 더할 나위 없이 귀중한 것이며, 앞으로 그 호의에 보답하고자 더욱 노력하겠다고 생각합니다. 따라서 저는 제가 생각하고 있는 것을 솔직하게 말씀드리겠지만(충고한다는 주제넘은 생각은 없습니다), 제 생각이 부인의 생각과 다르기 때문에 자신은 없습니다. 그러나 제 말씀을 들으시고 그 타당성 여부를 판단해 주시기 바랍니다. 제 생각이 틀렸다면 저는 부인의 판단에 따를 것을 미리 말씀드리지요. 제가 부인만큼 현명하지 못하다는 것을 알 만큼의 현명함은 저도 갖고 있으니까요.

하지만, 이번 일의 경우에 만약 제 생각이 그럴듯하다고 생각되신다면, 그 원인을 다른 곳보다도 모성애의 망상 속에서 찾는 것이 바람직할 것 같습니다. 모성애라는 감정은 훌륭한 것이기 때문에, 이 감정은 틀림없이 부인 마음에 존재하고 있을 겁니다. 사실 부인께서 취하고자 했던 결심 속에는 이 감정이 너무나 역력하게 보이니까요. 그러므로 부인께서 간혹 잘못 생각하시는 경우가 있다 하더라도 그것은 미덕의 선택을 잘못하셨기 때문일 것입니다.

사람의 장래를 결정짓는 문제에 있어서, 특히 결혼과 같은 풀 수 없는 신성한 매듭을 통해 장래를 결정하는 문제에 있어서 선택해야 할 미덕은 신중함이라고 생각합니다. 따라서 현명하고 동시에 자애로워야 하는 어머니라면, 부인께서 잘 말씀하신 것처럼, '딸을 자신의 경험에 비추어 도와주어야 할 것'으로 생각됩니다. 하지만 그렇게 하기 위해서 어머니는 어떻게 해야 할까요? 딸의 마음에 드는 것과 딸의 지체에 맞는 것을 구분하지 않으면 안 됩니다.

그런 감정을 두려워하는 사람에게만 느껴질 뿐, 그것을 경멸하자마자 곧 사라지고 마는 그런 덧없는 힘밖에 갖고 있지 못한 일시적 기분에 어머니의 권위를 따르게 하는 것이야말로, 어머니의 권위를 실추시키고 무력하게 하는 것이 아니겠습니까? 솔직히 말씀드리면, 저는 불미스러운 행동에 대해 흔히 핑계로 쓰이는 그런 걷잡을 수 없고 저항할 수 없는 감정을 믿어본 적이 없습니다. 일순간 나타났다가는 일순간 사라지는 기분이 어떻게 순결이나 정숙 그리고 겸양과 같이 시간이 흘러도 변치 않는 도덕보다 더한 힘을 가질 수 있는지 도저히 이해할 수가 없기 때문입니다. 그리고 그러한 도덕을 짓밟은 여인이 이른바 사랑이란 것을 하기만 하면 용서받는 것을 저는 도저히 이해할 수 없습니다. 그것은 도둑이 돈을 사랑해서 훔쳤다고 해도, 살인자가 복수심에 불타서 죄를 저질렀다고 해도 용서를 받을 수는 없는 것과 같은 이치가 아닐까요?

자기 자신은 이제껏 싸워볼 필요를 느끼지 못했다고 주장할 수 있는 사람이 이 세상에 과연 몇이나 있을까요? 그러나 저는 오늘날까지, 저항하기 위해서는 저항하려는 마음만 먹으면 충분하다는 확신을 가지려고 노력해 왔습니다. 그리고 적어도 지금까지 저의 이 생각은 경험을 통해 입증되었습니다. 의무가 뒤따르지 않는 미덕이 과연 존재할 수 있을까요? 미덕이 숭배받고 있는 것은 그 희생 때문이며, 미덕에 대한 보상은 우리의 마음속에 있는 법입니다. 이 진리를 부정하려는 사람은 이것을 부정함으로써 이익을 챙기려는 사람이며, 이미 타락하여 잠시나마 세상을 속여보려고 자신의 못된 행실을 터무니없는 이론으로 정당화하려는 사람일 것입니다.

그러나 단순하고 내성적인 딸, 당신 품에서 태어나서 얌전하고 순진한 교육을 받아 그 착한 성격이 더욱 훌륭하게 빛을 발하는 부인의 딸에 대해 어떻게 그런 근심을 할 수 있겠습니까? 그런데 부인께서는 신중하게 따님을 생각해서 정한 이 훌륭한 결혼을 바로 그러한 근심, 따님에게는 모욕적이라고 할 수 있는 근심 때문에 희생하시려는군요! 저는 당스니를 매우 좋아합니다. 그리고 부인께서도 아시다시피 저는 오랫동안 제르쿠르님과 교제해 본 적은 없습니다. 그러나 설사 당스니에 대해서 호의를 갖고 있고 제르쿠르님에게 관심이 없다 하더라도 두 사람 사이에 존재하는 뚜렷한 차이는 알고 있습니다.

두 분이 가문으로 따져 별반 차이가 없다는 점은 저도 인정합니다. 하지만 한쪽은 재산이 없지만, 다른 쪽은 가문이 없다 하더라도 얼마든지 출세할 정도로 재산이 많습니다. 사실 돈으로 행복을 사지 못한다는 것쯤은 저도 알고 있지만, 돈은 행복을 쉽게 만들 수 있지 않습니까? 부인 말씀대로 볼랑주 양은 두 사람이 살 수 있을 만큼 충분한 돈을 갖고 있습니다. 하지만 따님이 받게 될 6만 리브르라는 연금도 당스니의 성姓을 따라 그 격에 맞는 가문을 유지하기 위해서는 그다지 큰 돈은 못 됩니다. 지금은 세비네 부인*의 시대가 아닙니다. 지금은 사치가 모든 것을 삼켜버리는 시대입니다. 모두가 사치를 비난하면서도 사치를 따라가지 않을 수 없습니다. 그리고 마지막에는 이 사치 때문에 급기야는 먹고살 것도 다 잃어버리게 되고 말지요.

당연한 일이지만, 부인께서 중시하고 계시는 인품만 하더라도, 제르쿠르님은 확실히 나무랄 데가 조금도 없는 분입니다. 더욱이 그 사람에게는 그것을 입증할 증거도 있습니다. 당스니도 그 점에 있어서는 제르쿠르님에게 뒤지지 않는다고 저는 믿고 싶으며, 또 믿고 있습니다. 하지만 당스니가 제르쿠르님만큼 확실한지에 대해선 뭐라고 드릴 말씀이 없군요. 물론 당스니는 지금까지 그 나이라면 자칫 빠지기 쉬운 과오를 저지른 일도 없고, 요즈음 풍조에 휩쓸리지 않고 훌륭한 사교생활을 하고 있어서 장래가 밝게 보이기도 합니다. 하지만 겉으로 보기에는 얌전하게 보여도 그것이 사실 가난해서 그런지 누가 알겠습니까? 자기가 건달이나 깡패가 되는 것을 두려워한다 하더라도 주색잡기酒色雜技라도 하려면 돈이 필요한 게 아니겠어요? 그리고 지나친 타락을 두려워하면서도 마음속으로는 은근히 타락을 즐길 수도 있는 법입니다. 결국 당스니는 하는 수 없어서 훌륭한 사교계에 드나드는지도 모릅니다.

저는 당스니가 반드시 그렇다는 얘기는 아닙니다(설마 그럴 리가 있겠습니까!). 하지만 늘 그럴 수 있는 위험은 있다는 것이죠. 그리고 만일 결과가 좋지 않게 된다면 부인은 얼마나 후회를 하시겠습니

---

*이 편지가 써진 시대보다 백여 년 전. 그러니까 루이 14세 시대에 살았던 재원(才媛). 〈서간집〉으로 유명함.

까? 그리고 따님이 이렇게 말한다면 부인은 어떻게 말씀하시겠습니까?

　"어머니, 저는 나이도 어리고 경험도 없어요. 더욱이 저는 나이로 비춰보아 충분히 용서받을 수 있는 과오 때문에 방황했어요. 하지만 제가 약하다는 것을 처음부터 알고 계시던 하느님은 저의 약점을 고쳐주고, 그 약함에서 저를 지켜주기 위해서 저에게 현명한 어머니를 내려주셨어요. 그런데 어머니는 왜 분별을 잃고 제가 불행해지는 것을 내버려두셨어요? 결혼이 무엇인지도 모르는 제가 남편을 택해야 했나요? 설사 제가 그걸 원했다 하더라도, 어머니가 막아야 하지 않았나요? 그러나 저는 추호도 그런 대담한 생각을 가진 적이 없었어요. 어머니의 말씀을 따르겠다고 결심하고, 저는 얌전하게 체념한 상태에서 어머니의 선택을 기다리고 있었어요. 저는 결코 어머니에게 순종해야 한다는 도리에서 벗어나 본 적이 없었어요. 하지만 저는 지금 부모의 말씀을 거역한 어린애가 받는 고통을 받고 있어요. 아! 어머니의 나약한 마음 때문에 저는 일생을 망쳐버렸어요……."

　　하기야 어머니에 대한 존경 때문에 따님이 이런 불평을 안할는지도 모릅니다만, 어머니의 자애는 따님의 속마음을 눈치 챌 수 있겠지요. 그리고 설사 따님이 눈물을 감춘다고 해도 그 눈물은 부인의 마음 위로 흐를 것입니다. 그렇게 되면 부인은 어디서 위안을 얻을 수 있을까요? 그 물불을 가리지 않는 사랑, 부인께서 마땅히 경계를 해야 하건만, 부인마저 이끌리고 만 그 사랑에서 위안을 찾으시겠어요? 부인, 제가 사랑이라는 정열에 대해서 너무나 강한 편견을 품고 있는지도 모릅니다. 하지만 저는 이 정열은 결혼생활 속에서도 위험한 존재라고 생각하고 있습니다. 점잖고 다정한 감정이 부부관계를 아름답게 하고, 부부 사이의 의무를 부드럽게 한다는 사실을 저는 별로 비난하지 않습니다. 그러나 애정이 부부관계를 만드는 것은 아닙니다. 일생의 선택을 한순간의 망상으로 결정지을 수는 없는 것입니다. 사실 선택하기 위해서는 비교를 해보아야 합니다. 그런데 단 하나의 대상에 사로잡혀 있을 때 어떻게 선택할 수 있습니까? 더욱이 도취와 맹목의 상태에 빠져 있어서 그 대상이 정확히 무엇인지도 모르는데 말입니다.

　　부인께서도 알고 계시듯이 저는 이 불행한 병에 걸린 여자들을 여럿 만난 적이 있습니다. 이들 중 몇몇 사람들에게선 속내 이야기도 들어보았습니다. 그런 사람들의 이야기를 들어보면, 그들의 애인은 모두 한결같이 완벽한 사람입니다. 하지만 그들이 생각하고 있는 그 터무니없는 완벽함은 단지 그들의 공상 속에서만 존재하는 것이지요. 그들은 흥분된 머리로 단지 멋과 덕이 있는 모습만을 꿈꾸면서, 이것으로 자기가 사랑하는 사람을 제멋대로 꾸미지요. 그 옷은 하느님에게 어울리는 옷이지만, 입는 사람은 종종 천박한 모델일 때도 있습니다. 하지만 모델이 어떻든 여자가 그 옷을 남자에게 입히고 나면, 여자는 이내 자기가 만든 제품에 현혹되어 그 앞에 무릎을 꿇고 숭배하게 되지요.

　　따님은 당스니를 사랑하지 않거나, 그렇지 않으면 제가 말씀드린 착각에 빠져 있거나 둘 중 하나입니다. 만약 서로 사랑하고 있다면 두 사람 모두 착각하고 있는 것입니다. 따라서 이 두 사람을 영원히 맺어주고자 하는 부인의 생각도 따지고 보면 두 사람이 서로 모르고 있거나, 서로 모를 수밖에 없다는 사실에서 비롯되는 것이지요. 하지만 부인께선 제게 이렇게 말씀하실지도 모릅니다. 즉 제르쿠르님과 따님이 서로 모르기는 마찬가지 아니냐고요. 물론 그렇습니다. 그러나 적어도 두 사람은 서로 오해하는 일이 없는, 단지 서로 알지 못하는 사이에 지나지 않습니다. 이럴 경우 부부가 서로 성실하다고 가정한다면 어떤 일이 일어날까요? 이럴 때는 각자가 상대방의 마음을 이해하려고 노력하고, 언행을 조심하고, 두 사람의 평화를 위해 양보해야 할 취미와 욕망을 찾아보고 곧 깨달을 것입니다. 이런 가벼운 희생은 두 사람 다 치르고 있고, 미리 양해된 것이니만큼 어렵지 않게 이루어질 것입니다. 이런 희생으로부터 곧 서로의 애정이 나타날 것입니다. 그리고 습관은 버릇을 깨뜨리지 않고 오히려 강하게 하기 때문에 차차 부드러운 애정과 신뢰를 생겨나게 하고, 여기에 상대방에 대한 존경심까지 곁들여진 다면 조금도 흔들리지 않는 참다운 결혼의 행복을 이룩할 수 있을 것입니다.

　　사랑의 착각은 이보다는 훨씬 달콤할지 모릅니다. 하지만 그것이 허망하다는 것을 그 누가 모를까요? 게다가 이 착각이 무너져버렸을 때는 어떤 위험이 닥쳐올까요? 그렇게 되면 아무리 사소한 과오도 우리를 유혹한 완벽함이라는 관념과 대조가 되기 때문에 마음에 거슬리게 되고 견딜 수 없게 되고 맙니다. 하지만 두 사람은 각자가 오로지 상대방만이 변했다고 생각하고, 자기만은 한순간의 착각 때문에 주어졌던 가치를 여전히 지니고 있다고 믿기가 일쑤입니다. 자기는 상대방으로부터 매력을 느끼지 못하면서, 상대방이 자기에게 매력을 느끼지 못하는 것을 보면 굴욕을 느낍니다. 자존심이 상처를 받으면 감정도 날카로워지고 과오도 잦아질 뿐만 아니라 화까지 내고 급기야는 증오가 생기게 됩니다. 이리하여 순간의 쾌락에 대한 보상으로 영원한 불행을 치르게 되는 것이죠.

　　말씀하신 문제에 대한 저의 생각은 이러한 것입니다. 다만 저는 제 생각을 피력했을 따름이고 그것을 강력하게 옹호하고 싶지는 않습니다. 제 생각의 옳고 그름은 부인께서 판단해 주시기 바랍니다. 하지만 부인께서 당초의 생각을 계속 견지하신다면 제 생각이 옳지 않은 이유를 알려주시면 고맙겠습니다. 그래서 저의 어리석음도 밝혀지고, 나아가서 따님의 장래에 대해서 마음을 놓을 수 있다면 얼마나 좋은 일이겠습니까. 따님에 대한 저의 애정과 변함없이 당신이 베풀어주는 우정으로 따님의 행복을 간절히 빌겠습니다.

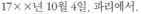

제105신

메르테유 후작 부인이

세실 볼랑주에게

저런! 애야, 무척 슬퍼 보이고 풀이 죽어 있구나. 그 발몽이라는 사람, 정말 나쁜 사람이구나. 그래 어떻게 자기가 제일 이 세상에서 좋아하는 여자를 다루듯 너를 다룰 수 있겠니. 그 사람은 네가 가장 알고 싶어하는 것을 가르쳐주었구나! 정말 못된 짓을 했어. 그런데 세실은 세실의 애인(그 사람처럼 정조를 유린하지 않는)을 위해 정조를 간직하고 싶다는 거지. 사랑의 괴로움만을 소중히 간직하고 사랑을 즐기지는 않겠다는 거지. 정말 훌륭해. 소설의 주인공이 되고도 남음이 있겠어. 정열, 불행, 그리고 무엇보다도 정조관념, 그 얼마나 아름다운 일이야! 이런 훌륭한 것들에 둘러싸이면 때론 지루하기도 하겠지만, 그래도 보상은 충분히 있을 거야.

세실, 정말 가엾구나! 그 다음 날에는 눈이 푹 꺼졌다구! 만약 그것이 애인의 눈이었다면 세실은 뭐라고 말했겠어? 하지만 애야, 늘 그런 일만 있는 게 아니란다. 모든 남자가 다 발몽 같지는 않으니까. 더구나 감히 눈을 들 수가 없었다구? 오! 그래, 정말 그랬겠다. 사람들이 네 눈을 보고 그런 일이 있었다고 짐작할지도 모르니까. 하지만 그렇다면 우리들처럼 결혼한 여자들이나 심지어 처녀들도 얌전한 눈길을 하지 않으면 안 되겠구나.

보다시피 세실을 칭찬해 주지 않을 수 없지만, 그러나 세실이 걸작품을 망쳐놓은 것을 인정하지 않을 수 없구나. 어머니에게 모든 것을 털어놓지 않았으니까 말이야. 처음은 아주 그럴듯하게 시작했구나! 어머니 품 안에 뛰어들어 흐느껴 울었다구. 얼마나 감동적인 장면이었니! 이 감동적인 장면을 완성시키지 않은 것이 유감이구나! 세실이 연기를 잘했더라면 다정한 어머니가 아주 기뻐해서 세실의 미덕을 살리기 위해 평생 수녀원에 가두어두었을 텐데. 거기서라면 경쟁자도 없고 죄를 범하는 일도 없이 당스니를 마음껏 사랑할 수 있었을 텐데 말이야. 마음껏 슬퍼할 수도 있고 말이야. 그리고 발몽도 세실의 그토록 소중한 괴로움을 세실을 난처하게 하는 쾌락으로 어지럽히지 않을 텐데 말이야.

　　　　나이가 열다섯 살이 지났는데 어떻게 세실은 아직도 어린애 티를 못 벗는지 모르겠구나. 나의 호의를 받을 자격이 없다는 세실의 말은 옳은지도 몰라. 하지만 나는 세실의 벗이 되어주고 싶어. 어머니가 그 모양이니 그럴 필요가 있는지도 몰라. 그리고 어머니가 정해 준 남편이란 사람도 그러니 말이야. 하지만 세실이 정신을 차리고 있지 않으면 어쩔 도리가 없잖아? 처녀들에게 지혜를 생기게 하는 일이 오히려 세실에게는 지혜를 빼앗아가니 한심한 일이 아니겠어?

　　　　세실이 잠시라도 생각을 해본다면, 슬퍼하기보다는 오히려 기뻐해야 된다는 것을 깨닫게 될 거야. 그런데도 부끄러워하고 난처해하고 있다니 정말 큰일이군! 마음을 가라앉혀 봐. 사랑의 부끄러움이란 사랑의 고통과 마찬가지로 단 한 번만 느낄 뿐이야. 그 다음에는 짐짓 흉내만 낼 뿐이지 마음속으로 느끼지는 않아. 그렇지만 쾌락이란 계속 남아 있는 법이고, 그것은 무시할 수 없는 것이거든. 세실이 횡설수설하는 말을 들어보아도 세실은 그 쾌락에 충분히 기대를 걸어도 좋다는 생각이 들더구나. 자, 솔직해 봐. '마음대로 하지' 못하게 하고, '자신을 방어하는 일이 그처럼 어렵게' 하고, 발몽이 떠났을 때 '섭섭한' 마음이 들게 한 그 혼란한 상태는 부끄러워서 그런 거야, 아니면 즐거워서 그런 거야? 그리고 '어떻게 대답해야 좋을지 모르는' 발몽의 말주변은 '그분의 능숙한 솜씨' 때문에 그런 게 아니겠어? 아! 세실은 나에게 거짓말을 했군, 세실의 벗에게 말이야! 그래서는 안 되지. 하지만 이런 이야기는 그만두자.

다른 사람에게는 단지 쾌락에 지나지 않는 것도 세실의 지금 처지에서는 진정한 행복이 될 수 있어. 사실, 세실은 어머니한테 사랑도 받아야 되고, 애인한테도 영원히 사랑을 받고 싶겠지만, 두 사람 사이에 끼여서 이처럼 상반되는 두 가지 목적을 달성할 수 있는 유일한 방법은 제삼자와 관계를 맺는 길밖에 없지 않아? 새로운 연애를 즐기면서, 한편으로 어머니한테는 어머니 마음에 들지 않는 사랑을 어머니에게 순종하기 위해 희생하는 것처럼 보이고, 다른 한편 애인에게는 훌륭하게 자기 몸을 지킨다는 신뢰를 보일 수 있단 말이지. 애인에게는 줄곧 사랑을 맹세하면서도 사랑의 마지막 증거는 보여주지 않거든. 이런 거절은 지금 세실의 처지로 보아서는 그다지 어렵지 않을 테고, 당스니는 그것을 세실의 정조관념으로 여길 거야. 당스니는 약간 불평은 하겠지만, 오히려 세실을 더욱 좋아할 거야. 어머니에게는 사랑을 희생하는 것처럼 보이고, 당스니에게는 쉽사리 몸을 허락하지 않는 것처럼 보이는 이중의 효과를 거두기 위해서는 그저 쾌락을 맛보기만 하면 된단다. 이런 수단을 사용해서 자기 명예를 지키려고 했다면 얼마든지 지킬 수 있었을 텐데, 그렇게 하지 못해서 명예를 더럽힌 여자가 한둘이 아니란다.

내가 제안하는 해결책이 세실에게 가장 이치에 맞고 즐겁게 보이지 않니? 세실이 그러한 태도를 취해서 어떤 이득을 얻었는지 알기나 해? 어머니는 세실이 그렇게 슬퍼하는 것을 당스니에 대한 사무치는 사랑 때문인 줄 알고 마음이 상해서, 그것이 확실하다고 판명되면 세실에게 벌을 주려고 벼르고 있단 말이야. 이건 어머니한테 방금 편지를 받아서 안 사실이야. 세실에게 직접 그런 고백을 들으려고 어머니는 어떤 짓이라도 할 거야. 어머니가 그러시는데 세실에게 남편감으로 당스니를 권해 볼 모양이더라. 하지만 이것은 세실의 고백을 들어보려는 수단이야. 그리고 만일 세실이 그런 저의가 있는 다정한 태도에 속아서 마음속에 있는 생각을 털어놓는다면, 세실은 오랫동안 어쩌면 영원히 수녀원에 갇혀서 어설프게 믿었던 것을 한탄하고 살지도 몰라.

어머니가 세실에게 이런 술책을 쓰는 만큼, 세실도 수를 강구하지 않으면 안 돼. 그러니 우선 좀더 명랑한 표정을 짓고 그전처럼 당스니를 생각하지 않는 척해야 해. 어머니는 두 사람이 떨어져 있어서 그런 것이려니 하고 쉽게 믿을 거야. 그리고 어머니는 세실의 그런 태도를 보고 두 사람을 떼어놓기 위한 방법을 생각해 낸 자신의 현명함에 자화자찬하면서 세실에게 더욱 만족하실 거야. 그러나 어머니가 미심쩍어서 세실의 마음을 떠보려고 결혼 이야기를 꺼내면 얌전한 규수답게 다소곳이 어머니의 뜻에 응해 보렴. 사실 세실에게 무슨 위험이 있겠어? 남편은 다루어보면 누구나가 다 마찬가지야. 그리고 가장 다루기 힘든 남편도 어머니만큼 까다롭지 않단다.

일단 세실의 태도에 만족하면 어머니는 마침내 세실을 결혼시킬 거야. 그렇게 되면, 세실의 행동도 훨씬 자유로워져서 발몽을 버리고 당스니를 택하거나, 아니면 두 사람 다 버리지 않거나 세실의 뜻대로 할 수 있지 않겠어? 하지만 조심해야 해. 당스니는 착하니까 세실이 그럴 생각만 있다면 어느 때든 소유할 수 있는 사람이지만, 발몽은 그렇지 않아. 곁에 놔두기도 어려운 사람이지만, 헤어지면 더욱 위험한 사람이니까. 그 사람을 상대할 때는 아주 교활해야 하지만, 그럴 능력이 없을 때는 얌전하게 구는 게 좋아. 하지만 세실이 발몽을 친구처럼 붙들어놓을 수만 있다면, 그건 세실에게는 더할 나위 없는 행운이지! 그 사람은 세실을 사교계의 여성들 중에서 가장 으뜸가는 여성으로 만들어놓을 수 있을 거야. 그렇게 해야만 사교계에서 기반을 닦을 수 있는 거지. 수녀원에서 수녀들에게 벌을 받아 무릎을 꿇고 저녁을 먹을 때처럼 얼굴을 붉히고 울어봐야 무슨 소용이 있겠어?

발몽은 세실에게 틀림없이 화를 내고 있을 테니까, 그 사람과 화해해 보도록 애써봐. 그것이 현명한 짓일 거야. 잘못을 고치려는 건데 무엇을 꺼리겠어. 이쪽에서 적극적인 태도를 보여봐. 처음에 남자 쪽에서 접근해 오면, 그 다음에는 여자 쪽에서 접근하지 않으면 안 된다는 것을 알게 될 거야. 그렇게 할 수 있는 구실을 하나 마련해 줄게. 이 편지를 간직하고 있으면 안 되니까 세실이 읽자마자 곧 발몽에게 전해 주도록 해. 그리고 편지를 이전처럼 다시 봉하는 것을 잊지 말고. 이 것은 우선 발몽에 대한 세실의 행동이 마음으로 우러나와서 하는 것이지, 남의 충고를 받아서 하는 것이 아니라는 것을 보여주기 위해서 그런 것이고, 또 내가 이렇게 솔직히 이야기할 사람은 세실밖에 없기 때문이야.

　그럼 안녕, 내 충고대로 해보렴. 그래서 좋은 결과가 있으면 알려주고 말이야.

　추신 : 아참, 깜박 잊어버릴 뻔했군……. 한마디만 더. 앞으로는 좀더 신경을 써서 문장을 쓰렴. 여전히 어린애처럼 쓰는구나. 그 까닭이야 알고 있지. 생각나는 것은 다 말해 버리고, 생각하지 않는 것은 전혀 말하지 않으니까 그러는 거야. 우리 둘 사이에는 서로 감추는 것이 없어서 괜찮긴 하지만, 다른 사람들, 특히 애인한테는! 그러면 세실은 언제나 바보 취급을 받을 거야. 편지라는 것은 상대방에게 쓰는 것이지, 자기에게 쓰는 게 아니니까 말이야. 따라서 자기가 생각한 것은 쓰기보다는 상대방을 즐겁게 하기 위해 써야 해.

　안녕. 꾸짖는 대신 키스를 해주마. 세실이 좀더 현명해지기를 바라면서.

제106신

메르퇴유 후작 부인이

발몽 자작에게

정말 훌륭하십니다, 자작님. 이번에는 진정 당신이 마음에 듭니다. 게다가 당신이 보낸 두 통의 편지 중 첫 번째 편지를 읽고 두 번째 편지가 어떠하리라는 것은 이미 짐작을 했기에 별로 놀라지 않았습니다. 따라서 다가올 승리에 벌써 도취하여 당신이 내게 그 보상을 요구하면서 각오는 되어 있냐고 물었을 때에도, 나는 그렇게 서두를 필요가 없다고 생각했죠. 그렇습니다. 당신을 그토록 '깊이 감동시킨' 사랑의 장면을 읽고, 기사도 정신이 발휘되던 옛 시대에 어울리는 당신의 점잖은 태도를 보고, 나는 몇 번씩이나 되풀이하여 '다 그른 일이구나' 라고 말했습니다.

하지만 그럴 수밖에 없었겠지요. 여자가 몸을 내맡기고 있는데 남자가 빼앗아가지 않으니 이 가엾은 여자보고 어쩌란 말인지요? 이런 경우 여자는 최소한 명예라도 구해야지요. 그래서 법원장 부인은 당신을 떠났던 것입니다. 그 여자가 취한 행동이 효과가 있는 것 같으니, 나도 성가신 경우가 생기면 한번 이용해 볼 작정입니다. 하지만 일부러 그렇게 했다 하더라도, 당신처럼 그 기회를 이용하지 못하는 남자는 나를 영원히 포기하는 편이 좋을 것입니다.

아무튼 당신은 본전도 못 건지신 셈이군요. 한 여자와는 이미 하룻밤을 같이 지냈고, 다른 여자는 그것을 애타게 기다렸건만, 그런 두 여자 사이에 끼여 그 모양이 되다니! 그런데 당신 입장에서 보면 내가 큰소리를 치고 있고, 사건이 끝난 다음 예언하기는 쉬운 일이라고 말할지도 모르겠군요. 하지만 그것은 이미 내가 예상한 결과라고 분명히 말할 수 있어요. 당신은 정말 임기응변의 재능이 없군요. 배운 것만 알고 혼자서는 아무것도 꾸며대지 못하는군요. 그래서 상황이 틀에 박힌 공식에 들어맞지 않거나, 당신이 정상적인 길에서 벗어나야 할 때는 초심자처럼 어쩔 줄 몰라하는군요. 요컨대 한쪽은 정숙함으로 되돌아간 셈인데, 당신은 이런 일에 부닥친 적이 없었기 때문에 당황해서 미리 방법을 강구하지도 못했고, 뒤처리도 못하고 있는 거예요. 자작님 덕분에 나는 남자들이란 그들의 성공만 가지고 판단해서는 안 된다는 것을 알았어요. 머지않아 당신보고 "그 사람은 그때는 훌륭했는데"라고 말할 날이 올 거예요. 더욱이 당신은 실수를 거듭할 때마다 나에게 도움을 청하는군요. 나는 매일 당신 뒤처리나 하고 있어야 하나 봐요. 하긴 그것도 쉬운 일은 아닙니다.

어쨌든 두 연애사건 가운데 하나는 내 뜻을 거슬러가면서 계획된 것이라 여기에 참견하긴 싫고, 다른 하나는 어느 정도 나를 위해 한 것이니 내가 떠맡기로 하죠. 동봉한 편지는 우선 당신이 읽으시고 볼랑주 딸에게 주세요. 이 편지만으로도 그 아이를 도로 찾기에 충분할 것입니다. 그렇지만 부디 이 아이를 조심해서 다루어주세요. 그렇게 해서 우리가 힘을 합해 그 애 엄마와 제르쿠르를 절망에 빠뜨려 버립시다. 과감하게 다루어도 괜찮아요. 그렇다고 해서 이 애가 두려워할 것 같지는 않아 보이니까요. 이 애에 대한 우리의 목적이 일단 달성되고 나면, 그 애는 나중에 제멋대로 되어가겠지요.

그 애가 나중에 어떻게 되든 나는 아랑곳하지 않겠어요. 예전에는 이 애를 최소한 말단 모사꾼이라도 만들어 내 '부하'로 삼으려고 했으나 포기하고 말았어요. 보아하니 그럴만한 위인이 못 되는군요. 그 아이에게는 당신이 사용한 특효약도 듣지 않을 만큼 어리숙한 순진함이 있거든요. 하기야 당신의 특효약도 어리숙한 순진함이 있기는 마찬가지니까요. 그런데 내가 보기에는 이 어리석은 순진함이야말로 여자들이 걸리기 쉬운 가장 위험한 병이더군요. 그 애는 거의 치유가 불가능한, 어떤 일에든 방해가 되는 나약함이 있습니다. 그래서 우리가 아무리 애를 써서 이 아이를 능란한 모사꾼으로 만들려고 해보아도, 넘어가기 쉬운 여자 역할밖에는 못할 것입니다. 그런데 자기가 어떤 식으로 그리고 왜 몸을 맡겨야 하는지도 모르고, 다만 공격을 받고는 저항할 수 없기 때문에 몸을 맡기는 것처럼 쓸개 빠지고 어리석으며 시시한 여자도 없거든요. 이런 종류의 여자들은 쾌락을 주는 기계에 불과하지요.

당신이 이 아이를 그런 기계로 만들어버리면 충분하지 않으냐, 그리고 우리의 계획으로선 그것으로 충분하지 않으냐고 말씀하실지 모릅니다. 딴은 그렇습니다만, 이러한 기계의 용수철과 동력장치는 금방 세상에 탄로나게 마련입니다. 그렇기 때문에 이런 기계를 위험 없이 사용하려면, 재빨리 이용해서 일찌감치 멈추게 한 후, 곧 부서뜨리지 않으면 안 됩니다. 사실 우리에게 기계를 처분할 수 있는 방법은 얼마든지 있거든요.

그리고 제르쿠르 편에서도 아무 때고 우리가 원할 때 기계를 감춰버리고 세상에 내놓지 않을 겁니다. 사실 제르쿠르가 자신의 실망을 의심하지 않게 되고, 더군다나 그 소문이 세상에 퍼지게 됐을 때 우리로서는 그가 망신을 당한 것을 즐기기만 하면 그만이지, 그 여자아이한테 복수를 하건 말건 무슨 상관입니까? 내가 그 아이 남편의 경우를 들어 말한 게 그 어머니에게도 해당된다고 당신은 생각하시겠죠.

그렇게 되면 우리 두 사람은 모두 성공한 것입니다. 이 방법이 가장 좋다고 생각한 이상, 당신도 내가 그 애에게 쓴 편지를 보면 알 수 있듯이 나는 그 애를 약간 재촉하기로 했습니다. 그래서 우리에게 위험한 것은 무엇 하나라도 그 애 손에 남겨두어서는 안 되니까 이 점 각별히 주의하시기 바랍니다. 이렇게 주의한 연후에 나는 그 아이의 정신적인 면을 책임질 테니까, 당신은 그 나머지 부분에 대해서 신경을 써주세요. 그 후에 그 아이의 어리숙함이 고쳐진다면 그때 가서 우리의 계획을 바꿔도 늦지는 않을 거예요. 어차피 언젠가는 우리의 계획을 다시 검토해 봐야 할 때가 있을 테니, 어떤 일이 닥쳐와도 우리가 한 일이 헛수고가 되지는 않을 것입니다.

제르쿠르가 운수가 좋아 하마터면 내 계획이 수포로 돌아갈 뻔한 일을 당신은 알고 계신가요? 볼랑주 부인이 모성의 감상벽을 드러내서 자기 딸을 당스니에게 주려고 하지 않겠어요? 당신이 '그 이튿날' 주목했다는, 전보다 다정스러운 그 여자의 친절이 바로 그것이었어요. 그런 걸작품이 이루어졌더라면, 그 역시 당신 탓이지 뭐예요! 다행히 그 모성애가 넘치는 부인이 내게 편지로 자세한 이야기를 알려주더군요. 아마 내 답장을 보고 그런 생각이 싹 가셨을 거예요. 나는 편지를 통해 그 여자의 비위를 맞추어가며 부덕婦德에 대해서 열변을 토했지요. 틀림없이 내 말이 옳다고 생각할 거예요.

그 편지를 따로 베껴둘 시간이 없어서 당신에게 나의 준엄한 도덕관을 보여드릴 수 없는 것이 유감스럽군요. 만일 당신이 이 편지를 보았다면 내가 정부를 가질 만큼 타락한 여자를 얼마나 경멸하는지 아셨을 거예요. 펜으로 엄숙주의자가 되는 것은 아주 쉬운 일이죠. 오직 남들에게만 해를 끼칠 뿐 자기는 아무 거북스러움도 느끼지 않으니까요……. 더구나 그 할멈도 젊은 날에는 다른 여자처럼 살 수가 있었다는 것을 나도 알고 있으니까, 양심에 찔리는 말을 해주는 것도 과히 나쁘지는 않다고 생각했죠. 이렇게 해서 내 양심을 속이면서까지 그 여자를 칭찬해 준 것에 대해 어느 정도 마음이 풀리더군요. 그 때문에 제르쿠르를 골탕먹이기 위해 오히려 그를 추켜세울 용기가 났던 것입니다.

그럼 안녕히 계세요, 자작님. 얼마 동안 그곳에 머무르신다니 대찬성입니다. 당신의 일을 빨리 진척시킬 수 있는 묘안을 갖고 있지만, 우리 공동의 피후견인을 상대로 마음껏 즐기세요. 나로서는 당신이 친절하게도 연극의 대사를 인용하셨지만 아시다시피 좀더 기다려주셔야겠습니다. 그것이 내 잘못이 아님은 물론 당신도 인정하시겠지요.

17××년 10월 5일 밤 11시, 파리에서.

제107신

아졸랑이

발몽 자작에게

나리, 분부대로 편지를 받자마자 베르트랑님한테 가서 말씀대로 25루이를 받았습니다. 그리고 나리께서 이르신 대로 필립에게 즉시 떠나라고 했습니다만, 돈이 한푼도 없어서 그를 위해 집사님께 2루이를 더 청했습니다. 그런데 집사님은 그런 명령은 받은 적이 없다고 거절하셨습니다. 그래서 제 돈에서 필립에게 2루이를 주었으니, 이 점 부디 헤아려주시기 바랍니다.

필립은 어제 저녁에 출발했습니다. 무슨 일이 있으면 틀림없이 만날 수 있도록 주막에서 한 발자국도 나가지 말라고 일러두었습니다.

소인은 줄리를 만나기 위해 곧 법원장 부인 댁에 갔습니다. 그러나 마침 줄리가 외출중이어서 하는 수 없이 라플뢰르하고만 얘기를 했는데, 이 자는 식사시간에만 저택에 들어가기 때문에 아무런 정보도 얻어낼 수 없었습니다. 부인 시중은 두 번째로 지위가 높은 하인 혼자서 든다고 하는데, 나리께서도 아시다시피 소인은 이 자하고는 전혀 안면이 없습니다. 하지만 오늘 소인은 일을 시작할 수 있었습니다.

오늘 아침 줄리를 찾아갔더니, 줄리는 소인을 반갑게 맞아주었습니다. 줄리에게 마님이 파리에 돌아오신 까닭을 물으니 자기도 거기에 대해 아무것도 모른다고 하더군요. 그 말은 사실인 것 같습니다. 왜 나한테 떠나는 것을 미리 알리지 않았느냐고 따졌더니, 자기도 그날 밤 마님을 모시고 침실에 갔을 때야 비로소 알았다고 합니다. 그래서 밤새 내내 짐을 챙겼기 때문에 이 불쌍한 아가씨는 겨우 두 시간밖에 잠을 자지 못했다고 합니다. 새벽 1시가 지나서야 편지를 쓰고 계시는 마님을 놔두고 그 방에서 나올 수 있었다고 합니다.

마님은 아침에 떠나시면서 저택의 수위에게 편지 한 통을 전했다고 하는데, 줄리는 누구에게 가는 편지인지는 모르지만 아마 나리께 보내는 편지인 것 같다고 말하더군요. 나리께서는 그 점에 대해서 저에게 아무 말씀이 없었으니까 그런지는 저도 잘 모르겠습니다. 가는 도중에 마님은 커다란 두건으로 얼굴을 가리고 있었으므로 얼굴이 전혀 보이지 않았지만, 몇 번씩이나 우신 듯하다고 합니다.

도중에 마님은 한마디 말씀도 하지 않으셨고, 오실 때처럼 중간에 ××마을(중간 지점에 있는, 앞에 나온 그 마을)에서 멈추지도 않았다고 합니다. 줄리는 아침도 먹지 못했으므로 달갑지 않았다고 합니다. 하지만 주인은 주인이니까 그러면 못쓴다고 타일렀죠.

집에 도착해서 마님은 주무셨지만, 겨우 두 시간쯤 누우셨을 뿐, 곧 일어나셔서 문지기를 불러 아무도 집 안에 들여보내지 말라고 이르셨다고 합니다. 마님은 화장도 전혀 하지 않으시고, 점심식사를 하셨지만 수프만 조금 드시고 곧 자리에서 일어나셨다고 합니다. 누군가 커피를 마님 방으로 가지고 갔는데, 그때 줄리도 같이 들어갔다고 합니다. 마님께서는 책상 속에 있는 서류를 정리하고 계셨는데, 그것은 편지임에 틀림없다고 합니다. 분명 나리께서 보내신 편지일 겁니다. 그리고 세 통의 편지가 오후에 마님 앞으로 왔는데, 그중 한 통은 저녁때까지 뜯어보지 않았다고 합니다. 소인 생각으론 이것 역시 나리의 편지임에 틀림없을 것 같습니다. 그렇긴 하더라도 왜 마님께서 그렇게 느닷없이 떠나셨는지 그저 소인은 놀랍기만 합니다. 물론 나리께서는 잘 알고 계시겠지만 소인 따위는 알 수가 없지요.

법원장 마님께서는 오후에 서재에 가서서 책 두 권을 들고 안방으로 돌아오셨다고 합니다. 그러나 줄리 말에 따르면 마님은 하루 내내 책은 15분 정도밖에 읽지 않으시고, 아까 말씀드린 그 편지들만을 읽으신 다음 머리에 손을 얹고 생각에 잠겨 계셨다고 합니다. 그리고 그 책 이름을 알면 나리께서 기뻐하실 것 같아서 줄리에게 물어보았는데 모른다고 하기에 서재를 구경하고 싶다는 구실로 오늘 그곳으로 안내를 받았습니다. 서가에서 빠져 있는 책은 두 권으로 하나는 〈기독교인의 수상록〉 제2권이고, 다른 하나는 〈클래리사〉(영국 작가 리처드슨의 소설)라고 하는 책의 제1권이었답니다. 그대로 적어놓았습니다만 나리께서는 무슨 책인지 잘 아시겠죠. 어제 저녁식사 때도 마님은 아무것도 안 드시고 차만 마셨다고 합니다.

오늘 아침 마님은 이른 시간에 벨을 울려서 곧 마차를 준비하라고 이르시고 9시 전에 수도원에 가서 미사에 참례했다고 합니다. 고해성사를 하려고 했는데, 마침 신부님이 출장중이셔서 열흘쯤 지나서야 돌아오신다는 것이었습니다. 이런 말씀도 나리께 알려드리는 것이 좋을 듯해서 적어두는 것입니다.

마님은 댁에 돌아오셔서 아침식사를 드시고 편지를 쓰기 시작했는데, 한 시간 가량 쓰셨다고 합니다. 나리께서 제일 바라시던 것을 이룰 기회가 찾아온 것입니다. 왜냐하면 바로 소인이 그 편지들을 우체국으로 가져갔으니 말입니다. 볼랑주 마님에게 가는 편지는 없었습니다. 하지만 그중 한 통을 나리께 보냅니다. 법원장님께 보내는 편지랍니다. 이 편지가 가장 흥미 있어 보였습니다. 로즈몽드 마나님께

보내는 편지도 있었는데, 이 편지는 나리께서 원하신다면 언제든지 보실 수 있다고 생각했기 때문에 그대로 발송했습니다. 아무튼 법원장 마님은 주인 양반에게도 편지를 쓰시니 나리께서는 모든 사정을 아시게 될 것입니다. 앞으로도 바라시는 편지는 모두 입수할 작정입니다. 왜냐하면 편지 보내는 일은 늘 줄리를 시키는데, 다른 사람의 일도 아니고 소인과의 우정 때문에, 그리고 나리의 일이기도 해서 줄리는 기꺼이 소인의 부탁을 들어주겠다고 했습니다.

줄리는 심지어 제가 돈을 주어도 받으려고 하지 않습니다. 하지만 나리께서 줄리에게 무엇인가 조그만 선물이라도 하고 싶으시다는 것을 소인이 알고 있으므로, 나리께서 그러시고 싶다면 줄리가 무엇을 원하는지 소인이 쉽게 알 수 있으므로 소인에게 그 일을 맡겨주시기 바랍니다.

설마 나리께서 소인이 할 일을 소홀히 하고 있다고 생각하시지는 않겠지요. 나리께서 소인을 나무라신 것에 대해서 몇 마디 변명을 올릴까 합니다. 소인이 법원장 마님이 출발하신 것을 몰랐던 것은, 오히려 나리에 대한 충성심 때문이었습니다. 왜냐하면 나리께서 새벽 3시에 소인에게 출발하라고 해서 소인은 저택 사람들의 잠을 깨울까봐 두려워 행랑방에서 잤기 때문에 평소 때처럼 전날 밤 줄리를 만나지 못했던 것입니다.

나리께서는 소인이 걸핏하면 무일푼이 되기가 일쑤라고 하시지만, 나리께서도 아시다시피, 무엇보다도 제 옷차림을 깨끗이 하고 싶기 때문입니다. 그러려면 입고 있는 옷을 여러 모로 잘 꾸며야 하지 않겠습니까. 물론 뒷날을 위해 약간이라도 저축을 해야 하겠지만 사정이 그렇지 못하니 나리의 너그러운 아량만 바랄 뿐입니다.

나리 밑에서 일하면서 투르벨 마나님의 하인으로 들어가라는 말씀은 제발 소인에게 안 해주셨으면 감사하겠습니다. 공작 부인 댁에서의 경우는 완전히 예외적인 일이었으니까요. 그러나 영광스럽게도 나리의 하인이 된 뒤부터는 소인은 대저택의 하인이나, 더욱이 법관 댁의 하인이 되고 싶은 생각은 추호도 없습니다. 그 이외의 분부라면 무슨 일이든 가리지 않고 하겠습니다.

17××년 10월 5일, 파리에서.

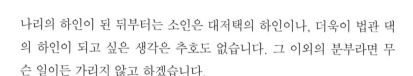

투르벨 법원장 부인이

로즈몽드 부인에게

오! 너그러우신 어머님! 정말 얼마나 고마웠는지 모릅니다. 그 편지를 얼마나 받고 싶었는지 모릅니다. 읽고 또 읽어도 그 편지에서 눈을 뗄 수가 없습니다. 그곳을 떠나온 후 처음으로 괴로움이 가시는 듯했습니다. 부인은 정말 좋으신 분입니다! 지혜와 미덕을 겸비하신 부인께서 저처럼 나약한 여자를 동정해 주시다니요! 저의 고통에 연민을 품어주시다니요! 아! 이 고통을 다 겪었다고 믿었습니다. 하지만 말로 설명할 수 없는 이 괴로움, 직접 겪어보지 않고는 알 수 없는 이 괴로움은 사랑하는 사람과 헤어지는 것, 그것도 영원히 헤어져야 하는 바로 그것이군요……. 그렇습니다. 오늘 저를 짓누르는 고통은 내일도 모레도 아니 제가 생명을 부지하는 한 영원히 되살아나겠죠. 아! 저는 아직도 젊은데, 앞으로 얼마나 괴로워해야 할까요!

저는 스스로 자신을 불행하게 하고 있습니다. 제 손으로 가슴을 쥐어뜯고 있습니다. 그리고 이 견딜 수 없는 고통에 몸부림치면서, 한마디면 이 고통을 멈추게 할 수 있음을 매순간 느끼면서도 바로 이 한마디 말이 죄가 되다니 말입니다! 아! 부인! …… 그분과 멀리 떨어져 있겠다는 모진 결심을 했을 때만 해도, 저는 멀리 떨어져 있으면 힘과 용기가 되살아나지 않을까 하고 기대를 가졌었습니다. 그러나 엄청난 착각이었습니다. 그렇기는커녕 저는 힘과 용기를 모두 잃고 말았습니다. 사실 함께 있었을 때는 지금보다 더 싸워야만 했습니다. 하지만 저항하면서도 그렇게 외롭지는 않았습니다. 적어도 그분을 이따금 볼 수 있었으니까요. 그분을 볼 용기는 나지 않았지만, 그분이 저를 바라보는 것 같았고, 제 마음을 따뜻하게 해주었으니까요. 그분의 시선은 제 눈을 거치지 않더라도 제 마음속 깊이 파고들었습니다. 이젠 쓰라린 고독 속에서 그리운 모든 것과 떨어져 불행과 마주 바라보며 쓸쓸한 나날을 눈물로 보낼 뿐입니다. 더구나 이 쓰디쓴 고통을 덜어줄 것도 없고, 제 희생을 위로해 주는 것도 없답니다. 그리고 지금까지 해온 희생도 앞으로 치러야 할 희생을 더욱 쓰라리게 할 뿐입니다.

　　어제도 저는 그런 감정을 절실하게 느꼈습니다. 제게 온 편지 중에서 그분에게 온 편지가 한 통 있었습니다. 하녀가 저한테 채 가져다주기도 전에 저는 그 편지를 알아볼 수 있었습니다. 저는 얼떨결에 일어났지요. 몸은 부들부들 떨리고, 감정을 감추기가 어려웠어요. 더구나 그때의 심정으로는 즐거움이 없었던 것도 아니었습니다. 혼자 남게 되니 이 덧없는 기쁨도 순식간에 사라지고, 뒤에는 또다시 치러야 하는 희생만이 남아 있을 뿐이었습니다. 읽고 싶어 못 견디겠지만 어떻게 편지를 뜯어볼 수 있었겠습니까? 피할 수 없는 숙명 때문인지, 위안이 오는가 싶으면, 그것은 오히려 또다시 새로운 고독을 안겨주고 마는 것입니다. 발몽님께서도 저와 마찬가지로 고독을 느끼시리라고 생각하니, 이 고독은 더욱 사무치게 되는군요.

　　마침내 쓰고 말았군요. 늘 마음속으로 사모하면서도 차마 쓸 수 없었던 그분의 이름을 말입니다. 부인께서 제가 그분의 이름을 밝히지 않아서 가벼운 꾸지람을 하셨을 때 저는 정말 놀랐습니다. 제가 수줍음을 가장하여 부인에 대한 저의 신뢰를 손상시키려고 한 것은 결코 아니라는 사실을 믿어주시기 바랍니다. 제가 왜 그분의 이름을 밝히는 것을 꺼리겠습니까? 아! 제가 부끄러워한다는 것은 제 감정이지, 이 감정을 일으킨 분이 아닙니다. 그분 말고 그 어떤 사람이 그런 감정을 제게 심어줄 수 있겠습니까? 하지만 왜 그분의 이름이 펜 밑에서 자연스럽게 흘러나오지 못하는지 저도 모르겠습니다. 지금만 해도 망설임 끝에 쓴 것입니다. 다시 그분의 이야기로 돌아가렵니다.

부인께서는 그분이 제가 떠난 것을 아시고 '무척 상심한' 것 같다고 말씀하셨는데요, 그분은 정말 어떤 태도를 취했고, 뭐라고 말씀하셨는지요? 파리에 오신다는 말씀은 없으셨나요? 만일 그분이 파리로 오시겠다고 한다면 그분이 그러지 못하도록 제발 만류해 주시면 좋겠습니다. 만일 그분이 저를 잘 판단하고 계신다면, 제가 떠나온 것을 원망하지 않으리라고 생각합니다. 또한 저의 결심이 결코 번복될 수 없는 것임을 알아주셔야 할 것입니다. 그분이 무슨 생각을 하시는지 모른다는 것이 가장 괴롭습니다. 아직도 제 눈앞에는 그분의 편지가 놓여 있습니다. 그렇지만 이 편지를 뜯어보아서는 안 된다는 제 생각에 부인께서도 틀림없이 찬성하리라고 믿습니다.

그분과 완전히 이별을 하지 않아도 괜찮은 것은 오로지 너그러우신 부인 덕택입니다. 부인의 친절을 남용할 생각은 없습니다. 긴 편지를 쓸 수 없다는 것도 저는 잘 이해하고 있습니다. 하지만 부인께서 딸로 삼으신 저에게 두 마디 말씀은 거절하지 마시기를 바랍니다. 첫마디는 제 용기를 북돋우기 위한 것이고, 다른 한마디는 그런 용기를 가져야만 하는 저를 위로하기 위한 것입니다. 그럼 안녕히 계십시오.

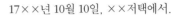

17××년 10월 10일, ××저택에서.

제109신

세실 볼랑주가

메르테유 후작 부인에게

    고맙게도 아주머님께서 써주신 편지를 오늘에야 겨우 발몽님께 전했습니다. 들키지 않을까 겁을 먹으면서 저는 나흘 동안 편지를 간직하고 있었습니다. 그렇지만 무척 조심하면서 편지를 감추어두었어요. 그리고 다시 슬퍼질 때면 방안에 틀어박혀 되풀이해서 읽었어요.

    편지를 읽고서 제가 무척 커다란 불행이라고 생각했던 것이 대단한 게 아니라는 것을 깨달았어요. 솔직히 말씀드려서 매우 즐겁답니다. 그래서 이젠 예전처럼 울고불고하지는 않아요. 당스니 생각을 하면 이따금 슬퍼지기도 하지만, 그이 생각을 전혀 하지 않는 때도 있답니다. 더구나 발몽님이 저를 무척 친절하게 대해 주시고 있거든요!

    발몽님과 이틀 전에 화해했어요. 그건 그다지 힘든 일이 아니었어요. 왜냐하면 제가 한두 마디 이야기를 꺼냈더니, 그분은 자기에게 말할 게 있으면 그날 밤 제 방으로 찾아오시겠다고 하셨어요. 그래서 저도 그러시라고 대답했어요. 그리고 제 방에 들어오셔서도 마치 아무 일도 없었다는 듯, 노여워하는 모습은 전혀 없었어요. 나중에 꾸지람을 조금 하셨지만, 무척 부드럽게…… 마치 아주머님같이 하셨어요. 그래서 그분도 저에게 호의를 갖고 있다는 것을 알 수 있었어요.

    그분은 믿어지지 않을 만큼 재미있는 이야기들, 특히 엄마에 관한 이야기들을 얼마나 많이 해주셨는지 몰라요. 아주머님이 그런 일이 모두 사실인지 어떤지 말씀해 주시면 좋을 텐데 하는 생각이 듭니다. 웃음을 참지 못할 정도로 재미있었던 게 사실이었으니까요. 한번은 참을 수가 없어서 크게 웃음을 터뜨렸는데, 발몽님이나 저나 모두 등골이 오싹했댔어요. 혹 엄마가 그 소리를 듣고 오셨으면 저는 어떻게 되었겠어요. 보나마나 엄마는 나를 수녀원에 다시 가두어놓고 말았을 거예요.

정말 조심해야 하니까, 그리고 발몽님께서 제게 "무슨 일이 있어도 아가씨에게 해를 끼치는 일을 하고 싶지 않아"라고 말씀하시니만큼 이제부터 그분은 제 방문을 열어주시려만 오시고, 대신 밤은 그분 방에서 지내기로 했어요. 거기라면 두려워할 것이 없으니까요. 어제만 하더라도 그 방에 갔었답니다. 지금도 아주머님께 편지를 쓰면서도 그분이 오시기를 기다리고 있답니다. 이젠 아주머님도 저에게 야단치지 않으시겠죠?

하지만 아주머님 편지에 뜻밖의 말씀이 한 가지 있더군요. 그것은 제가 결혼한 후에 당스니와 발몽님에 대해 어떻게 해야 하는지에 관한 일이에요. 언젠가 아주머님은 오페라 좌에서 일단 결혼을 하면 오직 남편만을 사랑하고, 당스니는 잊어버리는 게 좋을 것이라고 말씀하시지 않았나요? 제가 잘못 들었는지도 모르고요.

하지만 그렇게 되지 않는 편이 더 좋을 것 같아요. 왜냐하면 저는 이제 결혼하는 일에 대해선 그렇게 무섭게 느껴지지 않으니까요. 오히려 지금보다 더 자유로워질 수 있으니까요. 지금이라도 결혼하고 싶어요. 결혼하고 나면 당스니만을 생각할 수 있을 거예요. 당스니가 아니면 저는 진정으로 행복할 것 같지 않아요. 지금도 그분을 생각하면 마음이 아프고, 그분 생각을 하지 않을 때가 행복하니까요. 하지만 그분 생각을 하지 않을 수 있나요? 그분을 생각하면 곧 슬퍼져요.

아주머님께서 당스니가 저를 더 사랑하게 될 거라고 말씀하시니 그래도 조금 위로가 돼요. 하지만 정말 그럴까요? …… 그렇군요, 아주머님은 저를 속이려고 하지 않을 테니까요. 하지만 그래도 야릇한 것은 당스니를 좋아하면서도 발몽님하고…… 하지만 아주머님 말씀대로 이것이 행복인지도 몰라요. 아무튼 머지않아 알게 되겠지요. 아주머님께서는 제게 편지 쓰는 방법에 대해서 주의를 주셨는데 저는 잘 납득이 가지 않아요. 당스니는 제 편지가 그만하면 됐다고 하던데요.

하지만 발몽님과의 관계에 대해선 그분한테 아무 말도 해서는 안 된다는 것쯤은 저도 알고 있으니 그 점에 대해선 염려하지 않으셔도 될 거예요.

엄마는 아직 제게 결혼문제에 대해선 아무런 언급도 없으세요. 말하고 싶으면 말하라지요.

그 얘기가 나오면, 저를 함정에 빠뜨리기 위해서 그러는 것일 테니 틀림없이 능숙하게 거짓말을 해서 넘기겠어요.

그럼, 안녕히 계세요. 정말 감사해요. 아주머님의 친절은 결코 잊지 않겠어요. 여기서 이만 그치겠어요. 이젠 새벽 1시가 다 되어가는군요. 발몽님이 곧 오실 시간이에요.

17××년 10월 11일, ××저택에서.

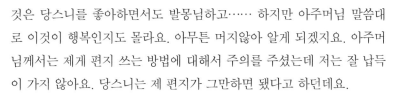

제110신

발몽 자작이

메르테유 후작 부인에게

'하늘에 계신 하느님이시여, 이제까지 저는 고통을 위한 영혼을 지녀왔습니다. 이제는 제게 행복을 위한 영혼을 주십시오!' (루소의 〈신新 엘로이즈〉에서) 제 기억으로는 아마 사랑하는 생 프뢰의 말일 겁니다. 생 프뢰보다는 여러 모로 앞선 나 이 발몽은 두 가지 생활을 동시에 누리고 있습니다. 그렇습니다. 부인. 나는 행복하기도 하고 불행하기도 합니다. 그리고 나는 당신을 완전히 신뢰하고 있으니까 괴로움과 즐거움의 이야기를 다 해드리지 않으면 안 되겠군요.

　　은혜를 모르는 그 신앙심 깊은 여인은 여전히 나를 매정하게 다루는군요. 벌써 편지가 되돌아온 것도 네 번째가 됩니다. 네 번째라고 말한 것이 어쩌면 틀릴지도 모르겠습니다. 왜냐하면 첫 번째 편지가 되돌아오자 그 다음 편지도 역시 마찬가지일 거라고 짐작해서, 이따위 일에 시간을 낭비하지 말자는 심산으로 나는 의례적인 유감의 뜻만을 표하고 날짜는 적지 않습니다. 그래서 두 번째 편지부터는 같은 내용의 편지가 계속 오가고 있는 실정이지요. 나는 봉투만 바꾸면 됩니다. 만일 나의 연인이 보통 다른 애인들이 하는 것 같은 결말을 맺어서, 어느 날 지쳐서 수그러지면, 그때 가서는 결국 편지를 받고 말겠지요. 그때 가서 다시 형편을 살펴도 늦지 않을 것입니다. 이런 신식 편지 교환으로는 도저히 소식을 알 도리가 없지 않겠습니까.

　　그러나 나는 그 변덕스러운 여자가 의논 상대를 바꿨다는 사실을 알아냈습니다. 저택을 떠난 이후로 그녀는 볼랑주 부인에게는 한 통의 편지도 보내지 않았지만, 로즈몽드 백모님께는 두 번이나 편지를 했다는 것을 확인했습니다. 그리고 백모님이 편지를 받은 사실에 대해서 아무 말도 안 할 뿐 아니라, 예전에는 입만 벙긋하면 끄집어냈던 '내 귀여운 아기'에게 한마디 말도 하지 않는 것으로 보아, 나는 백모님이 투르벨 부인의 의논 상대라고 결론을 내린 것입니다. 추측건대, 누군가를 붙잡고 이야기를 하고 싶다는 것과, 오랫동안 부인해 온 나에 대한 감정을 새삼스럽게 볼랑주 부인에게 털어놓는 것이 수치스러운 나머지 이런 대변화가 생겨난 모양입니다. 이렇게 의논 상대를 바꿔서

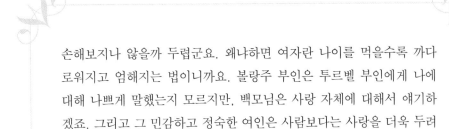

손해보지나 않을까 두렵군요. 왜냐하면 여자란 나이를 먹을수록 까다로워지고 엄해지는 법이니까요. 볼랑주 부인은 투르벨 부인에게 나에 대해 나쁘게 말했는지 모르지만, 백모님은 사랑 자체에 대해서 얘기하겠죠. 그리고 그 민감하고 정숙한 여인은 사람보다는 사랑을 더욱 두려워하고 있으니까요.

소식을 알아낼 수 있는 유일한 방법은 은밀히 주고받는 편지를 가로채는 길밖에 없습니다. 나는 하인에게 이미 그 명령을 내려두었고, 그것이 실행되기를 이제나저제나 기다리고 있습니다. 그때까지는 임기응변으로 일을 처리할 수밖에 없겠지요. 그래서 나는 일주일 전부터 소설이나 나의 비록秘錄에서 이제까지 알려진 모든 수단을 닥치는 대로 조사해 보고 있지만, 사건의 정황이나 여주인공의 성격에 맞는 수단은 하나도 발견되지 않는군요. 한밤중에 그녀의 집에 숨어 들어가 마약을 먹여 잠을 재운 다음 클래리사를 재연再演하기란 식은 죽 먹기입니다. 하지만 두 달 이상을 그토록 모진 애를 썼는데 내겐 어울리지 않는 수단으로 비열하게 남의 흉내를 내면서까지 승리를 쟁취한다고 해서 무슨 영광이 있겠습니까! …… 아닙니다. 나는 결코 그녀가 '죄악의 쾌락과 정절의 명예'(역시 루소의 〈신 엘로이즈〉에 나오는 구절)를 얻게 하지는 않을 것입니다. 그녀를 소유하는 것만으로 나는 만족하지 않습니다. 그녀가 스스로 몸을 맡길 때까지 기다리겠습니다. 그런데 그렇게 하기 위해서는 그녀의 방에 침입해 들어가는 것으로는 충분하지 않고, 그녀의 소원에 따라 들어가지 않으면 안 됩니다. 그녀가 스스로 내 말을 듣고 싶어하는 심정이 되지 않으면 안 된다는 말입니다. 특히 그녀에게는 위험하다는 생각이 들게 하면 안 되겠지요. 위험하다는 생각이 들면 그녀는 그것을 극복하거나 아니면 죽어버릴지도 모르기 때문입니다. 그러나 나로서는 무엇을 해야 할지 알면 알수록 그 시행이 더욱 어렵게 생각된다 이겁니다. 당신은 나를 비웃을지도 모르겠지만, 생각을 점점 더할수록 어떻게 해야 할지 모르겠습니다.

우리 둘이 돌보아주는 아가씨가 내게 즐거운 기분 전환을 제공하지 않았더라면 나는 아마 머리가 돌아버렸을지도 모릅니다. 사랑의 비가悲歌 말고 다른 이야기를 할 수 있는 것도 다 그 아가씨 덕분입니다.

이 아가씨는 꽤 겁이 났던지 당신의 편지가 충분한 효과를 발휘하는 데는 꼭 사흘이 걸렸답니다. 아무리 훌륭한 재능을 갖고 있어도 한번 생각을 비뚜로 가지면 그 재능도 망가지게 되는 경우가 바로 이런 경우인가 봅니다.

아무튼 토요일이 되어서야 비로소 아가씨가 내 주위를 기웃거리더니 몇 마디 더듬거리더군요. 부끄러워서 그런지 제대로 말도 하지 못해 무슨 말인지 알아들을 수가 없었습니다. 하지만 말하면서 얼굴이 붉어지는 것으로 보아서 그 의미가 무엇인지 대충 짐작이 갔죠. 그 때까지 나는 고자세를 취하고 있었습니다. 그러나 이처럼 귀여운 뉘우침에 나도 수그러들어 그날 밤 이 귀여운 회개자의 방에 찾아가겠다고 약속했죠. 아가씨는 이 크나큰 은혜에 당연히 치러야 할 감사의 표시로 나의 승낙을 받아들였습니다.

당신의 계획이나 나의 계획을 결코 소홀히 할 수 없기 때문에, 나는 이 기회를 이용하여 아가씨의 가치를 제대로 알고, 아가씨의 계획에 박차를 가하려고 결심했지요. 그러나 이 작업을 보다 자유롭게 하기 위해서는 밀회의 장소를 바꿀 필요가 있었습니다. 당신 제자의 방과 그 모친의 방 사이에는 조그만 방이 하나 있을 뿐이라서 별로 안전하지 않기 때문에 아가씨가 마음껏 즐길 수가 없거든요. 그래서 나는 실수로 소리가 나게 해서 그 아가씨에게 겁을 주어 앞으로는 훨씬 안전한 밀회 장소를 택하도록 결심시킬 작정이었죠. 하지만 아가씨는 이런 번거로운 일을 하지 않도록 해주더군요.

이 아가씨는 걸핏하면 웃기를 잘하더군요. 그래서 아가씨의 쾌활함을 북돋워주고자 잠시 숨을 돌릴 때면 주변에서 일어난 연애사건의 풍문들을 머리에서 떠오르는 대로 이야기해 주었죠. 그리고 이야기를 더 재미있게 해서 아가씨의 주의를 끌려고 그 모든 이야기를 이 아가씨의 엄마에게 돌렸죠. 내 이야기에 절로 흥이 나다 보니 나는 볼랑주 부인을 악덕과 우스꽝스런 여자의 표본으로 치장해 버렸습니다.

하긴 내가 볼랑주 부인을 이야기의 주인공으로 삼은 것도 까닭이 없는 것은 아닙니다. 그것이야말로 무엇보다도 소심한 내 여학생에게 용기를 북돋워주는 가장 바른 길이고, 동시에 그 모친에 대한 깊은 경멸감을 심어줄 수 있기 때문이랍니다. 오래 전부터 보아온 것이지만, 이런 방법은 젊은 여자를 유혹하는 데 반드시 필요한 것은 아니지만 타락시킬 때에는 없어서는 안 되는 것으로서, 그 효과가 실로 막강하지요. 왜냐하면 자기 어머니를 존중하지 않는 여자는 자기 자신도 존중할 줄 모르기 때문이지요. 이 도덕적인 진리는 아주 유익하다고 생각되므로, 이러한 교훈을 뒷받침할 수 있는 실례를 제공하는 일은 나로서는 매우 유쾌한 일이기도 하지요.

그런데 당신 제자는 도덕 따위는 아랑곳하지 않는 모양인지 줄곧 킥킥거리며 웃지 않겠습니까? 급기야 한번은 큰 소리를 내서 웃으려고 했습니다. 아가씨가 '아주 큰 소리'를 냈다고 믿게 하는 것은 쉬운 일이지요. 내가 짐짓 놀란 표정을 짓자 아가씨도 덩달아 놀라더군요. 나는 아가씨가 이 일의 심각성을 깨닫게 하기 위해 그 날은 더 이상 즐겁게 해주지 않고 평소보다 세 시간 일찍 그 방에서 나왔지요. 그래서 그 다음 날부터는 내 방에서 만나기로 약속하고 헤어졌지요.

나는 벌써 아가씨를 두 번이나 내 방에서 맞아들였답니다. 그리고 얼마 되지 않은 사이에 이 어린 학생은 거의 스승만큼이나 솜씨가 좋아졌어요. 그렇습니다. 사실 나는 아가씨에게 모든 기교를, 심지어는 상대방을 즐겁게 하는 기교까지 가르쳐주었지요. 상대방을 경계하는 것만은 제외하고 말입니다. 이처럼 밤새도록 그 일에 열중한 나머지 나는 낮 동안에는 대개 잠을 잔답니다. 그리고 저택에 있는 사람들에게는 아무 홍미도 없기 때문에, 나는 낮에는 거실에 기껏해야 한 시간 정도밖에는 얼굴을 내밀지 않습니다. 나는 심지어 오늘부터는 식사도 내 방에서 하기로 했습니다. 앞으로는 잠시 산책하는 일 외에는 방을 떠나지 않기로 했습니다. 이런 기묘한 생활을 내 건강 탓으로 돌리고 있지요. 나는 "기분이 우울하다"고 말하기도 하고 열이 있다고 말하기도 합니다. 그러기 위해서는 천천히 목쉰 소리로 이야기하면 되고, 표정을 바꾸는 일은 당신 제자를 믿으면 되니까요. 그야말로 '사랑이 그것을 마련해 주리라'(르냐르의 〈사랑의 광란〉에서)와 같은 격입니다.

　　나는 한가한 시간에는 나를 배신한 여인에게 내가 잃어버린 우월감을 다시 찾을 방법을 생각해 보기도 하고, 내 제자를 위한 일종의 타락의 교리문답을 작성해 보기도 한답니다. 나는 거기에 나오는 표현을 모두 성적 기교를 나타내는 단어로 꾸몄습니다. 결혼 첫날밤에 아가씨와 제르쿠르 사이에 이 교리문답에 따른 재미있는 회화가 오갈 것을 생각하니 벌써부터 즐거워지는군요. 이 아가씨가 배운 약간 음탕한 언어를 이처럼 빨리 솜씨 있게 구사하는 모습을 보는 것보다 더 재미있는 일은 없답니다. 이 아가씨는 다른 방법으로도 말할 수 있다는 것을 꿈에도 생각하지 못하는 것 같습니다. 정말 이 아이는 매력이 있더군요. 순진하기 짝이 없는 이 철부지가 그런 파렴치한 언어를 구사하니 재미있지 않습니까? 왠지 모르게 나는 이런 기묘한 일이 아니고서는 다른 일에선 별로 재미를 느끼지 못하겠군요.

　　내 시간과 건강을 다 희생할 정도이니 아마 내가 너무나 아가씨에게 열중하고 있나 보죠. 하지만 이렇게 꾀병을 부리고 있으면 거실의 따분함을 피할 수도 있겠지만, 그 근엄한 여자에 대해서도 어느 정도 이득을 볼 수 있을 것 같습니다. 이 여자는 차가운 정절과 부드러운 인정을 겸비하고 있으니까요! 그 여자는 내가 병들었다는 대사건에 대해서 알고 있을 게 틀림없습니다. 나는 이 여자가 내가 병에 걸린 것을 어떻게 생각하고 있는지 알고 싶어 못 견디겠습니다. 틀림없이 제 탓으로 여기고 우쭐대고 있을 겁니다. 그 여자에게 주는 충격의 정도에 따라 나의 건강 상태를 조절할 작정입니다.

이것으로 당신은 나만큼이나 나에 대한 소식을 잘 알았을 것입니다. 곧 당신에게 이보다 훨씬 재미있는 소식을 전할 수 있기를 바라겠습니다. 그렇게 되기를 바라면서 당신이 주는 상을 제가 간절히 기다리고 있다는 사실을 부디 믿어주십시오.

17××년 10월 10일, 바스티아에서.

제111신

제르쿠르 백작이

볼랑주 부인에게

부인, 이곳에서는 모든 것이 평온한 상태로 되돌아갈 것 같기에 우리는 하루빨리 본국으로 귀환할 날만을 손꼽아 기다리고 있습니다. 한시라도 빨리 귀환하여 부인과 볼랑주 양과 인연을 맺고 싶은 마음은 변함이 없습니다. 그런데 부인께서도 아시다시피 제가 많은 은혜를 입고 있는 제 사촌형 ××공작이 나폴리로부터 소환을 받으셨다고 얼마 전 저에게 연락이 왔습니다. 편지에 의하면 사촌형은 로마를 경유하는 도중에 이탈리아에서 아직 가보지 못한 곳을 구경하려고 하는데, 저와 같이 동행하자는 제안을 해왔습니다. 여행은 한 달 반 내지 두 달가량 예정하고 있습니다. 일단 결혼하고 나면 공무 이외의 일로 집을 비우는 일이 용이하지 않을 테니 솔직히 말씀드려서 저는 이 기회를 놓치고 싶지 않은 것입니다. 그러므로 우리의 결혼은 겨울까지 연기하는 편이 더 좋지 않을까 생각됩니다. 더욱이 겨울이 되어야 저의 일가친척들이 모두 파리에 모일 수 있으며, 특히 이번 혼담에 큰 신세를 진 ××후작의 경우가 그렇습니다. 제 생각은 이렇다 하더라도 부인의 계획에 절대적으로 따르고자 하니 부인이 처음 세우신 계획이 더 좋으시다면, 저는 언제든지 제 계획을 기꺼이 취소하겠습니다. 다만 이 문제에 대해서 부인께서 어떻게 생각하시는지 가능한 한 빨리 알려주셨으면 합니다. 답장은 이곳에서 기다리고 있겠으며, 부인의 뜻에 따라 제 행동을 결정하고자 합니다.

저는 아들로서 가질 수 있는 모든 감정을 갖고 부인을 존경하고 있습니다. 안녕히 계십시오.

17××년 10월 14일, ××저택에서.

제112신

로즈몽드 부인이

투르벨 법원장 부인에게(하녀가 받아씀)

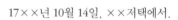

11일 날짜의 편지(이 편지는 발견되지 않았음)와 그 안에 쓰인 가벼운 꾸지람은 잘 받았습니다. 좀더 꾸지람을 하고 싶었을 거예요. 그리고 만일 당신이 '내 딸'임을 기억하지 않았더라면 나를 정말로 야

단쳤을 거예요. 하지만 당신이 잘못 생각하신 것입니다. 편지를 하루하루 미루었던 것은 내 손으로 직접 당신에게 답장하고 싶었고, 또 그럴 수 있으리라고 생각했기 때문입니다. 그래서 아시다시피 오늘 별 수 없이 몸종의 도움을 받아 편지를 쓰는 것입니다. 고질적인 신경통이 다시 재발했는데, 이번에는 오른쪽 팔에서 말썽을 일으켜 팔 하나가 없는 사람과 다름없는 불구자가 되어버리고 말았답니다. 당신처럼 젊고 건강한 사람이 나처럼 늙은 친구를 두면 그런 일을 당하게 마련입니다. 상대방의 병 때문에 불편을 겪거든요. 신경통이 조금이라도 가라앉으면 좀더 오랫동안 당신하고 이야기하도록 하지요. 그때까지는 다만 당신한테 두 통의 편지를 받았다는 사실과 당신에 대한 우정이 더욱 깊어졌고 당신 신상에 관계된 모든 것을 언제나 진심으로 걱정하고 있다는 사실만을 알려드립니다.

　　내 조카도 별로 몸이 좋지 않습니다. 그러나 그렇게 위험한 게 아니니 근심하실 필요는 없습니다. 가벼운 몸살 정도이며, 내가 보기에는 몸이 아프기보다는 마음의 병인 듯합니다. 요즈음에는 얼굴 보기도 힘들답니다.

　　조카는 방에 처박혀 있고 당신도 떠나버렸으니 우리들의 모임도 예전만큼 유쾌하지 못하군요. 특히 볼랑주 양은 당신이 떠난 것을 무척 원망하고 있으며, 온종일 하품만 하고 있답니다. 특히 요 며칠 전부터 점심식사 후에는 곤하게 낮잠까지 잔답니다.

　　안녕히 계십시오. 나는 영원히 당신의 좋은 벗, 당신의 어머니, 그리고 이 나이로 그렇게 될 수 있다면 당신의 언니마저도 되겠습니다. 당신과는 온갖 애정으로 맺어져 있으니까요.

제113신

메르테유 후작 부인이

발몽 자작에게

　　자작님, 당신에게 알려드리지 않으면 안 될 일이 생겼습니다. 파리에서는 사람들이 당신에 대해서 관심을 갖기 시작했어요. 당신이 이곳에 계시지 않은 것을 알고 벌써부터 그 이유를 캐묻고 있습니다. 어제 나는 사람들이 많이 모인 만찬에 참석했는데, 당신이 소설 같은 불행한 사랑에 빠져서 시골 어느 마을에 붙들려 있다는 이야기가 마치 사실인 듯 퍼져 있더군요. 이런 이야기를 듣자 당신의 성공을 질투하는 남자들과 당신이 거들떠보지도 않은 여자들의 얼굴에 희색이 만면해지더군요. 내 말을 믿는다면 이런 위험한 소문이 퍼지기 전에, 한시바삐 파리에 나타나서 그따위 소문을 불식시키는 것이 좋을 듯합니다.

　　당신이 만만한 상대가 아니라고 사람들이 갖고 있던 생각이 일단 그들의 뇌리에서 사라지게 되면, 당신은 머지않아 쉽게 사람들의 저항을 받게 되고, 당신의 경쟁자들도 당신에 대한 존경심을 잃고 심지어는 당신을 꺾으려고 달려들 거예요. 모두들 자신이 여자의 정조보다도 더 강하다고 생각하는 사람들만 있기 때문이죠. 특히 당신과 함께 바람을 피웠다고 소문이 자자했던 여자들 가운데, 실제로 당신과 놀아나지 않았던 여자들은 사람들 앞에서 당신을 헐뜯을 것이고, 실제로 그랬던 여자들은 사람들을 속이려 들 거예요. 끝으로 당신은 지금까지 과대평가를 받아왔던 것과는 정반대로 과소평가를 받을지도 모른다는 사

378

실을 각오해야 할 거예요.

　　그러니 자작님, 어서 파리로 돌아오세요. 당신의 명성이 그 따위 유치한 장난에 희생이 되어서야 되겠어요? 볼랑주의 딸은 우리가 바라던 대로 당신이 다 해놓았지만, 법원장 부인은 백 리나 떨어져 있으니 생각을 끊으시는 편이 좋을 거예요. 그 여자가 행여 당신을 찾을 줄 아세요? 지금쯤은 아마 당신에 대한 생각은 모두 잊어버리고 있거나, 설사 한다고 하더라도 당신에게 모욕을 주었다는 것을 자찬自讚하기 위해서나 생각할 정도겠죠. 하다못해 이곳에 있기라도 하면 옛날의 화려한 명성을 되찾을 수 있는 기회도 있을 테고, 또 당신에게는 이 영광이 필요하니까요. 그리고 설사 당신이 그 어처구니없는 모험을 한사코 밀고 나가겠다고 하더라도, 파리에 온다고 해서 별 지장이 있을까요? …… 나는 그 반대라고 생각합니다.

　　아직 그 증거를 보지는 못했지만 당신에게 귀가 따갑도록 들어온 대로 당신의 법원장 부인이 '당신을 사랑한다'고 합시다. 그렇다면 지금 그 여자의 유일한 위안, 유일한 기쁨은 분명 당신에 관한 이야기를 하고 당신이 무엇을 하고 무엇을 말하며 무엇을 생각하고 있는지, 그리고 심지어는 당신 신상에 관련된 아주 사소한 일까지 아는 데 있을 거예요. 사람이 고독할 때에는 이처럼 아무리 사소한 것이라도 다 가치를 갖는 법이지요. 그것은 부잣집 식탁에 흘려진 빵 부스러기와도 같은 것이에요. 부자는 빵 부스러기 따위는 거들떠보지도 않지만, 가난뱅이는 이것도 소중한 것이라 열심히 모아 그것으로 연명해 나가지요. 법원장 부인은 지금 이런 빵 부스러기나 얻어먹고 있는 신세이며 먹으면 먹을수록 그 나머지를 더 맛있게 먹으려고 서두를 겁니다.

　　더욱이 당신은 그녀의 의논 상대가 누구인지 알고 있으니, 그 의논상대의 편지에는 적어도 한 번쯤은 설교가 있었을 것이고 '품행을 올바르게 하고 정조를 지키기'(희극 〈실수는 인지상정人之常情〉에 나오는 대사)에 적합한 모든 방법이 적혀 있으리라는 것을 당신도 의심하지 않을 테지요. 대체 무엇 때문에 당신은 투르벨 부인에게 자신을 지킬 수단을 주는 한편, 의논 상대자에게는 당신을 해칠 수단을 주려고 하는지 모르겠군요.

내가 이렇게 말하는 것은 투르벨 부인이 의논 상대를 바꾸었기 때문에 손해보았다는 당신 생각에 찬성하지 않기 때문이에요. 우선 볼랑주 부인은 당신을 미워하고 있답니다. 그리고 증오는 언제나 호의에 비해서 훨씬 명철하고 간교하니까요. 당신의 늙은 백모님이 아무리 훌륭한 덕을 가지신 분이라 하더라도 자신이 사랑하는 조카에 대해서는 조금도 나쁜 말을 하시지는 않을 겁니다. 왜냐하면 덕에도 약점은 있으니까요. 그리고 당신의 두려움은 완전히 그릇된 관찰에서 비롯된 겁니다.

'여자란 나이를 먹을수록 까다로워지고 엄해지는 법'이라는 당신 말씀은 옳지 않아요. 여자가 사십 줄에서 오십 줄에 들어서면 얼굴에 주름살이 느는 것을 보고는 한심해지기도 하고, 미련은 남아 있지만 야망과 쾌락을 버려야 한다는 것에 화가 나서 거의 모든 여자들이 정숙한 체하거나 까다로워지기가 일쑤지요. 여자들이 이것을 완전히 체념하는 데는 오랜 기간이 걸리지요. 그러나 일단 이 기간을 뛰어넘으면, 여자들은 두 가지 부류로 나누어집니다.

가장 많은 유형이 갖고 있던 것이라곤 미모와 젊음밖에 없는 여자들로, 이런 여자들은 노망이 들고 무기력해져서 기껏해야 도박을 한다거나 예배를 보기 위해 밖으로 나오는 정도지요. 이런 여자들은 따분하고 잔소리가 심하고 이따금 신경질도 내지만 심술궂은 짓은 별로 하지 않는답니다. 이런 여자들은 엄격하다, 엄격하지 않다고 운운할 대상이 되지 못하지요. 생각도 없고 자기 생활도 없기 때문에 남에게서 들은 말을 무슨 뜻인지도 모르고 무턱대고 지껄이고 말지요. 그리고 그 자신은 텅 비어 있답니다.

다른 유형은, 그 수가 적긴 하지만 매우 소중한 사람들입니

다. 이들은 개성도 있고 그들의 지능을 계발하는 일도 소홀히 하지 않기 때문에 자연이 제시해 주는 생활에 불만을 느끼면 스스로 자신의 생활을 만들어낼 줄도 알고, 예전에는 용모를 위해 이용했던 치장을 정신을 위해 이용하는 여자들이지요. 이들은 대개 매우 건전한 판단력을 갖고 있으며, 사고는 빈틈없고 융통성이 있으며 우아합니다. 이들은 육체적인 매력 대신에 사람의 마음을 끄는 선의라든가, 나이가 들수록 그 매력이 더해 가는 쾌활함을 갖고 있습니다. 이렇게 해서 젊은 사람들의 사랑을 받으며, 또 그 때문에 자신도 젊어지게 됩니다. 그래서 당신이 말한 것처럼 '까다롭고 엄격' 하기는커녕, 몸에 밴 너그러움, 인간의 나약함에 대한 오랜 성찰, 특히 실제생활과 아직도 관련이 있는 젊은 시절의 추억을 간직하고 있기 때문에 이런 여자들은 오히려 상대하기가 쉽지요.

아무튼 나는 이런 할머니들이 퍼뜨리는 소문의 유익함을 일찍부터 알고 있었기 때문에 늘 이런 분들과 사귀려고 노력해 왔어요. 그중에는 이해관계 때문에 끌린다기보다는 진정으로 좋아해서 사귄 분들도 많았지요. 이런 이야기는 이 정도에서 그치지요. 왜냐하면 요즈음 당신은 걸핏하면 정신적인 문제에 열을 올리는 통에, 당신이 느닷없이 당신의 백모님을 좋아해서 이미 오래 전부터 살고 있는 그 무덤 같은 저택에 그분과 함께 묻히지 않을까 걱정이 되어서요. 자, 다시 본론으로 들어갑시다.

당신은 그 귀여운 제자가 마음에 드는 모양인데, 내 생각으로는 그 애는 당신 계획과 아무런 관계도 없는 아이 같군요. 당신은 그저 손에 닿는 곳에 있기 때문에 그 애를 소유한 것에 불과해요. 그것도 아주 빨리 말이죠! 그것은 당신이 그 애가 좋아서 그런 것도 아닐뿐더러, 솔직히 말씀드려서 그 애는 당신에게 완전한 향락을 가져다주지도 못하지요. 당신은 단지 그 아이의 육체만 소유했을 뿐이에요. 그 아이의 마음에 대해선 이야기하지 않겠어요. 당신이 그 문제에 대해선 전혀 신경을 쓰고 있지 않다는 것을 알고 있으니까요. 당신은 그 아이의 머릿속에조차 존재하고 있지 않으니까요. 당신이 이 사실을 눈치 챘는지 모르지만, 나는 그 애가 보낸 편지(제109신 참조)를 통해서 확실히 알 수 있어요. 이 편지를 보내드릴 테니 당신이 직접 보시고 판단해 보세요. 편지에서 그 애가 당신을 얘기할 때, 당신은 늘 '발몽님'이에요. 그 아이의 생각은, 설사 당신에게 연유한 것이라 하더라도 모두 틀림없이 당스니에게로 귀결되고 말아요. 그리고 그 아이는 그를 당스니님으로 부르지 않고 늘 그저 '당스니'라고만 불러요. 그렇게 함으로써 그를 다른 모든 사람과 구별하는 것이죠. 당신에게 몸을 맡길 때에도 그 아이는 당스니와 즐기고 있을 뿐이에요. 당신 것으로 만든 이 아이가 '매력 있게' 보이고, 이 아이가 주는 쾌락에 당신이 '이끌린다'면, 정말 당신은 욕심도 없는 무척 너그러운 사람이군요. 당신이 그 아이를 놓치고 싶지 않다 하더라도 나는 이의가 없어요. 그것은 내 계획 안에 포함되기도 하는 일이니까요. 하지만 그것은 시간을 낭비할 만한 가치가 있는 일 같지가 않군요. 또 내 생각으로는 그 아이를 어느 정도 사로잡아서 잠시 동안 당스니를 잊게 한 다음 당스니에게 내주는 것이 바람직할 듯하군요. 당신 이야기는 이제 이만 해두고, 내 이야기를 하기 전에 한마디만 더하지요. 당신이 편지에서 말한 꾀병을 부리는 방법은 이젠 너무나 잘 알려진 낡아빠진 수법이 아닌가요? 자작님, 당신은 정말 꾀가 없는 분이시네요! 당신이 보시다시피 나도 때로는 낡은 수법을 쓰기도 합니다. 하지만 세부사항을 바꾸기 때문에 낡은 수법이라는 말은 듣지 않지요. 그리고 무엇보다도 그렇게 해서 성공만 한다면 무슨 말을 할 수 있겠어요? 나는 이번에도 그런 방법을 써서 새로운 모험을 해보려고 해요. 어려운 일을 했다고 자부할 정도는 아니지만, 여하튼 기분 전환은 되니까요. 그리고 요즘에는 심심해서 죽겠거든요.

프레방 사건이 있은 이후로 왠지 모르게 벨르로슈에게 정나미가 떨어졌어요. 그는 예전에 보였던 친절과 애정과 '숭배'를 되풀이

하지만, 나는 이제 참을 수가 없더군요. 처음에는 그가 화를 내는 모습이 귀엽게 보였지만, 이제는 달래주지 않으면 안 돼요. 그대로 내버려두면 내가 위험할지도 모르니까요. 그런데 이 사람은 아무리 타일러도 막무가내입니다.

그래서 적당히 구슬리려고 짙은 애정을 보여주기도 했죠. 그랬더니 이 사람은 이것을 곧이 믿고는, 그때부터 영원한 기쁨이니 뭐니 해서 나를 괴롭히지 않겠어요. 이 사람은 특히 나를 만만히 보고, 마치 내가 영원히 자기 것이라도 되는 것처럼 마음을 푹 놓고 있으니 정말 분통이 터질 지경이에요. 나를 사로잡을 수 있다고 스스로 뽐내고 있으니, 도대체 나를 어떻게 보고 그러는지 알 수 없군요. 저번에는 "당신은 나 말고 다른 남자를 사랑해 본 적이 없지?"라고 말하지 않겠어요? 기분 같아선 사실을 이야기해서 당장 그 자의 정신이 번쩍 들게 해주고 싶었으나 극도로 자제했지요. 나에 대한 독점권을 가지려 하다니 참 재미있는 사람이기도 하지요! 그 자가 허우대도 멀쩡하고 미남이라는 것은 나도 인정해요. 하지만 모든 것을 따져보면, 결국은 그 사람은 색色의 맛을 처음 본 사내에 지나지 않아요. 이제 서로 갈라서야 할 때가 온 것 같아요.

이미 보름 전부터 차갑게 굴기도 하고, 변덕을 부려보기도 하고, 화를 내보기도 하고, 싸움을 걸어보기도 하는 등등 여러 수단을 써보았지요. 하지만 이 끈질긴 사내는 그래 가지고는 좀처럼 떨어지지 않더군요. 좀더 심한 방법을 쓰지 않으면 안 되겠더군요. 그래서 나는 그를 시골에 있는 나의 별장으로 데리고 가기로 했습니다. 우리는 모레 떠날 작정입니다. 동행하는 사람들은 별로 친하지도 않고 멍청한 사람들이니, 두 사람끼리나 다름없이 자유롭게 지낼 수 있을 거예요. 거기서 나는 그의 혼을 빼놓을 정도로 사랑과 애무를 퍼부어서 나보다도 더이 여행이 빨리 끝나기를 바라게 만들 테니까 두고 보세요. 만일 내가그 사람을 싫어하고 있는 이상으로 그 사람이 나를 싫어하며 돌아오지 않는다면, 내가 당신보다 단수가 높지 않다고 말해도 군말 않겠어요.

　　이런 도피여행을 하는 이유는 나의 중대한 소송사건을 진지하게 연구해 보기 위해서랍니다. 재판은 올 겨울 초에 열릴 예정입니다. 그래서 지금은 겨우 한숨을 돌린 상태지요. 내 전 재산이 허공에 떠 있다니 어디 마음이 편하겠어요? 그렇다고 재판에서 질까봐 걱정이 되는 것은 아닙니다. 무엇보다도 나의 변호사들이 보증하고 있듯이 내 쪽이 유리하기 때문입니다. 설사 내 쪽이 유리하지 않더라도, 나이 어린 미성년자와 늙은 후견인을 상대로 한 이 소송에서 이기지 못한다면, 나는 정말 얼빠진 바보라고 아니할 수 없죠. 하지만 이처럼 중요한 일에서는 아무리 작은 일도 소홀히 할 수 없기 때문에, 사실은 변호사를 두 명 데리고 갈 작정입니다. 당신은 따분한 여행으로 생각하실지도 모르지만, 이렇게 함으로써 소송에도 이기고, 벨르로슈를 떼어버릴 수만 있다면, 그다지 시간 낭비는 아니지요.

　　자, 자작님, 이제 벨르로슈의 후계자가 누가 될지 알아맞혀 보세요? 당신이 한번에 못 맞히더라도 백 번의 기회를 드리지요. 아니에요. 괜찮아요. 당신은 알아맞히는 재주가 통 없는 분이라는 사실을 내가 깜빡 잊어먹었군요. 그럼 가르쳐드리죠. 그는 바로 당스니랍니다. 어때요. 놀라셨죠? 왜냐하면 나는 아직 어린애들이나 가르치는 지경으로까지는 전락해 버리지 않았으니까요.

　　하지만 당스니만은 예외로 해둘 만한 가치가 있답니다. 그에게는 젊음이 지니는 매력은 있어도 바람기는 전혀 없답니다. 그는 사람들이 모인 곳에서 매우 신중하기 때문에 남들의 의심을 받을 염려도 없고, 단둘이 만나서 속마음을 털어놓을 때는 더욱 사랑스럽게 보인답니다. 그렇다고 해서 내가 그를 가지고 벌써 어떻게 했다는 것은 아닙니다. 나는 아직 그의 의논 상대에 불과하니까요.

　　그러나 우정의 베일 아래서 그가 나에게 매우 강한 호감을 갖고 있는 듯이 보이고, 또 나도 그에게 많은 호감을 느끼고 있습니다.

그런 지성과 섬세한 마음씨를 가진 사람이 볼랑주 같은 멍청한 계집아이에게 희생당하면서 곤욕을 치르는 것을 보니 정말 유감이군요! 그런 아이를 사랑하다니! 그 아이는 결코 당스니의 사랑을 받을 만한 가치가 없어요. 내가 이렇게 말하는 것은 그 아이를 질투해서가 아니에요. 그것은 살인과 다름없는 일이에요. 나는 여기서 당스니를 구해 주고 싶어요. 그러니 자작님, 제발 당스니가 '나의 세실'(당스니는 그 아이를 그렇게 부르는 나쁜 버릇이 아직도 남아 있답니다)과 만나지 못하게 힘 좀 써주세요. 첫사랑은 생각보다는 강한 법이니까요. 그러니 지금 그가 세실과 다시 만난다면 무슨 일이 생길지 나도 자신이 없습니다. 특히 내가 없는 동안에는 더욱 그렇지요. 돌아와서는 내가 모든 것을 떠맡아서 결판을 내겠어요.

당스니를 함께 데리고 갈 생각도 해보았습니다. 그러나 조심해야 하겠기에 단념하기로 했습니다. 더욱이 나와 벨르로슈 사이의 관계를 그에게 눈치 채일 염려도 있고요. 그가 조금이라도 눈치를 채면 만사는 끝장이니까요. 나는 그에게 적어도 순수하고 흠 없는 여자로 보이고 싶거든요. 이것이 진정 그 사람과 어울리는 상대가 되기 위해 필요한 모습이랍니다.

17××년 10월 16일, 파리에서.

제114신

투르벨 법원장 부인이

로즈몽드 부인에게

부인, 부인의 건강이 답장을 해줄 수 있는 상태에 있는지 어떤지도 모르면서, 너무 격심한 불안을 견딜 수 없어 한 말씀 여쭈어보고자 이렇게 펜을 들었습니다. 부인께서는 발몽님의 건강 상태가 '위험한 것은 아니다'라고 말씀하셨지만, 저는 부인처럼 마음을 놓을 수 없군요. 우울증과 사람을 싫어하는 증상이 중한 병의 징조가 되는 경우가 허다하니까요. 육체의 병도 마음의 병과 마찬가지로 고독을 바라게 되니까요. 병을 동정해야 하는데, 그 사람이 불쾌한 표정을 짓는다고 나무라는 경우가 흔하지 않습니까?

제 생각으로는 발몽님은 아무래도 의사의 진찰을 받아보아야 할 것 같습니다. 부인께서도 몸이 편찮으신데 주치의가 있지 않나요? 저는 오늘 아침 제 주치의를 만났는데, 발몽님의 증세에 대해서 슬쩍 물어보았답니다. 의사의 말에 따르면, 평소에 건강하던 사람이 갑자기 무기력한 상태에 빠지는 것은 결코 간과할 수 없는 현상이라며, 만일 제때 돌보지 않으면 나중에는 치료를 받아도 소용이 없다고 하더군요. 당신이 사랑하시는 조카님을 어떻게 그렇게 내버려두시는지 저는 이해가 안 됩니다.

그리고 벌써 나흘 전부터 그분에게서 편지가 없으니 더욱 불안해지는군요. 혹 부인께서 발몽님의 상태에 대해서 거짓말을 하시는 것은 아닌지요? 그렇지 않다면 왜 갑자기 저에게 편지를 보내시지 않는지요? 만약 제가 한사코 편지를 되돌려보내서 그런 것이라면, 진작부터 편지를 보내지 않으셨을 텐데요. 아무튼 저는 예감 따위는 믿지 않지만, 요즘 저는 자신도 겁이 날 정도로 깊은 슬픔에 잠겨 있답니다. 아! 혹시 제 앞에 말할 수 없이 커다란 불행이 닥치는 게 아닌지요?

말씀드리기가 쑥스럽지만, 비록 읽어보는 것을 거절하기는 했어도 그분에게서 편지가 오지 않아 제가 얼마나 슬픈지 부인께서는 모르실 겁니다. 아직 편지가 올 때는 저는 그분이 적어도 저를 생각하고 계시다는 것을 확신하고 있었으니까요. 그리고 그분 손에서 나온 것을 눈으로 볼 수 있으니까요. 비록 뜯어보지는 않았지만 저는 그 편지들을 보고 울었던 것입니다.

감미로운 눈물이 하염없이 흐르는 것이었습니다. 그리고 이 눈물만이 파리로 돌아온 이후 줄곧 우울하기만 했던 제 마음을 어느 정도 위로해 주었던 것입니다. 부디 손수 쓰신 편지를 하루빨리 받을 수 있기를 기원하겠습니다. 그때까지는 다른 사람의 손을 통해서라도 부인의 소식과 그분의 소식을 전해 주시면 감사하겠습니다.

부인에 대한 말씀은 한마디도 올리지 못했어요. 그렇지만 부인께서는 부인에 대한 저의 진정으로 사모하는 심정이나 부인의 다정한 호의에 대한 저의 감사하는 마음을 잘 알고 계시리라고 믿습니다. 부인께서는 제 고민이나 죽음보다 더한 저의 고통, 어쩌면 제가 원인일지도 모르는 그분의 병을 두려워하는 쓰라린 마음을 용서해 주실 것입니다. 아! 저는 이런 절망적인 생각에 쫓기고 있으며, 이 때문에 제 가슴은 찢어질 것 같습니다. 이제까지 이런 불행은 겪어보지 못했습니다. 그런데 지금은 온갖 불행을 겪기 위해 태어난 것만 같군요.

안녕히 계십시오. 저를 사랑해 주시고 동정해 주십시오. 오늘은 부인의 답장을 받을 수 있을지 모르겠습니다.

제115신

발몽 자작이

메르테유 후작 부인에게

　　서로 떨어져 있자마자 이처럼 우리의 의사가 통하기 힘들다
는 것은 정말 얄궂은 일이군요. 당신 곁에 있을 때에는 우리는 늘 똑같
은 감정을 갖고 똑같이 판단했습니다. 그런데 3개월 가까이 떨어져 있
다고 해서 사사건건 의견이 다르니 말입니다. 우리 두 사람 중 누가 틀
렸을까요? 물론 그 대답에 대해 당신은 서슴지 않겠지만, 보다 현명하
고 보다 예의 바른 나는 어느 쪽이라고 단정하는 대신, 다만 당신 편지
에 대답하면서 계속 나의 행동만을 말씀드리겠습니다.

　　우선 나에 관해 떠도는 소문에 대해 충고해 주신 것에 대해
감사드립니다. 그러나 나는 아직은 염려하지 않습니다. 곧 이 소문을 멈
추게 할 수 있는 방법을 갖게 될 거라고 확신하기 때문입니다. 안심하십
시오. 내가 다시 사교계에 나타날 때에는 훨씬 유명하게 되어 있을 것이
고, 당신과 어울릴 수 있는 훨씬 훌륭한 사람이 되어 있을 것입니다.

　　당신은 볼랑주의 딸에 관한 일을 대수롭게 생각하지 않는 것
같은데, 세상 사람들은 이것을 아마 높이 평가할 것입니다. 그런데 하
룻밤 사이에 한 처녀를 애인에게서 빼앗고, 마치 자기 물건처럼 수월하
게 마음대로 농락하고, 더욱이 창녀에게도 감히 시킬 수 없는 행동을
시키고, 그러면서도 자기 애인에 대한 애틋한 사랑은 조금도 방해하지
않으면서, 변심한 여자로 만들지 않음은 물론 부정한 여자로 만들지 않
는 것이 당신이 보기에는 대단하지 않다는 말씀입니까? 사실 당신 말

씀대로 나는 그 아가씨의 머릿속에 존재하지 않기 때문에 이런 일이 가능한 것입니다. 그래서 재미를 다 보고 난 다음 아가씨가 아무런 눈치도 못 채는 사이에 애인의 품으로 돌려줄 작정입니다. 그런데도 이것이 그렇게 평범한 과정입니까? 더욱이 일단 내 품을 떠난 후에도 내가 아가씨의 머릿속에 심어놓은 주의主義는 계속 자라나겠지요? 그리고 이 수줍은 여학생은 스승의 이름을 부끄럽게 하지 않을만큼 훌륭하게 자라날 것이라고 장담할 수 있습니다.

만일 사람들이 영웅적인 연애를 보고 싶어한다면 법원장 부인을 보여드리지요. 모든 미덕의 표본이며, 내로라하는 난봉꾼까지도 감히 건드릴 엄두조차 못 내고 존경하고 있는 이 법원장 부인을 말입니다. 나는 이 여인, 의무와 정조를 잊고 자신의 명성과 2년 동안의 정절을 희생하면서까지 내게 사랑받는 행복을 추구하고 나를 사랑하는 행복에 도취되어 자기가 치른 그토록 큰 희생을 나의 한마디, 한번의 눈길만으로도 충분히 보상받았다고 생각하는 이 여인을 보여주려고 합니다. 더구나 그 한마디, 그 한번의 눈길을 언제 받을지도 모르는 처지에 있는데 말입니다. 그뿐만 아니라 나는 그 여자를 버리려 한단 말입니다.

더구나 내가 그 여자를 잘못 보지 않았다면, 그 여자는 나만을 사랑하고, 또한 나 이외의 후계자는 없을 겁니다. 그 여자는 위로받겠다는 소망이나 쾌락의 습관이나 심지어는 복수하겠다는 욕망마저 참고 견딜 것입니다. 그래서 결국 그녀는 나만을 위해 존재한 셈이 되며, 그녀의 인생이 짧든 길든 나만이 그 성을 열고 닫은 결과가 될 것입니다. 일단 이러한 승리를 획득하면, 나는 경쟁자들을 향해, "이것이 내가 이룩한 결과다. 오늘날 나와 견줄 수 있는 사람이 또 있겠는가!"라고 말할 것입니다.

당신은 오늘 내가 왜 이렇게 자신감에 차 있는지 물으시겠지요? 그것은 일주일 전부터 내가 내 연인의 의논 상대가 되었기 때문입

니다. 물론 그녀가 내게 직접 비밀을 털어놓은 것은 아니지만, 나는 그
것을 은밀하게 알아냈습니다. 그 여자가 백모님께 보낸 두 통의 편지를
보고 나는 충분히 알 수 있었습니다. 그 나머지 편지는 다만 호기심으
로 읽는 것뿐이죠. 이제 성공을 위해서 필요한 것은 그녀에게 접근하는
일만 남았습니다. 그리고 그 수단을 찾아냈습니다. 나는 곧 실천에 옮
기려고 합니다.

　　　　　당신도 알고 싶겠지요? …… 천만에요, 나의 재능을 믿지 않
은 벌로 그것은 가르쳐드리지 않겠습니다. 솔직히 말씀드려서 이번 모
험으로 나는 당신으로부터 잃어버린 신뢰를 다시 회복할 수 있으리라
고 생각합니다. 사실 이번 성공에 감미로운 상을 주지 않는다면, 당신
에게는 이 일에 대해서 더 이상 이야기를 하지 않을 작정입니다. 보시
다시피 나는 화를 내고 있습니다. 하지만 당신이 앞으로는 안 그러리라
는 것을 기대하면서 이 정도의 가벼운 벌로 그치려고 합니다. 그리고
너그러운 태도로 돌아가서 나의 원대한 계획은 잠시 잊기로 하고, 당신
의 계획에 대해서 함께 이야기해 보기로 하지요.

　　　　　그럼 당신은 지금 시골에 계신다고요? 연애처럼 지루하고
정조처럼 쓸쓸한 시골에 말입니다. 저 벨르로슈도 참 딱하군요! 당신은
그에게 망각의 물을 먹인 것도 모자라서 고문을 하시려고 하는군요. 벨
르로슈는 어떻게 지내고 있습니까? 사랑의 고통을 잘 견디고 있나요?
그 자가 이 일로 당신에게서 더욱 떨어지지 않았으면 좋겠군요. 그리고
그때 가서 당신이 보다 효과 있는 어떤 치료법을 쓰게 될지 궁금하군
요. 사실 당신이 이런 치료법을 쓰지 않을 수 없게 된 것을 보니 안됐군
요. 나는 이제껏 절차에 따른 사랑은 단 한번밖에 한 적이 없습니다. 그
것도 ××백작 부인에게서였으니 확실히 나로서도 그 나름의 큰 이유
가 있었습니다. 백작 부인의 품 안에 안겨 있으면서 나는 몇 번이나 이
런 말을 하고 싶었는지 모릅니다.

　　　　　"부인, 내가 구하고 있는 이 지위를 포기하겠으니 제발 이 지

위에서 떠나게 해주십시오"라고요. 그러니 제가 정복한 모든 여자들 중에서 내가 욕지거리를 해서 기분이 좋았던 것은 그 여자뿐이었습니다.

그런데 당신의 동기란 것은 솔직히 말씀드려서 정말 우습기 짝이 없는 것이군요. 내가 벨르로슈의 후계자를 알아맞히지 못할 것이라는 당신의 생각은 일리가 있습니다. 하지만 당스니 때문에 당신이 그런 수고를 하시다니요! 당스니에게는 그 '순진한 세실'을 사랑하게 내버려두고, 당신은 어린애 불장난에 말려들지 않는 게 어떠한지요? 어린 학생들은 '하녀'들에게서 배우게 내버려두든지, 아니면 수녀원 기숙생들과 '소꿉장난'이나 하게 내버려두시지요. 당신을 손에 넣을 수도 없고, 당신을 떠날 수도 없고, 하나부터 열까지 당신이 다 가르쳐주어야 하는 그런 풋내기를 당신이 왜 떠맡으려고 하는지 이해가 되지 않는군요. 진심으로 당신에게 이야기하는 것이지만, 나는 당신이 당스니를 택한 것에 반대합니다. 그리고 세상에 소문이 나지 않는다 하더라도 그는 적어도 내 눈에 그리고 당신 마음속에서 당신을 모욕할 것입니다.

당신은 당스니에게 무척 호감이 간다고 말씀하시는데요, 당신은 확실히 잘못 생각하고 계시는 겁니다. 그리고 나는 왜 당신이 잘못 생각하고 있는지 그 이유도 알 것 같습니다. 당신이 벨르로슈를 혐오하는 것은 여름철에 파리의 사교계 인사들이 모두 떠나버려서 주위에 남자가 궁해서 그런 게 아니겠습니까? 그래서 늘 격정적인 당신의 기분은 당신의 첫눈에 들어온 대상에 쏠리게 된 것입니다. 그렇지만 다시 파리에 돌아오시게 되면, 당신은 숱한 남자들을 놓고 선택하실 수 있을 겁니다. 그런데 당신이 미적거리다 허송세월하는 게 억울하시면, 그때는 내가 기꺼이 당신을 즐겁게 해드리겠습니다.

당신이 파리에 돌아오실 때까지는 내 일도 그럭저럭 끝나 있을 것입니다. 그러면 볼랑주의 딸은 물론 말할 것도 없고 심지어 법원장 부인의 일도 한가해질 테니, 그때는 나도 당신이 미련이 없을 정도로 당신에게 봉사할 수 있을 것입니다. 아마 그때까지는 이 아가씨는 이미 그 신중한 애인의 품 안에 돌아가 있을지도 모르고요. 당신이 뭐라고 말하든, 그것이 '매력 있는' 향락이 아니라는 데에는 동의할 수 없습니다만, 여하튼 그 아가씨가 나라는 인간이 세상 어떤 남자들보다 가장 뛰어난 남자라는 생각을 일생 동안 간직하도록 하는 것이 나의 뜻이므로, 이대로 계속한다면 내 건강을 해칠 정도로 그 아가씨에게 온갖 정력을 다 쏟고 있답니다. 그리고 지금부터 나는 그 아가씨에겐 아무런 집착도 갖고 있지 않으며, 있는 것은 다만 가계家系라는 문제에 대한 당연한 고려만이 남아 있을 따름입니다……

　　　무슨 말씀인지 아시겠습니까? 즉 나는 나의 소망을 확증하고, 나의 계획이 완전히 실현되었다는 것을 확신하기 위해서 두 번째 시기를 기다리고 있다 이 말입니다. 그렇습니다. 나는 내 제자의 남편이 후손을 남기지 않고 죽을 염려가 없고, 제르쿠르 가家의 가장이 장래에는 발몽 가의 분가分家일 뿐이라는 첫 징후를 발견한 것입니다. 여하튼 당신의 청을 받들어 손을 댄 사건이니만큼 내 마음대로 일을 끝내게 내버려두십시오. 만일 당신이 당스니로 하여금 바람을 피우게 만들면, 이 사건의 짜릿한 재미가 없어진다는 점을 염두에 두십시오. 끝으로 이런 재미있는 이야기를 당신한테 해줄 작정이니까, 내가 다른 사람들보다도 우선권을 갖고 있다는 사실을 고려해 주시기 바랍니다.

　　　나는 이 일에 너무도 큰 기대를 걸고 있기 때문에, 당신의 계획을 방해하는 것인 줄 알고 있으면서도, 그 진중한 친구인 당스니가 첫사랑의 대상으로 선택한 아가씨에게 뜨거운 연정을 품을 수 있도록 협력했습니다. 어제 당신의 피후견인이 편지를 쓰는 것을 보고, 그 즐거운 일을 보다 즐거운 일로 방해한 다음, 그 편지를 보여달라고 했죠. 편지가 그렇게 쌀쌀하고 딱딱해서야 애인을 위로해 줄 수 있겠느냐고 납득시키고, 내가 불러주는 대로 다시 편지를 쓰게 했지요. 나는 한껏 아가씨의 잠꼬대 같은 소리를 흉내 내면서 젊은이가 훨씬 확실한 사랑의 소망을 품을 수 있도록 쓰게 했죠. 아가씨는 편지가 잘 써진 것을 보고 좋아 죽겠다고 그러더군요.

　　그래서 앞으로는 아가씨 대신 편지 쓰는 일을 내가 맡기로 했습니다. 당스니를 위한 일이라면 무엇인들 못하겠습니까? 나는 그의 친구이자, 의논 상대, 연적, 그리고 애인이 되어줄 것입니다! 더욱이 내가 그를 당신과의 위험한 관계로부터 구출해 주려고 하니 말입니다! 그렇습니다. 그것은 위험한 관계임이 틀림없습니다. 당신을 소유했다가 잃는 것은 한순간의 행복을 영원한 아쉬움으로 보상하는 일과 다름없으니까요.

　　그럼 안녕히 계십시오. 용기를 내셔서 하루빨리 벨르로슈를 당신으로부터 떼어놓도록 하십시오. 당스니는 신경 쓰지 마십시오. 그래서 우리가 처음에 관계했을 때의 감미로운 쾌락을 다시 찾아서 저에게 베풀어주는 일을 준비해 주시기 바랍니다.

　　추신 : 그 소송사건의 재판이 곧 열리게 된다니 축하드립니다. 이런 즐거운 일이 내가 당신을 독차지하고 있는 동안에 열린다니 정말 다행입니다.

제116신

당스니 기사가

세실 볼랑주에게

　　메르테유 부인은 오늘 아침 시골로 떠났습니다. 당신과 헤어져 있는 동안 내게 남았던 유일한 즐거움, 말하자면 당신의 벗이자 나의 벗에게 당신에 대해서 이야기하는 즐거움을 이렇게 해서 빼앗기고 말았습니다. 얼마 전부터 부인은 내게 자기를 벗이라 불러도 좋다고 허락하셨습니다. 그렇게 하면 당신과 더 가까워질 수 있을 것 같기에 나는 기꺼이 그 자격을 받아들이기로 했습니다. 메르테유 부인은 정말로 다정한 분이시더군요! 더욱이 우정에 감미로운 매력이 깃들게 하는 분이고요! 부인은 정열을 사랑 속에 불사르는 대신 따뜻한 우정에 쏟아넣어 우리의 우정을 아름답게 하고 견고하게 만듭니다. 부인이 당신을 얼마나 좋아하는지 아신다면! 그리고 내가 당신에 대해서 이야기를 하면 얼마나 즐거운 기분으로 듣는지 당신이 아신다면! …… 내가 그토록 부인을 좋아하는 것도 바로 그 점 때문입니다. 오로지 부인과 당신 두 사람을 위해서만 살고, 감미로운 사랑과 다정한 우정 사이를 끊임없이 오가면서 전 생애를 사랑과 우정에 바치고, 부인과 당신 사이에서 주고받는 우정의 징검다리가 되고, 한 사람의 행복을 꾀하는 것은 곧 다른 사람의 행복을 꾀하는 것임을 느낄 수 있다면 얼마나 행복할까요! 세실, 이 훌륭한 부인을 열심히 사랑하세요. 나와 함께 부인을 사랑하고, 그래서 이 사모하는 마음을 더욱 고귀하게 만드십시오. 우정의 매력을 맛본 이후로 나는 당신도 그러기를 간절히 바라고 있습니다. 당신과 공유하지 못하는 즐거움은 절반만의 즐거움이니까요. 그렇습니다. 세실, 나는 그대의 마음을 온갖 부드러운 감정으로 감싸고 싶습니다. 그리고 마음속에 움직이는 감정 하나하나가 당신에게 행복을 불러일으켰으면 합니다. 하지만 그렇게 된다 해도 나는 그대에게서 받은 행복의 일부밖에는 돌려드릴 힘이 없군요.

　　　왜 이런 아름다운 계획이 한갓 나의 공상에 지나지 않으며, 왜 현실은 이와 정반대로 나에게 한없이 고통스러운 고독밖에는 주지 않을까요? 시골에서 당신을 볼 수 있다는, 당신이 심어준 희망은 버릴 수밖에 없군요. 그것이 당신에게는 불가능한 일이라고 나 자신을 납득시킬 수밖에 없습니다. 더욱이 당신은 그것을 내게 이야기하지도 않았고, 따라서 나와 함께 슬퍼하지도 않습니다! 이미 이 일에 대해서 당신에게 두 번이나 하소연했건만, 당신은 여전히 아무런 대답도 하고 있지 않습니다. 아! 세실! 세실, 나는 당신이 진정으로 나를 사랑하고 있다고 믿고 있지만, 당신 마음은 내 마음처럼 불타오르고 있지 않군요. 장애를 제거하는 것이 나라면, 그리고 당신이 아니라 나를 위해서 행동하는 것이라면, 사랑 앞에 불가능이란 없다는 사실을 당신에게 보여드릴 수 있으련만.

　　　당신은 이 괴로운 이별이 언제 끝나게 될지에 대해서도 알려주지 않고 있습니다. 하다못해 파리에서라면 당신을 볼 수는 있겠죠. 당신의 아름다운 눈길은 내 지친 마음에 활기를 북돋워주고, 다정한 눈빛은 때때로 두려움을 품은 내 마음을 안심시켜 줄 것입니다. 용서하십시오, 세실. 이 두려움은 의심이 아닙니다. 나는 세실의 사랑을 믿습니다. 당신의 변치 않는 마음을 믿습니다. 이것마저 믿지 않는다면 나는 정말 불행한 사람일 것입니다. 그러나 그토록 많은 장애가 끊임없이 들이닥치니! 세실, 나는 슬픕니다. 정말 슬픕니다. 그나마 메르테유 부인이 떠나는 바람에 잊혀졌던 내 불행이 모두 되살아난 듯이 생각됩니다.

　　　안녕, 세실. 안녕, 사랑하는 그대여. 그대 애인이 슬퍼하고 있다는 사실을 생각해 주십시오. 그리고 나를 행복하게 해줄 수 있는 사람은 오직 그대뿐이라는 사실을 생각해 주십시오.

17××년 10월 18일, ××저택에서.

제117신

세실 볼랑주가

당스니 기사에게(발몽이 부른 것을 받아쓴 것임)

당신이 슬퍼하고 계시는 것을 알고 있는데, 구태여 저까지 꾸지람을 들어야 슬퍼하리라고 생각하고 계시나요? 저도 당신만큼 괴로움을 겪고 있다는 것을 의심하고 계시나요? 뻔히 알면서도 당신에게 일으킨 괴로움을 저도 당신과 함께 겪고 있어요. 그리고 당신이 저를 의심하시니까, 저는 당신보다 고통이 한 가지 더 많은 셈이에요. 아! 정말 그래서야 되겠어요? 저도 당신이 왜 짜증을 내고 계시는지 알고 있어요. 내가 대답을 안 해서 그러시는 거죠? 그런데 당신은 그것이 대답하기가 그렇게 쉬운 일인지 아세요? 당신이 요구하는 게 나쁜 일이라는 걸 내가 모르는 줄 아세요? 멀리 떨어져 있는데도 당신에게 거절하는 것이 이렇게 힘이 드는데, 가까이 계시면 어떻게 되겠어요? 더욱이 한순간 당신을 위로하려 들다가, 저는 죽을 때까지 슬프게 살아야 할지도 몰라요.

자, 저는 당신한테 아무것도 감추지 않았어요. 이유는 지금

396

까지 말씀드린 대로니까요. 당신 판단에 맡기겠어요. 우리 모두에게 고통을 주고 있는 제르쿠르가 그렇게 일찍은 돌아오지 않는대요. 만일 그렇다면 당신이 원하시는 대로 했을지도 몰라요. 더욱이 요즈음에는 엄마도 예전보다는 훨씬 자상하게 대해 주세요. 저도 정성껏 엄마의 비위를 맞추고 있고요. 엄마가 제 말을 들어줄지 혹 누가 알아요? 제 양심에 가책을 받는 일 없이 우리 두 사람이 모두 행복하게 된다면, 그보다 더 좋은 일이 어디 있겠어요? 저도 흔히 듣는 말이지만, 남자들은 결혼 전에 여자에게 너무 사랑을 받으면, 결혼 후에는 별로 아내를 사랑해 주지 않는다고 하던데요? 저는 다른 어떤 것보다 이 점이 걱정이 돼서 망설이고 있는 거예요. 당신은 제 마음을 믿으시겠지요? 그리고 어느 때가 되든 결코 늦지는 않겠죠?

저는 제르쿠르라는 분을 알기도 전에 미워하고 있어요. 하지만 불행하게도 제가 이 사람과 결혼하게 되는 일이 있다 하더라도, 저는 만사를 제쳐두고라도 당신 사람이 되겠다고 약속할 수 있어요. 저의 소원은 오직 당신한테서 사랑을 받는 것뿐이니까. 설사 제가 나쁜 짓을 하더라도 그것은 제 잘못이 아니에요. 당신이 영원히 저를 진심으로 사랑한다고 약속하시면, 그 이외의 일은 제겐 아무래도 상관없어요. 그러나 그때까지는 저를 지금대로 놔두시면 좋겠어요. 그리고 이제는 제가 응할 수 없는 충분한 이유가 있는 그런 일은 더 이상 부탁하지 마세요. 저도 거절하기가 괴로우니까요.

그리고 발몽님도 당신을 위해서 그렇게 서두르시지 않았으면 좋겠어요. 서두르면 서두를수록 저를 더욱 슬프게 할 뿐이니까요. 아! 그분은 당신에게는 정말 좋은 친구분이세요. 저는 장담할 수 있어요! 그분은 당신에게 하실 수 있는 일은 모두 하실 분이에요. 하지만 안녕. 늦게서야 편지를 쓰기 시작했기 때문에 밤이 퍽 깊어졌어요. 이제부터 잠자리에 들어 잃어버린 시간을 보충해야겠어요. 당신에게 키스를 보내요. 그리고 이젠 저를 야단치지 마세요.

제118신

당스니 기사가

메르테유 후작 부인에게

달력을 보면 부인이 떠나신 지 이틀밖에 지나지 않았건만, 제 마음을 보면 벌써 2백 년이 흐른 것만 같군요. 그런데 부인 말씀대로, 믿어야 할 대상은 항시 자기 마음뿐이라고 한다면, 부인께서는 이미 돌아오셔야 할 시간이 되지 않았나요? 그리고 부인의 일도 모두 끝났으리라고 생각되는데요. 어차피 그 대가를 이별의 쓸쓸함으로 지불해야 한다면, 부인의 소송이 이기든 지든 제게 무슨 상관이 있겠습니까? 아! 저는 싸움이라도 하고 싶습니다. 화를 낼 충분한 이유가 있는데도 그것을 나타낼 수 없으니 정말 딱한 노릇이군요.

그런데 부인 없이는 한시도 살 수 없게 만들어 놓으시고, 그렇게 저를 놔두고 멀리 계시니, 부인의 처사야말로 비정하고 잔인한 배신이 아니겠습니까? 아무리 변호사들에게 물어보더라도 이 사람들은 부인의 부당한 처사에 대해 변명할 말을 찾아내지 못할 것입니다. 더욱이 그런 부류의 사람들은 걸핏하면 사리事理를 따지지만, 사리만 갖고서야 어떻게 감정을 다룰 수 있겠습니까?

부인께서 이번 여행이 사리에 근거를 둔 것이라고 제 귀가 따갑도록 이야기했기 때문에 저로서는 사실 그 사리와는 원수라도 진 셈입니다. 그러니 그 사리라는 것이 저보고 부인을 잊으라고 명령해도 저는 조금도 그 말을 듣고 싶지 않습니다. 하기야 사리라는 것이 옳은 점도 있습니다. 더구나 그것은 별로 어려운 일이 아닐지도 모릅니다.

단지 부인을 생각하는 습관을 바꾸면 충분하니까요. 그리고 이곳 파리에서는 부인을 생각나게 만드는 것은 아무것도 없습니다.

파리에서 가장 아름다운 여인들, 가장 사랑스럽다고 소문난 여인들도 부인과 비교하면 부인의 그림자도 못 따라갈 정도로 변변치 못합니다. 처음에는 부인과 닮았다고 생각하고 열심히 보면 볼수록 부인과의 차이가 눈에 띄게 드러나더군요. 그런 여자들이 별별 짓을 다해도, 별별 것을 아는 체해도 부인이 될 수는 없습니다. 매력이란 바로 그 점을 두고 말하는 것이죠. 이런 지루한 나날이 계속되면 하릴없이 생각에 잠겨 사상누각砂上樓閣을 짓거나 공상을 하기도 하지요. 차츰차츰 공상이 무르익어 가다보면, 자신이 생각한 것을 아름답게 꾸미기 위해 내 마음에 드는 온갖 것을 끌어모아 마침내 완전무결한 것을 만들게 되지요. 일이 이 정도에 이르게 되면, 자기가 그린 그림을 실물과 비교하게 되지요. 그리고는 제가 이제껏 부인만을 생각한 것을 보고 깜짝 놀라게 된답니다.

지금 이 순간만 해도 저는 그와 흡사한 착각에 빠져 있습니다. 부인께선 제가 이 편지를 쓰기 시작한 것이 부인을 생각하고 싶어 하기 때문이라고 여기실지도 모릅니다. 하지만 전혀 그렇지 않습니다. 제가 편지를 쓰는 것은 부인을 잊기 위해서랍니다. 저는 처음에는 부인이 아니라, 부인께서도 잘 알고 계시는, 저와는 커다란 관련이 있는 일에 대해 여러 가지 말씀을 드리고자 했었습니다. 그런데 그것을 잊어버리고 말았습니다. 우정의 매력이 사랑의 매력을 잊게 만드는 일이 언제부터 제게 생겨났는지 모르겠군요. 아닌 게 아니라 조금 생각해 보면 약간 마음에 걸리긴 합니다. 누구에게도 말씀하시면 안 됩니다. 이런 가벼운 과오는 잊기로 하지요. 저도 세실이 이 사실을 알지 못하도록 하겠습니다.

그런데 왜 부인께서는 그곳에 계시면서 제 물음에 대답을 해 주시지 않으십니까? 왜 방황하는 저를 바로잡아 주지 않으십니까? 그리고 어찌하여 부인의 벗을 사랑하고 있다고 생각하는 즐거움으로 세실에 대한 사랑의 즐거움을 더욱 만끽할 수 있게 세실에 관한 소식을 들려주시지 않습니까? 사실 세실에 대한 사랑은 부인께서 제 고백을 들어주신 이후로 더욱 소중하게 되었습니다. 저는 부인에게 제 마음을 털어놓고, 부인의 마음을 제 감정으로 채워 넣고, 부인의 마음에 제 감정을 모두 맡겨버리는 것이 즐겁습니다. 부인께서 제 감정을 받아들이면 들일수록 저는 이 감정이 소중하게 여겨진답니다. 더욱이 저는 당신을 바라보며 속으로 '바로 이분의 마음속에 나의 모든 행복이 들어 있다'고 생각한답니다.

　　제 처지는 별로 알려드릴 만큼 달라진 게 없군요. 세실에게서 일전에 받은 편지 때문에 제 희망은 커지고 확실해졌지만, 그 실현이 또 연기가 되고 말았습니다. 하지만 세실이 대는 이유가 정말로 올바른 것이기 때문에 제 편에서는 세실을 탓할 수도 없고 원망할 수도 없답니다. 이렇게 말씀드리면 이해하기가 어려우시겠지요. 그렇다면 빨리 돌아오시면 되지 않습니까? 친구에게 모든 것을 터놓고 이야기할 수는 있지만, 그렇다고 편지로 다 이야기할 수는 없으니까요. 특히 사랑의 비밀은 너무도 미묘해서 쉽사리 겉으로 드러낼 수는 없군요. 때론 이 비밀을 드러내기도 하지만 지켜보지 않을 수 없고, 비밀이 새로운 은신처로 들어가는 것을 보아야만 하니까요. 그러니 제발 돌아오십시오. 꼭 돌아오셔야 하는 이유를 아시겠죠. 지금 계시는 곳에서 떠날 수 없는 '여러 가지 사정'은 잊으십시오. 그렇지 않으면 당신이 안 계신 곳에서 살 수 있는 방법을 가르쳐주십시오.

　　안녕히 계십시오.

제119신

로즈몽드 부인이

투르벨 법원장 부인에게

아직도 몸이 불편합니다만 당신에게 중대한 관계가 있을 듯한 일을 이야기하고자 펜을 들어봅니다. 조카는 여전히 사람들과의 접촉을 끊고 있답니다.

조카는 매일 규칙적으로 병문안을 위해 사람을 보냅니다만, 내가 아무리 사정해도 자신이 병문안 오는 경우는 한번도 없군요. 마치 그 아이가 파리에 있는 것처럼 도저히 볼 수가 없습니다. 하지만 오늘 아침, 거의 기대하지 않았던 곳에서 우연히 조카를 만났습니다. 그곳은 내가 다니는 성당이었습니다. 몸이 아프고 나서 그곳에는 처음으로 내려가보았거든요. 나는 조카가 나흘 전부터 꼬박꼬박 미사를 드리러 그곳에 온다는 소리를 들었습니다. 줄곧 그러면 얼마나 좋을까요!

성당 안에 들어가자 그 애는 내게 다가와서는 내 건강이 좋아진 것을 애정 어린 말로 축하해 주었습니다. 미사가 시작되는 바람에 대화를 그치고, 나중에 다시 대화를 나누려고 했습니다만, 미사가 끝나고 보니까 그 애는 벌써 사라지고 없더군요. 솔직히 말씀드려서 그 애는 조금 달라진 것같이 보이더군요. 당신의 분별력을 믿고 말씀드리는 것이니 너무 걱정하시지 마세요. 걱정하시면 내가 당신을 믿은 것을 후회하게 되니까요.

만일 조카가 계속 나를 쌀쌀하게 대하면, 몸이 나아지는 대로 직접 그 애 방으로 가볼 작정입니다. 그래서 어쩌면 당신 탓일지도 모를 그 야릇한 병의 원인을 캐보려고 합니다. 알게 되면 당신에게 소식 전하겠습니다. 손가락을 움직일 수가 없어서 이만 줄여야겠군요. 더욱이 아델라이드가 내가 편지 쓰는 것을 알면 밤새껏 잔소리를 할 테니까요.

그럼, 이만.

17××년 10월 22일, ××저택에서.

발몽 자작이

앙셀므 신부에게(생토노레 가街의 페이양파 신부)

아직 신부님을 뵌 적은 없지만, 투르벨 법원장 부인이 신부님을 얼마나 믿고 있는지, 그리고 신부님은 그런 믿음을 받을 수 있을 만큼 훌륭하신 분임을 저는 알고 있습니다. 따라서 투르벨 부인의 이해利害는 물론이고 저의 이해가 관련된 일에 대하여 진정 신부님의 성직에 어울리는 중대한 도움을 청한다 하더라도 무례한 일은 아니리라 생각됩니다.

다름이 아니라 저는 부인의 신상에 관련된 중요한 서류를 갖고 있습니다. 이 서류는 어떤 사람에게도 맡길 수 없는 것이라 저는 부인 이외의 사람에게 이것을 줄 수도 없으며, 또 그러고 싶지도 않습니다. 그런데 부인께서는 아마 신부님께서도 알고 계시겠지만, 저로서는 말씀드릴 수 없는 이유로 저와의 편지 왕래를 모두 거절하고 있기 때문에, 저는 부인께 그 사실을 알려드릴 길이 없습니다. 하긴 지금에 와서 편지 왕래를 거절하는 부인의 태도를 비난할 수는 없겠지요. 왜냐하면, 하물며 저 자신도 전혀 기대하지 않았던 갖가지 사건들을 부인께서는 예상할 수 없었기 때문입니다. 이 사건들은 인간의 힘으로는 불가능한 것이라고 생각하지 않을 수 없는 그런 사건들입니다.

사정이 그러하니 신부님, 부인에게 저의 새로운 결심을 알려 주시고, 아울러 저를 대신해서 두 사람이 특별히 만날 수 있도록 주선해 주셨으면 감사하겠습니다. 그러면 저는 부인을 만나 사죄를 하고 저의 과오를 어느 정도 보상한 다음, 아울러 마지막 희생으로써 저를 부인에게 죄인으로 만들어버린 과오나 실수의 흔적을 부인이 보는 앞에서 씻어버리겠습니다.

부인에게 미리 속죄를 한 연후에 저는 신부님께 저의 오랜 미망迷妄의 수치스런 고해를 하고, 이보다는 훨씬 더 중요하지만 불행하게도 훨씬 더 힘든 화해를 위해 신부님의 중개를 간청하고자 합니다. 신부님께서는 이처럼 간절하고 소중한 수고를 혹시 거절하시지는 않겠지요? 신부님께서 부디 나약한 저를 도와주시고, 저를 새로운 길로 인도해 주시기를 바랍니다. 저는 그 길을 열렬하게 따르고 싶지만 부끄럽게도 아직 모르고 있습니다.

저는 하루속히 속죄하고 싶은 마음으로 신부님의 회답을 기다리겠습니다. 그러면 안녕히 계십시오.

추신 : 신부님께서 합당하다고 생각하시면 이 편지 전체를 투르벨 부인에게 보여드려도 상관없습니다. 저는 부인에 대한 존경을 평생의 의무로 생각하고 있습니다. 그리고 미덕으로 저를 감동시키고, 저의 영혼을 미덕으로 이끌도록 하는 수단으로 하느님께서 보내신 부인을 영원히 숭배하고 싶습니다.

17××년 10월 22일, ××저택에서.

제121신

메르테유 후작 부인이

당스니 기사에게

　　젊은 벗이여, 당신 편지는 잘 받아보았습니다. 하지만 감사를 드리기 이전에 당신을 꾸짖지 않을 수 없군요. 미리 말씀드리지만, 계속 당신이 이런 식으로 나오면, 앞으로는 답장을 하지 않겠어요. 아무튼 그런 아첨 비슷한 말을 하지 말아 주세요. 그것이 사랑의 표현이 아닌 이상, 하잘것없는 은어隱語에 지나지 않으니까요. 당신의 편지를 우정의 문구라 할 수 있을까요? 아닙니다. 각각의 감정은 거기에 적합한 언어가 있는 법입니다. 그리고 어떤 감정을 거기에 어울리지 않는 다른 언어로 이야기하는 것은 자기가 나타내고자 하는 생각을 거짓으로 꾸미는 것에 불과합니다. 품행이 좋지 않은 여자들이 자기들이 쓰는 은어로 바꾸어주지 않으면 자기가 직접 들은 이야기라 할지라도 이해하지 못하는 것은 나도 알고 있는 일입니다. 솔직히 말해서 나는 당신이 나를 그런 여자들과 달리 생각해 주리라고 믿었습니다. 그러나 이토록 나를 허술하게 생각하고 있는 것을 보니 기가 막혀서 말이 나오지 않는군요.

　　내 편지에는 당신 편지에는 없는 것, 이를테면 솔직함과 단순함밖에는 씌어 있지 않아요. 가령 나 같으면 '당신이 정말 보고 싶습니다. 주위에는 온통 보기 싫은 사람들만 있고, 마음에 드는 사람이라곤 하나도 없어서 화가 나는군요'라고 쓰겠어요. 하지만 당신은 같은 문장도 '당신이 안 계신 곳에서도 살 수 있는 방법을 가르쳐주세요'라고 표현하십니다. 그렇다면 당신은 애인 곁에 있다 하더라도 내가 끼지 않으면 살 수 없다는 말이군요. 딱하기도 하지요! 그리고 '여자들이 별별 짓을 다해도, 별별 것을 아는 체해도 내가 될 수 없다'고 하니, 당신은 세실도 나와 같은 사람이 될 수 없다고 생각하겠군요! 이런 말투는 오늘날 너무 남용돼서 천박한 인사말 정도로 전락해 버린, 아무도 믿지 않는 무의미하고도 의례적인 말투에 불과한 것입니다.

앞으로 내게 편지를 주실 적에는 당신이 생각하고 느낀 것을 말해 주세요. 요즘 유행하는 소설에서 흔히 보는 문장들은 쓰지 말아주세요. 이런 말을 듣고 당신은 내가 화를 내고 있다고 생각할지 모르시겠지만, 기분 나쁘게 생각하지 말아주세요. 하긴 나 스스로도 불쾌한 기분을 감출 수는 없으니까요. 하지만 나의 불쾌감은 '당신과 헤어져 있기 때문에 더 심해지는군요'라고 쓰면 내가 여태껏 나무란 당신의 결점과 비슷한 말투가 될 테니 피하기로 하지요. 여하튼 모든 점을 고려해 보건대, 당신은 나의 소송문제나 두 사람의 변호사, 그리고 심지어는 저 '사려 깊은' 벨르로슈보다는 낫다는 생각이 드는군요.

어때요, 당신은 내가 없는 것을 슬퍼하는 대신 오히려 기뻐해야 하지 않을까요? 이제껏 당신을 이렇게 칭찬한 적이 없었으니까요. 당신을 닮아가는지 나도 당신에게 아첨을 하고 싶어지는군요. 그러나 어디까지나 나의 솔직함을 지키고 싶어요. 나의 뜨거운 우정과 우정에서 비롯된 관심을 당신에게 맹세할 수 있는 것은 오직 그 솔직함을 통해서랍니다. 다른 여자를 사랑하고 있는 젊은 사람을 친구로 두고 있는 것은 매우 즐거운 일입니다. 이것은 다른 여자들에게는 없는 나만의 독특한 성격이지요. 하등 두려울 게 없는 감정에 젖는 것은 퍽 즐거운 일이라고 생각됩니다. 그래서 시기상조인 감도 없지 않지만 나는 이렇게 당신과 마음을 터놓는 사이가 된 것입니다. 그런데 당신이 그렇게 젊은 여인을 애인으로 삼으셨기 때문에, 나는 처음으로 내가 늙었다는 사실을 깨달았답니다! 당신이 그렇게 변함없는 사랑을 각오하시니 참으로 훌륭하십니다. 상대방도 같은 생각을 갖기를 나도 진심으로 빌겠어요.

　　편지에 따르면 '당신의 행복의 실현이 연기된' 것 같은데, 당신이 '정말로 올바른 이유' 때문에 따르시기로 했다니 잘 생각하셨어요. 오랫동안 자신을 방어한다는 것은 언제까지고 저항할 수 없는 여자들에게 남아 있는 유일한 장점이랍니다. 사랑을 고백한 이상 위험이 뒤따르게 마련인데 그것을 충분히 알고 있으면서도 피하지 않는 여자는 볼랑주 양 같은 어린아이라면 몰라도 결코 용서할 수 없는 일이지요. 남자들은 여자의 정조란 어떤 것이며, 또 그것을 희생할 경우에 얼마나 막대한 대가를 치르는지 모를 거예요.

　　하지만 여자들이 조금이라도 생각해 보면, 과오를 저질렀을 때를 제외하고는 남에게 약점을 보이는 것만큼 커다란 불행은 없다는 사실을 알게 될 것입니다. 이러저러한 사정을 잘 생각해 볼 수 있는 여유를 가진다면, 뻔히 알면서도 약점에 빠져버리는 그런 여자는 하나도 없으리라는 생각이 드는군요.

　　지금 말씀드린 내 생각에 반대해서는 안 됩니다. 내가 당신에게 애착을 느끼는 것도 다 이런 생각을 지니고 있기 때문이지요. 당신은 사랑의 위험에서 나를 구해 주실 수 있을 겁니다. 이제까지 나는 당신 없이도 사랑과 싸워올 수 있었지만, 나는 지금 당신에게 감사를 드리며 앞으로도 더욱 당신을 사랑할 수 있을 거예요. 그러면, 나의 귀여운 기사님, 하느님께서 당신을 지켜주시기를 빌겠습니다.

17××년 10월 25일, ××저택에서.

제122신

로즈몽드 부인이

투르벨 법원장 부인에게

이제는 당신의 염려를 덜어드리게 되었나 했더니 오히려 더 폐를 끼치게 되어 슬프군요. 하지만 안심하세요. 내 조카의 병세는 위험하지는 않답니다. 실제로 아프다고 말할 수 있는 정도는 아니니까요. 그러나 그 애에게 뭔가 이상한 변화가 온 것은 틀림없는 것 같습니다. 나로서는 뭐가 뭔지 통 모르겠군요. 하지만 그 애 방에서 나오면서 나는 일종의 슬픈 감정이라고 할까, 어쩌면 공포마저 느꼈으니까요. 이런 심정을 당신에게 알려드리는 것이 좋지 않은 줄 알지만 이야기하지 않을 수 없군요. 이제 사건의 경위를 설명해 드리겠어요. 이것은 있는 그대로의 이야기랍니다. 설사 앞으로 팔십 년을 더 산다 해도 이 슬픈 장면을 결코 잊어버릴 수 없을 테니까요.

나는 오늘 아침 조카 방에 갔었습니다. 조카는 무언가를 쓰고 있더군요. 주위에는 서류뭉치들이 쌓여 있었는데, 아마 뭔가 중요한 일을 하고 있는 것 같았어요. 그 애는 일에 너무 열중하고 있어서 내가 방 한가운데쯤 들어가 있었는데도 누가 들어왔는지 돌아보지 않을 정도였으니까요. 내가 들어왔다는 것을 알자, 그 애는 일어서면서 애써 태연한 표정을 지으려는 모습이 역력했어요. 그리고 이 때문에 나는 그 애의 얼굴 표정에 더욱 주의를 기울이게 되었는지도 모르지요. 사실 그 애는 세수도 하지 않고 화장도 하지 않고 있었습니다만, 얼굴은 창백하고 야위었으며, 특히 얼굴 모습이 변한 것 같더군요. 평소에는 그토록

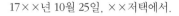

활달하고 명랑한 눈길도 쓸쓸하고 쇠잔하게 보이더군요. 우리 둘 사이의 이야기지만, 나는 그 애의 그런 얼굴 모습을 당신한테 보이고 싶지 않더군요. 왜냐하면 그 모습이 너무 측은해서 사랑의 위험한 함정인 동정심을 불러일으킬 듯했기 때문입니다.

　　　이런 사실들에 가슴이 쓰라리긴 했지만, 나는 마치 아무것도 눈치채지 못한 것처럼 대화를 시작했습니다. 나는 우선 그 애의 건강 상태에 대해서 물어보았지요. 그러자 그 애는 좋지도 않고 나쁘지도 않다는 투로 얼버무리고 말더군요. 그래서 나는 농담 반, 꾸지람 반으로 조카가 그렇게 방구석에 처박혀 있는 게 꼭 투정을 부리는 것 같다고 하니까, 그 애는 솔직한 말투로, "사실 큰 잘못인 줄 알고 있지만, 다른 잘못과 함께 속죄하겠습니다"라고만 대답하더군요. 그 말보다도 그 애의 태도에 기가 질려 나의 쾌활했던 기분도 쏙 들어가고 말았지요. 그래서 나는 "단지 너를 위해 가볍게 꾸짖는 것인데, 너는 너무 심각하게 받아들이고 있구나"라고 적당히 얼버무리고 말았습니다.

　　　이어 우리는 마음을 가라앉히고 다시 이야기를 시작했습니다. 조카는 이윽고 '일생에 가장 중대한 일' 때문에 머지않아 파리에 가야 한다고 말하더군요. 그러나 나는 그 용건이 무엇인가를 짐작하기가 두려웠고, 또 이것을 기회로 내가 원치 않는 고백을 들을까 두려워 아무런 질문도 하지 않고, 단지 건강을 위해 좀더 명랑해지는 편이 좋을 것이라고만 대꾸를 했죠. 거기에 덧붙여, 나는 친한 사람을 있는 그대로 좋아하므로 조카가 떠나는 것을 말리지는 않겠다고 했습니다. 그러자 이런 대수롭지 않은 말을 듣고 조카는 내 손을 붙잡고, 글로는 표현할 수 없는 감격 어린 말투로 이렇게 말하는 것이었습니다.

　　　"그렇습니다, 백모님. 사랑해 주십시오. 백모님을 존경하고 아끼는 조카를 마음껏 사랑해 주십시오. 백모님이 말씀하신 것처럼 저를 있는 그대로 사랑해 주십시오. 저의 행복을 슬퍼하지 마시고, 제가 머지않아 누리게 될 영원한 마음의 평화를 탄식으로 어지럽히지 말아주십시오. 저를 사랑하신다면, 다시 한번 저를 용서한다고 말씀해 주세요. 네, 백모님은 저를 용서해 주실 겁니다. 백모님은 따뜻한 마음을 가지신 분이니까요. 하지만 제가 그토록 욕보인 여자들에게서 어떻게 그런 너그러운 마음을 기대할 수 있겠습니까?"

이렇게 말하고 나서 조카는 고통스런 표정을 감추려는 듯 나에게 허리를 구부렸답니다. 그러나 아무리 숨기려 해도 그 목소리만 들으면 조카가 얼마나 괴로워하는가는 잘 알 수 있었지요.

말로 설명할 수 없을 정도로 감동을 받은 나머지 나는 당황해서 자리에서 일어났습니다. 내가 놀란 것을 아마 눈치 챈 모양인지 조카는 즉시 태도를 고치며, "용서하십시오, 백모님, 용서하십시오. 본의 아니게 헛소리를 하고 말았습니다. 지금 말씀드린 것은 부디 잊어주세요. 그리고 다만 저의 깊은 존경심만을 기억해 주세요. 떠나기 전에 인사 올리러 가겠습니다" 하고 말하는 것이었습니다. 이 마지막 말에서 그만 나가달라는 눈치가 엿보였으므로 나는 방에서 나왔습니다.

그러나 생각해 보니 조카가 무엇을 말하려는 건지 알 수가 없군요. '일생에 가장 중요한 일'이라는 게 무엇인지, 그리고 무엇을 용서해 달라는 건지, 내게 말하면서 본의가 아니라고 하지만 왜 그토록 측은한 태도를 보이는지 알 수가 없군요. 몇 번씩이나 생각해 보았지만 알 수가 없군요. 당신과 관계가 있는 일이라는 생각도 전혀 들지 않고요. 그렇지만 사랑의 눈이 우정의 눈보다 예민하니까, 조카와 나 사이에 일어난 일을 모두 당신에게 이야기하는 것입니다.

이 편지를 쓰는 데도 네 번이나 펜을 다시 들었답니다. 손이 아프지 않으면 좀더 길게 쓸 수 있었을 텐데 유감이군요. 그럼 이만.

17××년 10월 25일, 파리에서.

제123신

앙셀므 신부가

밤몽 자작에게

　　편지 잘 받아보았습니다. 귀하의 희망에 따라 본인은 부인 댁을 방문해서 귀하가 원하시는 회견의 목적과 동기를 설명드렸습니다. 부인은 애초에 굳게 다짐한 현명한 결심을 굽히지 않는 듯했습니다. 하지만 거절하시면 귀하의 뉘우침을 막는 것이고, 나아가 하느님의 자비에 어긋나는 것이라고 부인에게 간곡하게 말하자, 부인은 이번이 마지막이라는 조건으로 귀하의 방문을 승낙하셨습니다. 그리고 부인은 다가오는 목요일인 28일에 댁에 있겠다고 귀하에게 전달해달라고 하시면서, 이 날이 적합하지 않으면, 귀하가 직접 부인에게 다른 날짜를 정해서 통지하면 된다고 하셨습니다. 귀하의 편지도 받아보겠다고 하셨습니다.

　　하지만 특별한 이유 없이 약속한 날짜를 연기하지 마시고, 본인에게 피력하신 갸륵한 심경에 이르셨으면 합니다. 하느님의 은총을 받을 순간을 놓치면, 그 은총이 철회될 염려가 있다는 사실을 명심하십시오. 아울러 하느님의 자비는 무한하지만, 이 자비는 정의를 통해 다스려지며, 자비의 신이 때로는 복수의 신으로 변신한다는 사실도 명심하십시오.

　　앞으로도 귀하가 매사에 본인에게 터놓고 상의해 주신다면, 본인은 귀하가 바라시는 대로 어떤 수고도 아끼지 않을 것입니다. 아무리 바쁘다 하더라도, 이 몸을 다 바쳐 종사하고 있는 성직의 의무를 수

행하는 것이 본인의 가장 중요한 직분이니까요. 또 전능하신 하느님의 축복에 의해 본인의 노력이 열매를 맺는 것을 보는 것이야말로 본인의 생애 중 가장 아름다운 순간이니까요. 나약한 죄인인 우리들은 혼자 힘으로 이룩할 수 있는 일이 하나도 없습니다. 그러나 귀하를 부르시는 하느님은 전능하십니다. 하느님께 귀의하겠다는 귀하의 끈기 있는 소망과 본인이 귀하를 하느님께 인도하는 수단도 모두 하느님의 은총에 의해서만 이루어질 수 있는 것입니다. 그리고 우리가 맹목적인 정욕 속에서 부질없이 추구하는 영원히 변함없는 행복을 속세에서 줄 수 있는 것은 오직 성스러운 종교밖에 없다는 것을 머지않아 귀하에게 설득하려 함도 역시 하느님의 도움이 있기 때문입니다.

17××년 10월 25일, 파리에서.

제124신

투르벨 법원장 부인이

로즈몽드 부인에게

어제 저는 어떤 소식을 듣고 무척 놀랐지만, 부인께서도 그 사실을 들으시면 만족하실 것 같기에 우선 급한 대로 부인께 알려드리는 바입니다. 다름 아니라, 발몽님은 저에 대한 일이나 자기의 사랑마저 잊고, 젊은 시절에 지은 죄라고 할까 아니 실수를 신앙생활을 통해서 속죄하려 하신다는 것입니다. 저는 이 크나큰 사건을 앙셀므 신부님을 통해서 들었습니다. 발몽님께서는 신부님께 앞으로 자기를 인도해 달라고 하셨고, 아울러 저와 만나는 것을 주선해 달라고 청하셨다고 합니다. 이 회견의 목적은, 제가 돌려달라고 했으나 그분이 지금까지 가지고 계셨던 편지들을 돌려주시려는 것으로 짐작됩니다.

물론 저로서도 그분이 개심한 것을 칭찬하지 않을 수 없으며, 또 그분 말씀대로, 제가 그분이 그렇게 된 것에 조금이라도 도움이 되었다 하니 기쁨을 감출 수 없군요. 그러나 하필이면 제가 왜 그러기 위한 도구가 되어야 하며, 저의 일생의 평화를 그 때문에 희생해야만 하는 것일까요? 발몽님의 평화는 저의 불행을 통해서밖에는 이루어질 수 없는 것인가요? 아! 부인, 저의 이런 푸념을 용서해 주십시오. 하느님의 뜻을 제가 감히 헤아릴 수 없다는 것은 저도 알고 있습니다. 하지만 저는 저의 불행한 사랑을 극복할 수 있는 힘을 달라고 하느님께 끊임없이 구했건만 끝내 받지 못한 것을, 하느님은 구하지도 않은 사람에게 주시면서, 의지할 데 없는 저는 나약함에서 헤어나지 못하게 하시는군요.

하지만 이런 죄스런 불평은 그만해야지요. 집에 돌아온 탕아가 결코 집을 떠난 적이 없는 아들보다 더 아버지의 사랑을 받지 않았습니까? 우리에게 아무 빚도 지지 않은 하느님에게 우리가 무엇을 요구할 수 있겠습니까? 설사 인간이 하느님에게 어느 정도의 권리가 있다 하더라도, 대체 제가 주장할 수 있는 권리는 무엇일까요? 제가 정조를 지킬 수 있었던 것도 다 발몽님 덕분이 아닙니까? 저를 구해 주신 것은 그분입니다. 그런데 어찌 제가 그분 때문에 고통을 겪는다고 해서 불평할 수 있을까요? 아닙니다. 만약 저의 괴로움으로 발몽님이 행복해질 수 있다면, 저는 기꺼이 괴로워하겠습니다. 물론 그분도 하느님께로 돌아가셔야 했던 것입니다. 그분을 창조하신 하느님은 자신이 만드신 그분을 사랑하셨음에 틀림없습니다. 하느님은 이 매력적인 분을 버리기 위해 창조하시진 않았을 테니까요. 차라리 벌은 철없이 방자하게 행동했던 저한테 떨어져야 마땅하겠지요. 그분을 사랑해서는 안 된다는 것을 알고 있는 이상, 그분을 만나서는 안 된다는 것을 처음부터 알고 있어야 했을 텐데요.

이런 뻔한 사실을 너무도 오랫동안 믿지 않은 것이 저의 과오이자 불행이었습니다. 하긴 그 필요성을 느끼자마자 이런 희생을 치렀다는 것은 부인께서도 잘 알고 계시리라 믿습니다. 그러나 발몽님이 저와 함께 고통을 나누지 않음으로써 이 희생은 이제 완전한 것이 되었군요. 사실 지금 제 처지로서는 이런 생각이 저를 가장 괴롭히는 것입니다. 남을 괴롭힘으로써 자기가 겪고 있는 고통을 덜어보자는 이 한심한 자존심! 아! 저는 뜻대로 되지 않는 이 마음을 극복하고, 이 마음을 온갖 수치심에 길들게 하렵니다.

그러기 위해서 저는 괴롭긴 하지만 마침내 다음 목요일, 발몽님의 방문을 승낙하고 말았습니다. 그날, 저는 아마 발몽님에게서 직접, 나는 이제 그분에게는 하찮은 존재이며 제가 그분에게 깃들이게 했던 희미하고 덧없는 인상은 완전히 사라졌다는 말을 들을 것입니다! 그분의 시선이 아무런 감정 표현 없이 제게 쏠릴 때, 저는 제 감정이 탄로날까 두려워 눈을 내리깔아야 하는 것입니다. 그동안 누차 돌려달라고 부탁했건만 그분이 한사코 돌려주지 않았던 저의 편지들도, 이제 그분의 냉담한 관심을 전혀 끌지 않는 소용없는 물건인 양 돌려주시겠지요. 이 수치스러운 기탁물寄託物을 받을 때, 떨리는 제 손은 편지가 확고하고 침착한 손으로 전해지는 것을 느끼겠지요. 그리고 마침내 그분은 가버리시겠지요…… 영원히. 그리고 그분의 뒤를 좇는 제 시선은 저를 돌아다보는 그분의 시선을 다시는 못 보게 되겠지요.

아! 이런 굴욕이 저를 기다리고 있을 줄이야 어떻게 알았겠습니까! 하다못해 이 굴욕을 받아들여 제 나약함을 확인할 수 있기를 저는 바랍니다. 그렇습니다. 그분에게는 이젠 쓸모없는 그 편지들을 저는 소중하게 간직하렵니다. 그리고 흐르는 눈물이 써진 글씨의 마지막 흔적까지 지워버릴 때까지 그 편지들을 매일 읽는 굴욕을 강요하겠습니다. 그리고 그분의 편지는 저의 영혼을 타락시킨 위험한 독毒에 오염된 것으로 생각하고 모두 불태워버리겠습니다. 아! 우리가 위험에 처하게 되는데도 우리로 하여금 그 위험을 그리워하게 만들고, 특히 상대방의 사랑이 식어버렸음에도 한쪽에서는 여전히 사랑을 느끼니 대체 사랑이란 무엇인가요? 이런 저주스러운 정념에서 헤어나와야 하겠지요. 그것은 우리로 하여금 수치와 불행 둘 중에서 하나를 선택하지 않으면 안 되게 할 뿐만 아니라, 흔히 그 두 가지를 모두 겪게 만드니까요. 하다못해 신중함이 정조를 대신하기를 빌겠습니다.

　　　　다음 목요일은 아직 멀었군요! 지금 당장에 이 괴로운 희생을 치름으로써, 그 원인과 목적을 동시에 모두 잊을 수는 없는 것일까요! 그분의 방문이 마음에 걸리고, 약속한 일이 후회스럽기만 하군요. 그분은 더 이상 무슨 필요가 있다고 저를 만나려고 할까요? 이젠 서로 남남이 아닌가요? 그분이 저를 모욕했다 하더라도 저는 용서하겠습니다. 자신의 과오를 속죄하는 것이라면 훌륭한 일이라고 칭찬하겠습니다. 아니 심지어 그분을 모방하기까지 하겠습니다. 저도 같은 과오를 저지른 이상, 그분을 따라 저도 올바른 길로 들어설 수 있겠지요. 하지만 앞으로 저를 피하려고 한다면, 왜 그분은 구태여 저를 찾으려 들까요? 두 사람이 먼저 해야 할 일은 상대방을 잊어버리는 게 아닐까요? 물론 저는 앞으로 그렇게 되도록 노력하겠습니다.

　　　　만일 부인께서 허락해 주신다면, 부인 곁에서 이 힘든 일에 매달려보고자 합니다. 도움이라든가 위안이 필요할 때, 저는 부인 말고 어떤 다른 사람에게서도 그것을 받으리라고는 기대하지 않았습니다. 저를 이해해 주시고, 제 마음에 호소를 할 수 있는 분은 오직 부인밖에는 없으니까요. 부인의 귀중한 호의는 저의 일생을 채워줄 것입니다. 부인께서 제게 베풀어주신 정성을 따르기만 해도 저에게는 어떤 힘든 일도 없을 것입니다. 부인이 안 계셨더라면, 저는 마음의 평화도 행복도 얻지 못했을 것이고, 정조도 지키지 못했을 것입니다. 제가 부인의 호의를 받을 자격이 있는 여자가 될 수 있게끔 만들어주시는 것이 그 호의의 결실이 될 것입니다.

　　편지 속에서 저는 횡설수설을 하고 말았군요. 편지를 쓰면서도 줄곧 마음이 산란했던 것으로 보아 짐작할 수 있습니다. 편지 안에 무언가 제가 부끄러워해야 할 감정이 들어 있다면, 부디 그것을 부인의 너그러운 호의로 덮어주시기 바랍니다. 저는 오직 부인의 호의에 하소연하는 것입니다. 부인에게는 제 심정을 추호도 감추고 싶지 않으니까요.

　　그럼 안녕히 계십시오. 조만간 그곳에 도착할 날짜를 알릴 수 있었으면 합니다.

제4부
불륜의 원조 '위험한 관계'

일 그 러 진 사 랑 의 말 로 는 처 절 하 다

메르테유 부인의 운명도 드디어 종지부를 찍었습니다. 그 종말은 너무 비참해서 부인을 끔찍하게 증오하는 적들까지도 당연히 분격하면서도, 다른 한편으론 동정을 금치 못하고 있습니다. 천연두를 앓고 얼굴 모습이 끔찍하게 변했으며, 사람들 말로는 참으로 눈뜨고 볼 수 없을 정도라고 합니다.

—제175신, 볼랑주 부인이 로즈몽드 부인에게

제125신

발몽 자작이

메르테유 후작 부인에게

　　내게 저항할 수 있다고 믿었던 그 교만한 여자가 결국 나에게 정복당했습니다! 그렇습니다, 부인. 그 여자는 내 소유가 되었습니다. 완전히 내 것이 되고 만 것입니다. 어제 그 여자는 내게 모든 것을 바쳤습니다.

　　나는 지금까지도 너무나 행복에 취해 있어서 그 행복을 제대로 헤아리지 못하겠군요. 그러나 일찍이 알지 못했던 매력에 놀라고 있습니다. 굳은 정조는 약점을 보이는 순간에도 여자의 가치를 돋보이게 하는 것일까요? 그러나 이런 실없는 이야기는 집어치웁시다. 대개 여자들은 처음 정복당할 때 어느 정도의 저항을 하는 법이지요. 하지만 나는 이제까지 이런 매력을 맛본 적은 없었습니다. 그렇다고 해서 그것은 사랑의 매력은 아니지요. 왜냐하면 이 놀랄 만한 여인을 상대하면서 이따금 소심한 연정 비슷한 감정을 느낀 적이 있었지만, 그럴 때마다 나는 이 약점을 극복하고 자신의 주의主義로 되돌아올 수 있었으니까요. 어제의 그 달콤한 순간을 즐길 때만 하더라도, 상대방에게 일으킨 착란과 도취에 빠져서 나 역시 예상한 것보다 더 흥분했으니까요. 그렇다고 해도 이 순간적인 착각은 지금쯤은 사라질 때도 됐는데, 그 매력은 여전히 남아 있군요. 솔직히 말씀드려서 약간의 불안만 생기지 않았더라도 나는 기꺼이 그 달콤한 쾌감에 잠겨버릴지도 모릅니다. 하지만 이 나이에 마치 풋내기처럼 앞뒤 가리지 않는 미지의 감정에 사로잡혀서야 되겠습니까? 그래서는 안 되지요. 무엇보다도 이 감정과 싸우면서 그 본질을 규명하지 않으면 안 됩니다.

어쩌면 그 원인을 이미 짐작하고 있었는지도 모릅니다. 나는 이 생각에 약간은 만족하고 있고, 그것이 진실이기를 바라고 있습니다.

이제까지 애인 구실을 했던 여자들 중에서, 내가 정복하고 싶은 마음이 드는 만큼 상대방에서도 정복당하기를 원하지 않은 여자는 하나도 없었습니다. 그래서 도전적인 방어자세를 취해도 처음의 적극적인 태도를 끝내 숨기지 못하는 많은 여자들에 비해서, 그래도 중간쯤 가는 여자를 '정숙한 여자'라고 불러왔던 것이 요즈음의 내 습관이었죠.

그런데 이번 여자는 그와 반대로 처음부터 나에게 강한 편견을 가지고 있었습니다. 그리고 이 편견은 증오에 가득 찬, 하지만 명석한 어느 여인의 충고와 고자질에 근거를 둔 것이었죠. 그리고 그녀의 타고난 극단적인 수줍음은 만사를 다 알고 난 뒤의 조심성으로 더욱 강해졌으며, 신앙심으로 직결된 그 정조관념은 이미 2년 동안 굳게 지켜지고 있었습니다. 그녀의 훌륭한 태도는 바로 이러한 여러 가지 동기에 근거를 둔 것이며, 그 목적은 다름 아니라 나의 끈덕진 추격을 피하는 데 있었던 것입니다.

따라서 이번의 정사는 이제까지 내가 치른 정사와는 성격이 다른 것입니다. 그러므로 이번에 그 여자에게서 받아낸 항복은 이용할 수는 있어도 결코 자랑할 만한 것은 못 되는, 그런 약간의 이득만 있는 단순한 항복이 아닙니다. 이것은 쓰라린 전투 끝에 획득된 것이며, 교묘한 작전을 통해 결정된 완벽한 승리인 것입니다. 따라서 오직 내 힘만으로 성취한 이 승리가 내게 그만큼 값지게 여겨진다고 해서 그렇게 놀라운 일은 아닐 것입니다. 그 여자를 정복하면서 느꼈었고, 지금도 느끼고 있는 그 강렬한 기쁨은 다름 아닌 영광의 희열이라 하겠습니다. 나는 이런 관점을 소중하게 생각합니다. 왜냐하면 이런 관점은 내가 정복했다고 생각했던 노예에게 예속됨으로써, 오히려 이 노예에게 지배받는다고 생각하는 그런 굴욕감에서 나를 해방시키기 때문이지요. 그것은 또한 자신의 행복 전체가 자기 혼자만의 것이 아니라, 그 행복을 마음껏 즐길 수 있게 하는 힘이 어떤 특정한 여자에게 한정되어 있다고 생각하는 따위의 굴욕감에서 나를 해방시켜 줍니다.

이번과 같은 중대한 경우에는 바로 이런 생각이 나의 행동을 이끈 것입니다. 그리고 나는 이번 관계를 내 뜻대로 끊을 수 없을 만큼 속박당하지 않을 것을 단언합니다. 벌써부터 헤어짐 운운하니 우습지만, 당신은 내가 어떤 수단을 통해서 그럴 수 있는 권리를 획득했는지 모르실 겁니다. 다음을 읽어보십시오. 그리고 아무리 현명한 여자라도 미친 사람을 구하려 들다가 어떤 위험을 겪게 되는지 보십시오. 나는 자신의 말과 상대방의 대답을 주의 깊게 연구하고 있으므로 양쪽 모두 당신이 만족할 수 있을 만큼 정확히 옮기고자 합니다.

함께 보내는 두 편지의 사본(제120신과 제123신)을 보시면 나의 연인에게 접근하기 위해 내가 어떤 중개자를 택했으며, 이 성직자가 두 사람을 결합시키기 위해 얼마나 애썼는지 아시게 될 것입니다. 또 일전에 말씀드린 대로 가로챈 편지를 통해 알게 된 사실을 당신에게 알려드리겠습니다. 즉 버림받을까봐 두려워하고 창피하게 여겼기 때문에 이 근엄하고 신앙심 깊은 여인에게 신중함이 다소 결여되면서, 상식적으로는 생각할 수 없지만 아주 재미있는 감정과 생각으로 가슴과 머리가 채워졌다는 사실입니다. 꼭 알아두어야 할 이런 예비지식을 지니고, 어제 28일 목요일, 그러니까 이 배은망덕한 여자가 미리 정한 날짜에 나는 그녀의 집에 소심하고 회개하는 노예의 몸으로 들어갔다가, 이윽고 승리의 왕관을 쓴 정복자가 돼서 나왔던 것입니다.

내가 아름다운 은둔자의 집에 도착한 것은 저녁 6시경이었습니다. 왜냐하면 부인은 파리에 돌아온 이후로 줄곧 손님들의 방문을 받지 않고 있었으니까요. 내가 도착한 것을 알자 부인은 자리에서 일어나려고 애쓰더군요. 하지만 무릎이 떨려서 계속 서 있기가 힘든지 곧 자리에 다시 앉았습니다. 나를 안내한 하인이 그 방에 볼일이 남아 있었기 때문에 부인은 초조해하는 것처럼 보였습니다. 우리 두 사람은 그동안 의례적인 인사말을 나누었습니다. 그러나 한순간도 헛되이 보내지 않기 위해서 나는 유심히 실내를 살폈습니다. 그리고 이내 내가 승리를 거둘 무대를 눈으로 점찍어 놓았습니다. 나는 좀더 편리한 장소를 택할 수도 있었습니다. 왜냐하면 이 방에는 긴 의자가 하나 있었으니까요. 하지만 그 앞에는 남편의 초상화가 걸려 있는 것이 눈에 띄었습니다. 사실 이런 변덕스러운 여자가 자칫 그쪽으로 시선을 돌리게 되면 십 년 공부 나무아미타불이 되지 않을까 두려웠으니까요. 이윽고 우리 둘만이 있게 되자 나는 본론으로 들어갔습니다.

　　　나는 부인이 앙셀므 신부에게서 나의 방문 동기에 관해 들었을 것이라고 간단히 말하고, 부인의 매정한 태도에 대해 푸념을 늘어놓았습니다. 그리고 나는 부인이 내게 '경멸하는' 태도를 보였다는 점을 특히 강조했습니다. 과연 내가 예상한 대로 부인은 변명을 늘어놓기 시작하더군요. 그리고 당신도 예상하겠지만, 나는 부인이 나를 경멸하는 증거로서 나를 경계하고 무서워하고 있다는 것, 그리고 남이 보기에도 좋지 않게 도피해 버린 것, 내 편지에 답장을 주기는커녕 받아 보지도 않은 것 등을 나열했지요. 변명쯤이야 어려운 일이 아니므로 나는 부인의 말을 가로막았습니다. 그리고 나의 이런 불손한 태도에 대해 용서를 빌기 위해서 나는 곧 비위를 맞춰가며 말을 이었죠.

　　　"말할 나위 없는 당신의 매력이 제 마음에 깊은 인상을 주었다면, 이에 못지않게 당신의 훌륭한 미덕은 제 영혼에 깊은 인상을 주었습니다. 확실히 당신의 덕에 가까이하고 싶은 마음에 이끌려 저는 그 덕에 어울릴 수 있는 자격을 갖고 있는 사람이라고 주제넘은 생각을 가졌었습니다. 부인이 나를 그렇게 판단하지 않았다 하더라도 저는 부인을 탓하지 않겠습니다. 다만 자신의 과오를 제 스스로 벌주겠습니다."

이 말에 상대방이 당황해서 침묵을 지키자, 나는 다시 말을 이었습니다.

"부인, 저는 부인 앞에서 변명을 하거나, 아니면 부인이 저에게 나쁘다고 생각하시는 점에 대하여 용서를 받고 싶었던 것입니다. 그렇게 된다면 부인께서 아름답게 만들어주기를 거부한 후부터 더 이상 아무런 가치가 없게 된 제 생애를 저는 조용하게 마칠 수 있을 것입니다."

이렇게 말하자 상대방은 대답하려 하더군요. "제 의무가 허락하지 않았어요……"라고요. 의무가 요구하는 거짓말은 통하지 않는 법이죠. 그렇기 때문인지 부인은 말을 채 맺지 못했습니다. 그래서 나는 아주 다정한 목소리로 말을 이었습니다.

"그렇다면 저 때문에 도망치셨다는 말입니까?" "아무래도 떠나야만 했었어요" "그럼 저를 멀리하려는 것도 사실입니까?" "그럴 수밖에 없어요." "영원히 말입니까?" "어쩔 수 없어요."

이 짧막한 대화를 나누는 동안에도 사랑에 빠진 정숙한 여자는 목이 메고, 눈을 들어 나를 제대로 쳐다보지 못했음은 말할 나위도 없겠지요.

분위기가 우울해져서 약간 활기를 띠게 하는 게 좋을 듯싶어서, 나는 화난 모습으로 자리에서 벌떡 일어났습니다.

"부인의 단호한 결심을 보고 나도 단호하게 결심하겠습니다. 좋습니다, 부인. 헤어집시다. 부인이 생각하고 계신 것보다 더 빨리 헤어집시다. 그리고 부인은 나중에 부인이 헤어지길 잘했다고 기뻐하실 것입니다."

이 질책에 가까운 말을 듣자 부인은 약간 놀라면서 말을 꺼내려 하더군요. "당신의 결심이란……"이라고 부인이 말하자, 나는 흥분하면서 말을 이었지요.

"그것은 저의 절망에서 나온 결과이지요. 부인은 제가 불행

해지기를 바라고 있습니다. 저는 부인이 원하신 이상으로 성공하였음을 앞으로 보여드릴 것입니다."

이 말에 부인은 "저는 당신의 행복을 바라고 있어요"라고 대꾸하더군요. 그리고 부인의 목소리는 매우 강한 감동을 나타내기 시작하더군요. 그래서 나는 재빨리 부인의 무릎 아래 꿇어앉아 당신도 잘 알고 계시는 연극적인 말투로 소리쳤죠.

"아! 너무하십니다. 부인과 함께하지 못할 행복이 제게 있을 수 있습니까? 부인에게서 떨어지고서야 어디서 행복을 찾을 수 있겠습니까? 아! 제발, 그런 말씀은 하지 말아주십시오!"

사실 이 정도까지 마음을 털어놓게 되자 나는 눈물의 도움을 기대했는데, 무엇이 잘못되었는지, 아니면 모든 일에 끊임없이 고통스러운 주의를 기울였기 때문인지 눈물 한 방울 나오지 않더군요.

다행히 나는 여자를 정복하기 위해서는 수단 방법을 가리지 않아야 하며, 상대방에게 이쪽이 유리한 깊은 인상을 남기기 위해서는 뭔가 커다란 감동을 주기만 하면 된다는 생각이 떠올랐습니다. 따라서 나는 실패로 돌아간 눈물 짜기 작전을 버리고 위협으로 대신했습니다. 그러기 위해서는 나는 단지 목소리의 억양만을 바꾸고 똑같은 자세를 유지하면서 계속 말했습니다. "그래요, 저는 부인 발 앞에 무릎을 꿇고 맹세하겠습니다. 부인을 차지하든가 아니면 죽겠다고요"라고 말입니다. 이렇게 말하자 서로의 시선이 부딪쳤습니다. 저는 이 소심한 여자가 내 시선 속에서 무엇을 보았는지, 아니 무엇을 보았다고 믿었는지 모르겠습니다. 하지만 이 여자는 소스라치게 놀라 일어나면서 안겨 있던 내 팔에서 몸을 뺐습니다.

하긴 나도 부인을 막지는 않았지요. 왜냐하면 격렬한 절망적인 장면을 너무 오랫동안 연출하면 우스꽝스러워지거나, 아니면 뒤에 가서 정말 비극적인 수단밖에 남기지 않는다는 사실을 나는 누차 보아왔기 때문입니다. 그래서 나는 결코 부인을 잡을 마음이 나지 않았습니다. 하지만 부인이 내게서 도망치는 사이에 나는 나지막하고 으스스한 어조로, 하지만 부인에게 들릴 수 있을 정도로 "좋습니까! 그러면 죽음을 택하지요!"라고 덧붙였습니다.

이렇게 말하면서 나는 다시 일어났습니다. 그리고 잠시 입을 다물고, 마치 우연히 마주친 듯 부인에게 광기 어린 시선을 던졌지요. 그리고 그 시선은 한곳에 머무르지 않았지만 날카롭게 상대방을 관찰하고 있었지요. 부인의 안절부절못하는 태도 하며 가쁜 숨소리, 모든 근육의 경련, 그리고 반쯤 올린 상태에서 떨리는 두 팔, 이 모든 것은 내가 자아내려고 한 효과가 드디어 발휘되기 시작했음을 충분히 나타내고 있었습니다. 그러나 사랑은 두 사람이 아주 가까이 있어야 이루어지는데, 우리 두 사람은 너무 멀리 떨어져 있어서 무엇보다도 거리를 좁히지 않으면 안 되었습니다. 그래서 나는 이 강렬한 상태가 준 인상은 약화시키지 않으면서 동시에 그 효과를 진정시키기에 적당한 침착한 태도를 재빨리 취했지요.

태도를 바꾸면서 나는 이렇게 말했습니다.

"저는 정말 불행한 사람입니다. 당신의 행복을 위해 살려고 했건만, 그만 어지럽히고 말았군요. 부인의 마음과 평화를 위해 몸과 마음을 바치려 하건만, 지금만 해도 역시 산란하게 하고 있군요."

이어 나는 부자연스런 태도를 억지로 꾸미며,

"용서하십시오, 부인. 정열의 폭풍우에 익숙지 못하기 때문에 제 감정을 억누르지 못했습니다. 설사 제 감정 표현이 옳지 않다 하더라도 이번이 마지막이라는 것만을 생각해 주십시오. 아! 진정하십시오. 제발 부탁입니다."

이렇게 길게 말을 늘어놓으면서 나는 조금씩 다가갔습니다. 겁에 질린 부인은, "저보고 마음을 진정하라고 하시지만, 우선 당신부터 진정하십시오"라고 대답했지요. "좋습니다. 잘 알겠습니다"라고 말하며 나는 다시 목소리를 낮춰 이렇게 말했습니다. "설사 그 노력이 크다 하더라도 오래 걸리지 않을 겁니다." 그리고 재빨리 멍청한 태도로 "그러나, 저는 편지를 돌려드리러 오지 않았습니까? 부디 받아주십시오. 내게는 아직도 이런 괴로운 희생이 남아 있어요. 제 용기를 약하게 할 듯한 것을 제 손에 남겨두지 마십시오"라고 말하고는, 주머니에서 그 귀중한 편지 묶음을 꺼내서 이렇게 말했습니다. "자, 이것입니다. 이것이 당신의 우정의 맹세가 담긴 허위의 편지입니다! 이것이 있었기 때문에 나는 삶에 집착을 가졌던 것입니다. 받아주십시오. 그리고 영원한 이별의 인사를 당신 자신이 해주십시오."

이쯤 되자 겁에 질린 여인은 완전히 불안에 떨며 "하지만 자작님, 왜 그러세요? 그게 무슨 말씀이세요? 오늘 일은 스스로 자초하신 것이 아닌가요? 당신 자신의 생각에서 하신 게 아닌가요? 그리고 그 생각에 따라 당신 자신이 제가 의무 때문에 어쩔 수 없이 취한 태도를 인정하시지 않았던가요?"라고 말하더군요.

"네, 당신의 결심을 보고 제 태도를 결정한 것입니다."

"그게 무엇인데요?"

"당신과 헤어지고 나서 제 고통을 없앨 수 있는 유일한 길입니다."

"그게 무엇인지 말씀해 주세요."

그 말을 듣고 나는 부인을 끌어안았죠. 부인은 전혀 저항을 하지 않더군요. 이 정도까지 평소에 지녀왔던 결심을 잊은 것을 보니 부인이 얼마나 감동하고 있는지 짐작할 수 있었죠. 그래서 나는 감격한 척하면서 이렇게 말했습니다.

"부인, 제가 얼마나 부인을 사랑하는지 모르실 겁니다. 제가 얼마나 당신을 사모했고, 또 그 심정을 생명보다 얼마나 더 귀중히 여겼는지 모르실 겁니다. 부디 언제까지나 평화롭게 살아가 주십시오! 저에게서 빼앗은 행복으로 즐겁게 사십시오. 저의 이 진지한 소망을 하다 못해 후회의 눈물로 갚아주십시오. 그리고 이 마지막 희생을 치르고 나

426

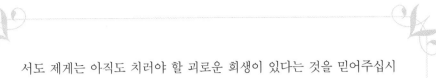

서도 제게는 아직도 치러야 할 괴로운 희생이 있다는 것을 믿어주십시오. 그럼, 안녕히 계십시오."

이렇게 말하고 있는 동안에도, 나는 부인의 심장이 격렬하게 두근거리는 것을 느낄 수 있었습니다. 나는 부인의 표정이 달라지는 것에 주목하였습니다. 특히 부인은 눈물에 젖어 있으면서도, 그 눈물은 가슴을 에는 듯 조금밖에 흐르지 않았습니다. 이때다 싶어 나는 떠나는 척했습니다. 그랬더니 부인은 나를 완강하게 제지하며, "안 됩니다. 제 말을 들어보세요"라고 성급하게 말하더군요.

"가게 내버려두십시오."

나는 대답했지요.

"제 말을 들으셔야 해요."

"저는 부인을 피해야 합니다!"

"안 돼요!"

부인은 이 마지막 말을 마치고 나서 내 팔 안에 뛰어들었다기보다 정신을 잃고 쓰러졌습니다. 일이 이렇게 잘 돌아가는 것을 보고 나는 짐짓 놀라는 척했지요. 그러나 놀란 척하면서도 나는 부인을 앞세워 내 영광의 장소로 지정해 둔 곳으로 부인을 데리고 갔죠. 그리고 사실 부인이 의식을 회복했을 때는, 이미 부인은 행복한 정복자에게 굴복하여 몸을 내맡긴 뒤였습니다.

어떻습니까. 지금까지 내 이야기를 들으시고 당신은 내가 사용한 방법의 순수함을 인정하고 기뻐해 주시겠지요. 그리고 우리 모두가 진짜 전쟁과 흡사하다고 인정하고 있는 이 연애전쟁에서 내가 그 원칙에서 벗어난 행동은 하나도 하지 않았다는 점을 인정해 주시겠지요? 그러니 나를 튀렌 장군이나 프레데릭 대왕으로 생각해 주십시오. 나는 오로지 장기전만을 원하는 적에게 전투를 강요한 것입니다. 그리고 교묘한 작전에 따라 전투지역과 군의 배치를 택했습니다. 나는 후퇴하는 적에게 쉽게 접근하기 위해 우선 적의 경계심을 풀게 했고, 이어 겁을 준 다음 전투를 개시한 것입니다. 그래서 성공했을 경우에는 커다란 이익을, 패배했을 경우에는 확실한 도피구를 마련함으로써 빈틈없이 행동했습니다. 요컨대 나는 이전에 획득한 것을 지키고 보존하기 위해 후퇴할 길목을 확보한 다음에야 공격을 개시했던 것입니다. 누구도 이 이상은 못할 것입니다. 그러나 나는 카푸아의 환락에 빠진 한니발처럼 나약해지지나 않을까 두렵습니다. 그 후에 일어난 것이 바로 그러한 일이었으니까요.

　　나는 이런 커다란 일이 일어난 만큼 반드시 있게 마련인 눈물과 절망이 뒤따르리라고 기대했습니다. 그래서 내가 처음에 혼란에 빠지고 생각에 잠겼던 것도 이 여자의 정숙함 때문이라고 여겼던 것입니다. 그래서 나는 이런 가벼운 차이는 정말 대수롭지 않은 것이라 여기고, 그저 상대방을 위로하는 정상적인 방법을 택했던 것입니다. 왜냐하면 이런 경우 대개가 감각이 감정을 돕게 마련이고, 말을 함부로 한 것은 아니지만 백 마디의 말보다는 단 한 번의 행동이 낫다고 생각했기 때문이죠. 그러나 상대방의 저항은 정말 무서울 정도였습니다. 저항이 치열했다기보다는 그것을 드러내는 모습이 무서웠던 것입니다.

　　한번 상상해 보십시오. 한 여자가 손가락 하나 까딱하지 않고 똑같은 표정을 짓고 앉아 있는 모습을 말입니다. 무슨 생각을 하는 것도 아니고, 내 말을 듣지도, 들으려 하지도 않습니다. 그러면서 한곳을 응시하면서 눈에는 쉴 새 없이 눈물이 흐르고요. 이것이 내가 이야기하고 있는 동안의 투르벨 부인의 모습이랍니다. 더구나 내가 애무나 아무 악의 없는 몸짓을 통해 내게 주의를 돌리려고 하면, 조금 전의 무감각한 상태는 공포, 질식, 경련, 흐느낌으로 변하면서, 그 사이사이에 한마디도 들을 수 없는 고함을 지르기도 했습니다.

　　이런 고함 소리가 여러 차례 터져 나왔고, 그럴 때마다 더욱 심했답니다. 나중에는 너무 심해지는 바람에 나는 완전히 실망하여 한순간 내가 애써서 얻은 승리가 수포로 돌아가지 않나 하고 걱정을 하기도 했답니다. 나는 이런 경우에 잘 쓰는 말을 하나 골라 "당신은 나를 행복하게 해주었기 때문에 절망하고 있는 것입니까?"라고 말했습니다. 이 말을 듣자 부인은 나에게로 몸을 돌렸습니다. 그 얼굴에는 혼란된 기색이 아직도 가시지 않았지만 다시 그 천사 같은 표정이 되살아나더군요. "당신의 행복이라고요?"라고 부인은 내게 말했습니다. 내 대답이 어떠했는가는 부인도 짐작할 수 있겠지요. "그럼 당신은 행복하단 말씀인가요?" 나는 되풀이해서 행복하다고 말했습니다. "나 때문에 행복하다고요!" 나는 부인에게 찬사와 다정한 말을 덧붙였습니다. 내가 말을 하고 있는 동안, 그녀의 몸이 부드러워지더군요. 부인은 다시 맥없이 소파에 기대면서 내가 잡고 있던 손을 그대로 둔 채, "그렇게 생각하니 위안도 되고 마음도 가벼워지는군요"라고 말하더군요.

이렇게 해서 본연의 자세로 돌아온 나는 더 이상 그 자세를 버리지 않았지요. 이것이야말로 가장 좋은 유일한 자세였으니까요. 두 번째 성공을 꾀했을 때는 처음에 약간의 저항을 받았지요. 이전의 일도 있고 해서 나는 신중하게 대했습니다. 그러나 나의 행복 운운한 말에 도움을 청하자, 곧 훌륭한 효과가 나타났지요.

"당신 말이 맞는지도 몰라요."

부드러워진 부인이 말하더군요.

"이제 제 인생은 당신을 행복하게 해드리기 위한 인생이에요. 제 목숨을 당신 행복을 위해 바치겠어요. 이제부터 제 몸은 당신 것이에요. 이젠 거절이나 후회 따위는 하지 않겠어요."

이토록 순진하고 숭고한 고백을 함으로써 부인은 자신의 육체와 매력을 내게 베풀어주고, 나와 행복을 같이 나눔으로써 더할 나위 없이 나를 행복하게 해주었던 것입니다. 우리는 서로 완벽하게 도취했습니다. 그리고 나는 난생처음으로 도취감이 쾌감으로 남아 있는 것을 맛보았습니다. 부인의 발아래 무릎을 꿇고 영원한 사랑을 맹세한 다음에야 겨우 그 품 안에서 떠날 수 있을 정도였으니까요. 아무튼 헤어진 뒤에도 나는 부인에 대한 생각에서 벗어날 수 없었으며, 잊기 위해 잠시 애를 써야 했지요.

　　아! 왜 당신은 내 곁에서 내 행동의 매력에 합당한 보상을 내려주시지 않는 것인지요? 나는 응분의 보수를 받을 수 있겠지요? 내가 저번 편지에서 제안한 협정은 합의가 되어 있는 것으로 생각해도 상관없겠지요. 보시다시피 나는 성공했고, 일전에 약속한 대로 당신에게 내 시간을 할애할 수 있을 만큼 내 일은 진전이 되었으니까요. 그러니 어서 그 성가신 벨르로슈는 쫓아보내고, 그 젖비린내 나는 당스니는 멀리 해 두고, 오직 나에게만 전념하시지요. 그런데 통 답장을 주지 않으시니 그 시골에서 무슨 할 일이 그렇게 많은지 모르겠군요. 내가 화를 내도 당신은 아무 말 못하실 겁니다. 그러나 행복은 사람을 너그럽게 만들지요. 더욱이 나는 당신의 사랑을 갈망하게 되면 또다시 당신의 귀여운 변덕에 따라야 하는 것도 알고 있습니다. 하지만 이번 당신의 새로운 애인은 이전에 갖고 있던 애인의 권리를 조금도 잃고 싶어하지 않는다는 것을 기억해 주십시오.

　　그런, 옛날처럼 안녕……. 그렇죠. 나의 천사여, 안녕! 나는 그대에게 사랑의 키스를 보냅니다.

　　추신: 프레방이 한 달 동안의 영창 생활을 마치고 제대했다는 것을 알고 계시는지요. 지금 파리에서는 그 소문이 자자하답니다. 사실 그 자는 자기가 저지르지도 않은 과오로 무척 고생한 셈인데, 이것 역시 당신의 완벽한 성공이라고 할 수 있을 것입니다.

제신

로즈몽드 부인이

투르벨 법원장 부인에게

좀더 빨리 답장을 드려야 했는데, 일전에 편지를 쓰느라 생긴 피로 때문에 신경통이 도져서 최근에는 전혀 팔을 쓸 수가 없게 되었군요. 조카에 대한 반가운 소식을 주어서 진작 당신에게 감사의 말을 드려야 했고, 아울러 당신에게도 진정으로 축복을 드리고 싶었는데요. 한쪽을 감동시키면서, 동시에 다른 쪽을 구원하는 것이야말로 진정 은총의 힘이라고 인정하지 않을 수 없군요. 그렇습니다, 부인. 하느님은 단지 부인을 시험해 보고 싶었던 것이고, 당신이 기진맥진했을 때 구원의 손길을 뻗치신 것입니다. 조금 불평은 하셨지만, 부인은 이제 하느님께 감사를 드려야 할 것입니다. 당신이 먼저 결심을 하고, 이어 발몽이 그것을 보고 결심했다면, 당신으로 보아서도 더욱 만족했으리라는 것쯤은 나도 모르는 바가 아닙니다. 또 인간적으로 말하자면 그렇게 함으로써 우리 여자의 권리가 더 잘 보존되었을 텐데요. 우리 여자들이란 권리를 조금도 잃고 싶어하지 않으니까요! 하지만 중대한 목표가 달성된 이 마당에 이런 하찮은 생각이 무슨 가치가 있을까요. 겨우 물에 빠진 처지를 면했는데, 그 수단을 자기 마음대로 선택하지 못했다고 불평할 사람이 어디 있겠어요?

당신은 지금 두려워하고 있는 괴로움이 저절로 가시는 것을 조만간 느끼게 될 겁니다. 설사 이 고통이 언제까지나 그대로 남아 있다 하더라도, 죄를 저질러놓고 후회하고 자기 멸시에 빠지는 것보다는 훨씬 견디기 쉽다는 것을 느끼실 것입니다. 예전엔 이런 뻔한 사실을 당신에게 말씀드려도 별 소용이 없었을 거예요. 사랑이란 우리가 지배할 수 없는 감정이라서 우리가 조심하면 피할 수는 있지만 그것과 싸워 이길 수는 없는 것이죠. 한번 생기면, 생명이 다하거나 희망이 완전히 없어지지 않으면 사랑은 죽지 않는 법이죠. 당신은 바로 두 번째 경우에 처해 있기 때문에 나로서는 내 의견을 마음대로 말할 수 있는 용기도 나고 이유도 있는 것입니다. 위로라든가 일시적으로 치료할 수밖에 없는 완전히 가망 없는 환자에게 겁을 주는 것은 잔인한 일이지만, 회복기에 접어든 환자에게 지금까지 겪어온 위험을 알리고, 그에게 필요한 경계심을 일으키게 하고, 앞으로도 계속될 충고를 따르도록 하는 것은 현명한 일일 것입니다.

당신이 나를 의사로 선택했기 때문에 의사로서 당신에게 이야기하겠습니다. 즉 지금 당신이 느끼고 있는 가벼운 불쾌감은 약간의 약으로 해결이 되겠지만, 지금 확실히 치유된 그 끔찍한 병에 비교하면 전혀 상대가 안 될 것입니다. 그리고 당신의 친구, 분별 있고 정숙한 부인의 친구로서 한마디 덧붙이겠습니다만, 당신을 사로잡았던 사랑은 애초에 그 자체가 불행한 것이었고, 그 상대가 내 조카였던 만큼 더욱더 불행했던 것입니다. 내가 조카 편을 들고 있는지는 모르지만, 그 애는 사실 훌륭한 점도 있고 매력도 있습니다. 그러나 항간에 떠도는 말에 의하면 조카는 여자에게는 치명적인 나쁜 짓을 많이 저질렀나 봅니다. 그리고 여자를 유혹하는 것과 파멸시키는 것을 거의 똑같은 일로 여기고 있는 것 같더군요. 나는 부인이 조카를 개심시킨 것으로 믿고 있습니다. 이제껏 당신만큼 그 일을 할 만한 사람도 없었으니까요. 그러나 자기가 그렇게 했다고 뽐냈던 사람들이 실망한 적도 많았던 만큼, 당신도 그처럼 되지 않기를 바랍니다.

당신은 이제까지 겪었던 숱한 위험에서 벗어나서 양심의 거리낌없이 마음의 평화를 얻었을 뿐만 아니라, 발몽의 개심의 주된 원인이었다는 것에 대해 만족하셔야 할 것입니다. 조카의 개심이 당신의 용기 있는 저항의 결과이며, 만일 당신이 한순간 약해지셨더라면 발몽은 영원한 과오에서 헤어나지 못했으리라고 믿어 의심치 않습니다. 나로서는 그렇게 생각하고 싶기에, 당신도 나처럼 생각해 주시기를 바랍니다. 그것이야말로 당신에게 최초의 위로가 되고, 나도 당신을 더욱 사랑하는 이유가 되기 때문이지요.

당신이 나에게 알린 대로 조만간 당신이 이곳에 오기를 기다리고 있겠습니다. 평화와 행복을 잃은 이곳에서 그것을 다시 찾으십시오. 그리고 내게나 당신에게 어울리지 않는 일은 결코 하지 않겠다던 그 약속을 훌륭하게 이행한 것을 당신의 다정한 어머니와 함께 즐기기 위해서라도 오십시오!

17××년 10월 31일, ××저택에서.

제127신

메르테유 후작 부인이

발몽 자작에게

19일의 편지에 답장을 하지 않은 것은 그럴 시간이 없었기 때문이 아닙니다. 그 이유는 아주 간단합니다. 왜냐하면 그 편지를 읽고 나는 기분이 상했고, 또 그 편지가 제정신으로 씌어졌는지 의심스러웠기 때문이죠. 따라서 나는 그따위 편지는 잊어버리는 편이 낫다고 생각했죠. 하지만 당신이 또 그 편지 이야기를 했고, 그 속에 담겨 있던 약속을 잊지 못해, 나의 침묵을 승낙으로 착각하는 이상, 그것에 대해서 분명하게 내 생각을 밝히지 않을 수 없군요.

　　나는 간혹 나 혼자서 할렘의 모든 여자를 대신할 수 있다는 주제넘은 생각을 가진 적이 있었는지 모르겠지만, 그중의 한 여자가 되는 것에 동의한 적은 없었어요. 당신도 이 점을 알고 있었으리라고 생각합니다. 그리고 지금도 이 사실을 잊고 있지 않다면, 당신의 제안이 얼마나 우스꽝스러운 것인지는 말씀드리지 않아도 알 것입니다. 아니 나보고 연정을, 그것도 새로운 연정을 희생하고 당신에게 전념하라니요? 더구나 그 방법이란 것도 도무지 돼먹지 않았단 말씀입니다. 얌전한 노예로서 자기 차례를 기다리며 '전하'의 총애가 떨어지기를 학수고대해야 한다는 말씀이지요.

　　이를테면 당신이 '사모하는' '천사 같은' 투르벨 부인만이 당신에게 느끼게 할 수 있는 '이제껏 몰랐던' 매력을 잠시 잊고 싶을 때나, 아니면 그 '매혹적인 세실'에게 언제까지나 자신이 가장 훌륭한 사람으로 보이고 싶은데 그 우월감이 위태로워질 때면, 당신은 그보다 못한 나한테 와서 사실 강렬하지는 않지만 뒤탈이 없는 쾌락을 맛보고 싶다는 말이지요. 그리고 당신의 그 황공한 호의는 비록 드물게 베풀어지긴 하겠지만 그래도 나를 행복하게 만들기에 충분하다는 말이지요!

　　당신은 확실히 자만심이 많은 분이시군요. 나도 물론 겸손한 여자는 아니에요. 왜냐하면 아무리 자신을 살펴보아도 내가 그 정도까지 타락했다고는 생각할 수 없으니까요. 그 점이 혹 나의 결점인지도 모릅니다. 하지만 나는 그 외에도 많은 결점이 있다는 사실을 당신에게 미리 알려드리지요.

　　'풋내기'이자 '젖비린내 나는' 당스니가 오로지 내게만 열중해서, 이루지 못한 첫사랑을 나를 위해 희생하면서도 결코 그 보상을 요구하지도 않고, 더욱이 그 나이에 알맞은 사랑을 내게 바침으로써 스무 살밖에 안 되는 나이임에도 불구하고 당신보다는 더욱 만족스럽게 나의 행복과 쾌락을 위해 진력해 주리라고 믿어버리는 게 특히 내 결점입니다. 혹 나에게 변덕이 일어나서 당스니에게 조수를 붙여주고 싶게 되더라도, 적어도 지금은 그 일을 당신에게 맡길 생각이 추호도 없음을 덧붙여 말씀드리지요.

　　당신은 나보고 왜 그러시냐고 묻겠지요? 우선 그럴 만한 이유가 하등 없으니까요. 변덕 때문에 당신이 좋아진다면, 똑같은 이유로 당신을 거절할 수 있으니까요. 하지만 예의상 내가 그렇게 생각한 이유를 말씀드리지요. 내가 보기에는 당신은 아직도 나를 위해 치러야 할 희생이 많은 것 같아요. 그리고 당신은 그 희생에 대해서 감사를 기대하겠지만 나는 당신의 희생을 고맙게 여기기는커녕, 당신에게 더 많은 희생을 요구할 수 있다고 생각할 겁니다! 보시다시피 우리의 사고방식이 서로 다른 만큼 어떤 방식으로든 도저히 서로 접근할 수 없으니까요. 이런 내 감정이 바뀌려면 많은, 그것도 아주 많은 시간이 필요할 거예요. 생각이 바뀌면 그때 알려드리지요. 그때까지는 다른 곳에서 재미나 보세요. 그리고 당신의 키스는 아껴두세요. 나보다 더 보람 있게 해줄 여자들이 많을 테니까요! ……

　　옛날처럼 안녕이라고 하셨지요? 하지만 예전에 당신은 지금보다 나를 더 존중해 주셨던 것 같은데요. 그때 당신이 내게 삼류 역할을 맡긴 적은 없었으니까요. 더구나 내 승낙을 확인하기 전까지는 내가 좋다고 말할 때까지 기다려주었으니까요. 그러니 예전처럼 작별인사를 하지 않고 지금처럼 작별인사를 해도 기분 나쁘게 생각하지 않겠죠.

　　자작님, 소녀 올림.

제128신

투르벨 법원장 부인이

로즈몽드 부인에게

부인, 어제야 비로소 겨우 보내주신 답장을 받아보았습니다. 만약 저의 존재가 아직도 저 자신의 것이었다면 그 편지를 읽고 금세 죽어버렸을지도 모릅니다. 그러나 저는 지금 저의 존재를 다른 사람에게 맡기고 있답니다. 그리고 이 다른 사람은 바로 발몽님입니다. 저는 부인에게 아무것도 감추고 있지 않습니다. 부인께서 이제는 제가 부인의 우정을 받을 자격이 없는 사람이라고 생각하신다면, 우정을 잃는 것이 그다지 두렵지는 않습니다만, 오히려 제가 우정을 배신하는 것이 아닐까 두렵군요. 발몽님이 죽음과 행복 중에서 어느 쪽을 주겠냐고 하셨을 때, 저는 발몽님의 행복을 택하기로 했다는 것이 제가 부인께 말씀드릴 수 있는 전부입니다. 저는 이것을 자랑으로 삼지도 않고, 또 그 때문에 자신을 비난하지도 않습니다. 저는 다만 있는 그대로를 말씀드릴 뿐입니다.

제가 부인의 편지와 그 안에 담긴 엄연한 진실을 읽고 얼마나 강한 인상을 받았는지 아실 것입니다. 그렇다고 해서 제가 후회한다거나, 제 감정이나 행동이 바뀌었다는 것은 아닙니다. 괴로울 때가 없는 것은 아닙니다. 하지만 마음이 참을 수 없을 정도로 아프고, 더 이상 고통을 견딜 수 없을 때, 나는 속으로 '발몽님은 행복할 거야'라고 말하죠. 이런 생각을 하면 모든 것이 사라집니다. 아니 차라리 모든 것이 즐거움으로 변해 버린다는 쪽이 옳을 것 같군요.

말하자면, 저는 부인의 조카님에게 제 몸을 바치고 말았습니다. 그분을 위해 저는 순결을 잃었던 것입니다. 그분은 이제 저의 생각과 감정, 그리고 행동의 유일한 중심이 돼버렸습니다. 제 삶이 그분의 행복을 위해 없어서는 안 될 것이라면, 그 삶은 값진 삶일 것입니다. 저는 제 삶을 축복받은 것으로 여길 것입니다. 만일 언젠가 그분이 변심하게 되더라도…… 저는 원망이나 비난을 하지 않을 것입니다. 저는 벌써 이 운명의 순간을 두려움 없이 지켜보고 있답니다. 각오는 되어 있습니다.

부인께서는 언젠가 발몽님이 저를 버리지나 않을까 두려워하고 계시는 것 같은데, 이것으로 제가 그런 염려를 조금도 하고 있지 않다는 것을 아실 수 있으리라 믿습니다. 저를 버리고 싶어하기 전에, 자작님은 저를 사랑하지 않으시겠지요. 그렇게 된다면 저는 이 세상에 없는 셈이 되니까, 제게 공허한 비난을 하셔도 상관없는 일입니다. 그분만이 저를 판단하실 겁니다. 저는 오직 그분만을 위해 살아갈 것이기 때문에, 그분의 마음속에서만 저의 추억이 남을 것입니다. 그리고 제가 그분을 사랑했다는 것을 그분이 마지못해 인정하신다면, 그것만으로도 제 행동은 정당한 것이었음이 충분히 입증되리라 생각합니다.

부인께서는 이제 제 마음을 알아주시겠지요. 비열한 거짓말을 함으로써 부인으로부터 경의를 받을 자격이 없는 여자가 되기보다는, 차라리 솔직히 말씀드림으로써 부인의 경의를 잃는 편이 저에게는 마음이 편합니다.

이제까지 부인께서 제게 호의를 가져주셨기 때문에, 저도 끝까지 신뢰를 지켜야 한다고 생각합니다. 더 이상 말씀드리면, 제가 건방지게도 아직도 부인의 호의를 기대한 듯한 의심을 받겠습니다만, 저는 오히려 호의를 단념하고 자신의 죄를 시인하고 있습니다.

그럼 안녕히 계십시오.

제129신

발몽 자작이

메르테유 후작 부인에게

　　일전의 편지에 그토록 신랄하게 야유를 퍼부으시다니 도무지 어떻게 된 영문인지 모르겠습니다. 나는 그런 일이 없었다고 생각하는데, 당신을 그렇게 화나게 할 무슨 죄를 제가 저질렀는지 알 수가 없군요. 당신은 내가 승낙도 받기 전에 미리 승낙받은 줄 알고 있다고 비난하고 계신데, 나는 다른 사람에게는 건방지다고 여겨지는 일도 우리 사이에서는 신뢰로 간주될 수 있다고 생각했던 것입니다. 언제부터 우리 두 사람 사이의 신뢰감이 우정과 사랑을 해치기 시작했나요? 나의 욕망을 낙관적으로 본 것은, 우리가 추구하는 행복에 가능한 한 가까이 접근하려는 인간 본연의 충동에 내가 따랐기 때문입니다. 그런데 당신은 나의 열의의 결과에 지나지 않은 것을 오만의 소치로 보고 계십니다. 지금 상황에서는 으레 이런 일이 일어나기 때문에 설마 하는 의심이 생겼다는 것은 저도 잘 알고 있습니다. 그러나 당신이 말한 것은 단지 하나의 형식, 단순한 의례에 지나지 않는 것임을 당신도 잘 알고 계실 겁니다. 우리 둘 사이에는 그런 사소한 조심은 필요 없다고 생각해도 무방하지 않을까요?

　　뿐만 아니라 이런 흉허물 없는 태도는 옛날의 관계에 토대를 둔 것일 경우 종종 사랑을 식게 만드는 싱거운 아첨보다는 바람직한 것으로 생각됩니다. 게다가 내가 이런 태도를 귀중하게 생각하는 것은 아마도 이것이 상기시키는 행복을 중요시하기 때문인지도 모릅니다. 하

지만 바로 이런 사실 때문에 당신이 달리 생각하는 것을 보니 나는 더욱 마음이 아픕니다.

하지만 내가 인정할 수 있는 과오는 그것밖에 없습니다. 당신보다 나은 여자가 이 세상에 있다든가, 더욱이 당신이 짐짓 생각하고 있는 것처럼 내가 당신을 낮게 평가하고 있다는 따위를 당신이 진지하게 생각하고 있으리라고는 믿지 않습니다. 이 점에 대해서 당신은 자신을 바라보면서 그토록 타락하지는 않았다고 말씀하셨습니다. 나도 물론 그렇게 생각합니다. 이것은 다만 당신의 거울이 흠이 없음을 증명할 뿐입니다. 하지만 당신은 이로부터 나 역시 당신에 대해서 그렇게 생각하고 있지 않다는 것을 보다 수월하게, 보다 정당하게 결론 내리실 수는 없었는지요.

어째서 당신이 그런 야릇한 생각을 하시게 되었는지 나로서는 도저히 짐작이 가지 않는군요. 그런데 그것은 내가 다른 여인들을 칭찬한 것에 어느 정도의 이유가 있지 않을까 생각됩니다. 투르벨 부인이나 볼랑주의 딸에 대해 말할 때 내가 사용하는 '사모하는', '천사 같은', '매력적인'이라는 형용사들을 당신이 유별나게 지적한 것으로 보아 나로서는 적어도 그렇게 추측하는 것입니다. 하지만 이런 표현들은 신중히 생각해서 쓴 것이라기보다는 오히려 우연히 골라진 것이고, 또한 상대를 어떻게 생각하느냐보다는 오히려 상대에 대해서 말하는 순간의 기분을 표현하는 것이 아니겠습니까? 그리고 두 여자 쪽에 마음이 강하게 이끌렸을 때도 나는 여전히 당신을 갈망하고 있었습니다. 그리고 우리의 옛 관계를 다시 회복하기 위해서 두 여자를 희생해야 하는 이상, 나는 그 두 여자보다는 당신을 훨씬 더 높게 평가하고 있었던 것입니다. 만일 사정이 그러하다면, 그 점에 있어서 나는 당신한테 비난받을 이유가 있다고는 전혀 생각하지 않습니다.

당신은 또 '일찍이 몰랐던 매력'이라는 표현이 거슬렸던 모양인데, 여기에 대해서도 나는 얼마든지 변명할 수 있습니다. 우선 이제껏 몰랐다고 해서, 그것이 더욱 강한 것이라고는 말할 수 없기 때문입니다. 아니 그 무엇이 항상 당신만이 새롭고 강렬하게 줄 수 있는 그 감미로운 쾌락을 능가하겠습니까? 따라서 내가 '이제껏 몰랐던 매력'이라 말한 것은 다만 내가 이제껏 느껴보지 못한 종류의 쾌락을 의미하는 것이지, 거기에 어떤 등급을 매기겠다는 의도는 없었습니다. 더욱이 오늘도 거듭 말씀드립니다만, 그 매력이 어떤 것이든 나는 그것과 싸워서 이길 수 있다고 덧붙여서 쓰지 않았던가요? 그리고 이런 하찮은 일이 당신에 대한 경의의 표시일 수 있다면, 나는 더욱 열정적으로 그 일을 해치우겠습니다.

　　　　세실에 대해선 말할 필요도 없으리라 생각합니다. 내가 그 애를 맡은 것은 바로 당신의 부탁이 있었기 때문이라는 것을 잊지는 않으셨겠지요? 지금이라도 사퇴하라고 하면 나는 그 일에서 손을 떼겠습니다. 하기야 나는 그 아가씨가 순진하고 청순하다고 생각했으며, 어떤 때는 '매력적'이라고 느낀 적도 있었습니다. 왜냐하면 누구나 자기가 만든 작품은 다소 좋게 보이는 법이니까요. 하지만 그 아가씨에게는 주의를 끌 만한 성숙함은 추호도 없습니다.

　　　　이제 나는 당신의 공정한 판단, 옛날에 나에게 지녔던 호의, 그 후 우리의 관계를 돈독하게 해주었던 오랜 우정과 완전한 신뢰에 호소하겠습니다. 나에게 그렇게 쌀쌀하게 대하실 만큼 내가 과오를 저질렀나요? 그러나 당신이 편하실 때 내게 보상을 해주는 것은 당신에게는 그다지 어려운 일은 아닐 것입니다. 단 한마디만 말씀해 주십시오. 그러면 이곳이 아무리 매력이 있고 애착이 가더라도 나를 단 하루가 아니라 일 분도 붙들어놓을 수 없다는 것을 당신은 아시게 될 것입니다. 나는 당신의 발밑으로, 당신 품 안으로 달려가 당신이 진정 내 마음의 여왕임을 수천 번 다른 방법으로 증명할 수 있을 것입니다.

　　　　그럼 안녕히 계십시오. 답장을 애타게 기다리겠습니다.

제130신

로즈몽드 부인이

투르벨 법원장 부인에게

       왜 이제 내 딸이 되어주지 않겠다는 것입니까? 왜 우리 사이에 앞으로 편지 왕래가 없을 것이라는 듯 말씀하십니까? 내가 설마 하면서 눈치 채지 못한 것을 벌주기 위함인가요? 아니면 내가 당신을 고의로 괴롭히고 있다고 생각하시나요? 아니겠지요. 나는 당신의 마음을 너무도 잘 알고 있으니까, 당신도 내 마음을 잘 알고 있으리라 믿어요. 따라서 당신의 편지를 읽고, 내가 아니라 당신을 생각했기에 나는 슬펐답니다.

       아! 부인, 이런 말을 하는 것이 가슴 아픈 일이긴 하지만, 당신은 사랑받을 자격이 많기 때문에 결코 사랑이 당신을 행복하게 만들어주지는 않을 겁니다. 섬세하고 민감한 여자 중 자기에게 그토록 많은 행복을 약속해 주었던 그 사랑이라는 감정에서 불행을 발견하지 않은 여자가 과연 몇이나 될까요? 남자들은 자기가 소유한 여자들의 진정한 가치를 알 수 있을까요?

       그렇다고 행실이 점잖고 바람을 피우지 않은 남자가 없다는 것은 아니지요. 하지만 그러한 남자들 중에도 우리들 여자의 마음과 일치하는 남자는 정말 드뭅니다. 남자의 애정을 여자의 애정과 같다고 생각해서는 안 됩니다. 남자도 여자와 똑같은 도취를 느끼고, 심지어는 우리 여자들보다 더 열광하는 경우도 적지 않습니다. 하지만 오로지 사랑하는 남자를 위해 근심 어린 애정과 섬세한 마음 씀씀이로 그토록 다정하고 변함없이 정성을 쏟는 여자의 심정을 남자들은 모를 겁니다. 남자는 자기가 느끼는 행복을 즐기고, 여자는 자기가 베푸는 행복을 행복으로 알고 즐깁니다. 이런 차이는 퍽 중요한 것이지만 별로 주목받고 있지 않더군요. 하지만 이 차이는 남녀가 저마다 행하는 행동 전체에 뚜렷한 영향을 미치고 있습니다. 남자의 쾌락은 욕망을 만족시키는 데 있으며, 여자의 쾌락은 특히 그 욕망을 일으키는 데 있습니다. 사랑받는다는 것은 남자에게는 성공의 한 수단이지만, 여자에게는 성공 그 자체이지요. 따라서 흔히 여자들이 비난받는 이른바 교태라는 것도 이렇게 느끼는 방법이 단지 지나쳤다는 것일 뿐이며, 따라서 그렇게 느끼는 방법이 실제로 존재한다는 것을 증명하는 것입니다. 결국 사랑의 특징인 독점력이란 것도 남자에게 있어서는 단지 일종의 편애偏愛에 불과하며, 기껏해야 쾌락을 증가시키는 구실을 하는 것으로, 그 쾌락은 다른 대상이 나타나면 약해지기는 해도 결코 사라지지는 않는 것입니다. 이와 달리 여자에게는 독점욕이 심오한 감정이지요. 이것은 자기가 사랑하는 대상이 아닌 대상에 대한 일체의 욕망을 제거할 뿐 아니라, 본능보다 강하고 본능의 지배로부터 벗어나 있기 때문에, 쾌락을 일으킬 수 있는 대상에 대해서도 혐오감이나 불쾌감만을 느끼고 만답니다.

　　물론 여기에도 어느 정도의 예외적인 사실도 있고, 그 사례를 열거할 수는 있지만, 그렇다고 이러한 것들이 일반적인 진리를 허물어뜨릴 수는 없을 것입니다. 사람들이 남자들의 경우에 부정不貞과 외도를 구별하고 있는 것만 보아도 이 사실은 충분히 입증되고도 남음이 있지요. 남자들은 이러한 구별에 부끄러움을 느껴야 하는데도, 오히려 자랑스럽게 생각하고 있답니다. 그런데 우리들 여성의 경우에 있어서는 여성을 치욕스럽게 만드는 타락한 여자들을 제외하고는 이런 구별이 통용되고 있지 않습니다. 타락한 여자들은 자신의 천함에 대한 쓰라린 감정을 벗어나게 해준다면 어떤 수단도 가리지 않으니까요.

　　우리는 사랑이라는 것이 상상력을 자극시켜 이것이 마치 완벽한 행복을 주기라도 하는 것인 양 터무니없는 생각을 갖게 되는 일이 흔한데, 이러한 생각에 내가 방금 말한 것을 대입시켜 보면 당신에게 유리하지 않을까 하는 생각이 드는군요. 사랑이란 것은 우리에게 거짓 희망을 주어, 심지어 그것을 버리지 않으면 안 되는 경우에도 우리로 하여금 집착하게 하며, 잃어버리면 또 격렬한 정열이 뒤따라 그렇지 않아도 쓰라린 괴로움을 더욱 괴롭히는 그러한 감정입니다. 당신의 괴로움을 가라앉히고, 또 조금이라도 줄여주는 것이 제가 지금 하고 싶은 일이며, 또 할 수 있는 유일한 일입니다. 약이 없는 병에 권유할 수 있는 것은 정양靜養밖에는 없습니다. 다만 당신에게 부탁하고 싶은 것은 일전에 말했던 것처럼, 환자를 동정하는 것은 환자를 비난하는 것이 아님을 기억해 달라는 것입니다. 어떻게 우리들 여자끼리 서로 비난할 수 있겠습니까? 우리를 판단할 수 있는 권리는 우리 마음을 들여다보는 그분, 하느님께만 맡깁시다. 하느님의 자비로운 눈으로 보면 한 번의 실수 정도야 수많은 덕행으로 속죄할 수 있으리라고 나는 감히 믿고 있습니다.

하지만 부인, 제발 그런 과격한 결단은 내리지 않기를 바랍니다. 그것은 용기보다는 오히려 완전한 절망을 나타내는 것이니까요. 당신의 표현을 빌리면, 당신은 자신의 삶을 다른 사람의 손에 맡겨버렸다고요. 하지만 그 사람보다 먼저 당신의 삶을 소유하였고, 앞으로도 언제나 그러기를 바라고 있는 친구들에게서 그것을 빼앗아가지 못했다는 사실을 잊어서는 안 됩니다.

안녕, 이따금 당신의 어머니를 생각해 주세요. 이 사람은 언제나 그리고 누구보다도 당신을 가장 소중하게 생각하고 있답니다.

제131신

메르테유 후작 부인이

발몽 자작에게

　　좋아요, 자작님. 이번 편지는 저번 편지보다 한결 낫군요. 그렇지만 오늘은 터놓고 이야기합시다. 그러면 당신이 원하고 있는 그 협정이란 것이 당신에게나 나에게나 다 터무니없는 짓이라는 것을 당신은 깨닫게 될 거예요.

　　쾌락이란 것이 실제로 남녀를 결합시키는 유일한 동기임은 틀림없지만, 그렇다고 쾌락만으로는 서로의 관계를 맺기에 충분하지 못하다는 것을 당신은 아직 깨닫지 못하셨나요? 또 욕정이 쾌락에 앞서서 서로를 이끌지만, 그 다음에는 역시 상대방을 물리치는 혐오감이 계속된다는 사실을 당신은 아직도 깨닫지 못하셨나요? 이것은 자연의 법칙이며, 이것을 바꿀 수 있는 것은 사랑밖에 없어요. 사랑이란 원한다고 해서 되는 것은 아니지만, 그래도 늘 필요한 것이지요. 따라서 사랑이란 다행히도 상대만 있으면 충분하다는 사실을 깨닫지 못하면 정말 매우 곤란한 것이죠. 사랑이란 상대만 있으면 되니까, 그만큼 어려움은 반으로 줄게 되고, 더구나 별로 잃어버릴 것도 없게 되지요. 실제로 한쪽은 사랑한다는 행복을 즐기고, 다른 한쪽은 사랑받는다는 행복을 즐기는 셈이죠. 사랑받는다는 행복은 사실 별로 짜릿한 것은 못 되지만, 여기에 상대를 속이는 쾌감을 덧붙인다면, 균형이 잡혀서 모든 것이 제대로 이루어지는 법이에요.

　　하지만 자작님, 우리 둘 중에서 누가 속이는 역할을 맡게 되는 건지 한번 말씀해 보세요. 당신은 도박을 하면서 서로의 정체가 드러난 두 사기꾼의 이야기를 알고 있을 거예요. 이들은 "승부를 가리지 않고 비긴 것으로 합시다"라고 말하고는 도박을 그만두고 말지 않았던가요? 이 현명한 본보기를 따르기로 합시다. 그리고 다른 곳에서 무척 재미있게 쓸 수 있는 시간을 함께 낭비하는 일일랑 관두기로 합시다.

당신을 위해서나 나 자신을 위해서 이런 결정을 한 것이고, 또 내가 결코 기분이나 변덕에 따라 행동하는 것이 아님을 당신에게 증명해 주기 위해 나는 우리 사이에 합의를 본 보상을 거절하지는 않겠어요. 단 하룻밤으로도 우리 둘은 서로 충분히 만족하리라는 것을 나는 잘 알고 있답니다. 우리 둘이 날이 새는 것이 아까울 정도로 그 밤을 훌륭하게 보낼 수 있으리라는 것을 나도 믿어 의심치 않아요. 하지만 아쉬움이란 행복에는 반드시 필요하다는 것을 잊지 맙시다. 그리고 우리의 환상이 아무리 달콤하다 해도, 그것이 언제까지나 계속되리라고 믿지는 맙시다.

보시다시피 나는 약속을 지켰어요. 하지만 당신은 아직도 나한테 빚이 남아 있어요. 왜냐하면 나는 그 천사 같은 정숙한 여인의 첫 편지를 받기로 되어 있으니까요. 하지만 당신은 아직도 거기에 미련이 남아 있어선지, 아니면 당신이 말씀하시는 것보다 속으로는 별로 흥미가 없는 거래조건을 잊어버리셨는지, 나는 아무것도, 전혀 아무것도 받아보지 못했어요. 그 사랑스런 신앙심 깊은 여자는 분명 편지를 많이 쓸 텐데요. 내 생각이 틀렸나요? 혼자 있을 때, 대체 그 여자가 무엇을 하겠어요? 자기 혼자 기분 전환하는 재주는 분명 갖고 있지 않을 테니까요. 그래서 당신에게 약간의 불평을 한다면 할 수 있겠지만, 저번 편지에서 다소 화를 냈던 만큼 이번에는 아무 말도 하지 않는 거예요.

자작님, 이제 당신에게 한 가지 부탁할 게 남아 있어요. 이것 역시 서로를 위한 부탁이지요. 그것은 나로서도 당신과 마찬가지로 기다리고 있는 순간을 연기해 달라는 것입니다. 여기서는 필요한 자유를 얻을 수 없을 것 같아요. 더욱이 여기서는 내가 위험해요. 왜냐하면 이제 막 헤어지려는 마당에 불쌍한 벨르로슈가 조금이라도 질투하기 시작하면 나한테 찰싹 붙어서 떨어지지 않으려고 할 것이기 때문이죠. 그는 나를 사랑하려고 이미 미쳐 날뛰고 있답니다.

그래서 지금 나는 그에게 장난과 신중함이 반반 섞인 애무를 진절머리 날 정도로 퍼부어주고 있답니다. 하지만 이것은 당신을 위한 희생이 아님을 알아두셔야 할 겁니다. 서로의 부정不貞은 매력을 훨씬 강하게 해주는 법이랍니다.

두 사람이 이렇게까지 해야 되는 것에 나는 이따금 비애를 느끼기도 한답니다. 두 사람이 서로 사랑했던 시절에는 ─ 왜냐하면 그것은 진정 사랑이라고 여겨지기 때문이죠 ─ 나는 행복했었어요. 그리고 자작님, 당신은요? …… 하지만 무엇 때문에 아직도 돌아올 수 없는 행복을 생각하죠? 당신이 뭐라고 말씀하시든 그것은 결코 두 번 다시 돌아오지 않아요.

왜냐하면 그렇게 되려면, 당신이 하실 수도 없고, 또 하시려고도 하지 않을, 그리고 나로서도 그것을 받을 만한 자격이 없는 희생을 치를 것을 당신에게 요구하지 않을 수 없으니까요. 더욱이 어떻게 해야 당신 마음을 붙들 수 있지요? 아! 나는 정말 이런 생각을 하기도 싫어요. 비록 지금 이 순간 당신에게 편지를 쓰는 것이 즐겁긴 하지만, 당신과 갑작스럽게 헤어지는 편이 내게는 훨씬 좋아요.

안녕, 자작님.

17××년 11월 7일, 파리에서.

제132신

투르벨 법원장 부인이

로즈몽드 부인에게

저에게 보내주신 호의에 너무나 감격한 나머지 거기에 모든 것을 잊고 매달려보고 싶건만, 부인의 호의를 받아들임으로써 오히려 그것을 더럽힐까 두려워 망설여지는군요. 부인의 호의가 귀중한 것인 줄 알면서, 왜 저는 이제 더 이상 그것을 받을 자격이 없는 몸이라는 생각이 드는지 모르겠습니다. 아! 하다못해 부인께 저의 감사의 뜻이라도 나타내고 싶습니다. 특히 저의 나약함을 아시면서도 동정하는, 심지어 사랑의 매력보다도 더욱 부드럽고 강하게 사람의 마음을 사로잡는 매력을 지닌 부인의 미덕을 찬양하고 싶습니다.

그러나 더 이상 저의 행복을 충족시키기에는 충분치 못한 그 우정을 받을 자격이 아직도 제게 있을까요? 부인의 충고도 역시 마찬가지입니다. 저는 그 가치를 알고 있지만 따를 수 없게 된 것입니다. 지금 완전한 행복을 느끼고 있는데, 왜 그 행복을 믿어서는 안 될까요? 그렇습니다. 남자들이 부인이 말씀하신 바와 같다면, 피해야 하고 증오해야 마땅하겠지요. 하지만 발몽은 뭇 남자들과 전혀 다릅니다! 다른 남자들과 마찬가지로 발몽도 부인께서 자기도취라고 하신 격렬한 정열을 갖고 있긴 합니다. 하지만 발몽은 이 정열을 얼마나 풍부하고 세련된 감정으로 극복하고 있는지요! 오! 부인께선 저와 함께 고통을 나누시겠다고 하셨지만, 부디 저의 행복을 기뻐해 주십시오. 이 행복은 사랑으로부터 비롯된 것입니다. 그리고 사랑하고 있는 사람이 바로 그분인 만큼, 그 행복의 가치가 얼마나 돋보이게 되는지요! 부인께서는 마음이 약하셔서 그분을 사랑한다고 하셨지만, 만일 부인께서도 저처럼 그분을 아시게 된다면 얼마나 좋을까요! 저는 그분을 열렬히 사랑하지만 아직도 미진한 것만 같아요. 그분은 약간의 과오를 본의 아니게 저질렀는지도 모르지요. 그 점은 그분 자신도 인정하고 계시니까요. 하지만 그분만큼 진실한 사랑을 알고 있는 사람이 또 있을까요? 그분은 제게 주시는 사랑과 똑같은 사랑을 자신도 느낀다고 하시니, 이보다 더한 말을 어떻게 할 수 있을까요?

부인께서는 이것이야말로 '상상력을 자극시켜 이것이 마치 완벽한 행복이라도 주는 양 터무니없는 생각을 갖게 된 것'이라고 생각하실지 모르겠습니다. 그런데 이젠 더 이상 얻을 것이 없는데, 왜 발몽은 예전보다 더 다정하고 열렬하게 저를 사랑해 주실까요? 솔직히 말씀드려서, 예전의 그분에게서는 어딘지 모르게 내성적이고 망설이는 듯한 기색이 늘 떠나지 않는 것을 보았는데, 그럴 때면 저는 억지로라도 그 전에 소문으로 들어왔던 잘못되고 가혹한 인상을 가져야만 하는 경우가 많았습니다. 그러나 그분께서 감정이 움직이는 대로 거리낌없이 행동할 수 있게 되면서부터는, 제 마음이 바라고 있는 것을 모두 꿰뚫어보고 있는 듯한 느낌이 듭니다. 어쩌면 우리는 천생연분으로 태어났는지도 모릅니다! 그분의 행복을 위해서라는 없어서는 안 될 여자라는 것은 이미 전생前生에 결정된 듯합니다!

아! 만일 이것이 한갓 환상에 지나지 않는다면 그 환상이 사라지기 전에 저는 차라리 죽을 거예요! 아니에요. 저는 그분을 아끼고, 그분을 사랑하기 위해 살고 싶어요. 무슨 이유로 그분이 저를 사랑하지 않게 되겠어요? 그분이 저 말고 어떤 여자를 행복하게 해주시겠어요? 저 자신이 느끼고 있지만, 남에게 베푸는 행복이야말로 진실로 서로의 마음을 굳게 맺어주는 단 하나의 가장 중요한 유대가 아니겠어요? 그렇습니다. 이 달콤한 감정이야말로 사랑을 고취시키고, 순화시킬 뿐만 아니라, 발몽의 마음처럼 다정하고 너그러운 영혼에 어울리는 것이라 하겠습니다.

그럼 제게 늘 관대하신 존경하는 부인, 안녕히 계십시오. 좀 더 길게 쓰고 싶습니다만, 그분께서 오시기로 약속한 시간이 되었군요. 이제 다른 일은 생각할 수 없답니다. 용서해 주십시오. 하지만 부인은 저의 행복을 원하시지요. 그런데 지금은 너무도 행복해서 혼자서는 느끼지 못할 정도랍니다.

17××년 11월 8일, 파리에서.

제133신

발몽 자작이

메르테유 후작 부인에게

내가 실행하지 못하리라는 것은 틀림없지만, 실행하면 나를 사랑해 주겠다고 하신 그 희생이라는 것이 대체 무엇인지요? 그것이 무엇인지 가르쳐주십시오. 그래도 만일 내가 주저한다면, 내가 바치는 희생을 거절해도 좋습니다. 그런데 당신은 요즈음 한편으로는 너그러우시면서도 왜 내 마음과 정열을 의심하는지 모르겠군요. 내가 할 수도 없고, 하고 싶어하지도 않는 희생이라니요! 그렇다면 당신은 내가 사랑에 홀딱 빠져서 사랑의 노예라도 되어버린 것으로 생각하시나요? 당신은 내가 자신의 성공을 높이 평가한 것을 상대방을 높이 평가하는 것으로 생각하시고 있나 보죠? 아! 하늘에 맹세코 나는 아직 그 정도까지 전락하지 않았습니다. 그렇지 않다는 것을 기꺼이 증명해 보일 수도 있습니다. 그것이 투르벨 부인을 대상으로 하는 것이라 해도, 나는 그 증거를 보일 수 있습니다. 그렇게 하면 나에 대한 당신의 의심을 물론 말끔히 가시겠지요.

사실 나는 이 세상에는 흔치 않은 것만을 장점으로 가진 여자에게 소문내지 않고 얼마 동안을 할애해 왔습니다. 그 모험을 했을 때에는 마침 여자에 굶주렸을 때라 아마 다른 때보다 내가 한층 더 열을 올렸는지도 모릅니다. 지금에야 겨우 애정의 기류가 흐르기 시작하니, 내가 거의 그 여자에게만 전념하고 있다 해도 별로 놀랄 만한 일은 아닐 것입니다. 하지만 생각해 보십시오. 석 달 동안에 걸쳐 맺은 이 과실을 맛본 지가 이제 겨우 일주일이 될까 말까 합니다. 이보다 못하고, 별로 힘들이지 않고 얻었던 여자도 더 오랫동안 상대해 주었는데 말이에요……. 그때만 해도 당신은 나한테 싫은 소리 한마디 안 하셨잖습니까?

그리고 내가 왜 이 여자에게 그렇게 열을 올리고 있는지 사실대로 말씀드릴까요? 그것은 이렇습니다. 이 여자는 천성적으로 소심하답니다. 그래서 처음 한동안은 줄곧 자신의 행복을 의심하였지요. 그래서 이 여자는 혼란에 빠졌던 것입니다. 이런 상태를 바꾸기 위해서 내 힘이 어디까지 미치는지 요즈음에야 나는 겨우 알기 시작했습니다. 그런데 이것은 내가 매우 알고 싶어하던 것으로, 이런 경우는 그렇게 쉽게 찾아오지는 않지요.

우선 많은 여자들의 경우, 쾌락은 언제나 쾌락이지, 결코 그 외의 것이 아닙니다. 이런 여자들에게는 남자가 어떤 자격을 갖고 있다 하더라도, 그저 짐이나 나르는 심부름꾼에 지나지 않습니다. 남자는 일하는 게 전부며, 가장 많이 일하는 자가 가장 훌륭한 남자이지요.

두 번째는 요즈음에 가장 흔한 부류인데 여기에는 경쟁자에게서 애인을 빼앗고 즐거워한다거나, 아니면 역으로 자기의 애인을 빼앗길까봐 두려워한다거나 대체로 이런 일에만 신경을 쓰는 여자들이 속하지요. 이런 여자들이 느끼는 행복에는 남자들의 힘이 어느 정도 작용하긴 합니다. 하지만 이 행복은 그 상대가 어떤 사람인가에 달려 있는 게 아니라 그 주변 상황에 좌우되는 법이지요. 즉 그 행복은 우리들의 손을 거쳐서 여자에게로 넘어가는 것이지 우리들 손에서 직접 나오는 것은 아닙니다.

　　따라서 나의 관찰을 위해 오직 사랑만을 생각하고, 사랑을 하면서도 오직 자신의 애인만을 위해 사는 그런 섬세하고 다감한 여인을 발견할 필요가 있었던 것입니다. 다시 말하면, 평범한 정열을 따르지 않고 늘 진정한 마음에서 출발하여 감각에 이르는 그러한 여자 말입니다. 예컨대 정사가 끝나면 완전히 눈물에 젖어 있다가(이것은 첫날밤만을 두고 말하는 것은 아닙니다), 자기의 영혼에 부합하는 말을 들으면 또다시 처음의 쾌락으로 되돌아가는 그런 여자 말입니다. 요컨대 이런 여자는 타고난 솔직함이 습관을 통해 몸에 배어 있어서 자신의 감정을 털끝만큼도 감추지 못하지요. 그런데 이런 여자는 당신도 시인하시겠지만 좀처럼 발견하기가 힘듭니다. 아마 투르벨 부인이 없었더라면, 나는 이런 여자를 평생 만나지 못했을지도 모릅니다.

　　따라서 다른 여자보다도 그 여자에게 훨씬 오랫동안 내 마음을 쏟고 있었다 해도 놀라운 일은 아닐 것입니다. 그리고 내가 그 여자에게 해주기를 바라는 일이 이 여자를 완벽하게 행복하게 만드는 일이라면, 무엇 때문에 그것을 거부하겠습니까? 특히 그 일이 거슬리기는커녕 오히려 나를 기쁘게 하는데 말입니다. 그런데 내가 그 일에 열중한다고 해서 내 마음마저 거기에 빼앗기고 있다고 생각하십니까? 전혀 그렇지 않습니다. 따라서 나로서는 이 연애를 중요시하고 있다는 것에 대해서는 부정하지는 않지만, 그렇다고 해서 다른 연애에 착수하지 못할 것도 없으며, 그보다 더 즐거운 연애가 있다면 기꺼이 희생할 수도 있는 것입니다.

　　나는 결코 사랑에 사로잡히지 않는 사람이기 때문에 별로 내키지 않는 볼랑주 양도 가만히 내버려두지 않았답니다. 그 아가씨의 모친이 사흘 후에 아가씨를 데리고 파리로 올라온다고 합니다. 그리고 나는 어제부터 이 아가씨와 연락할 수 있는 길을 터놓았지요. 문지기에게는 돈 몇 푼 집어주고, 그 여편네에게는 비위를 맞춰줌으로써 일은 다 된 셈이죠. 이런 간단한 방법을 당스니가 발견 못하다니 정말 어처구니 없는 일이죠. 흔히 사랑을 하면 지혜가 생긴다고 하지만, 반대로 사랑에 지배당하면 멍청해지지요. 나도 그런 축에 낄 것 같습니까? 안심하십시오, 부인. 이미 나는 며칠 내로 볼랑주를 당스니와 함께 즐기게 함으로써 내가 느낀 너무도 강렬한 인상을 약화시키려 하고 있습니다. 두 사람으로 충분치 못하면, 다른 사람에게도 나누어줄 용의가 있습니다.

　　하긴 당신만 허락하면 나는 지금이라도 그 아가씨를 그의 신중한 애인에게 돌려줄 심산입니다. 당신도 더 이상 막을 이유가 없을 텐데요. 나 또한 그 불쌍한 당스니에게 이런 각별한 도움을 베풀어도 무방하리라고 생각합니다. 사실 그 친구가 내게 해준 일에 비하면 이 정도는 정말 약과니까요. 그는 지금 볼랑주 부인의 집에 출입할 수 있을지 알고 싶어서 안절부절못하고 있으니까요. 나는 조만간 어떻게 해서든지 행복하게 해주겠다고 안심시키면서 힘껏 그를 진정시키고 있답니다. 그리고 그때까지는 그가 그의 '정다운 세실'이 돌아오면 다시 시작하려고 하는 편지 왕래를 계속 떠맡기로 했습니다. 나는 당스니로부터 여섯 통의 편지를 받았는데, 행복한 그 날이 오기 전까지는 한두 통 더 받게 되겠지요. 이 사내도 무척 할 일이 없나 보죠.

　　이런 어린애 장난은 그만 내버려둡시다. 그리고 내게 보낸 당신의 편지에서 받은 그 달콤한 희망에 잠길 수 있도록 우리 두 사람의 일로 돌아옵시다. 그렇습니다. 물론 당신은 내 마음을 붙들어둘 수 있습니다. 그것을 의심한다면 나는 용서하지 않겠습니다. 이제껏 내가

452

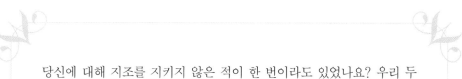

당신에 대해 지조를 지키지 않은 적이 한 번이라도 있었나요? 우리 두 사람 사이의 유대는 한때 풀리기는 했어도 결코 끊긴 것은 아닙니다. 두 사람이 헤어졌다는 것도 사실은 착각에 불과합니다. 둘 사이의 감정이나 이해관계는 옛날 그대로 맺어져 있으니까요. 미망迷妄에서 깨어나 고향에 돌아온 나그네처럼, 나는 행복을 버리고 부질없는 희망만을 쫓아왔음을 시인하며 이렇게 말할 것입니다.

　　　다른 나라를 보면 볼수록
　　　나는 더욱 내 조국을 사랑하게 되었노라.(뒤 벨루아의 비극 〈칼레 공략攻略〉)

　　　그러니 이제부터라도 당신을 나한테 이끄는 생각, 아니 차라리 감정을 물리치지 마십시오. 각자가 다른 곳에서 온갖 쾌락을 다 맛본 다음, 그 어느 것도 우리가 옛날에 함께 느낀 그 쾌락, 그리고 다시 맛본다면 더욱 감미로울 그 쾌락과 비교할 수 없음을 느끼는 행복에 잠겨봅니다.
　　　안녕히 계십시오. 나는 기꺼이 당신이 돌아오기를 기다리겠습니다. 하지만 빨리 돌아와 주십시오. 당신을 얼마나 애타게 기다리고 있는가를 잊지 말아주십시오.

제134신

메르테유 후작 부인이

밭몽 자작에게

　　자작님, 당신은 정말 어린애 같군요. 물건을 보기만 하면 금방이라도 빼앗으려고 달려드는 통에, 그 앞에서는 아무 말도 해서는 안 되고, 아무것도 보여줄 수 없으니 말이에요. 어떤 생각이 내게 떠올라서—그렇다고 해서 내가 이 생각을 고집하는 것은 아닌데—당신한테 이야기하면 당신은 잘 됐다 싶어 나의 주의를 온통 거기에 쏠리게 합니다. 나는 잊으려고 하는데 나로 하여금 그 일만을 생각하게 하고, 당신의 어처구니없는 욕망을 상대해 달라고 하시니! 도대체 내 편에서만 조심을 하라니 정말 너무하지 않습니까? 이미 누차 당신에게 말한 바와 같이 당신이 내게 제안한 그 타협이란 것은 말도 안 되는 것입니다. 설사 당신이 지금처럼 관대하신 척한다고 해서 내가 눈치 채지 못할 것도 아니며, 또 나는 당신의 행복을 망치는 그런 희생을 치르고 싶지도 않습니다.

　　그런데 자작님, 당신은 정말 투르벨 부인에게 애착이 가는 감정에 대해서 착각하고 있습니다. 그것은 바로 사랑입니다. 그것이 사랑이 아니라면, 이 세상에는 사랑이라는 감정은 존재하지 않을 것입니다. 당신은 그것을 여러 가지 방법으로 부정하고 있지만, 부정하면 부정할수록 그것을 증명하고 있는 것입니다. 이 여자를 놓치고 싶지 않은 욕망을 감추지도 억누르지도 못하면서 그것을 관찰하고 싶다는 욕구 탓으로 돌리는 자기 기만(내게는 당신이 성실하다고 생각하니까)은 대체 무엇입니까? 마치 당신은 그 여자 외에는 다른 여자를 행복하게, 완벽할 정도로 행복하게 해준 일이 없는 듯이 보이지 않습니까? 만일 당신이 그렇지 않다고 한다면, 당신은 정말 기억력이 없는 분이에요. 아니에요. 그렇지 않아요. 단지 당신의 감정이 당신의 이성을 속이고, 되지도 않은 이치에 만족하고 있는 거예요. 하지만 나는 그런 일에 속지 않을 커다란 이유가 있기 때문에 그렇게 쉽게 만족할 수가 없어요.

따라서 내 비위를 거슬릴 성싶은 말을 모두 정성스럽게 삭제한 당신의 예의는 인정하겠지만, 그럼에도 불구하고, 아마 당신은 눈치채지 못했겠지만, 당신이 여전히 같은 생각을 지니고 있다는 사실은 불을 보듯 뻔합니다. 사실 투르벨 부인은 이제 훌륭하고 천사 같은 여인이 아니라, '놀라운 여인', '섬세하고 다감한 여인'이 되고 말았군요. 더욱이 다른 여자들을 모두 제치고 '흔치 않은 여자'이며, '평생을 두고도 만나지 못할' 그러한 여자 말입니다. 일찍이 몰랐던 그 매력이 '가장 강한' 매력이 아니라도 사정은 마찬가지예요. 그렇다고 합시다. 하지만 오늘날까지 그런 매력을 맛본 일이 없는 이상, 앞으로도 맛볼 수 없다고 생각할 수 있으며, 그것을 잃게 될 경우엔 도로 찾지는 못할 거예요. 자작님, 이것이 바로 사랑의 확실한 징후이며, 그렇지 않다면 사랑을 발견하는 일은 단념하시는 게 좋을 겁니다.

이번에는 내가 화를 내며 말하고 있지 않다는 것을 믿어주세요. 나는 이제 화를 내지 않기로 했어요. 화를 내면 위험한 함정에 빠질 수 있다는 것을 깨달았기 때문이지요. 우리는 친구로서 지내기로 합시다. 다만 나 자신을 지키는 용기만은 높이 평가해 주세요. 네, 나의 용기 말입니다. 나쁘다고 안 이상 그 일을 하지 않기 위해선 때로는 용기가 필요한 법이니까요.

따라서 이제 설득을 통해 당신이 나의 의견에 따르도록 하기 위해서, 내가 예전에 요구했지만 당신이 못할 것이라고 한 희생이 무엇이냐고 물은 당신의 질문에 대답해 드리겠어요. 나는 일부러 '요구한다' 라는 표현을 썼어요. 왜냐하면 앞으로 당신은 내가 실제로 요구하는 것이 많은 여자임을 알게 될 테니까 말이에요. 하지만 그래도 좋습니다. 당신이 거절하시더라도 기분 나빠하기는커녕 도리어 감사드리겠어요. 보세요. 당신한테는 아무것도 숨기지 않지요? 혹 숨길 필요가 있을지도 모르지만요.

내가 당신에게 요구하는 것은―보세요, 나의 이 잔인함을 ―그 흔치 않고 훌륭한 투르벨 부인을 그저 평범한 여자로, 있는 그대로의 여자로 보아달라는 거예요. 착각해서는 안 되기 때문이죠. 우리가 상대방에게서 찾았다고 생각하는 매력은 기실 우리 내부에 존재하고 있는 것이니까요. 그리고 그토록 사랑하는 대상을 미화시키는 것은 바로 사랑 이외의 아무것도 아니랍니다. 내가 지금 부탁드리고 있는 것은, 아무리 불가능하게 보이더라도, 당신은 내게 애써 약속해야 하며 심지어는 맹세까지 해야 합니다. 그런데 솔직히 말하자면, 나는 입으로만 떠드는 이야기는 신용하지 않습니다. 당신의 모든 행동에 의하지 않고서는 나는 수긍하지 않을 것입니다.

그뿐만이 아닙니다. 변덕스런 부탁을 드려야겠군요. 당신은 그 귀여운 세실을 나를 위해 기꺼이 희생하시겠다고 했지만, 나로서는 그러지 않기를 바라요. 내가 부탁드리는 것은, 내 편에서 새로운 말이 있을 때까지, 싫으시겠지만 계속 그 애의 뒤를 봐달라는 것이에요. 나라는 여자는 이토록 자신의 권력을 휘두르는 것을 좋아하는지, 아니면 훨씬 너그럽고 온당해서 당신이 재미보는 것을 방해하지 않으면서 동시에 당신 마음만은 마음대로 주무르면 된다고 생각하는지 모르겠군요. 아무튼 나는 당신이 내 명령에 복종하기를 원합니다. 그리고 내 명령은 정말 가혹할 것입니다!

내 명령에 따른다면 나는 당신에게 감사를 드리지 않을 수 없을 거예요. 아니, 어쩌면 당신에게 보상을 해야 할 의무감마저 생길지도 모릅니다. 이를테면, 당신과 헤어져 있는 것이 견딜 수가 없어서 빨리 돌아갈지도 모릅니다. 그리고 자작님, 나는 마침내 당신을 만나게 될 거예요. 그리고 당신을 만나게 되면…… 어떻게 될까요? …… 하지만 이것은 단지 그렇다는 이야기지, 불가능한 일이라는 것을 당신을 기억해야 해요. 나만 잊어버리는 것은 싫으니까요…….

사실 나는 소송문제 때문에 약간 속을 썩이고 있답니다. 나는 이쪽에서 어떤 대책이 있나 알고 싶었답니다. 나의 변호사들은 몇 가지 법 조항과 특히 소위 '판례'들을 많이 들고 있는데, 내가 보기에는 어느 것 하나 신통한 것이 없더군요. 화해를 거절한 것이 은근히 후회가 될 정도입니다. 하지만 소송 대리인은 약삭빠르고, 변호사는 달변인 데다가 원고原告가 미인이니 안심이 되기도 해요. 이 세 가지 장점으로도 효과가 없다면, 방법을 완전히 바꿔야 할지도 모르지요. 그러나 그렇게 된다면 오랜 관습에 대한 존중이 다 무슨 필요가 있겠어요.

지금 내가 이곳에 지체하고 있는 것도 다 이 소송사건 때문이랍니다. 벨르로슈 일은 완전히 끝났어요. 화해가 성립되고 비용은 반반씩 부담하기로 되어 있으니까요. 그는 오늘 밤에 있을 무도회도 거절했답니다. 오라는 덴 없어도 갈 곳은 많다는 것이죠. 파리로 돌아가면 그를 완전히 해방시켜 줄 작정입니다. 쓰라린 희생을 치른 셈이지만, 그래도 그렇게 하는 것을 그 사람이 관대하게 여겨준다면 그것으로 위안을 삼아야지요.

그럼 이만 안녕, 자작님. 종종 편지해 주세요. 당신이 재미보시는 일을 자세히 알려주시면 내 마음의 갑갑함도 어느 정도 가실 테니까요.

제135신

투르벨 법원장 부인이

로즈몽드 부인에게

끝까지 쓸 수 있을지 모르겠습니다만, 힘닿는 데까지 써보겠습니다. 지난번 편지를 썼을 때만 하더라도 행복에 들떠 계속 쓸 수 없었건만, 지금은 무거운 절망에 짓눌려 있을 뿐입니다. 이젠 겨우 괴로움을 느낄 수 있을 뿐, 이를 표현할 수 있는 기력마저 상실된 것 같습니다.

발몽…… 발몽은 이제 나를 사랑하지 않아요. 아니, 지금까지도 나를 전혀 사랑하고 있지 않았던 거예요. 사랑이란 그렇게 빨리 식는 게 아니니까요. 그는 저를 속이고, 배신하고, 모욕을 준 거예요. 저는 온갖 불행과 수모를 겪고 있어요. 그리고 이것도 다 그 사람 탓이에요.

부인께서는 이것을 단순히 의심이라고 생각하실지 모르겠지만, 절대 그렇지 않아요. 제게는 의심할 수 있는 행복마저도 없어요. 제가 그 사람을 직접 봤는데, 무슨 변명을 할 수 있겠어요?…… 하지만 변명을 하든 안 하든 그 사람에게는 아랑곳없는 일입니다. 아니 그 사람은 변명조차 하지 않을 것입니다……. 아 저는 불행한 여자입니다. 원망하고 눈물을 흘려보았댔자 무슨 소용이 있겠어요? 저 같은 여자는 안중에도 없을 테니까요…….

그 사람은 나를 제물로 삼았고, 심지어는 팔아넘겼어요! 누구한테 팔아먹었는지 아십니까?……. 여자에게지요……. 아니 저는 그 여자를 경멸할 권리마저 잃어버렸어요. 그 여자는 저만큼 의무를 저버리지도 않았고, 저만큼 죄를 범하지도 않았으니까요. 아! 뉘우침 때문에 생긴 고통은 얼마나 쓰라린지요! 저의 괴로움은 점점 더 커가는 것만 같습니다. 안녕히 계십시오. 저는 당신의 동정을 받을 자격이 없는 여자가 되고 말았지만, 제가 겪고 있는 이 괴로움을 아신다면 부인은 저를 동정하실 겁니다.

지금 쓴 제 편지를 다시 읽어보니, 이것으로는 제가 무슨 말을 하는지 아실 수 없겠지요. 그래서 저는 마음을 모질게 먹고 그 쓰라린 사건을 이야기해 드리겠습니다. 어제 일이었습니다. 파리에 돌아온 이후 처음으로 저는 밖에서 저녁식사를 하기로 했습니다. 발몽은 5시에 찾아왔답니다. 그때처럼 발몽이 다정스러운 적도 없었을 거예요. 그 사람은 나의 외출 계획 때문에 기분이 좋지 않은 것 같기에 나는 곧 계획을 바꾸어 집에 머물러 있기로 했습니다. 그런데 두 시간쯤 지나자 그의 태도와 어조가 눈에 띄게 변하지 않겠어요. 나는 혹 그 사람의 비위를 거스른 말을 하지 않았나 했죠. 어쨌든 그 사람은 조금 있다가 피치 못할 일이 생겨서 가봐야겠다고 하면서 나갔습니다. 하긴 그 사람은 무척 섭섭하다고 말했지만, 너무 다정하게 말했던 터라 저도 곧이들었지요.

그 사람이 돌아가자 제정신으로 돌아온 저는 이제 시간 여유가 있으니까 애초의 약속을 이행하는 것이 좋겠다고 생각했습니다. 화장을 마치고 나는 마차에 올라탔습니다. 그런데 운수 사납게도 마부가 마차를 오페라 좌 앞으로 모는 바람에, 그때 마침 공연이 끝나 쏟아져 나오는 인파 속에 제가 탄 마차가 휩싸이고 말았습니다. 그때 문득 제 마차의 옆줄에서 약간 앞에 있는 발몽의 마차가 눈에 띄었습니다. 그 마차를 보자 가슴이 뛰기 시작하더군요. 그러나 그것은 두려움 때문은 아니었습니다. 그저 제 마차가 앞으로 좀 나갔으면 하고 바라기만 했습니다. 그런데 발몽의 마차가 뒤로 올 수밖에 없는 일이 생겨서 제 마차 옆에 섰습니다. 저는 즉시 밖으로 얼굴을 내밀었지요. 그때 그 사람 옆에 좋지 않은 소문으로 이름난 그 여자가 있는 것을 보고 제가 얼마나 놀랐는지 모릅니다. 짐작하시겠지만 저는 몸을 숨겼습니다. 그것만으로도 저는 무척 슬펐답니다. 그런데 믿어지지 않으시겠지만, 그 여자는 분명 누구한테 들어서 알고 있었던지 시종 마차 문에 붙어서 나를 쳐다보거나 천박할 정도로 소리를 내어 웃지 않겠습니까?

하늘이 무너져내릴 것 같았지만, 저는 저녁을 먹기로 되어 있는 목적지에 마차가 가는 대로 내버려두었습니다. 그러나 도저히 그곳에 계속 있을 수 없었어요. 줄곧 머리가 지끈거리고, 특히 흐르는 눈물을 억제할 수가 없었어요.

집에 돌아오자마자 나는 곧 발몽에게 편지를 써서 사람을 시켜 보냈지만 집에 없더랍니다. 어떤 대가를 치르더라도 이 죽을 것 같은 상태에서 벗어나든가, 아니면 차라리 죽고 싶어서, 나는 그 사람이 돌아올 때까지 기다리라고 이르고 다시 사람을 보냈습니다. 그러나 심부름 보냈던 하인이 자정이 되기 전에 돌아와서 그 집으로 혼자 돌아온 마부가 그의 주인은 그날 밤 돌아오지 않을 거라고 말하더랍니다. 오늘 아침, 저는 그 사람에게 제 편지를 돌려주고, 제발 제 집에 오지 말아달라는 부탁을 할 수밖에 없다는 생각이 들어 거기에 상응하는 명령을 하인들에게 내렸습니다. 하지만 그럴 필요도 없었지요. 벌써 12시가 되었는데, 발몽은 그림자도 비치지 않고, 저는 아직 편지조차 받지 못하고 있으니까요.

이제 더 이상 드릴 말씀도 없군요. 이것으로 다 아셨을 겁니다. 제 심정이 어떤지 잘 아시리라고 믿습니다. 부인의 다정한 마음에 더 이상 근심을 끼쳐드리지 않겠습니다. 그것만이 저의 유일한 소망입니다.

17××년 11월 15일, ××저택에서.

제136신

투르벨 법원장 부인이

발몽 자작에게

　　어제와 같은 일이 있는 이상, 당신이 저의 집에 받아들여지리라고는 물론 기대하지 않으시겠지요. 더군다나 당신은 오시고 싶은 마음도 없을 겁니다. 따라서 이 편지를 쓰는 목적은 앞으로의 방문을 거절하기 위해서가 아니라, 결코 쓰지 말았어야 할 편지를 되돌려받기 위해서입니다. 이 편지는 제가 당신 때문에 이성을 잃어버린 증거로서 한때 당신의 관심을 끌었을지 모르지만, 지금은 미망迷妄에서 깨어났기 때문에 당신의 관심을 끌지도 못할뿐더러, 단지 당신이 파괴시킨 감정 밖에는 나타내고 있지 않습니다.

　　저보다 앞서 많은 여자들이 희생되었음에도 불구하고 당신을 믿었던 것이 제 실수였습니다. 그 점에 있어서는 저 자신을 탓할 수밖에 없습니다. 그렇다고 해서 제가 당신 때문에 남들의 멸시와 비난을 받을 짓은 하지 않았다고 생각합니다. 당신을 위해서 모든 것을 희생하고, 오직 당신을 위해서 세상 사람들의 경의敬意와 나 자신의 명예를 잃었기 때문에, 제가 세상 사람들보다는 오히려 당신에게서 가혹한 대우를 받으리라고는 꿈에도 생각지 못했던 것입니다. 세상 사람들도 나약한 여자와 타락한 여자 사이의 커다란 차이는 여전히 인정하고 있겠지만 말입니다. 저는 누구나 범하는 과오에 대해서 당신에게 말씀드리고 있는 것입니다. 사랑이 저지른 과오에 대해선 아무 말 하지 않겠습니다. 당신에게는 제 마음이 통하지 않을 것입니다. 그럼 이만.

제137신

발몽 자작이

투르벨 법원장 부인에게

방금 부인의 편지를 받고 소스라치게 놀랐습니다. 답장을 쓸 기력조차 없군요. 당신은 나에 대해 너무도 끔찍한 생각을 갖고 계시는군요. 아! 물론 저는 죄를 범했습니다. 그리고 그 죄는 설사 당신이 관대하게 봐주신다 하더라도, 저 자신이 평생 용납하지 못할 것입니다. 그러나 당신이 지금 비난하시는 죄는 전혀 짐작조차 못했습니다. 아니, 내가 당신을 경멸하고, 당신의 인격을 무시했다니요! 당신을 사랑하고 존경하고 있는데 말입니다. 그리고 당신이 나를 당신의 사랑을 받을 만한 사람이라고 생각해 주실 때 자랑을 느끼는데 말입니다. 당신은 겉모습에 속은 것입니다. 하기야 나도 그것이 내게 불리할 수 있다고 생각합니다. 하지만 당신 마음속에는 그 겉모습과 싸울 힘이 없었나요? 내 마음을 원망하지 않을 수 없다는 그 생각만으로도 불쾌하지 않았나요? 그런데 당신은 내 마음을 믿으셨단 말입니다! 그리하여 당신은 내가 제정신으로는 할 수 없는 그런 끔찍한 일을 할 수 있는 사람으로 생각했을 뿐만 아니라, 내게 호의를 보였기 때문에 그런 쓰라린 일을 당하지 않았나 하고 두려워했던 것입니다. 아! 당신이 저에 대한 사랑 때문에 그 정도까지 전락하셨다고 생각하신다면, 나는 당신 눈에는 무척이나 비열한 사람으로 보였던 모양이군요.

그런 생각을 하면 괴로워 견딜 수 없어서 그런 생각을 지워버리기보다는 오히려 내쫓는 데 바쁠 정도랍니다. 나는 모두 솔직히 말씀드리겠습니다. 하지만 한 가지 다른 생각이 나를 망설이게 하는군요. 묻어버리고 싶은 사실들을 다시 끄집어내어, 당신과 나의 주의를 내 여생을 통틀어 사죄하고 싶은 한때의 과오에 돌려야만 하겠습니까? 이제 왜 내가 그런 짓을 했는지 알고 있는, 다시 생각만 해도 나를 수치와 절망감에 빠지게 하는 그런 과오에 말입니다. 아! 내가 자신의 과오를 탓함으로써 당신의 분노를 자극해야 한다면, 당신은 적어도 먼 곳에서 복수를 찾으셔야 할 것입니다. 당신에게는 내가 후회하는 것만으로 충분할 것입니다.

그런데 아무도 믿지 않을지 모르겠지만, 이 사건은 무엇보다도 내가 당신에게서 느낀 그 강력한 매력에 기인하고 있답니다. 나는 당신과 너무 늦게 헤어졌기 때문에 찾아간 사람을 만나지 못했습니다. 행여 그 사람을 오페라에서 만날까 하고 거기에 가보았지만 역시 허사였습니다. 그런데 나는 거기서 당신은 물론이고 내가 아직 사랑이 무엇인지 알지 못하던 시절에 사귀었던 에밀리를 보았습니다. 에밀리는 마차가 없다고 하면서 거기서 멀지 않은 자기 집까지 바래다줄 수 있냐고 부탁하더군요. 별로 대수롭지 않은 일이라고 생각해서 승낙했지요. 그런데 바로 그때 당신과 마주친 것입니다. 나는 곧 당신이 나를 오해할 것이라는 느낌이 들었습니다.

당신을 기분 나쁘게 하지나 않을까, 아니면 슬프게 하지나 않을까 하는 걱정이 너무나 강하게 나타났던 터라 에밀리가 그것을 눈치 챘을 정도였고, 또 실제로 눈치 챘습니다. 사실 나는 걱정이 돼서 그 여자보고 얼굴을 보이지 말라고까지 말했지요. 하지만 이런 세심한 주의도 결국 사랑을 위해선 나쁜 일이 되고 말았습니다. 그런 신분에 속한 여자들은 모두 그렇습니다만, 부당하게 빼앗은 힘을 유지하기 위해서 그것을 터무니없이 휘두르는 데 항상 익숙한 에밀리인 만큼 이런 화려한 기회를 놓칠 리가 만무하죠. 내가 점점 당황하는 것을 보자 그녀는 흥이 나서 일부러 자기 모습을 드러내더군요. 그리고 그녀가 깔깔 웃어댄 것은—당신이 한때나마 그 표적이 당신 자신이라고 생각한 것에 대해 내가 죄송스럽게 생각하지만—내가 당황해서 어쩔 줄 몰라한 것이 그 원인이랍니다. 더구나 나의 이런 태도도 역시 당신에 대한 나의 존경과 사랑에 말미암은 것이지만요.

지금까지는 나에게 죄가 있다기보다는 차라리 운이 나쁘다고 해야 옳겠죠. 그리고 당신이 '누구나가 범하는 그런 과오만을 이야기하자'고 하신 그 과오를 범하지는 않았으니까 내가 비난받을 이유는 없지요. 하지만 당신은 사랑의 과오에 대해선 아무 말 않겠다고 하셨지만, 나로서는 이 점에 대해서라면 침묵을 지킬 수가 없답니다. 나 자신에 관련된 중대한 일이기 때문에 결코 침묵을 지킬 수 없는 것입니다.

뜻하지 않은 과오를 저질러 정신이 혼미하긴 하지만, 그렇다고 해서 쓰라린 고통 없이 그런 과오를 상기해 낼 수는 없는 법입니다. 나의 과오를 뼈저리게 느끼기 때문에, 나는 그에 대한 벌을 달갑게 받거나 아니면 나의 과거, 나의 영원한 사랑 그리고 후회에 대해 용서를 기다리겠습니다. 하지만 미처 못 드린 말씀이 당신의 상처받은 마음과 관련이 있는데 어떻게 내가 침묵할 수 있습니까?

내가 구실을 만들어 자신의 잘못을 변명하거나 얼버무린다고 생각하지 마십시오. 나는 잘못한 것을 시인하니까요. 그러나 나는 이 치욕스런 과오가 사랑의 과오라는 것에 대해선 결단코 시인하지 않겠습니다. 금방 수치와 후회가 뒤따르는 욕정, 한순간의 자기 망각과 다감한 마음에서만 태어나, 존경을 통해서 유지되고, 끝으로 행복으로 열매를 맺는 순수한 감정 사이에 어떤 공통점이 있단 말입니까? 아! 이런 식으로 사랑을 모독하지 마십시오. 비천한 윤락여성들 사이에 어쩔 수 없이 생기는 경쟁의식은 그러한 여자들이나 두려워하게 내버려두고, 또 잔인하고도 굴욕적인 질투의 괴로움도 그런 여자들이 맛보게 내버려두면 되는 겁니다. 그러나 당신은 당신의 눈길을 더럽히는 이런 것들에서 눈을 돌리십시오. 그리고 신神처럼 순결한 당신은 모욕을 느끼는 대신 신이 그렇듯 그것을 벌하여 주십시오.

그런데 당신은 지금 내가 느끼고 있는 것보다 더 쓰라린 고통, 굳이 말하자면 당신의 기분을 상하게 한 후회와, 당신을 상심케 한 데서 온 절망, 그리고 당신의 사랑을 받을 자격이 없는 사람으로 전락한 것에 대한 견딜 수 없는 심정에 버금가는 그런 고통을 나에게 주시려는 것입니까? 당신은 나에게 벌을 주려 하시고, 나는 당신에게 위로를 구하고 있습니다. 위로받을 자격이 있어서가 아니라, 내게는 위로가 필요하고, 또 나를 위로해 줄 수 있는 사람은 당신밖에 없기 때문입니다.

당신이 이렇게 갑자기 우리 둘의 사랑을 잊은 채, 내 행복을 대수롭지 않게 생각함으로써 나를 영원한 고통에 빠뜨리고 싶다면, 당신에게는 그럴 권리가 있습니다. 나에게 일격을 가하십시오. 하지만 두 사람의 마음을 맺어주었던 그토록 다정했던 감정, 늘 새롭고 더욱 강렬하게 느껴졌던 희열, 서로 주고받았던 달콤하고 행복했던 나날을 당신이 애정을 갖고 너그럽게 기억해 주신다면, 사랑만이 줄 수 있는 이러한 행복을 파괴하는 힘보다는 이 행복을 다시 태어나게 하는 힘을 택하시겠지요.

그런데 내가 더 무슨 할 말이 있겠습니까? 모든 것을 나의 과오 때문에 잃어버렸는데 말입니다. 허나 당신이 은혜를 베풀어주신다면 나는 모든 것을 다시 찾을 수가 있습니다. 이제 그 어느 편이건 선택해 주십시오. 나는 단 한마디만 더 말씀드리겠습니다. 어제까지만 해도 당신에게 매달려 있는 한 나의 행복은 안전하다고 당신은 맹세하셨지요. 오! 부인, 그런데 오늘은 저를 영원한 절망의 구렁텅이에 빠뜨리려고 하십니까?

제138신

밤몽 자작이

메르테유 후작 부인에게

　　나는 끝까지 고집하겠습니다. 조금도 사랑하고 있지 않다고
요. 어쩔 수 없이 연인의 역할을 하고 있지만, 그것은 내 탓이 아닙니
다. 내 이야기를 들으시고 빨리 파리로 돌아오십시오. 돌아오시면 내가
얼마나 정직한 사람인지 곧 아시게 될 겁니다. 나는 어제 그것을 증명했
습니다. 그리고 그것은 오늘 일어난 일로도 번복될 수 없는 증거입니다.
　　나는 사랑스럽고 정숙한 그 여인의 집에 찾아갔습니다. 별
다른 일도 없고 해서요. 왜냐하면 볼랑주 양은 그 몸으로 V××부인의
철 이른 무도회에 가서 하룻밤을 꼬박 새우기로 되어 있었기 때문이죠.
할 일도 없고 해서, 처음에는 부인과 함께 보통 때보다 더 오래 저녁시
간을 보내려고 부인에게 시간을 내달라고 했지요. 그런데 겨우 승낙을
얻어내자마자 당신이 한사코 내가 그 여자를 사랑하고 있는 줄 알고 있
으며, 적어도 당신에게 그렇게 비난받고 있다는 생각이 들자 모처럼 기
대했던 즐거움이 깨지고 말았습니다. 순간 그것은 순전히 당신의 오해
임을 나 자신에게 확신시키고, 또 당신에게 납득시키고 싶은 마음밖에
는 생기지 않았습니다.
　　그래서 나는 과격한 수단을 취해 사소한 구실을 들어 부인을
놔두고 나왔습니다. 부인은 놀랐다기보다는 슬퍼하는 기색이더군요.
하지만 나는 아무 일도 없었다는 듯이 오페라에 가서 에밀리를 만났습
니다. 그리고 오늘 아침 헤어질 때까지 그 어떤 후회도 두 사람의 쾌락

을 방해하지 못했음은 에밀리의 이야기를 들어보아도 알 수 있을 것입니다.

그런데 완전한 무관심을 유지하지 않았더라면 상당히 우려할 만한 일이 일어날 뻔했습니다. 왜냐하면 에밀리를 마차에 태우고 오페라 좌에서 겨우 네 집 정도 떨어진 거리만큼 갔을 때, 근엄한 신자인 그 여자의 마차가 바로 내 옆으로 다가오지 않았겠습니까? 이때 공교롭게도 밀어닥친 인파 때문에 우리는 거의 15분간을 서로 나란히 있게 되었습니다. 마치 대낮처럼 상대방을 빤히 볼 수 있게 되었으니 도망칠래야 도망칠 수도 없었답니다.

하지만 그뿐만이 아닙니다. 나는 부지중에 에밀리에게 당시 바로 저 여자한테 편지를 쓴 것이라고 말해 버렸습니다〔당신도 에밀리를 책상으로 삼아 편지를 썼던 것을 기억하시겠지요(제47신과 제48신 참조)〕. 이 일을 잊지 않고 있었던 에밀리는 본래 웃기 좋아하는 여자라 '그 정숙한 여자'—에밀리의 표현이죠—를 줄곧 쳐다보면서 내가 화를 낼 정도로 듣기에도 거북할 만큼 깔깔대고 웃어댔습니다.

또 그뿐만이 아닙니다. 질투에 사로잡힌 그 여자가 바로 그날 저녁 우리 집으로 사람을 보내지 않았겠습니까? 마침 나는 집에 없었지요. 그러나 끈덕지게도 그 여자는 내가 돌아올 때까지 기다리라고 이르고는 두 번째 심부름꾼을 보냈습니다. 그런데 에밀리의 집에 머무르기로 작정한 나는 마부에게 아침에 나를 데리러 오라는 명령만을 내리고 마차를 돌려보냈습니다. 마부가 집에 돌아가 보니 그 여자의 심부름꾼이 와 있으므로, 그는 대수롭지 않게 내가 밤에 돌아오지 않을 거라고 말했답니다. 그런 통지가 어떤 결과를 자아냈는지 당신은 충분히 짐작하시겠지요. 집에 돌아가 보니 일이 일이니만큼 아주 엄숙한 절교 편지가 와 있더군요.

당신이 끝이 나지 않을 거라고 한 이 연애가 오늘 아침 끝날 수도 있었습니다. 그런데 아직도 끝나지 않은 것은, 내가 더 오래 끌고 싶어서 그런다고 생각할지 모르겠지만, 결코 그런 것이 아닙니다. 진짜 이유는 그 여자가 내게서 떠나는 것을 그대로 내버려두는 게 온당치 못하다고 생각했고, 또 이 희생을 당신에게 바치고 싶었기 때문입니다.

그래서 나는 쌀쌀하기 그지없는 편지에 정이 철철 넘쳐흐르는 답장을 보냈습니다. 나는 편지를 통해 이유를 기다랗게 늘어놓고, 그것을 납득시키기 위해 사랑에 호소했습니다. 그래서 이미 소기의 성과를 거두었습니다. 나는 방금 두 번째 편지를 받았으니까요. 여전히 엄격하며, 짐작한 대로 영원한 이별을 다짐한 것입니다만, 어투는 변했더군요. 특히 그 여자는 나를 보고 싶지 않다고 하더군요. 이 결심은 네 번이나 단호하게 피력되어 있습니다.

그것을 보고 나는 한시라도 지체하지 말고 그 여자한테 가야겠다고 생각했습니다. 나는 이미 하인을 보냈습니다. 문지기를 구워삶기 위해서지요. 그리고 용서받기 위해 나도 곧 가려고 합니다. 이런 종류의 실수에서 완전한 용서를 받을 수 있는 방법은 단 한 가지, 직접 대면하는 길밖에는 없으니까요.

그럼 이만, 한바탕 일을 치르러 가겠습니다.

제139신

투르벨 법원장 부인이

로즈몽드 부인에게

일순간의 괴로움을 잘못 알고 부인에게 너무 수다 떤 것을 저는 후회하고 있습니다. 부인은 저 때문에 슬퍼하고 계시겠지요. 그리고 그 슬픔은 한동안 가라앉지 않았겠지요. 하지만 저는 행복하답니다. 네, 발몽과 모든 오해를 풀고 화해했답니다. 아니 그보다도 모든 게 보상되었지요. 괴로운 불안의 상태는 지나가고 평온하고 달콤한 상태가 찾아왔습니다. 아! 제 이 기쁜 마음을 어떻게 말로 표현할 수 있을까요! 발몽에게는 죄가 없었던 것입니다. 그토록 사랑하는 사람이 어떻게 죄를 범할 수 있을까요. 제가 그토록 가혹하게 그분에게 퍼부었던 무겁고 모욕적인 과오는 전혀 터무니없었던 것이었습니다. 그분한테서 단 한 가지 점만은 너그럽게 보아주어야 하니까요. 하기야 제 편에서도 보상해야 할 부당함이 있었으니까요.

사실을 낱낱이 말씀드리지 않겠습니다. 아마 냉정한 이성으로는 이해하기가 힘들 것입니다. 오직 감성만으로 느낄 수 있는 문제이니까요. 하지만 혹 부인께서 저에게 판단력이 결여되어 있다고 여기신다면, 부인의 판단으로 제 판단을 증명하고자 합니다. 언젠가 부인께서, 남자에게 있어서 부정不貞은 외도가 아니라 하셨으니까요.

세상 사람들이 부정과 외도를 구별하는 것은 기분 나쁜 일이라는 것을 저도 느끼지 않는 바는 아닙니다. 하지만 발몽이 저보다 더 괴롭게 생각하는 마당에 제가 어떻게 불평하겠어요? 저는 그 죄를 잊어버렸지만, 그분 스스로는 결코 그것을 용서하거나, 어쩔 수 없는 일이었다고 넘겨버리지는 않고 있으니까요. 그리고 그분은 나를 분에 넘칠 만큼 사랑하고 행복하게 해줌으로써 그 가벼운 과오를 보상하고 있으니까요!

행복을 잃지나 않았나 하고 두려워했던 까닭에 그 행복은 더욱 크게 느껴집니다. 어쩌면 그 소중함을 더 잘 알게 되었는지도 모르지요. 아무튼 제가 말씀드릴 수 있는 것은, 제가 이제 막 겪은 쓰라린 괴로움을 아직도 견딜 힘이 있다면, 저는 또다시 괴로움을 달게 받겠습니다. 그 후에 맛본 것과 같은 기쁜 행복의 대가를 생각한다면 그렇게 비싼 것 같지 않기 때문입니다. 다정한 어머님, 너무 경솔하게 어머님을 상심시킨 이 철없는 딸을 꾸짖어주세요. 언제나 사랑해야만 하는 그분을 섣불리 판단하여 비방한 저를 꾸짖어주세요. 하지만 경솔한 여자라고 생각하시면서도, 저를 행복한 여자라고 봐주세요. 그리고 저와 함께 기쁨을 나누면서 그 기쁨을 더욱 크게 해주세요.

17××년 11월 21일 밤, 파리에서.

제140신

발몽 자작이

메르테유 후작 부인에게

아직도 당신으로부터 답장을 받지 못하고 있으니 어떻게 된

470

일인지 도무지 알 수 없군요. 일전에 내가 보낸 편지에 답장 한 번쯤은 주실 만도 한데 말입니다. 사흘 전쯤에 이미 받았어야 하는데 아직도 오지 않으니, 나도 화가 날 만하지 않습니까? 따라서 내가 벌인 커다란 사업에 대해선 아무 말 않겠습니다.

화해의 효과가 얼마나 컸는지, 원망이나 의심을 받기는커녕 더욱 다정해졌다든지, 그리고 나의 순수함이 의심받았기 때문에 오히려 내 편에서 용서와 보상을 받는 입장이 되었다든지 등등의 사실에 대해서 저는 아무 말씀도 드리지 않겠습니다. 어젯밤에 갑작스럽게 일어난 사건이 없었더라면, 나는 이 편지조차 쓰지 않았을 것입니다. 그러나 이번 사건이 당신의 피후견인에 관한 일이고, 또 이 아가씨가 직접 자기 입으로 당신에게 알려줄 처지에 있지도 않기 때문에 내가 대신 그 수고를 맡기로 한 것입니다.

당신이 짐작하실지 어떨지는 모르겠습니다만 아무튼 여러 가지 이유로 그간 며칠 동안은 투르벨 부인과 떨어져 있었습니다. 볼랑주 양에게는 그럴 이유가 없으니까, 그 때문에 나는 더욱더 이 아가씨에게 열중하게 되었지요. 친절한 문지기 때문에 나는 아무런 장애도 겪지 않았습니다. 그래서 당신의 피후견인과 나는 편안하고 규칙적인 생활을 영위했죠. 하지만 너무 익숙해지면 방심하게 마련입니다. 처음 한동안은 서로의 안전을 위해 세심한 주의를 하고 자물쇠를 채워놔도 여전히 마음이 놓이지 않았습니다만, 어제는 뜻하지 않았던 부주의 때문에 이제부터 이야기하려는 사건이 터지고 말았던 것입니다. 나야 놀란 것으로 끝났지만, 아가씨는 비싼 대가를 치렀지요.

두 사람은 자지 않고 쾌락 뒤에 오는 자연스런 휴식에 잠겨 있었습니다. 이때 문이 갑자기 열리는 소리가 나더군요. 나는 내 몸과 우리 두 사람이 돌보고 있는 아가씨의 몸을 지키기 위해 재빨리 칼을 뽑아들었죠. 앞으로 나가보니 아무도 없더군요. 하지만 문은 실제로 열려 있었습니다. 방에는 불이 켜져 있어서 샅샅이 뒤져보았으나 개미 새끼 하나 보이지 않더군요. 그때 나는 문득 평상시에 주의를 게을리했던 일이 생각났습니다. 틀림없이 그저 문을 밀기만 했거나, 아니면 꽉 닫지 않아 저절로 열렸을 거라는 거죠.

겁 많은 아가씨를 안심시키기 위해 가보니 아가씨는 침대에 있지 않았습니다. 아가씨는 침대에서 떨어졌는지, 아니면 숨기 위해 그랬는지 침대와 벽 사이에서 의식을 잃고 누워 있더군요. 심각한 경련을 일으키고 있는 아가씨의 모습을 보고 얼마나 놀랐는지 모릅니다. 나는 간신히 아가씨를 침대에 올려놓고 정신을 차리게 했습니다. 하지만 침대에서 떨어지면서 다쳤는지 곧 아프다고 했습니다.

허리도 아프고 배도 터질 것 같이 아프다기에, 또 그보다 더 뚜렷한 징후가 보여서 어떤 상태인지 곧 알 수 있더군요. 하지만 아가씨에게 이 사실을 가르쳐주기 위해서는 먼저 그 이전의 상태를 이야기해 주지 않으면 안 되었습니다. 왜냐하면 아가씨는 자기가 임신한 사실을 전혀 모르고 있었으니까요. 순진함을 잃어버리기 위해 온갖 짓을 다 했는데도 이렇게 순진함을 고스란히 간직하고 있다니, 아아 이제까지 이런 아가씨는 없었을 것입니다. 아! 정말 이 아가씨는 쓸데없는 것을 고민하느라 시간을 헛되이 보내는 여자는 아니더군요.

그러나 이번만은 너무 상심이 커서 나는 무언가 조치를 취해야겠다고 생각했죠. 그래서 아가씨와 상의한 끝에 즉시 이 집의 주치의와 외과의사에게 가서 누가 부르러 올 것이라는 것을 미리 알려주고, 그들에게 비밀을 지켜달라고 한 다음 모든 것을 털어놓기로 했죠. 한편 아가씨는 몸종을 불러 사실을 털어놓을 것인지 아닌지는 아가씨 마음대로 하고, 의사를 부르도록 하되 볼랑주 부인만은 깨우지 않기로 했죠. 이것은 딸이라면 자기 어머니를 걱정시키지 않으려는 극히 당연한 염려이죠.

나는 가능한 한 빨리 두 번의 방문과 두 번의 고백을 마친 다음 집에 돌아와 두문불출하고 있었습니다. 그러나 전부터 알고 지내는 외과의사가 점심때 나를 찾아와 병의 상태를 보고해 주더군요. 내 생각이 틀림없었습니다. 그런데 의사는 별 탈이 없으면 집에서는 아무도 눈치를 채지 못할 것이라고 하더군요. 몸종은 비밀을 지키겠다고 했고, 의사는 적당한 병명을 붙여주었다고 합니다. 이리하여 이 사건도 다른 사건들과 마찬가지로 잘 처리되었습니다. 다만 훗날 이 일을 세상에 퍼뜨릴 필요가 생기면 별문제지만 말입니다.

그런데 당신과 나 사이에 아직도 어떤 공통의 이해관계가 있는 것인지요? 당신이 침묵을 지키고 있기 때문에 혹 그렇지 않은가 하는 생각이 가끔씩 드는군요. 관계가 지속되었으면 하고 바라고 있기 때문에, 그 희망을 간직하기 위해 나는 모든 수단을 강구하였지요. 그렇지 않으면 이젠 둘 사이에 공통의 이해관계가 남아 있다고는 전혀 믿고 있지 않을지도 모릅니다.

그럼 이만, 당신에게 키스를 보냅니다. 원망하면서.

17××년 11월 24일, ××저택에서.

제141신

메르테유 후작 부인이

발몽 자작에게

자작님, 정말 끈덕지게 저를 괴롭히시는군요. 내가 답장을 안 보내는 것이 당신하고 무슨 상관이지요? 내가 침묵을 지키는 게 변

명할 까닭이 없어서 그런다고 생각하시나요? 오! 천만의 말씀. 절대로
그렇지 않습니다. 그것을 다만 그 까닭을 당신에게 이야기하기가 거북
해서 그런 것입니다.

　　　　자작님, 나에게 솔직하게 말씀해 보세요. 당신은 자신을 속
이고 계시나요? 아니면 나를 속이려고 하시나요? 당신의 말과 행실이
일치하지 않기 때문에 그 두 가지 생각 중 어느 한쪽을 택할 수밖에 없
군요. 어느 쪽이 옳죠? 나 자신도 어떻게 생각해야 할지 알 수 없는데,
나보고 무슨 말을 하는 겁니까?

　　　　당신은 일전에 법원장 부인과 한바탕 일을 치른 것이 뭐 그
리 대단한 일이라도 되는 것처럼 생각하시나 보군요. 하지만 그것이 당
신의 방법이 옳고, 내 방법이 틀렸다는 것을 증명이라도 하나요? 물론
나는, 당신이 그 여자를 너무도 사랑하기 때문에 그 여자를 속일 수 없
다든가, 속이기에 적당하면서도 쉬운 기회를 포착할 수 없다든가 하는
말은 한 적이 없습니다. 그러기는커녕, 당신이라는 사람은 그 여자 때
문에 생긴 욕망을 아무 남자나 가리지 않는 다른 여자를 상대로 만족시
키면서도 아무렇지 않게 생각하는 사람이라는 것을 나는 추호도 의심
하지 않습니다. 그리고 누구도 필적할 수 없이 자유분방한 당신이 이제
껏 수없이 마구잡이로 해왔던 일을 이번에는 유일하게 계획을 세워 실
행했다고 해서 나는 놀라지 않습니다. 세상만사란 다 그런 거지요. 악
한에서 '바보들'에 이르기까지, 남자들이 존재하는 한 그것이 남자들
이 쓰는 상투적인 수단이라는 것을 누가 모르겠습니까? 요즈음 세상에
그런 짓을 하지 않는 사람은 순정파로 통하겠지요. 하지만 나는 그렇지
않다고 해서 당신을 탓하는 것은 아닙니다.

　　　　그러나 내가 일전에 당신에게 말씀드린 의견과, 그리고 지금
도 생각하고 있는 바로는 역시 당신은 법원장 부인을 사랑하고 있다는
것입니다. 물론 이 사랑은 순수하고 다정한 사랑은 아닙니다. 그것은
당신 같은 사람이나 할 수 있는 사랑이지요. 예컨대, 실제로는 없는 매

력이나 훌륭한 점이 마치 그 여자에게 있는 것처럼 생각하는 사랑이라든가, 그 여자를 각별하게 대하고 다른 여자들은 그보다 못한 듯 여기는 사랑이라든가, 여자를 욕보이면서도 떨어지지 못하는 사랑이라든가, 총희寵姬를 사랑하면서도 종종 매력 없는 첩과도 재미를 보는 그런 사랑 말입니다. 당신은 여자의 애인이나 벗이 아니라 술탄처럼 늘 여자에 대해 폭군이거나 노예이기 때문에 방금 내가 한 얘기가 더욱 정확하다는 생각이 드는군요. 따라서 당신이 그 여자의 사랑을 되찾은 것은 당신에게는 정말 수치스럽고 당신의 품격을 떨어뜨리는 일이에요. 일이 수습되었다고 기뻐 어쩔 줄 몰라하며, 용서가 받아들여졌다고 생각하자마자 나를 버리고 그 '큰 사건'에 착수하다니 말입니다.

지난번 편지만 해도 그렇습니다. 그 편지에서 당신이 그 여자에 대해서만 쓰지 않은 이유는, 다름 아니라 당신의 '중요한 사업' 건에 대해서는 아무 말도 하고 싶지 않았기 때문이지요. 당신은 이 사업을 대단히 중요하게 생각하고 있기 때문에, 내게 이것을 이야기해 주지 않는 것을 나에 대한 일종의 벌로 생각했던 겁니다. 이처럼 나보다 다른 여자가 좋다는 무수한 증거를 내보이고도, 당신은 '당신과 나 사이에 아직도 어떤 공통의 이해관계'가 있냐고 시치미 뚝 떼고 내게 묻고 있군요. 조심하세요, 자작님. 내가 일단 대답을 하면, 그 대답은 철회할 수 없는 것이랍니다. 내가 지금 그 대답을 해주기를 꺼리는 것은, 이미 그 일에 대해서 너무나 말을 많이 했기 때문입니다.

내가 당신에게 할 수 있는 일이란 당신에게 이야기를 하나 해주는 것뿐이에요. 아마 당신은 이 이야기를 읽고 있을 틈이 없거나, 아니면 이 이야기의 뜻을 이해하기 위해 주의를 기울일 시간이 없을지도 몰라요. 당신 자유예요. 손해 보았댔자 공허한 이야기를 하나 듣는 것에 지나지 않을 테니까요.

내가 알고 있는 어떤 남자가 당신처럼 자기에게 별로 명예롭지 못한 한 여자 때문에 애를 먹고 있었습니다. 이따금 제정신이 들면

이 연애가 조만간 자기에게 손해를 가져오리라는 생각을 하기도 했죠. 하지만 그것을 부끄럽게 여기면서도 그는 이 관계를 끊어버릴 용기가 나지 않았습니다. 친구들에게 자기는 그 여자를 전혀 사랑하고 있지 않다고 큰소리를 쳐놓았던 일도 있고, 또 변명할수록 자기 꼴만 우스워지니 그 남자는 점점 난처해졌습니다. 그래서 그는 늘 바보 같은 짓만 저지르고는, 나중에 가서는 입버릇처럼 '그것은 내 탓이 아니다'라고 말하더군요. 이 남자에게는 여자친구가 하나 있었는데, 이 여자친구는 어느 날 문득 그처럼 얼빠진 일에 골몰하고 있는 그를 세상 사람들에게 알려서 그의 어리석음을 얼버무리지 못하게 할까 하는 생각을 했습니다. 하지만 그 여자는 교활하기보다는 마음이 너그러웠던지, 아니면 어떤 다른 동기가 있었기 때문인지, 어떤 일에서든지 자기 친구처럼 '그것은 내 탓이 아니다'라고 말할 수 있게끔 마지막 수단을 꾀하려고 했습니다. 그래서 그 여자는 그 남자의 병에 효험이 있을 치료제로 다음과 같은 내용의 편지를 아무런 충고도 덧붙이지 않고 보냈습니다.

　　'나의 천사여, 사람이 어떤 일이든 거기에 흥미를 잃는 것은 자연의 법칙이지 제 탓이 아닙니다. 따라서 지난 4개월 동안 미칠 듯이 몰두했던 연애에 대해 지금에 와서 제가 흥미를 잃었다 하더라도, 그것은 제 탓이 아닙니다.

　　예를 들면, 지나친 이야기이긴 하지만, 제가 당신의 정조와 똑같은 정도의 사랑을 갖고 있다면, 당신의 정조가 사라짐과 동시에 제 사랑이 식어버렸다 해도 그것은 제 탓이 아닙니다. 따라서 저는 얼마 전부터 당신을 속여왔던 것입니다. 하지만 그것 또한 어떻게 다룰 수 없는 당신의 애정 때문에 할 수 없이 그런 것이지 제 탓은 아닙니다.

　　오늘, 제가 미칠 듯이 좋아하던 어떤 여인이 당신을 버리라고 요구하는군요. 하지만 그것은 제 탓이 아닙니다. 지금이야말로 거짓 맹세를 질책하기에 좋은 기회인 듯싶습니다. 하지만 자연이 남자에게 지조를 주고, 여자에게 고집을 준 것은 제 탓이 아닙니다. 제발 제가 다른 정부를 택하듯, 당신도 다른 애인을 택하십시오. 이것은 좋은 충고입니다. 정말 좋은 충고입니다. 당신이 이 충고를 나쁘게 생각해도 그것은 제 탓이 아닙니다. 그럼 안녕, 나의 천사여. 그동안 즐거웠습니다. 이제 당신과 후회 없이 헤어지겠습니다. 언젠가는 당신에게 되돌아갈지도 모르지요. 세상이란 그런 것, 제 탓이 아닙니다.'

이 마지막 시도의 결과가 어떻게 되었는지, 그리고 그 다음에 무슨 일이 일어났는지는 지금 말할 계제가 못 되는 것 같군요. 그러나 다음 편지에서는 말씀드리겠어요. 거기에는 당신이 제안한 조약의 개정에 대한 나의 '최후통첩'도 들어 있을 겁니다. 그때까지는 다만 안녕이라는 말만 해두지요.

그건 그렇다 치고, 볼랑주 양에 대한 상세한 보고는 고마웠어요. 그 이야기는 남의 험담만을 내는 신문에 내기 위해 결혼식 다음날까지 간직해 둘 만한 기삿거리더군요. 우선은 당신의 후예가 돌아가신 것에 대해 애도의 뜻을 올립니다. 그럼 이만, 자작님.

17××년 11월 27일, 파리에서.

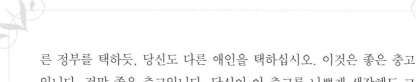

발몽 자작이

메르테유 후작 부인에게

당신의 편지라든가, 그 안에 담긴 이야기, 그리고 그 이야기

안에 담긴 또 다른 편지를 잘못 읽었는지, 잘못 이해했는지는 모르겠습니다. 그 편지는 색다르고 강한 효과를 일으키기에 적절한 것처럼 보이더군요. 따라서 나는 그것을 그대로 베껴서 순결한 법원장 부인에게 주저하지 않고 보냈습니다. 그 다정한 편지는 어제저녁에 보냈으니 한시도 지체하지 않은 셈이죠. 나는 그 편이 좋겠다고 생각했습니다. 왜냐하면, 우선 나는 부인에게 어제 편지를 쓰겠다고 약속했기 때문이기도 하며, 또한 '이 중대한 사건' — 이런 표현을 쓰면 당신이 또 나를 꾸짖으시겠지만 — 을 부인이 심사숙고하기에는 밤을 새워도 모자랄 것 같다고 생각했기 때문이죠.

　　　나는 오늘 아침이면 내 연인의 답장을 당신에게 보낼 수 있으리라고 생각했습니다. 지금 거의 점심때가 되었는데 아직 아무것도 받지 못했군요. 3시까지는 기다려볼 작정입니다. 그때까지도 아무 소식이 없으면, 내가 직접 들으러 가려고 합니다. 이런 경우에는 시작이 힘들 뿐이지요.

　　　짐작하시겠지만 이제 나는 당신과 아는 사이라는 그 사나이의 이야기의 결말을 알고 싶어서 못 견디겠습니다. 그 남자는 필요할 때는 여자 하나쯤은 희생할 줄 알아야 하지만, 그러지 못해서 심한 오해를 받은 것 같은데, 이제 마음을 고쳐먹었겠죠? 그리고 아량이 많은 그의 여자친구도 그를 용서해 주었겠죠?

　　　그리고 또 무슨 외교관 같은 말투로 말씀하신 당신의 '최후통첩'도 받고 싶어 못 견디겠습니다. 특히 이번의 마지막 조처에 사랑이 포함되는지 안 되는지 알고 싶군요. 아! 물론 있겠죠. 그것도 대단히 많이 말입니다. 하지만 그것은 누구에 대해서일까요? 그러나 나는 구태여 억지를 부릴 생각은 없습니다. 당신의 호의를 기대해야지요.

　　　그럼 이만. 애타게 기다리고 있는 편지를 동봉하기를 기대하며, 이 편지는 2시에 봉하겠습니다.

오후 2시.

여전히 아무 소식이 없군요. 이렇게 우물쭈물할 때가 아닌
것 같습니다. 한마디 덧붙일 겨를도 없군요. 하지만 이번에도 당신은
다정한 사랑의 키스를 거절하시겠습니까?

17××년 11월 27일, 파리에서.

제143신

투르벨 법원장 부인이

로즈몽드 부인에게

행복의 환상이 그려진 너울은 갈가리 찢어지고 말았습니다.
불길한 진리의 빛이 제 앞을 비추고 있습니다. 이제 내 앞에 보이는 것
은 절박한 죽음의 그림자뿐이고, 죽음의 길은 저를 치욕과 후회 사이로
이끌어가고 있습니다. 저는 그 길을 따라갈 것입니다……. 고통이 제
생명을 단축시켜 준다면 저는 기꺼이 그 고통을 달게 받겠습니다. 부인
께 제가 어제 받은 편지를 보내드립니다. 제 생각은 아무것도 덧붙이지
않겠습니다. 그 편지가 다 말해 줄 것입니다. 이제 한탄할 여유가 없습
니다. 지금은 괴로워하는 것밖에 다른 길은 없습니다. 제게 필요한 것
은 동정이 아니라 힘입니다.

부인, 저의 마지막 작별인사를 들어주십시오. 그리고 저의
마지막 소원을 들어주십시오. 저를 제 운명에 맡겨주시고, 저를 완전히

잊어주십시오. 그리고 더 이상 저를 이 세상에 살아 있는 사람으로 생각하지 말아주십시오. 불행에도 한계가 있는 법이고, 그 한계에 도달하면 우정도 고통을 더하게 할 뿐 가라앉게 해주지는 못합니다. 상처가 치명적일 때, 구원은 오히려 잔인한 것입니다. 저에게는 절망감밖에는 아무런 감정도 없습니다. 이제 제게 어울리는 것은 나의 수치를 파묻을 깊은 밤밖에 없습니다. 그 암흑 속에서 저는 과오를 뉘우치며 울겠습니다. 만일 아직도 눈물이 나온다면 말입니다. 어제부터 눈물 한 방울도 나오지 않습니다. 마음도 메말라버려 눈물조차 나오지 않는군요.

안녕히 계십시오, 부인. 이젠 제게 답장을 하지 마세요. 저 잔인한 편지에 대해선 이제 어떤 회답도 받지 않기로 맹세했습니다.

17××년 11월 28일, 파리에서.

발몽 자작이

메르테유 후작 부인에게

어제 오후 3시까지도 아무런 소식이 없자 초조해진 나는 내가 버린 여인의 집에 찾아갔습니다. 부인은 외출중이라더군요. 이것은 다만 나를 만나지 않으려는 뜻으로 해석되었기에, 별로 화가 나지도 않았고 놀라지도 않았습니다. 예의가 바른 여자라 이렇게 찾아가면 적어도 내게 한마디 답장 정도는 주리라 믿고 나는 그냥 되돌아왔습니다.

답장을 받고 싶어서 저녁 9시경 일부러 집에 들러보았지만 아무것도 오지 않았더군요. 전혀 예기치 못한 침묵에 놀라서 나는 하인을 불러 그 민감한 여인이 죽었는지, 아니면 죽어가고 있는지 알아오라고 일렀습니다. 결국 집에 돌아와 보니 투르벨 부인은 아침 11시에 몸종과 함께 ××수녀원에 갔다는 소식을 하인이 알리더군요. 부인은 오늘 밤은 집에 가지 않겠다고 하면서 저녁 7시에 마차와 하인들을 돌려보냈다고 합니다. 물론 이러한 행동은 격식을 따르는 것이죠. 수녀원이란 곳은 홀몸이 된 여자가 몸을 숨기기에 더할 나위 없이 좋은 곳이니까요. 만일 이 여자가 이런 훌륭한 결심을 계속 지닌다면, 나는 지금까지 그 여자에게서 받은 은혜는 물론이거니와 이 연애사건으로 유명하게 된 은혜를 더 받게 되는 셈이죠.

　　　일전에 당신이 우려했던 바와는 달리 나는 새로운 각광을 받으며 다시 사교계에 나타날 거라고 말씀드렸지요. 내가 소설에나 나올 법한 짝사랑이나 하고 있다고 나를 우습게 본, 그 남의 흉만 들추려는 자들은 한번 나와보라고 하지요. 나보다 더 빨리, 더 화려하게 여자를 차보라고 하지요. 절대 못할 겁니다. 부인을 위로하는 일이나 잘하겠지요. 길은 다 내가 터놓았으니까 말입니다. 내가 빈틈없이 걸어온 길을 한번 걸어보라고 하지요. 조금이라도 성공하는 자가 있으면 나는 나의 영광의 자리를 기꺼이 양보하겠습니다. 그러나 내가 거기에 세심한 주의를 기울인다면, 그들은 내가 남긴 인상은 영원히 지워지지 않으리라는 것을 알게 될 것입니다. 만일 이 여자에게 나보다 더 나은 경쟁자가 생긴다면, 나는 이제껏 내가 거둔 다른 승리들도 모두 백지로 돌리겠습니다.

　　　부인이 취한 태도는 내 자존심을 기쁘게 합니다. 하지만 그 여자가 나에게서 떨어질 수 있는 힘을 자기 혼자서 찾은 것을 보니 화가 나는군요. 따라서 우리 두 사람 사이에는 내가 만든 장애 말고는 없을 것입니다! 아니 내가 그녀에게 가까이 가려고 하는데, 그녀는 이제 그것을 바라지 않는다니. 그러기는커녕, 오히려 나와의 만남을 바라지도 않고, 그것을 최대의 행복이라고 생각하지 않다니! 이것이 사랑이라는 것입니까? 이것을 내가 어떻게 참고 견딜 수 있겠습니까? 내가 이 여자에게 화해의 가능성을 엿볼 수 있게 할 수도 있지 않습니까? 희망이 남아 있는 한 우리는 언제나 화해를 바라는 법이 아닙니까? 나는 대수롭지 않게, 그리고 당신에게 원망을 듣는 일도 없이 그 일을 처리하려고 애쓸지도 모릅니다. 하지만 이것은 당신과 상의해서 하는 단순한 시도에 불과할 것입니다. 설사 성공한다 하더라도 당신을 기쁘게 할 희생을 당신 뜻대로 다시 한 번 되풀이하는 수단에 불과할 것입니다. 지금으로서는 이 희생에 대한 대가를 받는 일만 남아 있습니다. 그러니 제발 돌아오셔서, 당신의 애인, 당신의 쾌락, 당신의 친구를 만나서 어떻게 사건들이 돌아가는지를 지켜봐 주십시오.

볼랑주 양의 일은 놀랄 만큼 호전되었습니다. 어제는 마음이 초조해 가만히 있을 수가 없어서 여기저기 볼일로 돌아다니던 중 볼랑주 부인의 집에 들러봤습니다. 아가씨는 벌써 객실에 나와 있었습니다. 아직 환자복을 입고 있었지만, 완전히 회복기에 들어섰더군요. 그래서 더욱 싱싱하고 흥미를 돋우었습니다. 이런 경우 당신 또래의 여자들은 아마 한 달 정도는 소파 위에서 지냈을 겁니다. 정말 젊은 여자들은 훌륭하더군요. 사실 아가씨를 보자 정말 회복되었는지 알아보고 싶더군요.

한 가지 당신에게 말씀드려야 할 사실이 있는데, 이 아가씨의 일로 말미암아 '감성주의자'인 당신의 당스니 기사는 자칫 미칠 뻔했다는 것입니다. 처음엔 걱정 때문이고, 오늘은 기쁨 때문이죠. '나의 세실'이 아프다! 이런 불행한 꼴을 당하면 머리가 돌아버리나 보지요. 그는 하루에도 세 번씩 사람을 보내 병문안을 하고, 자기도 한 번은 직접 가본답니다. 결국 그 친구는 볼랑주 부인에게 감동적인 편지를 써서 그렇듯 사랑스러운 따님의 회복을 축하하러 갈 수 있게 허락을 구했습니다. 부인은 승낙했죠. 이리하여 젊은이는 옛 상태를 되찾았습니다. 하지만 예전처럼 다정한 태도는 아직 피하고 있더군요.

　　이런 자세한 사실을 알게 된 것도 다 그 친구의 입을 통해서랍니다. 실은 그와 함께 집에서 나오면서 그가 마음껏 지껄이게 유도했으니까요. 이 방문이 그에게 어떤 효과를 미쳤는지 당신은 상상조차 못할 것입니다. 그 기쁨이나 욕망, 그리고 열광적인 태도는 글로 이루 표현할 수 없을 정도랍니다. 본래 격렬한 감정을 좋아하는 나는 앞으로도 그 아가씨에게 훨씬 가깝게 접근시켜 주겠다는 확신을 줌으로써 그를 완전히 흥분의 도가니로 몰고 갔습니다.

　　사실 나의 실험이 끝나는 대로 곧 그 친구를 아가씨에게 넘기겠다고 마음을 굳혔습니다. 나는 자신을 송두리째 당신에게 바치고 싶습니다. 더욱이 당신의 피후견인이 단지 남편을 속이기만 하면 된다면, 굳이 내 제자가 될 필요가 있을까요? 애인, 그 중에서도 첫사랑의 애인을 속이는 일에 견줄 만한 걸작은 없을 것입니다! 나로서는 사랑이라는 말을 입 밖에 내본 일이 없으니 애인들 축에 끼는 일은 없을 테지만 말입니다.

　　그럼 이만. 되도록 빨리 돌아오셔서 나를 지배하는 것을 즐기시고, 내가 바치는 희생양을 받아주시고 보답을 해주십시오.

제145신

매르테유 후작 부인이

발몽 자작에게

　　자작님, 당신은 정말 법원장 부인과 헤어지셨나요? 내가 그 여자를 생각해서 쓴 편지를 보내셨나요? 당신은 정말 기특한 분이군요. 기대 이상의 일을 하셨어요. 솔직히 말씀드리면 이번의 승리는 내가 이제까지 쟁취한 어떤 승리보다도 나를 기쁘게 하네요. 내가 예전에는 대수롭지 않게 생각했던 이 여자를 이제 와서 높게 평가하고 있다고 당신은 생각할지 몰라요. 하지만 전혀 그렇지 않답니다. 내가 승리를 거둔 것은 그 여자에 대해서가 아니라 바로 당신에 대해서입니다. 이점이 재미있어요. 정말 재미있어요.

　　그래요, 자작님. 당신은 투르벨 부인을 대단히 사랑하고 있었어요. 지금도 사랑하고 있고요. 당신은 그 여자를 미칠 듯이 사랑하고 있어요. 그러나 내가 재미 삼아 놀려주니까 당신은 용감하게도 그 여자를 희생시켰습니다. 당신은 놀림거리가 되기보다는 투르벨 부인 같은 여자를 천 명이라도 희생시켰을 거예요. 자존심이란 정말 무서운 거예요. 자존심이란 행복의 적이라고 옛 성현들이 말씀하셨는데 정말 그 말이 옳긴 옳군요.

　　만일 내가 장난으로 끝낼 작정이었다면, 지금쯤 당신은 어떻게 되었을까요? 그러나 당신도 아시다시피 나는 거짓말을 못하는 사람입니다. 설사 내가 당신 때문에 절망에 빠져 수녀원에 가게 될지라도 이미 각오했던 바이므로 나를 정복한 자에게 항복하겠어요.

하지만 내가 항복한다면, 그것은 사실 마음이 약하기 때문이에요. 그러고 싶다면 나는 아직도 얼마든지 억지를 썼을 거예요. 당신은 그렇게 당할 만도 해요. 예를 들면, 당신이 나한테 법원장 부인과 다시 관계를 갖게 내버려두라고 부드럽게 부탁했을 때의 당신의 그 교묘함이라 할까, 아니 그 졸렬함은 정말 탄복할 정도예요. 인연을 끊은 공은 자기 것으로 돌리고 그러면서도 쾌락의 즐거움은 결코 놓치지 않으려고 하니 과연 당신다운 일이군요. 그렇게 되면 이 희생은 겉으로만 그렇게 보이고 실제로는 그렇지 않으니까, 당신은 내가 원한다면 또 그런 희생을 치를 수 있다고 말씀하시는군요! 그렇게 되면, 그 천사 같은 신앙심 깊은 여자는 자기가 당신의 유일한 애인이라고 믿고, 나는 또 나대로 내가 그 여자보다 더 사랑을 받고 있다고 우쭐대겠지요. 두 여자는 모두 속는 셈이 되고, 당신은 우리를 속인 것을 기뻐할 터이니 더 이상 무슨 말을 하겠어요.

계획을 세우는 데 있어서는 탁월한 재능이 있으나 실행하는 데는 재능이 없고, 단 한 번의 경솔한 생각 때문에 당신이 가장 갖고 싶어하는 여자 앞에 넘어갈 수 없는 장애를 당신 스스로 만들어버렸으니 정말 딱할 노릇이로군요.

결국 당신은 관계를 지속시키고 싶으면서도 나의 편지를 써 보낸 셈이군요! 그렇다면 당신은 나를 정말 우습게 생각한 거예요. 자작님, 여자가 다른 여자의 가슴에 일격을 가할 때, 급소를 벗어나는 일은 좀처럼 없지요. 그 상처는 치료될 수 없는 것이에요. 내가 이 여자에게 상처를 줄 때, 아니 내가 당신의 가격을 유도했을 때, 나는 이 여자가 나의 경쟁자이며, 한때 당신이 나보다 그 여자를 더 좋아해서, 나를 그 여자보다 못한 여자라고 생각하고 있었다는 사실을 잊지 않았어요. 사실 나의 복수가 착오였다면, 그 책임은 기꺼이 내가 지겠어요. 그러니 당신이 모든 수단을 시도해 보는 것도 좋을 거예요. 나는 오히려 그것을 권합니다. 그리고 당신이 설사 성공하더라도, 당신의 성공에 결코 화를 내지 않겠다는 것을 약속하지요. 이 문제에 대해서는 저는 안심하고 있으므로 더 이상 신경 쓰지 않겠어요. 그보다는 다른 이야기를 합시다.

　　예를 들면, 볼랑주 딸의 건강 문제 말입니다. 내가 파리로 돌아가면 그 일에 대해서 확실한 보고를 해주겠지요? 그걸 듣고 싶어요. 그 다음, 아가씨를 애인에게 돌려주는 게 좋은지, 아니면 제르쿠르란 이름으로 발몽의 분가를 다시 세우는 시도를 하는 것이 좋은지는 당신 판단에 맡기겠어요. 분가를 세우겠다는 계획은 매우 재미있는 생각 같아요. 선택은 당신에게 맡기겠지만 결정을 내릴 때는 꼭 나와 함께 의논하세요. 그렇다고 오랫동안 연기해 달라는 말은 아니에요. 나는 곧 파리로 올라갈 작정이니까요. 확실한 출발 날짜는 말씀드리지 않겠어요. 하지만 올라가게 되면 당신에게 제일 먼저 나의 도착을 알려드리지요.

　　그럼 이만, 자작님. 말다툼도 하고, 장난도 쳐보고, 꾸짖기도 했지만, 나는 늘 당신을 좋아하고 있답니다. 그리고 이것을 증명할 준비도 하고 있고요. 그럼 안녕.

제146신

메르테유 후작 부인이

당스니 기사에게

　　결국 나는 출발하기로 했습니다. 내일 저녁 무렵이면 파리에 돌아와 있을 겁니다. 이사하느라 어수선할 것 같아서 아무도 안 만나려고 합니다. 하지만 당신이 내게 급히 상의할 일이 있으면 당신만은 예외로 해드리겠어요. 당신만 예외로 하는 것이에요. 따라서 나의 도착에 대해서는 비밀로 해주세요. 발몽에게도 알리지 마십시오.

　　얼마 전까지만 해도 누군가가, 내가 앞으로 당신만을 믿게 될 거라고 말했다면, 나는 그 말을 믿지 않았을 거예요. 하지만 당신이 나를 믿는다니 나도 당신을 믿게 되는군요. 당신은 술책을, 어쩌면 심지어는 유혹술을 쓴 것 같은 생각이 들어요. 참 나쁜 짓이네요! 하기야 현재로서는 아무 위험이 없으니까요. 당신은 그것 말고도 할 일이 있으니까요! 연극에서도 여주인공이 무대에 등장하면, 속내 이야기를 듣는 여자는 버림받게 마련입니다.

　　따라서 당신은 내게 당신이 이번에 거둔 성공을 알려줄 여유가 없었던 거지요. 당신의 세실이 없는 동안, 당신의 한탄을 들어주는 데 세월이 짧을 정도였어요. 내가 당신 말을 들어주지 않았으면, 당신은 아마 산울림이라도 상대했을 거예요. 세실이 아팠을 때, 걱정이 된다고 나에게 이야기했지요. 당신은 누구든 당신의 이야기를 들어줄 사람이 필요했던 거예요. 그러나 이제 당신이 사랑하는 여자가 파리에 있고, 또 건강도 좋아지고 이따금 만날 수 있게 되니까, 아가씨만으로 만족해서 이젠 친구 따윈 쓸모없어진 모양이군요.

　그 점에 대해선 당신을 탓하고 싶지 않아요. 당신처럼 스무 살 나이의 젊은이라면 흔히 저지르는 잘못이니까요. 알키비아데스가 살았던 시대부터 당신에 이르기까지 젊은이들은 자기가 괴로울 때만 우정을 안다고 그러지 않습니까? 행복은 젊은 사람을 이따금 경솔하게 만들면서, 결코 남을 신뢰하는 마음을 갖게 하지도 못하지요. 나도 소크라테스처럼 말하겠어요. '나는 친구가 불행해졌을 때 나에게 오는 것을 좋아한다'(마르몽텔의 〈알키비아데스의 교훈담〉)라고. 하지만 소크라테스는 철학자였기 때문에 불행한 친구들이 오지 않아도 친구 없이 지낼 수 있었지만, 나는 그 점에 있어서는 소크라테스처럼 현명하지 못합니다. 여자의 나약한 마음 탓에 내게 일언반구 없는 당신을 보고 가슴이 아팠어요.

　그렇다고 나를 까다로운 여자라고 생각하진 마세요. 나는 전혀 그런 여자가 아니랍니다. 이 쓰라림이 친구가 행복한 증거이자 원인이라고 한다면, 이 쓰라림을 느끼게 한 바로 그 감정이 쓰라림을 견딜 수 있게 해주겠지요. 따라서 당신의 사랑에 여유가 생겨 한가하게 되지 않는 한, 나는 내일 저녁 당신을 뵐 수 있으리라는 기대는 품지 않겠어요. 조금이라도 나 때문에 희생을 치르지는 마세요.

　안녕히 계세요, 기사님. 당신을 다시 보게 된다면 나는 더할 나위 없이 기쁠 거예요. 와주실 수 있을는지요.

17××년 11월 29일, 파리에서.

제147신

볼랑주 부인이

로즈몽드 부인에게

　　투르벨 부인의 근황을 들으시면 부인께서도 틀림없이 저처럼 상심하실 것입니다. 부인은 어제부터 병이 났습니다. 병세가 너무나 빠른 속도로 악화되고 있고, 불길한 징후가 보이므로 정말 걱정되는군요.

　　고열과 거의 그치지 않는 신음, 그리고 아무리 해도 가라앉지 않는 갈증, 알 수 있는 것은 이것뿐이에요. 의사들은 아직 진단을 내릴 수가 없다고 하는군요. 그리고 환자가 어떠한 치료도 완강히 거부하기 때문에 치료하기가 한결 어렵습니다. 나쁜 피를 빼내려면 부인을 완력으로 눌러야 할 정도랍니다. 그 다음 붕대를 새것으로 바꾸려 해도 두 번씩이나 부인을 누르지 않으면 안 됩니다. 그리고 그 붕대도 정신없이 풀려고 합니다.

　　부인께서도 아시다시피, 그토록 나약하고 수줍어하며 얌전한 분이, 어떻게 네 사람이 들러붙어도 억누를 수 없으며, 누가 조금이라도 충고할라치면 어떻게 그리 길길이 날뛸 수 있는지 이해할 수가 없군요. 이러다간 부인이 단순한 정신착란을 넘어서 미쳐버리지나 않을까 걱정이 되는군요.

　　그 점에 있어서 저를 더욱 염려스럽게 만드는 일이 그저께 일어났습니다.

　　그날 투르벨 부인은 오전 11시경 ××수녀원에 도착했다고 합니다. 한때 이 수녀원의 원생이기도 했고, 또 이따금 이곳을 방문하는 습관이 있었으므로 부인은 보통 때처럼 영접을 받았습니다. 그리고 부인은 누가 보아도 침착하고 건강이 좋아 보였죠. 두 시간 정도 지나자 부인은 원생 시절에 자기가 쓰던 방이 비었냐고 물었습니다. 비었다고 하자 가보고 싶어했으므로 수녀원장은 수녀 몇 사람을 데리고 부인과 함께 그 방에 갔답니다. 그 방에 도착하자 부인은 그 방에서 지내고 싶다고 하면서, "이 방에서 떠나지 말았어야 했는데. 이번엔 '죽을 때까지' 떠나지 말아야지" 하고 말했답니다. 이것은 부인의 말 그대로입니다.

처음엔 사람들도 어리둥절해서 무슨 말을 해야 할지 몰랐답니다. 그러나 놀라움에서 깨어나자 사람들은, 부인은 결혼하신 몸이라서 특별 허가가 없으면 받아들여질 수 없다고 했지요. 그러나 무슨 말을 해도 부인은 막무가내였답니다. 그때부터 부인이 고집을 부리며 수녀원은커녕 그 방에서 나가지 않겠다고 버텼으므로, 수녀원 측도 지쳐서 저녁 7시가 다 되어서야 그날 밤은 부인이 거기서 묵을 것을 허락하고, 타고 온 마차와 데리고 온 하인들은 집으로 보냈다더군요. 그리고 부인 일은 그 다음 날 처리하기로 했답니다.

사람들 말에 따르면 그날 밤 내내 부인의 모습이나 거동에 이상한 점은 조금도 없었고 점잖고 침착했답니다. 다만 네다섯 번쯤 깊은 생각에 잠겨 있어 말을 걸어도 알아듣지 못하다가, 그 생각에서 벗어날 때에는 양손을 이마에 모으고 세게 누르더라는 것입니다. 그래서 같이 있었던 수녀 한 사람이 머리가 편찮으시냐고 물으니까, 그 수녀를 한참 응시하더니, "아픈 곳은 머리가 아니야"라고 대답하더랍니다. 잠시 후 부인은 혼자 있게 해달라고 하며, 앞으로는 아무것도 물어보지 말아달라고 부탁했답니다.

몸종을 제외하고는 모두들 물러났습니다. 몸종은 딴 곳에 방이 없어서 다행히 부인과 한 방에서 자게 되었답니다.

이 하녀의 말에 따르면, 부인은 저녁 11시까지는 꽤 침착하게 있었답니다. 그리고 11시가 되자 자고 싶다고 하더니 옷을 채 벗기도 전에 열심히 몸짓과 손짓을 해가며 방 안을 걷기 시작했다고 하더군요. 줄리는 낮에 본 일도 있고 해서 아무 말도 못하고 밖에서 묵묵히 한시간가량을 기다렸답니다. 마침내 투르벨 부인은 두 번 연거푸 줄리를 불렀다는군요. 줄리가 달려가자 부인은 얌전하게 침대에 누웠는데, 아무것도 먹으려 들지 않고, 또 사람을 부르러 가는 것도 허락하지 않았다고 합니다. 그러고는 곁에 단지 마실 물만을 갖다 놓게 하고 줄리보고 자라고 일렀답니다.

줄리의 말로는 자기는 밤 2시까지 자지 않고 있었다고 합니다. 그때까지는 뒤척이는 소리나 신음하는 소리도 들리지 않았다고 해요. 그러나 새벽 5시에 줄리는 부인의 말소리 때문에 잠에서 깨어났답니다. 무척 크고 격앙된 목소리였답니다. 그래서 필요한 게 없느냐고 물었더니 아무 대답도 없기에 등을 들고 투르벨 부인의 침대로 갔답니다. 그러자 부인은 줄리도 못 알아보고, 그때까지 하던 종잡을 수 없는 이야기를 뚝 그치더니 이렇게 부르짖었답니다.

"나를 혼자 있게 내버려둬. 나를 암흑 속에 있게 내버려둬. 내가 있을 곳은 암흑뿐이야."

저도 부인이 어제 이 말을 하는 것을 여러 번 들었습니다.

마침내 줄리는 이 명령하는 듯한 말을 기화로 방에서 나와 사람들을 불러 도움을 청했습니다. 하지만 부인은 성을 내면서 사람이 오는 것도, 간호를 받는 것도 다 거절했답니다. 그 후 부인은 여러 번 그렇게 성을 냈나 봅니다.

수녀원 전체가 떠들썩해서 수녀원장은 어제 아침 7시에 저를 불러오라고 사람을 보냈습니다……. 날도 새지 않은 때였죠. 투르벨 부인은 제가 왔다는 말을 전해 듣자 의식을 되찾은 듯 "아, 그래요. 들어오시게 하세요"라고 대답했다고 합니다. 그러나 제가 침대 가까이 가자, 부인은 유심히 저를 보다가 갑자기 제 손을 꼭 잡으면서 강하고 침통한 목소리로 "부인의 말을 믿지 않은 탓으로 저는 죽습니다"라고 말하지 않겠어요. 그러더니 곧 눈을 가리면서 입 밖에 자주 내던 말, "나 혼자 있게 내버려두세요"를 연발했는데 전혀 제정신이 아닌 듯했습니다.

부인이 제게 한 말이나 다른 헛소리를 종합해 보건대 아무래도 이 쓰라린 병에는 그보다 훨씬 쓰라린 원인이 있지 않나 우려됩니다. 하지만 친구의 비밀은 지켜주어야 하지요. 우리는 다만 부인의 불행에 동정만 합시다.

어제 하루도 파란만장했습니다. 무서운 발작을 일으키는가 하면, 혼수상태에 빠진 것처럼 맥이 빠진 상태에 놓였을 때도 있었습니다. 부인과 제가 휴식을 취할 수 있는 때는 이때밖에 없었어요. 저는 밤 9시가 돼서야 비로소 부인의 침대 곁을 떠날 수 있었습니다. 그리고 아침에 다시 와서 종일 부인 곁에서 지내고 있습니다. 저는 결코 이 가엾은 친구 곁을 떠나지 않겠어요. 하지만 일체의 간호와 도움을 완강히 거절하는 부인을 보니 유감스럽군요.

방금 제 손에 들어온 어젯밤의 병상일지를 부인께 보내드립니다. 보시면 아시겠지만, 결코 마음을 놓을 상태가 아니군요. 병상일지는 틀림없이 모두 보내드리겠습니다.

환자를 보러 가야 하기 때문에 이만 줄이겠습니다. 세실은 다행히도 이제 거의 완쾌되었습니다. 부인에게 안부 전해 달라고 합니다.

메르테유 후작 부인에게

　오! 사랑하는 부인이여! 오! 열렬히 사모하는 부인이여! 제게 행복의 길을 열어주시고, 저를 행복으로 채워주신 분이여! 다정한 친구이자, 상냥한 연인이여! 왜 저는 당신의 괴로움을 생각하며 지금의 이 기쁨을 어지럽히지 않으면 안 되나요? 아! 부인, 마음을 진정해 주십시오. 우정으로써 부인께 부탁하는 것입니다. 오! 친구여. 행복하세요. 이것은 사랑의 기원입니다.

　당신에게 무슨 과오가 있겠습니까? 그것은 부인이 지나치게 섬세하기 때문입니다. 섬세하기 때문에 후회하시고, 섬세하기 때문에 제 과오를 탓하시는 것입니다. 그러나 후회도 과오도 모두 환상입니다. 우리 두 사람 사이에는 사랑 이외의 다른 유혹자는 없다고 저는 마음속으로 느끼고 있습니다. 그러니 부인이 일으킨 감정에 자신의 몸을 맡기고, 부인 스스로 소생시킨 정념의 불꽃에 몸을 태우십시오. 아니, 사랑하고 있다는 것을 뒤늦게 알았다고 해서 우리의 마음이 순수하지 못하다는 것입니까? 결코 그렇지는 않습니다. 오히려 언제나 계획적으로 행동하려는 유혹만이 일의 진행과 수단을 교묘하게 결합시키고 결과를 미리 예상할 수 있습니다. 그러나 진실한 사랑은 그렇게 깊이 생각하고 따지는 것을 허용하지 않습니다. 진실한 사랑은 감정을 통해서 우리가 사고하는 것을 잊게 해줍니다. 사랑의 힘은 아직 알려져 있지 않을 때가 가장 강합니다. 그것은 어둠과 침묵 속에서 알아볼 수도 없고, 끊을 수도 없는 끄나풀로 우리를 맺어줍니다.

　　그래서 어제만 하더라도 부인이 돌아오신다는 생각에 마음이 들뜨고, 부인을 보게 된다는 생각에 더할 나위 없이 기뻤지만, 그럼에도 저를 부인에게로 부르고 이끈 것은 단지 평온한 우정이라고 믿었습니다. 아니, 차라리 완전히 부드러운 감정에 젖어서 저는 그 감정의 기원이나 원인을 규명해 볼 마음이 일어나지 않았는지도 모릅니다. 부인께서도 저처럼 두 사람의 영혼을 애정의 달콤한 감동에 젖어들게 하는 그 절대적인 매력에 자신도 모르게 빨려 들어가고 있었던 것입니다. 그래서 두 사람 모두 사랑의 신이 우리를 빠뜨려놓은 도취에서 깨어났을 때, 비로소 우리는 사랑하고 있다는 사실을 깨달은 것입니다.

　　하지만 이것은 우리에게 벌을 주기는커녕, 오히려 우리들의 정당함을 뒷받침해 줍니다. 부인은 우정을 배반하지 않았고, 저도 결코 당신의 신뢰를 이용하지 않았습니다. 사실 우리 두 사람은 모두 자신의 경험을 모르고 있었던 것입니다. 하지만 우리는 이 감정을 일부러 일어나게 하지 않았고 다만 느끼고 있었습니다. 오! 이것을 슬퍼하지 말고, 여기서 비롯된 행복만을 생각합시다. 그리고 부당한 비난에 의해 우리의 행복을 짓밟히지 말고, 신뢰의 매력과 편안함의 매력을 통해 행복을 더욱 배가하는 데만 전념합시다. 오! 부인, 이 소망은 제게는 소중한 것입니다. 네, 이제부터 모든 두려움에서 벗어나 제가 바치는 사랑에 몰두하십시오. 그러면 당신은 저의 욕망, 저의 희열, 저의 관능적인 흥분, 제 영혼의 도취를 함께 나누게 될 것입니다. 그리하여 우리의 행복한 나날은 그 순간순간이 늘 새로운 쾌락으로 새겨질 것입니다.

　　사모하는 부인이여, 안녕히 계십시오. 오늘 저녁에 당신을 찾아뵙겠습니다. 하지만 당신은 혼자 계실는지요. 아무래도 그럴 것 같지는 않군요. 당신은 저만큼 그것을 원하지 않을 테니까요.

제149신

볼랑주 부인이

로즈몽드 부인에게

　　늦어도 오늘 아침에는 당신에게 병자에 대한 좋은 소식을 줄 수 있으려니 생각했는데, 어제 저녁부터 그 희망은 산산이 부서지고 말았군요. 지금은 그 희망조차 사라졌다는 아쉬움만 남았습니다. 얼핏 보기에는 대단하지 않은 것 같으면서도 결과적으로는 매우 고약한 어떤 일 때문에, 병자의 상태는 악화되지는 않았지만, 예전처럼 별로 좋지 않게 되었답니다.

　　만일 어제 병자로부터 숨김없는 고백을 듣지 못했더라면, 이런 급작스러운 증세를 좀처럼 이해하지 못했을 겁니다. 부인의 불행에 대해 당신도 잘 알고 계시고, 또 부인의 말씀도 있고 해서 저는 부인의 불쌍한 처지에 대해서 안심하고 말씀드릴 수 있습니다.

　　어제 아침 수녀원에 갔을 때, 병자는 세 시간 넘게 자고 있는 중이라고 하더군요. 너무 깊이 그리고 너무 조용하게 자고 있어서 저는 순간 병자가 혹 혼수상태에 빠지지나 않았나 하고 걱정했답니다. 얼마 지나서 부인은 눈을 뜨고 손수 침대의 커튼을 걷고는, 우리들 모두를 노란 얼굴로 바라보았습니다. 그리고 제가 일어나서 부인에게 다가가자, 부인은 저를 알아보고 이름을 부르더니 제게 가까이 오라고 했습니다. 부인은 제 편에서 물어볼 여유도 주지 않고 자기가 어디에 있는지, 우리는 여기서 무엇을 하고 있는지, 자기가 아픈지, 왜 자기 집에 있지 않는지 물어보았습니다. 저는 처음에는 이것도 전보다는 좀 조용할 뿐이지 역시 헛소리일 거라고 생각했습니다. 그러나 부인이 제 말을 잘 알아차리고 있다는 것을 저는 눈치 챘습니다. 아닌 게 아니라 부인은 기억은 못하고 있지만 제정신으로 돌아왔더군요.

부인은 자기가 그곳에 온 것은 기억나지 않지만 수녀원에 온 이후 자기 신상에 무슨 일이 있었는지 퍽 상세하게 물어보았습니다. 저는 부인을 상심시킬 만한 일만 빼고 정확하게 대답했습니다. 그러고 나서 이번엔 제 쪽에서 기분이 어떠냐고 물으니까, 지금은 고통스럽지는 않지만, 자고 있는 동안은 무척 괴로웠다고 대답했습니다. 또 피곤하다고도 했습니다. 그래서 저는 마음을 가라앉히고 너무 많이 말하지 말라고 권하고는, 커튼을 반쯤 열어놓고 침대 곁에 앉았습니다. 이때 부인은 누군가가 권한 수프를 받아먹고는 맛있다고 말했어요.

부인은 반 시간 정도 그렇게 있었습니다. 그동안 한 말이라고는 저의 간호에 대한 인사말뿐이었죠. 그것도 아시는 대로 쾌활하고 우아한 말투로요. 그러고는 잠시 침묵을 지키다가 침묵을 깨고 "아! 그래요. 제가 이곳에 온 것이 생각이 나네요"라고 했어요. 또 잠시 후엔 고통스럽다는 듯이 "부인, 동정해 주세요. 제 불행이 모두 생각났어요"라고 부르짖었습니다. 그래서 제가 다가가자, 부인은 제 손을 잡아 자기 이마에 갖다 대고는 "오! 하느님, 저는 죽을 수 없어요"라고 말했어요. 그 말의 내용보다도 그 표현이 눈물을 나오게 할 만큼 제 마음을 측은하게 했습니다. 부인은 제 목소리에서 그 기미를 알아차리고, "저를 동정해 주는군요! 아! 당신이 아시게 된다면!……"이라고 말하다가 말을 중단하고는 "당신하고만 있게 해주세요. 모두 말씀드리겠어요"라고 하더군요.

부인께서도 짐작이 가시겠지만, 저는 그 고백이 무엇인지 전부터 어렴풋이 느끼고 있었습니다. 그래서 길고 슬픈 이야기임에 틀림 없을 것 같았기에 부인의 몸에 해가 되지 않을까 걱정했어요. 그래서 부인에게는 휴식이 필요하다는 이유를 내세워, 처음에는 듣는 것을 거

절했지요. 하지만 부인이 너무도 간청해서 제가 양보했답니다. 둘이서만 남게 되자, 부인은 제게 모든 사실을 고백했어요. 당신께서도 이 사실을 이미 부인으로부터 직접 들으셨을 테니 여기서는 되풀이하지 않겠습니다.

끝으로 자기가 얼마나 비참하게 버림받았는지를 이야기하면서 부인은 이렇게 덧붙였습니다. "나는 그런 일이 생기면 죽을 수 있다고 믿었었어요. 그럴 용기도 있었구요. 불행과 수치를 겪으면서까지 계속 살아간다는 것은 제겐 불가능한 일이에요"라고요. 저는 종교의 힘을 빌려 부인을 좌절, 아니 차라리 절망으로부터 구해 보려고 했습니다. 이제까지는 종교가 부인에게 강한 힘을 부여하고 있었기 때문이죠. 하지만 저는 곧 저에게 그런 엄숙한 역할을 할 수 있는 능력이 없다는 것을 깨달았어요. 그래서 앙셀므 신부님을 부르자고 제안했지요. 부인이 그분을 절대적으로 신뢰하고 있다는 사실을 알고 있었기 때문입니다. 부인은 승낙했습니다. 아닌 게 아니라 그것을 몹시 바라고 있는 것처럼 보였습니다. 신부님을 찾으러 사람을 보내자, 신부님은 곧장 와주었습니다. 그분은 부인과 함께 오랫동안 계셨습니다. 그리고 떠나면서 만일 의사들도 자기처럼 생각한다면 병자성사를 늦출 수도 있을 것 같다며, 자기는 내일 다시 오겠다고 하셨습니다.

그때가 오후 3시경이었습니다. 그리고 5시까지 부인은 아주 조용했습니다. 그래서 우리 모두 다시 희망을 가졌지요. 공교롭게도 그때 누군가가 부인에게 온 편지를 갖고 왔습니다. 부인에게 편지를 건네려고 하자, 부인은 처음에는 어떤 편지도 받고 싶지 않다고 해서 그대로 두었습니다. 그런데 이때부터 부인은 예전보다 훨씬 행복한 것처럼 보였습니다. 이윽고 부인은 그 편지가 어디서 왔는지 물었습니다. 그러나 편지에는 소인이 찍혀 있지 않았습니다. 누가 갖고 왔냐고 물었지만 아무도 모른다고 했습니다. 누구의 부탁으로 전해졌냐고 물어도 문지기는 아무 말도 듣지 못했다고 합니다. 이어 부인은 얼마 동안 침묵을 지켰습니다. 그 후 부인은 다시 입을 열기 시작했지만, 종잡을 수 없는 그 말은 또 헛소리가 시작되었음을 가르쳐줄 따름이었습니다.

하지만 잠시 동안은 다시 잠잠해졌습니다. 그리고 마침내 부인은 조금 전에 온 편지를 갖다 달라고 부탁했습니다. 편지의 겉봉을 보자마자 부인은 "아아! 그이한테서 온 편지야" 하고 소리쳤습니다. 그리고 강하게 그러나 괴로운 듯한 목소리로 "다시 가져가요, 다시 가져가!"라고 외쳤습니다. 부인은 즉시 침대의 커튼을 닫고는 아무도 가까이 오지 말라고 했습니다. 하지만 곧 우리는 부인에게 갈 수밖에 없었습니다. 발작이 이전보다 더 심해졌고, 게다가 무서울 정도로 경련을 일으키고 있었어요. 이것이 밤새 계속되었답니다. 오늘 아침의 병상일지를 보아도 밤새 내내 병자가 몹시 괴로워했다는 것을 알 수 있었습니다. 아무튼 부인의 상태는 살아 있는 것이 이상할 정도입니다. 솔직히 말씀드리면 이젠 가망조차 없어 보이는군요.

제 짐작으로는 그 불행한 편지는 발몽님으로부터 온 것 같아요. 하지만 이제 와서 그분이 부인에게 무슨 말을 할 수 있겠어요? 죄송합니다. 제 생각은 말씀드리지 않겠습니다. 하지만 이제까지 행복했고, 또 행복해야 할 부인이 이처럼 불쌍하게 되는 모습을 보니 정말 마음이 쓰라리군요.

17××년 12월 3일, 파리에서.

제150신

당스니 기사가

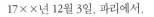

메르테유 후작 부인에게

    당신을 뵐 수 있는 행복한 날을 기다리며 저는 당신에게 편지를 쓰는 기쁨에 한껏 젖어 있습니다. 당신만을 생각하면서 저는 떨어져 있는 아쉬움을 달래고 있습니다. 저의 감정을 표현하고, 부인의 감정을 생각해 보는 것이 제게는 더할 나위 없는 기쁨입니다. 이 때문에 서로 떨어져 있는 고독한 시간도 제 사랑에 여러 가지 귀중한 보물을 안겨주고 있습니다. 하지만 부인의 말씀대로라면, 저는 이제 부인한테 전혀 답장을 받을 수 없고, 편지도 이것이 마지막이라는 거죠? 당신 말대로 위험하고 '필요 없는' 편지 왕래는 이제 없을 것이라는 거죠? 당신이 뜻을 굽히지 않는다면, 물론 저는 당신의 뜻에 따르겠습니다. 당신이 무엇을 원하시든, 원하시고 있다는 바로 그 이유 때문만으로도 저 역시 그것을 바라겠습니다. 그러나 완전히 결심하기 전에 저와 의견을 나누어보지 않으시렵니까?

    위험하다는 점에 대해선, 부인의 판단에 맡기겠습니다. 저는 전혀 짐작이 가지 않습니다. 아무쪼록 당신의 안전을 주의하시기를 바랄 따름입니다. 당신이 불안하면 저도 마음이 놓이지 않으니까요. 이 점에 있어서만큼은 우리 두 사람은 일심동체가 아니고, 당신이 중심이 되어야 한다고 생각합니다.

    하지만 편지 왕래가 필요 없다는 점에 대해선 저는 달리 생각합니다. 이 점에 대해서 우리 두 사람은 같은 생각이어야 합니다. 만약 생각이 다르다면, 서로 충분히 의사소통하지 못했거나, 서로 합의를 보지 못했기 때문이죠. 저는 이렇게 생각합니다.

물론 서로가 자유롭게 만난다면 편지 왕래는 거의 필요가 없을지도 모르지요. 편지로 무엇을 말해도, 서로 만나서 주고받는 한마디 말이나 눈길보다 못하고, 심지어는 침묵까지도 그것보다 더 잘 표현할 수 있으니까요. 이것은 아주 진실로 여겨져서 부인이 이제 서로 편지 왕래를 하지 말자고 말씀하셨을 때, 그 생각이 제 마음을 슬프게 하지는 않았습니다. 이것은 제가 당신의 가슴에 입을 맞추려고 할 때, 리본이나 엷은 옷이 걸리적거리면 그것을 단지 피할 뿐이지, 장애물이라고 생각하지 않는 것과 거의 비슷한 경우지요.

그러나 부인과 떨어져서 부인이 제 눈앞에 안 계실 때는 편지 생각이 나서 괴로웠습니다. 왜 이런 부자유를 견뎌야 하는지 모르겠군요. 아니, 떨어져 있으면 서로 할 말도 없어지는 건가요? 운이 좋아서 하루 종일 같이 지내게 되었다고 가정해 봅시다. 그때 이야기하는 시간과 향락하는 시간을 따로 가져야 하겠습니까? 네, 저는 향락하는 시간이라고 했습니다. 왜냐하면 당신 곁에 있으면 휴식하는 시간도 제게는 달콤한 향락을 안겨주니까요. 하지만 아무리 오랫동안 함께 있어도 결국은 헤어지게 마련이고, 혼자 있어야 합니다. 바로 이럴 때 편지는 고마운 역할을 하는 것이죠. 설사 편지를 읽지 않더라도 하다못해 바라보기는 합니다……. 물론 편지를 읽지 않고 바라볼 수는 있습니다. 밤에 제가 당신의 초상화를 만지면 희열에 잠길 수 있듯이 말입니다…….

제가 당신의 초상화라고 말했나요? 하지만 편지는 영혼의 초상화입니다. 그것은 싸늘한 그림처럼 사랑과 동떨어진 정적靜的인 면은 없습니다. 그것은 감정의 온갖 움직임을 따릅니다. 편지는 흥분하고, 즐기고, 휴식을 취합니다……. 당신의 감정은 하나도 빠짐없이 제게는 너무도 소중한 것입니다. 그런데 그 감정을 받아들일 수 있는 수단을 제게서 빼앗으려 하십니까?

　　　당신은 저에게 편지를 써야 할 필요성 때문에 괴로워할 일이 없으리라고 확신하시나요? 고독해서 가슴이 벅차오르거나 숨 막힐 때, 기쁨이 영혼 속까지 스며들 때, 슬픔 때문에 왠지 한동안 마음이 혼란스러울 때, 당신의 행복이나 고통을 벗의 가슴에 전해야 하지 않겠습니까? 당신은 벗과 함께 나눌 감정이 없단 말씀입니까? 당신은 고독하게 당신을 사모하고 있는 벗을 당신과 떨어져서 방황하게 내버려두실 작정입니까? 오, 부인……. 다정한 부인이여! 결정은 부인의 손에 달렸습니다. 저는 부인을 유혹하는 게 아니라, 단지 의논을 하고 싶었을 뿐입니다. 다만 이유를 말했을 뿐입니다. 만일 절실한 소원을 말했다면 더욱 강하게 나왔을지도 모릅니다. 그래도 부인께서 뜻을 굽히지 않으신다면, 저는 슬퍼하지 않도록 노력하겠습니다. 부인이 쓰고자 하시는 것을 자신에게 들려주도록 애쓰겠습니다. 그러나 같은 사실이라도 부인이 저보다 더 잘 말하겠지요. 또 그것을 부인에게서 직접 듣는다면 더 기쁘겠지요.

　　　그럼 이만. 당신을 뵐 시간이 마침내 다가왔습니다. 곧 당신에게 달려가기 위해 펜을 놓겠습니다.

제151신

발몽 자작이

메르테유 후작 부인에게

후작 부인, 오늘 저녁 당신을 만나러 갔을 때, 당신은 당스니와 마주 앉아 있었는데, 물론 당신은 내가 그것을 '우연한' 일이라고 속아 넘어갈 만큼 바보라고는 생각하지 않겠지요. 하기야 세련된 당신이 아무렇지도 않은 듯 조용한 표정을 능숙하게 짓지 않은 것도 아니고, 그렇다고 당황하거나 후회할 때 자기도 모르게 흘러나오는 말로 섣불리 본심을 드러낸 것도 아닙니다. 자유자재로 움직이는 당신의 시선이 당신을 위해 훌륭한 역할을 했다는 것도 시인합니다. 하지만 당신의 시선이, 말로 하는 것처럼 설득시키는 힘이 있었더라면, 내가 털끝만큼의 의심을 품거나 그것을 늘 간직하기는커녕, 이 '훼방꾼'으로 말미암아 당신이 처한 난처한 입장을 한순간도 의심하지 않았을 것입니다. 그러나 그처럼 훌륭한 재능을 헛되이 하지 않기 위해서는, 당신의 재능에 의해 예상되었던 성공을 얻기 위해서는, 끝으로 당신이 생각했던 대로 나를 현혹하기 위해서는 먼저 당신의 순진한 애인을 좀더 정성껏 교육해야 할 필요가 있었을 것입니다.

당신이 기왕 교육사업을 벌인 이상, 당신 제자에게 하찮은 농담에 얼굴을 붉히거나 당황하지 말라고 가르치시지요. 그리고 다른 여자들 문제라면 대수롭지 않게 넘어가면서도 유독 한 여자에게는 그렇게 유난스럽게 부정하려 들지 말라고 가르쳐주시지요. 끝으로 한 가지 더 말씀드린다면, 자기 스승에 대한 찬사를 들었을 때, 그 찬사를 제 것인 양하는 것을 의무로 여기지 않도록 가르쳐주십시오. 그리고 사람들이 있는 데서 제자가 당신을 보는 것이 허용될 때, 제자들이 졸렬하게도 사랑의 시선으로 혼동하여, 이내 쉽게 간파당하는 저 애인인 체하는 시선만은 감출 줄 알게 해주십시오. 그래야 제자를 공개 연습장에 내보내도 그 거동이 현명한 스승에게 화를 미치게 하지 않을 겁니다. 그리고 나로서도 당신의 명성에 이바지하는 것을 기쁘게 생각하기 때문에 이 새로운 학교의 교과과정을 만들어 공표하겠습니다.

그러나 그보다 먼저, 솔직히 말해서, 당신이 나를 마치 어린 학생 다루듯 했다는 데는 놀라지 않을 수 없습니다. 아! 다른 여자가 상대였다면 나는 지체 없이 복수를 가하고 얼마나 좋아했으리오! 그리고 그 기쁨은 상대방이 내게서 빼앗았다고 믿는 기쁨을 능가할 것이오! 그렇습니다. 내가 복수를 버리고 배상을 청구하는 것은 오로지 당신에 한해서입니다. 그리고 내가 사태를 확실히 모르고 있기 때문에 주저하고 있다고는 생각하지 마십시오.

당신은 나흘 전부터 파리에 있었지요. 그리고 당신은 매일 당스니를 만나고 있었습니다. 그것도 오직 당스니만을 말입니다. 오늘도 댁의 대문은 닫혀 있었죠. 댁의 문지기가 당신처럼 강한 기질을 가지고 있었던들 나는 당신 방까지 가지는 못했을 것입니다. 그러나 당신의 편지에 의하면, 당신이 파리에 오면 맨 먼저 제게 알려주기로 하지 않았나요? 당신은 출발하기 전날 쓴 편지에서 떠날 날짜를 아직은 알릴 수 없다고 했습니다. 이 사실을 부정하시겠습니까? 아니면 변명하시겠습니까? 그 어느 쪽도 불가능하겠죠. 하지만 나는 참고 있습니다. 그 점에서 당신의 지배력을 인정하십시오. 하지만 그 힘을 시도해 본 이상, 그것으로 만족하고 더 오랫동안 남용하지는 마십시오. 후작 부인, 우리는 서로를 잘 알고 있습니다. 이것만 말해도 충분할 것입니다.

내일은 하루 종일 외출하신다고요? 당신이 정말 외출한다면 좋겠습니다. 참말인지 거짓말인지는 알 수 있겠죠. 하지만 저녁때는 돌아오시겠지요. 사실상 우리들의 어려운 화해를 위해서는 그 다음 날까지도 시간이 모자랄 것입니다. 그러므로 우리 서로의 다양한 속죄의식이 이루어지는 곳이 당신 댁인지 아니면 '별장'인지 알려주십시오. 특히 당스니는 이제 그만 해두시지요. 당신의 머리는 분별력을 잃고 그 친구에 대한 생각으로 가득 차 있습니다. 그리고 나는 당신의 망상에 대해선 질투를 안 할 수가 있으나, 이제까지 단순한 환상에 지나지 않던 것이 이제부터는 진정으로 좋아할 수 있는 것이 된다는 사실을 염두에 두십시오. 나는 그런 모욕을 참고 견딜 사람이 아닙니다. 그리고 나는 당신에게 그런 모욕을 받으리라고는 생각하지 않습니다.

　　이만한 것을 당신이 별로 커다란 희생이라고 생각하지 않기를 바랍니다. 설혹 그 때문에 당신 마음이 쓰라리더라도, 나는 당신에게 훌륭한 본보기를 보여주었다고 생각하니까요. 오직 나만을 위해서 살았던 그 다정하고 아름다운 여인이 지금 이 순간 사랑과 슬픔으로 죽어가고 있단 말입니다. 나는 이 여인이 잘생기고 재능이 있어서 예의도 없고 지조도 없는 저 풋내기 학생보다는 한결 낫다고 생각합니다.

　　후작 부인, 안녕히 계십시오. 당신에 대한 나의 감정은 말하지 않겠습니다. 지금 내가 할 수 있는 것은 나의 마음을 살펴보지 않는 것입니다. 당신의 회답을 기다리고 있겠습니다. 회답을 주실 때는 이 생각을 하십시오. 당신이 나에게 준 모욕을 잊게 하는 것은 쉬운 일이지만, 그만큼 당신이 거절한다든지, 회답을 늦추면 제 마음에 지울 수 없는 상처를 남긴다는 사실을 말입니다.

제152신

메르테유 후작 부인이

밤몽 자작에게

　　자작님, 조심하세요. 그리고 이 겁 많은 사람을 잘 다루어주
세요. 어떻게 내가 당신의 분노를 예사로 여길 수 있으며, 특히 당신의
복수에 대해 두려워하지 않을 수 있겠어요? 더욱이 당신도 아시다시
피, 당신이 내게 음모를 꾸며도 나로서는 복수할 수 없는데 말이에요.
또 내가 무슨 말을 해도 당신은 화려하고 편안하게 사실 수 있을 것입
니다. 그런데 당신은 무엇을 두려워하십니까? 시간이 허용되면 여행이
라도 할 수 있지 않나요? 외국에 가서도 여기처럼 살 수 있지 않나요?
그리고 당신이 어디서 사시든 프랑스 궁전이 당신을 조용히 내버려둔
다면, 당신에게는 승리의 무대만을 바꾼 셈이 될 거예요. 이상의 교훈
적인 이야기로 우선 당신의 마음을 가라앉히고 본론으로 들어갑시다.

　　자작님, 당신은 왜 내가 결혼을 하지 않았는지 아세요? 그것
은 물론 훌륭한 혼처를 발견하지 못해서가 아닙니다. 그것은 오로지 내
가 하는 일에 간섭할 권리를 그 누구에게도 주기 싫어서입니다. 그렇다
고 결혼하면 내 마음대로 행동하지 못하는 것이 두려웠기 때문도 아니
에요. 나는 언제나 그렇게 할 수 있을 테니까요. 그러나 다만 누군가에
게 잔소리를 듣는 것은 기분 나쁜 일일 거예요. 결국 나는 필요 때문이
아니라 나의 즐거움을 위해 남을 속이고 싶었던 것입니다. 그러나 당신
의 편지를 보세요. 그것은 마치 상관이 자기 부하에게 하듯 억압적인
말투로 써졌더군요. 당신의 편지를 보면 나에게만 잘못이 있고, 당신은

은혜로 가득 차 있는 것 같더군요. 도대체 상대방에게 은혜를 입은 것이라곤 하나도 없는데, 무엇을 소홀히 했다는 것인지 알 수가 없군요!

보세요, 대체 무엇이 그렇게 문제가 되지요? 당신은 당스니가 우리 집에 와 있는 것에 대해 그렇게도 기분이 상했나요? 그렇다면 좋아요. 하지만 당신은 거기서 어떤 결론을 끌어냈죠? 그것은 내가 말한 바대로 우연의 결과였거나, 아니면 내가 말하진 않았지만 나의 의지의 결과였거나 둘 중의 하나겠지요. 전자의 경우라면 당신의 편지는 온당하지 못하고, 후자의 경우라면 우스꽝스러울 테니, 결국 편지 따위는 쓰지 않는 편이 좋았을 거예요. 하지만 당신은 질투를 하고 있어요. 질투를 하면 분별력을 잃게 되지요. 그렇다면 내가 당신을 대신해서 이치를 말씀드리지요.

당신이 경쟁자를 갖고 있거나, 경쟁자가 없다고 해봅시다. 만일 경쟁자가 있다면 자기가 선택을 받기 위해서는 환심을 사려고 노력해야 할 거예요. 어느 경우에든 취해야 할 행동은 같은 것이죠. 그런데 왜 당신은 사서 고생을 하시나요? 그리고 특히 나를 괴롭히시나요? 당신은 좀더 다정한 사람이 될 수 없나요? 이젠 당신의 성공에 대해서 자신이 없는 건가요? 자, 자작님. 당신은 자신에게 해가 되는 행동을 하고 있어요. 아니에요, 그게 아니지요. 당신이 보기에는 내가 그만한 노력을 기울일 만한 가치가 없는 여자이기 때문에 그런 것이지요. 당신은 나의 환심을 사려고 하기보다는, 당신의 힘을 남용하고 싶어해요. 자, 당신은 은혜를 모르는 사람이에요. 이런 말을 하고 보니 감정이 앞서게 되는군요. 이런 식으로 계속 쓰다간 정감이 넘치는 편지가 되고 말겠군요. 하지만 당신은 그런 편지를 받을 자격이 없어요.

더욱이 당신은 나에게 변명을 요구할 자격도 없어요. 나를 의심한 벌로 언제까지나 의심해 주세요. 내가 돌아온 시기나, 당스니가 우리 집에 온 것에 대해서나 아무것도 말하지 않겠어요. 그것을 알려고 고생깨나 하셨겠네요? 어떠세요, 좀 진척을 보셨나요? 거기서 많은 즐

거움을 보았다면 다행이에요. 그렇다고 해서 내 즐거움에 별로 방해가
되지는 않았으니까요.

　　　이런 까닭으로, 당신의 협박 편지에 대해서 내가 대답할 수
있는 것은, 그 편지가 나를 기쁘게 할 능력도 없고, 나를 위협할 능력도
없다는 것이에요. 다시 말하면, 지금 나는 당신의 요구에 응할 마음이
털끝만큼도 없다는 것입니다.

　　　솔직히 말씀드려서 지금의 당신을 받아들이는 것은, 당신을
배반하는 것과 같습니다. 그것은 나의 옛 애인과 다시 관계를 맺는 것
이 아니라, 옛 애인에 결코 미치지 않는 사람을 애인으로 삼는 것입니
다. 나는 그런 과오를 범할 만큼 옛 애인을 잊지는 않았어요. 내가 사랑
했던 발몽이란 분은 정말 매력이 있었어요. 이제껏 그렇게 사랑스런 분
을 만나지 못했다고 해도 좋아요. 아! 그러니, 자작님. 다시 그분을 만
나게 되면 부디 내게 데려다 주세요. 그런 분이라면 언제든지 만나겠습
니다.

　　　하지만 그분에게는 어쨌든 오늘이나 내일은 안 된다고 미리
알려주세요. 그 사람은 자기와 '쌍둥이' 같은 사람 때문에 피해를 보고
있으니까요. 그리고 서두르다간 나도 착각할 우려가 있으니까요. 가만
있자, 요 며칠 새에 당스니와 약속을 했는지도 모르니까요. 당신 편지
에 따르면, 누가 약속을 어기면 당신은 참지 못한다면서요. 그러니 며
칠 기다리셔야 할 겁니다.

　　　그러나 그렇게 한들 당신에게 뭐 대수겠어요. 경쟁자에겐 언
제나 복수할 수 있으니 말이에요. 당스니는 당신이 그의 애인에 대해서
한 것만큼 당신 애인에 대해서 나쁜 짓을 하지는 않을 거예요. 그리고
요컨대, 여자는 다 마찬가지라는 게 당신의 지론이지요? '오직 당신만
을 위해서 살고 있고, 그래서 결국 사랑과 슬픔으로 죽어가는' 그 여자
도 난생처음 품은 환상과 혹시라도 조롱받지 않을까 하는 두려움 때문
에 희생될 것입니다. 그런데도 당신은 상대방만이 해를 입기를 원하고

있으니, 그것은 공평하지 못한 일이에요.

　　　자작님, 그럼 이만. 옛날처럼 사랑스런 분이 되어주세요. 다정한 사람이 되어준다면 나는 그 이상 바라지 않겠어요. 그것을 확인하면, 곧 그것을 확인했다는 증거를 보여드리지요. 정말 나는 지나칠 정도로 마음이 좋은 사람이에요.

　　　　　　　　　　　　　　　17××년 12월 4일, 파리에서.

제153신

발몽 자작이

　　　　　　　메르테유 후작 부인에게

　　　서둘러 회답을 씁니다. 그리고 나는 가능한 한 명확하게 쓰겠습니다. 일단 내 말을 듣지 않으려고 작정한 당신이기에 그것이 용이한 일이 아니라는 것을 알고 있지만 말입니다.

　　　우리 둘 각자가 상대방을 파괴하는 데 필요한 모든 수단을 쥐고 있는 이상 피차 신중하게 처신하는 게 이롭다는 것쯤은 길게 이야기할 필요가 없겠지요. 따라서 그것은 여기서는 문제가 되지 않겠지요. 그러나 서로를 파멸시키는 난폭한 길과 예전처럼 좋은 사이로 지내는, 즉 옛 관계를 다시 회복해서 더욱 좋게 지내는 확실히 현명한 길이 있습니다. 이 두 갈래 길 사이에도 취할 수 있는 무수한 길이 있으므로, 예전에도 말한 바 있던, 오늘부터 내가 당신의 연인이냐 아니면 적이냐고 했던 질문을 지금 되풀이한다고 해도 우습게 넘겨버릴 일이 아닐 것입니다.

이러한 선택이 당신을 난처하게 만든다는 것, 또 당신으로선 어정쩡한 태도를 취하는 것이 더 좋다는 것을 나는 잘 알고 있습니다. 그리고 당신이 이렇게 가可와 부否 사이에 양자택일을 하는 것을 좋아하지 않는다는 것도 모르는 바 아닙니다. 그러나 당신이 이 궁지에서 빠져나가는 것을 방치해 두면 내게 위험하다는 것을 당신도 알고 있을 것입니다. 나란 사람은 그런 것을 참고 넘길 위인이 아니라는 것을 당신은 예전부터 알고 있을 것입니다. 이제 어느 쪽이든 당신이 결정할 차례입니다. 당신에게 선택의 자유는 남겨놓겠습니다만, 애매한 태도는 참지 않겠습니다.

다만 나로서는, 당신의 논리가 옳든 그르든 거기에 속아 넘어가지 않을 것이라는 사실과, 그럴듯하게 거절하려고 아첨해도 쉽사리 넘어가지 않을 것이라는 사실과, 또 지금이야말로 솔직함을 보여야 할 때라는 사실을 당신에게 경고하는 바입니다. 내 쪽에서 먼저 본보기를 보이는 것도 좋을 듯하군요. 즉 나는 평화와 단결을 선택한다고 기꺼이 선포하는 바입니다. 하지만 그중 어느 하나라도 파기치 않으면 안 된다면, 나도 그럴 수 있는 권리와 수단을 갖고 있다고 생각합니다.

따라서 당신 편에서 조금이라도 반대가 있다면 나는 그것을 진정한 선전 포고로 간주하겠습니다. 내가 요구하는 회답은 긴 문장도 아름다운 문장도 필요로 하지 않습니다. 두 마디 말이면 족합니다.

메르테유 부인의 회답
(같은 편지의 아래쪽 빈 자리에 쓴 것)

좋습니다. 전쟁을 선포합니다.

제154신

볼랑주 부인이

로즈몽드 부인에게

      투르벨 부인의 심각한 건강 상태는 제 말씀을 듣는 것보다 이 병상일지를 읽으시면 훨씬 잘 아시게 되리라고 생각합니다. 환자의 간호에 몰두하고 있는 터라 환자에 관한 일 외에 별다른 일이 없는 한 편지를 쓸 여유도 없답니다. 그런데 전혀 예기치 않은 일이 일어났습니다. 그것은 제가 발몽님으로부터 편지를 받았다는 사실입니다. 발몽님은 저를 자기의 의논 상대로서뿐만 아니라 투르벨 부인에 대한 중개자로 삼고 싶어한다는 것이었습니다. 그리고 제게 보낸 편지에 부인께 보내는 편지도 한 통 동봉되어 있더군요. 이 편지는 제 앞으로 온 편지에 회답을 보내면서 돌려보냈어요. 제 앞으로 온 편지를 보내드립니다. 당신도 저처럼 그분이 부탁하는 것을 들어줄 수 없음은 물론, 또 그래서도 안 된다고 생각하시리라고 믿습니다. 설사 그 부탁을 받아들였다 해도 가엾은 투르벨 부인은 내 말을 들을 수 없었을 것입니다. 부인은 줄곧 착란 상태에 빠져 있습니다. 하지만 발몽님의 이 슬픔에 대해선 어떻게 생각하시나요? 우선 그것을 믿어야 하나요, 아니면 그분은 마지막까지 세상 사람들을 속이려 한다고 생각해야 할까요? * 만일 이번에는 진심이라면, 그분은 자신을 불행하게 만든 셈입니다. 아마 그분은

---

* 이 서간집에서 이러한 의문을 해결해 줄 것이 전혀 발견되지 않았기 때문에 발몽의 편지는 싣지 않기로 했다.

저의 대답에 만족하지 않겠지만, 이 불행한 연애에 대해 생각할 때마다 저는 그 장본인에 대한 반감이 격화될 뿐입니다.

그럼 이것으로 줄입니다. 다시 슬픈 간호를 하겠어요. 간호를 해도 보람이 없으니 그만큼 한층 슬픈 간호랍니다. 안녕히 계십시오.

17××년 12월 5일, 파리에서.

제155신

발몽 자작이

당스니 기사에게

두 번이나 댁에 들렀지만, 당신이 연인 역할에서 염복가艶福家의 역할로 전환한 다음에는, 당연한 일이지만 뵙기가 어렵게 되었군요. 하지만 당신의 하인 말로는 당신이 오늘 밤 들어올 테니 기다리라는 지시를 받았다는군요. 그래도 당신의 계획을 잘 알고 있는 저로서는, 당신이 잠시 들러 옷을 갈아입고 즉시 빛나는 원정길에 오를 것이라고 짐작했습니다. 어쨌든 좋습니다. 축하를 보내지 않을 수 없군요. 그러나 어쩌면 오늘 밤 당신은 원정의 방향을 바꾸고 싶어할지도 모르겠군요. 당신은 아직 사태의 반밖에 모르고 있습니다. 그 나머지 반을 알려줄 테니, 아시고 난 다음 결정해 주십시오. 그러니 이 편지를 천천히 읽어주십시오. 이것은 당신에게서 즐거움을 뺏자는 것이 아닙니다. 오히려 여러 가지 즐거움 속에서 당신이 어느 하나를 선택하게 하는 것이외의 다른 목적은 없으니까요.

만일 내가 당신에게 완전한 신뢰감을 얻고 있었다면, 그리고 당신의 비밀 가운데 내가 추측하고 있는 부분을 당신 입으로 직접 들었다면, 나도 적절한 때에 사정을 알았을 터이고, 그러면 교묘한 대책을 강구해서 오늘처럼 당신의 일을 방해하는 일은 생기지 않았을 것입니다. 그러나 이제 그런 이야기는 해서 무엇 하겠습니까? 현재의 상태에서 출발하기로 하지요. 어떤 입장을 취하든, 부득이한 수단도 상대방에게 행복을 가져다줄 수 있습니다.

당신은 오늘 밤 약속이 있지요? 당신이 사모하는 아름다운 여인과 말입니다. 당신 나이 때에는 어떤 여잔들 사랑하지 않을 수 있겠습니까? 최소한 일주일 동안이라도 말입니다! 더욱이 밀회의 장소가 더한층 당신을 즐겁게 하겠지요? 그윽하고 '당신만을 위해서 마련된' 아담한 별장이 자유와 비밀의 매력으로 쾌락을 화려하게 장식해 줄 것입니다. 만사가 다 준비되어 있고 상대방은 당신을 기다리고 있으니 빨리 가고 싶어 못 견디겠지요. 당신은 이 일에 대해선 아무 말도 하지 않았지만, 당신도 나도 잘 알고 있는 사실입니다. 이번엔 당신이 모르는 사실을 말씀드리죠.

파리에 돌아온 이후 나는 줄곧 당신을 볼랑주 양에게 접근시킬 수단을 찾으려고 애썼습니다. 그것이 전부터 한 약속이기도 하니까요. 더욱이 일전에 그 일에 대해서 이야기했을 때, 당신의 대답—아니 당신의 흥분이라고 표현해도 좋을지 모르겠습니다—을 듣고 나는 곧 그 일이 당신의 행복과 직결되는 문제라고 판단했습니다. 나 혼자의 힘으로는 도저히 성사시킬 수 없는 일이었죠. 그러나 나는 모든 수단을 마련했고, 나머지는 당신 애인의 성의에 맡겼지요. 볼랑주 양은 나의 경험에는 없는 수단을 사랑에서 발견했어요. 당신에게는 불행이겠지만, 볼랑주 양은 마침내 성공했습니다. 오늘 저녁 볼랑주 양에게 들은 바로는, 이미 이틀 전에 모든 장애는 제거되었다는 것입니다. 이제 당

신의 행복은 당신 마음먹기에 달렸습니다.

또 이틀 전부터 볼랑주 양은 이 소식을 직접 당신에게 알리고 싶은 마음에 부풀어, 모친이 부재중인데도 당신을 맞아들이려고 했습니다. 하지만 당신은 얼굴 한번 비치지 않더군요! 당신에게 다 말씀드리지만, 변덕 때문인지 아니면 다른 이유가 있든지 볼랑주 양은 당신의 무성의를 보고 약간 기분이 상한 것 같습니다. 결국 아가씨는 나를 곁에 불러낼 수단을 찾아내서 여기에 동봉하는 편지를 가능한 한 빨리 당신에게 전할 약속을 하게 했죠. 아가씨가 서두르는 것으로 보아 오늘 밤에 만나자는 내용 같더군요. 어쨌든 나는 자신의 명예와 우정을 걸고 오늘 중으로 이 연문戀文을 당신에게 전해 주겠노라고 약속한 이상, 나는 내 약속을 어길 수도 없고 또 어기고 싶지도 않습니다.

사정이 이렇게 되었으니 이제 당신은 어떤 태도를 취하겠습니까? 교태와 사랑, 쾌락과 행복 중 어느 것을 택하시겠습니까? 삼 개월 전의, 아니 일주일 전의 당스니 기사라면 그 마음을 익히 잘 알고 있으니까 어떤 태도를 취할지 알 수 있겠지요. 그러나 여자들에게 인기 절정에 올라 있고, 사랑을 찾아다니고, 세상 풍습대로 약간 간악하게 된 오늘의 당스니 기사는 완전히 '닳고 닳은' 여자의 매력을 버리고, 오직 아름다움과 순진한 사랑밖에는 아무런 장점도 지니지 않은 정말 내성적인 아가씨를 택할 수 있을까요?

당신은 새로운 주의主義—솔직히 말해서 이 주의는 어느 정도는 나의 주의이기도 하지만—를 가졌겠지만, 만일 나라면 사정을 보아 젊은 연인을 택할 것입니다. 그렇게 하면 애인도 하나 더 느는 셈이고, 또 숫처녀인 데다가, 따는 것을 잊음으로써 애써 키운 과실을 잃어버릴 염려도 생기기 때문입니다. 결국 그렇게 되면 당신 편에서는 정말 절호의 기회를 놓치는 셈이 될 것입니다. 특히 첫사랑의 경우에는 이런 기회가 늘 오는 것은 아니지요. 한순간의 화, 약간의 질투만으로도 가장 빛나는 승리가 좌절될 수 있습니다. 물에 빠진 정조는 지푸라기라도 잡으려고 하지요. 하지만 일단 위험에서 벗어나면 바짝 경계태세를 갖추고 있어서 쉽사리 함락되지는 않습니다.

그 반면, 다른 쪽 여자에게선 무슨 위험이 있겠습니까? 절교를 당할 위험이 전혀 없을 테고, 기껏해야 약간의 불화 정도가 있겠지요. 이럴 경우 조금만 애쓴다면 쉽게 화해할 수 있을 것입니다. 이미 몸을 맡긴 여자가 관대함 외에 어떤 태도를 취할 수 있겠습니까? 엄격하게 나온다고 해서 무슨 이득을 취할 수 있겠습니까? 쾌락을 잃을 뿐이지 자신의 명예를 위해선 아무런 보탬도 안 될 것입니다.

만일 당신이 사랑을 택한다면, 그것이 타당한 태도라고 생각되지만, 약속을 어긴 것에 대해 굳이 변명을 하지 않는 것이 현명하리라고 생각합니다. 당신이 이유를 대면, 상대방은 그것을 확인해 보려고 달려들 테니까요. 여자들이란 호기심이 많고 끈덕져서 무엇이든 폭로되고 마니까요. 당신도 아시다시피 나도 최근 그런 경우를 겪었지요. 하지만 당신이 희망을 남겨두면, 희망은 허영심에 의해 지탱되므로 사실을 입수하기 좋은 때가 지나야 희망은 사라지지요. 그렇게 되면 당신은 내일 어쩔 수 없는 구실을 골라잡으면 됩니다. 병이 났다든가, 필요하다면 죽었다든가, 아니면 그 밖에 절망적인 이유를 댄다면 만사는 원만히 해결될 것입니다.

여하튼 어느 쪽을 택하든 나에게 알려주십시오. 나와는 이해관계가 없으므로 당신이 어느 쪽을 선택하든 상관없습니다. 그럼 안녕히 계십시오.

한마디 덧붙이고 싶은 것은, 내가 너무도 투르벨 부인을 그리워하고 있다는 사실이오. 부인과 헤어져서 정말 슬프오. 내 생명의 반을 부인의 행복을 위해 바칠 수 있다면 더 바랄 게 없겠소. 아! 인간은 참으로 사랑에 의해서만 행복해지는가 싶소.

제156신

세실 볼랑주가

당스니 기사에게(앞의 편지에 동봉된 것)

뵙고 싶은 마음은 늘 굴뚝같은데, 이제 뵐 수 없으니 어떻게 된 일인가요? 이제 당신은 저만큼 그것을 원하고 있지 않나 보지요? 아! 지금 저는 얼마나 슬픈지 모릅니다. 예전에 완전히 떨어져 있을 때보다 더 슬프답니다. 그때는 남들 때문에 괴로웠는데, 이젠 당신 때문에 괴로워하다니, 그것이 더욱 저를 슬프게 해요.

며칠 전부터 엄마가 집에 계시지 않는 것을 당신도 알고 계시나요? 그러므로 저는 당신이 행여 이 자유로운 시간을 이용해 주시리라고 생각했습니다. 그러나 당신은 나 따위는 생각하고 있지 않습니다. 저는 정말 가엾은 여자예요! 당신은 제게 무정한 사람이라고 그토록 자주 말씀하셨지요! 하지만 그 반대라는 것을 저는 잘 알고 있었어요. 여기 그 증거가 있어요. 만일 저를 보러 오신다면, 당신은 저를 보실 수 있을 거예요. 왜냐하면 저는 당신 같은 사람이 아니니까요. 저는 오로지 두 사람이 만날 수 있는 방법만을 생각하고 있어요. 제가 그러기 위해서 어떻게 했는지, 그리고 얼마나 애를 썼는지 당신은 들을 자격이 없지만, 너무도 당신을 사랑하고 있으니까, 또 너무도 당신이 보고 싶어서 말씀드리지 않을 수 없군요. 그리고 나서 당신이 실제로 저를 사랑하고 있는지 아닌지 알 수 있을 겁니다.

나는 문지기가 우리 편이 되게 조처했답니다. 문지기는 당신이 오실 때에는 언제라도 못 본 체하고 통과시켜 주겠다고 약속했어요.

그 사람은 정직한 사람이니까 믿어도 돼요.

　　문제는 집 안에 들어와서 사람 눈에 띄지 않게 하는 것인데, 그것도 어려운 일은 아니에요. 아무것도 두려워할 게 없는 저녁에 오시면 되니까요. 엄마는 매일 외출하면서부터 언제나 11시에 주무십니다. 그래서 시간 여유는 충분하답니다.

　　문지기는 당신이 오실 경우 문을 두드리지 말고 창문을 두드리면 곧 열어주겠다고 합니다. 문을 지나면 작은 계단에 있으세요. 등불을 가져올 수 없을 테니까 제가 방문을 조금 열어두고 있겠어요. 이것으로 앞은 보이겠지요. 그리고 특히 엄마 방 문 앞을 지나치실 때는 소리를 내지 않도록 조심해 주세요. 몸종의 방 입구는 신경 쓰지 않아도 돼요. 상관하지 않겠다고 내게 약속했으니까요. 참 좋은 하녀예요. 그리고 돌아가실 때도 마찬가지예요. 이제 당신이 오시기만 하면 만날 수 있어요.

　　당신에게 편지를 쓰면서 왜 이다지도 마음이 두근거리는지요! 이처럼 마음이 설레는 것은 무언가 나쁜 일이 일어날 것 같아서 그런가요, 아니면 당신을 만나게 돼서 그런가요? 확실한 것은, 이제껏 당신을 이토록 사랑해 본 적이 없다는 것과, 또 이처럼 제 마음을 당신에게 말하고 싶은 적이 없다는 사실이에요. 그러니 제발 와주세요. 당신을 사랑하고 있다는 사실과, 당신을 열렬히 사모한다는 사실과, 당신이외의 그 누구도 결코 사랑하지 않겠다는 사실을 몇 번이라도 되풀이하고 싶으니까요.

　　저는 발몽님에게 할 말이 있다는 것을 전할 수 있었어요. 그분은 친절한 분이므로 내일 틀림없이 오실 거예요. 그러면 이 편지를 당신께 곧 전해 달라고 부탁할 거예요. 그럼 내일 밤 당신을 기다리고 있겠어요. 당신의 세실을 괴롭히지 않으시려면 꼭 오세요.

　　그럼 이만. 당신에게 진심으로 키스를 보냅니다.

제신

당스니 기사가

발몽 자작에게

자작님, 내 마음과 내 행실을 의심하지 마십시오. 어찌 내가 세실의 소망을 거역할 수 있겠습니까? 아! 내가 사랑하고 있고, 영원히 사랑할 여자는 세실, 오직 세실밖에 없습니다. 세실의 순진함과 다정함은 내게는 더할 나위 없는 매력이고, 마음이 약해 잠시 잊었다고는 하지만, 그 매력은 결코 지워지지 않을 것입니다. 말하자면 나도 모르는 사이에 다른 사랑에 발을 들여놓았지만, 쾌락의 절정에 있을 때도 세실 생각이 나서 마음이 산란한 적이 한두 번이 아닙니다. 세실에게 부정不貞을 저지르는 순간에도 내 마음은 어쩌면 훨씬 진실한 존경을 바쳤을지도 모릅니다. 하지만 세실의 섬세한 마음을 생각해서 나의 과오를 숨기기로 하지요. 세실을 속이기 위해서가 아니라 그녀를 상심시키지 않기 위해서죠. 세실의 행복이야말로 나의 가장 열렬한 소망입니다. 어떤 과오라도 그 여자에게 눈물을 흘리게 하는 것이라면, 나는 자신을 용서하지 못할 것입니다.

당신이 나의 새로운 주의라고 부른 것을 비웃으세요. 나는 그 비웃음을 들을 만합니다. 하지만 지금 나의 행동은 이 주의에 따라 움직이는 것이 아님을 믿어도 좋으실 것입니다. 나는 내일이라도 그것을 증명해 보일 작정입니다. 나는 나의 방황의 원인이며, 나와 마찬가지로 방황하는 사람 앞에서 자신의 죄를 고백하고 이렇게 말할 것입니다.

"내 마음을 이해해 주십시오. 내 마음은 당신에 대해서 가장 깊은 우정을 지니고 있습니다. 욕망과 결합된 우정은 사랑과 흡사합니다……! 우리 두 사람은 모두 착각했습니다. 그러나 과오를 저지를망정 나는 성실하지 않은 사람은 아닙니다."

나는 세실을 잘 알고 있습니다. 세실은 정직하고 또 관대합니다. 그녀는 나의 말에 찬성해 주는 것 이상으로 나를 용서해 줄 것입니다. 그녀 자신도 자신이 우정을 배반했다고 자책했었고, 그 때문에 사랑이 위협받은 적도 있었습니다. 그러나 세실은 나보다 현명하기 때문에 내가 대담하게도 그녀의 마음속에서 억누르려고 했던 유익한 두려움을 내 마음속에서 강하게 해줄 것입니다. 내가 당신 덕분에 행복해진 것처럼, 그 사람 덕분에 훌륭하게 될 것입니다. 오! 나의 벗들이여, 나의 감사를 함께 받아주십시오. 당신들 덕택에 행복을 얻는다면, 그 행복은 더욱 소중하게 됩니다.

안녕히 계십시오. 이처럼 기쁨의 절정에 있지만 나는 당신의 괴로움을 생각하고, 당신에게 동정을 보내지 않을 수 없군요. 당신에게 도움을 줄 수 있으면 좋으련만! 투르벨 부인은 여전히 태도를 굽히지 않고 있나요? 아프다는 소문도 들었습니다. 참으로 당신을 동정해 마지않습니다. 아무쪼록 부인이 건강과 너그러움을 되찾아서 당신을 영원히 행복하게 할 수 있기를 기원합니다. 이것은 우정의 소망입니다. 그리고 이 소망이 사랑을 통해 이루어지기를 바라고 있습니다.

더 오래 이야기하고 싶지만, 시간이 촉박하군요. 아마 세실이 벌써 기다리고 있는지도 모르겠습니다.

제158신

발몽 자작이

메르테유 후작 부인에게(자고 일어나서 쓴 편지)

후작 부인, 전날 밤의 쾌락은 어떠했는지요? 조금 피곤하지 않으십니까? 당스니라는 친구, 참 매력적이지요? 그런 풋내기가 그와 같은 짓을 할 줄은 꿈에도 생각하지 못하셨겠지요. 그만한 경쟁자라면 내가 희생할 만하다는 것을 인정해 드리지요. 솔직히 그는 좋은 점이 아주 많지요. 특히 그의 애정, 지조, 섬세한 마음씨는 이루 말할 필요도 없지요. 아! 당신이 세실처럼 당스니에게 사랑을 받는다면 당신은 어떤 경쟁자가 있더라도 걱정할 일이 없을 것입니다. 그것은 어젯밤 그가 증명한 그대로입니다. 다른 여자가 애교를 부려서 당신에게서 그를 잠시 빼앗아갈지도 모릅니다. 젊은 사람은 도발적인 교태에는 약한 법이니까요. 그러나 당신도 보시다시피 사랑받는 여성의 단 한마디 말로도 그런 미망에서 깨어날 수 있지요. 따라서 당신이 완전하게 행복해지려면 사랑받는 입장에 놓이면 됩니다.

물론 당신은 사태를 간파하셨겠지요. 당신은 무서울 정도로 정확한 육감이 있으니까요. 우리 두 사람을 맺어주는 우정의 이름으로, 그러니까 나로서는 진지하며, 당신도 인정하고 있는 우정에서 나는 당신을 위해 어젯밤의 시련을 생각했던 것입니다. 따라서 그것은 나의 열성의 소산이지요. 그리고 그것은 성공했습니다. 그러나 결코 감사할 필요는 없습니다. 이보다 쉬운 일은 없으니까요.

요컨대 별로 대수로운 일이 아니지요. 약간의 희생을 치렀다

는 것과 속임수를 조금 썼을 뿐입니다. 나는 이 젊은이와 함께 그의 애
인의 호의를 같이 나눠 갖기로 승낙했지요. 하기야 이 친구도 나만큼의
권리가 있으니까요. 나는 그래도 전혀 개의치 않습니다. 아가씨가 쓴
편지는 내가 불러준 대로 쓴 것입니다. 하지만 그것은 단지 시간을 절
약하기 위해서죠. 왜냐하면 우리는 시간을 더 잘 쓸 필요가 있기 때문
입니다. 내가 보낸 편지는 별로 대수로운 게 아니었습니다. 새로운 연
인의 선택을 지도하기 위한 몇 가지 우정 어린 충고를 했을 따름입니
다. 그러나 솔직히 말해서 그런 충고는 필요조차 없었습니다. 사실 그
는 조금도 주저하지 않았으니까요.

　　그리고 당스니는 순진하게 오늘 당신 집에 가서 죄다 고백할
것입니다. 물론 그의 이야기는 당신을 매우 기쁘게 할 것입니다! 그는
당신에게 '내 마음을 이해해 주십시오'라고 말하겠지요. 그가 내게 그
렇게 말했으니까요. 물론 그 한마디로 모든 것이 해결되겠지요. 그가
무엇을 원하는지를 이해하게 된다면, 아마 거기서 젊은 애인들도 그들
나름대로의 위험이 있다는 것을 당신은 읽을 것입니다. 그리고 나 같은
사람을 적으로 두기보다는 차라리 친구로 삼는 편이 더 좋을 것이라고
생각하게 될 겁니다.

　　안녕히 계십시오, 후작 부인. 다음 만날 때까지.

제159신

메르테유 후작 부인이

발몽 자작에게 (쪽지에 쓴 것)

악랄한 수법에다 저질스러운 농담까지 덧붙이니 정말 싫군요. 그러한 짓은 내가 취할 수법도 아니고, 내 취미에도 맞지 않아요. 나는 누군가에게 원한을 가졌다고 해서 조롱 따윈 하진 않아요. 내가 하는 것은 그보다 더 멋진 것, 즉 복수지요. 지금이야 당신은 득의만면하고 있겠지만, 당신은 일이 다 끝나기도 전에 혼자 기뻐한 적이 한두 번이 아니라는 것을 잊고 있지는 않겠지요. 당신이 승리에 취하고 있는 바로 이 순간, 그 승리에 대한 소망이 수포로 돌아가고 있다는 사실을 명심해 두세요. 이만 그칩니다.

제160신

볼랑주 부인이

로즈몽드 부인에게

      가엾은 투르벨 부인의 방에서 소식 전합니다. 부인의 상태는 대체로 변함없는 상태입니다. 오늘 오후 네 분 의사의 진찰이 있기로 예정돼 있습니다. 슬픈 일이지만, 그것은 아시다시피 환자를 살린다기보다 위험한 병세를 확인하는 경우가 많습니다.

      하지만 어젯밤에는 부인이 약간 제정신으로 돌아왔나 봅니다. 오늘 아침 하녀가 제게 전한 바에 따르면, 자정 즈음 부인이 하녀를 불러 다른 사람들은 다 나가게 한 다음, 하녀에게 상당히 긴 편지를 받아쓰게 했답니다. 그리고 줄리의 말에 의하면, 자기가 그 편지를 봉하고 있을 때 투르벨 부인이 다시 발작을 일으켜서 수취인을 누구로 할지 모르게 됐답니다. 편지의 내용을 아는데 수취인을 모른다는 것이 이상스럽긴 했지만, 줄리는 실수를 할까 봐 걱정했고, 또 부인이 곧 발송하라고 했으므로, 제가 책임을 지고 봉한 편지를 뜯어보기로 했습니다.

      여기에 씌어 있는 것을 당신에게 보냅니다. 사실 이 편지는 여러 사람 앞으로 씌었기 때문에 누구에게 보내는지 알 수가 없어요. 저는 처음에 부인이 발몽님 앞으로 편지를 쓰려고 하지 않았나 하고 생각했어요. 하지만 부인은 자신도 모르는 사이에 머리가 혼란스러워졌나 봅니다. 어쨌든 저는 이 편지가 누구에게도 발송돼서는 안 된다고 생각했습니다. 그래서 당신에게 보내기로 했습니다. 왜냐하면 병자가 무엇 때문에 번민하고 있는지 제가 말씀드리는 것보다는 이 편지를 읽으시면 당신이 훨씬 더 잘 이해하시리라고 생각했기 때문입니다. 부인이 이처럼 괴로워하고 있는 한, 희망은 거의 없는 것 같군요. 마음이 이처럼 침착함을 잃고 있다면, 몸은 회복되기가 어려울 듯합니다.

안녕히 계십시오, 부인. 제가 끊임없이 보고 있는 이 서글픈 광경에서 떨어져 계시는 것이 그나마 다행입니다.

17××년 12월 6일, 파리에서.

제161신

투르벨 부인이

수취인불명

잔인하고 악랄한 사람이여! 당신은 나를 학대하는 데 싫증이 나지도 않습니까? 나를 괴롭히고, 타락시키고, 더럽힌 것도 부족해서 무덤의 평화까지도 빼앗으려고 하시나요? 치욕 때문에 어쩔 수 없이 몸을 망친 이 나를 괴롭히려 하시나요? 아직도 내게 할 말이 있나요? 당신 말을 들을 수도, 당신 말에 대꾸할 수도 없게 나를 이 지경으로 만들지 않았나요? 나에게서 아무것도 기대하지 마세요. 그럼 이만.

17××년 12월 6일 밤, 파리에서.

제162신

당스니 기사가

밤몽 자작에게

    당신이 내게 어떤 짓을 저질렀는지 이제 알았소이다. 그리고 나를 비열하게 속여먹은 것도 부족해서 그것을 대단한 자랑으로 삼고 있다는 사실도 알았소이다. 당신의 손으로 쓴 배신의 증거를 내 눈으로 똑똑히 보았소이다. 내 마음은 상처를 받았고, 나의 맹목적인 신뢰를 악용한 당신의 가증스런 행위에 일조했다는 것을 나 자신은 부끄럽게 여기는 바요. 그렇다고 해서 나는 당신의 수치스러운 승리를 부러워하는 것은 아니오. 다만 나는 지금 당신이 모든 점에서 나에게 승리를 거둘 수 있는지 알고 싶은 마음밖에는 없소이다. 그러니 내일 아침 8시와 9시 사이에 생망데 마을에 있는 뱅센 숲 입구로 나와주시오. 당신과 나의 대결에 필요한 모든 것은 내가 갖추어놓겠소이다.

제163신

베르트랑이

로즈몽드 부인에게

　　소식을 알려드리면 마님께서 상심하실 것을 알면서도, 알려드리는 것이 소인의 의무라 믿고 본의 아니게 펜을 들게 되었습니다. 마님의 인내심은 누구나 경탄해 마지않으니, 이번에도 그 인내심을 마님께 바라는 바입니다. 인내심만이 우리의 불행한 삶을 가득 채우고 있는 고통을 견딜 수 있게 해주니까요.

　　마님의 조카님이…… 오! 하느님! 존경하는 마님을 이렇게 괴롭히지 않으면 안 되요! 조카님은 오늘 아침 당스니 기사와의 결투에서 불행하게도 숨을 거두셨습니다. 무슨 곡절에서 결투를 하셨는지는 모르겠지만, 자작님의 호주머니에 남아 있는 편지에 의하면, 자작님이 먼저 결투를 신청한 것 같지는 않습니다. 이 편지를 마님께 보내드립니다. 그런데 하느님은 왜 하필 자작님을 돌아가시게 하셨는지요!

　　소인은 자작님을 기다리느라고 댁에 있었는데, 그때 사람들이 자작님을 댁으로 모셔왔습니다. 자작님이 온통 피투성이가 되어 하인 두 사람에 의해 실려왔을 때의 소인의 놀라움을 헤아려주십시오. 자작님은 몸에 두 군데나 상처를 입으시고 벌써 중태에 빠지셨습니다. 당스니 기사도 따라왔는데, 그분도 울고 계셨습니다. 물론 울어야지요. 하지만 돌이킬 수 없는 일을 저질러놓고 눈물을 흘린들 무슨 소용이 있겠습니까!

　　소인은 제정신이 아니라 미천한 신분임을 잊고 당스니 기사에게 생각나는 대로 거침없이 말했습니다. 그러나 자작님이 정말 고결하신 성품을 나타내신 것은 바로 이때였습니다. 그분은 저보고 잠자코 있으라고 말씀하셨습니다. 그러고는 자신을 가해한 자의 손을 붙잡고 벗이라 부르시면서 우리들이 보는 앞에서 입을 맞추시고는 이렇게 말씀하셨습니다. "이분에게 훌륭한 신사에 대한 모든 예를 갖추어라"라고 말입니다. 게다가 자작님은 기사에게 소인이 보는 앞에서 매우 두툼한 서류를 건네셨습니다. 소인은 그것이 무엇인지는 모르지만, 자작님이 매우 소중히 여기시는 서류라는 것은 알고 있었습니다. 이어 자작님은 잠시 당스니 기사와 둘만 있게 해달라고 했습니다. 그동안 소인은 곧 신부님과 의사를 부르러 사람을 보냈지요. 하지만 손쓸 사이도 없었습니다. 반 시간도 채 못 되어 자작님은 의식을 잃으셨습니다. 병자성사만을 겨우 받으셨는데, 의식儀式이 끝날까 말까 할 때쯤 숨을 거두셨습니다.

오! 명문의 기둥으로 태어나셨을 때 자작님을 소인의 두 팔로 안았는데, 같은 팔에 안겨서 돌아가시고, 소인이 그 죽음을 슬퍼하게 될 줄이야 어찌 그때는 예측할 수 있었겠습니까? 이렇게도 빨리, 이렇게도 불행하게 돌아가시다니요! 눈물을 참으려고 해도 참을 수가 없습니다. 저같이 미천한 사람이 마님과 슬픔을 같이하는 것을 용서해 주십시오. 하지만 인정에는 신분의 고하가 없나 봅니다. 소인에게 갖가지 은혜를 베풀어주시고, 두터운 신망으로 저를 명예롭게 하신 주인님의 죽음을 제 한평생 애도하지 않는다면 저는 배은망덕한 자가 되고 말 것입니다.

내일 유해를 안장한 다음, 집안 전체를 봉인하겠사오니 이 점 저에게 맡기시고 안심하시옵소서. 이 불행한 사건으로 말미암아 법정상속인 지정은 무효가 되었으니 마님의 재산 처분은 자유롭게 되었습니다. 제가 도움이 된다면 무엇이든 시키십시오. 성심성의껏 분부를 시행하겠습니다. 삼가 이것으로 줄입니다.

17××년 12월 8일, ××저택에서.

제164신

로즈몽드 부인이

베르트랑에게

      방금 자네의 편지를 받고 그 끔찍한 결투로 조카가 죽었다는 사실을 알았네. 물론 자네에게 부탁할 일이 여러 가지 있네. 자네가 처리해야 할 용무가 있기 때문에, 나는 절망적인 슬픔도 잊고 다른 일을 생각할 수 있는 것이네.

      보내준 편지는 결투를 신청한 사람이 당스니라는 사실에 대한 피할 수 없는 증거가 되니, 자네가 즉시 나의 대리인으로서 고소해 주기를 바라네. 타고난 아량으로 조카는 자기의 적인 살해자를 용서함으로써 만족할지 모르나, 나는 조카의 죽음과 인도주의와 종교를 위해 복수를 하지 않을 수 없다네. 아직도 우리의 풍습을 더럽히고 있는 이 야만적인 잔재를 일소하기 위해서는 아무리 준엄한 법의 제재를 가해도 지나치지 않다고 생각하네. 인간의 죄를 용서하라는 하느님의 계율도 이 경우에는 해당되지 않는다고 생각하네. 따라서 자네는 이번 일에 가능한 한 최대한의 성의를 갖고 일해 주기를 바라네. 자네라면 반드시 할 수 있으리라 생각하며, 또 나의 조카를 위해서도 꼭 그렇게 해야만 한다고 생각하네.

      우선 나 대신 ××재판장을 만나서 상의하기 바라네. 한시라도 빨리 이 슬픔에 젖고 싶으니, 재판장에게 내가 몸소 편지를 쓰지는 않겠네. 아무쪼록 그분에게 나의 양해를 구하고 이 편지를 보여드리게.
      자네의 갸륵한 마음에 깊이 감사하며 이만 줄이겠네.

제165신

볼랑주 부인이

로즈몽드 부인에게

　　조카님의 죽음에 대해서는 이미 알고 계시리라 믿습니다. 발몽님에 대한 당신의 애정은 평소에 저도 잘 알고 있는 바입니다. 삼가 애도의 뜻을 표합니다. 그런데 슬퍼하고 계시는 터에 또 불행한 소식을 전해 드리게 돼서 정말 마음이 아프군요. 가엾은 투르벨 부인을 위해 눈물을 흘려주시지 않으면 안 되겠어요. 부인은 어젯밤 11시에 숨을 거두었습니다. 부인에게 따라붙는 숙명의 힘에 의해서인지, 아니면 인간의 신중함을 우롱하는 숙명의 힘에 의해서인지 부인은 발몽님이 숨을 거두고 난 다음 목숨이 붙어 있는 짧은 시간 동안에 발몽님의 사망을 알았습니다. 그래서 부인 자신이 말한 것처럼, 엄청난 불행 속에서 쓰러지는데도 불행이 극도에 다다를 때까지 기다리지 않으면 안 되었던 것입니다.

　　당신도 아시다시피, 사실 투르벨 부인은 이틀 이상을 의식불명의 상태로 있었지요. 어제 아침 의사가 왕진하러 와서 저와 함께 병상에 다가갔을 때만 해도, 부인은 저희 두 사람을 전혀 알아보지 못해서 우리에게 한마디 말이나 조그만 몸짓조차 하지 않았답니다. 그런데 저희가 벽난로가 있는 데까지 미처 가기도 전, 의사가 제게 발몽님의 죽음을 가져온 불행한 사건에 대해 알려주는 사이에 불쌍한 부인은 완전히 제정신을 회복했어요. 이런 변화가 우연히 일어났는지, 아니면 '발몽 자작', '죽음'이라는 말이 되풀이돼 들리면서, 병자에게 오랫동

안 사무쳐왔던 생각을 일깨워준 결과로 일어났는지는 모르겠습니다.

　　원인이야 어떻든 부인은 황급히 침대의 커튼을 열어젖히고 "아니, 무슨 말씀이에요? 발몽님이 돌아가셨다니요?"라고 외쳤습니다. 저는 처음엔 부인이 말을 잘못 들었다고 말해 주었습니다. 하지만 부인은 곧이듣지 않고 의사에게 처음부터 그 끔찍한 이야기를 다시 해달라고 졸랐습니다. 그리고 나를 부르고는 작은 목소리로 "왜 저를 속이려고 하시나요. 그분은 제게는 이미 죽은 사람이 아닌가요?"라고 말을 하더군요. 이렇게 되니 말할 수밖에 달리 어쩔 도리가 없었습니다.

　　처음에 부인은 조용하게 듣고 있었지만 조금 있다가 이야기를 중단시키며 "됐어요, 이젠 그만 해줘요"라고 말했답니다. 부인은 곧 커튼을 닫게 했습니다. 그리고 의사가 간호를 하려 해도 완강하게 가까이 오지 못하게 했습니다.

　　의사가 돌아가자 부인은 간호부와 하녀도 물러가게 했습니다. 우리 둘만이 남게 되자, 부인은 침대 위에 무릎을 꿇을 수 있게 도와달라고 부탁했습니다. 부인은 그런 자세로 한동안 말없이 있었습니다. 끊임없이 흘러내리는 눈물 외에는 아무런 표정도 없었습니다. 이윽고 손을 합장한 채로 높이 들고는 나약하면서도 열띤 목소리로 말했습니다.

　　"전지전능하신 하느님이시여! 당신의 심판을 달게 받겠습니다. 하지만 발몽은 용서해 주십시오. 저의 불행은 제 탓입니다. 발몽을 견책하지 마십시오. 부디 자비를 내려주옵소서!"

　　당신의 슬픔을 새롭게 하고 더욱 깊게 하는 것인 줄 알면서도 이렇게 자세히 쓰는 것은 투르벨 부인의 기도가 부인에게 커다란 위안이 되리라고 믿기 때문입니다. 겨우 이 말을 하고 나서 부인은 제 팔에 쓰러졌습니다. 그리고 다시 침대에 눕자마자 의식을 잃었어요. 오랫동안 그러고 있었으나 좀 간호를 하니까 회복되더군요. 의식을 되찾자마자 부인은 앙셀므 신부를 불러달라고 부탁했습니다. 이어, "이제 제게 필요한 의사는 그분뿐입니다. 저의 고통도 곧 끝날 것 같군요"라고 덧붙였답니다. 부인은 가슴이 답답하다고 호소했고, 말하는 것조차 힘들게 보였어요.

그리고 얼마 지나지 않아서 부인은 하녀에게 일러서 제게 작은 상자를 건네주었습니다. 이 상자를 당신에게 보내드립니다. 부인은 이 상자 안에는 자기 서류들이 들어 있으니 자기가 죽으면 곧 당신에게 전해 달라고 했습니다. * 이어 부인은 당신과 당신의 호의에 대해서 부인의 상태가 허용하는 한 매우 부드럽게 이야기했습니다.

앙셀므 신부님은 4시경에 오셔서 거의 한 시간 동안 부인과 단둘이 계셨습니다. 저희들이 들어가자 병자의 표정은 차분히 가라앉았습니다. 그러나 앙셀므 신부님은 많이 울었다는 게 역력하게 보이더군요. 신부님은 마지막 의식에 참여하기 위해 남아 계셨어요. 이런 의식은 늘 엄숙하고 고통스럽게 보이더군요. 슬픔이 방 안에 넘쳐 흐르고, 모든 사람이 부인 때문에 울고 있는데, 정작 울지 않는 사람은 부인뿐이었어요.

그 뒤는 의식儀式대로 기도하는 가운데 시간이 지났습니다. 병자가 의식을 잃을 때만 기도가 중단되었답니다. 마침내 저녁 11시경이 되자 부인은 숨결이 더욱 가빠지고 훨씬 고통스러워 보였어요. 제가 부인의 팔을 잡으려고 손을 내밀자, 부인은 아직 제 손을 잡을 기력이 있었는지 제 손을 잡고 자기의 가슴 위에 올려놓았습니다. 하지만 더 이상 심장의 고동은 느낄 수 없었습니다. 가엾은 부인은 바로 그때 숨을 거두신 것입니다. 기억하고 계시나요. 지금으로부터 일 년이 채 되기 전, 당신이 마지막으로 이곳에 오셨을 때, 우리가 보기에 거의 확실히 행복하게 살고 있는 사람들에 관해 함께 이야기했었죠. 그때 우리는, 오늘 그 불행과 죽음을 애도하는 바로 이 부인의 신상에 대해 호의를 가지고 오랫동안 이야기를 나누었습니다. 정숙함과 장점과 매력, 그

---

* 이 작은 상자 안에는 발몽과의 연애사건에 관한 모든 편지가 들어 있다.

리고 부드럽고 상냥한 성격, 돈독한 부부애, 자신도 즐겁고 남도 즐겁게 하는 사교성, 미모와 젊음과 재산 등 모든 훌륭한 점들을 겸비하고 있었는데, 그만 단 한 번의 경솔함 때문에 부인에게서 이 모든 것이 사라져버리고 만 것입니다! 오, 하느님! 당신의 뜻은 받아들여져야 하겠지만 정말 이해할 수가 없군요! 이제 더는 말씀드리지 않겠어요. 저까지 슬픔에 젖어서 당신을 더욱 슬프게 해서는 안 되니까요.

딸이 별로 기분이 안 좋아 보여서 이만 줄이고 집으로 가봐야겠습니다. 오늘 아침 저한테 자기가 잘 알고 있는 두 사람의 급작스런 사망 소식을 듣고 딸애가 기분이 나빠진 것 같아서 자리에 눕게 했습니다. 하지만 크게 불편한 것 같진 않으니 곧 회복될 것입니다. 그만한 나이 때에는 별로 슬픔을 겪지 않아서 더한층 강하게 느끼게 마련이지요. 감수성이 강하다는 것도 장점이겠지만, 또한 그것을 얼마나 두려워해야 하는지도 우리가 매일 보고 아는 것입니다! 그럼 이것으로 그치겠어요.

17××년 12월 10일, 파리에서.

제166신

베르트랑이

로즈몽드 부인에게

마님의 지시에 따라 ××재판장님을 만나서 마님의 편지를 보여드리고, 마님의 뜻에 따라 소인은 재판장님의 의견대로 행동할 작정이라는 것을 말씀드렸습니다. 존경하는 재판장님은 마님께 다음과 같은 사실을 유의해 달라고 말씀하셨습니다. 즉 마님의 의향대로 당스니 기사를 고소하게 되면, 자작님의 칭호가 위태롭게 될 뿐만 아니라, 자작님의 명예도 법원의 판결에 의해 필경 더럽혀지게 되니, 오히려 커다란 불행을 초래할 우려가 있다는 것입니다. 따라서 그분의 의견은 아무런 조치를 취하지 않는 편이 좋고, 만일 무슨 조치를 취하려면, 오히려 이미 소문이 널리 퍼져 있는 이 불행한 사건을 검찰청에서 조사하지 않게끔 미리 선수를 쓰라는 것입니다.

이러한 의견은 소인이 보기에도 무척 타당성이 있는 듯해서 소인은 마님의 별도의 지시를 기다리기로 작정했습니다.

다음에 소인에게 지시를 내리실 때에는 아무쪼록 마님의 안부에 대해 한 말씀 써주셨으면 합니다. 비통하기 짝이 없는 사건으로 혹 건강을 해치지나 않으셨는지 걱정이 돼서 그렇습니다. 황송한 부탁이지만, 이것도 제 열의의 소치이오니 부디 용서해 주시옵소서.

17××년 12월 10일, 파리에서.

제 167 신

익명의 남자가

당스니 기사에게

귀하에게 다음과 같은 사실을 알려드리오니 유의하시기 바랍니다. 다름 아니라 오늘 아침 검찰청에서 최근 귀하와 발몽 자작과의 일이 검사들 사이에서 문제가 되어 귀하는 자칫 검찰청의 기소를 당할지도 모를 처지에 놓이게 되었습니다. 이런 유감스러운 결과를 당하지 않도록 미리 유력한 분의 도움을 청하든지, 그것이 불가능할 경우에는, 일신의 안전을 기하도록 조치를 취하십시오. 귀하를 위한 것이라 믿고 충고드리는 바입니다.

외람될지 모르나 충고를 하나 더 드린다면, 그 사건 이후에도 귀하는 바깥출입을 계속하시는 것 같은데, 당분간은 근신하는 편이 좋을 듯합니다. 이런 종류의 사건들에 대해서는 세상 사람들은 대개 관대합니다만, 그래도 법에 대해선 경의를 표하지 않으면 안 됩니다.

소문에 의하면 발몽의 백모인 로즈몽드 부인이라는 분이 귀하를 고소할 움직임을 보이고 있다는데, 그렇게 되면 검사도 이 요구를 물리치기가 어렵게 되니, 귀하는 더욱 주의해야 할 것입니다. 혹 다른 분을 중개로 부인과 면담을 청해 보는 것도 괜찮지 않을까 생각됩니다.

개인적인 사정으로 이 편지에 서명할 수 없는 점을 양해해 주십시오. 하지만 설사 발신인의 이름을 모르는 편지라도, 이것을 쓴 마음은 올바르다는 것을 인정해 주시리라고 생각합니다.

제168신

볼랑주 부인이

로즈몽드 부인에게

　　이곳에서는 메르테유 부인에 관해서 참으로 뜻밖의 유감스
러운 소문이 퍼지고 있습니다. 물론 저는 그 소문을 믿지 않고, 단지 끔
찍한 증상이라고 생각합니다. 그러나 아무리 터무니없는 악담이라도
쉽사리 굳어지고, 그것이 남긴 인상은 쉽사리 지워지지 않으므로, 이번
의 악담이 설사 무난히 없어진다 하더라도 꺼림칙합니다. 저는 특히 이
소문이 많은 사람들에게 퍼지기 전에 빨리 없어졌으면 해요. 그런데 이
끔찍한 소문을 들은 것은 겨우 어제, 그것도 퍽 늦은 시각이었습니다.
그것도 이제 막 퍼지려고 할 무렵이었어요. 그래서 오늘 아침 메르테유
부인 댁으로 사람을 보내 진상을 알아보려고 했으나 부인은 방금 시골
로 떠나서 이틀 후에나 돌아온다고 하더군요. 누구 집에 갔는지는 모릅
니다. 그래서 부인의 하녀를 불러와서 물으니까, 부인은 다음 목요일에
나 돌아오겠으니 기다리라고만 말했답니다. 그리고 집에 남아 있는 사
람들 중 누구도 그 이상 아는 것이 없다고 합니다. 저 역시 부인이 대체
어디에 가 있는지 짐작이 가지 않습니다. 지금도 시골에 살고 있는 친
지라곤 전혀 생각이 나지 않습니다.

　　아무튼 당신이라면 부인이 파리에 돌아올 때까지 부인에게
유리한 해명의 자료를 저에게 보내줄 수 있으리라고 생각합니다. 왜냐
하면 이 끔찍한 소문은 발몽님의 불행한 사건과 연루되어 생긴 것으로,
당신은 이미 사실의 옳고 그름을 아시고 계실 터이고, 모르신다면 쉽사

리 아실 수 있을 것이라는 생각이 들기 때문입니다. 이 점 잘 부탁드리겠어요. 소문은 다음과 같습니다. 아니 소문이라기보다는 지금은 소곤거리는 정도지만, 조만간 크게 비화될 것은 자명한 일입니다.

소문에 의하면, 발몽님과 당스니 기사 사이의 결투는 메르테유 부인이 붙여놓은 것이며, 부인은 이 두 사람을 모두 속였다는 것입니다. 흔히 있는 일이지만, 두 사람의 경쟁자는 먼저 결투를 하고 난 다음에야 비로소 곡절을 밝힌 후 서로 진지하게 화해를 했다는 것입니다. 발몽님은 메르테유 부인이 어떤 사람인가를 당스니에게 알려주기 위해, 그리고 자신을 변호하기 위해 진상을 이야기했고, 이를 입증하기 위해 편지 꾸러미를 주었다고 합니다. 이것은 발몽님과 메르테유 부인이 서로 규칙적으로 주고받은 편지들로, 그 내용은 부인이 자신의 신상에 관한 아주 추잡한 일화들까지 노골적으로 이야기한 것이라고 합니다.

더욱이 당스니는 처음에는 분개한 나머지 편지를 보고 싶다는 사람에겐 다 보여주었으므로, 그 편지는 지금 온 파리에 돌아다니고 있다고 합니다. 그중에서 특히 두 통의 편지*가 언급되고 있습니다. 하나는 자기의 생애와 주의主義를 빠짐없이 이야기한 것으로서 그 내용은 추악의 극치라고들 합니다. 다른 하나는 프레방 씨의 무죄를 충분히 증명하는 편지입니다. 당신도 이 사건을 기억하시겠지만, 소문과는 반대로 프레방씨는 단지 메르테유 부인의 노골적인 유혹에 넘어갔을 뿐이고, 밀회도 부인과의 합의에 따라 이루어진 것이라고 합니다.

저는 다행히 부인에 대한 이런 비난이 온당치 못하며 증오할 만한 것이라고 생각할 수 있는 몇 가지 유력한 이유를 갖고 있습니다. 첫째로, 발몽님은 메르테유 부인과 전혀 관계가 없었다는 사실을 저와 마찬가지로 당신도 알고 계시겠죠. 또한 저는 당스니의 경우 부인과는 더더욱 관계가 없다고 믿고 있습니다. 따라서 부인이 그 결투의 원인도

---

* 본 서간집의 제81신과 제85신.

아니고 배후 주동자도 아니라는 사실은 분명한 듯합니다. 또 소문에 의하면 부인은 마치 타협이라도 한 것처럼 보이지만, 무슨 이득이 있어서 부인이 그러한 사건을 일으켰는지 전혀 이해가 가지 않습니다. 그러한 사건이 일어나서 소문이 나면 부인에게도 하등 좋을 게 없는 것은 뻔한 일이고, 자기의 비밀의 일부를 쥐고 있을 뿐만 아니라, 자기 편을 많이 갖고 있는 남자를 불구대천의 원수로 만든다는 것은 부인 자신에게도 위험천만한 일이 되기 때문입니다. 그런데 주의하지 않으면 안 될 것은, 그 사건이 일어난 이후로 누구 한 사람 프레방을 위해 변호한 사람은 없었고, 프레방 자신도 이 일에 대해서는 아무런 항의도 하지 않았다는 사실입니다.

이런 여러 가지 생각을 해보니 자연 이번 소문의 장본인은 아무래도 프레방이 아닐까 생각되는데, 파멸한 남자가 하다못해 이런 수단을 통해서라도 의혹의 씨를 퍼뜨려 자기에게 유리하게끔 세상 사람들의 주의를 돌리려는 증오와 복수의 계획이라고 간주하고 싶습니다. 그러나 이런 중상모략의 원인이 무엇이든, 이 소문을 소멸시키는 것이 가장 시급한 일입니다. 발몽과 당스니 두 분은 결투가 끝난 후 서로 이야기를 나눈 적도 없고, 서류의 교환도 없었다는 게 사실 같은데, 과연 그렇다면 이 소문은 자연스럽게 사라지고 말겠죠.

한시라도 빨리 진상을 알고 싶어서 오늘 아침 당스니 씨에게 사람을 보냈으나 그분 역시 파리에 안 계시더군요. 하인들이 제 몸종에게 전한 말에 따르면 그분은 어제 어떤 경고 편지를 받고 오늘 밤 떠났다 하며, 행선지는 비밀이라고 합니다. 아마도 그 사건의 귀추가 어떻게 될까 두렵기 때문이겠죠. 나도 알고 싶지만, 메르테유 부인에게도 꼭 필요한 사실을 자세히 알리기 위해서는 당신이 도와주시지 않으면 불가능합니다. 가능한 한 빨리 알려주시기를 거듭 부탁드립니다.

추신 : 딸의 병은 회복되었습니다. 안부 전해 달라고 합니다.

17××년 12월 12일, 파리에서.

제169신

당스니 기사가

로즈몽드 부인에게

오늘 제가 이러한 편지를 보내는 것을 이상한 일이라고 생각하실지 모르겠지만, 저를 판단하시기 전에 아무쪼록 제 말씀을 들어주시기 바랍니다. 저에겐 존경과 신뢰밖에 없습니다. 저를 방약무인傍若無人한 사람이라고 생각하지 말아주십시오. 저는 부인께 저지른 죄를 인정합니다. 만일 단 한순간이라도 제가 그 죄를 회피할 수 있다고 생각한다면, 저는 평생 자신을 용서하지 않을 것입니다. 그뿐만이 아닙니다. 설사 제가 견책을 면할 수 있다 하더라도 슬픔을 면할 수는 없습니다. 더욱이 부인을 슬프게 해드린 것이 저의 슬픔의 커다란 원인이라는 사실을 저는 진지하게 말씀드립니다. 지금까지 말씀드린 저의 감정을 믿기 위해서는, 부인 스스로가 부인의 인격을 생각해 주시고, 또 이제껏 대면은 없었지만, 저는 예전부터 부인이 어떠한 분인지 알고 있었다는 사실을 생각해 주시면 충분할 것입니다.

그런데 부인의 고통과 동시에 저의 불행을 야기시킨 비운悲運에 슬퍼하고 있는 저에게 부인께서 복수의 일념에 사로잡혀 준엄한 법에 호소하면서까지 복수하려 한다는 사실을 어느 분으로부터 경고받았습니다.

이 문제에 대해서 외람되지만 말씀드리고 싶은 것은, 이 일에 있어서 저의 이해利害는 발몽 씨의 이해와 불가분의 관계에 있기 때문에, 만약 저에게 죄를 선고하고 싶으실 경우엔, 발몽 씨도 유죄가 된다는 사실입니다. 부인께서는 너무 상심하고 계신 나머지 사태를 잘못 파악하고 있는 것 같습니다. 따라서 이 불행한 사건을 묻어두기 위해 제가 조치를 취할 경우, 부인께서는 방해가 아니라 도움을 주실 수 있으리라고 믿어 의심치 않습니다.

그러나 이러한 공모는 죄가 있는 사람에게나 죄가 없는 사람에게나 모두 유리하지만, 이런 방법만으로는 저의 양심이 만족하지 않습니다. 저는 부인을 소송의 상대자로 삼고 싶지 않기 때문에 부인을 저의 재판관으로 요청하는 바입니다. 존경하는 사람이 내리는 판단은 귀중한 것이므로, 저는 부인의 판단을 이의 없이 받아들일 것이며, 또 그럴 수 있으리라고 생각합니다.

사실 사랑이, 우정이, 그리고 특히 신뢰가 배신당했을 때, 복수는 허용되는 것이며, 아니 복수하지 않으면 안 된다는 사실을 부인께서 인정해 주신다면, 부인의 눈에 저의 죄는 소멸될 것입니다. 제 말을 믿기보다는 차라리 제가 부인에게 보내드리는 이 서한을, 만약 그럴 용기가 있으시다면 읽어보십시오.* 이 서한 중에는 사본 또한 있지만 많은 분량의 원문 편지와 비교해 보면, 이 복사한 것도 가짜가 아님을 아실 수 있을 것입니다. 더욱이 부인에게 보내는 편지는 제가 발몽 씨로부터 직접 받은 것입니다. 저는 여기에 아무것도 가필하지 않았으며, 그중에서 단 두 통만을 세상에 공표했을 따름입니다.

그 한 통은 발몽 씨와 저의 공통의 복수에 필요한 것이었습니다. 우리 두 사람 모두 복수할 권리가 있으며, 발몽 씨도 제게 이것을 분명하게 부탁했습니다. 더욱이 부인께서도 아시게 되겠지만, 메르테유 부인은 발몽 씨와 저 사이에 야기된 모든 사건의 유일한, 그리고 참된 원인이었습니다. 메르테유 부인과 같이 위험천만한 사람의 가면을

---

* 이 서한과 투르벨 부인이 임종시 넘겨준 서한, 그리고 볼랑쥐 부인이 로즈몽드 부인에게 맡긴 서한들을 가지고 이 서한집은 엮어진 것이다. 원본은 아직 로즈몽드 부인의 상속자 손에 남아 있다.

벗기는 일은 사회를 위해서도 바람직한 일일 것입니다.

　　　다른 한 통의 편지를 공표한 것 역시 저의 정의감 때문이었습니다. 이것은 프레방 씨의 누명을 벗겨주기 위해서입니다. 저는 프레방이라는 사람에 대해서는 잘 모르지만, 그는 최근 냉혹한 대우를 받고, 또 이보다 더욱 끔찍한 일로 세인의 가혹한 비평에 시달리고 있으며, 그 후 자신에 대해선 한마디 변호도 못한 채 괴로움을 겪고 있다고 하는데, 프레방 씨로서는 이보다 억울한 누명이 어디 있겠습니까.

　　　이 두 통의 편지만을 복사했을 따름입니다. 원본은 제가 갖고 있긴 합니다만, 그 나머지 서한은 다른 누구보다도 부인에게 맡기는 게 안전할 것이라는 생각이 들었습니다. 이들 서한이 파기돼서는 안 되겠지만, 그렇다고 해서 이것을 악용하고 싶은 마음은 없습니다. 이들 서한을 부인에게 맡기는 것은 편지에 관계있는 사람들에게 넘겨주는 일과 같아서, 그분들을 위하는 일이기도 합니다. 그렇게 함으로써 그분들은 저에게 편지를 받는 난처함도 면하게 될 뿐만 아니라, 세상에 알려지고 싶지 않은 일이 저에게 알려졌다는 데서 오는 불쾌감도 면하게 될 것입니다.

　　　이 문제에 대해서 한 가지 더 알려드리지 않으면 안 되는 것은, 여기에 동봉한 편지는 사실 방대한 편지 묶음의 일부에 지나지 않는다는 사실입니다. 제가 보내드리는 서한은 발몽 씨가 제가 보는 앞에서 꺼낸 것이며, 부인께서는 봉인이 해제되면 보실 수 있으리라고 생각됩니다. 표지에는 '메르테유 후작 부인과 발몽 자작의 대결'이라고 써져 있었습니다. 이것은 부인이 신중하게 생각하시는 대로 처분하시기를 바랍니다. 그럼 이만 줄이겠습니다.

　　　추신 : 저는 몇 가지 경고도 받았고, 또 친구들의 충고를 따라서 잠시 파리를 떠나기로 했습니다. 저의 은신처는 다른 사람들에게는 비밀로 해두었지만, 부인에게는 밝혀둡니다. 만일 회답을 주실 경우

에는 P×× 경유해서, ××기사단, ××기사장 앞으로 해주십시오. 지금 이분 댁에서 편지를 쓰고 있습니다.

17××년 12월 13일, 파리에서.

제170신

볼랑주 부인이

로즈몽드 부인에게

놀라움과 슬픔이 끊이지 않는군요. 어제 오전 내내 제가 얼마나 괴로웠는지 자식을 둔 어머니가 아니면 모를 거예요. 그 후 저의 심한 불안은 가라앉았지만, 아직도 슬픔은 남아 있어 어느 세월에 끝날지 알 수가 없군요.

어제 아침 10시경, 딸이 그 시간에도 모습을 보이지 않아 이상해서 왜 그처럼 늦는지 몸종을 보내 알아보게 했습니다. 잠시 후 몸종은 당황하면서 돌아왔습니다. 딸이 방 안에 없다는 것과, 딸애의 몸종도 아침부터 딸을 보지 못했다는 이야기를 듣고 나는 더욱 놀랐습니다. 그때의 저의 심경을 상상해 보십시오! 저는 하인들 모두를, 그리고 특히 문지기를 불렀습니다. 모두들 한결같이 자기는 모른다고 하니 이 일에 대해서 아무런 단서도 얻어낼 수 없더군요. 저는 곧 딸의 방으로 가보았습니다. 주위가 지저분한 것을 보니 오늘 아침에 나간 것이 틀림없더군요. 하지만 여기서도 아무런 단서를 발견하지 못했습니다. 옷장과 책상을 뒤져보아도 모든 것이 다 제자리에 있고, 입고 나간 옷을 제외하고는 옷가지도 그대로 있었습니다. 방에 있는 돈도 한푼 건드리지 않았습니다.

그 애는 어저께야 비로소 메르테유 부인에 대한 소문을 듣고 평소에 사이가 가까웠기 때문에 밤새 울었다고 합니다. 또 메르테유 부인이 시골에 간 것을 모르고, 그 애가 어리석게도 혼자 부인을 보러 가지나 않았나 하는 생각마저 들더군요. 하지만 시간이 흘러도 돌아오지 않으니 저의 불안은 더욱 커지기만 했습니다. 시시각각 더욱 불안해지고, 어떻게 된 영문인지 알고 싶어 애는 타는데, 섣불리 남에게 물어볼 수도 없었답니다. 혹 뒤에 가서 세상에 비밀로 덮어두고 싶은 일이 알려져 물의를 빚지 않을까 하는 걱정에서였답니다. 정말 제 평생 이때처럼 괴로웠던 적은 없었을 것입니다!

결국 2시가 지나서야 나는 딸아이와 ××수녀원의 수녀원장으로부터 동시에 편지를 받았습니다. 딸은 편지에서 단지 자기가 수녀가 된다는 것에 제가 반대할까 봐 얘기를 드릴 수 없었다고 말하고 있더군요. 그 나머지는 제 허락 없이 그런 결심을 한 것에 대한 변명이었는데, 그 동기를 제가 알면 저도 굳이 반대하지 않으리라는 것은 알지만, 제발 그 이유만은 묻지 말라고 씌어 있었습니다.

그리고 수녀원장 편지에서 이렇게 쓰고 있습니다.

"젊은 아가씨가 혼자 왔기 때문에 처음에는 받아들이는 것을 거절했지만, 이것저것 물어보니 아가씨 가문도 알게 되어 당신을 위해서도 따님을 이곳에서 보호해 주기로 했습니다. 따님의 결심이 이미 굳어져 있기 때문에 여기서 거절하면 다른 곳에 갈 우려도 있기 때문입니다. 물론 따님을 돌려달라면 당연히 그러겠지만, 그처럼 굳게 따님이 결심하고 있는 만큼 되도록 따님의 의지에 반대하지 말아주셨으면 합니다."

그리고 이 일을 제게 일찍 알려줄 수 없었던 것에 대해서는

"따님이 자기가 은신하고 있는 곳을 누구에게도 알리고 싶어하지 않아서 당신에게 편지를 쓰도록 하는 데 무척 힘이 들었습니다"라고 말하고 있더군요. 자식들의 분별 없는 짓은 정말 불효막심한 일입니다.

저는 당장에 수녀원으로 갔습니다. 그리고 먼저 원장님을 만나본 다음, 제 딸을 만나게 해달라고 부탁했습니다. 딸은 덜덜 떨면서 겨우 제 앞에 나타났습니다. 저는 수녀들이 보는 앞에서 딸과 이야기했어요. 저만 말을 했을 뿐 딸은 아무 말도 없었어요. 딸이 울며 하는 말 중에 겨우 알 수 있었던 것은, 자기는 수녀원이 아니고는 어디서든 행복해질 수 없다는 것입니다. 저는 딸에게 수녀원에 있는 것을 허락했습니다. 그러나 딸이 원하는 대로 정식 수녀 지원자가 아닌 조건으로 말입니다. 투르벨 부인과 발몽님의 죽음이 그 어린애에게 커다란 마음의 상처를 입히지 않았나 하는 생각이 드는군요. 신앙에 대한 귀의歸依를 존중하지 않을 수 없지만, 제 딸이 수녀가 된다는 데는 슬퍼하지 않을 수 없군요. 아니 두렵기까지 합니다. 우리는 이미 해야 할 의무를 다 수행했기 때문에 일부러 새로운 의무를 만들 필요는 없다고 생각합니다. 더구나 그 나이로서는 무엇이 자신에게 적합한지 모르는 법이지요.

더욱 난처한 것은, 곧 제르쿠르님이 돌아온다는 사실입니다. 이 좋은 혼담을 취소하지 않으면 안 되는지요? 자식이 행복해지는 것을 바라는 마음을 갖고서 온갖 정성을 쏟는 것으로도 자식을 행복하게 만들기에 충분치 않다면 대체 어떻게 해야 할까요? 당신이 제 입장이라면 어떻게 하실지 말씀해 주세요. 저로서는 선뜻 어떤 태도를 취해야 할지 모르겠군요. 저로서는 다른 사람의 앞날을 제 손으로 결정하는 것만큼 두려운 것은 없습니다. 그리고 이번 경우에는 특히나 재판관의 준엄함을 보이는 것도, 어머니의 연약함을 보이는 것도, 그 어느 쪽도 두렵습니다.

제 슬픔을 말씀드려 당신의 슬픔을 더하게 해서 정말 죄송하군요. 그러나 저는 당신의 아량을 알고 있습니다. 사람에게 위안을 주시는 것이 당신에게는 가장 큰 위안이니까요.

그럼 이것으로 그치겠어요. 속히 회답을 주시기 바랍니다.

17××년 12월 15일, ××저택에서.

제171신

로즈몽드 부인이

당스니 기사에게

당신 덕분에 모든 것을 알게 되었으니 이제 아무 말 않고 눈물을 흘릴 수밖에 없군요. 그런 끔찍한 행위를 들으면서 살자니 산다는 것이 후회스럽고, 그런 인류를 저버리는 여자를 보니 여자로 태어난 것이 부끄럽군요.

나로서는 이 불행한 사건을 악화시키지 않기 위해서 모든 것에 침묵을 지키고 잊기로 했습니다. 그리고 당신이 내 조카에 대해서 거둔 불행한 승리 때문에 끊으려야 끊을 수 없는 슬픔은 어쩔 수 없지만, 이번 사건이 당신에게 그 밖의 슬픔을 야기하지 않았으면 합니다. 나로서는 조카의 과오를 인정하지 않을 수 없지만, 조카의 죽음은 내 목숨이 끊어질 때까지 위로받을 수 없을 것 같습니다. 그러나 나의 이 영원한 슬픔이 당신에 대해서 내가 할 수 있는 유일한 복수라는 사실을 알아두십시오. 이 슬픔이 얼마나 큰지를 아는 것은 당신의 양심에 달려 있습니다.

당신과 같은 연령의 사람들은 좀처럼 하지 않는 생각을, 오래 살다 보니 느낀 생각을 말해 보지요. 무릇 인간이 자신의 진정한 행복을 알게 되면, 법과 종교가 정한 테두리를 벗어나면서까지 행복을 바라지는 않는다는 말입니다.

당신이 내게 맡긴 서한은 기꺼이 충실하게 보관하겠습니다. 그러나 당신 신상의 결백함을 증명하는 데 필요한 경우가 아니라면 누구한테도, 그리고 심지어 당신에게도 이것을 넘겨주지 않을 작정이니, 이 점 양해해 주시기 바랍니다. 당신은 이 결정에 불만이 없으리라고 믿습니다. 그리고 아무리 정당하다 할지라도 복수 후엔 후회밖에 남지 않는다는 것을 당신도 잘 아셨을 겁니다.

당신의 관대함과 세심함을 믿기 때문에 한 가지 더 부탁드려야겠습니다. 필경 당신이 보관하고 있는, 이젠 당신에게 흥미가 없을 볼랑주 양의 편지들을 제게 넘겨준다면, 당신의 관대함과 세심함에 어울리는 일이 될 것입니다. 하기야 볼랑주 양이 당신에게 커다란 과오를 범했다는 사실을 나도 알고 있습니다. 그렇다고 당신이 그 때문에 볼랑주 양을 징계하리라고는 생각하지 않습니다. 설사 자존심 때문이라 할지라도 당신이 그토록 사랑했던 사람에게 모욕을 가하지 않으리라는 것은 알고 있어요. 따라서 볼랑주 양은 존중할 이유가 없겠지만, 적어도 그 어머님, 그 훌륭한 부인에 대해서만은 당신이 마땅히 배려를 베푸는 게 당연함은 말할 필요도 없겠지요. 더욱이 당신은 그 부인에 대해 치러야 할 일이 적지 않게 있습니다. 왜냐하면 아무리 섬세한 감정을 핑계 삼아 저 자신을 속이려 해도, 순진하고 세상물정 모르는 여자를 처음으로 유혹하려 한 남자는, 바로 그 때문에 그 여자를 제일 먼저 타락시킨 사람이 될 수밖에 없으며, 그 후 일어나는 무절제한 행동이나 과실에 대해서 영원히 책임지지 않으면 안 되기 때문입니다.

이런 엄한 말을 들었다고 해서 놀라서는 안 됩니다. 이것은 내가 당신의 인격을 존중한다는 최대의 표시입니다. 그리고 세상에 알려지면 당신에게도 이롭지 못할 뿐 아니라, 당신이 이미 상처를 입힌 한 어머니의 마음을 죽도록 슬프게 할지도 모를 비밀을 지켜준다면, 당신에 대한 나의 존경은 더한층 커질 것입니다. 어쨌든 나의 벗인 볼랑주 부인에게 이만한 일은 해주고 싶습니다. 만일 당신이 이 위안을 거절할 우려가 있을지도 몰라서 말해 둡니다만, 그것이 당신이 내게 남겨준 유일한 위안이라는 사실을 먼저 고려해 주시기 바랍니다. 그럼 이만 그치겠습니다.

17××년 12월 15일, ××저택에서.

제172신

로즈몽드 부인이

볼랑주 부인에게

당신이 부탁하신 메르테유 부인에 대한 진상을 파리로 조회해서 기다리고 있었다면, 아직도 당신에게 아무런 소식을 전할 수 없었을 것입니다. 설사 남을 통해 알았다 해도 막연하고 불확실한 사실밖에는 얻지 못했을 것입니다. 하지만 기대하지도 않았고, 기대할 수도 없었던 진상이 제 손에 들어왔습니다. 이것은 너무도 확실한 것입니다. 아! 이 여자가 얼마나 당신을 속였는지요!

이 여자의 끔찍한 추행에 대해서 자세한 언급을 하지 않으렵니다. 그러나 그 소문의 내용이 어떤 것일지라도, 결코 사실에 미치지 않으리라는 것을 나는 단언할 수 있습니다. 당신은 나를 잘 알고 계십니다. 그러니 내 말을 액면 그대로 믿어주시고, 결코 증거 운운하지는 말아주십시오. 다만 증거는 헤아릴 수 없이 많다는 것과, 그것을 지금 내 손에 들고 있다는 사실만을 아시고 그것으로 만족해 주십시오.

볼랑주 양에 관해 내게 부탁한 조언을 해드리겠지만, 왜 그 같은 조언을 하는지 묻지 말아주십시오. 제 편에서 이런 부탁을 드리니 가슴이 아프군요. 아무튼 나는 신앙에 귀의하겠다는 따님의 의사에 대해서 반대하지 말아주시기를 당신께 권합니다. 본인이 소명을 받지 않았다면, 어떤 이유로든 신앙에 귀의하라고 아무리 강요해도 소용없는 짓이지요. 하지만 때론 신앙에 귀의하는 것이 커다란 행복이 되기도 합니다. 그리고 따님도 당신이 그 동기를 아셨다면 굳이 반대하시지는 않을 것이라고 말하지 않았습니까? 숱한 감정을 우리에게 불어넣는 하느님은 각자에게 적합한 삶을 우리의 공허한 지혜로 아는 것보다는 훨씬 잘 알고 계십니다. 그리고 우리에게 하느님의 가혹한 벌이라고 여겨지는 것이 오히려 그분의 자비일 경우가 많습니다.

내 의견이 당신을 슬프게 할 것임에 틀림없고, 이 때문에 당신은 내가 충분히 생각하지 않고 말하지 않나 하고 생각할지 모르겠지만, 아무튼 나는 따님을 수녀원에 두도록 하는 편이 좋다고 생각합니다. 따님이 선택한 길이니까요. 아울러 따님이 세웠으리라고 여겨지는 계획에 대해선 반대하지 마시고 오히려 격려하시고, 그 계획이 실현되기 전까지는 정해 두신 혼담을 취소하십시오. 친구로서의 쓰라린 의무를 마치면서 아무런 위안의 말 한마디조차 쓸 수 없지만, 한 가지 간곡하게 부탁하고 싶은 것은, 앞으로 이 슬픈 사건에 대해서 더 이상 내게 묻지 말아달라는 것입니다. 이런 사건은 여기에 상응하는 망각에 맡기기로 합시다. 우리를 슬프게 할 뿐 아무런 도움도 되지 않는 진상을 파악하려 들지 말고 하느님의 뜻에 따르고 그분의 지혜를 믿읍시다. 설사 우리가 이해하지 못하더라도 말입니다. 그럼 이만 그칩니다.

17××년 12월 18일, 파리에서.

볼랑주 부인이

로즈몽드 부인에게

     아! 부인! 부인은 그 어떤 무서운 장막으로 제 딸의 운명을 감싸려고 하시나요? 그리고 제가 그 장막을 걷으려 하지나 않을까 두려워하고 계시네요! 장막 뒤에 감추어져 있는 것이 당신이 내게 던져준 의혹보다 더 어미의 가슴을 아프게 한다면, 도대체 그것이 무엇입니까? 당신의 호의와 너그러움을 알면 알수록 제 불안은 커지기만 합니다. 어제부터 이 괴로운 불안에서 벗어나고자 당신에게 가차 없이 솔직하게 진상을 알려달라고 부탁하고 싶은 마음이 몇 번이나 일어났는지 모릅니다. 하지만 그때마다 당신이 나보고 묻지 말라고 하신 말을 생각하고 불안에 떨고 있답니다.

     결국 저는 그나마 한 길을 택하기로 결심했습니다. 저의 소망을 거절하지 않으리라는 것을 부인의 호의에 기대합니다. 그것은 당신이 차마 말씀해 주실 수 없는 것을 제가 제대로 짐작하고 있는지 아닌지 대답해 달라는 것입니다. 그리고 딸을 둔 어미로서 간직할 수 있고, 또 보상할 수 있는 것이 무엇인지 가차 없이 말씀해 달라는 것입니다.

     만약 저의 불행이 그 정도를 넘어선다면, 그때는 침묵으로만 가르쳐주셔도 상관없습니다. 그러면 지금까지 제가 알고 있던 것과 제가 어느 정도까지 우려하고 있는지 말씀드리겠습니다.

     제 딸은 당스니 기사를 사랑하고 있다고 밝힌 적이 있습니다. 그리고 또 저는 딸이 당스니 기사로부터 편지를 받았고, 심지어는 거기에 회답까지 하고 있다는 사실을 알아냈습니다. 그러나 저는 어린 애의 이런 과오가 위험한 결과를 초래하지 않게끔 충분히 방지를 했다고 믿습니다. 하지만 모든 것이 의심스러워진 지금, 혹 딸이 나의 감시의 눈을 교묘하게 피하지나 않았나 하는 생각이 드는군요. 그래서 딸이 유혹에 빠져서 돌이킬 수 없는 잘못을 저지르지나 않았는지 걱정이 되는군요.

이렇게 말하고 보니 제 의혹을 짙게 하는 여러 가지 정황이 생각납니다. 발몽님의 불행한 소식을 듣고 제 딸이 언짢아했다는 사실을 제가 말씀드렸었지요. 아마 딸은 당스니가 이 결투에서 변이나 당하지 않았을까 해서 그런 기분을 가졌는지도 모릅니다. 그 후 딸애가 메르테유 부인에 대한 소문을 듣고 운 것은, 친한 분을 생각하는 슬픔이라고 생각했지만, 질투였거나 아니면 자기 애인이 배신한 것이 분해서 그랬는지도 모르지요. 이번의 딸의 행동도 같은 이유로 설명될 수 있을 것 같아요. 인간을 혐오하는 것만으로 자기는 하느님의 부름을 받았다고 생각하는 경우가 흔하지요.

아무튼 이러한 사실들이 틀림없고, 또 당신도 그것을 아신다고 가정한다면, 딸이 종교에 귀의하는 것을 막지 말라는 충고를 하신 것도 무리가 아니라고 생각합니다.

만일 사정이 그렇다면, 한편으론 딸을 질책하더라도, 다른 한편으론 고민과 일시적인 착각 때문에 종교에 귀의하고자 하는 위험으로부터 딸을 구하기 위해서 가능한 모든 대책을 강구해야만 하지 않을까요? 만일 당스니에게 아직도 도의심이 남아 있다면, 자기 때문에 야기된 화에 대한 보상을 거절하지는 않을 것입니다. 그리고 제 딸과의 결혼은 그쪽에서도 유리한 것이므로, 본인 자신이나 가족도 그 결혼을 기뻐하리라고 생각합니다.

이것이 제게 남아 있는 유일한 희망이랍니다. 만일 가능하다면 하루빨리 이 희망이 타당한 것인지 알려주십시오. 제가 얼마나 당신의 회답을 기다리고 있는지, 그리고 당신의 침묵이 제게 얼마나 무서운 타격이 되는지 충분히 통찰할 수 있을 것입니다. *

편지를 막 봉하려고 하는데 안면이 있는 남자가 찾아왔군요. 그분은 그저께 메르테유 부인이 끔찍한 꼴을 당했다는 이야기를 해주더군요. 저는 최근에 아무도 만나지 않았으므로 그런 일이 있었는지도 전혀 모르고 있었습니다. 목격자로부터 직접 들은 이야기를 말씀드리지요.

그저께 목요일, 메르테유 부인은 시골에서 돌아오면서 자기 전용 좌석이 있는 이탈리아 극장에 내렸다고 합니다. 관람석에는 부인 혼자뿐이었는데, 부인이 보기에도 이상한 일은, 연극이 상연되는 동안 인사를 드리러 오는 남자가 한 사람도 없었다고 합니다. 연극이 끝나자 부인은 평상시 하던 대로 휴게실에 들어갔습니다. 거기는 만원이었습니다.

갑자기 웅성거리는 소리가 일어났지만, 부인은 자신이 표적이라고 생각하지는 못한 것 같습니다. 부인은 긴 의자 하나에 빈 자리를 보고 자리를 잡았습니다. 그러자 그 자리에 있었던 부인들이 모두 상의라도 한 듯 일제히 일어나는 바람에 메르테유 부인은 완전히 외톨박이가 되고 말았습니다. 일동의 분개를 노골적으로 표시한 이 움직임을 보고 남자들은 모두 박수갈채를 보냈고, 웅성거림은 한층 커져서 급기야는 욕지거리로 변했답니다.

설상가상이라고나 할까요, 그 사건 이후로 어느 곳에도 얼굴을 내밀지 않았던 프레방 씨가 바로 그때 휴게실로 들어왔습니다. 그를 보자마자 남녀 가릴 것 없이 모두들 그를 둘러싸고 박수갈채를 보냈습니다. 그는 주위를 둘러싼 사람들에게 떠밀리다시피 메르테유 부인 앞

---

* 이 편지에 대한 회답은 끝내 없었다.

으로 갔습니다. 메르테유 부인은 아무것도 듣지도 보지도 못한 척하면서 얼굴 표정 하나 변하지 않았다고 합니다! 그러나 이 말은 과장이겠지요. 어쨌든 부인에게 치욕스러운 이 장면은 마차가 준비되었다는 전갈이 올 때까지 계속되었다고 합니다. 그리고 부인이 자리에서 일어서자 차마 듣기 어려운 욕설이 더욱 심하게 일어났다고 합니다. 이런 여자와 친척지간이라니 참 슬픈 일이군요. 프레방 씨는 그날 밤 그 자리에 있었던 자기 부대의 장교들에게서 대단한 환대를 받았다고 합니다. 그 사람은 머지않아 본래의 부대와 지위에 배속될 거라고 합니다.

그러면서 이 이야기를 들려준 사람은, 메르테유 부인은 그날 밤 늦게 고열에 시달렸다고 하더군요. 처음엔 그런 끔찍한 경우를 당해서 그러려니 했으나, 어제 저녁 악성 천연두가 온몸에 퍼졌다는 사실이 밝혀졌습니다. 이 병으로 죽는다면 차라리 본인에게도 다행한 일이라고 생각됩니다. 이러한 일이 곧 판결이 있을 부인의 소송사건에도 나쁘게 작용해서 특별한 호의라도 얻지 못한다면 패소하기가 십상이라고 하더군요.

그럼 이것으로 그치겠습니다. 이것으로 악인들은 처벌을 받았습니다. 그러나 이들에 의해 희생된 불쌍한 사람들을 위해서는 거기서 아무런 위안도 찾아볼 수 없군요.

제174신

당스니 기사가

로즈몽드 부인에게

부인의 말씀이 옳습니다. 부인이 원하시는 것을 제 힘으로 이룰 수 있는 게 있다면, 저는 결코 거절하지 않겠습니다. 보내드린 소포 안에는 볼랑주 양으로부터 받은 편지가 빠짐없이 들어 있습니다. 읽어보시면 볼랑주 양이 그토록 순진하면서 동시에 그토록 불성실할 수 있나 하고 놀라실 것입니다. 특히 마지막 편지는 제게 가장 큰 충격을 주었습니다.

그러나 특히 메르테유 부인이 볼랑주 양의 순진함과 순결함을 이용하기 위해 온갖 힘을 쏟았으며, 또 거기서 얼마나 소름 끼치는 기쁨을 맛보았는가를 생각하면, 부인에 대한 격렬한 증오를 금할 수 없군요.

저에게 이제 사랑은 없습니다. 그처럼 부끄럽게 배신당한 연정은 이젠 털끝만큼도 없습니다. 따라서 제가 볼랑주 양을 변호하는 것은 결코 연정에서 우러나온 것은 아닙니다. 하지만 그처럼 소박하고 온순하고 상냥한 성격이라면, 악의 세계로 끌려 들어가기보다는 오히려 선의 세계로 훨씬 수월하게 인도될 수 있지 않았겠습니까? 볼랑주 양처럼 갓 수녀원에서 나와 경험도 없고 사고도 형성되어 있지 않고, 또한 대개의 경우 그렇겠지만, 사회에 나와서도 선과 악을 분별할 수 없는 아가씨치고 그처럼 사악한 음모에 대해 볼랑주 양보다 더 잘 저항할 수 있는 아가씨가 있을까요? 세심함과 사념邪念이 우리도 모르는 상황

에 의해서 얼마나 많이 빚어지는가를 생각한다면 함부로 남을 비난할 수도 없는 법입니다. 따라서 볼랑주 양의 과실에 대해서 분개는 하고 있지만, 그렇다고 해서 복수를 하지는 않을 것이라는 부인의 생각은 저를 올바르게 이해하신 것입니다. 볼랑주 양과의 사랑을 단념하는 것으로 충분합니다. 그녀를 증오하기에는 너무나 괴롭습니다.

　　볼랑주 양에 관한 사실, 또 그녀에게 불리할 수 있는 사실을 모두 세상에 덮어두고 싶다는 저의 소망은 자연스럽게 일어난 것입니다. 이 점에 있어서 부인의 소망을 충족시키는 것이 다소 늦어지긴 했지만, 그 이유에 대해선 숨김없이 말씀드릴 수 있습니다. 저는 먼저 제 불행한 사건이 있고 나서 그 결과에 대해 자신의 불안을 완전히 씻으려고 생각했습니다. 제가 부인의 용서를 구하고, 더구나 그럴 권리가 있다는 생각이 들면서, 제가 우선 부인의 요구를 들어준 다음, 그에 대한 보답으로서 용서를 받으려는 것처럼 보이는 게 두려웠던 것입니다. 저는 제 동기가 거리낄 게 없다는 확신을 가졌기 때문에, 솔직히 말씀드려서 부인에게 그 점에 대해선 털끝만큼의 의심도 불러일으키지 않을 것이라는 자부심을 갖게 되었습니다. 제가 이렇게까지 예민하게 신경을 쓴 것은 부인에 대한 존경심과 부인의 판단을 존중했기 때문이니, 이 점 부디 용서해 주시기 바랍니다.

　　똑같은 마음에서 마지막 소원으로 부인께 여쭈어보겠습니다. 부인께서는 저 불행한 사건 때문에 제게 부과된 모든 의무를 제가 충분히 이행했다고 생각하시는지요? 일단 이 점에 대해서 안심하게 된다면 저의 마음은 결정된 것입니다. 저는 몰타 섬으로 떠나렵니다. 아직 젊은 나이로 이토록 원망하지 않으면 안 되는 이 세상을 버리려는 맹세를 몰타 섬에 가서 다시 다짐하고 경건하게 지키려 합니다. 그래서 생각만 해도 마음을 슬프게 하고 절망케 하는 그 끔찍한 추행들에 대한 회상을 타향 하늘 아래서 잊으려 합니다.

제175신

볼랑주 부인이

로즈몽드 부인에게

메르테유 부인의 운명도 드디어 종지부를 찍었습니다. 그 종 말은 너무 비참해서 부인을 끔찍하게 증오하는 적들까지도 당연히 분격하면서도, 다른 한편으론 동정을 금치 못하고 있습니다. 천연두로 죽는다면 부인을 위해서도 다행한 일일 거라고 당신께 말씀드렸는데, 그것이 옳은지도 모르겠습니다. 완쾌하긴 했으나 얼굴 모습이 끔찍하게 변했으며, 특히 애꾸눈이 되고 말았다고 합니다. 물론 그 후 저는 부인을 본 일이 없지만, 사람들 말로는 참으로 눈뜨고 볼 수 없을 정도라고 합니다.

사사건건 악담을 잘하는 ××후작도 어제 부인에 대해 이야기하면서, 병이 부인의 안팎을 뒤집어놓아 이제는 속마음도 얼굴에 나타나 있다고 말했습니다. 슬프게도 모든 사람이 정확한 표현이라고 생각했답니다.

게다가 또 다른 사건이 일어나서 부인의 불행과 죄를 더한층 크게 했답니다. 그저께 부인의 소송에 대한 판결이 있었는데, 부인은 만장일치로 패소를 당했다고 합니다. 소송비용, 손해배상, 횡령에 대한 이득 등 일체를 상대편 아이들에게 지급하라는 판결이 난 것이죠. 그래서 이 소송과는 관계없는 얼마 되지 않는 재산도 소송비용으로 치르기에 부족할 지경이랍니다.

이 소식을 듣기가 무섭게 부인은 병을 앓고 있으면서도 물건을 챙긴 다음 홀로 역마차에 몸을 싣고 야음을 틈타서 떠났다고 합니다. 부인의 하인들 중 부인을 따라가려는 자는 한 사람도 없었다고 합니다. 후문에 의하면 부인은 네덜란드에 갔을 것이라고 하는군요.

더구나 이번 도피행각은 다른 어떤 행동보다도 신랄하게 비난받고 있습니다. 남편 상속인의 소유가 될 값비싼 다이아몬드, 은그릇, 보석 등 가지고 갈 수 있는 귀중품은 다 갖고 가 지금은 약 5만 리브르에 이르는 빚을 남겼다고 합니다. 그야말로 완전한 파산입니다.

채권자들과 상의하기 위해 내일 친척들이 모이기로 했습니다. 저도 먼 친척이긴 하지만 협력하기로 승낙했습니다. 그러나 이 모임에는 참석하지 않겠습니다. 그보다 훨씬 서글픈 의식에 참석해야 하기 때문입니다. 내일 제 딸이 예비 수녀복을 입게 됩니다. 이 커다란 희생을 치르는 것도 당신이 저에게 보여준 침묵이 유일한 원인이라는 사실을 잊지 마세요.

당스니는 2주일쯤 전에 파리를 떠났습니다. 들리는 말로는 그는 몰타 섬에 뿌리를 내리려 한다는군요. 그 사람을 말리기에는 아직 늦지 않았나요?…… 부인!…… 제 딸이 정말 죄가 있나요?…… 이 무서운 사실을 좀처럼 인정할 수 없는 것은 자식을 둔 어미의 정이라 생각하고 용서해 주세요.

얼마 되지 않은 세월 동안에 무서운 숙명이 제 주위를 덮쳐 제가 가장 사랑하는 제 딸, 제 친구를 앗아 갔군요! 단 한 번의 위험한 관계가 어떤 불행을 초래하는지 생각만 해도 소름이 끼칩니다. 이 이치를 깊이 생각해 보았으면 어떤 괴로움도 피할 수 있지 않았을까요? 어떤 여자라도 유혹자의 첫마디를 듣고 달아났을 것입니다. 어떤 어머니도 자기 이외의 사람이 제 딸에게 말을 거는 것을 보고 몸을 떨었을 것입니다. 그러나 이런 생각들도 사건이 일어나고 난 다음에야 생기지요. 또 가장 중요하고, 아마 가장 일반적으로 알려진 진리가 우리의 무분별한 풍속의 소용돌이 속에서 묻혀지고 필요 없게 돼버립니다.

안녕히 계십시오, 부인. 지금이야말로 저는 이성理性이 인간의 불행을 경고해 줄 수 없다는 것과, 또한 우리의 불행을 위로해 줄 수 없다는 것을 절실히 느끼는 바입니다.*

---

*어떤 특별한 이유와 우리가 의무로서 존중해야 할 배려 때문에 부득이 여기서 끝을 맺는다. 지금으로서는 볼랑주 양의 그 뒷이야기를 게재할 수도 없고, 메르테유 부인에게 닥친 불행한 사건, 즉 부인을 완전히 징벌한 사건들을 알릴 수도 없다. 훗날 이 책의 보충이 허락될지도 모르나, 이 점에 대해선 어떤 약속도 할 수 없는 입장이다. 설사 약속할 수 있다 해도, 먼저 독자 여러분들의 의향을 들어야 한다고 생각한다. 이 이야기에 대해 관심을 갖는 이유에 있어서 독자와 우리 사이에 거리가 있을지도 모르기 때문이다. (간행자의 말)

불륜소설의 '원조' 적 성격

―한국영화 〈스캔들〉로 2백 년 만에 재현된 이 작품의 의의와 가치

《위험한 관계》는 1782년 간행된 프랑스의 귀족들이 중심을 이룬 사교계의 자유분방한 남녀관계를 그린, 세계문학사에 보기 드문 걸작으로 알려져 있다. 세계 수십 개국에서 번역되어 2백여 년이 지난 21세기의 오늘날까지, 지구촌의 수백만 독자들이 애독하고 있는 이 소설의 매력은 어디에 있는가.

그것은 한마디로 말해서, 오늘의 세계에서 가정 붕괴와 혼인의 신성한 의미를 희석케 한 불륜의 성행과 보편화 현상을 매우 재미있고 흥미진진한 구성과 탁월한 표현기법으로 그려낸 '불륜 소설의 원조' 적 가치를 지니고 있기 때문이라고 한다.

우리나라에서 최근 이 소설이 〈스캔들〉이라는 제목의 영화로 만들어진 것도, 이 소설의 세계문학사적 의의와 가치를 짐작케 하고 있다. 1782년이라고 하면 우리나라가 임진왜란과 병자호란을 겪고, 동인·서인·남인·북인, 노론·소론 등 세계사에 유례가 드문 극심한 정치적 분열과 당쟁의 여파로 빚어진 참혹한 천주교도 탄압과 학살의 전야라고 할 영조英祖 6년 시대이다.

그 시기에 발간된 《위험한 관계》가 불륜에 빠져드는 남녀의 심리와, 인간의 삶에 있어 그 쾌락과 고통의 절정을 의미하기도 하는 불륜이라는 이름의 '위험한 관계'를 탁월한 문학성과 설득력이 넘친 교훈적 의미를 그리고 있다는 점에서, 이 소설은 오늘 우리 사회의 현실에 비추어, 2백여 년 전 프랑스 사회에서 큰 관심을 불러일으켜 베스트셀러의 선풍이 불던 시대를 방불케 할지도 모른다.

《위험한 관계》의 작가와 작품

—2백 년이 지난 현대에도 세계적인 스테디셀러로 널리 읽히는 이 소설의 매력

　　쇼데를로 드 라클로(Choderlos de Laclos)는 1741년에 북프랑스의 아미앵이라는 도시에서 지위가 별로 높지 않은 귀족 가문에서 태어났다. 미천한 귀족 출신으로서 군인으로 이름을 떨치려면 포병을 택하는 것이 현명하기 때문에 라클로는 열여덟 살 때 라페르 포병학교에 입학했다. 그러나 학교를 졸업해서 장교로 임관한 후 그는 툴, 스트라스부르, 그르노블—그르노블 출신의 작가 스탕달에 따르면 바로 이 도시의 사교계가 《위험한 관계》의 실제적인 모델이라고 한다—브장송, 발랑스 등의 도시로 자주 근무지를 바꿨다. 이는 그의 가문이 낮고 재력도 빈약했기 때문이라고 한다.

　　라클로는 1779년 포병 대위로 있을 때 로슈포르 앞바다에 있는 엑스 섬에 파견되어 성 쌓는 일을 지휘했다. 이 일이 군인으로서 자신의 이름을 후세에 남기기에는 대단한 사업이 아니라고 생각했던지 그는 한가한 틈을 이용해서 《위험한 관계》를 집필했다. 이 작품은 1782년 4월에 출간되었는데, 나오자마자 한 달 사이에 2천 부나 팔리는 대

성공을 거두었다. 당시 독서계의 형편으로 이 정도의 부수가 한 달 동안 팔린 것은 흔하지 않은 일이었다고 한다. 그러나 성공에 못지않게 작품의 내용 때문에 일어난 물의도 상당히 커서 라클로는 파리에서 곧 라로셀로 돌아와서 축성작업에 종사했다.

라클로는 43세 때 라로셀 시의 일류 사교계를 드나들었는데, 여기서 마리 수랑주 뒤페레라는 열여덟 살 처녀를 알게 되었다. 이 처녀는 라클로의 아들을 낳았다. 두 사람은 3년 뒤에 정식으로 결혼식을 올리고 라클로는 모범적인 남편과 가장으로서 원만하게 가정을 이끌었다고 한다.

1789년 혁명 당시 라클로는 오를레앙 공公의 비서로 고용되기도 했으며, 1792년에는 당통 밑에서 행정부 감사를 맡기도 했다. 그리고 이때 여단장직을 맡으면서 '공동탄空洞彈'이라는 새로운 폭탄의 발명에 참여했다고도 한다. 공포정치시대에는 오를레앙가家에서 일했다는 이유로 투옥되기도 했으나 다행히 석방되었고, 감옥에서 나와 혁명의 기원과 목적에 관한 글을 쓰기도 했다. 1800년에 보나파르트 집정관은 공포정치시대의 라클로의 역할을 높게 평가해서 그를 라인 여단 사령관으로 파견했다. 1803년 62세의 라클로는 나폴리 주둔 보병 사령관으로 임명되었으나 이질에 걸려 그해 9월 5일 세상을 떠났다.

《위험한 관계》는 십여 명의 파리 사교계 사람들 사이에 오고 간 175통의 편지를 엮어서 만든 일종의 서간書簡소설이다. 서간소설은 1741년 영국 작가 리처드슨의 처녀작 《파멜라》—프랑스에서는 아베 프레보가 1742년에 번역함—가 커다란 성공을 거둔 이후 유행하기 시작한 장르이다. 그 후 크레비용의 《공작 부인의 서간집》, 리코보니의 《파니 비틀러 부인의 서간집》 등이 쏟아져 나왔는데, 그중에서 특히 유명한 작품은 루소의 《신新 엘로이즈》이다. 형식 면에서 종래의 작품들은 단 한 사람의 편지들이나, 두 사람 사이에 오고 간 편지들로 이루어

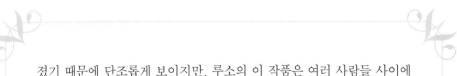

졌기 때문에 단조롭게 보이지만, 루소의 이 작품은 여러 사람들 사이에서 오고 간 편지들로 엮어졌기 때문에 다양한 문체, 서로 대조되는 생각과 감정이 풍부하게 나타나고 있다. 라클로가 이 작품의 형식에 많은 영향을 받았음은 물론이다.

　대혁명이 일어나기 전 귀족계급의 타락한 풍속을 그린 《위험한 관계》는 세상에 나오자마자 거센 비난을 받았다. 작가는 손가락질당했고, 파리 사교계에서도 배척당했으며, 군인으로서의 그의 직업 역시 위협받았다. 죄악에 가득 차고, 부도덕하고 신성 모독적인 작품, 이것이 당시 상류사회가 《위험한 관계》에 대해 내린 평가였다. 혁명 후에도 세인의 평가는 변하지 않았고, 19세기에는 심지어 법원에서 판금판결을 받기도 했다. 그리고 20세기 초만 하더라도 일종의 결탁된 침묵에 의해 이 걸작은 문학 교과서에서조차 언급되지 않는 불운을 겪었다.

　물론 《위험한 관계》는 이제 프랑스 문학 가운데 심리소설의 계보 속에서 확고한 위치를 차지하고 있지만, 실상 오랫동안 이 작품이 경계심을 불러일으키는 데 결코 이유가 없는 것은 아니다. 그도 그럴 것이 《위험한 관계》만큼 신랄한 작품도 없으며, 이것은 마치 독이 침투하듯 우리의 정신에 악영향을 끼치기 때문이다. 물론 이 작품의 매력은 악인의 파렴치한 행위들이 어떤 절묘한 전략이나 논리를 통해 실현되는지를 보여주는 데 있는 것만은 아니다.

　이러한 행위들 너머 인간의 삶의 근본문제, 즉 인간의 탄생과 더불어 나타난 악의 문제를 끊임없이 겨냥하고 있다는 점에 이 작품의 매력이 있는 것이다. 이에 대한 실례로 이 작품에서는 남녀간의 애정을 다루는 데 있어서 털끝만큼의 경박함이나 감상感想도 보이지 않는다. 흔히 연애에서 어느 한쪽이 상대방에 대해 어떤 허구적인 모습을 세워놓고 그것이 마치 상대방의 본 모습인 양 거기에 정념을 쏟아 넣는 행위는 철저하게 멸시당한다. 경박함이나 감상성을 배제하고 무감동적이고 엄격하며 엄밀하게 남녀의 애정문제를 관찰한 라클로의 태도는,

바로 이러한 점에서 당시 지배적이었던 정열에 대한 찬미, 자연과 불가사의한 것, 불분명한 것에 대한 예찬으로 가득 찬 루소류의 전기前期 낭만주의와 확연히 구별된다고 할 수 있다.

천직이 군인이었던 라클로는 남녀관계를 공격과 방어라는 전략적인 관점에서 다루었고, 또한 변방의 축성술築城術에 능통했던 그는 악에 대한 연구를 애정이라는 가장 변하기 쉬운 정념의 지대 위에 세워놓았던 것이다.

《위험한 관계》의 중심 줄거리를 요약하면 다음과 같다.

재산도 있고 미남에다가 지성을 겸비한 발몽 자작은 전형적인 바람둥이다. 그는 파리의 사교계를 드나들며 자신의 명성에 어울리는 여자를 유혹하고 정복한 다음 가차 없이 차버리는 냉혹한 자이기도 하다. 그는 여자를 유혹하는 것과 파멸시키는 것을 거의 똑같은 일로 여기는 그야말로 위험한 인물이다. 작품의 시작과 함께 그는 꽤 강력한 적수를 유혹하는 일에 손을 대기 시작하는데, 이 적수는 아름답고 정숙한 투르벨 법원장 부인이다. 이 부인을 정복하려고 그토록 열을 올리는 이유를 발몽은 '이 여자를 짝사랑한다는 웃음거리가 되지 않기 위해서'라고 말한다.

흠잡을 데 없는 투르벨 부인은 어떠한 도덕적 과오에 대해서도 경계하기 때문에 발몽의 공격은 쉽지 않고 오래 걸릴 것처럼 보인다. 이때 발몽의 사업을 방해하는 여자가 나타나는데, 바로 메르테유 후작 부인이다. 메르테유 부인은 사교계에서 정숙한 미망인으로 인정받고 있지만, 실상은 더할 나위 없이 방탕한 생활을 영위하고 있는 부도덕한 여자이며, 또한 사교계에서 온갖 모사를 꾀하는 매우 간교한 여자이기도 하다.

메르테유 부인의 옛 정부였던 발몽은 여전히 부인과 친교를 맺고 있으면서, 부인의 음모를 도와주는 역할을 하기도 한다. 이유는 부인과의 옛 관계를 회복하고 싶어하기 때문이다. 메르테유 부인은 발몽에게 한 번 더 자기를 위해 일을 해달라고 부탁한다. 부인의 옛 애인인 제르쿠르 백작이 자기의 친척이기도 한 볼랑주 부인의 딸 세실 볼랑주와 결혼하게 되는데, 예전에 자기를 차버린 데 대한 복수로서 제르쿠르가 웃음거리가 되도록 세실을 농락해 달라는 부탁이다.

발몽은 처음에는 단순한 기분 전환으로, 이어 볼랑주 부인이 자기의 비행을 투르벨 부인에게 들추어낸 것에 대한 복수로 메르테유 부인의 제안을 받아들인다. 세실은 수녀원을 갓 나온 순진하고 다소 어리숙한 처녀로 결혼 예정자인 제르쿠르에게는 마음이 없고 점잖은 기사인 당스니를 사모한다.

그런데 발몽은 당스니의 의논 상대자 역할을 하면서 당시 방해받고 있는 두 사람의 관계를 맺어주겠다는 구실을 내세워 세실의 정조를 유린한다. 당스니를 끊임없이 사랑하고 있지만, 세실은 발몽의 육욕에 몸을 맡기고 급기야는 자기도 그런 줄 모르고 있던 임신 상태에서 유산을 하고 만다. 자기도 모르는 사이에 탕녀가 되었다는 사실을 깨달은 세실은 인생에 혐오를 느껴 수녀의 길을 택한다.

메르테유 부인에 대한 의무를 이행한 다음 발몽은 다시 투르벨 부인을 정복하는 일로 되돌아온다. 이 탕아는 자기가 투르벨 부인에게 억제할 수 없는 정념의 불을 일으킨 것을 알고 있다. 하지만 부인의 고귀한 영혼은 결코 이에 굴복하지 않는다. 이리하여 발몽은 극히 절묘한 설득작전을 편다. 즉 부인이 완강히 지키고 있는 바로 그 미덕을 이용하여 부인의 박해자를 구하기 위해서는 부인의 미덕을 버리는 것이 곧 그것을 지키는 일이라는 사실을 부인에게 설득시키는 데 성공한다. 이렇게 해서 비장한 저항 끝에 투르벨 부인은 결국 발몽에게 정복당하고 만다.

그런데 실상 발몽은 투르벨 부인을 진심으로 사랑하지만, 메르테유 부인에게 이것이 통할 리가 없다. 발몽의 사랑을 투르벨 부인과 공유하는 것은 그녀의 자존심을 상하게 하는 일이기 때문이다. 게임의 주도권을 끝까지 쥐고 싶어하는 메르테유 부인은 발몽에게 투르벨 부인과 절교할 수 있느냐고 마음을 떠본다. 이에 대한 대가로 그녀는 발몽에게 옛 관계의 회복을 약속한다. 발몽은 허세를 부려 잠시만이라도 메르테유 부인의 농간에 말려 들어가기로 하고 그토록 어렵게 손에 넣은 투르벨 부인을 매정하게 버린다. 버림받은 투르벨 부인은 자신에 대한 혐오와 회한을 못 이기고 심한 정신쇠약에 걸려 끝내 목숨을 버린다.

그러나 약속했던 대가를 받지 못하게 되자 발몽은 메르테유 부인과 불화를 일으킨다. 메르테유 부인은 이에 대한 복수로 당스니 기사에게 세실에 대해서 발몽이 저질렀던 비행을 폭로한다. 분개한 당스니는 자신의 명예 회복을 요구하며 발몽에게 결투를 신청해 그를 죽인다. 그러나 메르테유 부인에게도 그녀가 받아 마땅한 징벌이 남아 있다. 발몽이 죽으면서 공개한 편지를 통해 메르테유 부인의 비행이 세상에 폭로되고 만 것이다. 또한 전 재산이 걸려 있는 재판에서 패소를 당하고, 설상가상으로 천연두에 걸려 완전히 추녀가 되고 만 메르테유 부인은 외국으로 도피한다.

이상이 《위험한 관계》의 대략적인 줄거리다. 물론 이 작품의 중심인물은 메르테유 부인이고, 발몽은 단지 부인의 하수인, 사형집행인에 불과하다고 할 수 있다. 일단 손을 댄 일에 대해선 광적일 정도로 집요한 메르테유 부인은 악의 화신, 보들레르의 표현을 빌리면 '악마적인 이브'이다. 이 악의 화신에 대해 선하고 고귀한 마음을 가진 사람은 늘 패배할 수밖에 없다. 왜냐하면 진리를 소유한 자, 그럼으로써 세상을 지배할 수 있는 힘을 확보하고 있는 자는 바로 탕아, 탕녀로 구현되고 있는 악인이기 때문이다. 비록 소설의 줄거리에 얽매여 악인들은 처벌받지만, 실상 이들은 선인들에 의해 처벌받는 것이 아니다. 서로를 파멸시킬 수 있는 수단—각자가 주고받은 편지를 갖고 있기 때문에—을 쥐고 있는 두 악인의 싸움의 결과라는 점을 고려한다면, 이 사실은 별로 중요한 것이 아니다.

중요한 것은 악의 힘을 방어할 수 있는 수단을 선량한 인간은 조금도 갖고 있지 못하다는 사실이다. 이성理性도 위기에 대해서 무력하다. 더욱이 신의 초자연적인 구원을 기대해 보았댔자 부질없는 일이리라. 이 작품에서 신의 은총은 처음부터 배제되어 있으니까. 그리고 바로 여기에 이 작품이 띠고 있는 염세적인 성격이 있는지도 모른다.

옮긴이 **박인철**

연세대학교 불문과 및 동 대학원을 졸업하고, 파리 8대학에서 박사학위 취득한 후, 현재 연세대학교 문과대학 유럽어문학부에서 불어불문학과 교수로 재직하고 있다. 저서에 《현대 프랑스 언어학의 방법과 실제》(공저), 《현대 기호학의 발견》(공저) 등이 있고, 《평온한 삶》, 《조형 기호학》, 《변화》, 《수사학》 외 다수의 책을 번역했다.

위험한 관계

초판 1쇄 | 2003년 9월 30일
초판 6쇄 | 2013년 11월 29일

지은이 | 피에르 쇼데르로스 드 라클로
옮긴이 | 박인철
펴낸이 | 최정희
펴낸곳 | (주)문학사상
주소 | 서울특별시 송파구 오금동 91번지(138−858)
등록 | 1973년 3월 21일 제1−137호

편집부 | 02) 3401−8543~4
영업부 | 02) 3401−8540~2
팩시밀리 | 02) 3401−8741~2
한글도메인주소 | 문학사상
홈페이지 | www.munsa.co.kr
이메일 | munsa@munsa.co.kr
지로계좌 | 3006111

* 잘못 만들어진 책은 구입하신 서점에서 바꾸어 드립니다.
* 값은 표지 뒷면에 표시되어 있습니다.

ISBN 978−89−7012−604−3 03860

시티즌 걸   에마 매클로플린&니콜라 크라우스 지음 | 임지현 옮김

풋내기 페미니스트의 좌충우돌 뉴욕 분투기!

〈뉴욕타임스〉 최장기 베스트셀러 《내니의 일기》의 작가가 쓴 두 번째 장편소설. 이 작품은 과중한 잡무와 아이디어를 훔치는 막무가내 상관으로 인해 꿈에 부풀었던 여권주의자 '걸'이 통조림처럼 억눌러가는 과정을 그린 풍자소설이다. 예리한 시선으로 포복절도하는 재미를 선사해주며, 젊은 여성이란 존재가 사회 속에서 어떤 의미를 갖는지 절묘하게 그리고 있다.

로맨틱 에고이스트   프레데리크 베그베데 지음 | 한용택 옮김

발간 즉시 프랑스 상류층과 문단을 발칵 뒤집어놓은 화제작!

소설 속에 프랑스의 현역 정치인, 기업인, 문인, 연예인 등 유명 인사들을 실명 그대로 등장시켜, 프랑스 상류층과 문단의 속물근성을 여지없이 짓밟아버린 문제작으로, 발간 즉시 프랑스 사회에 일대 충격과 혼란을 주며 화제가 되었던 바로 그 작품! 베그베데는 일기 형식의 자전적 소설을 통해 현대 자본주의 소비사회의 퇴폐와 타락, 그 이면을 성찰하고 있다.

탐욕   엘프리데 옐리네크 지음 | 고맹임 · 이병애 옮김

노벨문학상 수상작가 옐리네크의 언어의 미학!

탐욕에 눈이 먼 한 남자의 범죄소설이자, 탁월한 환경소설이며, 오스트리아를 향한 정치소설이고, 일상의 신화를 파괴하는 실험정신의 산물이자, 그 어느 때보다 대담한 포르노적 언어를 사용한, 노벨문학상 수상작가 옐리네크만이 들려줄 수 있는 새롭고 악의적인 대작! 탐욕으로 가득 찬 남자의 범죄 행각을 통해 인간의 탐욕을 섬뜩하게 그려낸 문제작!

내쫓긴 아이들   엘프리데 옐리네크 지음 | 김연수 옮김 · 이병애 감수

4인조 청소년 갱단의 극단적 폭력을 통해 일상의 파시즘을 파헤친 수작

2004년 노벨문학상 수상 작가 엘프리데 옐리네크의 감각적 문제작. 자본주의 시장 메커니즘이 주도하는 물질적 욕망과 사회적 부조리 속에서 정신적, 육체적으로 방황하다 끝내 길을 찾지 못하는 우리 시대 젊은이의 초상을 통해 일상과 정치에 내재된 폭력의 징후를 고발하는 문제적 수작이다.

욕망   엘프리데 옐리네크 지음 | 정민영 옮김

외설 시비를 불러일으킨 노벨상 수상 작가의 도발적 문제작

2004년 노벨문학상 수상 작가 엘프리데 옐리네크의 대표작. 포르노를 연상케 하는 노골적인 성 묘사로 발간되자마자 '외설인가 문학인가' 하는 논란을 불러일으키며 일약 베스트셀러가 되었다. 외설의 미학이 담긴 언어유희와 신랄한 해학으로 사랑과 성에 대한 허상의 신화를 파괴하고, 현대 사회의 부조리한 권력 구조를 고발하는 문제작.

딱 90일만 더 살아볼까 닉 혼비 지음 | 이나경 옮김

닉 혼비의 천재적 위트로 빚어낸 90일간의 자살 소동

죽음밖에 답이 안 보이는 우울한 인생들, 그들이 선택한 마지막 90일간의 눈물과 웃음과 감동. 대담하고 흡입력 있는 이야기 전개와 면도날 같은 위트로, 자살 희망자들의 진짜 속마음과 심경 변화를 파헤쳐 희롱하면서도, 얼어붙은 영혼의 심지에 불을 지피는 놀라운 작품. '자살'이라는 음습한 주제를 신랄한 위트로 흥미진진하게 그려낸다. 조니 뎁 제작 2007년 영화화.

진짜 좋은 게 뭐지? 닉 혼비 지음 | 김선형 옮김

포스터 상을 수상한 작가 닉 혼비의 유쾌한 블랙코미디

삶의 지표를 잃어버린 현대의 부부 관계와 해체 위기에 직면한 가정에 대한 가시 돋친 풍자. 유리그릇처럼 깨지기 쉬운 현대 사회의 일가족의 모습을 시종일관 재치 있고, 신랄하고 유머러스하게 묘사하면서도, 그 속의 곪은 진실을 터트림으로써 눈물을 자아내게 하는 작품.

피버 피치 닉 혼비 지음 | 이나경 옮김

축구와 사랑에 빠진 한 남자의 이야기, KBS TV '책을 말하다' 선정 도서

세계적 인기 작가 닉 혼비가 25년간 숱한 명경기를 관람하며 축구에 열광했던 사랑과 감동의 기록. 열한 살에 처음 가본 축구장에서 아스날 팀에 반한 후, 평생을 축구에 웃고 축구에 울며 살아가는 잉글랜드 열혈 팬의 열정과 삶의 기복을 그려내는 가운데, 진정한 축구팬, 즉 '12번째 축구선수'가 되어가는 과정을 담고 있다.

그로테스크 기리노 나쓰오 지음 | 윤성원 옮김

세계적인 기괴한 살인 사건을 소설화, 이즈미교카 상 수상작!

나오키 상 수상작가 기리노 나쓰오가 1997년 일본 전역을 들끓게 한 '동경전력 여사원 매춘부 살인사건'을 소설화, 병든 사회의 어둠에 갇힌 현대 여성의 복잡기괴하며 일그러진 심리를 예리하게 파헤쳐 보인 심리소설의 걸작. 낮엔 대기업 여사원으로, 밤엔 거리의 매춘부로…, 과연 그녀는 왜 그러한 이중생활을 했으며, 끝내는 피살되고 말았는가?

브리짓 존스의 일기 헬렌 필딩 지음 | 임지현 옮김

아마존 베스트 1위, 르네 젤위거·콜린 퍼스·휴 그랜트 주연의 영화 흥행!

"브리짓은 바로 당신! 제 일기는 당신께만 보여드릴게요!"
현대 독신 여성을 상징하는 당당한 커리어우먼 브리짓 존스를 둘러싸고 벌어지는 기상천외한 해프닝과 가슴 찡한 이야기. '브리짓의 일기'를 살짝 훔쳐보자. "아니, 이건 내 얘기잖아!"